教育部人文社会科学重点研究基地山东大学文艺美学研究中心基金资助

文艺美学研究丛书（第二辑）

当代文艺理论问题

曾繁仁　谭好哲　主编

人民出版社

责任编辑:房宪鹏

封面设计:徐　晖

图书在版编目(CIP)数据

当代文艺理论问题/曾繁仁,谭好哲 主编. —北京:人民出版社,2016.6
(2021.4 重印)

(文艺美学研究丛书)

ISBN 978 - 7 - 01 - 016052 - 8

Ⅰ.①当…　Ⅱ.①曾…②谭…　Ⅲ.①文艺理论-中国-当代　Ⅳ.①I0

中国版本图书馆 CIP 数据核字(2016)第 065411 号

当代文艺理论问题

DANGDAI WENYI LILUN WENTI

曾繁仁　谭好哲　主编

人民出版社 出版发行

(100706　北京市东城区隆福寺街 99 号)

北京一鑫印务有限责任公司印刷　新华书店经销

2016 年 6 月第 1 版　2021 年 4 月第 3 次印刷

开本:710 毫米×1000 毫米 1/16　印张:24.75

字数:390 千字

ISBN 978 - 7 - 01 - 016052 - 8　定价:64.00 元

邮购地址 100706　北京市东城区隆福寺街 99 号

人民东方图书销售中心　电话 (010)65250042　65289539

目　录

序

《文艺美学研究丛书》第二辑就要出版了，我感到特别高兴。第一辑主要是中心几位年龄稍长的老师们的成果，而第二辑则是我们中心15年科研工作的集成，包括了中心老、中、青几代学人、中心学术委员会成员以及中心培养的博士和博士后的部分成果。

在本文集出版之际，我想谈几点感想。其一是关于科研工作的特色问题。很显然，科研工作首先要坚持基本问题研究，在此前提下要尽量形成自己的特色，因为没有特色就等于没有新意，没有特色就不会有任何影响。即使是某一个热点问题，许多同人在进行这种研究，你的研究就需要有所推进，推进就是特色，开拓相对新的方向更是一种特色。15年来，本中心在形成自己的科研特色上做了一些努力，在坚持文艺美学基本问题研究的前提下在审美文化、生态美学、审美教育、语言学文论、媒介文论等领域取得不少成果，也获得了学术界不同程度的认可和肯定。其二是研究队伍的年轻化。历史在前进，学术在发展，一代又一代学人前后衔接，这是历史发展的必然。回想短短的30年，学术的发展真是呈现长江后浪推前浪的态势。因此，学术发展的希望在年轻一代，目前主要在于20世纪70年代之后出生的学者。本文集收集了15年来本中心科研人员特别是年轻学者的成果，呈现了年轻学者的发展实力和学术风貌，这是非常可喜的事情。其三是教学与科研的结合。我们中心毕竟还是教学单位，立德树人是我们的基本任务，科研与教学的统一是我们的方向。因此，我们也收录了中心所培养的博士后在站期间和博士在读期间发表的部分成果，体现了中心人才培养的水平和新生代学人的学术实力。其四是学术界的支持。学术研究从来都是一种公共的事业，我们中心作为教育部人文社会科学重点研究基地，得到了教育部和学校特别是得到学术界同行专家尤其是老一辈专家的关心和支持。许多老一辈专家出任本中心的学术委员会和专家委员会成员，为中心的科研工作、学术会议、管理工作等方面都贡献了自己的力量。本文集收录了担任过本中心学术职务的学者特别是老一辈学者的成果，反映了中心 15 年学术工作的现实，也表达了我们对于所有参与过中心工作的学者的敬意。

15 年弹指一挥间，抚今追昔，感慨万千，借此机会，我衷心地感谢文集中所有的作者对于中心所作出的贡献以及对我本人的支持、关怀和爱护。

曾繁仁

2016 年 4 月 10 日

市场经济与市场文艺

吴中杰

近年来文艺界有一句流行的歌词，叫作"跟着感觉走"。这大概是对过去过分强调理智性和目的性的一种反拨。的确，无论是创作和鉴赏，都重在艺术感受，找不到艺术感觉，就如北京人所说的"找不到'北'"，那是无法从事艺术活动的。大约就因为此，过去人们把美学叫作感觉学。但文艺毕竟并不限于直感，正如别林斯基所说，创作是无目的而又有目的，不自觉而又自觉，不依存而又依存。感觉总是依存在什么东西上面的，即使是玩文学的主儿，后面也有一只"看不见的手"在牵动着。"看不见的手"，本是亚当·斯密在强调经济自由时，对于"市场机制"的形容，意谓自由的经济亦必受到市场机制的调控。实际上，这只"看不见的手"调控的不只是资本的运作，而是社会上一切事物，当然也包括文艺。

经济毕竟是社会发展的决定因素，经济体制的转换必将引起文化形态上相应的变革。20世纪80—90年代文艺领域中的各种变化，看似无序，不可捉摸，实际上大抵都与经济体制的转型有关。中国大陆自从改革开放以来，商品经济就得到相应的发展，后来又明确地宣布要从计划经济转向市场经济，与此同时，也就逐步地形成了文化市场，文艺上的事情也必须按照市场规律来运作，这就迫使文艺界的思维模式跟着起变化。从这个角度来加以观察，也许能比较清楚地看出80—90年代中国文艺思潮的发展规律来。

一、走出廊庙，面向市场

　　鲁迅曾将中国古代文学归纳成两种类型：廊庙文学与山林文学。① 但是，他又说，真正的樵夫渔父是没有著作的，他们的著作是砍柴和打鱼，而那些肩出"隐士"招牌，挂在"城市山林"里的人，其实也是一种啖饭之道，他们的"谋隐"，与另一些人的"谋官"，在实质上并无二致。这些人写出来的"山林文学"，当然也并非真正的山林文学。② 这样看来，在中国，廊庙文学是最主要的。

　　中国的廊庙文学传统，是与它的经济政治制度有关的。中国长期处于封建专制社会，士人的唯一出路是走向廊庙，所谓"学成文武艺，货与帝王家"，即此之谓。中国的文人，官瘾特重，汉代行九品中正制，还限制着寒族士子向上爬的机会。隋唐开始，实行科举制度以后，为中下层文人打开了一条通向廊庙之路，虽然能中举者为数毕竟不多，但这条出路却吸引着所有士子，使得他们即使"身在江湖"，也仍"心存魏阙"。廊庙意识统治着文人的思想。他们总想能够做到重臣，为主子出谋划策，《出师表》、《治安策》、《十思疏》之类，是他们想做的文章。如果只以文辞书画见长，陪主人消遣，已是下人一等，但能与帝王或大官酬唱，也还是引以为荣的，而且能够谋得一只饭碗，倒也不错。直到商品经济兴起，文人才开始摆脱对于廊庙的依附。明清时代吴江画派、扬州画派、海上画派的出现，以及通俗文艺的繁荣，都是建筑在市场需求的基础上，他们的画风和文体也显然不同于宫廷画师和廊庙文学。但是毕竟由于中国商品经济基础的薄弱，与商品市场相适应的文艺，还未能占主流地位。直到五四新文化运动兴起，中国才出现了新的知识分子群体。这种知识分子与封建时代的士子不同之处，就在于他们具有自由思想，独立意识。这种思想意识的形成，虽说是受到西方人文主义文化思想的启迪，但与当时高等学校具有相对之独立性，文化市场有了一定的规模有关。这使他们的自由思想和独立意识具有一定的物质基础。

---

① 鲁迅：《帮忙文学与帮闲文学》，见《鲁迅全集》第7卷。
② 鲁迅：《隐士》，见《鲁迅全集》第6卷。

　　但是，商品经济在中国的势力毕竟有限，大部分的学校都还在政府的控制之下，1927年以后的"国民政府"实行党化教育，教育的独立性愈来愈小了；那时，出版社和报社虽然大部分是民营的，但政府还是设立了书报检察机关来阻碍作家自由地思想。到1949年之后，中国的经济体制转到了计划经济的轨道，文化教育事业也相应地纳入了国家计划。1952年院系调整，取消了私立学校。还在1956年对私有经济进行全面改造之前，就先改造了私营出版社。1949年以后，还有一种现象很值得注意，这就是文人从政。而文人从政的结果，是再也写不出像样的作品来。

　　改变了这种情况的，是经济体制的转轨。自从实行市场经济以后，人们就业的机会多了，人的归属虽然尚未打破单位所有制，但流动性日益增大，文人下海成为一时的风尚。下海经商虽非文人合理的归宿，因为经商之后，他放下纸笔，改操算盘（或计算器），已经不再是文人，但是对于打破廊庙意识，还是很有好处的。而且，市场经济的范围还在不断地扩大。虽然至今为止，报刊和出版社还不允许私人经营，但也相当地市场化了。记得1957年复旦大学王中教授提出过报纸的二重性学说，此说认为报纸除了宣传性能之外，还有商品性能，因而应该注意读者的趣味，以便为读者所接受。这种理论被认为大逆不道，受到大规模的批判。而现在，报纸的商品性已成为不言而喻之事，各报从业人员对此都是极其重视的。这只要看看各家报纸都大登其广告，而且在文章和版面上尽量照顾读者的趣味，以求扩大发行量，就可以知道。于是，副刊增加了，各种周末版、娱乐版出现了，办得极其花哨。对比上海《解放日报》在1957年因刊登过越剧演员范瑞娟谈个人生活的文章《我的丈夫，我的蜜月》而大受指责的事，简直是不可同日而语。软性刊物也增加了，甚至有些理论性刊物也改版成为客厅刊物。出版社为了营利，也要出一些畅销书。而且还出现了出版商，他们因自己不能登记成立出版社，就搞出了一个变通的办法：向出版社买书号出书。买书号在目前的政策上是不允许的，但由于市场经济的需要，却无法禁绝。这种矛盾，只有在出版行业进一步市场化之后，才能解决。

　　市场经济的力量是相当强大的，它瓦解了廊庙文学的一统局面。于是出现了"自由撰稿人"。自由撰稿人并非新生事物，在中国也是早已有之，可以说凡有市场经济，即有自由撰稿人。清末民初那些靠润笔为生的画家作家，也就是自由撰稿人。鲁迅在1927年定居上海之后，不再教书，专事写作，也是靠稿费吃饭的自由撰稿人。他与北新书局打官司索版税，是自然之事，如果收不来版税，何以为生？这种自由撰稿人，到20世纪50年代初期，还有不少。如傅雷、毕修勺，都是靠出卖译稿为生的，可称为自由翻译家。姚文元讥笑傅雷为要稿费的猛将，这是饱汉不知饿汉饥。傅雷是不拿工资，靠稿费吃饭的，他不能不计较。但自计划经济加强以后，自由撰稿人愈来愈难生存了。首先是取消了私营出版社，统一规划选题，自由撰稿人出书不容易了；其次，稿费被视为资产阶级法权，在姚文元等"左派"文人的呼吁下，稿酬标准不断降低，直至完全取消，这就使得自由撰稿人无以为生。"文化大革命"初期，傅雷夫妇自杀，是因为不愿受辱，但据说他们临死时身边只剩下很少的钱了，他们实在也无法再生活下去。现在的自由撰稿人是80年代后期实行市场经济之后，重新生长出来的。他们大抵是辞职下海，不过下的是文海，不是商海，比以前出现的"弃文从商"前进了一步。这也说明市场经济的发展，孕育了文化市场，为文人提供了自由活动的余地。他们与传统文人走着不同的道路者，其中有些人还自称为"另类"。敢于自称"另类"者，表示了他们对于"正类"的蔑视。而且政府也在把文艺团体往市场上推。本来，各地的作家协会都养有许多驻会作家，由国家发给他们工资。80年代末期，传说要断奶，很引起一阵恐慌，报纸上还进行过讨论，有些作家对赞成断奶的人挖苦得非常尖刻，依恋之状可掬。虽然直到现在为止，对于驻会作家（或曰脱产作家）尚未完全断奶，但对许多刊物已经断绝供应，或即将断绝供应，包括《人民文学》这样金字招牌的刊物。而对于剧团，则分为几种：有全养（如京昆剧团、芭蕾舞团和交响乐团）、半养（如越剧团、沪剧团、话剧团、民族乐团等）和自负盈亏（如滑稽剧团、杂技团、评弹团等），于是相应出现了独立制作人、戏剧工作室之类。王朔等人在北京搞的"海马影视创作室"，是开风气之先的事物，后来竞相效仿，如北京人艺的林兆华戏剧工作室、上海马莉莉文化工作室、广州王晓鹰工作室、绍兴茅威涛工作室等等，都相继成立，有些还运作得很好。

但由于文化市场发展得毕竟还不充分，目前要做没有依附的自由撰稿人或独立制作人、独立演出者，还很不容易。稿费还定有统一的标准，稿费标准还较低。虽说也要提高标准，但真是"千呼万唤始出来，犹抱琵琶半遮面"。光靠稿费吃饭是相当难的。于是有些严肃作家劳累致死，如王小波，而有些人则粗制滥造、一稿多投或同样的内容写成很多篇稿子，甚至于做"二传手"，剽窃别人的稿子来卖钱。他们好像是写稿为吃饭，吃了饭去写稿，失却了文化上和审美上的追求。

于是有些作家或戏剧工作室就寻求与企业家的合作。茅威涛工作室与咸亨酒店合作，将鲁迅的孔乙己改编成越剧演出，咸亨投资150万元，演满60场以前，咸亨不收钱，60场以后，咸亨分成。因为孔乙己的活动场所是咸亨酒店，所以实际上剧组是到处给咸亨酒店做广告，演出到那里，广告就做到那里。《孔乙己》的演出，广告做得还比较自然，而有些广告就做得很勉强，商业性溢于言表。而有些作家为企业家写特写，因为拿了人家的钱，就不能不按照他的意思来写作，这样又出现了一个新问题，即刚摆脱了对廊庙的依附，却又陷入了对于商家的依附。作家艺术家的自我，仍然有失落之感。

随之而来的还有一个现象，即文艺批评的失落。过去的批评界是棍子横行的地方，姚文元是个代表人物，他一篇批评文章可以打倒一批人，可怕之极。现在则走向另一个极端，即大家都来抬轿子，有许多是"感情批评"，甚至是"有偿批评"。80年代介绍进来许多新的批评方法，人们各树一帜，相互竞争，煞是热闹。但是文艺批评最主要之点，却是失落了，即鲁迅所说的"坏处说坏，好处说好"①的批评本体。但要做到这一点，实在并不容易。有些人就公开地说：我们需要包装，不要批评。于是商业炒作之风大盛于文艺界，有些作品尚未出版，就大肆炒作，有些作家在传媒上频频亮相，进行自我炒作。有一本非文学类的书，据说前期的炒作费就用了6000万元。于是，炒作代替了批评。前几年，就有人说到"批评的缺席"问题，此事至今未见有所改善。看来，在商业炒作面前，要使文艺批评复位，实在也并不容易。

还有一个值得注意的现象，是评奖活动。目前评奖活动之多，也是前所未有的。其实，评奖也是一种导向，而中国的许多作家和剧组却特别看重奖项、把获奖作为自己成绩的标志，这样就容易跟着评委会的指挥棒转。而

---

① 鲁迅：《我怎么做起小说来》，见《鲁迅全集》第4卷。

实际上，许多评奖活动并不是在艺术面前人人平等的，这里面有各种错综复杂的关系，所以评奖活动又成了公关活动。

当然，要有独立意识，并非一定要做自由撰稿人，有些在职人员也想摆脱传统思想和传统体制的束缚，走自己的路。青年作家朱文发起并整理的新生代作家的文学问答：《断裂：一份问卷和五十六份答卷》，就反映了这方面的要求。这些答卷，言词十分激烈，如说"作家协会早就成为少数人的自我服务的官僚机构"，是"帮派斗争的衙门"，"它能使一些白痴免于失业，使另一些白痴找到否认是白痴的根据"，说大专院校里的现当代文学研究，"首要的意义在于职称评定，次要意义在于培养一批心理变态的打手"，并讽刺那些专家教授们"手里捧着书本，眼睛却盯着交通警察的指挥棒"；而对于文学界最主要的两个奖项：鲁迅文学奖和茅盾文学奖，则根本否认其权威性，认为"那是扯淡"，"它们把更优秀的作品给遗漏和忽视了"。① 这些尖刻的言辞，当然会引起人们的反感，但我们也不难看出他们批评中具有合理性的一面和他们要挣脱传统束缚的急切心理。只是他们否定得过了头，连鲁迅也要作为"老石头"搬开，就使人觉得其不自量力了。他们大概受了多年宣传文字的影响，将鲁迅看作一个"遵命文学"家，而不知道鲁迅其实是争取作家思想独立性的先驱。

二、审美趣味的转变

中国的文艺，由于在儒家思想影响之下，一向很重教化。五四时期，受到西方新思潮的影响，比较重视文艺的审美作用，但由于启蒙思想占主导地位，所以仍从另一个角度强调了文艺的思想教育作用。革命文学运动起来之后，把文学作为宣扬阶级意识的工具，根本抹煞了它的审美性，直至"文化大革命"，把这条路线推到了极端。"文革"结束之后，先是拨乱反正，接着出现了"新时期文学"，对于"工具论"提出了质疑。但是，所谓"新时期文学"，无论是"伤痕文学"、"反思文学"，或者是"知青文学"，也仍是以思想性见长。它们的很多作品，与其说是以艺术感人，毋宁说是在政治

---

① 朱文：《断裂：一份问卷和五十六份答卷》，《北京文学》1998 年第 10 期。

上、思想上引起了读者的共鸣。

在现代文学史上，强调消遣性的，是鸳鸯蝴蝶派文学，但它在思想意识上带有浓厚的封建性，很不合时宜。在强大的启蒙思想氛围中，它是受批判的对象，而且自己也觉得低人一等，企盼着能得到新文学家的肯定。茅盾对张恨水的一部作品作了肯定性的评价，张恨水就引以为荣，非常高兴。但是，到了90年代，消遣性的市场文艺就有弥漫之势。消遣性的市场文艺的兴起，是与市场经济相联系的，改革开放政策为它提供了发展的条件。大概在20世纪80年代初期，港台的通俗文艺就开始在大陆上抢滩。邓丽君的软性歌曲、金庸、梁羽生的武侠小说、琼瑶的言情小说、三毛的带有传奇性的散文，都相继在大陆畅销。在这些书籍、音带和影视的带动下，本土的市场文艺也相应地发展起来。于是，流行歌曲排挤了高雅歌曲，通俗文艺抢占了书籍市场。摇滚歌手崔健成为青年人的偶像，"痞子文学"作家王朔的作品畅销，都是这种情势造成的。甚至连当年的革命歌曲也要加以通俗化、摇滚化，才能流行。《红太阳》盒带之所以能卖到500万盒，恐怕主要并非怀旧情绪作祟，其情趣还在于对庄严神圣的东西进行摇滚式的消解。

但对精英文艺起重要打击作用的，还是在1989年。启蒙性强的作品和评论受到抑制，而小女人小散文和私人化写作却蓬勃发展起来；以思想敏锐著称的鲁迅受到冷落，而周作人、林语堂、梁实秋的闲适散文却受到追捧。小女人小散文写的是身边琐事，表达的是小感情，人们之所以喜欢它，大概与对过去那些只讲大道理而缺乏情感的社论式文章的反感情绪有关，但是这类小散文看多了，就会把人弄得很猥琐。追捧周作人、林语堂、梁实秋，则多少包含着对过去批判运动的逆反心理，周作人等人的散文倒是高雅文艺，但周作人和林语堂在民族矛盾和社会矛盾十分尖锐的时刻提倡闲适散文，梁实秋在国难当头之日，鼓励写与抗战无关的作品，在当时都有点消解斗志的作用，现在虽然时过境迁，其消极面并不显得那么突出，也易于为人们所接受，但其闲适性能仍然存在。由此还引出一些谈吃、谈酒、谈烟茗的书籍、文章，美其名曰"酒文化"、"茶文化"、"饮食文化"等。同时，戏说历史之风，也相当流行。这种文风也是从香港刮过来的，电视连续剧《戏说乾隆》是代表作，在大陆电视台播映时很受观众欢迎。以后类似的作品就一直不断。历史虽然被胡适称作任人打扮的小姑娘，这无非是说，人们常把历史剪裁得适合自己的观点，但在叙述态度上，还是有相当的严肃性的。而戏说派则简直是拿历史来开玩笑，无非是消遣消遣而已。

其实，启蒙主义作家都是爱国主义者，他们作品的尖锐性，是由于他们具有强烈的社会责任感。而对传统观念真正起解构作用的，则是消遣性的市场文艺。表现得最明显的是对理想主义和社会责任感的消解。有一位评论家在为王朔辩护时说："多年来，文人中总不乏那种忧患疙瘩，先知先觉，动不动就独上西楼把栏杆拍遍，指出这个，警惕那个，还有特别值得注意的及其他。口气深沉而又惨痛，结果如何呢：太阳照样升起，月亮照样落去，天气依然冬暖夏凉，社会仍然一如既往地按照自己的发展规律奋勇前进。只是'永别了武器'。写字是一门职业，应该用职业的态度对待它。除此之外，一切蒙着严肃的虚假和卓尔不群的指点江山与愤愤不平，全是自己吓唬自己的扯淡！"① 就道出了这层意思。

我国过去的文艺，无论是载道文艺、言志文艺、为政治服务的文艺或者是启蒙主义文艺，都有个共同的特点，即具有理想主义和强烈的社会责任感，虽然他们的社会理想并不相同。这种理想主义，往往体现在英雄形象身上。1949年以后，就强调要在作品中塑造无产阶级英雄人物。《红旗谱》中的朱老忠、《创业史》中的梁生宝、《红岩》中的许云峰和江姐、《欧阳海之歌》中的欧阳海，都是传颂一时的英雄人物，是青年学习的榜样。以"革命样板戏"为实践经验而总结出来的一套"三突出"写作原则，还把塑造革命英雄形象定为无产阶级革命文艺的基本任务。"文化大革命"结束以后的作品中，也还塑造了不少改革的英雄或为民请命的英雄，如《乔厂长上任记》中的乔光朴、《犯人李铜钟的故事》中的李铜钟，等等。即使并不塑造革命英雄形象的作品，也在批判中表现了一定的理想。而80—90年代出现的市场文艺，则消失了这种理想主义的思想力量，缺乏社会责任感。它们对于英雄人物和理想主义，大抵采取一种调侃的态度。王蒙评论王朔的作品是"躲避崇高"②，大抵说出了此类作品的特点。王朔自己则声称："因为我没念过什么大书、走上革命的浪漫的道路，受够了知识分子的气，这口气难以下

---

① 李路明：《王朔究竟犯了什么罪？》，见《王朔：大师还是痞子？》。
② 王蒙：《躲避崇高》，《读书》1993年第1期。

咽。像我这种粗人，头上始终压着一座知识分子的大山。他们那无孔不入的优越感，他们控制着全部社会价值系统，以他们的价值观为标准，使我们这些粗人挣扎起来非常困难。只有给他们打掉了，才有我们的翻身之日。"① 这其实是不实的遁辞。因为在王朔生长的年代，中国的知识分子早已失却了优越感，也无力去控制社会价值系统，长时期以来，他们一直是受批判和被改造的对象，即使在王朔开始写作的年代，知识分子也只不过刚从"臭老九"的重压下解放出来。王朔所要解构的是另一些人所控制着的"全部社会的价值系统"，只不过他善于"躲避"，不好直接说出，所以就找来知识分子这面人人可以敲打的庙头鼓，随意敲打一通而已。深知王朔其人的李晓明说："王朔是个特别聪明的人。他挺会做人，而且他绝对特别善于保护自己。"② 他把矛头指向知识分子，大概也是保护自己的一种方法罢！

　　但是知识分子此时毕竟已经有了一点发言权，他们对人文主义的失落表示不满，于是发起了一场关于人文主义的讨论，意在找回人文精神。但是，人文精神一旦失落，要找回来似乎也并不容易。因为市场经济给人带来了急功近利的思想，而现在所创导的知识经济，也大抵重在能立即转化为经济利益的科技知识，人文知识，则似乎有无用之感。在社会上，对人的评价标准是：谁会赚钱，谁就是英雄；对知识分子的评价标准是：谁能创收得多，谁的本领就高。青年们崇拜的对象、姑娘们择偶的对象也起了变化，不再是战斗英雄、劳动模范，也不是学者、教授，而是会赚钱、生活过得风光的人：经理、董事长、歌星、影星、球星等。所以，人文精神的讨论，并没有产生什么实际效果。因为人文主义多少总带点理想主义，而在市场经济下，崇尚的却是实利主义。这之间，是有很大差距的。

　　但是，在80—90年代文学中，也不能说完全没有理想主义，比如，张承志的作品就具有很强烈的理想主义，特别是他的长篇小说《心灵史》。但是，他所表现的却是一种宗教理想，他所颂扬的是回教中的哲合忍耶教派的原教旨。他甚至认为，鲁迅不知哲合忍耶，到底是一种遗憾。张承志崇敬鲁迅的硬骨头精神，但他却由此猜测鲁迅的祖上是"胡人"，因为在他看来，

---

① 王朔：《王朔自白》，《文艺争鸣》1993年第1期。

② 程青：《京城名流侃王朔：文化人的面孔》，见高波编《王朔：大师还是痞子》，北京燕山出版社1993年版，第184页。

东南汉族是不可能有这样的血性男儿的。正如青年批评家郜元宝所说的，他竟忘记了"会稽乃报仇雪耻之乡，非藏垢纳污之地"这句话。① 总之，这种宗教理想与人文主义的理想，是有很大的距离的。

那么，市场经济与人文精神是否水火不能相融的呢？从历史上看，似乎不能下这样的结论。其实，西方文艺复兴时期的人文主义，就是在市场经济的基础上发展起来的，它正是市民思想的一种表现。人文主义在 20 世纪90 年代中国的失落，并非市场经济的必然结果，其中有着较为复杂的原因：

首先倒是由于市场经济孕育得不充分之故。中国目前的市场经济是由计划经济转轨而来，还没有完全摆脱计划经济的模式，许多管理机制尚未及时转到市场经济的轨道上来。"看不见的手"和"看得见的手"同时在起作用。这在客观上助长了平庸和迷信思想的发展，不但导致理想的失落，而且出现了巫卜星相之书盛行，邪教组织活跃。"法轮功"的出现，是有一定的时代背景的。这类东西对于主流意识的消解作用，其实更大。

其次，西方后现代主义思潮的影响。近代中国由于后进的缘故，常常跟着西方的各种思潮转，有时还具有相当的盲目性。西方国家在发展资本主义的过程中，很强调个人奋斗，具有理想主义精神，从《鲁宾逊漂流记》到《红与黑》到《约翰·克里斯多夫》，宣扬的都是这种精神，马克斯·韦伯还认为新教伦理中的禁欲与奋斗思想对资本主义精神的发展起重要推动作用。后现代主义则是在西方的后工业社会里兴起的一种文化思潮，它反对中心性、整体性、体系性，消解启蒙时代以来的理性主义，它不要深度，而走向平面。这在西方，是对于理性主义的反动。但在中国，则连启蒙主义和理性主义都未发展得充分，就出现了后现代主义文化思想，这会使得我们的文化发展得很不健全。

因为受了后现代主义文化思潮的影响，人们的思想情趣和知识结构都发生了变化。评论家王干在《苏童意象》里对这位当今作家所描述的种种，是具有代表性的："在他的起居室的屋顶上，张贴着两幅同样的美国性感女星黑白照。他喜欢流行歌曲，喜欢穿名牌服装，喜欢到南京大大小小中式西式的餐厅去锻炼自己的胃口，还喜欢一个人眯着眼睛在大街上闲溜找风景，

_____

① 郜元宝：《二十今人志·张承志——在语言的地图上》，文汇出版社 1999 年版。

还特别喜欢逛商场、百货商店（这几乎是女人才有的习惯），喜欢在歌厅里卡拉 OK 唱几句半生不熟的英文歌曲，镇一镇那些光有钞票没有文化的小老板，喜欢和朋友没日没夜地搓麻将，喜欢看《扬子晚报》、《上海译报》、《青年参考》。在他的书架上，找不到一本黑格尔，也没有康德的影子。在苏童的生活里，没有理想主义，没有英雄主义，没有启蒙，没有哲学，没有绿党，也没有'红太阳'（一种录音盒带的名字）。苏童在艺术上的追求则并不是一种象征——深度模式，他喜欢在语言的平面上自由潇洒不受拘束地滑行，他认为，'深度'对他来说可能是一个沉重的负担。"①

再则，知识分子地位的低下，使得他们失却了创造能力，即使有所创造，也不能产生大的影响。而知识分子是文化精英，是引导时代思想前进的阶层。市场经济应该加强他们的独立地位，而不是削弱这种地位。在发达国家里，大学教授们在经济上大抵属于中产阶级，这保证了他们理论创造和艺术创作的物质基础。如果在经济上迫使他们去依附资本，那么他们就会失却创造性，必然会走向平庸。虽说现在逐步走向世界文学，但一个民族，一个国家，如果自己没有创造，在文化上就难以得到独立的发展。而文化上的发展，则有待于经济上的繁荣。

我们应该寄希望于市场经济的进一步发展。

（原载于《复旦学报》（社会科学版）2000 年第 3 期）

---

① 苏童：《刺青时代》，长江文艺出版社 1993 年版，第 295 页。

论文学读解

王汶成

一、问题的当代性以及对问题的基本理解

文学读解问题一直是 20 世纪文论中的一个突出问题，几乎 20 世纪所有的文论流派都对这一问题给予相当的关注，尤其是二战前后兴起的现象学文论、文学解释学、接受美学等，更是把这一问题列为它们理论体系中的核心问题。造成文学读解问题在 20 世纪文论中的显要地位的原因是多方面的，最贴近的自然是文论自身发展的原因，譬如 20 世纪文论总的发展趋势是从外部研究转向内部研究，又从内部研究"向外转"，把文学研究融入文化研究中去。无论是"向内转"，还是"向外转"，都必然从更深的层面上涉及文学读解问题，从而把这一问题推上文学研究的前沿。但是，文学读解成为一个显要问题的更加根本、更加起决定作用的原因，则来自 20 世纪社会历史的深刻而重大的发展变化。

众所周知，刚刚过去的 20 世纪是人类历史上一个极不寻常的世纪。如果说，这个世纪给人类历史面貌带来了某种整体性改变，那么这种改变是由两大历史进程推动和完成的。这两大历史进程，一个就是以"现代性"为核心内涵的所谓全球化趋势，一个是由传统的工业社会向后工业社会的过渡以及全新的信息时代的到来。这两个历史进程显然是紧密联系着的，实际上就是 20 世纪同一个历史必然趋向的两个不同的侧面，或者说两种不同的展示。"全球化"问题是一个极为复杂的问题，在这里，我们无意卷入有关的纷争。但有一点可以作为现象性描述加以肯定，这就是全球化进程并非 20 世纪的"专利"，它早在 20 世纪以前的几个世纪里就已开始，并且全球化进程也未

在 20 世纪终结，它还要在 21 世纪里取得更进一步的发展。20 世纪给予全球化的特殊贡献就在于最大限度地加快了这一进程，全方位地拓展了这一进程，并前所未有地使这一进程成为自己时代的显著特征。而这一切之所以可能，主要是因为凭借了科学技术在 20 世纪的空前进步。具体地说，就是现代电子通讯技术、电子计算机技术乃至互联网技术频频换代式的开发和利用。总之，现代高科技不仅是全球化进程的"加速器"，而且还是一个全新时代的"催生素"。于是，在 20 世纪的最后一二十年里，一个以知识经济为内核的信息时代终于降临了。所以，信息时代的降临，其实就是全球化进程在 20 世纪高科技的催化下产生的一个巨大的标志性成果。

那么，全球化趋势和信息时代的到来同 20 世纪文论研究中的文学读解问题有什么内在的关联呢？首先，在信息时代里，信息成为人们生存、发展的基本条件之一，人们因此陷入了信息的汪洋大海中，同时也陷入了语言的汪洋大海中，因为信息的运行和交流无论采用何种传播手段，都主要是以语言的形态呈现和存在的。所以在当今的世界上，到处充满了语言的魔力，也到处充满了语言的暴力；到处充满了对语言的崇拜，也到处充满了对语言的恐惧。语言这个万古之谜，直到今天才真正浮出了历史的表层，像一个难以挥去的巨大幻象缠绕着现代人的心灵，同时也成为一个无法回避的重大的时代课题，成为所有人文社会学科所关注的焦点。西方 20 世纪哲学中发生的所谓"语言论转向"就显然与这一背景相关。其次，全球化进程按通俗的理解就是所谓的"世界大同"的趋向，就是世界范围内的经济、政治、文化的一体化的趋向，它指向于打通和消解原有的民族国家的既定界限。20 世纪的全球化尽管也不可避免地存在着强势群体对弱势群体的剥夺、权力话语对无权话语的压制、中心地域对边缘地域的忽略，以及各区域、各民族文化之间的激烈交锋和冲撞，但从总的情况看，其主要方式还是通过对话和交流而达到相互的理解和融合。就是说，对话的指归是为了理解，只有理解才有互补，才有结合，才有交汇，才有真正的全球化。纵观 20 世纪，真正有成果的全球化都是在平等对话和公平竞争的基础上获得的。这样一来，就像语言问题一样，如何通过对话达到理解、如何阐释和理解话语就成为一个时代性课题。应该说，现代哲学解释学的兴趣就是对这一时代课题的最强有力的回应。上述全球化进程、信息时代的到来、哲学中的语言论转向、现代解释学的兴起等等，这一切汇合在一起，就构成了一种特定的时代氛围。受这种时代氛围的影响，文学研究一步步转向文学读解问题就成为顺理成章的事了。这就是20世纪以后，特别是20世纪60年代以后，文学读解问题上升为文学研究中的一个显要问题的最深刻的社会历史根源。

我国作为一个后起的第三世界国家，从20世纪70年代末开启了封闭已久的国门，大力实行改革开放政策，到90年代中我国的现代化建设事业已取得骄人的成绩，基本实现了与国际社会接轨，在经济、政治、文化各方面加速和深化了中国融入全球化的进程。在文学研究方面，经过多年的努力，也终于全面开通了与世界的联系，并逐步拉近了与世界的距离。回顾近20年中国文艺理论所走过的历程——从现实主义到现代主义、再到后现代主义，从反映论到主体论、到本体论、到读者论、再到文化论，其实就是新时期文艺理论不断地走向世界、走入世界的历程。因此，与世界文艺理论发展的总趋势大体一致，我国新时期文艺理论也越来越对文学语言、文学读解诸问题给以特殊的关注。尤其是进入90年代以来，以现代传媒为依托的大众文化迅速崛起，如何通过恰当地读解文学作品以提升大众的文学鉴赏水平，使大众面对鱼龙混杂的文化产品和过分沉重的商业气氛，依然保有起码的鉴别能力和较为纯正的审美趣味，就更成为一个亟待解决的现实问题。所以，今天重申文学读解问题，并不是偶然的、随意的，而是有着迫切的现实针对性和突出的当代意义的。

当然，在当今条件下提出文学读解问题加以讨论，绝不能简单地重复原有的观点，而是在原有观点的基础上创新。总起来看，原有的观点表现出两种偏向：一种偏重研究文学读解的解释学性质，认为文学读解本质上属于解释活动；一种偏重研究文学读解的美学性质，认为文学读解本质上属于审美活动。这两种偏向各有其合理性，也有其明显的片面性。我们今天讨论这个问题，试图综合和超越这两种偏向，以便在全新的语境中提出对问题的新见解。我们的基本观点是：文学读解活动由横纵交错的两方面合成，一方面是阅读活动的横向综合（从字到词、到句、到段、到篇），另一方面是理解活动的纵向深化（从"言"到"象"、到"意"），这两个方面相互激发、相互推动，构成了读解活动的两根交叉的主轴，整个读解活动就是沿着这两根主轴展开的。从这种构成形态中，我们可以明显地看到文学读解活动的性质。首先，文学读解活动是对语言文本的解释和理解活动，即通过对文本的阅读而达到对意义的理解，因而具有解释学的性质。其次，文学读解活动又是一种特殊的读解活动，其特殊性在于它是在审美欣赏中进行阅读理解的，因而又具有美学的性质。这就是说，文学读解活动具有双重性质，它既是解释活动，又是审美活动，这两方面综合起来，可以把它界定为审美的读解活动。

二、文学读解的解释学性质

从解释学的观点看，任何解释活动都离不开四个要素，即解释对象、解释主体、解释过程和解释的历史语境。任何解释学理论都是对这四个要素及其关系的一种阐述。因此，要解说文学读解的解释学性质，所涉及的主要问题就是：读解过程中部分和整体的关系问题、读解主体与读解客体的关系问题以及读解的客观性和历史性的关系问题。

第一个问题就是解释学中讲的"释义循环"，即在解释过程中，对部分的理解依赖于对整体的理解，而对整体的理解又依赖于对部分的理解，如此形成了部分和整体之间的互释循环。在文学读解中也同样存在着这个问题。如对一个诗句的理解，先要理解其中的每一个词，而要理解这个词必须等到理解了整个句子才有可能，因为这个词的意义是在句子上下文的整体关系中被确定的。这个问题之所以产生，完全是由于文本语言的线性特征造成的，这种线性特征使读解者不可能在瞬间把握整体，读解者的视点只能沿着这条语流线一个词语一个词语地向前游移，每一个"当下"时刻，都只处于语流线的某一个词语上。那么，读解者在还没有把握整体之前，他是如何理解作为这个整体部分的每一个词语的呢？英加登把这个问题与读解者在读解时的某种心理过程联系起来理解。他认为，读解者在阅读文本中的某一个句子时，一方面保留着对先前句子的记忆，另一方面又生发出对未来句子的期待①。这样，对先前句子的记忆和对未来句子的期待，就把当前的这个句子

---

① [波兰] 罗曼·英加登：《对文学的艺术作品的认识》，陈燕谷译，中国文联出版公司1988年版，第33页。

置放于上下文的整体联系中，从而使这个句子得以理解。当然，在具体的读解过程中，记忆可能变得模糊不清，这需要重新回指先前的句子来加以补救，预期也往往会出现偏差，这就需要对已经理解的意义加以补充和修正。接受美学家沃尔夫冈·伊塞尔也提出过类似的观点，认为"理解"建立在阅读的"游移视点"、"过去视野"和"未来视野"的融合的基础上①。无论是英加登的"记忆"和"预期"，还是伊塞尔的"过去视野"和"未来视野"，其实都是人类心理的一种"完形规律"的体现。"格式塔"心理学认为，人的知觉按照"整体大于部分之和"的原则，倾向于对事物感觉的整体把握，具有一种"完形"的能力，人的知觉经验越丰富，他的完形能力就越强。例如画一个圆在另一个圆之前，并部分地挡住了另一个圆，人们仍然会把被挡的那个圆看成一个圆形，而不会看成别的形状。人的这种完形能力同样也体现在读解活动中，人们总是倾向于把读到的语段的整个部分组成一个整体。如果遇到一个残缺的句子，人们就尽力把它补全。如《红楼梦》里林黛玉临终前对宝玉说的一句话，"你好……"，每个读者读到这里，都会自觉不自觉地依照自己的经验添补这句话的后半部分。正是这种完形的心理倾向和能力，使读解者在部分和整体的互释循环中不断地深化对文本的理解。

文学读解的解释学性质所涉及的第二个问题是读解主体与读解客体的关系问题。在文学读解中，读解主体在何种程度上受到文本的制约？是被动的，还是具有能动性和创造性的？古典释义学家大多主张，释义活动就是力图达到对文本的原义或本义的理解，释义者应忠实于文本，以文本为依据，不能穿凿附会，随意解说。现代哲学解释学倾向于认为完全恢复文本的原义是不可能的，解释者总是带着一定的成见走进文本的，因而在对文本的解释活动中必然带有解释者的创造性。例如加达默尔提出的"理解"就是"视域融合"的理论。他认为，任何一个解释都必须带有一定的"视域"，它是在给定的历史境遇中形成的。当解释者进入文本时，他的原有的视域就与文本中所包含的视域发生相互作用的关系，从而达到两个视域的相互汇合，而汇合的结果就是更高层次的、更普遍的视域的产生。这样，解释的过程就是不

---

① ［德］沃尔夫冈·伊塞尔：《本文与读者间的相互作用》，《文艺理论研究》1988 年第 6 期。

断改变解释者的视域并形成新视域的过程①。

如果说在一般的解释活动中，解释主体对解释客体表现出如此的能动性和创造性，那么，在文学读解活动中，读解者的能动性和创造性的作用似应显得更大一些、更充分一些。英加登把读解者在读解过程中的创造作用概括为文学作品的"具体化"②。接受美学家们则推出了"期待视野"的概念，以证实读者在接受中的主观创造性的发挥。所谓期待视野就是读者在读解一部作品之前就具有的一种先在的审美意识状态，这种审美意识状态是在他以往的全部审美经验中形成的，并且反映着他所在的那个历史时代的审美趣味和倾向。接受美学家认为，这种期待视野一旦形成，就在读者的接受活动中起着导向的作用，它决定着一部作品的接受过程并在这一过程中不断地被修正、被改变。在接受美学家那里，正是期待视野的这种先在性，使得读者的接受活动成为一个真正意义上的创造过程，它创造着作品，而且也创造着文学史。当然，接受美学家在强调读者接受的创造性时，仍然承认这种创造性是有限度的，受到接受对象——作品的"客观化"的节制③。

但属于"读者反应批评"的学者费什却把读者在阅读中的创造性夸大到极端，他认为"文本的客观性是幻觉，而且是个非常危险的幻觉"④，与费什的观点构成另一个极端的是日内瓦学派的批评家普莱的观点。普莱认为读者在阅读中基本上是被动的，扮演了一个微不足道的角色，"阅读就是这样一种方式：不仅屈从于大堆的外在语词、意象、观念，而且屈从于说出和容纳这些语词、意象、观念的那个异己的本源"，"作品在我之中过着它的生活"，"我被作品取代"⑤。这样一来，读者就全然沦为作品的"录音器"，他不是在读解这个作品，而是在"复制"这个作品，读者不再是一个有着自己

① ［德］加达默尔：《哲学解释学》，夏镇平等译，上海译文出版社 1994 年版，第 9、16 页。
② ［波兰］罗曼·英加登：《对文学的艺术作品的认识》，陈燕谷译，中国文联出版公司 1988 年版，第 49、52、54 页。
③ ［德］H. R. 姚斯：《走向接受美学》，周宁等译，见［德］H. R. 姚斯主编《接受美学与接受理论》，辽宁人民出版社 1987 年版，第 29 页。
④ ［美］斯坦利·K. 费什：《文学在读者中：感受文体学》，见王逢振主编《最新西方文论选》，漓江出版社 1991 年版，第 57、68 页。
⑤ ［比利时］乔治·普莱：《阅读的现象学》，见王逢振主编《最新西方文论选》，漓江出版社 1991 年版，第 6、8 页。

个性的能动的生命，而变成了作品暂且栖居、逗留的"场所"。

在我们看来，文学读解中的主客体之间的关系应该是一种相互影响、相互作用的关系，而读解活动也应该是一个主客体之间的"双向对逆"的过程，即客体刺激主体，引起主体的反应，同时主体的反应又反过来影响了客体。在这个过程中，诚如皮亚杰的发生认识论所讲的，主体的"认知图式"一方面"同化"着客体，把客体中的那些可认同的内容吸纳进来，以充实自身；另一方面又"顺应"着客体，通过对自身的修正和改变以适应客体中的那些异己的内容。而作品的意义就在读解者的这种既"同化"又"顺应"的活动中被揭示和生产出来了。这样，文学读解活动既不是作品本义的简单还原，也不是纯粹主观的随意发挥，而是读者的一种包含着"同化"和"顺应"两方面过程的特殊的创造活动。

文学读解的解释学性质涉及的第三个问题，就是客观性和历史性的关系问题。这个问题是由读解活动与读解客体的"时间差距"引起的。就是说，一部作品诞生之后，随着历史的发展，不同时代的读者对它的理解也在发生着变化。那么，如何解释这个现象呢？一般来说，古典释义学比较强调理解的客观性，认为"时间差距"必然导致理解的巨大障碍，对文本的许多曲解和误解都是由于历史语境的变迁而造成的，解决这一问题的办法就是回到文本产生的时代背景中去，通过重新体验前人的经验获得解释的客观性。与古典释义学相反，现代哲学解释学家强调的是理解的历史性，他们认为历史语境的变化不仅不会给理解造成障碍，反而是理解得以形成的重要条件。之所以这样说，主要有两个理由：一是历史发展所形成的时间距离，可以使解释者摆脱与自身利害相关的不利影响，以较为客观的态度对待文本，从而达到对文本的更公正的理解；二是历史发展所形成的时间差距，还可以使解释者借助更多的在历史中积累起来的传统力量去解释文本，从而达到对文本的最充分的理解。因为正是传统的连续性使流传下来的东西向我们呈现出它的真面目。

在文学读解中，同样也存在着客观性和历史性的关系问题。比如，文学史上经常出现这样的情况：有些作品发表之时，立即引起轰动效应，颇受读者的青睐，但是随着时代的变化，这些作品却逐渐不再被人看重，以至最终销声匿迹了。相反，有些作品在开始的时候，不被世人所注意，没有多少人知道它的存在，但是事隔多年之后，这些被尘封在历史中的作品却可能被人们重新发现，重新给予评价，甚至被视为经典之作，引起一代代人的经久不衰的阅读兴趣。例如莎士比亚的剧作、《红楼梦》等作品就经受到这样的历史命运。那么，一部作品在它的读解史和接受史上的这种戏剧性的变化说明了什么？对一部作品的接受和理解，在多大程度上取决于历史，又在多大程度上取决于作品本身的客观存在？接受美学家们曾对这些问题作过较为深入的探讨。姚斯认为，文学作品的存在价值仅在于等待人们对他的接受和理解，而文学作品的真正实现和产生出来就取决于人们对他的接受和理解。因此，决定一部作品的意义和价值的不是他自身的客观存在，而是它所产生的效果史和经历的接受史。姚斯指出，一部作品写出后，"第一个读者的理解将在一代又一代的接受之链上被充实和丰富，一部作品的历史意义就是在这种过程中得以确定，它的审美价值也是在这过程中得以证实"①。姚斯还由此提出了他的文学史理论，认为文学史的撰写不能像以往那样只是客观地描述作品及其创作过程，应该着重研究作品在接受中的历史变化。在他看来，文学史就是文学文本的接受史，有必要从读者接受的角度"重新撰写文学史"②。从姚斯的观点看，他把文学接受的历史性绝对化了，从而全然否定了对一部作品的接受和理解可能有任何客观的依据和标准，作品本身无所谓优劣高下，一切取决于人们的解释和评说。这就使他在思想方法上陷入了怀疑论和相对主义的泥淖。与姚斯相比，英加登在这个问题上则采取了较为审慎的态度。他虽然肯定了"具体化"因人、因时而不断变动的必然性和必要性，但同时也对"具体化"的客体基础和客观依据坚信不疑。他指出，"具体化"的各种成果是具有不同的认识价值的，有的成果较为接近作品本身，有的成果偏离了作品的客观性，因而是"不忠实"的、"不适当"的具体化。文学研究者应该对这些成果给以认识论上的鉴别和评价。英加登认为这一任务实际上就是对公众的一种艺术教育，"这种教育的开端是认识具体的文学的艺术作品，通过一种适当的富有成果的审美经验——他们导致忠实的和有

---

① ［德］H. R. 姚斯：《走向接受美学》，周宁等译，见［德］H. R. 姚斯等主编《接受美学与接受理论》，辽宁人民出版社 1987 年版，第 25 页。

② ［德］H. R. 姚斯：《走向接受美学》，周宁等译，见［德］H. R. 姚斯等主编《接受美学与接受理论》，辽宁人民出版社 1987 年版，第 25 页。

价值的审美具体化"①。如果说英加登的观点还多少偏向于文学读解的客观性的话，那么韦勒克在这个问题上的观点则显得更为辩证一些。与一般"新批评"理论家不同的是，韦勒克不再把文本看作绝对自在自足的客体。他指出，文本不能理解为像三角形那样的可直接观察的、毫无变化的"理想的客体"，它虽然"不等同于任何经验"，但"只有通过个人经验才能接近它"。此外，它还"具有一种可以成为'生命'的东西"，"它有一个可以描述的发展过程，这一过程不是别的，而是一种特定的艺术品在历史上的一系列的具体化"，"它在历史的进程中通过读者、批评家以及与它同时代的艺术家的头脑时发生变化"。但韦勒克又特别声明，"这种动态的观念并不意味着只是主观主义和相对主义。所有不同的观点绝不是同样正确的。人们总可能确定哪一种观点能够更完整、更深入地把握住这一题目"，因为文本结构虽然是"动态的"，但"这种结构的本质历经许多世纪仍旧不变"②。这样，在韦勒克那里，文学读解的客观性和历史性就辩证地统一起来了。

三、文学读解的美学性质

文学读解活动与非文学读解活动的根本不同就在于它的美学性质，就是说它不是一种纯然的解释性活动，而是一种审美的读解活动。加达默尔谈到美学和解释学的关系时认为，"解释学包括了美学"。因为在他看来，"艺术语言就是艺术品自己说话的语言"，"我们的任务就是去理解它所说的意义，并使这种意义对我们和他人都清楚明白"，自然"处于解释学任务的领域之中"。但是，另一方面，加达默尔又指出，"艺术语言指的是表现在作品本身之中的更多的意义"，它的"不可穷尽性就是以这种更多的意义为基础的"，因而"当我们在理解一部艺术品时不可能满足于备受宠爱的解释学规则"③。姚斯作为一个文学史家和美学家当然更加注重文学阐释的审美特征，他承认"在审美感知中，理解也始终是在起作用的"，但他又接着强调说：

---

① ［波兰］罗曼·英加登：《对文学的艺术作品的认识》，陈燕谷译，中国文联出版公司1988年版，第429页。

② ［美］韦勒克、沃伦：《文学理论》，刘象愚等译，三联书店1984年版，第162—164页。

③ ［德］加达默尔：《哲学解释学》，夏镇平等译，上海译文出版社1994年版，第101、103页。

"不是那样一种理解，即必须明确地探究文本以便把它理解成一个答案；更确切地说，这种理解就是在审美感知中，对某种向读者展示的世界图景含蓄的理解。"① 那么，审美的文学读解与非审美的一般读解的根本区别何在呢？我们可以用一句话来概括，这种区别就在于：文学读解是在语言形式和感性直观之中领悟意义，一般读解则是透过语言形式直达意义。为了便于理解这个说法，先让我们举个例子来说明。

假设有两个句子，一个是一条数学定理："三角形的三个内角之和等于180度"；一个是一句诗："当黄昏掩埋了白昼，死神便在暗中出没。"前一个句子也有它特定的措辞用语和句法构成等语言形式，但我们在读解它时，这些语言形式仿佛并不存在，我们注意的是在这些形式背后的意义。我们仔细地读着这句话，只是因为我们要理解它的含义，一旦我们弄懂了这条定理的意义，这句话马上就被抛到一边。因为这句话本身已对我们毫无用处，我们已经掌握了这条定理，真正有用处的正是这条定理，而不是表述这定理的语言。这就是非审美的读解活动的主要特征，即透过语言形式直达的意义。但是读解后一句话，情况就完全两样了。我们马上被这个诗句本身所吸引，它的那些词语，它的那种情调，它所烘托的那种氛围，使我们久久沉迷于其中而不能脱出。"掩埋"是什么意思？黄昏怎能掩埋了白昼？为什么说死神在暗中出没？这些问题纷至沓来，盘旋在我们的脑中。我们在这句诗里模模糊糊地感到某种恐怖的气氛，某种不祥的预兆和种种昏暗朦胧的意象。但这句诗到底是什么意思，却可能仍然不甚明了。我们读这句诗好像总是被"阻截"在它的语言形式和直观表象之中不能自拔。即使是在小说、散文里这种情况也不能完全避免。如鲁迅的《秋夜》一开头："在我的后园，可以看见墙外有两株树，一株是枣树，还有一株也是枣树。"这句话的字面意义并不难懂，无非是讲后园里有两株枣树，但我们在读它时，却被它这别致的"说法"所困惑，作者为什么不直接说有两株枣树，而要说"一株是……"、"还有一株也是……"，我们会觉得这说法里别有一点意思。这就是文学读解的审美特征，即在语言形式和感性直观之中领悟意义。就是说，在文学读解里，对于意义的理解和把握永远不脱离具体的语言形式和直观形象，一旦脱

① ［德］H. R. 姚斯：《文学与阐释学》，《文艺理论研究》1986 年第 5 期。

离它们，文学读解马上就变为非审美的一般读解了。

　　加达默尔在说明艺术解释的审美性时也特别指出了这种特征。他说："艺术语言的独特标志在于：个别艺术作品集聚于自身并表达了（用解释学的话说）属于一切存在物的象征特征。……艺术品与我们打交道时带有亲近性同时却以谜一般的方式成为对熟悉的破坏和毁坏。"① 姚斯对此也有更为明确的论述："审美特征的考察——这一特征对于有别于神学、法律或语言本文的诗的文本来说是独特的——必须沿着为审美感知所提供的方向进行，这种感知过程是通过文本结构，节奏暗示，形式的渐次完成而构成的。"② 在这里，姚斯强调的是：文学文本的理解和"释义"必须通过"审美感知"，而审美感知又是在语言形式和直观意象中"渐次完成和构成的"。所谓"渐次"，其实就是说文学读解在理解意义方面由"言"的阅读到"象"的想象再到"意"的感悟的纵向深化的过程。文学读解一方面分别在各个层次里"回旋"和"驻留"，另一方面又不断地依次向更深的层次深入。文学读解的审美特征就体现在这种既滞留又深入的过程之中。比如，在"言"的阅读层次，读者可以感受到语句的韵律、节奏、形式意味给他带来的审美的愉悦，但语句的意指作用必然又引导他进入到"象"的想象层次。在这个层次里，他又会在一个充满着表象、情感、意念的艺术世界里流连忘返。与此同时，他在对这个世界的想象、体验和玩味中又会深入到对意义的感悟，而在意义的感悟这个层次里，他的思绪又可以向各个方面和各个层面上追索和探寻，因为内含在"象"中的"意"本身就是多重的、含混的和不确定的。在这里，读者的理解活动实际上是处于不断地回复往返和无限深入的过程中的。但是，无论他深入得多么远、多么深，却始终不离开语言形式和感性形象，始终是在语言表达和形象直观之中进行的，即姚斯所说的"这种理解就是在审美感知中，对某种向读者展示的世界图景含蓄的理解"。

　　让我们再举个例子来说明审美理解的这一特征。柳宗元的《江雪》："千山鸟飞绝，万径人踪灭。孤舟蓑笠翁，独钓寒江雪。"这首诗寥寥数语，但寓意颇深，可能有的诗评者会解释说，这首诗表现了一种清高孤傲的人格，

----

① ［德］加达默尔：《哲学解释学》，夏镇平等译，上海译文出版社 1994 年版，第 104 页。
② ［德］H. R. 姚斯：《文学与阐释学》，《文艺理论研究》1986 年第 5 期。

或者说，一种伟大的孤独的情怀。但是，什么是清高孤傲的人格？什么是伟大孤独的情怀？光听诗评者的解释，读者是永远体会不到的。这不像学习一个数学定理，只要有人给你讲明了这个定理的概念和其中的道理，只要你听懂了这些概念和道理，你就掌握了这个定理，至于这个定理的语言表达式，你不一定非读它不可。但是，理解一首诗就不能这样，无论别人如何解说，如果你自己不去接触这首诗、不去阅读这首诗，你就永远毫无所得。你阅读这首诗，就是在感知这诗的语言形式和所描绘的图景、境界，你只有通过这种具体的感知，才可能把捉到这诗的内涵和意义。当我们阅读《江雪》这首诗时，首先是五言绝句的那种特有的语言格式给我们留下深刻的印象，从一、二两句的对仗语式，"绝"、"天"、"雪"三个韵脚的相继出现，以及平仄相间而造成的声响节奏等语言形式，我们感受到了一种深沉而又冷峻的语调和高阔悠远而又有些悲怆的韵味。随着这种感受，我们潜入了诗的境界，这是一个"雪"的世界，在这个飞鸟绝迹、渺无人踪的"雪"的世界里，"山"、"径"、"江"的意象都是非常迷蒙的，唯独"独钓翁"的形象远远地凸现出来，却又相当清晰，他头戴笠帽，身披蓑衣，块然定坐于舟中，独自一人在江上钓鱼。这样一个诗的境界将引发读者的各式各样的想象和思索，也正是在这些想象和思索中，产生了对诗的各种各样的理解。所以，文学读解的审美特性就体现在，不是透过语言形式而是就在语言形式和感性直观里领悟意义。中国古代文论中经常说到的"玩味"、"兴会"、"妙悟"、"神与物游"、"思与境偕"、"言有尽而意无穷"等概念，其实就是对文学读解的这一审美特性的经验性表述，这些概念都可以从这个角度给以新的解释。

需要进一步澄清的是，我们说的在形式"之中"领悟意义，显然不是指仅仅局限于纯形式的直觉观赏，更不是指德里达所说的那种消解中心、消解意义的能指的"剩余物"、"替补物"的游戏，而是指一种审美地理解文学文本的特殊方式，它在本质上仍然属于一种通过阅读而达到理解的活动，它的目的仍然是理解意义。既然这样，文学读解就不可能是一种纯然以自身为目的的无功利的行为，它必然通过审美地理解意义的过程而与意义的最初发现者——作者联系起来，也与意义的终极根源——现实世界联系起来，正是在这些不可避免的联系之中，读者与作者以文本的理解为中介进行着思想感情的交流。从这个意义上看，文学读解活动就是人与人之间的理解活动和交流活动，读者的精神境界在这种理解和交流中获得了充实、提高和升华，同时又反过来对他所生活于其中的那个世界产生或隐或显，或大或小的影响，尽管这一切的相互作用和相互影响都是在审美的方式中不知不觉地完成的。

（原载《文学评论》2001 年第 3 期）

陆机《文赋》与文艺学的元问题

程相占

　　狭义的文艺学就是文学理论，元问题就是该学科最基本的、处于核心地位的问题，它应该包容该学科所有主要问题并具有一定的开放性。文艺学的主要问题包括文艺学的对象、文学观、创作论、作品论、解读论以及发展论等，那么，哪一个问题能够包容这些问题而成为文艺学的元问题呢？当代文艺学对此似未深究。笔者认为，回答这一问题必须以对文学的基本描述为前提。对文学的描述包括三方面：一是情感性，这是文学的本体；二是形象性，这是文学的特征；三是语言性，这是文学的表达媒介。简言之，即情、象、言三者之关系。促使笔者思考这一问题的是陆机的《文赋》。其小序云："余每观才士之所作，窃有以得其用心。夫其放言遣辞，良多变矣。妍蚩好恶，可得而言，每自属文，尤见其情。恒患意不称物，文不逮意。盖非知之难，能之难也。"其论"为文之用心"涉及了"意"、"物"、"文"三者的关系，《文赋》全篇则相当深入地探讨了"意"、"物"、"文"三者之间的关系，以及达到"意称物"、"文逮意"的途径。刘勰"本陆机氏而昌论文心"（章学诚语），在《文心雕龙》中更深入地探讨了"意"、"物"、"文"三者之间的关系。其"意"与"情"、"文"与"辞"基本相同。尽管陆、刘二人并不具备我们今天的文学观念，"物"也不完全等同于今天的形象，但其理论确有深刻之处，对探讨文艺学的元问题有着重大的启示。本文首先追踪陆机意—物—文三角的中国古代哲学渊源，并用当代西方语言哲学中的思想—世界—语言三角来进行对照，将之作为文艺学元问题的哲学基础；然后运用这一元问题三角对文艺学的主要问题作出讨论，以期推进学界对文艺学元问题的研究。

一、文艺学元问题的中、西哲学基础

陆机《文赋》中对意—物—文三角的论述，受到中国古代哲学"言意之辨"的影响。最早集中论述言意关系的是《庄子》。《庄子·天道》篇说："世之所贵，道者书也，书不过语，语有贵也。语之所贵者意也，意有所随。意之所随者，不可以言传也，而世因贵言传书。世虽贵之哉，犹不足贵也，为其贵非其贵也。"从"意之所随者不可言传"出发，《庄子》认为世人所读之书不过是古人的糟粕而已。《庄子·秋子》篇说："可以言论者，物之粗也；可以意致者，物之精也；言之所不能论，意之所不能察致者，不期精粗焉。"《庄子·外物》篇又说："筌所以在鱼，得鱼而忘筌；蹄者所以在兔，得兔而忘蹄；言者所以在意，得意而忘言。"《庄子》之所以强调"言不尽意"，原因在于"道"之不可言传性，即如《知北游》篇所说"道不可言，言而非也"，最终走向了言意之间的对立与对圣人之书存在价值的否定。《周易·系辞》受《庄子》启发，利用《周易》本身所具有的卦象的特点，在言与意之间加入了"象"这一中间环节，作为沟通言、意的桥梁。在解释《易经》中的卦爻辞（言）、卦爻象（象）与卦爻象所蕴含的意思（意）三者之间的关系时，《系辞》这样讲道："子曰：书不尽言，言不尽意。然则圣人之意，其不可见乎？子曰：圣人立象以尽意，设卦以尽情伪，系辞焉以尽其言。"这段话在产生后的几百年中并未引起充分重视，直到王弼对它作出创造性解释后，才获得了强大的生命力与深刻的理论内涵。由于六经被视为中国文化之源、价值之源和智慧之源，并且在社会中具有不可动摇的权威性，自西汉开始，历代思想家往往通过注释经典来表达自己的新思想。魏晋的玄学家们所找到的解经工具便是"言意之辨"，代表人物有荀粲、王弼。荀粲诸兄并以儒术论议；而"粲独好言道，常以为子贡称夫子之言性与天道，不可得而闻，然则六经虽存，固圣人之糠秕。粲兄俣难曰：'《易》亦云圣人立象以尽意，系辞焉以尽言，则微言胡为不可得而闻见哉？'粲答曰：'盖理之微者，非物象之所举也，今称立象以尽意，此非通于意外者也；系辞焉以尽言，此非言乎系表者也；斯则象外之意，系表之言，固蕴而不出矣。及当时能言者不能屈也。'"① 荀粲所讲的"理之微者"亦即"象外之意"、"系表之言",指的是圣人所言的"性与天道"。他认为这种"意"根本不在六经(言)之中,所持的语言观近于《庄子》的"言不尽意"论。但《庄子》与荀粲都面临一个悖论性的难题:如果说六经(言)不尽合圣人对"性与天道"的看法(意),那么其价值何在? 其结论必将走向对六经的否定,这显然难以被社会接受;如果说六经仍有传达圣人之意的价值(言可达意),那么它又是怎么样完成这一使命的呢? 这个悖论的理论底蕴是如何将"言不尽意"与"言尽意"这一对相反的命题统一起来的? 王弼的哲学贡献就在于借鉴《周易·系辞》中的言、象、意关系论,成功地将"言不尽意"、"立象以尽意"、"得意忘言"三个命题有机地统一了起来,从而完成了一次哲学革命。

王弼《周易略例·明象》有一段著名的话:"夫象者,出意者也。言者,明象者也。尽意莫若象,尽象莫若言。言生于象,故可寻言以观象;象生于意,故可寻象以观意。意以象尽,象以言著。故言者所以明象,得象而忘言;象者,所以存意,得意而忘象。犹蹄者所以在兔,得兔而忘蹄;筌者所以在鱼,得鱼而忘筌也……然则,忘象者,乃得意者也。得意在忘象,得象在忘言。故立象以尽意,而象可忘也;重画以尽情,而画可忘也。"② "意"指卦象所包含的意义,在王弼那里有两个层次,一用于表达有形世界,包括解释天地万物和礼乐刑政人事方面内容的"意",这种意由圣人用语言(名号)遗留在六经中,故意与言有着统一性;二用于表达无形之物,即抽象本体"无"的"意",它近于孔子之"性与天道"与《庄子》之"道",这种意既不能用语言完全表达,也不能靠语言去把握,故意与言有着差异对立性。③ "象"本指卦象,又可泛指一切可见之征兆,如《系辞》上所言"见乃谓之象"。同时,根据《系辞》上所言,"象"是"圣人见天下之赜,而拟诸其形容、象其物宜"的结果,也就是圣人根据世界现象进行的加工创造。"言"指说明卦象或物象的语言文字,即卦辞、爻辞等,可以泛指语言。王弼的论述主要是为了解决"无"(近于先秦哲学中的"道")的特性及对它的表达问题。作为世界的本体或本源,"无"显然属于"世界";作为"玄远之

① 陈寿:《三国志·魏书·荀传》,注引晋阳秋,中华书局 1959 年版,第 319—320 页。
② 王弼:《王弼集校释》,楼宇烈校释,中华书局 1980 年版,第 609 页。
③ 参见王晓毅《王弼评传》,南京大学出版社 1996 年版,第 220 页。

意",它又是思想或者说心灵的一部分;作为指符,它又是语言文字:它与世界—思想—语言三角密不可分。"无"的特性是不可言说,对它的言说(表达)就是一个悖论(所谓"道可道,非常道");而解决这一悖论必须首先"立言以明象,立象以存意",然后再"忘言以得象,忘象以得意",在"立"与"忘"的辩证统一中达成对"玄远之意"—"无"的把握。总而言之,言—象—意三者密不可分。因此,无论是从特性上,还是从对它的表达上,"无"都是一个三角形。

晚期希腊的怀疑论者提出过三个命题:一,事物的存在是无法确定其是否真实的;二,即使它们是真实的,也是不可认识的;三,即使它们是可以认识的,也是不可言说的。命题一是对本体论的怀疑,命题二是对认识论的怀疑,命题三是对语言学的怀疑。[①] 这三个命题实际上昭示了西方哲学发展三个阶段所主要探讨的问题:古代的本体论,近代的认识论,现当代的语言论。徐友渔先生将西方哲学中的语言转向称为"哥白尼式"的革命,足见其意义之重大。但是应该看到,现当代的语言哲学家中有些人试图通过考察语言、思想、实在这三者的关系来确定语言在哲学研究中的优先地位,他们往往将这三个因素描述为一种三角关系,例如,伯兰克本在《对词的扩展》一书的开头处讲到,语言哲学力图达到对讲话者、语言和世界这三个因素的理解,其三角关系如下:

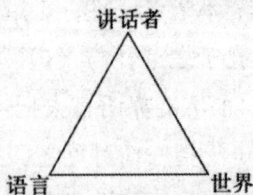

在伯兰克本的理论中,研究讲话者与语言关系的是意义理论,研究语言与世界关系的是真理论,研究讲话者与世界关系的是知识论。另一位哲学家格雷林则提出一个新的三角形,并为三角形的三条边加上了箭头(如下图),用以表示进行哲学研究时所采取的逻辑顺序:[②]

---

① 参见夏基松《现代西方哲学教程新编》,高等教育出版社 1998 年版,第 8 页。

② 参见徐友渔《"哥白尼式"的革命》,三联书店 1994 年版。

语言

思想　　　　　　实在

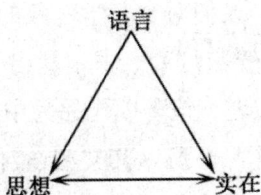

　　并非所有的语言哲学家都明确意识到这个三角关系，例如有的哲学家忽视人这一因素，还有人把语言当成自立、自足的领域，认为可以不谈语言指向世界的作用而研究语言的意义。尽管如此，这一三角的出现超越了西方哲学一元本体论研究（研究世界或实在）与二元的认识论研究（研究人对世界或实在的认识关系）的偏颇，可以视为对于晚期希腊怀疑论者三个怀疑的全面回应，这或许才是"'哥白尼式'的革命"的真正意义之所在。

　　中国古代的意—象—言三角与当代西方思想—世界—语言三角是不同的哲学三角，二者的差异是明显的，但也确有其相通之处。这表明真正的哲学问题永远有着相通性。人类的广义的文化创造活动，无非是作为主体的人面对他们的世界的一种意愿表达，人、世界、表达三者无疑是三个根本性的要素，也正是一个人—世界—表达三角，我们不妨将之称谓人类学三角。人为主体，是知、情、意的统一体；世界也不仅是物质世界，而应该是卡尔·波普尔所论世界 1（客观物理世界）、世界 2（人的心灵世界）、世界 3（人的文化世界）的总和；表达媒介也不仅限于语言文字（现代哲学又将语言区分为科学语言、日常语言、文学语言），而可以是任何表义符号。从人类学三角来观照中外哲学三角，就会觉得哲学家们所论的合理与深刻。文学活动作为人类活动中特殊的一种，必然既具有人类活动的一般性，又具有自己的特殊性；换言之，文学活动既符合人类学三角，又必然是一个独特的三角，两个三角之间是普遍与特殊的关系，综合上文所论，也就是人—世界—表达这一人类学三角与情—象—言（特指文学语言）这一三角的关系。正因为如此，文艺学元问题既有其独特性，又有其开放性。

二、文艺学元问题的展开

　　有了以上的理论前提，我们就可以对文艺学的元问题进行展开考察。

　　首先是文艺学的对象。人们对文艺学对象的界定不断发展变化，20 世纪 50 年代艾布拉姆斯在《镜与灯》一书中提出了著名的文学理论四要素：作品、艺术家、世界、欣赏者。该著以作品为中心建立了一个三角形框架，主旨在于从不同角度研究作品，所以其文艺学对象仍旧是作品。70 年代刘若愚在《中国文学理论》一书中把艾氏的三角形改造为循环运动的圆圈图形，即世界—作家—作品—读者四要素的动态运动过程，不再以作品为中心，文艺学的对象从而转变为文学活动。这一论断为学术界普遍接受，可视为当代文艺学的重大变革。如果说作家与读者都是"人"而可以合并为一的话，那么，刘氏的四要素圆圈就转化为世界—人—作品三要素，从而与文艺学元问题三角对应契合。

　　其次是文学观与创作论。观念是对某种现象"是什么"的回答，可以看作行为准则的深层意识化，它指导着人的活动。文学观对于文学活动的重要性即在于此。历史上关于文学的观念主要有三种：一是再现论，其哲学基础是反映论，认为文学是对社会生活的反映，具体的文学样式以现实主义为代表；二是表现论，其哲学基础可称为主观唯心主义，认为文学是作家主观心灵的流露，具体的文学样式以浪漫主义为代表；三是形式论，认为文学的本质在于"文学性"，即语言形式的独特运用，具体的理论派别是俄国形式主义。这三种流派各有长短，再现论能够回答文学的最终本源（世界）和在生活中的地位，但容易忽视文学的主体性；表现论突出了文学的主体性（作家），但又无法回答文学的最终本源，二者互为长短；如果说再现论与表现论的共同缺陷在于忽视了文学的语言形式性的话，那么，形式论则弥补了这一短处，突出强调了文学的语言形式性（语言），但又因割断了文学与世界、作家二者的联系而受到批评。由此可见，以上三种理论各执一端，需要综合统一。文艺学的元问题正可将三者浑融地统一起来。已有论著指出，文学是再现、表现、形式三大性能的统一。① 当代语言哲学表明：人与世界之间并非是镜式的映象关系，人"看"世界时必须经过"语言"这一中介之"网"；同时，语言对人的思想也有着巨大影响，语言决定着人的思维方式，有的哲学家甚至提出"语言牢房"的说法，用于表示语言对人的制约性。因此，文

---

① 参见狄其骢等《文艺学新论》，山东教育出版社 1994 年版，第 161—170 页。

学创作论必然是陆机所言的"意称物"与"文逮意"两个环节，涉及"意"（思想或心灵）、"物"（世界）、"文"（语言）三要素。缺少其中任何一个要素的创作论都必然是不完备的。

第三是作品论与解读论。笔者认为，关于作品的所有论述都可以视为读者解读的"前理解"，单独的"作品论"是很难成立的，有什么样的作品论必然意味着有什么样的解读论，二者应结合在一起研究。这是笔者对当前流行的文艺学著作中"作品论"的基本看法。国内已经有学者明显地受王弼意—象—言关系论的启发，并与波兰现象学美学家英加登的作品层次论结合起来，将作品理解为由"言"到"象"再到"意"层层递进的三个相关性层次。① 刘勰在《文心雕龙·知音》篇中指出："缀文者情动而辞发，观文者披文以入情。"创作与解读是方向恰恰相反的两种活动，"观文"（解读）的顺序是由言而象而意的逐层深入过程，这与时下的"作品论"完全重合，也与我们所论的文艺学三角完全契合。

第四是文学发展论。美国当代文艺批评家詹姆逊从索绪尔语言学中借用了"参符"、"意符"和"指符"三个概念，来分别代表现实主义阶段、现代主义阶段与后现代主义阶段，又从马克思那里借用了"物化"的概念，以"物化的力量"作为推动文化演进的客观动力。他假定在前资本主义各个具有神圣组织结构的不同社会阶段中，语言具有完全不同的结构和作用。后来，这种"物化的力量"驱逐了那个古老的、象征化的前资本主义世界，使语言和文化的经验中出现了新的关于外在参照物的观念，形成了"参符"（语言符号—意义—外在参照物）的时代，亦即现实主义时代；此后，物化的力量继续发挥作用，开始把曾经为现实主义提供了客体的参符的经验置之不理，从而导入一种新的历史经验，即符号本身和文化仿佛有一种流动的半自主性，这就形成了现代主义阶段，符号只剩下指符和意符的结合（语言符号—意义）；最后，由于物化持续的压力开始渗入符号的两个部分之中，在全然消失了参符之后又将指符和意符分离开来，意符或者说语言的意义又被搁置一旁，文化文本只剩下了新奇的自动指符（语言符号），而这就是后现

① 参见王岳川《艺术本体论》，三联书店 1994 年版，第 229 页。

代主义文艺阶段。[1] "参符"是世界、意义、语符三者的结合,"意符"是意义、语符二者的结合,"指符"则只有语符自身。这样,我们可以用文艺学元问题三角来观照文学史,将从现实主义到现代主义再到后现代主义的发展演变,概括为物—意—文三元(现实主义)向意—文二元(现代主义)向文一元(后现代主义)的演变。

(原载于《苏州大学学报》2002年第1期)

---

[1] 参见谭好哲《文艺与意识形态》,山东大学出版社1997年版,第208—209页。

论小说话语的两种基本的言说方式

王汶成

任何一个有小说阅读经验的人都可以轻易地觉察到，小说话语作为一种叙事话语有着两种基本的言说方式，一种是叙述，一种是描写。几乎所有的小说都交叉使用这两种言说方式，单纯使用某一种言说方式的小说可以说绝无仅有。这两种言说方式的差别是显而易见的，试比较下面的两段话："老刘头吃完饭后，给老伴打声招呼，就出去散步了"；"老刘头放下筷子，折了一根细细的扫帚苗，一边用它剔着牙，一边对收拾碗筷的老伴说：'出去遛遛。'话音未落，他已经悠悠地走出了门。"前一段是叙述，只是告诉了我们一件事，老刘头吃饭后去散步，至于老刘头如何吃完饭，如何给老伴打招呼，如何走出门，从这段话中我们得不到这些信息，我们只是被告知发生了一件事，这就是叙述。后一段是描写，读过这段话，我们不仅得知了一件事，还看到了这件事发生的具体情境和过程，好像不是叙事人在说什么，而是像舞台上表演的戏剧，一幅动态的画面自动地呈现在我们面前。这两种言说方式的根本差别在于，叙述是事件的告知，描写则是场景的展示。毫无疑问，讲故事必须要运用叙述，讲述者要尽可能连续地把一个个事件及其因果联系告知听者，直到把这个故事讲完。叙述可以说是叙事话语的最常见的、最自然的言说方式。但问题是，小说叙事为什么还要运用描写的方式？描写的方式在小说叙事中到底起了什么作用？

早在古希腊时期，柏拉图在谈论荷马史诗时就已经注意到了叙事的两种不同的言说方式。他首先指出，他在荷马史诗里发现了两种讲述故事的方式：一种是诗人"以自己的身份在说话"，称之为"单纯叙述"；一种是"诗人站在当事人的地位说话"，也就是让故事中的人物直接出面表演和说话，这种方式称为"摹仿叙述"。例如《伊利亚特》开头讲到阿波罗神的祭司克律塞斯时说道:"他怀揣巨额赎金,手执上挂神箭手阿波罗头戴的金棒,来到阿凯安家族性能良好的船上赎自己的女儿;他恳求阿凯安全家,特别恳求阿特雷亚的儿子,那两个善于调节纠纷的战士……"这一段在柏拉图看来基本上属于"单纯叙述",而在接下去的一段里,荷马开始让克律塞斯本人讲话,按柏拉图的说法,诗人假装成了克律塞斯,并"尽一切可能使我们产生不是荷马,而是那位老人,阿波罗的祭司在讲话的错觉",而这一段就是所谓的"摹仿叙述"了。请看克律塞斯说的这段话:"阿德里德们,还有你们,绑着护腿铠甲的阿凯安们,但愿奥林匹斯诸神帮助你们摧毁普里亚姆斯的城池,然后安全返回家园。但也请你们把我的女儿还给我! 为此,请看在宙斯之子、神箭手阿波罗的份上,接受这笔赎金吧。"柏拉图认为,"摹仿叙述"原本是悲剧、喜剧特有的方式,被诗人们借用到史诗里去了。随即柏拉图提出一问题,"我们应该决定是否准许诗人们用摹仿来叙述,如果可以用摹仿,还是通篇用或部分用,在什么情形才应该用那个形式,还是完全禁止用摹仿的形式"。柏拉图的结论是:应慎重使用摹仿的叙述。他的理由,其一是"每个人只能做好一件事,不能同时做好许多事",也"不可能把许多事都摹仿得好",因而摹仿总是与"摹仿的蓝本"差得很远,是很不真实的;其二是摹仿各种各样的事必然也包括摹仿卑劣的事和坏人,而摹仿卑劣的事和坏人是不道德的。所以,柏拉图主张,史诗的写作应尽量多用单纯叙述,非用摹仿叙述不可,也只能摹仿好人,而不要摹仿坏人①。

　　柏拉图所讲的"单纯叙述"和"摹仿叙述"的区分,大致与我们说的"叙述"与"描写"相同。他在谈到两者的区别时说:"如果诗人永远不隐藏自己,不用旁人名义说话,他的诗就是单纯叙述,不是摹仿。"② 他的意思是说,单纯叙述是诗人直接出面说话,而摹仿叙述则是诗人有意隐蔽自身而让作品中的人物出面说话,或让场景自己显示出来,这个意思显然就是指的叙事的两种言说方式:叙述和描写。柏拉图最早发现了文学叙事中的两种言说方式,并准确地指出了两者之间的本质差别,这不能不说是柏拉图对早期叙

---

① 〔古希腊〕柏拉图:《文艺对话集》,朱光潜译,人民文学出版社 1983 年版,第 47—56 页。
② 〔古希腊〕柏拉图:《文艺对话集》,朱光潜译,人民文学出版社 1983 年版,第 49 页。

事理论的贡献。但他对两种言说方式的评价（贬低摹仿叙述在叙事中的作用，认为这种方式是不必要的，甚至是有害的），则由于明显偏离文学叙事学的立场而站到了哲学、政治学、伦理学的立场看问题，而遭到了后世某些流派的小说家的越来越强烈的反对和抵制。从批判现实主义的小说里，我们已经看到了对于"描写"（柏拉图说的摹仿叙述）的格外重视和推崇，特别是所谓"细节描写"更是大量地充斥在司汤达、巴尔扎克、福楼拜、列夫·托尔斯泰的作品中。这些作家为了达到一种现实主义的真实性，尽可能避免作者直接出面干预故事的进程（如果非要干预，也应该做到不留痕迹），希望通过一系列的细节描写，让场面、人物、情节自动地演示出来。当然，他们的作品里也不可避免地存在着大量的"叙述"（就是柏拉图说的单纯叙述），但两者之中，他们更偏爱描写则是毫无疑义的。而随后的自然主义的小说在这方面走得更远，自然主义追求的是绝对的客观性，所以在理论上干脆完全禁止了作者对故事的任何干预，即使现实主义认可的那种隐蔽的、不留痕迹的干预也属禁止之列，作者所做的只是冷静地、不加选择地记录下眼前所发生的一切事实。所以，准确地说，自然主义小说家不是在"叙述"故事，而是在"记录"故事，这种记录故事的任务显然只有选用描写的方式才能承担。正因如此，毫无选择、冗长、琐细的描写的大量存在，就成为自然主义小说叙事的主要特征。而且，"描写"在自然主义小说里不只是一般的叙事技巧，而是作为基本的创作方法被使用的，即如左拉所说的："自然主义小说家们着重描写，那倒不是像人们所责备他们的那样只是为了从描写中获得乐趣而去描写，而是因为他们投身于详情的描写加上以环境来补足人物的公式的缘故。……为了达到绝对完备，为了使他的调查达于整个世界并展现全部现实，他只不过每时每刻地记下人所活动并产生事实的物质环境罢了。"[①] 以罗布-格里耶为代表的"新小说"又在自然主义小说理念的基础上继续迈进，将描写在小说叙事中的地位和作用推向极端。"新小说"相信事物是一种不能被人任意摆布的纯然存在物，"动作和物体在成为某种东西之前就存在那儿了；它们以后仍然存在那儿，坚实，经久不变，始终是实在

---

① ［法］左拉：《戏剧中的自然主义》，见胡经之主编《西方文艺理论名著选编》（中卷），北京大学出版社 1986 年版，第 221 页。

的，藐视自身的意义，——因为这种意义要叫它们担当起介于模糊的过去和未定的将来之间某些虚幻的玩意的角色，然而这是办不到的"①。因此，"新小说"竭力反对包括现实主义在内的传统小说中所经常出现的那种无所不知的叙述者。罗布－格里耶反问道："在巴尔扎克的小说中是谁在描述这客观世界？这位无所不知、无所不在的叙述者又是谁？他同时出现在一切地方，同时看到事物的正反两面，同时掌握着人的面部表情和他内心意识的变化，他既了解一切事件的现在，又知道过去和未来。这只能是上帝。"② 罗布－格里耶认为这种叙述者的存在是根本不合理的，是全然荒谬的，应该代之以一个如同凡人一样的具体的、有限的叙述者，以便让事物依照它的本然状态不受限制地显露出来。用格里耶自己的话说就是："新小说"的叙述者应该"是'一个人'，是这个人在看、在感觉、在想象，而且是一个置身于一定的空间和事件之中的人，受着他的感情欲望支配，一个和你们、和我一样的人。书只是在叙述他的有限的、不确定的经验。他就是在这里的一个人，在现在的一个人，总之，他就是他自己的叙述者"③。这样的叙述者决定了他的主要的言说方式只能是描写，他所知很少，他无力驾驭事物，他之所以描写就是想让事物自己展示自己。因而，"新小说"的作品也往往是由大段大段的细致入微的物象和心象的描写构成的，充满了外部世界的和内部世界的赤裸裸的自我袒露。

从小说叙事的角度看，描写的方式确实是极为重要的，决不如柏拉图所说描写是可有可无的，甚至是有害无益的。热奈特甚而认为，一篇小说的叙事可以没有"修饰成分"，但不可能不使用动词，而"动词也因其赋予行动场面不同的准确程度而可以多少带点描写性（只需比较'抓起一把刀'和'拿起一把刀'便会对此深信不疑），因而任何动词都很难完全不产生描写后果"。于是他下结论道："描写可以说比叙述更必不可少，因为不带叙述的描写比不带描写的叙述更容易做到（或许因为物品不运动也可存在，而运动不

---

① ［法］阿兰·罗布－格里耶：《未来小说之路》，见伍蠡甫、胡经之主编《西方文艺理论名著选编》（下卷），北京大学出版社1986年版，第254页。
② ［法］阿兰·罗布－格里耶：《新小说》，见伍蠡甫、胡经之主编《西方文艺理论名著选编》（下卷），北京大学出版社1986年版，第260页。
③ ［法］阿兰·罗布－格里耶：《新小说》，见伍蠡甫、胡经之主编《西方文艺理论名著选编》（下卷），北京大学出版社1986年版，第260页。

能脱离物品而存在）。"① 很难想象一篇由毫无描写成分的单纯叙述写成的小说将会是什么样子，但完全用描写构成的小说却是时常可见的，尤其是在现代小说的范围内更是屡见不鲜的。

但是，我们也不认为描写可以超脱于叙述之外而单独存在，就像自然主义和"新小说"所竭力主张的那样，因为这种主张实际上已经彻底否定了小说之所以为小说的根本性质，即讲故事的叙事性，而把小说视为一种可以超越语言的纯粹戏剧性的演示，而这对小说来说是永远不可能的。小说只要还运用语言做媒介，它就必然是一种"讲述"，小说总是在讲述着什么，小说的描写也只能是讲述中的描写，是讲述的一种言说方式。而且在讲述的两种方式中，叙述是主要的，描写是辅助性的，尽管在某些小说中，例如在自然主义小说和"新小说"中，描写可以占有远远超出叙述的篇幅。归根结底，描写是为叙述服务的，描写从表面上看是叙述的中断，但事实上描写是叙述的中介、过渡，或者说就是叙述的一个异在的组成部分。关于此点，热奈特说得更清楚："描写可独立于叙述进行构思，但实际上它可以说从不处于自由状态；叙述不能脱离描写而存在，但这种依赖并不妨碍它总扮演主角。描写自然是 an-Cilla narrationis（拉丁文，叙述的奴隶，引者注），须臾不可缺少，但始终服服帖帖，永远不得自由。有一些叙述体裁……描写可在其中占据极大位置，但按其使命依然只对叙事起辅助作用。"② 即使像罗布 - 格里耶的那种小说，热奈特认为，也是"几乎完全用页页变化极微的描写构成叙事（故事）的一种努力，这既可看作描写功能的大幅度提高，又可视为描写万变不离其宗，始终以叙述为目的的鲜明印证"③。因而我们不能仅仅以篇幅大小为标准评判描写的重要程度，应该根据小说的叙事本性确立描写的总体地位。从小说的叙事本性看，描写与叙述一样都是讲述故事的方式，只不过描写始终以叙述为目的，也可以看作是叙述的一种特殊形态。但是这种特殊形态要求比纯粹叙述更精细，包含更多的信息量，同时又尽可能不露出叙述者的痕迹，也就是造成一种不是叙述者在说话的假象，使人忘记是叙述者在叙述。所以，从这方面看，我们赞同热奈特给描写下的定义，即描写是

① [法] 热·热奈特：《叙事的界限》，《外国文学报道》1985 年第 5 期。
② [法] 热·热奈特：《叙事的界限》，《外国文学报道》1985 年第 5 期。
③ [法] 热·热奈特：《叙事的界限》，《外国文学报道》1985 年第 5 期。

"最大的信息量和最少出现的信息传递者",而叙述则"正好相反"①,因而可以被看作是叙事的两种基本的言说方式。

　　描写与叙述的关系即如上述（描写和叙述是叙事的两种基本的言说方式,但前者始终以后者为目的）,紧接着的问题就是:描写具有怎样的叙述功能?也就是描写在叙事的整体结构中起着何种作用?总起来说,描写既然是"最大的信息量和最少出现的信息传递者",那么,描写就可以理解成一种"展现",就是场面和情境像图画一样从描写的言语中展示和呈现出来。当然,用词语描写的图画还不是用彩笔勾画出的图画,也不是舞台上表演出的场景,这种画面不能直接呈现,而是潜在地存在于描写的词语里面,通过特定读者的阅读和理解而获得"具体化",最终在特定读者的想象和幻想中浮现出来。因此,描写的叙述功能集中在一点,就是造成了一种图式化的画面感和身临其境的幻觉。这样一种总的功能体现在具体的作品中,可能会发挥出各种不同的具体作用。但大致说来,无非表现为两种作用:一种是穿插、点缀在纯粹叙述之中,使叙事更加具体、生动、逼真,以弥补单纯叙述所造成的单调乏味,以增强虚构故事的可信度。热奈特把描写的这种作用称为"装饰性的"作用,"长篇详尽的描写在此好像是叙事中间的休息和消遣,纯粹起美学作用,正如古典建筑中雕塑的作用一样"②。鲁迅的小说《孔乙己》全篇基本上都是娓娓道来的叙述,但其间也不断地插入了一些描写段落,譬如开头讲了鲁镇的咸亨酒店的一般情况之后,提到了"孔乙己是站着喝酒而穿长衫的唯一的人",接下来就是一段描写,详细刻画了孔乙己的相貌、穿着、买酒时说的话、店里喝酒的人对他的取笑以及他的引起众人哄笑的有趣的反应。随后又是对孔乙己身世的一般讲述,再下面接着又有几个片断的精彩描写,如孔乙己怎样写茴香豆的"茴"字,怎样对孩子们说"多乎哉?不多也",以及讲述者最后一次见到孔乙己的情形。最后一段是对孔乙己故事的结局的叙述。小说中的这些夹杂在叙述中的描写性段落,其艺术审美的作用当然是多方面的,比如在塑造人物、揭示主题等方面,但其主要作用显然就是所谓"装饰性的",因为它们有力地强化了叙事的实在性、生动

---

① [法]热·热奈特:《叙事语式》,《外国文学报道》1985年第5期。

② [法]热·热奈特:《叙事的界限》,《外国文学报道》1985年第5期。

性、可信性和艺术感染力，如果抽去了这些描写段落，仅用纯叙述连缀成故事，这篇小说曾给予人的那些特有的审美效果就会立即消失殆尽，小说本身也会立即变得索然无趣了。

小说中描写的另一种作用被热奈特概括为"解释性和象征性"的作用，他特别指出："在巴尔扎克及其现实主义后继者们的作品中，对相貌、衣著和室内陈设的描绘带有透露并揭示人物心理的征象，又有其前因后果。"① 所有小说中的那些含有深意或意味深长的描写都属于这类描写，或者通过其外在现象的描写揭露其内在精神，或者让某种形象的描写中寓含和表征着某种思想情感的意义，而这种内在精神和思想情感意义又不是哪一种单纯的叙述所能够有效地表达出来的，必须要靠某种带有"解释性"的，或者带有"象征性"的描写。前者的例子比比皆是，都是大家所熟知的，毋庸赘述。后者的例子可以举出欧·亨利的《最后一片叶子》，正如这篇小说的标题所预示的那样，这是一篇极具诗意的象征性的小说。小说中多次描写到窗外的常春藤以及虽经寒风的猛烈摧打仍顽强地附着在藤干上的最后一片叶子。小说中写道："一棵老极了的常春藤，枯萎的根纠结在一起，枝干攀在砖墙的半腰上。秋天的寒风把藤上的叶子差不多全部吹掉了，只有几乎光秃的枝条还缠附在剥落的砖块上"，"经过了漫长一夜的风吹雨打，在砖墙上还挂着一片藤叶。它是常春藤上最后的一片叶子了。靠近茎部仍然是深绿色，可是锯齿形的叶子边缘已经枯萎发黄，它傲然挂在一根离地二十多英尺的藤枝上"。另外小说中还有不少类似的描写，我们就不一一列举了。可以清楚地看出，这几段描写都不是单纯地介绍故事发生的场景，而是别有一番深意在其中的。小说的作者对最后一片叶子不厌其烦地反复描写，显然带有明确的象征意义，它们象征着一个垂死的病人对生命的无限留恋和渴望，象征着人的生命的可贵和至高无上的价值。

（原载于《东岳论丛》2003 年第 3 期）

---

① ［法］热·热奈特：《叙事的界限》，《外国文学报道》1985 年第 5 期。

论比较文艺学的学科发展

尤战生

"比较文艺学"的名称最早由苏联学者提出。在苏联学界，它的所指与欧美学界的"比较文学"基本一致。在我国现代学界，"比较文艺学"指的是文艺理论的比较研究，它和"比较诗学"、"比较文论"等概念大体相当。我们知道，在欧美的学术传统中，并无"文艺学"这一说法，关于文学艺术理论乃至美学的研究一般都称为"诗学"，相应地，文艺理论的比较研究就被称为"比较诗学"。而在我国古代，由于"诗"的指称范围非常狭窄，它仅仅指称诗歌艺术，而不包括其他的文学艺术形式，因而关于文学艺术的理论和批评一般称之为"文论"。与此相关，许多从事古代文论研究的学者更倾向于用"比较文论"来指称"比较文艺学"这一学科。虽然我国学界目前对于究竟应选用哪个名称来指称"文艺理论的比较研究"这一学科领域还存在着争论和分歧，但从总体上说，这三种表述指称的内容是一致的，在几乎所有的语境中，这三种表述都是可以互换的。从我国文艺学的学科传统出发，笔者采用"比较文艺学"的名称就这一学科的发展历程做一简要梳理。

一

比较文艺学（或曰比较诗学）的出现不是偶然的，它是比较文学和现代文艺学学科发展的必然趋势。先从比较文学这一学科说起。众所周知，比较文学最早诞生于法国。早期的法国学派以实证主义作为本学科的方法论基础，强调对于不同文学间影响事实的实证研究。法国著名比较文学学者基亚就认为，"比较文学就是国际文学的关系史"①。在这种学术思想的主导之下，偏重于跨文化研究、特别是跨没有多少事实联系的异质文化的比较诗学几乎就没有产生的可能。从 1958 年教堂山会议开始，韦勒克等人开始向法国学派的保守立场宣战，比较文学的美国学派开始登上历史舞台。美国学派要求拓宽视野，主张平行研究和跨学科研究，将研究范围扩大到并无事实联系的多种文学现象之间，扩大到文学与其他知识领域之间。既然没有事实联系的文学现象之间可以进行平行的比较，那么，没有事实联系和影响关系的诗学的比较研究也就是可行的。并且，由于平行研究所比较的文学现象多是没有事实联系的，所以它更重视寻找不同文学现象之间的共同文学规律，因而，平行研究也就暗含了导向比较诗学的可能。经由美国学派的冲击，不少法国比较文学研究者也逐渐改变了以往的观点，如艾金伯勒在 1963 年就预言：比较文学会不可违拗地被导向比较诗学②。由比较文学的历史发展来看，我们可以说，比较诗学既是比较文学研究的重要内容，也是比较文学学科发展的必然走向。

比较文艺学的出现也是文艺学学科发展的必然结果。比较文学走向理论研究会导致比较诗学的出现，文艺学研究运用比较的方法也会导向比较文艺学的诞生。随着信息社会和全球化时代的到来，全球范围的文化交往越来越频繁，学术研究尤其是人文学科的研究开始冲破一国或一种文化的囿限，逐渐具有了比较的视域和全球性的意识。在这种情势下，许多以比较为研究手段的学科纷纷出现，比较文艺学也由此应运而生。冲破一国甚至一种文化的界限，以比较的视域研究文艺学，就能够发现更具普适性的文学原则或规律；同时，以其他国家或文化圈中的文艺学作为参照，就会对一国或一种文化中的文艺学的优劣长短有更加公正清晰的认识。所以，走向比较也是现代文艺学发展的趋势和方向。

在西方，比较文艺学（比较诗学）的历史并不算长。迄今，直接以"比较诗学"命名的著作还不多。在西方学者出版的比较文学原理、导论之类的著述中，也很少有专章论述比较诗学的。已经出版的代表性成果有这么

---

① ［法］马·法·基亚：《比较文学》，颜保译，北京大学出版社 1983 年版，第 4 页。
② ［法］艾金伯勒：《比较文学的目的、方法、规划》，见戴耕译，干永昌等编《比较文学研究译文集》，上海译文出版社 1985 年版，第 93—121 页。

几部：《文艺复兴时期诗学与 20 世纪诗学》，D. W. 佛克玛、E. 库恩－伊伯希等所编的《比较诗学》，A. 巴拉开恩·C. 奎来恩编的《比较诗学》等。值得注意的是，西方学界现有的这些成果很少有跨异质文化比较的，它们基本都是在欧美文化圈内部的比较。虽然有的著作跨越了国家、民族甚至文化的界限，但从总体上讲，用来进行比较研究的诗学理论都同属于欧美文化圈的范围之内。其中有的研究甚至就是把同一个国家的两个诗学理论家直接拿过来进行比较，比如把歌德和席勒进行比较研究。由于西方学者对东方诗学乃至东方文化的陌生，以及由来已久的欧洲中心主义、西方中心主义的作怪，许多西方学者不支持东西方文学和诗学理论的比较研究。如美国著名比较文学教授韦斯坦因就表明，他"对把文学现象的平行研究扩大到两个不同的文明之间仍然迟疑不决"[①]。这种观点在西方学界是比较有代表性的。但是，随着东西方文化的交流，西方一些有远见的学者已经意识到，比较诗学要想真正获得"比较"的内涵，就必须充分关注东方诗学，比较诗学得出的诗学规律要想具有普适性，就必须在东西方的诗学体系之间进行跨文化的比较研究。这方面的代表人物有 D. W. 佛克玛教授、厄尔·迈纳教授等。《比较诗学：文学理论的跨文化研究札记》一书是厄尔·迈纳教授的代表作，也是一部为国际比较诗学界非常重视和称道的著作。在该书中，厄尔·迈纳教授指出，建立在戏剧文类基础之上的西方摹仿诗学并不具有普遍的真理性，它对抒情诗就缺乏解释力，能对抒情诗作出较好解释的诗学是东方的"情感—表现"诗学。迈纳教授充分意识到东西方诗学传统的差异，并对导致差异的原因作出了独到的解释。他反对西方中心主义，而持一种积极的文化相对主义立场。这在西方学者中是非常难能可贵的。

　　其实，欧美比较文学界近几十年来的许多新文论的研究由于具有了比较的方法和视域，因而也应归入比较诗学中。20 世纪 70 年代以后，文学理论开始大规模地进入比较文学的研究领域，各种新的文化理论和文学理论，诸如现象学、阐释学、接受美学、符号学、解构主义、后殖民主义、女性主义、新历史主义等理论流派都对比较文学界产生了巨大的冲击。许多比较学者开始把文学理论而非文学作为比较研究的重点。尽管有不少学者反对文学

---

① ［美］韦斯坦因：《比较文学与文学理论》，刘象愚译，辽宁人民出版社1987年版，第5页。

理论对比较文学的入侵，认为这将使比较文学自身的学科特征不保，有淹没比较文学本身的危险，但毫无疑问的是，比较文学的理论化已经是一个不争的事实。比较文学中的这些诗学理论研究，由于大都内在地具有比较的方法和视域，所以它们可以称之为比较诗学。由马克·昂热诺、让·贝西埃、杜沃·佛克马、伊娃·库什纳联合主编的《问题与观点》一书是关于 20 世纪文学理论的论文选，其中贯彻着比较的方法，因而被看作是比较诗学的典范之作。此外，由让·贝西埃等主编的《诗学史》也可看作一部比较诗学的著作。

　　宽泛地说，比较文学的跨学科研究也应属于比较诗学的范畴。比较文学的跨学科研究是以突出文学特征、探寻文学的普遍规律为指归而进行的文学与其他相关学科如语言学、哲学、心理学、宗教、艺术等之间的比较研究。跨学科研究较少关注文学的具体事实，而专注于理论和抽象的层面，因而说它属于比较诗学比说它属于比较文学更合适。国外关于这方面的研究成果也有不少，如赫尔姆特·哈兹菲尔特的《从艺术看文学：法国文学研究新方法》和吉恩·海格斯特拉姆的《姊妹艺术：文学中使用绘画的传统和从德莱登到格雷的英国诗歌》都是典型的范例。

二

　　由于中国学者的独特文化身份，他们的比较文艺学研究主要侧重于中西文艺理论的比较。中国学者的比较文艺学研究包括台港学者、海外华裔学者的研究和中国大陆学者的研究。

　　台港地区学者和海外华裔学者的比较文艺学研究与国际比较文学的发展态势密切相关。当国际比较文学逐渐走向比较诗学，台港学者和海外华裔学者也开始了比较诗学的研究。所不同的是，由于这些学者独特的文化身份和文化背景，他们对包括中国诗学在内的东方诗学的价值有更深的认识，因而他们在研究当中主张打破东西方文化的壁垒，施行跨异质文化的诗学研究。在价值取向上，这些学者反对欧洲中心论和西方中心论，努力发掘中国传统诗学的价值，并谋求中西诗学的对话。台港学者和海外华裔学者在中西比较诗学领域取得了非常丰硕的成果。其中，最有代表性的成果有刘若愚的

《中国的文学理论》和叶维廉的《比较诗学》，此外还有叶奚密的《隐喻与转喻：中西诗学比较》、周英雄的《结构主义与中国诗学》、王建元的《雄浑观念：东西美学立场的比较》等。华裔学者刘若愚的《中国的文学理论》1975年由芝加哥大学出版社出版，该书被看作是海外中西比较文艺学的里程碑式著作。在这部著作当中，作者指出，对各种异质文化中的文学理论的比较研究有助于提出一个"最终的一般文学的理论"，而这种文学理论可以使我们"更好地理解所有的文学"。① 他还采用以西释中的阐发方法，试图为中国古代文论整理出一个清晰而有系统的线索。可以说，刘若愚更为关注的是中西文论之间的"同"，而对二者之"异"则注意不够。此外，他以西释中的研究方法也有用西方的理论硬套中国文论之嫌，而非中西文论平等对话的最理想方法。和刘若愚相似，华裔学者叶维廉也认为比较诗学的基本目标在于寻求跨文化、跨国家的"共同文学规律"和"共同的美学据点"，所不同的是，他反对中西文论比较中的"垄断原则"（以甲文化的原则垄断乙文化），反对以西释中的单向阐释方法，主张平等地对待和尊重中西文化与文论，在对二者互照互识的前提下进行比较和对比研究。

中国大陆学者的比较文艺学研究开始较早，早在 20 世纪初这类研究就已出现，如王国维的《〈红楼梦〉评论》、《人间词话》和鲁迅的《摩罗诗力说》等。值得注意的是，这些早期的研究与比较文学的发展本身并无直接的关系，它是中国传统文化在西方文化的强烈冲击下作出的自动反馈。到了20 世纪 40 年代，中国大陆的比较文艺学研究达到较高的水平，这时，有两部重要的著作出版：朱光潜的《诗论》和钱钟书的《谈艺录》。朱光潜和钱钟书都是学贯中西的大学者，他们在中西文化的比较参照中认识到中西之间虽然在文化上存在着巨大的差异，却有着相同或相似的艺术规律："东海西海，心理攸同；南学北学，道术未裂。"② 在对待中西文化、文论的态度以及比较研究的方法上，朱光潜和钱钟书并不一致。朱光潜认为，中国古代只有诗话而无诗学，中国古代的诗论是零散的、不系统的，并且是缺乏科学的精神和方法的。在比较研究方法上，朱光潜采用的主要是以西释中的方法。与

---

① ［美］刘若愚：《比较研究中国文论的几个问题》，陈文兰译，见孙景尧编《新概念 新方法 新探索——当代西方比较文学论文选》，漓江出版社 1987 年版，第 138—155 页。

② 钱钟书：《谈艺录·序》，中华书局 1984 年版，第 1 页。

朱光潜不同，钱钟书并不扬西抑中，他的研究方法则是在以中为主的基础上进行双向阐发。

自1949年至1977年，比较文艺学在中国大陆一度销声匿迹。新时期到来之时，比较文艺学的研究重新复苏。钱钟书的《管锥编》、王元化的《〈文心雕龙〉创作论》、宗白华的《美学散步》等著作的出版是比较文艺学复苏的重要标志。20世纪80年代以后，学者对比较文艺学的研究更加自觉，研究日益深入，成果也非常丰富。这一时期比较文艺学的繁荣可以从以下几个感性的方面见出：第一，直接以"比较诗学"命名的著作出现，如曹顺庆的《中西比较诗学》和黄药眠、童庆炳主编的《中西比较诗学体系》。第二，在国内出版的比较文学原理、概论之类的书籍中，都有关于"比较诗学"的专章论述。如卢康华、孙景尧合著的《比较文学导论》，陈惇、刘象愚合著的《比较文学概论》等。第三，比较文艺学的教育和人才培养达到博士层次。北京大学、四川大学、暨南大学在博士生培养方面有了比较诗学、比较文论或比较文艺学的研究方向。第四，学界开始倡导比较文学与比较诗学的中国学派，并强调比较研究的中国特色。早在20世纪70时代，台湾学者古添洪、陈慧桦就提出了"比较文学中国学派"的概念。80年代后，随着内地比较文学与比较诗学的繁荣，内地学者也开始呼吁建立比较文学中国学派，并自觉地探寻中国学派的研究特色。

从理论研究自身的拓展来看，这一时期的比较文艺学研究也取得了不小进步。首先，文艺学的比较研究从多角度、多层面全面展开。有的学者侧重中西文艺学概念、范畴的比较，有的则着力于中西文艺学的总体把握，也有学者试图把微观的概念比较和宏观的总体把握结合起来，如刘小枫的《拯救与逍遥——中西方诗人对世界的不同态度》，狄兆俊的《中英比较诗学》，周来祥、陈炎的《中西比较美学大纲》，张法的《中西美学与文化精神》等。其次，重视文化探源，注意在中西文化背景的异同比较中展开诗学理论的比较研究。不少研究者意识到，每一种诗学理论都是特定文化系统的产物，所以只有把诗学理论的比较研究与文化背景的比较结合起来，才能使诗学理论的比较研究走向深入。这方面的代表性著作有曹顺庆的《中西比较诗学》、黄药眠、童庆炳主编的《中西比较诗学体系》等。再次，许多研究者日益意识到在文化上越是民族的，往往就越是世界的，所以他们在寻求中西共同文艺规律的同时，更加强调中西诗学的不同，强调中国诗学独具的特色。此外，这一时期，比较文艺学的跨学科研究也取得了不少成就。代表性的成果如伍蠡甫的《试论画中有诗》和钱仲联的《佛教与中国古代文学的关系》等。

近年来，比较文艺学的研究又出现了较大的突破。这主要表现为：第一，研究范围不断扩大，比较研究的视域更加全面、开阔。如曹顺庆的《中外比较文论史》就突破了单纯的中西比较，而把印度、朝鲜、日本，越南、阿拉伯等民族的文论也纳入研究的范围之中。第二，研究的理论性日益增强，不少研究成果开始深入哲学的层面。有些研究者认识到，中西文艺学的比较研究不仅要从文化上进行探源，而且应当从哲学根基上寻求其异同的原因。只有这样，中西文艺学的真正异同及其异同的原因才能得到深入的认识和把握。这方面的代表性著作有杨乃乔的《悖立与整合——东方儒道诗学与西方诗学的本体论语言论比较》、余虹的《中国文论与西方诗学》、饶芃子等所著的《中西比较文艺学》等。第三，进一步强调中西文论的平等地位，强调比较研究的民族性和本土化特色。在全球化的背景下，学者们越来越认识到保持文化的民族性以及学术研究的本土化特色的重要性，许多研究者日益认识到，中国比较文艺学研究的最重要任务在于发掘和彰显中国诗学的特色和魅力，并以独创和特色融入世界诗学的总体对话中，从而为世界诗学作出自己的贡献。由此，不少研究者提出，阐发法、异同比较法都不是中西比较文艺学研究的最理想方法，最理想的方法应当是平等对话。中国学者应当以平等对话为方法，以中西文艺学共同的问题为对话的中介，自觉地参与到世界诗学的对话中。第四，学者在进行中西文艺理论比较研究的同时，开始对比较文艺学学科自身的理论问题进行思考和探索。比如余虹在《"比较文艺学"之我见》（《中国比较文学》1997 年第 3 期）中就比较文艺学的性质、研究范围、研究对象、方法、目的和意义等方面做了全面的思索。晚近出版的一些比较文学原理、概论之类的著作在"比较诗学"的专门章节中，也一反过去的泛泛介绍，开始探讨比较诗学自身的理论问题。如乐黛云、陈跃红等所著的《比较文学原理新编》和杨乃乔主编的《比较文学概论》。

三

　　从总体上说，比较文艺学还是一门年轻的学科，回顾这门学科迄今的短暂历史，我们就已然发现它具有的巨大的学术价值、深厚的发展潜力和蓬勃的学术生机。比较文艺学的蓬勃生命和独具的学术魅力源于其巨大的学术价值。其学术价值和意义主要在于以下几个方面：首先，比较文艺学为文艺学的研究提供了一个宽广的学术视野。比较不仅仅是一种方法，它更代表一种宽广的学术视野和开阔的研究胸襟。在比较的视域下，文艺学研究能够冲破一国、一族、一种语言、一种文化和一种学科的局限，从而使研究成果具有较广的普适性并达到较高的学理层次。其次，比较文艺学有助于寻求不同文艺理论体系之间的一致性和可沟通性。建立"一般的普遍的文艺理论"的主张虽然并不可取，但毫无疑问，不同文艺理论体系之间的确有一致之处，不同的文学之间也存在着相似的文学规律，不同民族和文化的人们之间也确实有着相通的"诗心"、"文心"。借助于比较文艺学，我们就能够找到这些一致性、共同点和相通处。再次，比较文艺学可以谋求不同文论、文化之间的对话，彰显异质文化的各自特色。比较文艺学的一个重要功能是求同，另一个重要功能是辨异。只有在比较的视域中，不同国家和文化的文论特色才能更清楚地区别开来。比较文艺学原则上反对任何中心主义，它拒绝单纯用一种文化去衡量另一种文化，而主张不同的文化以平等的地位进行对话。在这种对话当中，不同文艺理论才能在相互承认、相互理解和相互沟通的同时保持自身的独立和发展，才能真正做到"和而不同"。就中国古代文论来说，它只有在与世界上其他文论的对话中才能凸显自身的独特魅力，才能真正实现自身的现代性转换。

　　展望未来，我们认为，比较文艺学将确实是一个大有可为的领域，其发展将呈现出以下几个特点：第一，比较文艺学的研究范围将不断扩大，视野不断拓展，逐渐走向各种文艺理论之间的真正平等和对话。目前，西方大部分学者的视野还局限于欧美文化圈之内，我国的学者也大都还着眼于"中西"的视域，欧洲中心主义尚未清除，所以，世界范围之内的真正平等和对话远未实现。因而，在将来的发展中，会逐渐有更多的诗学、文论加入到比较文艺学的对话中，各种中心主义也应在平等对话中逐渐走向瓦解。第二，比较文艺学自身的理论建设将更加完善，并逐渐走向系统和深入。目前，更多的学者还是把精力放在文艺学的比较研究实践当中，而对该学科自身的一些理论问题较为忽视。虽然现在也有学者注意探讨这方面的一些问题，但总体上尚嫌单薄，预计在今后的发展中此种状况会有改观。第三，比较文艺学在未来的文化交流乃至社会生活中将会扮演越来越重要的角色。我们不同意亨廷顿的"文明冲突论"，但在未来的世界中，文化的交流将占有越来越重要的地位，文化、文明之间的冲突也必须正视。一直谋求不同文化之间的平等对话，并以沟通不同国家民族的人们的共通"文心"为己任的比较文艺学，将会为未来社会中人们之间的文化交流搭建相遇的桥梁和理解的中介。

（原载于《山东大学学报》（哲社版）2003年第4期）

走向文艺理论研究的综合创新

谭好哲

一

随着新时期思想解放运动的深入发展，尤其是西方近现代美学和文论从观念到方法的全面介绍和引进，以及理论与批评对渐趋多样性发展中的文艺创作现实的主动应对和呼应，大约从 20 世纪 80 年代中期起，中国文艺理论与批评慢慢打破旧有格局长期封冻而成的坚冰，演进到一个多元竞争、多样发展的活跃局面，各种理论批评系统和观念既相互碰撞与冲击又相互渗透与融通，致使开放性与多元性逐渐成为文艺理论与批评的主导倾向和主要品格。这种格局一方面导致文艺理论与批评分化性多向度的发展，另一方面也在多元化和多样化的基础上提出了走向一体化理论综合的要求。

早在 80 年代前期，从事古代文学和现当代文学研究的一些学者就在"宏观研究"名义下提出了综合研究的要求①，文论界的一些学者也在相关文章中介绍了苏联和欧美文论界关于文学综合研究的一些理论主张和具体做法②。比如，法国文学理论家托多洛夫就鉴于结构主义的"内在论"批评与历史主义的意识形态批评各自的局限和不足，于 80 年代初期开始倡导"对话批评"，随后又明确提出了走向文学的综合研究的主张。他在 1985 年与中

---

① 刘再复：《文学研究思维空间的拓展——近年来我国文学研究的若干发展动态》，《读书》1985 年第 2 期、第 3 期。

② 吴元迈：《苏联的文艺研究方法的新趋向》，《文学评论》1983 年第 4 期；刘宁：《当代苏联美学和文艺学的方法论问题》，《文艺研究》1984 年第 2 期；钱中文：《法国文艺理论流派印象谈》，《文艺研究》1985 年第 4 期。

国学者的学术交谈中说："60 年代，法国文学理论中出现了新的思潮，结构主义理论在这方面有所发现，同时我介绍了俄国形式主义者的著作，影响甚大。60 年代结构主义获得重大的发展，但目前就不好说了。现在是综合使用各种方法的时代，新的方法已不占统治地位，各种旧的方法也并未被否定，原因是各种方法的好的方面，都已被普遍接受，学校课堂上都介绍它们，并被文学研究者所使用。所以现代文学理论研究，从方法论观点看，正走向综合。不存在单一的方法，大家使用各种方法进行研究，所以很难说哪种方法占主导地位。当然，所谓综合，并不是有这样一个专门的方法，而是在研究中采用各种不同方法。综合是一个总的倾向。"① 可以说正是自身文论发展的要求，再加上外国文论趋势的借鉴及随后兴起的文艺研究方法论热潮的推动，致使综合研究逐渐作为一种文艺研究方法和路向被明确地提了出来。1984 年，钱中文先生在一篇文章中较早对此做了理论阐述，他说："近几十年来，自然科学发展迅猛异常，新的认识事物的方法、研究方法层出不穷。不少人把这些方法移植到了社会科学领域、文艺研究领域，如控制论、符号论、信息论等。文艺现象是极端复杂的，应该可以从不同的角度进行研究。最近有些文章介绍了国外的一些文学研究方法，如综合研究、比较文学、文艺心理学、社会学、历史职能、价值论等方法，而且有的人已开始把其中的某些方法应用于文学研究实践。如何才能全面、深入了解文学现象，综合研究看来是必由之路，这种宏观的研究方法的特点，在于把文学与其他艺术部门如音乐、绘画等联系起来加以考察，以至于与其他种类的意识形态部门一起加以综合研究。这种宏观的研究方法在美学领域中已初见端倪。"② 稍晚一点，刘再复在一篇综述性文章中，把"由微观分析到宏观综合"作为当时文学研究方法表现出来的四个引人注目的新趋向之一，认为当时侧重于宏观考察的综合研究已提上议事日程。③ 在学理和理论创造两个层面对综合研究问题作出较大推进的是狄其骢先生。狄其骢先生于 80 年代末 90 年代初在其论著中提出了"面向新的综合"或曰"走向综合一体化"的主张。在

① 钱中文：《法国文艺理论流派印象谈》，《文艺研究》1985 年第 4 期。
② 钟中文：《文艺理论的发展和方法更新的迫切性》，《文学评论》1984 年第 6 期。
③ 刘再复：《文学研究思维空间的拓展——近年来我国文学研究的若干发展动态》，《读书》1985 年第 2 期、第 3 期。

《面向新的综合——文艺理论发展的趋向和问题》一文中，他从改革开放促成的文艺理论的多元发展态势入手，分析了多元发展态势给中国当代文论所带来的新气象和一些负面效应，在此基础上提出了面向新的综合的必然性，认为"目前文艺理论多元发展的关键，已不在量的增多和翻新，而在质的提高和落实，也就是说，不在分化而在综合，分化的深入需要综合，综合是分化的深入"①。在以他为主编写的《文艺学新论》"前言"中，他又明确指出："历史给我们综合的机遇。文学理论发展到 20 世纪末，文学对象被理解为文学活动的动态过程，文学理论发展史被理解为人类对文学对象的探索历程。在这种理解转变的光照下，历史上分裂、对立甚至相互排斥的文学理论，呈现出各自的价值：形形色色的文学理论对文学活动的方方面面作出了各自的独特研究。当我们对文学对象作全面的、系统的、动态的掌握和研究时，各种不同的理论价值，出现了相互参照、相互补充、相互融合的可能性。"又说："我们把这种汲取、批判、改造各种理论价值的综合称之为一体化。具体说来，这种综合一体化，从内在性质看，就是马克思主义化，从外在形式看，就是体系化、科学化。"②《文艺学新论》就是根据这样一种"走向综合一体化"的理论主张而编成的一部具有显著理论创新特色的文艺理论教材。

　　目前，上述走向新的一体化理论综合的思路和主张，已得到许多研究者的认同和践行。比如较早倡导综合研究的钱中文先生把自己最重要的一部理论文选定名为《文学理论：走向交往对话的时代》，另一位著名文艺学家王元骧先生则直接将自己的一部代表性文论选集名之曰《走向综合创造之路》。此外，文论界所提出的许多理论研究问题和学科建设构想，如对古代文论进行现代转换的主张，重建中国文论话语的主张，比较文学研究中创建中国学派的主张，尤其是被许多人认同的创建有中国特色的马克思主义文艺理论当代形态的主张，以及目前学界对文化研究理论与方法的极度重视等等，都体现了这种面向新的综合的意愿和努力。

---

① 狄其骢：《文艺学问题》，山东大学出版社 1993 版，第 48 页。
② 狄其骢等：《文艺学新论》，山东教育出版社 1996 版，第 10—11 页。

二

那么究竟什么是综合研究？怎样才算是综合研究呢？在我国文论研究界，最初一般是把综合研究理解为一种宏观研究方法，这从论者的提法和界定即可看出。比如钱中文先生就把综合研究称为一种"宏观的研究方法"，刘再复提的也是"侧重宏观考察的综合研究"。从宏观研究的角度理解综合研究，主要又有两种不同的认识：一种认为综合研究就是对文学现象的整体性研究，是对通常那种作家作品论个体研究的一种超越。二是从不同艺术门类乃至不同意识形态部门超领域、跨学科联系的角度理解综合研究。应该说，两种看法均有其各自的道理，但前一种看法相对狭隘了一些。因为仅从宏观的整体性角度界定综合研究，容易给人以综合研究否定微观研究的印象，而正是为了校正这种印象，刘再复在其文章中谈到宏观综合研究时又赞同地引述了吴亮在提倡宏观或综合研究时的辩证看法。吴亮认为综合比较的宏观性使我们不再满足于把目光滞留在彼此隔绝的大堆零碎的文学现象里。然而，综合研究不是由宏观的比较所能够完全载负的。综合研究不能仅仅热衷于寻找单纯的统一性，而把最具有艺术魅力的差异、个性、独创性和种种不可再造的复杂性统统蒸发完毕，为了揭示文学本性的丰富性，注意并科学地继续揭示尚未被认识到的文学规律，综合研究还需回到具体，回到个体，回到差异①。因此，综合研究不仅是宏观式的，也是微观式的。可见，综合研究不等于单纯的宏观研究。

应该说，上述关于综合研究的第二种看法更为接近综合研究倡导者的初始原意。我们知道，分析与综合是人类感知和认识现实世界的基本思维方式，因此无论古今，一切的文艺理论与美学研究都是自觉不自觉地包含着综合的因素在内的。但是，从总体上看，近代以来由自然科学塑形的人类知性思维比较侧重于分析，只是随着科学的全面进步与发展对世界全景的科学揭示，随着德国古典哲学和马克思主义对近代形而上学知性思维的超越、对以

---

① 刘再复：《文学研究思维空间的拓展——近年来我国文学研究的若干发展动态》，《读书》1985 年第 2 期、第 3 期。

联系和发展为基本内核的辩证思维规律的揭示，侧重于辩证联系的综合思维才逐渐彰显于科学研究领域。在文艺研究领域也是如此。现代文艺学研究在其发展的早期阶段，大都侧重于对人类文艺活动的某个环节、某个侧面及某些个别现象做分析性的研究，只是到 20 世纪中期以后，将文艺活动作为一个整体系统，对之进行多角度、多侧面、整体性、多学科研究的要求才逐渐生发出来。而较早明确提出对文艺活动对象进行综合研究并形成一种研究学派的是苏联文艺学界。1962 年 10 月，苏联文艺学家梅拉赫在其发表于《文学报》上的《科学的合作和创作的秘密》一文中，最早提出了在艺术研究中各门学科密切合作进行综合研究的主张，引起了学术界的反响。为推进这方面的研究工作，1968 年，在苏联科学院世界文化史学术委员会下面成立了艺术创作综合研究委员会，该学派的第一本论文集《科学协作和创作秘密》也于同年问世。此后，该学派多次举办学术研讨会，并发表多种论文集和专集，使艺术综合研究成为与苏联历史诗学研究相媲美的学派体系之一。梅拉赫出版于 1985 年的《创作过程和艺术接受》就是论述综合研究方法论和艺术创作、艺术接受一般规律的一部代表性著作。在这部著作中，梅拉赫指出，尽管先前有不少的学科和理论学派都试图证明自己在揭示创作秘密上的优势，但都未能充分揭示艺术创作的规律性，而只有以马克思主义的辩证唯物主义和历史唯物主义为基础，以美学、文艺学、艺术学为主导科学，以历史学、社会学、心理学、民族学、语言学为边缘学科，并广泛吸取生理学、精神生理学和控制论等现代自然科学的成就，通过多学科领域学者的合作，才能真正揭示艺术创作以及艺术接受的规律。这也就是艺术创作的综合研究所追求的目标①。由此可见，我国文艺学界一些学者侧重于从多学科、跨学科研究的角度界定综合研究，与苏联文艺综合研究学派的基本主张是一致的。由前引托多洛夫的说法看，他大致上也是从跨学科方面理解综合研究并展开努力的。

　　这里，需要进一步追问的是，为什么一定要强调对文艺活动进行综合研究呢？对此，提出综合研究的托多洛夫和主张在修辞学式文学研究和文学外部关系研究之间作"调停"即"折中行事"的美国文学理论家希利斯·米

① 彭克巽：《苏联文艺学学派》，北京大学出版社 1999 年版，第 310 页。

勒，都是从不同倾向的文论系统各自的"缺陷"着眼而提出相互补充的必要性的，也就是说他们多是在现代文艺研究的取向和方法分化与对立的背景上提出理论对话与综合问题的。可见，超越文论研究与批评在视角、观念与方法上多元分化和对立纷争的格局，而走向文论研究的整体性把握和新的综合已成为西方当代文论与批评的一个具有内在性要求的主体诉求。这从西方现代文论的发展对立与冲突多于对话和交流的历史状况来看，是有其历史缘由的，具有针对性和必然性。而苏联文艺综合研究学派对此则从艺术活动本身的特点出发给出了一个更具学理性的回答。梅拉赫认为，艺术创作综合研究的本质首先在于把艺术创作视为一个复杂的、具有多方面性的客体，一个复杂的、多方面的动态过程，这个过程的所有环节是有着内在的关系并且互相制约的。因此，将创作活动看作一个完整的、有着多方面联系的动态过程，是确定艺术创作综合研究方法的极为重要的先决条件①。这种从客观对象出发，即从对研究对象的理解出发而提出主体的方法论选择的理论主张和观点很有说服力，也很有启发性。

　　不过，苏联文艺创作综合研究学派的理论也有一定的局限和不足。首先，该派理论具有较强的艺术认识论和反映论色彩，侧重于把自己的任务定位于对艺术对象的客观特性和规律的解释方面，而缺乏艺术观念上的创新这样一个更高的要求和理论视野；其次，与前一点相联系，梅拉赫虽然把揭示出世界的艺术图像作为艺术创作综合研究的最高任务，但他所做的工作主要是从心理学的角度来探索艺术创作和艺术接受中人的复杂心理活动和心理机制的综合作用过程，而从心理学之外的其他学科的研究则相对薄弱，所以很难说他已完成了自己所设定的最高任务，与真正的多学科综合研究还有距离。造成这两个局限和不足的原因，可能是由于该派把自己的基本任务聚焦于艺术创作问题，而艺术创作以及对艺术创作成果的感受过程首先需要从文艺心理学角度加以研究。其实，文艺研究的对象不仅仅是一个艺术创作的问题，对艺术创作之外的其他问题也需要开展多学科的综合研究；更重要的是，文艺学研究不仅仅解决具体对象是什么的问题，还要回答艺术应是什么的问题，即艺术的审美价值、审美标准和审美理想等问题；换言之，文艺学

---

① 彭克巽：《苏联文艺学学派》，北京大学出版社 1999 年版，第 310 页。

研究有一个相对于对象而言的阐释学的问题，更有一个相对于艺术审美理想而言的观念建构问题，观念建构同样需要理论和思维方法上的创造性综合。因此，今天我们探讨文艺综合研究问题，对苏联文艺创作综合研究学派的理论主张和观点既应充分汲取，也应有所超越。

三

狄其骢先生在前引《面向新的综合》一文中曾经指出，文艺学综合研究要着眼于新的理论和新的学派的现代性创造。他说："综合创建的眼光""是瞄准的创造性和现代性"。"文艺理论的综合创造，也是个文艺理论现代化的问题。文艺理论要实现现代化，必须面向世界，面向未来，从综合中创建现代化的文艺理论；文艺理论的综合创建也必须瞄准现代化，使其成为现代的综合和现代的创建。"① 把现代文艺理论观念的创建作为综合研究的着眼点和目标取向，这就使得综合研究不仅仅停留在方法的层次，而进入了现代观念系统的建构这样一个更高的层面上来。当然，综合研究以观念的创新为目标取向，却也不等于理论观念上的综合或整合，综合研究本身也包含了其他不同层面的问题，体现于视野、观念、方法诸多方面。以开放性的学术视野，在广泛吸取中外文艺学、美学及相关学科理论成果的基础上，通过创造性的理论综合，达致文艺观念的更新和文艺研究的新境界，应该是当代文艺学研究的历史使命所在。

文艺学研究的综合创新首先需要一种开放性的学术视野和海纳百川的理论胸襟。我们的文艺学研究应该着眼于在富有时代新质的审美理想光照下的现代文艺观念的创构，这里的现代性或现代化，不纯是一种时间性的规定，即一种时间维度上的追"新"，也包含着对理论创造水准的深度和高度上的要求，而要成就其"新"及"深"和"高"，没有广阔的开放性的学术视野和海纳百川、广吸博取的理论胸襟是无以达到的。在一篇笔谈文章中，笔者曾经指出，高质量高层次的综合创新必须以富有成效的对话和交流为前提和条件，没有对话和交流，就不会有真正的有成效的综合创新。中国

---

① 狄其骢等：《文艺学新论》，山东教育出版社 1996 年版，第 50—51 页。

当下文艺理论研究语境中的对话和交流不应该是局部的，限定在某一范围或某一论题上的，而应是全方位、多层次、在多种领域和关系中展开的。就总体而言，这种对话和交流应该在古今文论之间，中外文论之间，马克思主义文论与非马克思主义文论之间，以及理论和批评与创作实践之间四个向度上展开①。这实际上谈的也就是一个视野和胸襟的问题，而这四个方面的对话，也就是综合创新的视野所应顾及的，是追求学术创造深度和高度的胸襟所应包容的。在理论研究和探索的进程中，无论新论还是旧论，同样无论中国的还是外国的，马克思主义的还是非马克思主义的，从理论思考中得来的还是从实践经验中概括出来的，只要有助于理论创新，我们都应该有所包容善于取用才是。没有开放性的学术视野，没有多方吸取、融会贯通的胸襟和本领，欲求理论研究的大创辟大境界，显然是不可能的。

　　视野和胸襟的问题解决了，接下来最关键的当然是要有理论观念的综合，并经由这种综合而实现观念上的创新，为新的理论体系的建构和新的理论学派的产生奠定基础。在美学和文艺学研究史上，通过对前人和他人不同的美学和艺术观点的理论综合而提出新的观点和理论体系并获得成功的事例不胜枚举。远一点以德国古典美学为例，康德关于审美判断的四个契机即审美活动的四个基本特性的论断和黑格尔美是理念的感性显现的基本美学观点，都是他们在克服感性与理性之间的矛盾，综合近代感性派美学与理性派美学的各自美学观念的基础上提出来的。康德、黑格尔的观点是对感性派美学与理性派美学理论上的继承和综合，也是理论上的超越和创造。就近一点来说，艾布拉姆斯在《镜与灯》以及刘若愚在《中国的文学理论》中各自以作品与世界、作者、读者四要素间的不同结构关联来描述文学世界的图景，是对以往的模仿论、实用论、表现论尤其是 20 世纪上半叶盛行的形式论诸文学观的超越，也是诸论文学观念的一个新的理论整合，这一整合使我们对文艺研究的对象以及文艺活动的性质有了一个全新的理解。再如符号论美学家苏珊·朗格把艺术定义为"人类情感的符号形式的创造"，则既是对表现论美学家克罗齐艺术即抒情的直觉说和形式主义美学的双重反拨，也是在符

---

① 谭好哲：《立足对话　面向综合——文论研究走向未来的一个思路》，《江海学刊》1997 年第 2 期。

号学基础上对表现论和形式主义美学的综合与超越，其代表作《情感与形式》的书名本身便直接显示出理论综合的用心。在我国当代文论建设中，关于艺术本质的界说，80 年代中期以后为许多研究者所阐发、接受的审美意识形态论就正是先前长期流行的意识形态论和 80 年代兴起的审美本性说的一个理论综合。

在我国学术界，不少人仅从方法论角度理解综合研究，这是不够的。正如前面所述，综合研究的目标取向是现代理论的创建，而理论创建的核心是观念系统的建立。方法是通往对象的阐释和主体观念创造的桥梁，只有从方法层面上升到观念层面，综合研究才能真正达到理论创新的目的。至于说理论观念上的综合，也是有不同层次的。就大处着眼，观念上的综合可以在一种理论形态或理论学派的形成上显示出来。比如西方马克思主义文艺理论很显然就是传统马克思主义文艺理论的某些观点与西方现代哲学、社会学、人类学、心理学、艺术学、美学的种种观念和方法相综合的产物。德国古典美学对英国经验派美学与大陆理性派美学的综合也属于此种类型。就具体的体系性理论建构而言，一种理论可以在综合前人和他人成果（同时克服其局限）的基础上构建而成，如前引艾布拉姆斯对文学对象的认识和苏珊·朗格的基本艺术观点的形成即属于此类情形。一般来说，任何一位有成就的文艺学家，其理论创造都不会完全出自己心，总是在综合他人成果的基础上成就自己，而且往往是综合的面越广泛，其理论内容就越丰富，理论成就也越高。除上述两种情况之外，从微观处着眼，文艺观念上的综合还体现于人们对某些具体的、个别性的文艺问题的认识和探讨中。就是说，不仅是体系性的理论建构需要综合，个别性的观念生成也常常需要综合。就个别人的文艺研究来说，其观念综合的层次肯定是有所区别的，也可能是有所选择的，而对于我们面向未来的当下文艺理论建设来说，这三个层面的观念综合都是需要的，我们既要有在个别的观念上进行理论综合的实实在在的努力，也要出体系化理论综合的成果，更要有在阔大的视野和大手笔的学术综合中创建与时代需要相适应的、堪与国际著名理论学派相媲美的新型理论形态与学派的追求和气魄。

四

无疑，文艺学的观念创新还有一个途径问题。也就是说，文艺学综合研究还应落实于综合方法的运用上。对此，苏联的文艺创作综合研究学派和我国的诸多学者都已有了很多的论述。在 20 世纪 80 年代中期的方法论热潮中，我国文艺学界也在这方面做了不少的尝试和努力，为文艺研究新局面的开拓作出了一定的贡献。今天，我们谈论文艺学综合研究的方法问题，一方面要身体力行，继续大胆地在超学科、跨学科的多种不同领域中借鉴有价值的理论和方法运用于自己的研究和创造中；另一方面，为了更好地运用综合研究的方法，还应该自觉地思考和探索文艺学综合研究方法论问题。在这方面，苏联文艺创作综合研究学派把文艺综合研究方法论问题置于首要的研究位置是很有见地的。

这里需要指出的是，文艺学综合研究方法论问题涉及不同层次或层面上的问题，主要包括哲学的层次、科学的层次和实践的层次。首先是哲学的层次或层面，也就是文艺理论的综合创建要站在时代的高度，综合提炼出现时代向文艺理论提出的具有哲学意味的问题。"问题是时代的口号，是它表现自己精神状态的最实际的呼声。"① 作为具有哲学品质的人文学科，文艺学也应该并且能够通过具体的文艺理论问题的研究，深入到时代之中，表现出那些涉及时代的精神呼声和动向的问题。康德和黑格尔的美学研究之所以能够作为哲学美学或艺术哲学的不朽经典而为后人尊崇，这不仅因为他们对人类审美活动的性质和艺术发展的规律性等具体美学与艺术问题提出了自己独到的见解，还在于他们借助于美学和艺术的研究，深入地触及了近代以来人类所面临的深刻社会矛盾，即感性与理性的分裂（内含着个人与社会、自由与必然、理论与实践、审美与实用等等的分裂）问题，并试图弥合这种分裂，实际上也正是后一方面，赋予他们的美学研究以深刻的哲学品质，使之具有了一般的美学和艺术学研究难以企及的深度和高度。同样，以海德格尔为代表的存在主义文论为什么会有持久不衰的影响力，一句"诗意地栖居"为什么会令现代人如此神往，究其根源恐怕也正在于海德格尔借对艺术的思

---

① 《马克思恩格斯全集》第 40 卷，人民出版社 1982 年版，第 289 页。

考揭示了在技术理性统治下现代人"遗忘存在"的生存处境，并企图用"诗意"唤醒现代人对生存异化的关注。我们现今的文艺学研究，也应该以这些大师为师，努力地去综合变化、改革中的社会现实向理论创造所提出的时代性问题，把时代性的问题作为理论综合的主攻方向，同时还应紧密地追踪当代哲学的前行步履，以现代哲学的理论成果滋养、丰富自己思辨的头脑，从而在时代性问题的深入思考和哲学品位的自觉追求中酝酿、培育文艺理论综合的高水平、大格局。当然，为了使我们的思考和哲学追求沿着正确的方向发展，并且结出切实的果实，马克思主义辩证唯物主义和历史唯物主义的科学理论和方法的指导是必不可少的。

其次是科学的层次或层面，就是要在现代科学（包括自然科学、社会科学和人文科学）的发展背景上用现代科学的眼光来审视和综合具体对象，自觉地了解和吸取现代自然科学、社会科学和人文科学的新理论、新方法，使文艺学研究达到现代科学已经达到的水平。而在科学的层面上考虑方法问题，首先要着眼的是科学的眼光、科学的精神，用科学的眼光去审视自己的研究对象，用科学的精神去指导自己的综合工作。在对具体学科的理论和方法的运用中，也不能盲目跟风、唯新是趋，因为任何理论和方法都有其适用的领域和范围，并非所有的科学方法都可以运用到具体的文艺学研究工作之中。是否具有认识的正确性和实践的可操作性，是文艺理论研究是否具有科学性的主要标志。这也是衡量方法科学性与否的标准，是方法取舍的依据。这里，有三点需要特别加以注意：一是要确立从对象出发的原则，综合方法的选择和运用必须适应研究对象的特点；二是既要大胆地吸取和运用自然科学与社会科学中的有效致知方法，做别开生面的开拓和探究，又要充分注意文艺学研究作为人文学科自身的特点，方法的选择和运用要能够尽力凸现人文学科的特点，不能脱离文艺学自身的人文属性和学科规定性；三是要围绕研究的具体目标和所要解决的任务来确定自己的方法选择，不能游离于研究对象和研究目标与任务之外，作猎奇式的方法展示，为方法而方法。应该说，在 20 世纪 80 年代中期的方法热潮中，不少的研究者并没有自觉地注意到这些问题，从而暴露出这样那样的缺陷和不足。

哲学层次和科学层次之外，综合研究方法论的考虑还有一个实践层次或层面的问题，这就是文艺学综合研究要密切联系实践，要从现实实践的新情况、新问题出发提出理论问题，应对时代的呼声，使自己的综合理论创建具有更高的实践内涵和意义，更具有现代气息和现代色彩。这一点，理论界目前的状况并不是特别令人满意。应该说，自20世纪70年代末到80年代中期，中国文艺理论与文艺实践基本上是同步共振、良性互动的。从伤痕文学到反思文学、改革文学，从现实主义的深化到对人道、人性、异化问题的关注，文艺创作和文艺思潮上的每一步进展几乎都得到了理论与批评的呼应。实践因有理论上的支持而有了精神上的动力，而理论也因有实践上的依托而增强了内在的底气，珠联璧合的局面带来的是实践与理论的双赢，二者共同拥有了在社会生活中的"轰动效应"。自80年代中期以后，文艺创作与思潮进入了多流向、多样性、多元化的发展态势，而理论与批评也相应随之进入了类似的发展态势。一方面文艺实践领域中的各种新的思潮、新的流派和创作探索，一般都能得到相应圈子里的理论研究与批评的支持；另一方面，理论与批评也总是试图跟上文艺实践发展的步调，尽可能对新的实践现实作出有效的阐释，从而使得自身获得新的内容，展现与时俱进的理论品质。此一时期，理论与批评在一定范围内还是有效的，有其实践上的可操作性。然而，从80年代后期以来，理论和批评与文艺实践之间却开始有了游离、脱节，甚至给人渐行渐远之感。这主要表现在，有一些文艺研究者和批评家对新的变化中的文艺创作现象缺乏审美上的敏感和理论上的把握，依然从旧有的惯常的思维定式和文艺观念出发，用老旧的话语来阐释甚至欲图规范新的现象，在理论武器的陈旧与创作实践的新锐之间形成明显的脱节和反差；而另有一些所谓学院派研究者和批评家则热衷于以追"新"逐"后"的心态操练从欧美引进的新潮理论，仅仅把中国的文艺实践作为证明其演练之舶来理论的例证，实际上完全脱离了对中国文艺实践的具体分析，把凌空蹈虚、空谈理论的弊端发展到了极致，这种理论和批评看起来名头很大，云山雾罩，莫测高深，却隔靴搔痒，落不到实处，不能解决任何实践问题。类似状况，至今未有根本好转，实在值得引起文论研究界的重视。理论之树也可能是常青的，但常青的前提是它必须始终保持与文艺实践之间的内在血肉联系，来之于实践又能动地作用于实践，这一点我们始终都不应忘记。

（原载于《文史哲》2003年第6期）

以人民为本位：有中国特色的
马克思主义文论

马龙潜

　　有中国特色的马克思主义文艺理论，是人类文艺思想发展史上的一个全新的概念。它所概括的是马克思主义文艺理论基本观念及其结构体系发展到现时代所呈现出的一种新的形态，是以马克思主义文艺理论为主导的当代中国文艺学，区别于其他历史形态、社会形态的文艺理论结构体系的根本标志。它的产生既是中国一代又一代的马克思主义者致力于把马克思主义文艺理论中国化，坚持和发展马克思主义文艺理论基本观念及其理论体系的历史和逻辑的必然结果，也是实现中华民族伟大复兴这一新的历史时代对当代中国马克思主义文艺理论所提出的必然要求。

　　自从毛泽东提出马克思列宁主义的普遍真理与中国革命的具体实践相结合的原理以来，包括文艺理论在内的中国新文化格局的形成和发展，就始终与如何把马克思主义中国化的问题，即如何使马克思主义的基本原理与当代社会主义中国的政治、经济、文化综合运动的具体实践相结合的问题息息相关。特别是新时期以来，当马克思主义在当代中国的历史命运问题突出地摆在了人们面前的时候，提出建设以中国特色马克思主义文艺理论为主导的当代中国文艺学整体结构体系的目标，就显得十分迫切和必要了。

　　文艺具有什么本质特性，这是文艺研究最核心、最基础的问题。马克思主义的创始人从历史唯物主义的观点考察文艺，规定文艺属于上层建筑的意识形态，是经济基础的反映。也就是说，经济基础与上层建筑、意识形态的决定与被决定、作用和反作用的关系，规定着文艺的意识形态的地位和作用。党的三代领导人毛泽东、邓小平和江泽民对文学艺术的考察，也都是从马克思主义的意识形态学说入手来揭示文艺的本质特性的，但他们对文艺意识形态性的揭示又与马克思主义经典作家有所不同。而且，由于时代所提供的理论条件的差异，他们的文艺思想也表现出各自理论形态上的特殊性，从而在不同的历史阶段和历史条件下，赋予了马克思主义文艺意识形态理论以新的内涵。

文艺与经济基础的关系问题，在毛泽东那里被具体化、现实化为文艺与社会生活、文艺工作者与广大人民群众，特别是工农兵群众的关系问题。这里的"社会生活"，是对"经济基础"这一概念的更具体化、更易于让人接受的表述。毛泽东认为文艺反映和作用于经济基础，实际上就是反映以人民为主体的社会生活实践，文艺为经济基础服务，说到底就是为人民服务。他因此而提出了著名的"我们的文学艺术都是为人民大众的，首先是为工农兵的"这一事关中国文艺发展方向的重要命题，并以此为核心贯穿和解决其他一切文艺问题，确立了"文艺为人民"这一以人民为本位的文艺观。这是把马克思主义文艺理论中国化的一个创举，也是对马克思主义文艺理论的一个创新。沿着毛泽东侧重从意识形态的建构实践方面提出问题和解决问题的思想路线，邓小平把文艺与生活的关系问题进一步深化为文艺与人民的关系问题，把创造生活的人民大众放在了核心和主导的地位，这时的文艺与经济、政治的关系也就表现为人与人之间的关系。就是说，文艺反映和作用于经济和政治并不是直接的，而是通过文艺为谁服务这一现实的中介来完成和实现的，这恰恰是文艺不同于其他意识形态的特点。因为经济和政治的内容在文学艺术中并不以赤裸裸的形态出现，而是渗透和融汇在人与人之间的关系当中，是政治和经济的人学内容。邓小平所提出的"人民需要艺术，艺术更需要人民"的著名论断，是把文艺意识形态理论从自在的社会客体结构向自为的人与人的主体结构的扩展和延伸，是对文艺主客体关系的更加明确和全面的规定。这里的"人民需要艺术"，是从文艺表现的对象方面讲文学艺术为什么要为人民服务的问题；这里的"艺术更需要人民"，则是从文艺主体方面讲文学艺术家应该站在什么立场上，以什么样的世界观来对待人民群众，来反映现实生活的问题，并把这一点作为文艺与人民关系的主导方面。面对相同或相近的客观现实生活，由于文学艺术家的立场不同，对待生活的态度不同，他所把握和反映的内容也就不同，所形成的文艺意识形态观念也就不同，只有那些与人民的命运息息相关的文学艺术家才能真实地反映现实生活，揭示历史发展的本质和规律。邓小平从强调文学艺术主体的自由创造和历史选择的角度来揭示文学意识形态的本质，这可以说是一种崭新的闪烁着人学思想的艺术本质理论，只是它不同于抽象的人本主义和人性论的文艺观，而是历史唯物主义的以人民为本位的文艺观。

同毛泽东、邓小平的文艺思想一脉相承，江泽民也是以文艺与社会生活的关系为主线来揭示文艺的本质特征。从江泽民以"三个代表"思想为核心的思想理论体系与他的文艺论述的逻辑关系看，江泽民是通过文艺意识形态的客体结构与主体结构、文艺的客观性与主体性的辩证统一来把握文艺与社会生活的关系并规定文艺的本质特性的。在文艺主客体关系的客体结构方面，江泽民突出强调了社会主义文艺所反映的经济、政治关系的实质是"代表中国先进生产力的发展要求，代表中国先进文化的发展方向，代表中国最广大人民的根本利益"，是这三者所融合和渗透的新型的人与人之间的关系及其集中体现的社会主义时代的基本精神。这是江泽民面对新的文艺现实，站在崭新的时代高度，从社会主义文艺所反映的内容方面，对文学艺术为什么人的问题所给予的具体规定；在文艺的主体结构方面，江泽民进一步强调了文学艺术家的历史选择和自由创造，提出文艺的主体性建构的实质是如何坚持"唱响社会主义的主旋律，坚持为人民服务，为社会主义服务，实行百花齐放、百家争鸣"的方针。正是在这种文艺主客体的关系结构中，江泽民揭示了文艺与社会生活关系的本质是文艺与人民的关系，并把文艺应当为谁服务统一于如何服务的论述之中，这体现了江泽民把他的思想重心始终放在"代表中国最广大人民的根本利益"这一点上。他因此而提出了文学艺术要以人民群众的社会心理为中介反映现实生活，发挥其认识社会和道德教育作用的关于文艺意识形态功能特性的理论，强调文学艺术家与人民群众的联系最根本的是与他们情感的沟通和心理的交融。当然，文学艺术以人民群众的社会心理为中介反映社会存在，并不是去对群众的自发心理做照相式的描绘，甚至去迎合某些不良的心理倾向。江泽民要求文学艺术家和理论工作者们要站在社会主义审美理想的高度，站在进步的和人民的立场上，对普遍的社会心理现象进行提炼、加工和改造，使之上升为既有深刻的理性内容又符合群众审美习惯的审美意识，从而使群众的心理和行动更加自觉，更能发挥创造历史的主动性。

从对马克思主义文艺理论中国化的历史和逻辑发展进程的简要描述中，我们可以看到，有中国特色的马克思主义文艺理论以人民为本位的基本观念及其结构体系，并不是一种抽象的理论规定的结果，而是具体产生和存在于中国特色社会主义建设的伟大实践中，是通过它所发挥的为人民服务的独特功能和作用而得到确认，通过广大人民群众的审美和艺术实践活动得以体现并受到检验的。以人民为本位的文艺观的科学性和独创性，就在于它把文艺意识形态学说深化为文艺为人民服务的理论与实践，从而对马克思主义的意识形态学说作出了既符合历史唯物主义，也符合文艺自身规律，又符合中国特殊国情的独特阐释。

今天，重新倡导以人民为本位的文艺观，确立有中国特色马克思主义文艺理论在当代中国文艺学整体结构体系中的基础和核心地位，进而全面把握由不同理论形态、理论要素所共同构成的这个体系的整体结构特性，这是建设当代中国文艺学、繁荣中国特色社会主义文艺的学术之根本和历史之必然。中国特色的马克思主义在当代中国的确立和发展，使它成了反映中国特色社会主义经济形态及其所决定的政治制度，并体现由中国共产党人所代表的最广大人民群众利益的观念上层建筑，并因此而形成了一个能够包容中华民族不同地域和文化背景的整体思想文化结构体系和总体思想文化格局。显然，中国特色马克思主义文艺理论与当代中国文艺学的发展是一个辩证统一的整体，这决定了当代中国文艺学总体格局的多样统一性。从一个方面看，当代中国文艺学的基本性质和发展方向，只能由作为占统治地位的意识形态的马克思主义来决定，当代中国文艺学研究必须坚持中国特色马克思主义文艺理论基本观念的指导，这是其统一性的一面；从另一个方面看，中国特色马克思主义文艺理论作为一种具体理论形态和一般思想文化传统的担承者，又内在地要求自己时刻关注世界文化与艺术总体格局的发展，不断增强自己对现代人类文化和艺术精神的包容性和开拓性，使以其为主导的当代中国文艺学的发展，既要在与其他历史形态、社会形态文艺理论的共存中保持自己的品格，又要善于汲取人类各种文化与艺术及其理论发展新成果的滋养，这又体现了其开放性和丰富多样的特点。可见，那种把马克思主义文艺理论排除于文艺学发展的总体格局和结构体系之外，试图找到一种"纯文艺学"的观点和做法，以及那种用马克思主义文艺理论来替代文艺学的总体格局和结构体系，试图找到一种"纯无产阶级文艺学"的观点和做法，都背离了马克思主义文艺理论与当代中国文艺学发展对立统一的辩证法。它们留给历史的教训，值得我们今天在建设当代中国文艺学的进程中认真记取。

（原载于《文学评论》2004 年第 2 期）

试论文学的系统本质

陆贵山

研究文学的本质规律，是文艺理论家的职责。一段相当长的时期内，从西方到当代中国学界涌起了一股"反本质主义"的声浪。这种社会文化思潮是对极端的、僵硬的、教条的本质主义的反拨和挑战。然而，"反本质主义"决不会消解研究文学的本质规律的正当性和必要性，更不会颠覆文学研究的意义和价值。问题的关键是在于怎样正确理解文学的本质和本质主义。

一、把握文学本质的四个向度

真正完整地深刻地理解文学的本质规律是很难的。具体到每个学者，虽然无法穷尽文学的真理，但往往会在追求文学真理的长河中，增添某些新的因子。应当珍惜学术前辈们对文学的本质规律认识的理论成果，充分肯定其中有价值、有意义、有先进思想成分的合理内核，尊重他们的劳动和智慧，爱护人类思想发展史上那些宝贵的思想资源和精神财富，立足传统，锐意创新，在以往既有的基础上把对文学的本质规律的理解不断推向前进。

真理的发展总是伴随着时代的变迁和历史的转折，不断解构和建构的深刻的、漫长的、表面上看来好像是循环往复，实际上却是螺旋式上升的过程。解构那些僵化的、背时的、陈旧的理论界说，往往是思想解放运动的前提条件。从这个意义上说，新的文艺观念取代或部分取代旧的文艺观念是正常和合理的事情。因为，只有破除旧的思维模式，才能为新文学的生长开辟道路，即所谓新陈代谢，吐故纳新。一切都必然因时代演进和社会转型的需要而发生相应的变革。应当承认文学本质和一切事物的本质一样都是可分的，至少可以从四个向度上把握文学的本质：从文学的横向上，开拓文学本质的广度，展现文学的"本质面"；从文学的纵向上，开掘文学本质的深度，展现文学的"本质层"；从文学的流向上，驾驭文学本质的矢度，追寻体现文学发展趋势的"本质踪"；从文学的环向上，拓展文学的内在和周边的关系，从而把握文学的"本质链"。文学的本质是可以划分为多方面的，多层次的，同时又是流动的、变化不居的，在相互制衡的内在的和周边的关系上不断变异，获得新质。不论是从广度、深度、矢度和圆度上，换言之，不论是从横向、纵向、流向和环向上，都应当对文学本质作开放的理解和系统的阐释。

真理是全面。对一般的理论界说而言，所包容的对象本质的全面性都是有限的。当文学的内容在广度上有了新的拓展，旧的界说因为不可能包含和预示文学的新质，产生解析文学的片面性和偏执性，从而失去阐释的有效性。人们对文学的认识同样是从片面到全面。获得片面深刻的真理已经实属不易，更应当尽可能地吸纳和整合这些片面深刻的真理，使之上升为相对全面深刻的真理。

真理是深度。文学的本质在纵深的向度上同样是可分的。文学同样存在着一级本质和二级本质，乃至呈现出无穷无尽的递进式的层次性，有待学者们去进行不断地发掘和钻探。由于对文学本质的理论界说，是在具体的时间和空间内给定的，当文学的蕴涵在深度上一旦有了新的发现，必然会产生解析文学的表面性和浮浅性，从而使对文学本质的旧的理论抽象，失去了阐释的有效性。

真理是过程。本质主义对事物的内部联系的把握不可能成为恒久的真理。文学是随着时代的发展而发展的，一旦文学的意义在矢度和流向上有新的演变，这种本质主义的理论概括必然会产生解析文学的凝固性和保守性，甚至变成一种僵化的背时的理性，从而失去阐释文学的有效性。对文学的本质界说，只能勾画出一种既相对稳定又不断变化着的边界，随着时代的变迁、历史的发展、社会的转型和文化环境的变异，必然会发生相应的变通。如抗日战争时期，从当时的历史任务和革命需要出发，中国共产党的领袖人物提出"文艺为政治服务"的口号。这个口号在当时中国人民濒临亡国灭种的空前危机的历史条件下，着重强调文艺的政治属性、政治本质和政治功能是适时的和积极的。新中国成立后，随着时代的发展、应当从"以阶级斗争为纲"实现"以经济建设为中心"的历史转折。与这个伟大的历史转折相适应，为了促进社会的转型和经济的发展，用"文艺为人民服务，为社会主义服务"的新提法取代"文艺为政治服务"的口号，同样是正常的和合理的。可见，文学的本质总是伴随着时代的变迁而演进，伴随着历史的发展而转换，伴随着社会的转折而嬗变。文学的本质同样是流动的。对现象的理论概括，必须进行动态的把握，跟踪真理发展的过程和捕捉发展过程中的真理。真理和对真理的追求与认定都应当是与时俱进的。必须破除和摈弃对本质的僵化的理解和教条主义的解释，但同时又要注意防止和克服采取虚无主义的态度，不加分析地消解和颠覆一切对事物的本质规律的理性界说。

真理是关系。马克思主义经典作家把人的本质界定为一切社会关系的总和。其实，推而广之，世界万物都可以说成是联系性和相关性极强的所属关系的总和。文学和文学的本质都存在于关系中，都通过关系而存在，都在关系中深化，在关系中完善，在关系中发展，表现为各种关系因素"合力"的相互激荡、相互拉动、交互作用，呈现出类似"平行四边形"那样的复杂形态。与文学本质相联结的诸多关系，制约着甚至决定着文学的系统本质，形成文学本质的多维结构。既往的本质主义界说总是停留在对文学的内部联系的单纯的孤立的把握上，现在看来是远远不够的。当文学的内部关系和周边关系发生了新的变化和有了新的发现，传统的本质主义界说，无法驾驭文学的复合型的系统质，一定会产生解析文学的封闭性和禁锢性，从而失去阐释文学的有效性。文学和文学的本质同样是具有间性的。这正是对文学和文学本质进行跨学科研究的重要学理根据。文学的本质不仅是全面的、深层的、流动的，而且是系统的、相对的、开放的。

二、探讨文学本质的六大学理系统

根据笔者的研究和理解，通观整个文学思想史，举其要者加以归纳，可以概括出如下一些文论思想的学理系统：即研究文学与自然的关系，探讨文学的自然属性或自然本体或自然本质，可以求索出各式各样的自然主义的文论学理系统；研究文学与社会历史的关系，探讨文学的社会历史属性或社会历史本质，可以总结出各式各样的社会历史主义的文论学理系统；研究文学与人的关系，探讨文学的人学属性或人文本质，可以提炼出各式各样的人本主义文论学理系统；研究文学与审美的关系，探讨文学的审美属性或审美本质，可以概括出各式各样的审美主义文论学理系统；研究文学与文化的关系，探讨文学的文化属性或文化本质，可以抽象出各式各样的文化主义的文论学理系统；研究文学自身的内部关系，探讨文学的语言形式符号属性或语言形式符号本质，可以总括出各式各样的文本主义文论的学理系统。

关于自然主义的文论学理系统。这里所说的自然主义不是指作为文学流派的自然主义，而是指由于解释人与自然、文与自然的关系所产生的各式各样的生态主义的理论、观念和方法。大自然是人类的母亲。大自然哺育了人类，人类也要赡养、善待和敬重母亲。实际上，人类是与大自然同生存和共命运的。自文学起源以来，不论是在神话传说里，还是在中国古代的诗经、唐诗和宋词中，都充盈着对人与自然的和谐关系的讴歌，只是还没有通过对此类创作的审美经验的归纳，概括出成熟的自然主义或生态主义的文论学理系统。现代社会以来，资本的运作和科技的发展，以神奇的力量，给世界带来了翻天覆地的巨变，同时，这些前所未有的成就，又是以对自然生态的破坏和道德的沦丧为代价的。马克思曾经指出："在我们这个时代，每一种事物好像都包含有自己的反面。我们看到，机器具有减少人类劳动和使劳动更有效的神奇力量，然而却引起了饥饿和过度的疲劳。财富的新源泉，由于某种奇怪的、不可思议的魔力而变成贫困的源泉。技术的胜利，似乎是以道德的败坏为代价换来的。随着人类愈益控制自然，个人却似乎愈益成为别人的奴隶或自身卑劣行为的奴隶。甚至科学的神圣光辉仿佛也只能在愚昧无知的黑暗背景上闪耀。我们的一切发现和进步，似乎结果是使物质力量具有理智生命，而人的生命则化为愚钝的物质力量。现代工业为一方与现代贫困和衰颓为另一方的这种对抗，我们时代的生产力和社会关系之间的这种对抗，是显而易见的、不可避免的和无可争辩的事实。"① 伴随着现代化历史过

────────────

① 《马克思恩格斯选集》第 1 卷，人民出版社 1995 年版，第 775 页。

程中出现的日甚一日的自然生态、人的生态和文化生态的恶化和危机，无论是"自然中心论者"还是"人类中心论者"，尽管见解不尽相同，但都这样那样地关注人与自然的生态关系。从自然主义视域，强化和优化对文学与自然的生态关系的研究，是完全必要和非常适时的。自然生态学、社会生态学、人文生态学、文化生态学乃至文艺生态学勃然兴起。思想家和艺术家们以净美澄明的旋律、清新淳朴的格调和温馨芬芳的乐章，谱写着新时代的田园交响曲。在文学创作和文学研究中，洋溢着觅绿、看绿、悟绿、爱绿和颂绿的深情厚意。通过文学创作和文学研究呵护自然生态，赞美人的生态与自然生态的和谐，促进文学和文学研究生态的良性循环。以研究人与自然、文学与自然的生态为对象，创立文艺生态学，建构自然主义的文论学理系统，已渐具雏形，取得了明显的实绩。

关于历史主义的文论学理系统。从历史视野，研究文学与一定时代的社会历史的关系是人类思想史上一个重要的学术传统。学术思想史上，曾经长期存在着强大的社会历史学派。历史主义的文论和历史主义的理论是紧密联系着的。大体上有三种历史主义的理论，同时相应地存在着三种不同的历史主义的文论。一种是传统的历史主义。这种历史主义衍生出两个相互关联的分支：有的侧重于强调经济因素决定文艺的发展，像一些苏联学者所主张的那样，从总体上把文艺视为社会经济生活和物质生产的机械的等价物和简单的分泌物；有的倾心于宣扬意识因素制约文艺的发展，从孔德实证主义始，到斯达尔夫人，再到泰纳的《艺术哲学》多半都把文艺看作是一定历史条件下的社会意识、民族心理、文化精神、风俗习惯的产物。一种是新历史主义。这种新历史主义文论的基本特征是通过对语言的标示、叙述和转换，把史实变成史书，把历史存在变成历史观念和历史意识，把历史事件和历史人物变成历史故事和对历史故事的语言叙述，通过不适度地强调书面文本和历史文本的互文性，达到重塑和改写历史的目的。这种新历史主义对修正和补充被正史歪曲、误读和疏漏了的历史是有意义的，但同时使"造史"和"戏说"几乎成为一种时尚。新历史主义文论表现出被放大了的主观因素、政治色彩和浓郁的意识形态性。这种新历史主义的文论表面上看来是注重和回归历史，但通过对历史文本的书写和阐释，自由驰骋主体的自我意识，形成书写主体、解释主体和研究主体的历史意识和文化精神借助文本向历史领域的自我辐射和自我扩张。一种是马克思主义的历史唯物主义。马克思主义的历史唯物主义关于社会结构的理论仍然具有蓬勃的生命力。历史唯物主义认为，观察一切问题，都要有历史意识，不能脱离具体的时空条件的制约。从历史主义角度研究文学的社会历史属性或社会历史本质，永远是一个真问题和新问题。形象地说，历史是一株根，历史是一条河。只有把文学和文学所反映的内容和表现的情感，放到一定的历史条件下、历史范围内、历史结构里和历史过程中，才能得到正确的理解和深刻的阐释，才能寻觅出所谓"根源的根源"。从归根结底的意义上说，文学的内容和特征，都是源于一定历史结构和一定历史条件下的社会生活。因此，人们才能从文学艺术的画面中，看到有时代感的历史面貌、文化景观和世俗风情。我们应当承接和吸纳传统历史主义和新历史主义的合理内核，丰富和发展马克思主义的历史唯物主义文论学理系统，重新建构文艺社会学的理论基础和框架体系。

　　关于人本主义的文论学理系统。"文学是人学"。文学的人学内涵可谓博大精深。有各式各样的与人本主义的人学理论相对应的人本主义的文学理论。一种是先期的、古典的、传统的人本主义、人道主义、人义主义的人学理论。这种人本主义的理论主要指自文艺复兴以来，到启蒙运动时期，到法国资产阶级大革命后逐渐形成和完善起来的实质上是以市民社会的"人"为核心的人学理论。这种人学理论以标榜自由、平等、博爱和具有普遍性和抽象性的人性和人权为尺度。这种人本主义理论尽管带有一定的虚假性，但它以提高人的地位和尊严为旨趣，作为对维护封建专制的君权和神权的抗争和反叛，促进了社会的进步和与之相应的人的解放，起到了积极的历史作用。一种是新人本主义的人学理论。这种新人本主义的人学理论主要是 20 世纪以来，特别是两次世界大战后兴起的一种以非理性主义为特色、为基础、为灵魂的人本主义。这种人学理论在现代主义和后现代主义的文艺作品中得到了突出表现，着重描写世界的冷酷、无序和迷乱，揭示社会和人的严重的畸变和异化，凸现世界和人生的荒诞主题。新人本主义和先期的、古典的、传统的人本主义简直具有天壤之别。一种是马克思主义的人学理论。相当长的时期内，西方学界的某些论者对马克思主义的人学理论的看法，存在着盲点、曲解和误读。阿尔都塞认为，马克思只强调史的学说，而忽视人的理论，认为马克思主义只把历史理解为"没有主体或目的的过程"①。萨特断言，马克思主义是"见物不见人"，是他发现了所谓"人学的飞地"。所有这些看法都是不符合实际情况的。马克思主义人学理论的最大优点和特点正在于不是脱离社会和历史来抽象地谈论人，而是自觉地同与社会、历史和现实生活的联系中来考察人，认为只有社会进步和历史发展，才能使人获得相应的提高。马克思主义有比较系统和深刻的人学理论，诸如关于从"类"、"民族"、"阶级"、"阶层"、"族群"、"集团"的视域考察人的理论；关于研究人的主体性和客体性的理论；关于论述人的个体性和群体性的理论；关于阐释人的认知关系和价值关系的理论；关于探讨人的生存状态、生存方式和生命活动的理论；关于研究自然的人化和人的自由自觉的有意识活动的理论；关于论证人通过实践改变环境和创造世界的理论；关于论述人的异化的人的解放的理论；关于表述人的全面自由发展的理论等等，都为建构文艺的人学提供了丰富的理论资源。我们应当承接和吸纳传统的人本主义和新人本主义的人论思想的合理内核，努力创造出以马克思主义为指导的人本主义的文论学理系统。

关于审美主义的文论学理系统。审美主义的文学理论是各式各样的。现实主义的美学理论侧重于对处于审美关系中的审美对象的审美属性的展示，倡导文艺创作，从自然美，到社会美，到人的美，都力求通过再现的方式，进行全景式的鸟瞰或精美的细部刻画。浪漫主义的美学倾心于对处于审美关系中的审美主体凭借对象的审美属性对自我的情感、意志、思想、欲望、爱好、心态、趣味、情致乃至精神意向和价值取向的表现、抒发、辐射和扩张。形式主义的美学多半从文本的形式方面，探讨作品的形式因素的审美构成和审美特质，但往往表现出一定程度上脱离作品的内容，封闭孤立地推崇文本形式因素的极端化倾向。现代主义美学的主要特征表现为对资本社会的批判，通过对人的个体化、主观化、内向化的开掘和拓展，揭露现实生活的异化、丑恶和荒诞，抨击现代社会和精神文明的危机，其中对人的生态、心态和人的命运，不乏深层的动人心魄的描写，但慑于强大的政治和物

---

① ［法］阿图塞：《自我批评论文集》，杜章智、沈起予译，（台）远流出版事业股份有限公司 1990 年版，第 118 页。

质力量，往往表现出软弱和无奈，流露出悲观主义和虚无主义的倾向。后现代主义美学很大程度上已经把文学转化为一切具有文学性的泛文学，通过对文学的泛文化研究，走向对一般的社会文化现象的关注。后现代主义的美学理论尽管带有非理性主义的思想特征，好像是作为对形式主义美学和现代主义美学的反拨，通过"向外转"，热衷于对日常生活的审美化和审美的日常生活化的研究，一定程度上表现出企图用图像艺术取代语言艺术的精神意向。上述各种审美主义的文论学理系统既有差异、矛盾和冲突的一面，也存在着互渗、互补和互融的一面。应当从它们的辩证联系中把握它们之间的相互关系的复杂性。马克思主义经典作家关于文学的起源的论述、关于文学是一种特殊的"意识形态的形式"①的论述、关于作为衡量创作和作品的"最高标的标准"的"美学观点和史学观点"②的论述、关于文艺是"掌握世界"的"专有方式"③的论述、关于文学是"按照美的规律来建造"④的论述、关于文艺是一种"特殊的精神生产"⑤的论述、关于艺术美源于生活美、高于生活美的论述、关于对与文学相关的社会哲学文化思潮的论述等等，为整合上述各种形态的美学理论，建构更加科学的、完整的审美主义的文论学理系统，提供了重要的学理支持。

关于文化主义的文论学理系统。这里所说的文化主义泛指一切文化研究和文化批评的理论、观念和方法。20世纪末期，全球范围内掀起了强劲的社会文化思潮。影响最大的文化理论当推法兰克福学派的社会文化批判理论。社会文化批判理论的成员多半是德国法兰克福学派的西方马克思主义者和他们的传人们。社会文化批判理论呈现着非常复杂的多极化的学理结构和精神意向。有的触及社会和实践层面，有的则潜入或辐射到人的文化、心理和意识领域。应当说，这些西方马克思主义的学者和学理是新历史条件下带有鲜明政治色彩和颇具"革命倾向"的思想。社会文化批判理论强化了人文科学的批判功能，力图从诸多方面揭露和抨击被福利措施制造出来的幸福假

① 《马克思恩格斯选集》第2卷，人民出版社1995年版，第32—33页。
② 《马克思恩格斯全集》第4卷，人民出版社1958年版，第257页；《马克思恩格斯选集》第4卷，人民出版社1955年版，第561页。
③ 《马克思恩格斯选集》第2卷，人民出版社1995年版，第19页。
④ 《马克思恩格斯全集》第42卷，人民出版社1979年版，第97页。
⑤ 《马克思恩格斯全集》第42卷，人民出版社1979年版，第121页。

象所掩盖着的压抑和扭曲人性的社会现实。霍克海默和阿多尔诺指出，当代启蒙失去了历史的进步性和合理性，已经沦为欺骗和愚弄群众的舆论工具。他们的批判意识尽管附着上一层悲观主义的迷雾，同时不加分析地反对生产力的发展和科技理性的高扬所带来的负面作用，表现出一定的局限性，但他们抵制和声讨极权主义的专横和科技理性的泛化对人的伤害则无疑是正确的。他们指出，现实生活中的那些精确的信息和经过精密设计的消遣用品的大量出现，正在使启蒙退化为神话，造成了意识形态的衰退。这些激进的西方马克思主义者通过倡导"否定辩证法"，主张用事物的差异性和冲突性，反对"虚假的同一性"。马尔库塞发现和论证了被异化规律支配的物质力量和物化世界对人的压抑和扭曲。他创立的"单面社会"中的"单面人"的理论和他把社会文化批判理论同弗洛伊德的精神分析理论相融合而建构和宣扬的"新感性"理论，都产生了不可忽视的影响。

社会文化思潮传入中国后，虽然不同于英国伯明翰大学文化研究中心的文化研究，也不排斥法兰克福的社会文化批判研究，但主要表现为广义的大众文化研究。从文化视野研究文学，逐渐成为一种时尚。文化向文学的扩容和文学向文化的转向，开始成为当代中国学界的热点和闹区。

由于大众文化和大众文化研究是在西方后现代社会环境和语境中产生和发展的，因此带有十分明显的后现代主义和解构主义的思想特征。后现代主义和解构主义的语境和叙述中的文化研究理论，强调此类文化的怀疑、解构和批判功能，可以激活人们的思维方式，有利于消解那些应当消解的东西，有助于从精神和舆论层面破除不合理的和压抑人的思想和体制。但这并不意味着会对全球化时代的西方后工业社会的经济运作和科技发展产生什么实质性的影响。借用美国的一位当代著名的后现代主义哲学家利查德·罗蒂的话来说，"后现代主义因其建设性的薄弱在美国并未占据主流地位，而中国却将后现代主义奉为圭臬"。这是值得当代中国学者常深思之的。由于解构主义和后现代主义笼统地颠覆一切理性、规律和权威，有时又采取实用主义的态度，排斥异质性、差别性、个别性，倡导美国模式的同质性、标准化和一体化，推行全球化的普适主义，打着多元主义的旗帜，否认不同国家的历史发展的不平衡性，实际上宣扬使不同民族和地域的人们屈从和就范美国模式，推行一统天下的霸权主义。这种把历时态过程转换为共时态存在的思维方式，消解了有差异和有深度的历史感。带有非理性、平面化和无深度的特征的后现代主义的文化研究理论，抹平了文化与文学的界限，并企图以图像文化取代语言艺术。正确对待解构主义和后现代主义对文化研究的影响，创立崭新的文学文化学，建构富有理论深度的文化主义的文论学理系统，是完全必要的。

关于文本主义的文论学理系统。文本理论主要指包括各式各样的关于语言、语义、形式、符号、韵律、隐喻、结构、叙述、接受、阐释的模式、理论、观念和方法。20世纪以来，西方的文本主义文论得到了极大的发展。有的学者把走向文本研究视为西方文论发展的必然趋势和逻辑结果，从"社会中心论"、"作者中心论"演进到"文本中心论"，然后又从"文本中心论"走向"读者中心论"，都集中于对文本构成因素的认定和解析。有的文学理论家从对文学外部规律的探讨转向对文学内部规律的审视。从俄国形式主义，到东欧的结构主义，再到英美新批评派，都热衷于对文本自身的研究，产生了各式各样的关于文本的形式理论、语言符号的结构和解构理论。这些文本理论显得分散，甚至充满着差异、矛盾和冲突，缺乏有机化、系统化和一体化的架构和整合。从注重文本，走向崇拜文本，造成对文本进行封闭孤立的研究倾向。后现代主义、后结构主义、解构主义的出现实际上是对凝固的、僵硬的、绝对化和极端化的文本主义文论的背弃和反弹，导致"文本中心论"的式微和"读者中心论"的兴起，随即产生了论证"读者中心论"的一系列新的文本主义文论，诸如接受美学、解释学和读者反应理论等等。只强调形式因素，忽视历史因素、人文因素、文化因素和审美因素，进行孤立封闭的文本研究，显然是不科学的，也是行不通的。最后还是要走向开放。语言符号形式向人的生命情感开放，如出现了苏珊·朗格的情感符号主义；文本的结构和模式向社会、历史、政治、种族和性别开放，如出现了多种形态的新历史主义、文化诗学、文化殖民主义和反文化殖民主义、女权主义和不同种类的新马克思主义等等。"语言学转向"后，有的学者把语言的作用推向极端，竟然认为不是人说语言，而是语言说人，甚至把语言视为上帝。其实，对人造的世界来说，人的社会实践，才拥有至高无上的权威。应当区分语言的第一性意义和第二性意义。首先是劳动创造了人和人的语言，只能在反作用的意义上肯定语言和语境对人的心理、意识、性格、素质的培育和塑造的功能。

综上所述，自然主义的文论学理系统、历史主义的文论学理系统、人本主义的文论学理系统、审美主义的文论学理系统、文化主义的文论学理系统和文本主义的文论学理系统，都是文学的系统本质中不可或缺的组成部分，构成一个有机的生命共同体和活性的生态循环圈。它们或同时出现，各呈风采，或交替突出，轮番表演，都应当进行共时态和历时态研究。从整体的学理体系的框架中，在恰当的位置和所属的坐标点上，着重研究文学的系统本质的某一层面，或着重探讨文学的自然属性和自然本质，或着重探讨文学的社会历史属性和社会历史本质，或着重探讨文学的人学属性和人文本质，或着重探讨文学的审美属性和审美本质，或着重探讨文学的文化属性和文化本质，或着重研究文学自身的内部规律，探讨文学的语言形式符号属性或语言形式符号本质，都是需要的。同时要特别注重培育和发现文学本质的新的方面、新的层次、新的领域、新的关系和新的发展，不断与时俱进，确立文艺理论的创新机制。

文学系统本质中各种学理之间的相互关系，不是平列的、均衡的。从文学产生的根源来说，归根结底，文学和文学的本质是人的历史过程和社会实践活动包括审美实践活动的产物。从文学自身的本性和特征来说，文学的本质是审美的；文学的自然属性、文学的社会历史属性、文学的人学属性、文学的文化属性和文学的文本属性和形式语言符号属性，都是通过文学审美的内容和方式负载和展示出来的。但由于时代语境和历史条件的不同，文学系统本质中的某一方面或某些方面可能得到凸显，如历史转折和战争年代，一定会强调文学的社会历史本质，特别是强调文学的政治属性；当人与自然的关系面临危机状态，一定会强调文学的自然本性；当人的生存和发展问题变得十分突出，一定会强调文学的人学本质；当社会的文化建设成为重要的历史使命，一定会强调文学的文化属性，如此等等。从文学的价值功能系统和文学的本质系统的有机联系来说，文学应当通过审美、教育、认识和娱乐等功能，善待自然，美化和优化人与自然的生态，推进社会文明，培育和提高人的思想文化素养，文学的最终价值关怀和最高的功能目标应当有利于实现社会的全面进步和人的全面自由发展。

近年来，对文学的审美时尚化研究日趋炽烈。有些学者甚至主张用被泛化了的文化研究或用被世俗化了的审美时尚化研究取代文学研究，以促进日常生活审美化和审美日常生活化的发展。与此相呼应，出现了文学的"危机论"、"消亡论"、"边缘论"等观点。全球化背景下的整个世界范围内的资本运作和科技手段的不断创新，使各国一定程度上相继进入了信息时代、数字时代、视像时代，受技术性和文学性的触发和濡染，加速了文学大众化的历史进程。大众文化凭借大众媒介的宣传鼓动作用，调动大众受体的消费欲望，使大众文化产品拥有更多的市场份额，创造出更大的诱人的经济效益，使严肃的文学家和文学作品捉襟见肘，陷入困境。这里还关涉到一个深层的实质性问题，即文化话语权力的占有和再占有、文化资本的分配和再分配。由于资本的扩张、市场的指挥、科技的支撑、权力的运作、利益的驱动和需要的刺激以及后现代主义社会文化思潮的推波助澜的综合作用，使大众文化拥有不可遏制的强势。

这种文化背景下的文学研究面临着空前的挑战与机遇。有的文艺理论家，特别是一些青年学者，主张介入文化研究，呼吁文学研究应当"越界"和"扩容"，注重研究审美的日常生活化和日常生活的审美化。从文艺理论的学术阵容中，分流出来一部分学者，专门从事对大众文化的研究是必需的。从文学视域研究文化现象，或从文化视域对文学进行文化研究，或对大众文化进行文学研究，或关注大众文化的文学性研究，提高日常生活审美化和审美日常生活化的文学品位和文化水准，是完全必要的。但同时要防止把语言艺术变成视觉艺术。文学研究开放边界，向大众文化、影视文化、图像文化、数字文化延伸和拓展存在着一个"适度"的问题。任何一个学科，都有自身相对独立的主权和相对稳定的领域。它的权力和疆土，理应受到尊重。"越界"是对的，但不适度地"越界"，可能会形成"侵犯"；"扩容"也是对的，但无限制地"扩容"又可能会变成"吞并"。一切有志于发展学术事业的人们，不要只是热衷于在文学的相邻边界区域跑马圈地，随意扩展文化研究的疆土，更应当在文学自身的领域内深耕细作，不断地向纵深发掘和钻探，寻求学理的拓展与创新，取得有时代感和震撼力的学术成果。

三、实践·对活·综合·创新

实践不仅是检验真理的唯一标准，同时更是催生真理的唯一源泉。实践出新知，实践出新论。文学研究只有面对一定时代和历史条件下的社会实践和文学实践，回答当今文艺创作、文艺批评、文艺思潮中所存在的问题，才能与时俱进，不断出新。任何时代的理论创新，都是对所属时代的文艺实践进行理论概括的产物。柏拉图和亚里士多德的文艺思想，是对古希腊的文学现象的理论叙述。18 世纪德国的古典美学，是对当时的精神产品的哲学阐释。马克思恩格斯的文艺思想是对巴尔扎克等作家作品进行理论提升的产物。列宁的文艺思想是对托尔斯泰等作家作品进行理论评述的产物。中国共产党三代领导人的文艺思想是对当代中国的文艺实践进行理论总结的产物。一种学理观念的产生、演变和深化，都是与一定时代和一定历史条件下的社会实践和现实生活中所提出的问题紧密相关的。如文艺生态学的勃兴，显然是由于自然生态的恶化引发的。人们对向自然界进行"杀鸡取卵"式的索取和"竭泽而渔"式的发掘，表现出深深的忧患意识和危机意识，从拯救自然和拯救人类的高度，重新思考人与自然和文学与自然的生态关系。再如大众文化和大众文化研究的强化和泛化，显然是与信息视像时代的来临和电子媒介革命紧密相关的。可见，学术领域的扩界和学术思想的发展，大体上总是与时代的演变同步的。应当特别强调的是，中国当代的文艺理论工作者，为了继往开来，必须关注西方文论本土化实践过程中的成绩和问题，关注中国古代文论现代转化实践过程中的成绩和问题，关注马列文论中国化实践过程中的成绩和问题，进行学理上的整合与创新。

正确地开展学术对话是理论创新的重要机制和有效途径。学术对话应当具有世界视野、民族情结和当代意识。要强化和深化古今中外学术的互释与融通。学术对话和学术交流，可以集中学者的集体智慧，取长补短，是实现学理上优化组合的最佳平台。既然真理是全面，真理是深度，真理是过程，真理是关系，既然真理是开放的、多元的、流动的、相对的，那么，追求真理的人们理应像真理一样的谦虚和淳朴。然而，真正做到平等地友好地学术对话并不是一件很容易的事。进行正常的有效的学术对话，需要学者风度，需要使用学术语言，遵从必要的学术规范和学术伦理，需要对话者的诚挚的愿望和人格的境界。事实上，不论是自然主义的文论学理系统、历史主义的文论学理系统、人本主义的文论学理系统、审美主义的文论学理系统、文化主义的文论学理系统，还是文本主义的文论学理系统，都具有相对的和有限的合理性。不管是什么样的文论的学理和观念都是在整体的学术框架中自己所属的位置和坐标点上，才具有存在和发展的空间。任何一种真理，如果超出了自己的合理界限和适用范围，推至极端，上升为涵盖一切、主宰一切的文艺观念，则可能会走向荒谬。时代呼唤着出现百科全书式的智者和哲人。事实上，学者们总会有专攻，可以充分发挥自己的学术专长，把文学的系统本质的某一方面和层次的真理不断推向前进，但每个研究主体由于知识结构和理论水平的局限，不可能包打天下，成为主宰一切学理的上帝。我们应当运用宏观、辩证、综合、创新的思维方式，容纳百川，吸取精华，努力探寻各种学理之间的内在联系，树立追求和服从真理的平等的对话精神。

　　新世纪文论的发展趋势是既一体化，又多极化；既有趋同性，又有异质性；既呈现出越来越明显的全球性、人类性和世界性，又保持着鲜明的民族特色和地域特征。当代的文艺理论建构，既需要微观的分析研究，又需要宏观的综合研究。对文艺理论进行宏观的综合研究是必要的和可能的。古今中外，特别是 20 世纪以来，提供了可供综合研究的丰富的思想理论资源。以分析思维取胜的 20 世纪对文艺的各个层面的认识，进行了广泛而精深的拓展和开掘，取得了丰硕的研究成果，为对文艺进行宏观辩证的综合研究提供了可资概括的理论资源。如果说 20 世纪是侧重于分析的时代，那么 21 世纪则可能是，或必然是，或有必要是走向新的综合的时代。综合伴随着创新。人类思想史上，出现过几次学术理论思想的大综合和大创新，如古希腊时代的柏拉图和亚里士多德，再如德国的古典哲学和古典美学。当时的学术大师康德、黑格尔、费尔巴哈，都从各自不同的视角、领域和方面，汇总和提升人类思想的精华，达到了前所未有的巅峰状态。紧接着是马克思恩格斯通过对人类思想史上一切有益的学术成果，特别是对德国古典哲学和德国古典美学的批判继承实现一次人类划时代的大综合与大创新。人类思想发展史的事实表明，只有大综合才能有总体性和全局性的大创新。

　　对各种文论学理系统进行综合研究时，应当特别强调和倡导实践理性的自觉意识。应当立足于社会历史实践、人的实践、审美创造和文学创作的实践中理解和阐释各种文论学理系统及其相互关系。文学创作和文学研究都属于精神实践，不能等同于一般的社会实践。文艺观念是从文艺实践中概括出来的。社会实践是历史和人生的舞台。文艺只有表现社会实践，才能集中地反映历史、社会和人生。只有通过社会实践，改变社会环境，推动社会进步，促进历史转折，才能使人获得相应的自由、幸福和解放，逐步实现自身的全面自由发展。因此，作家、批评家、理论家必须强化和优化实践理性的自觉意识，通过审美手段和对文本语言的解释，启示和诱导人们感悟和体认只有依靠社会实践，才能从根本上改变自己的生态和命运。现当代的西学文论中颇有影响的诗学、语言学、解释学、文化学等学科都在自身所属的学科领域内取得了突出的成就，但似乎也存在着一个带有根本性的缺欠，即躲避和逃逸社会实践的倾向。文艺是一种精神活动，但不能把文艺所反映出来的关涉社会和人生的重大问题仅仅转移和停留于精神领域，企图通过对语言形式符号和文本的阐释和解构，达到从根本上变革现实的目的。这虽然能从舆论层面上对改变社会环境和人生状态有所助益，但文化批判、语言批判、诗学批判都不能从根本上取代对社会生活的实践批判。从这个意义上说，所有这些崇拜语言的解构和批判的学说与观念绝对不能从根本上达到解构和颠覆社会历史结构的目的和真正解决社会与人生的问题，一定程度上都带有假定的、空幻的和浪漫的乌托邦性质。因此，我们应当高举实践的旗帜，只有实践才拥有至高无上的权威。人所改变和创造的一切实际上都是通过各种方式，其中包括审美方式呈现出来的新的实践理性的物化形态。正是这种被物化了的新的实践理性，既蕴涵着新的认知理性、社会历史理性和人文理性，同时又是人文价值、社会历史价值和审美价值的感性实现。从这个意义上说，新的实践理性是一个具有根本原创性的总观念。

（原载于《文学评论》2005 年第 5 期）

新时期西方文论影响下的
中国文艺学发展历程

曾繁仁

当前，我们已经进入了 21 世纪第一个十年的后半段。在这样一个特殊时刻回顾总结新时期近 30 年来中国文艺学的发展的确意义特殊。因为，我们是从新世纪的独特视角审视既往的历史。我们总的认识是新时期近 30 年来，我国文艺学领域发生了根本性的变化，愈来愈加走向健康发展的道路，但困难与问题仍然很多，需要我们加倍地努力奋斗。

一

说到新时期，就有一个新时期的起点问题，学术界有 1976 年、1977 年与 1978 年三种说法。我们基本持以 1978 年"党的十一届三中全会"作为新时期起点之说。前几说尽管都有其理由，但我们认为新时期的最根本标志就是"解放思想，实事求是"方针的确立。所有经历过这段历史的人们都会记得十年"文革"中人们思想的禁锢，真是"噤若寒蝉"，普遍存在一种不敢越雷池一步，害怕动辄得咎的心态。党的十一届三中全会突破"两个凡是"，提出"解放思想，实事求是"方针，真的犹如一声春雷，好似耀眼的闪电照亮了人们的心灵，打开了人们的思想。这才真正开始了思想领域的"拨乱反正"和文艺学领域的改革创新。我们认为确定这样一个起点是非常重要的。那就是进一步明确了我国新时期文艺学发展的"解放思想，实事求是"这一思想指导主线，而今后的发展也仍然需要坚持这样一条主线。这应该是新时期文艺学发展的最重要经验之一。

如果将新时期从 1978 年算起，那么，其文论的发展历史大体可以分为突破、发展与建构这样三个阶段。第一个阶段从 1978 年到 1986 年，是对于旧的受到"左"的僵化思潮严重影响的文艺学理论体系突破的阶段；第二阶段从 1987 年到 1996 年，是我国文艺学全面发展阶段，各种新说纷纷涌现，层出不穷；第三阶段从 1997 年至今，是我国文艺学逐步走上独立的理论建构时期，但这只是开始，未来的路仍然很长。当然，这三个阶段又不是截然分开，而是互有交叉重叠。确定这三个阶段，不仅是历史的划分，而且反映了一种理论的发展趋势。那就是，我国当代文艺学必然地应该走上独立建构之路，这是历史的必然，也是文艺学自身的要求。如果一个国家和民族在经济全球化逐渐逼近的情况下，没有自己相对独立的文艺学理论建构，那是无法面对历史，更是难以适应社会现实与文艺现实需要的。这恰是我们广大文艺学理论工作者历史责任之所在。

我国新时期文艺学的发展与其他文化形态一样，是在古今中西复杂的矛盾与关系中进行的，但主要面对的是中西之间的关系与矛盾问题。古今之间的矛盾与关系尽管在新时期仍有反映，但其重要性已让位于中西之间的矛盾与关系，并渗透其中。诚如钱中文所说："我国文学理论在反思中，深感我国文学理论的求变、求新的过程中，每个阶段自己都深受外国文论的影响。"[①] 这其实是五四之后中西文化"体用之争"的继续。新时期以来我国文论发展已经进入了一种新的语境，因为新时期我国不仅有固有的古代文论，而且还有历经 100 多年历史的十分丰富的中国现代文论，特别是现代具有中国特色的马克思主义文论。我们实际上是在我国现代文论的基础上来发展建设新时期文论的，也是在此基础上面对西方文论。但由于历经十年"文革"甚至更长时间的闭关锁国，也由于 20 世纪中期以来西方哲学、美学与文论发生巨大变化，因此我国新时期文论发展中西方文论的影响显得特别巨大深刻。其过程与我国新时期文论发展之突破、发展与建构的历程相应历经了传播、吸收与对话的历程。这就是改革开放之初的大量传播、20 世纪 80 年代中期以后的全面吸收与此后逐步走向相对冷静的对话。在新时期近 30 年中西文论的碰撞、交流与对话的过程中我们遇到一系列十分尖锐的现实与理论

---

① 钱中文：《文学理论：在新世纪的晨曦中》，《文学评论》1999 年第 6 期。

问题。就其大者言有这样四个方面：首先是西方文论特别是西方现代文论的性质问题，也就是我们通常所说的姓资、姓社的问题。西方文论的资本主义性质本来是没有什么问题的，但却涉及这样的文论到底是有价值还是没有价值，对其应该是肯定还是否定？我国长期以来对于西方文论，特别是对于西方现代文论因其属于剥削阶级意识形态特别是资产阶级意识形态因而总体上是否定的。新时期近 30 年来，我们正是在"解放思想，实事求是"思想路线指导下，坚持"实践是检验真理的唯一标准"，在对西方文论的定性和态度上我们相继做了这样一些工作：

首先是将政治哲学立场与美学文学理论价值加以必要的同时又带有某种相对性的区分，得出政治哲学立场错误唯心，而其美学文学理论仍可能有其价值的看法。例如，古希腊的柏拉图与德国古典美学的康德、黑格尔都是这样的情形。在这个问题上还比较好统一，因为马克思主义经典理论家对于这些西方古代哲学家与美学家大都有肯定性的意见。而对于西方现代文论，因其产生于帝国主义时期，作为这个时期的意识文化形态，从传统理论的视角看那就必然是腐朽的、没落的与反动的，因而是必须否定的。这里，仍然有一个坚持"解放思想，实事求是"思想路线的问题，不仅应面对当代资本主义经过调整后还具有发展活力的现实，而且还要敢于承认其经济与科技的先进性，并进一步承认其包括文艺学在内的文化形态在相对的意义上也有其一定的先进性。这是因为，一定的文化形态都是一定社会的反映，当代资本主义的经济社会发展比我们先进，已经基本完成了现代化建设，大体历经了现代化的全过程，那就必然对于现代化过程中的一系列经济社会问题有其文化的与艺术的思考与反映。也许，这种思考与反映是扭曲的，但其毕竟是进行了反映，也就因此对于我们这些后发展国家有其极为重要的参照价值。刘放桐在评价与西方现代文论较为接近的西方现代哲学时指出："总的说来，他们的哲学也更能体现这一时期西方社会的政治、经济和文化发展的状况，特别是科学技术飞速发展所导致的各种问题，因而具有重大的进步意义。"[1]朱立元在评价西方现代美学时也指出，"把西方现代美学放在整个现代西方科学文化发展的总背景上审视，从人类历史与文化进步的总趋向来衡量，那

---

① 刘放桐：《新编现代西方哲学》，人民出版社 2000 年版，第 18—19 页。

么，应当承认现代西方美学'离经叛道'的反传统倾向，它的许多别出心裁的新花样，它的'百家争鸣'，频繁更替，并不能简单地斥之为'堕落'与'倒退'，而恰恰应该看成是对传统美学的超越与推进，是美学学科的巨大历史进步"①。正是从这样的角度，我们全面地分析了西方现代文论先进性与没落性、创新性与荒谬性共在的基本特征，而从总体上适当肯定其当代价值。在对现代西方马克思主义文论的评价上也经历了一个由否定到基本肯定的过程。因为现代西方马克思主义文论基本上是从学术的角度来看待马克思主义，而且它们本身对于马克思主义也有许多新的发挥。这样，就出现了一个"西马是不是马"的问题。20 世纪 70 年代与 80 年代初中期，我们认为凡是与经典马克思主义论著只要有一点不一致之处的就不是马克思主义，就属于应该批判的范围。但还是"解放思想，实事求是"的思想路线指导我们以科学的眼光来看待"西马"，肯定了它作为"左翼激进主义美学"总体上对资本主义的批判精神与结合新时代特点对马克思主义的某些发展与补充，从而将"西马"的许多有价值的内容吸收到我国当代文论建设之中，例如"西马"的意识形态理论、文化批判理论等等。诚如冯宪光所说："应当说西方马克思主义美学是一种与马克思主义美学有一定联系的，当代西方社会中的左翼激进主义美学。"②

再一个非常重要的问题就是西方现代文论与我国社会现实的"时空错位"问题。也就是说，西方现代文论是西方现代与后现代社会的产物，而我国正处于现代化过程之中，事实上在我国不仅存在着现代的生活文化状况，而且存在着大量的前现代生活文化状况。在这样的情况下，我们引进西方后现代理论，特别是"解构"的后现代理论，作为还在"建构"中的我国，这难道不是一种与实际的脱离与"奢侈"吗？我们觉得这样的发问是有其现实根据的。我们的确应该紧密结合中国的现实与语境来借鉴和引进西方文论，特别是西方后现代文论。但这决不意味着西方后现代文论对于我国没有现实的意义。事实上，西方后现代文论本身是比较复杂的，既有解构的后现代，也有建构的后现代。如果后现代之"后"是一种对于现代性的全面的摧毁与

---

① 朱立元：《现代西方美学史》，上海文艺出版社 1993 年版，第 1051 页。

② 冯宪光：《西方马克思主义美学研究》，重庆出版社 1997 年版，第 17 页。

解构，那当然是不恰当的。但是西方后现代文论之"后"也有一种是通过对于现代性之反思超越走向建构之意，特别包含对于现代性中不恰当的唯科技主义、唯经济主义与工具理性的一种反思超越，通过对于这种具有绝对性的形式"结构"进行"解构"走向建构一种新的具有"共生"内涵的理论形态。这其实就是对于资本主义弊端的一种反思，对于通过张扬一种新的人文精神克服这种弊端的探索。这样的具有"建构"内涵的"后现代"对于我国是有着借鉴的价值的。诚如美国当代哲学家大卫·雷·格里芬在《后现代精神》一书的中文版序言中所说："我的出发点是：中国可以通过了解西方国家所做的错事，避免现代化带来的破坏性影响。这样的话，中国实际上也是'后现代化'了。"① 何况，我国新时期近30年在经济社会上不仅经历了由计划经济到市场经济的现代转型，而且此后出现了社会矛盾加剧、环境资源压力增强、精神疾患发展与大众文化勃兴等后现代现象。这就是我国目前提出科学发展观与构建和谐社会的现实缘由，其实也是一种由现代工业文明到后现代经济、社会与生态综合文明的转型。面对新时期发生的以上两个社会转型，大家对于前一个转型在思想认识上较为统一，但对后一个转型却思想准备不足，认识并不统一。但事实上这后一种社会转型却是当前的重要社会现实。正是从这样的现实出发，我们认为只要不照搬西方后现代文论，而是将其作为对资本主义现代性批判的一种理论形态来加以借鉴，就是有其特殊价值的。由此可见，解决"时空错位"的重要途径就是一切的借鉴引进都应从中国的现实与语境出发，而绝对不能脱离现实地照搬。

在新时期近30年的文论建设中，与西方文论的大量引进同时发生了一个如何对待中国传统文论的问题，由此产生了20世纪90年代中期著名的有关我国文论"失语"的讨论。主要是有的学者认为，我国当代文论患了严重的"失语症"，"一旦离开了西方文论话语，就几乎没办法说话，活生生一个学术'哑巴'"，而解决的途径则是"重建中国文论话语系统"②。由此可见，我国新时期古今关系是在中西关系背景下发生的，是试图以此对中西关系进

---

① [美]大卫·雷·格里芬：《后现代精神》，王成兵译，中央编译出版社1998年版，第20页。

② 曹顺庆：《文论失语症与文化病态》，《文艺争鸣》1996年第2期；曹顺庆、李思屈：《再论重建中国文论话语》，《文学评论》1997年第4期。

行某种消解。当然，这种"失语症"的提出有其文化本位的立场，也有其关注民族文论的价值。但显然，"失语"的提法是没有顾及中国当代文论的现实。因为我国新时期的文论建设不是以古代文论为其出发点，而是以现代文论为其出发点的，新时期对于西方文论的引进是在现代文论基础之上的引进与融合。当代文论建设中的确存在"食洋不化"的问题，但从总体上看这只是一个过程，是发展中的某种现象，不能提到"失语"的高度认识。而推倒现代文论，"重建中国文论话语系统"是完全没有可能，也是不现实的。与"失语症"的讨论相继，在我国文论界出现了"中国古代文论现代转换"的学术讨论。这是我国新时期与西方文论的引进相伴的对于我国当代文论建设民族性十分有价值的学术探讨。有论者认为，古今文论是"宿命的对立"，根本无法转换。有的论者则试图进行中国古代文论整体范畴的现代转换。我们认为，这两种看法都有其偏颇之处。所谓古今文论"宿命的对立"其实质是完全否定了人类文化所具有的某种共通性和历史继承性。而中国古代文论范畴的"整体转换"也完全没有正视五四以来我国新文化运动整体上对于古代文化的超越，而倒退到过去是完全没有可能的。但我们并不否认某些古代文论范畴局部转化的可能性，例如王国维对"境界说"的运用，我国当代学者对"意境说"的改造，海外华人学者对"感通说"的发展等等。但我们认为，当代文论建设中民族传统的现代转换并不能完全局限于范畴的转换，而主要是对蕴涵在古代文论之中的中国哲学与艺术精神的现代转换。特别是中国古代相异于西方"天人合一"的哲学精神和"言外之意"的艺术精神，都是特别具有当代价值并引起国际学术界的广泛关注，而值得我们特别加以重视。有学者认为，如果说以"天人之际"与"中和论"为其哲学基础的中国古代文论对以"主客二分"为其特征的现代文论难以融入的话，那么在当前以消解"主客二分"为其特征的"后现代"文论的语境下则会有更多的实现现代转换的可能。海德格尔对道家思想的借鉴与德里达对汉字消解"逻格斯中心主义"作用的推崇，以及其他的有关事例，都在一定程度上说明了这一点。2000 年以来，随着世界经济全球化步伐的加大和我国进入世界贸易组织成为现实，许多国外的文化产品将会并已经作为商品大量进入我国文化市场，我国当代文论建设面临着这样一种新的经济全球化的挑战。在这种情况下，许多高校和文艺研究机构开始研究全球化语境中我国当代文论的发展，这其实还是一个中西文论的关系问题，只是这种关系出现了新的语境和背景，值得我们进一步研究。有学者认为，经济全球化必然伴随着文化的全球化，文论的全球化也是必然趋势。而我们则认为，经济的全球化不应导致文化的全球化，而应倡导文化的多元共存，我国当代文论建设应走自己的有中国特色之路。事实证明，经济全球化是历史发展的必然，也必然加速文化的交流和传播，西方文论对我国的传入和影响也必然加速。而对西方某些人来说，与其"欧洲中心主义"相伴也必然地依仗着他们的经济与科技强势有着文化渗透的意图。在这里关键是处理好全球化与民族化的关系。一方面，我们应以积极的态度迎接因经济全球化所带来的文化与文论加速交流的新的形势，因势利导促进中西文论交流，加速我国文论发展。同时，我们也应进一步增强民族的文化自觉，加速我国当代文论民族化的进程，在现有基础上建设具有中国风格的当代文论话语和文论精神。事实证明，文化是一个民族之根，是民族凝聚力之所在。曾经有人说民族是具有共同地域、共同语言、共同文化与共同生活的标志。这是将民族的概念拓展的太宽泛了，其实民族的最核心内涵应该是以共同文化为其标志，凡是认同中华文化的人们都是中华民族之一员。因此，文化建设直接涉及未来世纪中华民族的兴衰，关系重大。而文论建设属于当代中华文化建设之必不可少的内容，所以建设中国特色的当代文论成为我们当代中国文论工作者的历史的与民族的责任之所在。

二

回顾新时期近30年来中西文论交流对话的历史，我们总的认为发展是比较健康的，效果也是比较好的。其原因是我国经过改革开放有了逐步增强的国力，并有一个好的对外开放的政策，更重要的是我们始终是在新时期"解放思想，实事求是"这一思想路线的指导之下。当然，由于我们面对新的形势，未免经验不足，加上自身理论储备的局限，因此在新时期引进西方文论与建设新的文艺学理论的进程中还有许多教训需要记取。从积极的方面说，新时期西方文论的引进首先是极大地推动了中国文论的现代转型。

众所周知，我国20世纪50年代以来，以毛泽东文艺思想为代表的马克思主义文论建设取得令人瞩目的成就。但同时在文论建设方面也曾经受到苏联带有机械的僵化性质的文论的一定影响，一度流行一种以机械唯物主义认识论为其哲学基础的文论思想。这种文论思想将文学与文艺现象简单地看作客观事物的直接模仿。当时，一些人误以为这就是马克思主义文论。而实际上它是迥异于马克思唯物实践观的机械唯物论，是18世纪以来形而上学的产物，恰是马克思在其著名的《关于费尔巴哈的提纲》一文中试图通过实践范畴加以突破的只强调客体的直观唯物主义。新时期以来西方文论特别是西方现代文论的引进在很大程度上推动了我国当代文论的转型，也就是促使我国当代文论突破旧的框框，适应社会的需要，走向时代的前沿。众所周知，我国改革开放以来，社会经济生活与文化发生了根本性的变化。从社会经济的角度说，我国大幅度地由传统的计划经济转变到新兴的社会主义市场经济；而从哲学的角度说，我国哲学领域迅速地推倒了旧唯物主义的认识论，恢复了马克思唯物实践观的指导地位；从文化领域说，新时期我国文化领域呈现出丰富多彩的景象，影视文化迅速发展，大众文化日渐勃兴，网络文化方兴未艾。因此，新时期文论建设的首要任务就是迅速突破传统的落后的机械唯物论文论，实现我国文论的现代转型。而西方文论，特别是西方现代文论的引进恰恰起到了这样的作用。因为20世纪以来西方现代文论恰是西方市场经济与大众文化条件下的产物，其突出标志就是对于传统的"主客二分"思维模式的突破，对于机械认识论文艺观的抛弃，对于文艺同人的生存状态关系的强调。

我国新时期近30年来，在重新研究阐发马克思主义经典与引进西方现代文论等多种因素的促进下，迅速地实现了文论的现代转型。从横向看，我国新时期突破了传统认识论文论"主客二分"的思维模式及其机械唯物论倾向，将我国当代文论奠定在马克思唯物实践观的理论基础之上。从文艺学的哲学理论指导的角度，我国新时期近30年经历了由物本到人本，再到"主体间性"这样的发展过程。长期以来，我国有一种文论思想过分强调文艺的机械模仿功能，将模仿的真实与否作为衡量文艺的最重要标准之一。这显然是违背文艺的本性要求的。新时期开始不久，文论界开始了对于这种"物本"的文论观的批评，逐步走向强调主体性的"人本"。这就是发生在20世纪80年代中期著名的有关"主体性"的学术讨论，这次讨论基本上奠定了主体性理论在我国当代文论建设中的主导地位。特别有相当一批理论家从马克思主义实践理论的立场出发，克服讨论中将主体论与反映论相对立的偏向，提出"审美的反映"等重要理论观念，成为新时期马克思主义文论建设的重要收获。但随之而来的就是我国当代现实随着现代化的深入，人与人以及人与自然的和谐问题突出出来。这就使西方现代哲学与文论中的有关现象学"主体间性"理论和"交流对话"理论也对我国文论建设中"共生"理念的发生产生重要影响。于是随着"后实践美学"的讨论和文化诗学的发展，"主体间性"的理论观念逐步为多数学者接受。在此前提下我国当代文论的现代转型具体表现为由文艺的机械模仿论到审美反映论；由单纯的认识论文艺观到审美存在论文艺观；由人类中心的主体性文艺观到生态整体的生态审美观。所谓由文艺的机械模仿论到审美反映论，就是说有的传统文论将文艺看作对现实生活的机械模仿，而新时期则一改这种机械的文艺观念，以主体能动的审美反映取而代之，这恰同西方马克思主义文论的审美反映论相契合。所谓由单纯的认识论文艺观到审美存在论文艺观，则指有的传统文论仅仅将文艺看作对于现实生活的认识从而抹杀了文艺与科学的界限，而新时期我们吸收西方现代存在论文论的有益成分，将文艺的主要特性归结为通过审美经验的确立获取人的审美的生存；所谓由传统的人类中心的主体性文艺观到生态整体的生态审美观，是指启蒙主义以来特别强调人的理性的巨大作用张扬主体功能，而新时期我们在西方生态哲学与文学生态批评的影响下，一改人类中心的主体性文论而为强调生态整体的当代生态审美观文论。

　　当然，上述我国文论由"物本"到"人本"（主体性）再到"主体间性"（生态整体）的转变则已经是跨越了好几个时代，说明新时期我国文论发展的迅速。而从纵向的角度来看，我国新时期文论建设经历了这样两个相关的过程：首先是初期的"由外向内"的转型过程。那就是"拨乱反正"，调整文艺作为"阶级斗争工具"的理论观念，重视文艺自身的形式与审美特性。这就是我国新时期在西方新批评和形式主义文论影响下，于 20 世纪 80 年代与 90 年代初期文艺美学理论的提出和对于艺术形式与语言等内部规律的强调以及对文本批评的重视等等。而 20 世纪 90 年代中期以后，由于我国社会文化转型的加速和西方文化理论的影响，我国文论界发生了"由内向外"的转向。这就是我国当代文艺学领域对于文艺的意识形态等外部属性的新的阐释与强调以及一系列有关大众文化理论的提出与讨论。我国新时期在历经了文艺的"内转"之后，在新的现实形势面前重新发现了忽视文艺的外部属性的局限，转而出现文艺外部属性研究的热潮。在我国文论领域出现了意识形态研究、女性研究、种族研究、文化身份研究、新历史主义研究等等理论热点。而文化研究也愈来愈加引起许多青年学者的重视，出现了引起整个文论界关注的"文学边界"与"日常生活审美化"的讨论。毋庸讳言，在消费文化日益发展的情况下，当代大众文化的空前勃兴的确促使文学边界的滑动和日常生活"审美化"现象的出现，但文艺学自有的价值判断功能要求其对于"滑动"的文学与日常生活审美化中的种种低俗现象起到引导与提升的作用。这场讨论已经远远超越了讨论自身具体的内容，而具有在崭新的社会与文化形势面前如何建设真正适应现实需要的文艺学理论的重大意义。经过新时期近 30 年的文论建设，我们可以肯定地认为我国当代文论尽管还在建构的过程之中，但在探索崭新的当代形态方面已经取得长足进步，并逐步努力实现与当代现实生活与现实文艺的适应。

新时期西方文论影响下的我国当代文论发展的另一个重要特点是，有力地促进了思想的解放，视野的拓宽，使我国当代文论呈现出从未有过的马克思主义指导下的多元共存的良好态势。列宁曾经在著名的《党的组织与党的出版物》一文中指出，在文学这个领域里"绝对必须保证有个人创造性和个人爱好的广阔天地，有思想和幻想、形式和内容的广阔天地"①。同样，作为对于文学艺术进行研究的文艺学的发展也需要自由的环境。

总结我国当代文论发展的历史，我们深感党的"百花齐放，百家争鸣"方针是完全正确的，是有利于文学与学术发展的。但长期"左"的思潮的干扰使得这一方针难以真正得到贯彻。但新时期近 30 年，由于党的改革开放方针的有力贯彻，特别是由于党的"解放思想，实事求是"思想路线的指导，使得我国当代文论发展处于新中国成立以来最好的环境之中。这样的环境为我们广大文论工作者提供了从未有过的自由思考与研究的广阔天地，也为我们吸收引进和研究西方文论创造了一个非常宽松的环境，这正是我国当代文论繁荣发展的根本原因。正是在这种空前宽松的自由环境中当代文论研究才能自如地与西方文论交流对话，从而打破我国长期以来文论领域单一的

---

① ［俄］列宁：《论文学与艺术》，人民文学出版社 1983 年版，第 68—69 页。

局面，走向马克思主义指导下的多元共存的新局面。从研究方法的角度来说，我国当代文论目前有社会的、心理的、文化的、审美的，现象学、阐释学、新历史主义、语言学，甚至是自然科学等多种研究方法。从研究的领域来说，我国当代文论除了传统的中西马之外，还有西方马克思主义文论研究、审美教育研究、生态文艺研究、网络文论研究、文化诗学研究、女性文学理论研究等等。从研究地域的角度来说，我国当代文论目前有中国文论、西方文论、东方文论、少数民族文论、华文文论以及港澳台等地文论研究等等。可以这样说，目前世界上业已出现的文论领域在我国当代都有涉及，也可以说目前我国当代文论是涉及的范围最广并与国际接轨的速度最快的时期。

新时期西方文论影响下的我国当代文论发展一个非常重要的成果是经过新中国成立后 50 多年，特别是近 30 年的理论探索，我们初步找到了一条我国当代文论发展的古今中外综合比较的发展道路和方法。毛泽东曾经在一篇文章中为了强调方法的重要性而将其比喻为过河所必需的"桥或船"。我国 50 多年，特别是新时期 30 多年文论探索的重点和难点就在于找到一条适合我国国情并行之有效的当代文论建设发展的道路和方法。这个道路和方法就是被许多文艺理论家所总结和认可的古今中外综合比较的道路和方法。这个问题首先由我国当代老一代文艺理论家蒋孔阳于新时期初期在其晚年所著《美学新论》中提出。他说："综合比较百家之长，乃能自出新意，自创新派。"① 后来，这一综合比较方法被许多文艺理论家所进一步论述发挥。这个综合比较的道路和方法其实是文论研究观念的重大转变。长期以来，我国文论研究在一定程度上受到机械僵化的形而上学思维的影响，认为"是就是是，非就是非"，是一种单向的线性的思维方法，缺乏在一定价值判断前提下的包容兼蓄。在文艺理论领域的表现就是在强调一种理论形态时必然地否定另外的理论形态，甚至将其视为"另类"。这是一种否定思想本身的发散性与多维性的形而上学思维方式，是违背学术发展规律和人的思维规律的。新时期以来，由于西方现代现象学"悬搁"主客对立的方法、哈贝马斯"对话"理论、巴赫金"狂欢"理论与德里达"去中心"等等理论的引进，进一

---

① 蒋孔阳：《美学新论》，人民文学出版社 1993 年版，第 47 页。

步促使我们对这种单向线性的形而上学思维方式进行突破，对于一种新的"亦此亦彼"的"共生"与"对话"的思维方式的倡导，才出现了我国当代文论发展道路与方法的全新变革。诚如钱中文所说："而应倡导一种走向宽容、对话、综合与创新的思维，即包含了一定的非此即彼、具有价值判断的亦此亦彼的思维。新的文艺理论的建设是要求新的思维方式的。"① 当然，这种综合比较是有着明确的立场的，这个立场就是我们的目的在于建设具有中国特色的当代马克思主义文论。这也就是我们综合比较的出发点之所在。这就决定了我们在吸收西方文论时不是为了吸收而吸收，更不是为了标新立异而吸收，而是为了发展建设具有中国特色的当代马克思主义文论而吸收，而引进。这种综合比较方法和立场的逐步明确使我国当代文论建设在处理中西关系时愈来愈加成熟，也使建设具有中国特色的当代马克思主义文论这样的艰巨任务愈来愈有更多把握。

我们以实事求是的态度总结回顾新时期近 30 年文论发展的历史时，我们必须而且应该找到自己的差距和问题所在。首先是新时期以来我们对西方文论吸收较多，消化不够，因而在建设具有中国特色的当代马克思主义文论的道路上我们仍有较大差距。新时期近 30 年来，我们的确大量引进了西方文论、特别是西方现代文论。可以这样说，目前这种引进已经大致做到同步，而且西方各种有代表性的理论我国基本都有相应的研究。我们对于这些西方理论的使用也比较迅速及时，这应该讲是一种极大的进步。但与此相比，更为重要的我们对于西方文论的消化却十分缺乏，对于一些西方理论常常停留在直接引用的水平，有的甚至是知识性的错用。有的以此装点门面，形成概念的狂轰滥炸。与此同时，具有我国特色的当代马克思主义文论建构任务尚未基本完成。说我国当代文论"失语"可能有些过分，但说我国当代文论缺乏更多的属于自己的有特色的话语却是没有问题的。加上长期"欧洲中心主义"的影响和我国文论工作者语言的障碍，因此在国际文论讲坛上很少听到中国当代文论独特的声音。而我国当代文论对于现实的指导作用也发挥得不够，理论不能适应现实需要的情况没有得到根本的改变。

实际上，我国当代文学艺术与人民的审美现实发生了巨大的变化。大

---

① 钱中文：《文学理论：在新世纪的晨曦中》，《文学评论》1999 年第 6 期。

众文化、影视文化、网络文化、先锋艺术等等新的艺术与审美现实需要我们当代文论给予理论的分析和引导，但我们在这一方面却显得乏力。某种程度的理论的贫乏，已经成为对于我国当代文论带有共同性的评价。而在整个当代文论建设中，对于民族文化传统体现的自觉性也不是太高，探索不力，效果不太显著。任何国家和民族都无例外地十分重视民族文化的弘扬，我国当代文论建设应该体现民族文化传统这是大家的共识。但在具体实践过程中，由于难度较大等种种原因，我们的自觉性不是太高，而古代文论研究本身则有与当代文论建设脱节的现象，以追求自身的理论自足为其指归，而较少考虑古代文论的当代价值。因此这一方面的成果，至今难以超过近代以来的王国维、宗白华与钱锺书等。而回顾新时期近30年我国文论建设历程，我们不得不说这一时期的成果数量的确是空前的，当代文论的研究者数量也是空前的。但有质量的成果和本领域的杰出研究者却与此并不相称。由于市场经济的侵袭和体制性的种种原因，我们的研究工作还有诸多浮躁。无论是对西方文论，还是对于中国文论有见地的深入研究都显得缺乏。

总之，我们付出了努力，但我们还有差距。这些差距的出现有客观原因，但也有主观的原因。我们应该明确我们成功之所在，给予客观的实事求是的评价，这样我们才有前进的信心，但我们更要看到我们的差距所在，敢于正视这些问题，这样我们才能找到未来的前进方向。

三

总结历史是为了现在，所谓知古而鉴今。因此，我们的着眼点还是应该放在今天我国当代文论的建设之上。如何建设具有中国特色的当代马克思主义文论呢？无疑应从已有成果的基础出发，特别是从新时期这将近30年的可贵成果的基础出发。我们已经说过，总结新时期我们最重要的体会是明确了我国当代文论发展的综合比较的方法与道路。因此，我们要继续坚持并发展这一综合比较的方法和道路。我国新时期文论发展的综合比较首先是中西文论的综合比较与吸收消化，已经表明这是行之有效的，有利于我国当代文论建设的，应该继续坚持。但新时期的综合比较也告诉我们一条最基本的经验，那就是必须在马克思主义的指导之下，具体地说就是在新时期"解放思想，实事求是"思想路线与"古为今用、洋为中用"方针的指导之下，这样我们才能明确方向，破除障碍，大胆吸收。同时，我们还应贯彻这一思想路线中十分可贵的与时俱进的精神，不断以文学艺术的新的经验和新的成果补充到马克思主义文艺学之中。而且由于我国当代文论应立足于建设，因此应该更加重视马克思主义基本理论的指导。我们认为，马克思主义创始人有关实践哲学的基本理论是对于西方传统哲学的重要突破，具有极为重要的当代价值，对于我国当代文论建设具有极为重要的指导意义，应该很好地学习运用。只有坚持马克思主义理论的指导，我国当代文论的建设才会具有更加明确的方向和扎实的根基，而在此基础上对于西方文论的吸收消化才会更加有效。在这一方面，今后除了大胆引进吸收的步伐不应放慢，与此同时还应加强对于西方文论，特别是西方现代文论的研究消化，克服食洋不化的问题，真正将其与我国的现实结合，化作自己文论的有机组成部分。当然，我国当代文论的建设还应更多地立足于建构。所谓"建构"是一种具有更多主观能动性的建设与创造。

我国新时期后十年已经逐步走向与西方现代文论较为冷静的对话，通过对话逐步地建构适合我国国情、具有中国作风与中国气派的新的文论形态。比较明显的如新理性精神的提出，就既吸收西方当代人文精神理论、对话理论，又努力结合中国当代现实，是一种新的文论建构的努力；文化诗学理论，既吸收西方当代文化理论，同时又注重我国传统诗学精神，将两者加以融合；当代生态存在论文艺学则既吸收西方现代生态哲学与生态批评理论，同时又吸收中国传统儒道"天人合一"思想，并紧密结合中国当代现实，也是一种中西与当代融合的尝试；文艺美学理论是改革开放初期即已提出并不断有所发展的文论形态，既吸收西方当代文论内部研究与审美研究成果，又与我国古代诗论、画论与书论等理论成果相切合，是一种有生命力的中国当代文论话语；当代批评理论是将西方当代文本批评理论与中国古代批评理论结合的尝试。凡此种种只是举出其中的几个例子而已，其他文论工作者的创新之处还有许多，都是我国未来有中国特色的新的文论建设的重要资源和起点。事实证明，只有从建构出发才能更有利地吸收，当然吸收也会有利于建构，两者相辅相成。这样，我们未来的吸收引进就会更加健康。当然，这种建构也仍然会是马克思主义指导下的多元性，这样，我国当代文论建设才能更加繁荣而富有生气。

　　紧密结合中国的实际是当代文论建设的重要坐标，我国当代文论建设应以此为方向并从我国当代有中国特色的社会主义建设理论中吸取丰富的营养。最近，我国在科学发展观的理论指导下提出构建和谐社会的战略目标。这是我国在面向 21 世纪之际总结国际国内社会发展经验而提出的具有划时代意义的重要发展战略和奋斗目标，反映了符合国际潮流和我国特色的社会历史转型的必然趋势。它是有中国特色的社会主义理论的进一步丰富，也是马克思主义在当代的新发展，包含着极其深刻而丰富的内涵，对于包括文艺学在内的当代人文社会科学建设具有十分重要的意义。对于正在建构中的我国当代文艺学来说，这一理论为其提供了一系列新的视角和新的维度，必将推动我国当代文艺学在当前这一转型期得到更好的发展。例如，科学发展观所包含的"和谐"理念、"全面进步"方针、"协调发展"政策、"以人为本"思想以及建设"环境友好型社会"目标等都将对我国当代文艺学发展以重要启示。特别应该引起我们重视的是，构建和谐社会理论意味着一种新的社会主义文明形态正在建构之中，并将逐步呈现在我们面前。在这种情况下，作为社会时代反映形式之一的文艺学学科的发展变革已是刻不容缓，需要我们从构建和谐社会理论等当代理论发展中吸取营养，逐步完成新世纪文艺学的现代转型，以适应日益发展的新的社会与审美现实的需要。

　　在我国当代文论的建设中应该注意进一步与西方近代以来的工具理性加以区别，坚持文艺理论学科作为人文学科的性质，坚持文艺学学科的价值判断功能。扭转对于文学艺术着重于规律与本质研究的传统思路和所谓"价值中立"观念的不良影响，将其转到人的研究和人性揭示的人文学科应有轨道上来。众所周知，我国当代正在进行的现代化宏大工程，同其他国家的现代化工程一样也是一种美与非美的二律背反。也就是它一方面以其空前规模的市场化、工业化与城市化历程极大地使人们的生活美化；但另一方面，又由此造成了金钱拜物、工具理性盛行、人的心理危机加剧等人的精神状态的非美化，再加上当代大众文化利益驱动的机制必然在文化走向大众的同时出现低俗化倾向。凡此种种都将人文精神的补缺作为当代社会发展的重要内涵，这正是文艺学在当代的作用之所在。我国提出构建和谐社会理论的社会主义核心价值体系包含着极为深厚的人文精神内涵，对于我国当代马克思主义文艺学建设具有极为重要的指导意义。事实说明，文艺学的人文精神补缺作用主要是通过它的价值判断功能来发挥的。首先是审美的价值取向，分清美与丑的界限。这是文艺学的学科特性之所在，其他的价值判断都寓于审美的价值判断之中。它们包括道德的价值取向、意识形态方面的价值取向以及对于人类前途命运终极关怀的价值取向等等。

在我国未来文艺学建设中，民族化仍然是非常重要的战略性任务。我国文艺学界有责任在新的世纪在世界文艺学领域发出中国自己的声音，以有中国民族特色的理论成果引起国际文艺学界的重视。我们应从更深层面的哲学精神与艺术精神出发发扬我国古代文论的当代价值。众所周知，我国的传统哲学精神是一种不同于西方"和谐论"的"中和论"。西方所谓"和谐"是指具体物质的对称、比例、黄金分割等微观的内涵，而中国的"中和"则包含天人、宇宙等宏观的内涵。前者带有明显的科学性，而后者则带有明显的人文性。这样的"中和论"哲学思想完全可以为具有民族性的当代文论的理论支撑。其实，所谓"中和"就是一种古典形态的"共生"思想。所谓"和实生物，同则不继"，"和而不同"，"生生之为易"，"一生二，二生三，三生万物"等等。说明中国古代"中和论"思想是贯穿各种理论之中的，包括儒家的"中庸"，道家的"道法自然"等等。这种古典的"共生"思想极具当代价值，经过改造吸收已经成为当代世界具有标志性的哲学与思想理念。我们完全应该在当代文论建设中自觉体现这种"中和"的精神，并以之作为指导在现有文论基础上构建新的文艺理论形态。另外，我国古代的艺术精神是一种写意的"意境论"精神，强调"象外之象，景外之景"，"味在咸酸之外"，"言有尽而意无穷"等等。这样的艺术精神与西方的"现实主义"、"浪漫主义"是大异其趣的，倒反而与西方当代现象学美学等"后现代"理论有着某种契合。我们完全可以在此基础上结合当代现实加以改造重铸，发展成新的有民族特色的文论精神。当然，我国古代的哲学精神与艺术精神是非常丰富的，需要我们努力发掘，加以创新，经过几代人艰苦的努力奋斗，使我国当代文论以其鲜明的民族风貌，自立于世界文论之林。

（原载于《文学评论》2007 年第 3 期）

简论文艺、审美与意识形态的关系

马龙潜

一、新时期以来关于文艺意识形态问题的探讨

文艺意识形态理论是马克思主义文艺学的理论支点，正是由于对马克思"意识形态"概念的不同理解，才导致了文艺理论界对文艺本质的不同界说。新时期以来，文论界对于文艺意识形态问题的重新探讨，是从梳理意识形态与上层建筑之间的关系开始的。新时期伊始，朱光潜就发表文章提出意识形态与上层建筑这两个概念不应等同，他认为，"上层建筑和经济基础同属于'社会存在'，而'精神生活'就包括意识形态，只是社会存在的运动和变革在人们头脑中的反映"。尽管朱光潜说他"并不反对上层建筑……也可包括意识形态"①，但是从他的表述来看，他是否定意识形态具有上层建筑性质的，并且据此否定文艺意识形态具有上层建筑性质。虽然上述两段文字存在着逻辑矛盾，但是他从对社会存在、上层建筑等概念外延的考辨出发，从社会存在与社会意识、意识形态与主体的关系角度考察意识形态理论结构的做法，却是具有启发意义的。

此后，人们开始通过重新阐释马克思"意识形态"概念及其理论结构来对文艺本质作出新的规定。其中一种思路是从区分"意识形态"与"意识形式"入手，提出文艺不是意识形态，而应归属于一种社会意识形式的观点。例如，毛星认为意识形态指的是政治、宗教、艺术等的思想理论，而政

---

① 朱光潜：《西方美学史》上卷，人民文学出版社 1979 年版，第 12—23 页。

治、宗教、艺术等不是思想理论，因此应归属于社会意识形式①。栾昌大认为意识形态至少要表现出一定的社会倾向性，"不表现一定社会倾向性的社会意识形式，就不能成为我们常说的意识形态"。因此，说文艺"是社会意识形式之一比说它是社会意识形态之一更合乎逻辑"②。周忠厚则认为意识形态是带有阶级自觉的思想体系，而文艺作品不是体系性、系统性的思想或理论，文艺在本质上与意识形态的上述规定并不符合，因此，文艺不是意识形态③。董学文早在1988年就提出文艺是意识形态和非意识形态的集合体④，进入21世纪后，他又连续发表文章论述了文学"应归属于一种社会意识形式"的观点。他认为意识形态"主要是指抽象化的思想"，"既不指带有'意识形态'属性的其他存在方式或存在形态本身，也同具体的'意识形态'存在形式，即'意识形态的形式'，如法律学、政治学、宗教学、艺术学和哲学等，不能完全等同或混淆"。他认为"要求得'审美'性、'观念'性因素的融合机制，最好的办法是把'意识形态'概念换成'社会意识形式'概念，把'审美'性、'意识形态'性和其他相关特性，都作为一种特殊'社会意识形式'的属性"。据此，他得出文学不可能是一种意识形态，而"应归属于一种'社会意识形式'"⑤的结论。

　　另一种具有代表性的观点，是钱中文、童庆炳、王元骧等学者从20世纪80年代开始，相继提出的关于审美意识形态的理论。尽管这些学者的提法有某些相似之处，但是在对意识形态理论结构的具体看法上却不尽一致。钱中文对意识形态与意识形式没有进行刻意区分，他说："现在关于意识形态的理论，被不同的人士搅得很乱。……我在这里在词源的意义上使用意识形态一词，意识形态就是意识形态，或称意识形式，包括政治与其他意识形式。"⑥并提出"文学是以艺术语言为中介的审美意识形式（或形态）"⑦。他认

---

①　毛星：《意识形态》，《文学评论》1986年第5期。

②　栾昌大：《文艺意识形态本性说辨析》，《文艺争鸣》1988年第1期。

③　周忠厚：《关于审美意识形态的几点思考》，《河北师范大学学报》（哲学社会科学版）2003年第6期。

④　董学文：《马克思主义文艺学当代形态论纲》，《文艺研究》1988年第2期。

⑤　董学文：《文学本质界说考论》，《北京大学学报》（哲学社会科学版）2005年第5期。

⑥　钱中文：《文学理论：走向交往对话的时代》，北京大学出版社1999年版，第317—318页。

⑦　钱中文：《文学理论：走向交往对话的时代》，北京大学出版社1999年版，第212页。

为单独的审美或单独的意识形态都不能成为文学，只有这二者的融合才能熔铸成文学的本质特征。可见，钱中文在这里讲的，与那种"审美是意识形态的变异"①的观点不同。而且，他在对文艺、审美与意识形态关系的理解上，也颇具辩证色彩。

王元骧在《论文艺的意识形态性》一文中对意识形态与社会心理的关系进行了分析，揭示了"以往我们对意识形态理解上的片面性和不确切性"。他指出那种"单纯强调意识形态是自觉反映一定社会存在的思想（理论）体系"的"纯理论化的倾向"，"把意识形态看成了……纯思辨的、理论形态的东西，从而使得我们对意识形态的理解只停留在抽象的理论说明上"②。

童庆炳主要是从经济基础和上层建筑的关系上来界定意识形态，他认为社会结构由经济基础和上层建筑两个层次构成，上层建筑包括政治、法律制度和意识形态两个层面，"意识形态是与经济基础相对的一种上层建筑形式，指上层建筑内部区别于政治、法律制度的话语活动"③。这种从经济基础和上层建筑的关系出发来界定意识形态的方式，不免显得有些宽泛，没有说明不具有意识形态性质的其他社会意识形式在社会结构中的位置。这就为把审美视作一种意识形态留下了空间，并进而推演出了"文学的一般意识形态性质是其普遍性质；文学的审美意识形态性质才是其特殊性质"④的结论。以此为基础，他又强调审美意识形态是意识形态中的一个具体种类，是与哲学意识形态、政治意识形态等相并列的概念⑤。而"为了纯正文学的长久生存"，他"还倾向于把'审美意识形态论'作为文艺学第一原理"⑥，将文学归结为以审美为中心的自主性活动，其特殊性在于审美自律性⑦。这就形成了一个用审美取代艺术，继而又将审美归结为意识形态，最终将文艺意识形态论置换为审美意识形态论的逻辑结构框架。

通过以上梳理不难看出，学术界对马克思"意识形态"概念的理解还

① 童庆炳：《文学本质观和我们的问题意识》，《社会科学》2006年第1期。
② 王元骧：《论文艺的意识形态性》，《求是》2005年第15期。
③ 童庆炳：《文学理论教程》，高等教育出版社1998版，第58—59页。
④ 童庆炳：《文学理论教程》，高等教育出版社1998版，第65页。
⑤ 童庆炳：《文学理论教程》，高等教育出版社1998版，第57页。
⑥ 童庆炳：《审美意识形态论作为文艺学的第一原理》，《学术研究》2000年第1期。
⑦ 童庆炳：《文学理论教程》，高等教育出版社1998版，第56、65、70页。

没有达成共识。我们认为，随着时代的发展变化是可以赋予意识形态以新的理论内涵的，但却不可以因此而改变马克思"意识形态"概念的基本内涵及其理论结构，并将其作为马克思主义对文艺本质的基本规定。因此，有必要"回到马克思"，通过对马克思主义文艺意识形态学说的考察，正确理解和把握文艺、审美与意识形态的关系。

二、马克思、恩格斯对文艺与意识形态关系的基本规定

"意识形态"一词，法文为 Idologie，英文为 ideology，在希腊文中是"观念学"的意思，最早使用这个词的是拿破仑时代的思想家德·特拉西。在《观念学原理》一书中，特拉西主要是在"观念学"的意义上来使用意识形态的。

德文 Ideologie 是马克思在 1842 年提出的，写于 1845 年 8 月至 1846 年 8 月的《德意志意识形态》是马克思意识形态理论创立的标志。在这部著作中，马克思揭示了意识形态的内涵、外延，并且对意识形态的本质作了历史唯物主义的说明。写于 1851 年 12 月至 1852 年 3 月的《路易·波拿巴的雾月十八日》，进一步阐述了意识形态的社会基础和功能。写于 1859 年 1 月的《〈政治经济学批判〉序言》是马克思意识形态理论成熟的标志。马克思在对历史唯物主义所做的经典表述中，从经济基础与上层建筑、社会存在与社会意识的关系出发，清晰地阐明了意识形态在整个社会结构中的位置和功能。恩格斯写于 19 世纪 90 年代初的几封信则对意识形态的相对独立性作了进一步阐释，并且要求研究者"根据原著来研究这个理论，而不要根据第二手的材料来进行研究"①。这为我们确立了马克思主义理论研究的基本原则。

"意识形态"一词自产生以来，虽不断被赋予新的意义，但它的基本内涵却始终是明确的，这就是马克思、恩格斯对意识形态的本质所做的完整而明晰的规定：

意识在任何时候都只能是被意识到了的存在，而人们的存在就是

① 《致约·布洛赫》，见《马克思恩格斯选集》第 4 卷，人民出版社 1995 年版，第 697 页。

他们的实际生活过程。如果在全部意识形态中人们和他们的关系就像在照像机中一样是倒现着的，那末这种现象也是从人们生活的历史过程中产生的，正如物象在眼网膜上的倒影是直接从人们生活的物理过程中产生的一样。……我们的出发点是从事实际活动的人，而且从他们的现实生活过程中我们还可以揭示出这一生活过程在意识形态上的反射和回声的发展。甚至人们头脑中模糊的东西也是他们的可以通过经验来确定的、与物质前提相联系的物质生活过程的必然升华物。因此，道德、宗教、形而上学和其他意识形态，以及与它们相适应的意识形式便失去独立性的外观了。①

人们在自己生活的社会生产中发生一定的、必然的、不以他们的意志为转移的关系，即同他们的物质生产力的一定发展阶段相适应的生产关系。这些关系的总和构成社会的经济结构，即有法律的和政治的上层建筑竖立其上，并有一定的社会意识形式与之相适应的现实基础。物质生活的生产方式制约着整个社会生活、政治生活和精神生活的过程。不是人们的意识决定人们的存在，相反，是人们的社会存在决定人们的意识。……随着经济基础的变更，全部庞大的上层建筑也或慢或快地发生变革。在考察这些变革时，必须时刻把下面两者区别开来：一种是生产的经济条件方面所发生的物质的、可以用自然科学的精确性指明的变革，一种是人们借以意识到这个冲突并力求把它克服的那些法律的、政治的、宗教的、艺术的或哲学的，简言之，意识形态的形式。我们判断一个人不能以他对自己的看法为依据，同样，我们判断这样一个变革时代也不能以它的意识为根据；相反，这个意识必须从物质生活的矛盾中，从社会生产力和生产关系之间的现存冲突中去解释。②

从马克思、恩格斯的上述论述中可以看出，他们是同时从社会存在与社会意识、经济基础与上层建筑、意识形态与主体的关系的角度，来阐明意

① 《德意志意识形态》，《马克思恩格斯选集》第 1 卷，人民出版社 1995 年版，第 72—73 页。
② 《〈政治经济学批判〉序言》，《马克思恩格斯选集》第 2 卷，人民出版社 1995 年版，第 32—33 页。

识形态在整个不断运动着的社会结构中的位置、功能和理论构成的。因此至少应从以下这三个方面对马克思意识形态理论的基本内涵和理论结构作出完整表述：（一）意识形态由经济基础所决定，并能够反作用于经济基础；（二）意识形态有阶级性，每一个时代的意识形态都是统治阶级利益的表现；（三）意识形态表现的领域和形式并不就是意识形态本身。

在马克思、恩格斯的相关论述中，意识形态是指在一定的社会结构中处于不同阶级地位的人的思想观念的生产方式，或者说是人反映世界的特殊方式。这种思想观念的生产，虽然被一定的社会生产方式和利益分配方式所决定，却宣称自己是唯一合理的、有普遍意义的思想观念。它往往以哲学、道德、政治、法律思想及文学艺术为载体，来反映特定阶级的利益。意识形态对反映世界的各种意识活动产生影响，但不能把意识形态等同于某种具体的意识活动领域或某种具体的意识活动形式。马克思和恩格斯把文学艺术与哲学、道德、政治、法律思想并称为"意识形态的形式"，讲的就是文学艺术是意识形态的表现领域，或者说文学艺术作为反映特定阶级利益的载体，具有意识形态性，而不是说文学艺术就是意识形态本身。

意识形态理论关注的是社会意识与社会存在的关系，作为人反映世界的一种特殊方式，它把由特定历史阶段的经济基础和阶级状况所决定的价值取向，渗透到宗教、哲学、道德、法律等思想中，使具有特定的历史烙印和阶级烙印的观念以普遍观念的面目出现。因此，马克思认为意识形态具有虚伪性。文学艺术与宗教、哲学、道德、法律思想的不同之处在于，它不是一种系统的思想观念或理论体系，但不能说文学艺术不具有意识形态性。文艺主客体关系的形成，始终要受到构成这种关系结构的各种因素的制约。不论是艺术创作还是艺术欣赏，它们所体现出的艺术理想或艺术标准都必定带有特定的历史和阶级的烙印。而这一切，正是文艺意识形态理论所着力阐释和揭示的内容，也正是这一理论的生命力之所在。

用意识形态理论来考察文学艺术，是把文学艺术放在社会总体结构当中，探索文学艺术与社会经济、政治、阶级状况的关系，把握文学艺术的意识形态特性，这是文艺研究的基本思想原则。但是，意识形态性并不能代替文学艺术的整体结构特性，也无法涵盖文学艺术的其他本质特征。在文学艺术诸要素中，意识形态理论侧重文艺与世界的关系，突出了现实世界对文艺的决定作用和文艺对现实世界的反映作用，突出了文艺的认识性、价值性和社会功能性特征。但它并没有对文艺在审美世界的创造方面作出必要的解释，也没有对文艺与审美、文化等其他意识形式的关系作出深层的揭示。从总体上看，意识形态理论应该说主要还是对文艺研究的思想理论原则的确立，还只是对文艺整体结构基础层面的把握，还只是对文学整体认识过程中的一个阶段、一个环节。因此，把文艺归结为意识形态并不符合马克思主义创始人的原意，也难于达到对文艺的全面性和整体性的认识。以往那种把文艺等同于意识形态的极端政治化的理论范式留给我们的教训，就很好地说明了这一点。于是，有人提出了"审美意识形态"的理论。这种理论以"文学的一般意识形态性质是其普遍性质；文学的审美意识形态性质才是其特殊性质"的判断为依据，以"文艺即审美"的理论预设为前提，构筑了一个将文艺意识形态置换为审美意识形态，将文艺的意识形态本质置换为审美的本质的理论框架。应该说，该理论的提出确有补正文艺意识形态理论在文艺研究上忽视文艺审美特性之不足的考虑，但也随之走向了与极端政治化的理论范式相对的，用文艺的审美特性来替代其意识形态属性的另一个极端。而最根本的是，该理论在先是用审美取代艺术，继而又将审美归结为意识形态的逻辑行程中，无限扩大了意识形态的内涵，使其成为一个失去了本质规定性的，无所不包又无所不是的象征性的符号。这种"无边"的意识形态，显然已不是马克思所说的那个意识形态了；而依此所构建的"审美意识形态"理论，也就很难说是马克思主义的文艺意识形态理论了。

三、文艺、审美与意识形态的关系

在我国以往的文艺学研究中，文艺的意识形态属性曾被片面地夸大为绝对，而其审美特性则没有得到应有的重视。因此，新时期以来理论界重视对文艺审美特性的研究，确有对以往极端政治化文艺观进行反拨的意义。但与此同时，也出现了把文艺的本质归结为审美的本质，把审美等同于文学艺术，进而否定文艺意识形态本性的极端审美化的理论倾向。诚然，在文学艺术的创造和欣赏过程中，审美是不可或缺的重要因素，创造美是文学艺术的根本目的之一。但文学艺术又不同于一般的审美，它是世界、作者、作品、读者四者交互作用的复杂的精神现象。新时期以来,理论界在探讨审美与文艺的关系时,往往过多地强调二者的一致性而忽视其本质区别。而在强调一致性时,又有意无意地提出"文学即审美"的论断。持此论者往往以康德在《判断力批判》中提出的"审美无利害性"作为文艺审美自律论的理论基础。殊不知,康德在"美的分析"里不但没有说"文学即审美",反而强调文学不是单纯的审美。诚如朱光潜所说,"读者往往只注意到《美的分析》部分而没有充分注意到全书的后部分,就连对这'美的分析'部分也只注意到康德所否定的东西(如美不涉及欲念、利害计较、目的、概念等),而没有充分理解康德所肯定的东西(例如美的理性基础和普遍有效性);只注意到纯粹美与依存美的严格区分,没有充分认识到康德从来没有把纯粹美看作理想美,恰恰相反,他说理想美只能是依存美"①。"审美无利害关系"原则,这个本用来描述审美心理意识状态的术语,竟然被人们用来说明文学的本质特征。康德将审美设定为自律的领域,是将其作为联结认识和实践的中介,而我们的一些学者却把审美作为文学的本质特征,试图建立文学审美自律论。这种理论把目光局限在审美活动本身,而没有把社会、历史因素对主体的决定作用包括在内,或者说,没有把文学艺术放在意识形态这个最根本的基点上来加以考察。而从文艺发展的客观实际看,恰恰是文艺所具有的意识形态特性,决定了文艺活动绝不是单纯的主体自我满足和自我实现的审美愉悦,而是一种具有广泛社会意义、要求得到社会承认的主体创造性活动。文艺虽然具有审美的属性,但它对于那些更多地表现出自发性和无目的性的一般审美感受活动来说,则有着更深刻的社会意义。它要求文艺家始终是一定社会责任的承担者,并决定了世界观的正确与否之于文艺创造的重要作用。显然,文艺是无论如何也不能与审美等量齐观的,这是文艺学的一个最基本的常识。任何"文艺即审美"的理论预设,其结果只能是对文艺的意识形态本性和功能的取消。

　　显然,作为社会心理意识形式之一的审美只是文艺整体结构中的一个元素、一个层面。单一审美的文艺本质论,根本不可能完整、科学地反映出文艺的本来面貌和客观实际。那么,为什么还会出现文学是"审美意识形

---

① 朱光潜:《西方美学史》下卷,人民文学出版社1979年版,第399页。

态"的理论界说呢？显然，它的倡导者是希望能通过"审美"与"意识形态"的嫁接，为其坚持"文艺即审美"的理论预设找到马克思主义意识形态论的支撑。这就涉及了对马克思主义意识形态理论的基本概念、理论结构，特别是其关于文艺、审美与意识形态关系的基本规定如何理解的问题。

在这里，我们首先需要区分意识形式、意识形态和意识活动的外化形态这三个概念。意识形态如上文所述，是指主体受经济基础和阶级状况影响而产生的反映世界的特殊方式，它作用于人类的意识活动，使意识活动及其外化形态表现出历史的和阶级的特征，但意识形态不能等同于意识活动及其外化形态。意识活动的外化形态是指意识活动通过各种媒介所呈现出来的产物，意识活动本身是内在的，只有通过一定的媒介才能够表现出来，例如，文艺活动中的审美体验是主体内在的感受，而文本则是审美体验的外化形态。而意识形式则是指意识活动把握对象的特殊方式，胡塞尔认为，意识活动是一种意向性行为，即指向对象的行为，最基本的意向性行为是"客体化行为"，也就是使客体成为对象的行为。感知、想象、情感等各种意识活动根据其质性（指意识体验的方式，分为三种情况，一是当下直观的，二是想象的，三是回忆的）、质料（指客体化行为中的立意行为，即以何种方式赋予对象以意义）的不同得以区分为不同的意识形式，审美是一种特殊的意识活动形式。对此，康德则说得更为明确："为了分辨某物是美的还是不美的，我们不是把表象通过知性联系着客体来认识，而是通过想象力（也许是与知性结合着的）而与主体及其愉快或不愉快的情感相联系。"① 可见，审美是一种感知、想象、情感和谐作用的意识活动形式，它与意识形态是不同的。把分属于社会意识形式不同层次的审美与意识形态这两个概念组合在一起，显然缺乏必要的逻辑基础和逻辑运演的合理性与可能性。

对"审美"与"意识形态"这两个概念的整一性，"审美意识形态"论的倡导者是以苏联"审美学派"的理论家阿·布罗夫的审美意识形态论为依据进行论证的。在他们看来，审美意识形态是种概念意识形态中的一个具体种类，是与哲学意识形态、政治意识形态、道德意识形态等相并列的属概念，而文学只是意识形态中的一个具体种类——审美意识形态。对意识形态

---

① ［德］康德：《判断力批判》，宗白华等译，商务印书馆1964年版，第37页。

进行种、属的分类，这并不符合马克思对意识形态本质的规定，也很难在社会意识形态存在和发展的客观实际中找到根据。一方面，意识形态能够对各种意识活动产生影响，不同种类的意识活动只是意识形态的表现领域，不能根据表现领域的不同对意识形态进行划分；另一方面，把审美作为意识形态的一个种类，将其与道德、法律意识形态并列，这就使审美成为一个与道德、法律并列的领域。这也不符合文艺与审美，文艺与道德、法律等复杂关系具体存在的实际。众所周知，具有审美特征的文学艺术，与道德、法律等同属于复杂的社会现象，它既包含着内在的意识活动，又包含着外化的文本、社会机构、物质行为等等。它具有反映世界的方方面面，表现各式各样的思想观念的整体功能。因此，我们说文学艺术是意识形态的表现领域，而审美在文艺中则只是作为意识形态表现领域的文学艺术活动的一种意识形式。文学艺术具有审美的特性，但不能把文学艺术等同于审美，也不能把审美当成比文艺高一层的类的范畴，更不能因此把文艺归属于审美之下，甚至把审美作为与宗教、道德、法律等并列的意识形态类型。这应该成为理解文艺、审美与意识形态关系的最基本的逻辑基础和逻辑前提。

那么，审美与意识形态的关系是怎样的呢？马克思认为，审美能力不是人的一种先天的判断能力，而是人类长期的社会实践内容积淀的结果。但这种社会内容已经内化到人的审美能力当中，因此审美带有普遍性和共通性。但是，文艺的审美性与意识形态性又不是毫不关涉的。文学艺术中的确存在着比较单纯的审美因素，如平衡和对称的形式美规律等，但大量存在的则是富含思想性和社会内容的审美现象，因此便出现了审美的价值取向问题。不可否认，审美取向受到时代、地域、阶级状况的影响，特定时代和社会的审美理想会受到社会整体权力运作的制约，历史上各种文学艺术风格的流变均包含着各种意识形态因素的渗透。阿尔都塞认为："每一种艺术作品，都是由一种既是审美的又是意识形态的意图产生出来的……因此，艺术作品与意识形态保持的关系比其他物体都远为密切，不考虑到它和意识形态之间的特殊关系，即它的直接的和不可避免的意识形态效果，就不可能按它的特殊审美存在来思考艺术作品。"[1] 也就是说，按照审美规律进行创作的文学艺

---

[1]　陆梅林：《西方马克思主义美学文选》，漓江出版社 1988 年版，第 537 页。

术作品，不可避免地带有意识形态性。抛开意识形态因素，寻求纯粹的文艺审美特性的理论，是不符合文艺存在和发展的实际的。现实中的美，包括文学艺术中的美，大多不是单纯的形式美，意识形态对审美的影响主要表现在主体对审美对象意义的把握上，客体能否被看成是美的以及客体具有怎样的审美内涵都会受到特定意识形态的影响。意识形态能够或多或少地影响人的审美取向，但这并不意味着意识形态理论能够完全解释审美的规律，单一的意识形态理论与单一的审美理论显然都有自己的局限性。这就要求我们应全面考察决定文学艺术的基本要素的复杂性，以及这些要素在怎样的动力结构关系中为文艺的产生奠定基础并推动着文艺的发展，而不是用简单的调和或嫁接的方法将它们整合为一。

马克思主义的文艺意识形态理论，在历史上第一次完整、科学地揭示了文艺的本质特性和发展规律。正是作为社会意识形式的文学艺术的强大包容性和无比丰富性，才能够真正把政治、审美、文化、认识、价值、功能等因素熔铸成一个整体结构，并通过其相互间的动态关系规定并展现着自身的本质特性。单一的意识形态理论与单一的审美理论显然都只能从一个侧面说明文艺的性质，而不可能形成对文艺完整、全面、科学的理论界说。我们只有扬弃对文艺的政治化、审美化、文化化的理论界说的片面性，对其进行辩证的综合，而不是进行简单的概念推演和嫁接，才能在社会结构的整体框架中，在复杂的意识形态结构中，达到对文艺整体关系结构的认识，进而实现对文艺多种质的综合把握。

（原载于《文史哲》2007年第5期）

语图互仿的顺势和逆势

——文学与图像关系新论

赵宪章

诗歌与绘画的关系是中外文艺理论史上的传统话题。但是，有一种现象至今尚未受到普遍关注和充分阐释，那就是二者相互模仿的艺术效果问题：大凡先有诗而后有画，即模仿诗歌的绘画作品，例如"诗意画"，很多成了绘画史上的精品；反之，先有画而后有诗，即模仿绘画的诗歌作品，例如"题画诗"，在诗歌史上的地位则很难和前者在画史上的地位相匹配。①即使像李白、杜甫、白居易这样的伟大诗人，他们的题画诗（咏画诗）②也不能和其"纯诗"的艺术成就相提并论；反之，对于他们"诗意"的模仿反倒成就了不少绘画作品。我们不妨将这一现象称之为诗画互仿的"非对称性"态势，其中必定隐含着尚未被我们所认识的审美规律。

如果我们将视野进一步展开就会发现，这种非对称性态势不仅表现在诗画互仿之间，而且遍及整个文学史和艺术史。无论是先民的神话传说，还是见诸经史子集的经典故事，同时被文学和图像反复模写的例子难以计数，从而构成一道亮丽的风景线，共同在文学史和艺术史上熠熠生辉。另一方面，它们之间的相互模仿又是不对称的：大凡以语言文本为模仿对象的图像艺术，取得较高艺术成就的概率非常之高，并有可能成为艺术史上

---

① "题画诗"之为"题画诗"，必有"画"的参照才能充分显现它的意义；题画诗一旦脱离画面，它的意义就会大打折扣，所以很难和诗史上的"纯诗"相提并论。

② 严格意义上的"题画诗"当为题写在画面上的诗，二者共享同一个文本。但在唐代之前的所谓"题画诗"并非如此，诗和画大多各自分立，所以被后人称为"画赞"或"咏画诗"。由于"咏画诗"同样是先有画后有诗，同样是诗歌对于绘画的模仿和咏赞，所以也被称为广义的题画诗。

的杰作；相反，那些先有图像、后被改编为语言文本的作品，则很难取得较高文学价值。这一非对称性态势，在汉赋和汉画、宗教教义及其造像、小说戏曲文本与其插图，直至晚清以降的连环画和戏剧影视等作品中，非常普遍而不是个别案例。有资料显示：45%的电影电视是语言作品的改编，其中包括85%的奥斯卡最佳影片和70%的艾美奖获奖电视片[①]。这一数据说明，图像艺术对于语言艺术的倚重达到何种程度，以及这种倚重对于提升图像艺术的意义何其重大；相反，如果将原创影视作品进行"文学改写"，诸如近年来盛行的"影视小说"之类，一般而言只能沦为小说世界的等外品。

事实说明，包括"诗画互仿"在内的整个"语图互仿"（语言作品和图像作品的相互模仿），在艺术效果方面普遍存在非对称性的模仿态势：图像艺术对于语言艺术的模仿是语图互仿的"顺势"；反之，语言艺术对于图像艺术的模仿则是语图互仿的"逆势"。"势者，乘利而为制也。如机发矢直，涧曲湍回，自然之趣也。"[②] 对其展开深入的学理探讨，有益于从根本上阐释文学和图像的各种复杂关系。

一、拉奥孔之"痛"

关于语言艺术和图像艺术的相互模仿问题，最早、最系统和最经典的论述，莫过于莱辛在18世纪60年代关于"拉奥孔"的研究了。因此，我们的讨论不妨由此开始。

我们知道，"诗画异质"是莱辛在《拉奥孔》中所要论证的基本命题，正如它的副标题所示——"论画与诗的界限"。也就是说，莱辛的主旨是以"拉奥孔"为典型个案，通过分析这一角色在诗歌和绘画（雕塑）中的不同呈现，阐发语言艺术和图像艺术的异质性。令人疑惑的是：他为什么还要不惜笔墨，反复考证罗马诗人维吉尔的史诗《伊尼特》和拉奥孔雕像群的创作年代问题呢？这一看似和主题无甚关联的问题，其实只是为了证实他的这样

① 吴辉：《改编也是一门艺术》，《中国社会科学报》2009年11月17日。
② 刘勰：《文心雕龙·定势》，见范文澜编《文心雕龙注》（下），人民文学出版社1958年版，第529—530页。

一种假定：史诗是雕像的蓝本，后者是对前者的模仿，而不是相反。①但是，近代考古研究发现的碑文已经证明，莱辛当年的假定是完全错误的："实际上维吉尔史诗和雕像群都是在公元前21年之前不久完成的；即使维吉尔史诗可能略早，也不能成为雕像群的蓝本，因为它是在维吉尔死（公元前19年）后才由他的朋友发表的。"②既然这样，我们似乎可以推测：莱辛当年不厌其烦地论证并固执地坚持他的假定，抑或和他的"诗画异质"论存在某种逻辑联系？

细读《拉奥孔》全篇就可以发现，这种联系确实存在：只有假定雕像以史诗为蓝本而不是相反，莱辛的诗画理论才可以得到史实的支持；更重要的是，这样的假定符合语言和图像相互模仿的学理逻辑；否则，莱辛的论辩不仅失去了历史根基，即使其诗画异质理论本身也难自圆其说。换言之，只有将"绘画模仿诗歌"作为二者互仿的"顺势"，莱辛在《拉奥孔》中所阐发的诗画异质论才是可能的、有效的。这就是以往被学界所忽略了的莱辛的"隐情"。

莱辛的这一"隐情"，集中体现在他对拉奥孔之"痛"的特别关注上。正如他在《拉奥孔》第一章就发出的诘问："为什么拉奥孔在雕刻里不哀号，而在诗里却哀号？"由此确定了莱辛诗画异质论的逻辑起点。所以，只要将《拉奥孔》的学理逻辑梳理清楚，莱辛的"隐情"之谜便可自然彰显。

莱辛的诘问主要是针对温克尔曼的观点。温克尔曼认为，古希腊艺术的理想是"高贵的单纯和静穆的伟大"，因此，雕塑家不会将拉奥孔的痛苦表现在他的面容上，所以"他并不像在维吉尔的诗里那样发出惨痛的哀号，

---

① 莱辛《拉奥孔》正文共分29章。从第5章开始（包括第6章和第7章），就涉及维吉尔的史诗《伊尼特》和拉奥孔雕像群的年代先后以及谁模仿谁的问题。在后来的三章（第26—28章），专门考证拉奥孔雕像群的年代问题。即使在其他各章及其附注中，也不时提及这一问题，反复说明维吉尔关于拉奥孔的描写早于拉奥孔雕像，后者是对前者的模仿。由于过于烦琐，朱光潜在翻译《拉奥孔》时将这类内容删除了大半。

② 见［德］莱辛《拉奥孔》，朱光潜译，人民文学出版社1982年版，第156页译者注①。雷纳·韦勒克在谈及这一问题时也这样说过："近代考古研究已在罗德斯岛发现有关碑文，证明雕像家制作的年代约在公元前50年"（维吉尔死于公元前17年），和朱光潜记述的年代略有不同，但并不影响他们观点的一致性，即：《拉奥孔》雕像不可能是对维吉尔史诗《伊尼特》的模仿，莱辛的推断是错误的（［美］雷纳·韦勒克：《近代文学批评史》第1卷，杨岂深等译，上海译文出版社1987年版，第218页）。

张开大口来哀号在这里是在所不许的。他所发出的毋宁是一种节制住的焦急的叹息……身体的苦痛和灵魂的伟大仿佛都经过衡量"。① 莱辛并不否认温克尔曼所指出的这一事实，只是不同意他所分析的理由，即把拉奥孔雕像"节制痛苦"看作是希腊精神使然——"高贵的单纯和静穆的伟大"之艺术体现。

莱辛以古希腊悲剧和史诗为例，对温克尔曼的"节制痛苦"说进行了批判。莱辛认为，"哀号"是身体痛苦的自然表情，出自人的自然本性；希腊人并不以此为耻，只是不让这些弱点防止他走向光荣，或者阻碍他尽职尽责。正是在这一意义上，希腊人既是超凡的人，又是自然的人、真正的人，绝非提倡苦行禁欲和压抑感情的斯多噶派哲学家。古希腊悲剧和史诗完全忠实于这一自然，包括维吉尔在内，对拉奥孔遭受巨蛇缠绕而痛苦哀号的描写，都是希腊精神的忠实再现。也就是说，希腊人因苦痛而哀号是和他们的伟大心灵相容的，这并非雕像不肯模仿哀号的理由；拉奥孔雕像之所以没有痛苦哀号的表情，应当另有其他方面的原因。

这一原因究竟是什么？莱辛在断然否定了温克尔曼的"精神决定论"之后，认为应当到绘画自身的符号属性中去寻找——

首先，绘画等造型艺术是在空间中模仿物体的艺术，它的题材只限于模仿美的物体，或者说"美"是造型艺术的最高法律，并不屑于满足惟妙惟肖，后者必须服从前者。如果将拉奥孔的苦痛哀号表现出来，必然导致面容变形而丑陋不堪。因此，《拉奥孔》雕像和其他希腊艺术一样，"不得不把身体苦痛冲淡，把哀号化为轻微的叹息。这并非因为哀号就显出心灵不高贵，而是因为哀号会使面孔扭曲，令人恶心"；假如拉奥孔张开大口哀号，"在雕刻里就会成为一个大窟窿，这就会产生最坏的效果"。②

莱辛找到的另一理由是所谓"顷刻"理论，即认为最能产生绘画效果的并不是情节或情感的"顶点"，而是"最富于孕育性的那一顷刻"。③ 因为，"顶点"就是"止境"、就是"极限"，从而给想象划定了"界限"，并且

① ［德］温克尔曼：《论希腊绘画和雕刻作品的模仿》，［德］莱辛：《拉奥孔》，朱光潜译，人民文学出版社 1979 年版，第 5—6 页。

② ［德］莱辛：《拉奥孔》，朱光潜译，人民文学出版社 1979 年版，第 16 页。

③ ［德］莱辛：《拉奥孔》，朱光潜译，人民文学出版社 1979 年版，第 83 页。

稍纵即逝，只是暂时的存在；"最富于孕育性的那一顷刻"具有常驻不变的持续性，可以让想象自由活动。"所以拉奥孔在叹息时，想象就听得见他哀号；但是当他哀号时，想象就不能往上面升一步，也不能往下面降一步"：上升一步是"死亡"，下降一步是"呻吟"；无论"死亡"还是"呻吟"，我们"所看到的拉奥孔就会处在一种比较平凡的因而是比较乏味的状态了"。①

——这就是莱辛为拉奥孔雕像"痛而不号"所找到的两条理由，确实抓住了绘画等造型艺术的主要特点，切中问题之肯綮。至于诗歌为什么不受上述局限，莱辛不得不回到被温克尔曼拿来比较过的维吉尔的史诗。莱辛认为，诗人模仿的对象"无限广阔"，不像绘画只能描绘可以直接眼见的物体，读者一般也是从听觉而不是从视觉的观点考虑它。正像维吉尔描写拉奥孔放声号哭，读者不会由此想到张开大口哀号的丑陋。可见，美并不是诗的最高法律，诗人不会受到美的局限。另外，诗歌作为时间的艺术，也无必要将自己的叙述定格在某一"顷刻"，完全可以随心所欲地叙述每一个动作及其绵延。

以上就是莱辛的"诗画异质"论的基本内涵，可将其概括为"诗广画狭"说，即：在"模仿对象"和"模仿方式"（时间的或空间的）两个方面，诗是广阔的、无限的，画则不能。毫无疑问，莱辛的"诗画异质"论同时隐含着"诗高画低"倾向："生活高出图画有多么远，诗人在这里也就高出画家多么远。"②

我们知道，莱辛的"诗画异质"论及其由此导致的"诗高画低"倾向，在当时的批评界属于惊世骇俗的声音，反对派完全可以找到另外的理由，或者利用莱辛的逻辑漏洞对其进行质疑。例如他所批评的温克尔曼，就其提及"诗如画"的语境来看，无非是提倡绘画的画题应当模仿诗歌的题材，本意并非像莱辛所批评的那样将二者完全等同。③ 如是，"拉奥孔之痛"也就

---

① 〔德〕莱辛：《拉奥孔》，朱光潜译，人民文学出版社 1979 年版，第 19 页。
② 〔德〕莱辛：《拉奥孔》，朱光潜译，人民文学出版社 1979 年版，第 75 页。
③ 温克尔曼提出"诗如画"的目的，只是建议"画题"应当模仿"诗题"，并非将诗画完全等同。他说："绘画和诗一样都有广阔的边界；自然，画家可以遵循诗人的足迹，也像音乐所能做到的那样。画家能够选择的崇高题材是由历史赋予的，但一般的摹仿不可能使这些题材达到像悲剧和英雄史诗在文艺领域中所达到的高度。"〔德〕温克尔曼：《论古代艺术》，邵大箴译，中国人民大学出版社 1989 年版，第 75—76 页。

成了"莱辛之痛"了。因此，莱辛就不能止于在《拉奥孔》第四章之前就已经和盘托出的上述观点，他需要更充分的论据加以佐证，特别需要文艺史实作为自己的证据。于是，对上述观点进行修补、论证和具体化是必需的。这样，维吉尔的史诗和拉奥孔雕像的创作年代以及谁模仿谁的问题，也就成了《拉奥孔》第四章之后，特别是第五、六两章及其此后的内容：既然诗歌"广于"和"高于"绘画，后者模仿前者也就成了诗语的"自然流溢"，当属"顺势而为"；反之，由图像艺术生出语言艺术，当然也就成了"不识高低"而为之，属于"逆势而上"了。

其实，关于史诗和雕像的年代以及谁模仿谁的问题，莱辛的许多论证非常勉强，逻辑上也有漏洞和错乱。例如，关于拉奥孔之"痛"的细节描述，在没有任何根据的前提下，怎么就能断定已经失传的更早的史诗和现存的希腊著作一致呢？[①] 只是凭据维吉尔的史诗和此前的描述不一致，但是和雕像群一致，怎么就能得出结论认定维吉尔的史诗在先、雕像群在后，并且是后者模仿了前者呢？[②] 事实上，对于这样的推论，即使莱辛本人也没有底气，不得不承认"这种可能性还够不上历史的确凿性。不过我虽然不敢据此作出其他的历史结论，至少却相信我们可把上述论点作为一种假设……不管雕刻家们用维吉尔的史诗作为蓝本这个论点已否得到证实，我想姑且假定事实是如此，来考察一下他们是怎样根据维吉尔而进行工作的。"[③] 可见，莱辛明明知道自己的推论是勉强的，但是仍要固执地将其作为自己的理论前提；因为不做这样的历史假定，他就无法继续"诗画异质"的文本论证。可见，这一假定对于他的论证何其关键，绝非可有可无。

在明确了被自己"假定的前提"之后，莱辛关于"诗画异质"问题的探讨确实得以延展、深化和具体化，特别是其中一些文本分析令人折服。例如，维吉尔让毒蛇把父亲和两个儿子捆在一起，却没有缠绕住胳膊，从而给双手留下完全自由的巧妙构思，就被雕像如法模仿了；但是，维吉尔让那两

---

① "已失传的更早的史诗"，指公元前 7 世纪希腊诗人庇桑德的史诗。

② 所谓"维吉尔的史诗和此前的描述不一致，但是和雕像群一致"，是指"让两条毒蛇把父亲和儿子一起缠死"这一拉奥孔之"痛"的细节，维吉尔和此前的描述不一致，但和雕像群一致。

③ [德] 莱辛：《拉奥孔》，朱光潜译，人民文学出版社 1979 年版，第 35—36 页。

条蛇在拉奥孔的身躯和颈项上各缠绕两道，蛇的毒液一直流到面部的图景，却没有被雕像全部采纳，否则就会影响美的视觉效果。再如，拉奥孔作为阿波罗的祭司，在维吉尔的笔下，理所当然是带着头巾、穿着道袍的；但是，雕像却不惜违背这一习俗，让他和他的两个儿子完全裸体。诸如此类的文本细节分析，就是为了进一步证实他的"诗画异质"论：雕像在模仿诗歌时，必须将"美"作为最高法律而有所取舍，必须考虑"最富于孕育性的那一顷刻"而有所改变。因为造型艺术所采用的是"自然符号"，不同于语言艺术（诗歌）的"人为符号"，所以必然受到模仿对象和模仿方式的局限。

反之，如果莱辛事先不作出上述假定，他的这些讨论也就无从谈起，缘何"诗画异质"论？更进一步说，如果是相反的史实，即雕像在先、史诗在后，史诗是对雕像的模仿，那么，维吉尔为什么要平添雕像中本来就没有的东西呢？为什么把本来就很美的"轻微的叹息"，改写成"惨痛的哀号"呢？等等，不但找不到任何理由，他所论定的"诗画异质"论也就跟着打了水漂。

其实，关于维吉尔史诗和拉奥孔雕像谁模仿谁的问题，早在莱辛之前就有许多争论。莱辛在辨析这些观点时尽管也考虑到第三种可能，即诗人和雕刻家也可能都是根据同一个更古老的来源——公元前 7 世纪希腊诗人庇桑德写过的一部史诗（已佚），但是很快就放弃这一问题的设问，执意将雕像模仿维吉尔史诗作成"历史铁案"。所以，在即将结束《拉奥孔》之前（第26—28 章），莱辛又回过头来继续他的考证，其用功之勤说明他对这一问题何其在意。看来，莱辛之所以提出"第三种可能"，实则是一种"缓兵之计"，因为这一可能同样属于"雕刻模仿诗歌"，仍然支持莱辛的诗画理论，只是已经失传了的史诗不能拿来做文本分析。

总之，莱辛之所以固执地坚持自己的假定，是因为只有以此为前提，才有可能展开"诗画异质"问题的讨论，特别是其中的文本分析，"诗画异质"论本身才是可能的、有效的。尽管后来的考古研究证明莱辛当年的假定是错的，也不影响它作为"诗画异质"论的逻辑假定及其合法性。莱辛的论证逻辑及其"诗广画狭"说和"诗高画低"论，证明"语图互仿的顺势和逆势"这一命题，早在莱辛的《拉奥孔》中就已涉及。这一命题其实是诗画关系研究中的应有之义；它的原创属于莱辛，只是被粗心的后学们疏忽了。

二、顺势而为

　　钱锺书在他那篇著名的《中国诗与中国画》中，不惜笔墨、旁征博引，非常详细地描述了这样一个事实：中国画史上最有代表性和最主要的流派是"南宗文人画"；但是，和其风格相似的"神韵派"却不能代表中国旧诗。例如王维，既是南宗画的创始人，也是神韵诗的大师，"他的诗和他的画又具有同样风格，而且他在旧画传统里坐第一把交椅，但是旧诗传统里排起坐位来，首席是数不着他的。中唐以后，众望所归的最大诗人一直是杜甫。……这样看来，中国传统文艺批评对诗和画有不同的标准；评画时赏识王士禛所谓'虚'以及相联系的风格，而评诗时却赏识'实'以及相联系的风格。"① 钱氏还援引苏轼所论，拿吴道子同王维比较，换一个角度说明他的观点："以画品论，吴道子没有王维高。但是，比较起画风和诗风来，评论家只是把'画工'吴道子和'诗王'杜甫齐称。换句话说，画品居次的吴道子的画风相当于最高的诗风，而诗品居首的杜甫的诗风只相当于次高的画风。"② 钱锺书在论文的最后总结说：中国诗和中国画在批评标准上确有分歧，"这个分歧是批评史里的事实，首先需要承认，其次还等待着解释——真正的、不是装模作样的解释。"③ 这也算是钱锺书留给后学的"钱氏之问"吧。

　　"钱氏之问"涉及中国诗和中国画的关键问题——主要是什么原因，导致中国诗画批评标准的差异？如果继续套用莱辛的"诗广画狭"说及其"诗画高低"论，显然不适合钱氏的语境。但是，仍然需要回到莱辛所关注的符号属性上来，即：诗歌作为语言的艺术，绘画作为图像的艺术，是否不同的符号属性导致不同的批评标准？莱辛将二者使用的不同符号规定为"人为的"和"自然的"，恐怕是很不确切的。特别是从现代符号学的意义上来说，相对诗语之"人为符号"而言，图像之构图、线条、色彩就是"自然符

---

① 钱锺书：《中国诗与中国画》，见《旧文四篇》，上海古籍出版社 1979 年版，第 19—20 页。
② 钱锺书：《中国诗与中国画》，见《旧文四篇》，上海古籍出版社 1979 年版，第 23 页。
③ 对于文艺史上的现象，只是给出一个新鲜的名称，但是并未作出任何实质性的阐发，钱锺书将其斥之为"装模作样的解释"，就像解释"鸦片使人睡觉"是由于"催眠促睡力"那样。钱锺书：《中国诗与中国画》，见《旧文四篇》，上海古籍出版社 1979 年版，第 25 页。

号"吗？纯粹的自然符号当是自然本身，而绘画的图像符号显然是被"人化"过了的。正像自然之音和语音的区别，自然之"象"和人为之"像"也有着相同的区别。绘画之"像"当然是人为之像，并非自然之"象"。① 否则，我们如何解释原始社会"语图一体"这种现象呢？② 例如原始岩画，既是"图"，也是原始人的"言说"，如果按照莱辛的区分，它究竟是"人为符号"还是"自然符号"呢？中国的书法和篆刻也是语图一体的，属于"人为符号"还是"自然符号"？因此，无论是文学的符号（语言），还是绘画的符号（图像），既然是"符号"，毫无疑问都是"人为"的，因为只有人才能创造并理解符号。③ 廓清了这一问题，才有可能将诗和画放在同一个层面进行比较，并且重新回到"钱氏之问"。

中国传统诗学之所以尊奉杜甫为"诗王"、"诗圣"，原因其实就是钱氏所说的"实"，恰如他的诗歌历来就有"诗史"的美誉；中国传统画学之所以尊奉王维为"南宗文人画之祖"，原因其实就是钱氏所说的"虚"，恰如他援诗入画、讲究笔墨以及脱落形似的"神韵"。"崇实"和"尚虚"，不仅仅是杜甫诗和王维画的各自特点，也是他们所分别代表的中国诗和中国画的主流风格，或者说是主流批评话语所认同的中国诗画的主要特点。如果我们进一步追问：中国诗和中国画为什么会有"崇实"和"尚虚"的区别？那就不属于"风格"问题了——风格属于"萝卜青菜，各有所爱"，不存在价值判断——问题在于它们所使用的符号，即语言符号和图像符号的功能性区别。在我们看来，正是符号的功能性区别，才导致诗风"崇实"、画风"尚虚"，从而使中国诗画批评标准产生差异。只有从这里出发，即在符号学层面阐发语言和图像的功能性差异，我们才有可能接近"钱氏之问"，才不至于作出他所鄙视的"装模作样的解释"。

---

① 2001 年 10 月，我国全国科学技术名词审定委员会和国家语言文字工作委员会联合召开了"像"和"象"的用法研讨会。与会专家们认为："象"是指自然界、人或物的形态、样子；"像"是指用模仿、比照等方法制成的人或物的形象。见《中华生物医学工程》，2007 年第 13 卷第 4 期，第 242 页。

② 赵宪章：《文学和图像关系研究中的若干问题》，《江海学刊》2010 年第 1 期。

③ 正是在这一意义上，卡西尔认为："我们应当把人定义为符号的动物（animal symbolicum）来取代把人定义为理性的动物。"因为只有人才能创造和理解符号，动物则不能。[德]卡西尔：《人论》，上海译文出版社 1982 年版，第 34 页。

　　关于语言和图像的符号功能及其关系，马格利特的《形象的背叛》提供了一个不错的分析个案，尽管这一个案已被许多学者所引用，甚至包括福柯在内，还专门为此写了一篇题为《这不是一只烟斗》的论文。①

图1　《形象的背叛》

　　比利时超现实主义画家勒内·马格利特（Rene Magritte）的许多作品都致力于颠覆我们的视觉经验和观看习惯。他的《形象的背叛》（1926）画的是一只大烟斗，画面的下方却有一行法文标示："这不是一只烟斗。"②（见图1）最一般的解释是，马格利特在提醒我们：画面上的烟斗并不是一只实在的烟斗，只是烟斗的艺术符号，由此告诫观众不应过分相信艺术的再现功能，艺术再现和被再现之物完全是两码事。按照这一解释，《形象的背叛》就类似"脑筋急转弯"的游戏了，我们尽可以将其推广到所有艺术，把那些与图像悖反的文字标签黏贴在任何绘画作品。因为，"这个谜被破译得如此之快，以至于破译的全部快感都随即烟消云散：这当然不是烟

————————

①　马格利特读过福柯刚出版的《词与物》之后，于1966年5月6日写信给福柯，表示他对该书的兴趣，对书中"resemblance"（意象）与"simililtude"（相似）所作的区别进行了评论，并附上《形象的背叛》这幅画的复制品。从马格利特同年6月4日的回信看，福柯在5月23日接到信后立即复信给马格利特，提出了关于这一幅作品的看法。马格利特在6月4日的信中没有提到福柯是否回答了他关于"resemblance"与"similitude"的评论。但在两年后（1968年），福柯专门写了一篇文章评述马格利特的《形象的背叛》，这就是福柯的论文《这不是一只烟斗》。叶秀山："'画面'、'语言'和'诗'——读福柯的〈这不是烟斗〉"，见《外国美学》集刊第10期，商务印书馆1994年版，第300页。

②　福柯在论文的开篇就非常仔细地分析了"这不是一只烟斗"的书写形式："题词用恭正的手写体书写，类似刻意雕琢的修道院经文手写体。如今，在学生练习本的样板字中或在小学常识课后教师留下的板书中，还可发现这种字体。"[法]福柯：《这不是一只烟斗》，张延风译，见杜小真编选《福柯集》，上海远东出版社1988年版，第114页。

斗，它只是一只烟斗的图像。"① 可见，尽管这样的解释并没有错，却比较表面和肤浅。马格利特一生创作了许多类似作品，② 说明他对类似问题有过长期和深沉的思考。

我们知道，传统绘画的"确认"依靠"相似"得以成立。《形象的背叛》中的"形象"和烟斗的相似性毋庸置疑，但其语言标示却与"确认"相对立，致使最基本的确认被驱逐。于是，"形象坠入词中。词句的闪光划开画面，使之碎片横飞。"福柯说，"对于构思极其聪颖的图画，仅需诸如'这不是一只烟斗'之类的画名即可迫使形象由画名而生，与其空间脱离，最终进入漂浮状态。距画名或近或远，与自身或似或异，均不可知。"可见，"《这不是一只烟斗》表现的是言语对物形的切入以及言语所具有的否定和分解的潜在能力。……在一个空间里，每一种要素仿佛都服从唯一的造型表现和相似原则。但是，语言符号却像一个例外。它们在远处围绕着形象游荡。专横的题目好像已经把它们永远同形象隔开。"③ 显然，福柯实则是假借马格利特重述他在《词与物》中主张——词语、图像和事物三者断裂的理论。

毫无疑问，福柯的解读是深刻的。他在这幅画中看到了语言和图像的矛盾关系，看到了前者对于后者的强势"切入"及其解构能力，以至于彻底颠覆了后者与事物的相似性确认原则。这种"相似性确认原则"，说到底是图像的"可信性"问题，即图像在怎样（相似）的条件下才可以使人联想到"物"，从而使"确认"成为可能。语言却不存在这一问题。语言的功能本质就是能指和所指的一致，否则便被斥之为"言不达意"、"言不及义"。从历史上看，语言一直被视为人之本能、人之为人的根本，因而也就成了人类历史的"第一信符"（最信赖的符号）。所以，尽管有"以图证史"的说法，但是，真正了解和确认历史，人类更多的还是信赖和使用语言材料。即使考古学者们在地下发掘出了新的（实物）图像，往往也要依靠语言文献对其证实或证伪；反之，对于考古发现的语言文本，则无须图像资料的证实或证伪。

① [美] W.J.T. 米歇尔：《图像理论》，陈永国等译，北京大学出版社 2006 年版，第 55 页。

② 马格利特在他的系列画《梦的钥匙》中，"鸡蛋"图像下面书写的是"刺槐"，"锤子"图像下面书写的是"沙漠"，"苹果"图像下面书写的是"这不是一只苹果"，如此等等，说明作者对同一问题有过持久而深入的思考。

③ [法] 福柯：《这不是一只烟斗》，张延风译，见杜小真编选《福柯集》，上海远东出版社 1988 年版，第 123—125 页。

这就是语言符号相对图像符号而言所具有的可信性，以及由"可信"所导致的权威和力量。

　　需要进一步思考的是，《形象的背叛》作为一幅画，其中的烟斗形象和说明文字共享同一个文本；无论就图像和文字所占有的画面空间而言，还是就观者观看的时间顺序而言，最具优势的应该是烟斗形象，其次才是说明文字；那么，为什么占据较小空间，并且是后看到的文字，反而推翻了占据较大空间，并且是先看到的图像呢？① 传统的"先入为见"在此为何失效了呢？或者说，观者为什么宁肯相信"后看到"的、"小空间"的文字说明，而不肯相信"先前看到"的、"大空间"的烟斗图像呢？这就涉及语言和图像两种符号的不同功能：语言是实指性符号，图像是虚指性符号。② 正是语言的实指性，决定了它的可信性。所以，当两种符号的"所指"发生矛盾时，语言的权威性便凸显出来，从而赢得"不容置疑"的效果。因此，包括诗歌在内的整个文学作为语言的艺术，正是在这一意义上决定了它的写实特点。"写实"，既是语言符号的功能特点，也是它的优长之所在，从而决定了全部语言艺术不同于图像艺术的风格特点——崇实性。

　　关于语言符号的崇实性，以及与此相关的图像符号的虚指性，我们还可以结合马格利特此后创作另一幅作品继续展开分析，这就是他的同题连续画《双重之谜》（见图 2）。

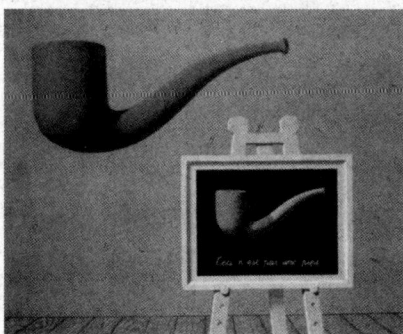

图 2　《双重之谜》

---

①　我们之所以认定图像是"先看到的"，是因为它本身是一幅"画"，而不是"标示牌"或其他说明文字，这是绘画本身的"先验规定"。

②　"实指"和"虚指"是语言和图像的基本符号属性。关于这一问题，我们将有另文专论，并非本研究的主题。

《双重之谜》的第一重之谜应是架设在厚实的地板上的《形象的背叛》，不同的是它已被画框所圈定，已经成为地道的"架上绘画"，从而明示了它不是任何实在的烟斗。① 这第二重之谜，在我们看来，当是"悬浮"在画面左上方的烟斗图像及其与《形象的背叛》的关系了。《形象的背叛》作为一幅完成了绘画，被放置在这一新的画境中，显然成了一种类似教具的"展示"，暗示它是对"悬浮烟斗"的模仿，"这不是一只烟斗"的说明文字因此也就顺理成章。从画面及其相似性来看，作为架上绘画中的烟斗，它的清晰性和写实性已经大大逊色于原来的《形象的背叛》；"悬浮烟斗"则有过之而无不及，更加粗糙而模糊，即使衬托它的背景是什么也使人茫然恍然，说明它作为烟斗的图像更不实在、更加虚幻。这就意味着，作为架上绘画的《形象的背叛》，并非是对实在烟斗的模仿，只是对"烟斗影像"的模仿，从而在图像和实在之间又插入一个虚指的符号，进一步拉大了艺术和现实的距离。于是，"这不是一只烟斗"也就有了更广的意义：不仅用来指称画框中的烟斗图像，同时也用来指称悬浮的烟斗图像，还用来指称《双重之谜》这幅绘画本身。就此而言，马格利特实则是用自己的特有方式重述柏拉图的理念：艺术是"摹本的摹本"、"影子的影子"，和自然（真理）"隔着三层"。②

可见，"这不是一只烟斗"的语言表述尽管在《双重之谜》中缩小了空间位置，但是，它的作用和表现力却被进一步放大，大到我们可以想象得到的所有艺术和实在的联系，从根本上颠覆了图像再现及其相似性确认原则。也就是说，在《双重之谜》中，图像符号被进一步虚幻，语言符号作为"第一信符"的权威性及其解构能力被进一步强化。考虑到《双重之谜》是《形象的背叛》的续篇，也就涉及"观看"和"确认"的时间顺序问题——当观者在观看《双重之谜》时，已经看过《形象的背叛》了。《形象的背叛》中"这不是一只烟斗"的文字标识已经颠覆了它那"酷似"烟斗的形象；但是，《双重之谜》并没有将这句话扩展到整个画面，我们为什么可以作出同样的

---

① 福柯特别注意到《双重之谜》中的《形象的背叛》已被"安排在一个框架内，而不是并排放在既无边界又无标志的冷漠空间中。框架放在画架上，而画架摆在清晰可见的地板条上……"。［法］福柯：《这不是一只烟斗》，张延风译，见杜小真编选《福柯集》，上海远东出版社 1988 年版，第 114 页。

② ［古希腊］柏拉图：《文艺对话集》，朱光潜译，人民文学出版社 1963 年版，第 67—81 页。

解读呢？并且认为它是《形象的背叛》的更深一层、更进一步的"背叛"呢？这就是语言的另一种存在——"隐语"。"这不是一只烟斗"或者类似的文字表述尽管没有控制《双重之谜》的全部画面，但是，它的"影响力"并未消失，观看和阅读的经验与习惯已经自然将其"写入"其间。这就是"言外意"、"画外音"，可谓"言有尽而意无穷"，"此地无声胜有声"，进一步彰显了语言作为"第一信符"的权威性和解构能力。

　　当然，依照福柯的解读，语言对图像的解构并不是单向的、一次性的，马格利特"既否定形象的显性相似性，也否定准备送给形象的名称……构成了既与之对抗、又为之补充的形象"①。专横的题目好像已经把它们永远同形象隔开，但在实际上又悄悄地接近形象："这不是一只烟斗"！那么，它是什么？是 A？是 B？是 C……可以延续到 N 个"相似"及其"是"的揣测。这样，马格利特虽然切断了相似与确认之间的联系，但是，由于仍然保持了绘画的性质（它是一幅画，不是"说明文"或"标示牌"之类），所以也就可以"排除最接近言语的性质，尽可能追随无限延续的相似形象，把延续从任何确认性中解放出来，因为确认性有可能试图说出相似形象与何物相似"②。这样，马格利特的两幅画表面看来是语言符号把"紊乱"引进画面，实则是由于图像的虚拟性和不确定性导致了紊乱。并且，"紊乱"本身又构成了语言符号的有序——在无限延续中追询虚拟图像的相似性，图像的虚拟性反而为语言的实指性追问提供了无限延宕的空间。

　　这就是语言和图像两种不同性质的符号，在"崇实"和"尚虚"的对立中所进行的无休止的对话，对话的结果是语言符号的崇实性和图像符号的虚拟性同时被不断地强化。因此，当我们看到马格利特将烟斗图像和"不是烟斗"的语言表述并置在同一个画面时，我们毫不犹豫地选择了相信语言符号的所指，而对虚拟的图像符号却进行了无休止的追问和质疑。

　　总之，正是语言和图像两种符号的功能性差异，才导致诗文"崇实"和绘画"尚虚"的主流风格。尽管文艺史上也有尚虚的诗文和崇实的绘画，

---

① ［法］福柯：《这不是一只烟斗》，张延风译，见杜小真编选《福柯集》，上海远东出版社1988 年版，第 123 页。

② ［法］福柯：《这不是一只烟斗》，张延风译，见杜小真编选《福柯集》，上海远东出版社1988 年版，第 125 页。

但是它们却不能在各自的领域取得话语领导权，或者说不能享受主流批评话语的最高褒奖。正是在这一意义上，图像艺术模仿语言艺术也就有了比较"实在"的根基，尽管它只是"模仿的模仿"。

如果说我们在前文通过莱辛《拉奥孔》的分析，已经阐发了语言和图像作为艺术符号的广、狭和高、低之分，那么，现在我们又通过马格利特的"烟斗"，发现了二者的实、虚之别。无论是广狭和高低，还是崇实和尚虚，就图像模仿语言的效果而言，也就必然表现为"顺势而为"的态势。反之则不然，语言艺术模仿图像艺术，由于模仿对象的虚拟性，也就很难达到它直接模仿"实在"的水平；更由于"虚拟"并非语言符号的优长，这类模仿当然也只能"逆势而上"了。

三、逆势而上

如前所述，莱辛在《拉奥孔》中曾以荷马为例，表达了语言模仿图像的窘境，尽管他并未使用"逆势而上"的概念。在莱辛看来，尽管语言符号"广于"和"高于"图像符号，但是，这并不意味着前者对后者的模仿就可以得心应手、任意而为。因为，语言的优长是叙述持续性的动作，而不是描绘同时并列的物体。如果诗人一定要这样做，他就不能像画家那样处理这样的题材，或者扬长避短，或者将在空间并列的物体时间化。例如，荷马描写某件物体，一般只写一个特点：写船只写"黑色船"，或"空船"，或"快船"，到此为止，不再对船作进一步描绘；但对船的起锚、航行或靠岸等，却描绘得极其详细。这就是"扬长避短"。如果一定要对物体进行详细描绘，荷马便巧妙地"把这个对象摆在一系列先后承续的顷刻里，使它在每一顷刻里都现出不同的样子"[1]。例如描绘天后的马车，荷马就让人把车的零件一件一件地装配起来；描绘阿伽门农的装束，荷马就让这位国王把全套衣服一件一件地穿上。还有阿喀琉斯那面著名的盾，荷马居然写下了一百多行诗句，但他并不是将这盾作为一件现成品进行描绘，而是将其作为一件正在完成过程中的作品展开叙说，从而"把题材中同时并列的东西转化为先后承续的东西，因而把物

---

[1] [德] 莱辛：《拉奥孔》，朱光潜译，人民文学出版社 1979 年版，第 84—85 页。

体的枯燥描绘转化为行动的生动图画。我们看到的不是盾，而是制造盾的那位神明的艺术大师在进行工作"①。如果描绘一幅画，"荷马也把这幅图画拆散成为所绘对象的历史，使在自然中本是并列的各部分，在他的描绘中同样自然地一个接着一个，仿佛要和语言的波澜采取同一步伐。……我们在画家作品里只能看到已完成的东西，在诗人作品里就看到它的完成的过程"②。

　　莱辛的这些表述暗含着这样的意思：语言模仿图像，并非如图像模仿语言那样自然而然，顺势而为，而是极其困难，会遇到阻障，属于"不得已而为之"。因此，语言对于图像的模仿，只能扬长避短，或将空间物体时间化。个中真委在于，这种模仿必然伴随两种不同符号之间的冲突，即以描绘物体同时并存见长的图像符号，和以叙说事物先后承续见长的语言符号之间的冲突。这种冲突，就是语言模仿图像的"符号阻障"。在这一过程中，尽管诗人可以将前者转化为后者，也不过是"化美为媚"（使物体在动态中呈现美），但是毕竟属于权宜之计，最后把部分还原成整体，仍然是非常困难的，不可能像图像那样使物体同时并列地、完整地呈现出来。这就是语言的局限、诗的局限。正是在这一意义上，莱辛认为，所谓"诗如画"，只是相对而言，诗中的画并不是真正的画，它的效果也不可能和真正的画相提并论，只是诗语激活想象力所产生的那种效果。这种效果只能说明："由画家用颜色和线条很容易表现出来的东西，如果用文字去表现，就显得极困难。"所以，他警告诗人尽量不要去做这种傻事，否则就有可能惨遭失败！③

　　总之，正是语言和图像的符号冲突，导致前者模仿后者的阻障。所以，这种模仿必然表现为"逆势而上"。而图像模仿语言，只是选取其间"最富于孕育性的那一顷刻"，并不存在符号冲突，所以就表现为自然而然、"顺势而为"。现在的问题是：语言作为"强势符号"，在其模仿图像的过程中，即其逆势而上的过程，对于图像可能产生怎样的后果呢？莱辛并未就此有所论及，因为他并未面对过这样的问题。如果我们不限于莱辛的论域，将目光转移到中国文艺史，那么就会发现，语言模仿图像之"逆势而上"，并非莱辛

所论及的那样简单，中国题画诗（文）对图像的"延宕"和"遗忘"，就是
非常典型的例证。

有学者将中国的题画诗追溯到魏晋时代的"画赞"。① 但是，"反观魏晋
间的画赞，人物'赞'以叙事为主，物品'赞'则为咏物，其写法皆为客观
描述"②。"画赞"，或称"咏画诗"，属于广义"题画诗"，从魏晋到隋唐延续
着大体相似的特点。这些特点首先表现为，"咏画诗"并不题写在画面上，
二者的文本是分离的。其次，就咏画诗所"咏"内容而言，它的语言表述是
客观的，主要是为了"诠释"画面本身，其中的溢美之词也仅止于画面中的
人和物。杜甫的《画鹰》、白居易的《画竹歌》等，尽管也有发挥和寄托，
但仍属于常规性诗文修辞，并未游离画面上的"鹰"和"竹"。因此，语言
和图像的关系，在"咏画诗时代"不仅不存在冲突，而且产生了画龙点睛和
相得益彰的效果，二者是一种和谐关系。

真正意义上的题画诗应当出现在宋元。宋元以及此后的题画诗大多
题写在画面上，诗画开始共享同一个文本。这一新形式不仅使"诗"成为
"画"之不可或缺，也使中国画本身演变为一个新的"格式塔"。于是，诗
画关系被士人普遍关注③，"诗画一律"观念被普遍认同。宋元之后题画诗的
基本特点是"高情逸思。画之不足，题以发之"④。例如苏轼"春江水暖鸭先
知"（《惠崇春江晚景》）中的"鸭"，怎么能"知"水之冷暖呢？诗人如何知
道"水暖鸭先知"呢？也就是说，由"春"而"暖"、而"鸭"、而"知"的
引申，已经延宕出画面本身，僧人画家惠崇的《春江晚景图》没有、也不可
能画出"水之暖"和"鸭先知"。元好问的"画到天机古亦难，遗山诗境更
高寒"（《云谷早行图》）⑤，则成了画艺、诗论、怀旧和言志的别称，更是游

---

① 孙熙春：《诗与画的融通之始——浅论六朝题画诗》，《山东教育学院学报》2005 年第 6 期。
② ［日］青木正儿：《题画文学及其发展》，魏仲佑译，（台湾）东海大学《中国文化月刊》
　　1980 年第九期。
③ 此间出现了中国历史上第一部题画诗集，这就是宋人孙绍远编的《声画集》。此书编收历
　　代题画诗 8962 首，内容之丰富和分类之详尽，史无前例。
④ （清）方薰：《山静居画论》，人民美术出版社 1959 年版，第 130 页。
⑤ 《云谷早行图》原是一幅诗意画，作者不详，是对中唐诗人李益《早行》诗的模仿。元好
　　问这首同名题画诗的全文是："画到天机古亦难，遗山诗境更高寒。贞元朝士今谁在？莫
　　厌明窗百过看。"元诗高度褒扬《云谷早行图》的"天机"画艺和"高寒"画境，同时表
　　露了自己金亡不仕的悲壮和对"贞元朝士"李益的怀念。

离了画面本身。"元四家"之一王蒙有过之而无不及，他的题画诗《茅屋讽经图轴》，索性撇开由画面起句的传统，也没有详写"茅屋"和"讽经"本身，只有"一卷黄庭看未了"句，才可能使读者联想到"茅屋里吟诵《黄庭经》"的场景。① 可见，宋元之后的题画诗，主要功能已经不再是"诠释图像"了，"引申画意"成了它的主旨和取向。就此而言，两宋之后的题画诗，往往起于画题却"扬长而去"，或借题发挥以"比德"，或王顾左右而言他，大大超越了画面本身。于是，所谓"题画诗"，也就成了延宕到画面之外的"画外音"，成了绘画本体之外的"附加品"。

明清之后，题画诗和画本体的关系又有一变。特别是明中期以来，文人画不仅占据了中国绘画的主流，而且进一步发挥了宋元文人画的"文人性"。宋元文人画与先唐的画工（职业画家）画法并无太大差别，尽管其严谨性也在逐步松弛，即所谓"宋画刻画，元画萧散"。明中期之后，文人画则将严谨的画法视为"匠气"和"俗气"。"于是，中国画也就由正规的绘画性绘画，演化而为程式的或写意的书法性绘画。前者以董其昌、清六家为代表，称作'正统派'；后者以徐渭、清四僧、扬州八怪、吴昌硕为代表，称为'野逸派'。"无论是正统派还是野逸派，都"把画外功夫的修炼置于画之本法的修炼之上"，即"把诗文、书法、佛学、印学等看得非常重要，而把绘画专业的造型技术却看得相对次要。这样，题款在他们的绘画创作中，其意义也就更加空前地凸显出来，'诗画一律'变成了'诗画一局'，'书画同源'变成了'书画同法'"②。

徐建融先生所指出的这一事实，其实是语言对于图像的"驱逐"。特别是在野逸派的作品里，这种"驱逐"表现得最为明显。因为，此前的题画诗，如果将其删去，画本身仍是完整的、独立的，画本体的意义仍然清楚；但是，野逸派写意画家的作品就不同了，如果删去所题诗（文），作品就残缺、不完整了，画面的所指就变得很不确定。"例如，郑板桥的兰竹，去掉了题款，构图章法的疏密主次便会失衡，意境内容也会不明确，究竟是祝

---

① 王蒙题画诗《茅屋讽经图轴》的全文是："客来客去吾何较，山静山深事亦无。一卷黄庭看未了，紫藤花落鸟相呼。"

② 徐建融：《题跋10讲》，上海书画出版社2004年版，第12—15页。书法和印章都属于"语图一体"的艺术，关于这一问题以及它们和绘画的关系，我们将另文探讨。

图3 《竹石图》

寿的，还是嫉世的？抑或是自抒清高情怀的？"① 如此等等。郑板桥"以书入画"，将书法融入绘画本体，更是典型地表现了语言对于图像的驱逐。② 他那首著名的《竹石图》五言题画诗③，不仅和画面没有任何直接的联系，当推"比德"的极致（见图3），而且，他的画竹之法，也明显使用了书法用笔，具有浓重的书法韵味。就其题画诗的书写本身而言，他所独创的"六分半"书体④，似书似画，和画本体以及所"比"之"德"也相映成趣。于是，"书体"成了"画题"，而且更吸引人的眼球，更有意味。题画诗及其书体不仅驱逐了画面，也驱逐了画题。观者不再关注画面本身，画本体已经烟消云散。这和马格利特的"这不是一只烟斗"似乎有着异曲同工之妙。不同的是，马氏以语图悖反的

① 徐建融：《题跋10讲》，上海书画出版社2004年版，第14页。
② 郑板桥的《竹石图轴》，将诗题在峰峦上，代之以皴法，衬托出潇湘修竹的秀美。《竹石轴》在竹与石、竹与竹之间的空隙处，题上高高低低、正正斜斜的字，好像一座远山将竹石连成一个整体，丰富有趣。他还画过一幅竹，在竹的下方题了一片不规则的字，曰："以字作石补其缺耳"。他的另一幅《竹石图》，竹竿由右下方伸向左上方，顶天立地，而题诗则横穿过画幅中间，其"大都谦退是家风"诗句的"都"字，恰好位于竹竿处。画家为了不伤画面布局，采取穿插挤让的方法，使"都"字小部分在竹竿的右边，大部分在竹竿的左边，虽然"藕"断而"丝"相连。周积寅：《郑板桥书画艺术》，天津人民美术出版社1982年版，第22页。
③ 诗曰："咬定青山不放松，立根原在破岩中。千磨万击还坚韧，任尔东西南北风。"诗后署"充轩老父台先生政，板桥弟燮"12个小字，再钤"郑板桥"之阴文方印、"老而作画"之阴文长印。
④ 中国传统书学有"八分书"之说，指字势左右分布相背。郑板桥以"八分"杂入楷、行、草之中，独创了"板桥体"，世称"六分半书"。"六分"比"八分"略扁，每字往往有一两笔突出，大大小小、歪歪斜斜、疏疏密密、方方圆圆，通篇看去却浑然一体，人称"乱石铺街"。清人蒋士铨称板桥"写字如作兰，波磔奇古形翩翩"。郑板桥的这种创格和变体，一改当朝"滑熟"和"媚俗"之书风，但在中国书法史上毕竟是一支"偏锋"。

形式，造成语言对图像的解构；郑板桥则以语图唱和的形式，由画面扬长而去，忘却了画本体的存在。

正是对于题画诗的过度倚重，影响了中国画之绘画本体的发展。除却少数大家之外，许多作品的绘画语言十分粗陋、单调，画面造型抽象、含混，笔墨技法僵硬、生涩，甚或胡乱涂抹。现在，我们似乎可以理解，明清以来有些艺术家，从徐渭到齐白石，尽管他们多才多艺，但主要还是以画名世的艺术家，为什么并不看重自己的画品，将其列为自己全部艺术成就的末流，却对自己的诗、书、印十分得意。① 看来，这并非是他们的谦辞，也不是虚伪矫情或作秀卖乖，倒是中国题画诗在明清之后驱逐和遗忘绘画本体的真实写照。纵观明清至近代中国画，伴随着崇尚和倚重题画诗的风气愈演愈烈，绘画本体愈来愈演变为言说的由头，"以诗臆画"成了不言而喻的圭臬和共识。于是，画面语言的独立性几近被彻底遗忘。画家们在追求精神无穷大的同时，绘画之造型本体也被边缘化，直至归零。②

这样，在中国题画诗的语境中，就可以梳理出一条明晰的"语—图"关系史线索：魏晋至隋唐，题画诗对于绘画本体，主要表现为"诠释"关系，二者是和谐的。宋元之后，题画诗已经不再忍受画面的局限，开始溢出画体本身，延宕为"画外音"；但是，由于新"格式塔"的形成，二者互相不可或缺，相映成趣。明清以降，"援诗入画"演变为"援书入画"，"诗画同源"演变为"诗画同法"，题画诗及其书写方式对于绘画本体产生强烈冲击，其结果表现为前者对于后者的驱逐和遗忘，从而使语言和图像在中国画里的主宾位置被彻底颠覆。

很清楚，中国诗文进入中国绘画的过程，就是语言这一"实指符号"对于图像这一"虚指符号"的驱逐和遗忘过程。在这一过程中，语言作为"强势符号"，在"不得已而为之"的模仿中"逆势而上"，它的强力惯性带出了"尘埃飞扬"。"尘埃落定"之后，扬飞了的图像"剩余"和"残片"进

---

① 明代徐渭就曾自称"吾书第一，诗二，文三，画四"。（明）陶望龄：《徐文长传》。齐白石在评价自己的艺术成就时，也曾说过类似的话，称自己"诗第一，印次之，书再次之，画更次之"。（《文汇报》2004 年 12 月 14 日）

② 吴冠中就曾写过一篇《笔墨等于零》的短文，颇遭非议。见吴冠中《笔墨等于零》，江苏文艺出版社 2010 年版，第 192—193、194—197 页。

入了"漂浮状态"（福柯语），已不足以显现自身，脱离语言的辅佐已经难以象征清明而确定的世界。

　　其实，在语言和图像互文的历史上，前者对于后者驱逐和遗忘，并非从题画诗开始。早在《易经》，其卦爻辞对于卦爻符号的解释就是如此。郭沫若将《易经》中的阳爻和阴爻看作是"古代生殖器崇拜的孑遗。画一以像男根，分而为二以像女阴，所以由此而演出男女、父母、阴阳、刚柔、天地的观念"①。也有人不同意郭氏的说法，认为阳爻和阴爻是古代巫师举行筮法时所用的一种表数符号，与生殖器无关。无论哪种说法，都属臆测；只有一点是肯定的，即其卦爻作为图像符号，卦爻辞以及《易传》，都是对它的诠释和演绎。卦爻符作为图像符号一旦被语言反复诠释和充分阐发，它的本义是什么已经无关紧要，生殖符号还是筮法符号已经无人再去关心，所关心的只是它那被无限延宕的意义，即语言符号的所指内涵。我们可以将这一现象统称为"得意忘图"。

　　综上所述，语言和图像的相互模仿及其"顺势"和"逆势"问题，早在莱辛的《拉奥孔》就有涉及。他摒弃了陈腐的"精神决定论"，选择从语图的不同符号属性进行阐发，从而将这一问题落实到客观的学理层面。② 但是，18世纪的莱辛并未面对"文学遭遇图像时代"的窘境，莱辛当年所论及的诗画关系也是分体存在的。如果沿着莱辛的路数继续前行，将这一问题纳入当下语境，那么我们就会发现，这一论题其实蕴涵着非常深刻、非常具有现实性，因而也是非常值得探讨的意义。例如，语言一旦进入图像世界，它们合二为一（语图合体），开始共享同一个文本时，语图关系可能发生怎样的境况？这就需要我们借鉴现代符号学，基于中外"语—图"关系史进行重新审视。我们发现，语言和图像，作为人类最基本的两种符号，"实指"和"虚指"是它们的基本属性。语言是实指符号，因而是强势的；图像是虚指符号，所以是弱势的。当语言进入图像世界，即二者合为一体、共享同一

---

① 郭沫若：《中国古代社会研究》，科学出版社1961年版，第26页。
② 之所以强调莱辛的这一贡献，就在于我们的文学研究方法，即以思想史为主流话语的文学研究，恰恰是莱辛所鄙视的。思想史（或称"主题学"）的文学研究法，将文学仅仅作为思想的文献，违背了"文学是语言的艺术"这一常识，带有极强的主观性。作为形式美学之一的符号学美学就不是这样，讲究文本的客观性，从而使文学研究落实到客观的学理层面。

个文本时，它们的符号属性以及由此所决定的强势和弱势，不但不会有任何改变，反而有可能导致语言对于图像的驱逐。所谓"驱逐"，有两种不同的情势：1.在语图悖反的情势下，如马格利特的"烟斗"连续画，前者对后者的强势和驱逐表现为"解构"，语言颠覆了图像的"相似性确认原则"。这是语图合体的特例。2.最一般的情势是"语图唱和"，但是语言绝不会忍受图像的局限，例如中国的题画诗，由画题引申而去，或补其不足，或延宕而"比德"。延宕"比德"的后果同样表现为语言对于图像的驱逐，但同"语图悖反"情势下的驱逐很不相同，后者更像是一种"遗忘"，或者说是一种"遗忘性驱逐"。由是观之，在语言和图像的互仿中，语言失去的只是自身的非直观性，它所得到的却是"图像直观"这一忠诚的侍臣。同理，在语言艺术大举进军影像世界的今天，例如影视创作中的文学改编，现代影像不过充当了文学的载体和工具。恰如古之"文以载道"，今则"图以载文"。无论怎样的改编，即便曲解或解构，也不会导致原作有任何改变。如果遭到非议，也是改编作品本身，文学原典依然故我。与其说现代影像技术将文学边缘化，不如说文学是在借助新媒体自我放逐，涅槃再生，再再生，乃至无穷。

（原载于《中国社会科学》2011 年第 3 期）

象棋之喻：语言符号的差异性与非历史性

——索绪尔手稿研究之一

屠友祥

索绪尔《论印欧语元音的原始系统》着眼于各个音位组成的系统，其中诸要素的相互对立构成价值，语音的价值是否定的，相对的，相区别的。彼此否定而差异的要素形成共时的语言状态。索绪尔 1891 年 12 月 30 日致 Gaston Paris 函，道："我认为绝不存在历史的形态学（或语法），反过来，也绝不存在即刻的语音学。连续的各个语言状态之间的联系可归结为语音的联系；同样状态的诸要素之间的联系则相反，可归结为形态学的联系。"① 形态学的联系是共时态的联系。其中各个要素彼此之间相互区别，因差异性而各自具有意义，含有价值。"在一副国际象棋当中，如果脱离棋局的观察角度，探问王后、卒、象或马是什么样，那是荒唐的。同样，如果从每个要素本身是什么来探究语言系统（la langue）究竟为何，也是毫无意义的。要素仅仅是零件而已，其价值依据它与其他零件照某种约定形成的相对而定。"② 要素和棋子的价值取决于它在棋盘或语言系统中所处的位置，或者说取决于与其他要素和棋子的相关、相对。每个符号的价值说到底"由周围的符号来赋予"③，一符号与周围的符号处于相关或相对的状态，这种相关或相对要么是显性的，也就是处在横组合关系中，是言说的各个要素的组合和连接，

---

① Marc Décimo, éd., "Saussure à Paris", *Cahiers Ferdinand de Saussure*, n°48, 1995, p.79.

② F. de Saussure, *Écrits de linguistique générale*, texte établi et édité par Simon Bouquet et Rudolf Engler, Paris：Éditions Gallimard, 2002, p.67.

③ F. de Saussure, *Écrits de linguistique générale*, texte établi et édité par Simon Bouquet et Rudolf Engler, Paris：Éditions Gallimard, 2002, p.68.

符号和符号处在相邻性的状态；要么是隐性的，处在纵聚合关系、联想关系中，每个符号和要素都潜在地蕴含着与之相似或相反的符号和要素，它存在于言说者的大脑里。要素、棋子和符号的意义与价值，由明显和隐含、相邻和相似两种形态的相对（相关）而构成。

声音形态成为形式，是因为它在言说者的语言意识里具备了区别性特征，它作为符号与其他符号的差异关系导致的效果和意义也是显在与隐含并存的。索绪尔写道："我们把声音形态引入叫作语言的诸符号的相互作用内，从这一决定性的瞬间开始，声音形态就成为一种形式。废存于船舱底部的一小块布片就以同样的方式成为一种信号，此刻，它（1）与其他符号同时并排吊起来，且共同达成了某种意义；（2）在许多个其他原本可能已经被吊起来的符号中间，它与它们共同合成的记忆印象同样也达成了（意义）。"[1] 索绪尔说一小块布片成为信号（符号），就在于他与其他符号相互作用的关系而实现的，这时候它具有了意义。这种意义是由相邻性合成的，也是由相似性集聚而成的。相邻性以语法的形态呈现，是约定俗成的，相似性以词典的形态呈现，存在于言说者心智的想象和记忆里。后者产生的意义纷繁复杂，因人而异，是艺术语言的着力之处，但无论如何都需要以大家能理解的语法结构、句子形态表现出来，以集体约定的方式呈现出来。索绪尔用国际象棋来譬喻语言系统，着眼的正是"功能（价值）是约定的"[2] 这一点。状态、位置与历史、事件、走法没有关系。索绪尔以国际象棋来比拟语言符号的差异性和非历史性，在下面这段话中表达得最充分，我们予以详尽地引录：

如果符号理论是无懈可击的，那么，我们从心智和符号任何时刻都具有的根本冲突出发，即便历史的偶然不是已知的变数，它也只能预先产生这样那样的位移（变换），可对它预先设想，预先归类。我们一开始就漂流于科学之域，这科学对（引按：索绪尔原手稿此处破碎。以下此类情形均以方括号表示）很反感，也就是说，漂流于语言组合

---

[1]　F. de Saussure, *Écrits de linguistique générale*, texte établi et édité par Simon Bouquet et Rudolf Engler, Paris：Éditions Gallimard, 2002, p.38.

[2]　F. de Saussure, *Écrits de linguistique générale*, texte établi et édité par Simon Bouquet et Rudolf Engler, Paris：Éditions Gallimard, 2002, p.114.

（或谓语言状态）的一系列多样性之域，语言组合（语言状态）是由偶然造成的，其所处的多样性很可与一盘棋局的多样性相比拟。不过，状态和棋局的多样性当中的每种情形或什么也不造成，或导致精严的描述和判断，然而它不引出不确定的论断，这种论断以棋局和状态之外的情形为依据，借口就是外部力量（弈棋者）或历史事件（先前走的一步棋）改变了各个棋子的位置，借口先前王的位置或词 x 的状态与现在的情形大不相同。

创立原理之前的语言理论家和葆朴之后的语言学实践家，始终将抽象的整体语言（语言系统）看作象棋的位置（既没有之前，也没有之后），考虑这一位置上各个棋子各自的价值和威力。

历史语法发现存在象棋的各种走法，就嘲笑前人。他只知道各种走法的后果（连贯性）而已，据此就断言对一盘棋有全局的看法，他并不关心位置，长久以来位置都不配吸引他的注意力。不过，这两个错误就其后果来说很难讲哪一个更深远或更巨大，它们片刻都不能吸引我们，但完全可以确信语言只能与一盘棋的整体观念相比拟，即同时包含各种位置和走法，同时包含连续展开当中的各种变化和状态（为了将极其根本的特征引入比拟之中，什么也阻止不了我们将弈棋者设想为十足的蠢蛋和傻瓜，就好比在……当中语音及其他事件的偶然性）〔〕：如此，我们会寻思，这无论怎样本质上都属双重性之物，是否从根本上讲更是历史性之物，或从根本上讲更具抽象性，凭借不可改变的基本条件摆脱历史的强制力，这基本条件在一副象棋当中就是最初的约定，它重现于每一走法之后，在语言当中，则是与心智相对之诸符号的完全不可避免的效力，它在每一事件、每一走法之后确立自身。简单的例子：fōt：fōti；复数的符号是 i。象棋的走法，因而就是诸词语之间的新位置：fot：foet；复数的符号现在是 ō：oe 的相对（不管我们愿意与否）。但是这两类位置本身从根本上与事件没有任何关系，位置是由事件导致的，如果我偶然在 kamtchadale 拥有〔〕，也一样没有任何关系，如果我于特定时刻在两盘完全不同的棋之后到达了同样的棋盘位置，也是与事件没有任何关系。

要点重述：正是由于这点，使得我们对语言的本质没法确定地表达，或者某个了不起的人看样子能够说出它的本质，因为从根本上讲它具有双重性：这点是至关紧要的真理。

对心智来说，棋的位置的特性和棋的走法的特性（假定弈棋者是个蠢蛋）两者间实际上没有任何类同之处，因为或者即便人们设想棋的走法受到了某位〔〕的指引；另外，两个完全不一样的东西，哪一个构成了对整体更具决定性的方面，以便将它归在什么类之下，实际上是没法这样说的。①

索绪尔区别外部语言学和内部语言学，也是拿国际象棋作参照和类比的。语言学和民族学、语言和政治史、语言和各种制度的关系，以及语言地理学等等，凡与语言系统无关的，索绪尔统统称为外部语言学。就好比"国际象棋由波斯传到欧洲，这是外部的事实"，"把木头的棋子换成象牙的棋子，这种改变对于系统是无关紧要的"。而"一切与系统和规则有关的，都是内部的"，"一切在任何程度上改变了系统的，都是内部的。"②

这里，棋子、要素或项以及它们所处的位置或状态，都牵涉系统问题，索绪尔称之为语法、棋法。其中要素或项是异质的，概念和听觉印象、意义和符号、所指和能指是最基本的两种异质要素，然而它们在精神上、心智上却具有同质性。在索绪尔眼里，它们都是"纯粹意识的事实"，彼此之间都属"心智的范畴"③。"听觉印象不是物质的声响，而是声响的精神印记。"④ 两类异质要素从纵向聚合层面构成符号整体：

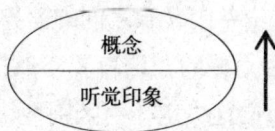

概念

听觉印象　↑

同时 A 符号整体又与 B 符号整体从横向组合层面构成横组合段：

---

① F. de Saussure, *Écrits de linguistique générale*, texte établi et édité par Simon Bouquet et Rudolf Engler, Paris：Éditions Gallimard, 2002, pp.206-208.

② [瑞士] 索绪尔：《普通语言学教程》，高名凯译，商务印书馆 1980 年版，第 46 页。

③ F. de Saussure, *Écrits de linguistique générale*, texte établi et édité par Simon Bouquet et Rudolf Engler, Paris：Éditions Gallimard, 2002, p.19.

④ [瑞士] 索绪尔：《索绪尔第三次普通语言学教程》，屠友祥译，上海人民出版社 2007 年版，第 84 页。

A 项　　　　　　　　B 项

前者呈现了语言符号的任意性，后者则展现了语言符号的线性特征。

这些语言要素进入言说者的意识当中，形式和意义、能指和所指、听觉印象和概念处在相互限定的关系中，我们凭借形式掌握意义，同时，我们也凭借意义掌握形式，这是通过言说者的意识实现的。无论在纵向聚合的层面，还是横向组合的层面，抑或两者参合的层面，符号都在我们的心智中构成为一个整体。索绪尔如此表述："（符号／其意义）＝（符号／其他符号）及其他什么＝（意义／别的意义）。"① 倘若我们取符号或形式为立足点，则产生与意义、与其他符号、与其他符号的意义等等的关系，反之，倘若取意义为立足点，也是如此。其中状态的形成处在变易的过程当中，并不固着不变，任何一个要素或棋子的移易，都即刻产生新的状态。这说明状态的诞生并非源于某种可推衍或追溯的历史性，而是由于要素和棋子的偶然作用导致的。语言状态和棋局的多样性也因此而形成。

共时的棋局或语言状态之中的每个棋子及要素的存在价值，在于它在系统当中所处的位置，也就是它与系统其他要素的关系。这种关系是因棋子和棋子、要素和要素、项和项之间的相关而相对方才形成的，或者说，它们是具有差异性的，其各自存在的价值完全取决于关系，而不取决于自身。其自身不具有独立存在的价值。索绪尔的论断是："语言的各个项、要素的种种差异不是诸如化学之类当中各个元素之间的差异。"② 化学元素本身具有实存的、固定的价值，是确定不移的；语言要素或棋子的价值则纯粹由状态、系统或棋局决定，由关系和位置决定，由区别性特征决定，它自身则是游移不定的。索绪尔就此拟定了这样一个原理或命题：

无论从怎样的视角考虑语言的本质，语言都不由绝对或肯定性的价

---

① 屠友祥：《索绪尔手稿初检》（附录：索绪尔手稿选编及中译文），上海人民出版社 2011 年版，第 296 页。

② F. de Saussure, *Écrits de linguistique générale*, texte établi et édité par Simon Bouquet et Rudolf Engler, Paris：Éditions Gallimard, 2002, p.64.

值系统组成，而由相对而否定性的价值系统组成，仅凭价值的对立效果而存在。

　　任何语言或语系都不存在这样一个事实：可以被显示为这种语言或语系的稳定而统一的特征。①

语言要素本身是空无的，它之获取价值，在于它与其他语言要素的差异，或者说，在于此语言要素不是彼语言要素这样一层否定性的关系，它与其他要素因差异或否定性关系而获取价值，因自身存在本性的空无而获取自身存在本性的充实。

区别性特征呈现为一种形式，是此种形式与彼种形式相区别的语言事实。照索绪尔的看法，我们之所以能获得"不定过去时"的意义，完全是从形式本身那儿来的。"如果形式之中并不存在某种特殊之物，就不可能析离出任何一个概念，可将此概念取名为不定过去时。"② 这里所谓的"特殊之物"，就是区别性特征。不过区别性特征不是先在地、固定地存在的，而是偶然地导致的，是一种偶然之物。偶然性是其空无性的自然生发，空无的，必然也是偶然的。

形式是差异的展现。意义和价值既因差异关系而赋予，则我们对概念、所指的获取就凭借形式的区别性而得到，反过来，我们对形式的区别性的认知，也同样是由于我们对概念、所指的区别性的领会而来。我们不能分离地、固定地、绝对地讨论概念 a 或形式 A，也不能固定地从形式出发来确定概念，不能固定地从概念出发来界定形式。如果一定要说有固定的关系的话，那也是形式和概念相互界定的不确定性、不固定性。或者说，一切都是不固定的，唯一可固定的是诸要素处于不固定的关系中。索绪尔的意见是："实际上语言当中既没有概念的限定，也没有形式的限定；只存在经由形式的对概念的限定和经由概念的对形式的限定。"③ 因此，我们体认到的符号整

---

① 屠友祥：《索绪尔手稿初检》（附录：索绪尔手稿选编及中译文），上海人民出版社 2011 年版，第 331 页。
② 屠友祥：《索绪尔手稿初检》（附录：索绪尔手稿选编及中译文），上海人民出版社 2011 年版，第 295 页。
③ 屠友祥：《索绪尔手稿初检》（附录：索绪尔手稿选编及中译文），上海人民出版社 2011 年版，第 296 页。

体，不仅仅是"所指 a/ 能指 A"、"概念 a/ 形式 A"的关系，因为所指、概念 a 与其他的所指、概念 bc 等等也处于相对或相区别的不固定的关系中，形式、符号、能指 A 与其他的形式、符号、能指 HZ 等等同样也处于相对或相区别的不固定的关系中。如此，我们应关注符号和意义的整体性。索绪尔对概念、所指、意义 a 与形式、符号、能指 A 的关系表述为："a/A＝a/AHZ＝abc/A……"① 我想应该从相对或相区别的不固定的关系来理解。这正是索绪尔从言说的主体的心智出发，界定符号整体为"（符号 / 其意义）＝（符号 / 其他符号）及其他什么＝（意义 / 别的意义）"② 的确切含义所在。[引按：这里（符号 / 其意义），照索绪尔通常的表述法，应写为（意义 / 其符号）]

就因为我们是从概念之间的差异性关系（意义 / 别的意义）认知符号整体，则从语言学角度讲，语言要素本身不具有固定的意义，它之所以有意义，是因与别的意义相对相区别而赋予的，因而语言要素的内涵是空无的，它之所以得到充实，乃因与其他意义共存而导致。这种共存，或是显在地并依，或是隐性地潜存于言说的主体的记忆里。如此，言说的主体的意识是导致意义的关键所在。索绪尔注意到道德性的词语，如"犯罪"与"激情"、"美德"与"邪恶"、"谎言"与"诚实"、"藐视"与"尊重"之类，在语言学中完全具非道德性。他道：

这种非道德性如果是可证实的事实，我肯定就不会认可任何人有权利去隐匿语言所具的非道德性，或不会认可仅仅以这事实令我们不舒服为借口就拒绝确认客观事实。大家都无法摆脱语言的根本缺陷，然而道德如何比思想体系的其他分支受到这根本缺陷的更多损害，这点我倒看不出来。

我们已随其他所有研究者一道指出过这种缺陷，它是：没有独一无二的具体对象，某个词可恰如其分且非其莫属地专用于这一对象；这不

① F. de Saussure, *Écrits de linguistique générale*, texte établi et édité par Simon Bouquet et Rudolf Engler, Paris：Éditions Gallimard, 2002, p.39.
② F. de Saussure, *Écrits de linguistique générale*, texte établi et édité par Simon Bouquet et Rudolf Engler, Paris：Éditions Gallimard, 2002, p.39.

是消除这些具体对象的存在。同样，也没有独一无二的道德现象，我们可用某种词语恰如其分且非其莫属地将其含纳。但这丝毫也不损害这些道德现象的存在。这可以作为一个值得探究的问题提出来，就是到什么程度词才与确定的道德现象相对应，就好比必须探究到何种程度譬如阴影的观念与确定的具体现象相对应。这两个研究系列不再属语言学的范围。在不越出语言学领域的情形之下，我补充一句，就是那经由我们直接意识的掌握方才存在的道德现象，作为语言要素可能比作为具体现象要远为重要得多，具体现象总只是以极其间接且不完整的方式进入我们的意识。①

我是这样理解对索绪尔的这一重要的论断的。在语言中，道德性的词语都是处于相对或相区别的关系，从而获取其意义，并没有一个独立而永存的客观的语言事实。具体的道德现象，譬如"美德"，当然是存在的，但作为语言要素，作为需经我们这些言说者的心智而掌握的语言要素，则不是单独存在的，它与其他显在的"美德"并列或关联起来，与其他潜存于我们意识深处的"美德"并列或关联起来，与显在的或潜存于我们意识深处的对"邪恶"的体认并存或相区别，所有这些共存的语言要素合成了"美德"的意义。它作为显在和潜存、横向组合和纵向聚合兼具的语言意识，具有整体性，因而在索绪尔眼里"美德"的语言意识远比"美德"的具体现象重要。

然而问题在于最终如何获取整体性，或者说人类有意识地追求整体性是否可能？如果我们寻求确定的、肯定的语言事实，则穷尽一生恐怕也难有满意的结果。具体的语言事实拥有无限性，索绪尔将语言学研究对象凝定为抽象的整体语言，凝定于差异性、否定性和关系性，缘由正在于欲以有限驾驭、掌握无限。

> 即使拿铁和橡树为例，我们也不能穷尽我们已经赋予这些词的诸
> 多意义（或诸多用法，这是一回事）的总和，仅仅拿铁与两三个像钢、

---

① 屠友祥：《索绪尔手稿初检》（附录：索绪尔手稿选编及中译文），上海人民出版社 2011 年版，第 294—295 页。

铅、金或金属那样的词相比较，只是以橡树跟柳树、葡萄树、树林或树木之类的词相比较，就已呈现为是件没完没了的工作了。至于穷尽蕴含于跟灵魂或思想相对照的心智的内涵，或者蕴含于跟步行、穿过、缓步而行、蜂拥而至、到来、前往相对照的行进的内涵，这是件终身的工作，一点也不夸张。既然十五六岁的时候，我们不光对这些词，而且对另外成千上万的词的内涵都已经有了敏锐的意识，这种意义显然取决于相对照的诸价值的纯粹否定的事实，因为用以掌握诸符号的肯定的（确定的）价值所需的时间实际上千百倍于此也是不够的。①

索绪尔关注语言状态的同时性，确断语言的非历史性，在理路上也与此血脉相连。不错，一个词的意义是历史沉积的结果，但从根本上说，无论它处于什么时代，总是与其他符号共时地并存，它的意义取决于它这个符号不是、不同于其他符号这一否定性（此非彼）。第欧根尼对亚历山大说："你挡住了我的太阳！"在索绪尔看来，此时的"太阳"所具有的意义就在于它是"阴影"意义的否定②。当然，一般说来这种否定性牵涉潜存于记忆内的沉积，但其显现却是共时的，是同时并现的。索绪尔否认词与物、符号与对象之间具有对应关系，唯一存在的只是符号与符号之间的差异关系、否定关系。一个词或符号的绝对确定、完全肯定的意义是不存在的，它永远呈现为差异性和共时性，从而获取某个语言状态中的意义。语言具有模糊性，然而这种模糊性却在特定的语言状态中、在共时的差异关系或否定关系中达到和实现了精确性。如果从确定而绝对的意义、价值来说，永远是"言不尽意"或"词不达意"的，然而语言凭借否定关系、差异关系这一至简至善的运作方式在特定的语言共时状态下接近于完满地达臻了尽意达意的境地，语言力量的源泉就在于否定关系和差异关系。

差异也好，关系也好，都不能归结为固定的实存之物，不能从固定的视角出发对其进行探究，它们只是诸要素之间相区别、相否定的特性而已。索

---

① 屠友祥：《索绪尔手稿初检》（附录：索绪尔手稿选编及中译文），上海人民出版社 2011 年版，第 328 页。

② F. de Saussure, *Écrits de linguistique générale*, texte établi et édité par Simon Bouquet et Rudolf Engler, Paris：Éditions Gallimard, 2002, p.75.

绪尔对此反复地明确表达："存在。无物存在，至少（在语言学领域）绝对地无物存在。……无物被天然地限定或给定，无物直接确凿地存在着。"① "在差异那儿任何时刻、任何地方都丝毫不具有确定而稳固的基准点。"② "任何出发点或固定的基准点在语言当中都不存在。"③ "不仅不存在（差异的）确定的两项，而且只存在诸种差异；而且这些差异是由形式和体认到的意义的结合而导致的。"④ "要是我没弄错的话，其他领域的不同的思考（观察）对象，可以说即使不是作为实存之物本身，至少也是作为某种概括之物或确定之实体，作出不同的表述（至少是可能将事实推进到形而上学的极限，或知识问题的极限，而我们对此却完全没作考虑）；如此，语言科学看来别具一格：它应探讨的对象本身完全不具备固有的实存性，或完全与其他要考虑的对象各自分离开来；这些对象存在的根基只有它们的差异，或心智想方设法隶属于根本之差异的不论任何类别的种种差异，除此之外，绝对没有另外什么了（不管怎么说，它们彼此之间的差异构成了它们各自的整个存在）；但是我们一点也离开不了差异之两项这种根本而否定性的要素，而不是一项要素的种种特性。"⑤ 真正存在的，唯有差异而已。差异存在，方才存在语言事实。"所研究的事实只有在那些与之相对比的种种事实的影响之下方才真正存在。"⑥ "任何语言事实脱离了与其他语言事实相对比的境况，从这时候起，哪怕是一瞬间，这事实本身也就不存在了。"⑦

　　差异的呈现是个否定性的事实，我们的心智确认了这类事实，从而使

① F. de Saussure, *Écrits de linguistique générale*, texte établi et édité par Simon Bouquet et Rudolf Engler, Paris：Éditions Gallimard, 2002, p.81.
② 屠友祥：《索绪尔手稿初检》（附录：索绪尔手稿选编及中译文），上海人民出版社 2011 年版，第 313 页。
③ 屠友祥：《索绪尔手稿初检》（附录：索绪尔手稿选编及中译文），上海人民出版社 2011 年版，第 296 页。
④ 屠友祥：《索绪尔手稿初检》（附录：索绪尔手稿选编及中译文），上海人民出版社 2011 年版，第 314 页。
⑤ 屠友祥：《索绪尔手稿初检》（附录：索绪尔手稿选编及中译文），上海人民出版社 2011 年版，第 313 页。
⑥ 屠友祥：《索绪尔手稿初检》（附录：索绪尔手稿选编及中译文），上海人民出版社 2011 年版，第 313 页。
⑦ 屠友祥：《索绪尔手稿初检》（附录：索绪尔手稿选编及中译文），上海人民出版社 2011 年版，第 314 页。

之具有价值。也就是说，差异源自否定性，这种否定性得到了明确，就转化成了肯定性，这是事后反思的结果。不过，事后反思、归并或同化在很大程度上是有意识的行为，而差异或区别性特征的呈现是无意识的、偶然的，并不是有意寻求的结果。索绪尔常拿国际象棋比拟语言状态，但总是刻意强调下棋者是有意识的，而语言状态的达成是无意识的，所以他总是说那下棋者最好是"十足的傻瓜"，意思也指最好是接近于无意识。索绪尔道："语言总的说来是两种符号 ba 和 la 构成的，心智的模糊感知之总体必然处在或是归属于 ba 或是归属于 la 的位置上：只存在着 ba/la 的差异而没有另外的差异，这一简单的事实让心智发现了区别性特征，使一切都能有规律地归在第一项或第二项之下（譬如固体 solide 和非固体 non-solide 的区别）；在这种情况下，实际知识的总和以共有特征来呈现，共有特征会聚归于 ba 物，以及共有特征会聚归于 la 物；这种特征是肯定性的（明确的），但心智实际上只寻求否定性的特征，可以在 ba 和 la 之间作出确断的否定性特征；它并不想归并和协调，它只是想作出区别；总之，它仅仅想作出区别，因为不同符号呈现的具体事实引得它这样，实际上强制它这样做，跟它的（意欲）无关。"①事后的反思所取得的肯定性最终还是因符号整合体现在和隐在两方面特性的交汇而游移不定，所以不能作为根本的立足点。立足点只能是区别本身而已，这是语言状态的强制性决定的。这种否定性是语言的存在状态，但这一存在状态不具有固定的实存性。每一个语言要素都不具备独立的存在特性，其存在特性存在于它与其他语言要素的关系之中。索绪尔说词与物之间没有对应关系②，也就是指只存在语言要素之间的关系，倘若词、要素与物有关，那么，物都有自身固有的存在特性，与之相对应，词、要素也就必然具有自身固有的存在特性了。问题的关键其实还是在于人类的心智对要素和要素之间的关系容易把握，通过关系可迅速掌握要素的存在特性。而孤立地寻求要素本身的存在特性，则几乎是不可能的。

　　如此，怎样思考和观察这种关系，就自然而然地要求我们予以解决。

---

① 屠友祥：《索绪尔手稿初检》（附录：索绪尔手稿选编及中译文），上海人民出版社 2011 年版，第 339—340 页。

② F. de Saussure, *Écrits de linguistique générale*, texte établi et édité par Simon Bouquet et Rudolf Engler, Paris：Éditions Gallimard, 2002, p.328.

我们思考语言事实，不管怎样都免不了要有据着之点，但这种据着之点是想象的产物，并不是事实本身。索绪尔对视角、视点、语言单位的大量思索，应该说完全是基于认识这种关系为出发点的。索绪尔写道："要素、项（参照'存在'）——由于作为前提条件的（内在的）语言存在物本身完全缺失了，要是脱离了明确的视角，就不存在任何可界定并有效的要素、项了。如果我们转到视角 B，就不再允许使用取自视角 A 的要素、项了。"① "诸如作为、从……视角的表达在语言学中让人颇费思量。在别的学科，探究对象的各种方式是存在界限的，这界限由对象本身呈现出来。在语言学中，我们会寻思探究对象所取的视角见到的是否并非对象的全部，由此最终产生我们是否根据某个确切的对象这唯一的基点的疑惑，或是疑惑是否仅仅只存在我们的不胜枚举的不确定的视角，再也没有别的什么了。"② "'看作'……'作为'……但由于根据差不多不可胜数而且还是合情合理的视点把群体语言和个体语言的每个要素看作另外一个东西，我们可以居于那些视点观察每个要素，最终（可以归结它们，确定它们），这些视点本身也必须予以讨论，将其纳入系统的分类之中，这种分类可确定每个视点各自的价值。"③ 可见索绪尔对视角的考虑最终还是将其置于系统之内，这样就既保持住了视角带来的认识上的便利，同时又将其不可避免地固着于一端的局限消除了，消弭了视角特有的想象性、虚构性。

单位、要素、项都是想象之物，索绪尔时刻都不忘提醒其存在的暂时性、权便性。"因为语言中不存在任何确定的单位（任何我们可想象的范畴或种类的单位），这种单位完全取决于差异，单位实际上永远是想象之物，只有差异才是存在的。然而我们只得借助于确定的单位方可着手，（因为若是没有这些）几乎从一开始就不可能掌握事实（现象）的总体。不过，记得这些单位仅仅是我们（心智、意识的）没法避免的权宜之计，这是至关重要的：我们一旦确定了单位，就意味着我们大家约定让它处在（四元法诸项之

---

① F. de Saussure, *Écrits de linguistique générale*, texte établi et édité par Simon Bouquet et Rudolf Engler, Paris：Éditions Gallimard, 2002, p.81.

② F. de Saussure, *Écrits de linguistique générale*, texte établi et édité par Simon Bouquet et Rudolf Engler, Paris：Éditions Gallimard, 2002, p.67.

③ 屠友祥：《索绪尔手稿初检》（附录：索绪尔手稿选编及中译文），上海人民出版社 2011 年版，第 328 页。

间三元关系的运作）这一侧，以便暂时地赋予（形式或意义）独立的存在特性。"① 单位和要素的想象性是语言科学所特有的，这表明它们是空无的，不具自性的，同时也表明单位存在于人类的大脑里，是心智运作的凭借，也是心智运作的结果，是一个得到建立的心理现实，我们具有赋予这种空无之物精神性的能力。此类能力是无限的，我们可对这种无限的能力进行有限的运用。单位和单位的运用具有同一性。不过，这种心理现实的运用、交流和传递在很大程度上却是无意识的、机械的。

（原载于《文艺理论研究》2011 年第 6 期）

---

① 屠友祥：《索绪尔手稿初检》（附录：索绪尔手稿选编及中译文），上海人民出版社 2011 年版，第 304 页。

论文艺与经济

金元浦

  文艺与经济之间的关系，是当代文艺学研究最少的问题之一。经济几乎从来没有在当代文艺理论的研究中占据过重要地位。现实存在的文艺的经济特征在文艺理论的研究中长期处于被遮蔽的"缺失"状态。在我国目前文艺理论的众多教科书中，尚无对文艺与经济关系的翔实论述。这与当下文艺发展的现实状况极不相称。而文艺的经济特征，文艺的市场运营，文艺的消费形态，文艺的出版与版权经济，文艺的网络传播与营销，文艺的文化资本与符号经济，文艺作品的拍卖与改编，文艺企业的上市与投融资，文艺体制的改革与创新等一系列与文艺当下的现实存在息息相关的重大问题都还没有得到深入的探讨。这是文艺发展的现实向我们发出的挑战，我们必须给予回答。本文首先从马克思、恩格斯对于文艺与经济关系的相关论述入手，探讨马克思主义研究文学的经济学视角，马克思主义的文化生产力学说，以及当代文化产业与艺术经济发展的新问题与新格局，以引起文艺学界的广泛关注和深入讨论。

  马克思主义文艺学与历史上其他文艺思想的根本区别之一，就是马克思主义文艺学是从政治经济学和哲学入手的，特别是从政治经济学入手的。但以往的研究往往忽略了马克思主义尤其关注文艺与经济的关系，关注文艺中的经济学问题，关注在资本主义商品市场条件下文艺的流通运作的特点。恩格斯在概括马克思对人类文化的两个伟大贡献时指出："正像达尔文发现有机界的发展规律一样，马克思发现了人类历史的发展规律，即历来为繁芜丛杂的意识形态所掩盖着的一个简单事实：人们首先必须吃、喝、住、穿，然后才能从事政治、科学、艺术、宗教等等；所以，直接的物质的生活资料的生产，从而一个民族或一个时代的一定的经济发展阶段，便构成基础，人们的国家设施、法的观点，艺术以至宗教观念就是从这个基础上发展起来的，因而，也必须由这个基础来解释，而不是像过去那样做的相反。"① "不仅如此，马克思还发现了现代资本主义生产方式和它所产生的资产阶级社会的特殊的运动规律。由于剩余价值的发现，这里就豁然开朗了，而先前无论资产阶级经济学家或者社会主义批评家所做的一切研究都只是在黑暗中摸索。"② 马克思主义的全部理论基础奠基于这两个伟大发现之上，马克思主义文艺学也理所当然地要以之为基本出发点。

一、马克思的"艺术生产"不是一种隐喻式的"借用"

如果我们比较全面地研究马克思的著作，就不难发现马克思最为重要的艺术和美学理论，常常不是从哲学，而是从经济学的角度提出来的。恩格斯就曾指出，马克思的"全部理论内容来自对政治经济学的研究"。仅仅强调马克思的美学和文艺观是从哲学出发的，这既不符合实际情况，也不利于我们全面把握其文艺观与其整个思想体系的关系，以及与其他美学家、文艺学家的重大区别。马克思之前的美学家与文艺理论家，尤其是德国古典哲学家、美学家如康德、黑格尔等，大多是从人类意识的角度来进行美学与文艺理论研究的。当时在德国，政治经济学一直是外来的科学。马克思、恩格斯则不同，他们不仅对德国古典哲学进行了深刻批判，而且对古典经济学中的美学与文艺思想进行了批判与改造。他们从人的社会本质出发，把艺术和美学作为一种特殊的生产实践，作为奠基于一定经济关系之上的社会实践来理解。这就从根本上与他们之前的美学家、理论家划清了界限。

在《1844年经济学哲学手稿》中，马克思就曾指出他的结论（包括文化的、艺术的、美学的）是在对国民经济学的认真批判研究的基础上，通过完全经验的分析形成的。此后，在《政治经济学批判大纲》、《〈政治经济学批判〉导言》、《资本论》、《剩余价值理论》等一系列著作中，马克思都表述

---

① 《马克思恩格斯选集》第3卷，人民出版社1995年版，第776页。
② 《马克思恩格斯选集》第3卷，人民出版社1995年版，第776页。

论证或渗透了其文化、美学与艺术观念，以独特的经济学视角，开创了文艺与美学理论研究的崭新途径。

19世纪40年代，马克思写作《关于费尔巴哈的提纲》，而后又与恩格斯合作完成《德意志意识形态》，对唯心主义和旧唯物主义政治经济学进行了严肃的批判。正是从经济关系入手，马克思、恩格斯提出："支配着物质生产资料的阶级，同时也支配着精神生产的资料……占统治地位的思想不过是占统治地位的物质关系在观念上的表现，不过是以思想的形式表现出来的占统治地位的物质关系"，① 并指出，"社会生活在本质上是实践的"②。他们强调说：

> ……思想、观念、意识的生产最初是直接与人们的物质活动，与人们的物质交往，与现实生活的语言交织在一起的。人们的想象、思维、精神交往在这里还是人们物质行动的直接产物。表现在某一民族的政治、法律、道德、宗教、形而上学等的语言中的精神生产也是这样。人们是自己的观念、思想等等的生产者……③

在这里，马克思、恩格斯极其鲜明地表示了自己的思维路线："德国哲学从天国降到人间；和它完全相反，这里我们是从人间升到天国。这就是说，我们不是从人们所说的、所设想的、所想象的东西出发，也不是从口头说的、思考出来的、设想出来的、想象出来的人出发，去理解有血有肉的人。我们的出发点是从事实际活动的人，而且从他们的现实生活过程中还可以揭示出这一生活过程在意识形态上的反射和反响的发展。甚至人们头脑中的模糊幻象也是他们的可以通过经验来确认的、与物质前提相联系的物质生活过程的必然升华物。"④

从19世纪40年代末开始，马克思潜心于政治经济学研究，在考察资本主义社会的经济发展规律这一主导思维方向时，也对人类文化艺术特别是资

---

① 《马克思恩格斯选集》第1卷，人民出版社1995年版，第98页。
② 《马克思恩格斯选集》第1卷，人民出版社1995年版，第56页。
③ 《马克思恩格斯选集》第1卷，人民出版社1995年版，第72页。
④ 《马克思恩格斯选集》第1卷，人民出版社1995年版，第73页。

本主义时代的文化艺术的生产规律作了深刻揭示。1859 年《政治经济学批判》发表，马克思对历史唯物主义原理作了经典论述，指出："物质生活的生产方式制约着整个社会生活、政治生活和精神生活的过程"①，"艺术"是一种"意识形态的形式"。在《〈政治经济学批判〉导言》中，马克思明确提出"艺术生产"理论："就某些艺术形式，例如史诗来说，甚至谁都承认：当艺术生产一旦作为艺术生产出现，它们就再不能以那种在世界史上划时代的、古典的形式创造出来……"②

在这里，艺术生产的"生产"并不是如过去人们通常所理解的那样是对历史上所有艺术创作活动的隐喻式借用，而是从社会经济发展的历史进程出发，特指资本主义大工业生产时代的、市场条件下的艺术的生产，这一"生产"具有与物质生产的"生产"相同或相近的含义。

如果说在《〈政治经济学批判〉导言》中，马克思还只是在论述整个精神生产时列举"艺术生产"的话，那么到 60 年代的《资本论》研究中，艺术作为一种资本主义市场经济背景下的重要生产类别的论述便已成为马克思的整个资本生产理论的有机组成部分。马克思在研究人类的"一般劳动过程"时，研究了艺术生产中生产劳动与非生产劳动的区别，研究了资本市场和商品制度下艺术生产的状况，研究了艺术生产与商品价值规律的关系，研究了资本主义生产关系与真正的艺术生产的对立。特别是在《剩余价值理论》中，有关艺术生产理论的探讨就更加具体。可以说，文化艺术的经济学思想在《资本论》和《剩余价值理论》中得到了更系统、更明确、更全面、更深入的论述。

由上述可见，马克思的艺术经济学思想是马克思科学理论的有机组成部分，经济以及由经济作为基础的社会生产方式是文化艺术得以发生发展的前提条件；而文学艺术自身在社会中作为一种经济形态、产业类别和资本运营的方式也必然以一定的市场的产品的方式进行。

从经济学角度对文化艺术和美学的研究，引起了许多人的理解、赞赏和支持，比如英国的西方马克思主义批评家特里·伊格尔顿就认为："在马

---

① 《马克思恩格斯选集》第 2 卷，人民出版社 1995 年版，第 38 页。
② 《马克思恩格斯选集》第 2 卷，人民出版社 1995 年版，第 28 页。

克思对社会生产、劳动分工和作为商品的产物的理解中，艺术尽管是附属的，但却是极为重要的一个因素。"① 他认为马克思的艺术生产中包含了生产、分配、交换和消费四个环节，文学生产力决定着文学分配、交换和消费的方式，而文学的分配、交换和消费的方式又反过来决定着文学生产力。他强调，"艺术可以如恩格斯所说，是与经济基础最为'间接'的社会生产，但是从另一意义上，也是经济基础的一部分，它像别的东西一样，是一种经济方面的实践，一类商品生产"，"作家所以是生产劳动者，不是因为生产出观念，而是因为他使出版商发财，也就是说他为薪金而生产劳动"②。这恰恰是马克思研究的本义：经济和利润研究作为商品的文学。

　　马克思的这种研究角度和方法也引起了许多人的批评和攻击。如弗·梅林等就对马克思从经济角度研究文艺颇为不满，责备马克思、恩格斯"经济的和政治的判断力过分影响了他们的美学鉴赏力"③。而许多西方理论家则认为马克思和恩格斯的这种文学艺术的经济学研究是不懂艺术的表现。如德国波恩大学艺术史教授吕采列尔就认为，"卡尔·马克思对他那个时代的艺术一窍不通"，"没有创立任何艺术哲学的体系"④。但有时他们也不得不承认马克思从政治经济学角度对文化艺术和美学所做的工作。

　　马克思之后的理论家对于马克思从经济学出发对文学艺术生产的研究，还做了另一种"修正"，他们把马克思从经济角度对文学的研究，误读为一种"独特的、有别于其他种类的"术语，将文学生产、艺术生产、艺术产品、文学生产者视为马克思从经济学借来的一种隐喻式的表述，是一种独特的内在精神和观念的"生产"，是一种创造审美对象的"酝酿、构思、传达"的另一种表述。《马克思和世界文学》的作者柏拉威尔教授曾做过明确概括，他认为马克思"把主要用于经济学的术语也用在文学和其他艺术的历史上，如生产（Produzieren，Produktion）等。他把诗人也叫作'生产者'，把艺术品叫作'产品'，虽然是一种独特的、有别于其他种类的'产品'。马

---

①　[英] 柏拉威尔：《马克思和世界文学》，梅绍武等译，三联书店 1980 年版，第 413 页。
②　[英] 伊格尔顿：《马克思主义与文学批评》，文宝译，人民文学出版社 1980 年版，第 65—66 页。
③　转引自《卢卡契文学论文集》（一），中国社会科学出版社 1980 年版，第 13 页。
④　[德] H. 吕采列尔：《艺术经验与艺术科学》，转引自《哲学译丛》1981 年第 6 期。

克思通过使用这样的术语叫我们不要忘记把艺术放在其他社会关系的框架里来观察，特别是应该放在物质生产关系和生产手段的框架里。只有明确了这一点之后，他才能独立地、抽象地研究艺术，才有余暇观察一下艺术领域自身"①。马克思只是在大的物质生产关系即经济基础之上来独立地、抽象地研究艺术吗？实际上马克思一直是在现实的、具体的、实践的经济角度研究艺术生产、艺术产品和艺术生产者，生产在这里恰恰是它的本义，而不是仅仅借用经济学的术语来表达另一种思想。

更多的艺术生产的修正是社会意识形态的"借用"，作为阶级斗争武器的"借用"。本雅明、布莱希特、马歇雷、阿尔都塞等都是在社会学的和意识形态生产的意义上谈论"艺术生产"，主要指文学对意识形态的加工生产。这形成了一个西方马克思主义的传统。

这些远离了马克思本义的艺术生产的隐喻式借用的观念，后来成为理解马克思艺术理论的"公理"或"正见"，长期影响我国马克思主义艺术生产理论的研究，我国迄今为止的大多数马克思主义艺术生产研究都沿用了这一理论。这些研究多年来忽略了马克思提出精神生产、艺术生产理论的历史的经济的社会背景，而对之作了一种纯粹精神的、美学的研究。对其中的"生产"这个词，仅仅作了一种消弭其历史性的隐喻式借用，"生产"即是创作/写作，艺术生产者是作家艺术家的"别称"，而艺术产品/商品就只是艺术家的作品的另一种说法。其实马克思提出的精神生产或艺术生产必然地合理地含有商品经济时代特别是资本主义市场经济时代的生产的全部特征。他切切实实是在经济运营的层面上谈论艺术的。

二、精神生产力和文化生产力是经典马克思主义的创举

马克思主义经典作家曾对精神生产力问题作过精辟论述，当代西方马克思主义也对文化生产问题进行过细致研讨。20 世纪 90 年代，我国社会主义市场经济体制开始建立，这使我们必须重新认识文化与经济的关系，重新认识马克思提出的精神生产力的问题。

---

① ［英］柏拉威尔：《马克思和世界文学》，梅绍武等译，三联书店 1980 年版，第 383 页。

　　主要从政治经济学发端的马克思主义文艺经济思想有一个极为重要的理论发现，这就是它的大生产力观和精神生产力理论。人类的生产活动是人借助生产资料和工具，借助一定的技术和思维能力，在与劳动对象的结合中进行的，没有生产力的生产是不存在的。文化也是生产力，它合理地内含着这一当代世界的第一生产力。我国当代文化经济产业的生产作为国民经济的一部分，也必然具有一种内在的生产力，它维系着、推动着当代文化经济活动包括文学生产、文学交换、文学消费的进行。

　　人类总是在一定生产力水平上发展的。如同马克思所言，人们不能自由地选择生产力，人类总是在以往既有的生产力水平上从事生产活动的。文化的生产虽然有着与人类社会同样悠久的历史，但文化生产力的形成、发展则总是与不同的历史阶段相适应的。马克思一贯关注文化生产力问题，早在《1844年经济学哲学手稿》中，他就曾指出，由于人的需要的丰富性，从而生产的某种新的方式和生产的某种对象就会产生。他指出："宗教、家庭、国家、法、道德、科学、艺术等等，都不过是生产的一些特殊的方式，并且受生产的普遍规律的支配。"① 马克思在这里讲了这样几层意思：一是说艺术是在物质生产和经济发展的一定条件下产生出来的，受生产的普遍规律的支配，是整个社会生产力中的一个组成部分；二是把艺术与宗教、法、道德、科学等归为不同于一般生产的另一类生产；三是指出这类生产虽受生产的普遍规律的支配，但却是一种特殊的生产。其后，马克思、恩格斯在《德意志意识形态》一书中论述艺术风格形成的条件时指出"社会组织"、"当代分工"以及与当地有交往的世界各国的分工等，对包括艺术在内的文化生产者有较大的影响。马克思特别强调文化的生产要"受到他以前的艺术所达到的技术成就……条件的制约"②，并把它放在诸种条件的首位。"艺术所达到的技术成就"，实际上是指构成文化生产者从事文化生产的技术的、经济的、生产水准等与那一时代社会生产力和文化发展程度相适应的制约因素。在这里，虽然马克思尚未明确提出文化生产力概念，但已对此作了深入的思考。

　　马克思在写《哲学的贫困》时，也把人类"文明的果实"称作"已经

① 《马克思恩格斯全集》第42卷，人民出版社1979年版，第121页。
② 《马克思恩格斯全集》第3卷，人民出版社1960年版，第459页。

获得的生产力"。"文明的果实"自然包括文化生产力的成果。很显然，马克思以人类文明的成果为所指的生产力观念是一种大生产力观念。马克思到晚年写作《巴枯宁〈国家制度和无政府状态〉一书摘要》时更明确提出了"两种生产力"的概念：

　　……平原和山区的差别、沿河流域、气候、土壤、煤、铁、已经获得的生产力（物质方面的和精神方面的）语言、文学、技术能力等等……①

在这里，马克思把他的大生产力观念作了种类的区分，他认为存在着两种生产力，除了物质方面的生产力之外，还明确提出"精神方面的生产力"，并把语言、文学、科学技术包括在这种生产力之中。马克思的这种观点是一贯的，与他早年提出的"发展一切生产力即物质生产力和精神生产力"的主张完全一致。

　　按照马克思主义的一般理解，人类的社会生产力，就是生产自然界与生产人类社会的能力。人类在同自然的物质交换过程中，为了在对自身生活有用的形式上占有自然物质，就必须使他身上的自然力——臂和腿、头和手运动起来。这就发展了人制造和使用工具的能力。同时，在物质生产的基础上，人类文化的精神感觉、实践感觉（意志、爱情）等等也就产生出来。在人类历史进程中，物质生产力以物的形式——物质产品或物质成果表现出来，而工具则往往代表着此一时代生产力的发展水平。工具体现了人类理性的智慧和文明，在工具上，无疑凝聚着人类精神上、理论思维上掌握自然界的能力。从人类社会发展的历史来看，随着社会分工的日益精细，社会生产便日益明显地区分为物质生产与精神生产两大部分。社会分工促成了物质生产者与精神生产者的分化，两种生产力因而在自身相对独立的发展中逐步形成了具有自身内在特征的生产力形态。物质生产力主要面对人同自然的物质关系，具有实用的基础的、物质形态的主导品格；而文化生产力则主要是"精神方面的生产力"。马克思将语言、文学、技术能力等归于其中，使其显

---

① 《马克思恩格斯全集》第 18 卷，人民出版社 1964 年版，第 682 页。

现出更偏重于人类社会人文关系的特征和品格。当代不少学者将之称为文化力或人文力，也是从这一角度立论的。显然，马克思区分物质方面和精神方面的生产力，表明了他对社会生产力这两个方面的各自特征的区别把握和分类描述。

但是两种生产力又是密切相关，不可分割的。马克思还看到了二者相互间的多重联系，看到两种生产力之间复杂的相互交融共为一体的特征。一方面，文化生产力具有其精神生产的独特性，它是社会意识、社会心理、社会关系等精神方面的文明发展的成果，具有突出的意识形态特征。同时，在文化生产力中，生产主体以其"对象化的独特方式"，将自身强烈的主观因素，诸如思想、意志、情感、愿望和爱浸透于全部文化生产过程，以某种有形无形的方式"物化"到对象中去。所以，马克思把语言、艺术、技术能力归入这种"精神方面的生产力"。

文化生产力具有明显的精神性特征，是不是就完全不具备非意识形态的物质性的特征呢？传统的理解把文学艺术生产简单地看作是文艺创作活动的另一种隐喻性表述，其实文化生产力具有明显的物质性。文化生产同其他生产一样，也具有一般实践活动的特征，即由实践主体通过劳动，将一定的材料加工改造为新的存在物，因此文化生产的过程也表现为一个物化的过程。它也要改变物质的现实形态，获得物质的存在形式。马克思在论述劳动的特点时曾指出："劳动与劳动对象结合在一起。劳动物化了，而对象被加工了。在劳动者方面曾以动的形式表现出来的东西，现在在产品方面作为静的属性，以存在的形式表现出来。"①

像文学艺术这类最富精神性的生产也有一个物质的技术的制作过程，即由实践主体通过特定方式的劳动改造某种材料而造成一个新的存在物。比如拉斐尔："和其他任何一个艺术家一样，拉斐尔也受到他以前的艺术所达到的技术成就、社会组织、当地的分工以及与当地有交往的世界各国的分工等条件的制约。像拉斐尔这样的个人是否能顺利地发展他的天才，这就完全取决于需要，而这种需要又取决于分工以及由分工产生的人们所受教育的条件。"②

---

① 《马克思恩格斯全集》第 3 卷，人民出版社 1960 年版，第 459—460 页。
② 《马克思恩格斯全集》，第 23 卷，人民出版社 1972 年版，第 205 页。

一句话，文化产品必须具备物质的依托方式。文学作品要经过作者的物质性写作劳动，经过编辑、出版、印刷发行等等环节，才能以书籍这种物质形式存在下来。绘画雕刻也要通过对一定的物质媒介的加工制作，才能以一定的形态彰显其艺术内涵。黑格尔当年就曾指出，艺术创造的一个重要方面，是艺术的外表工作。因为在艺术作品中有一个纯然技巧的方面，很接近手工业。这些特征在雕刻中最为明显，在绘画和音乐中次之，在诗歌中又次之。他说，一个艺术家必须具有这种熟练的技巧，才能驾驭外在的材料。

马克思的大生产力观念具有重要意义。首先，马克思肯定了生产力中包含着物质方面的和精神方面的两种生产力，这就一方面从根本上否定了那种机械的、庸俗的旧唯物主义的物质决定论或经济决定论；另一方面也否定了那种孤立的、片面的精神决定论。

第二，文化生产力观念表明，艺术是一种生产，而且是一种大规模的社会生产。作为一种大规模的社会生产，它就天然地具有社会生产的基本特征，具有生产、流通、交换、消费等基本环节，具有市场条件下经济运作的全部过程，而不仅仅是某个艺术家的内在的独特精神的心理活动。这只要看看一部电影、一部电视剧后面冗长的演职员表就一目了然，更不要说从营销到众多消费者的庞大群体。

文化生产力是整体的社会生产力的一部分，传统的艺术生产研究仅仅从文化的个体生产出发，仅仅局限于对个体精神制作过程的研究，这是完全不够的。实际上，当代文化生产已经日益成为一种巨大的复杂的社会化大生产。从文化品位、精神需要、意识心理等方面看，它并不主要表现为个体创作心理的变化，而是通过当代媒介表现为一种更为复杂的文化的、经济的、传播的、产业的当代社会运营程序。

随着传播媒介的高速发展和信息时代的来临，文化生产已日益成为当代经济生活的一部分，成为复杂的现代化大生产的一部分。像电视、电影、出版、音像、文艺演出、工艺美术、体育比赛乃至广告、信息、传播、娱乐等产业已越来越发展为庞大的产业集团，成为经济结构中的重要组成部分，甚至成为国民经济的支柱产业。

第三，文化艺术作为一种精神方面的生产力，必然内含着自身独特的生产方式。也就是说，它有自己独特的发生发展史，有形成本体的历史过程，有对精神生产者的精神创造能力的内在要求，也有对产品对象的形式结构的外在形态的要求。同时，它还受到生产条件包括物质技术水平的限制。

对此，瓦尔特·本雅明也曾指出："艺术像其他形式的生产一样，依赖某些生产技术——某些绘画、出版、演出等方面的技术，这些技术是艺术生产力的一部分；是艺术生产发展的阶段；它们涉及一套艺术生产者及其群众之间的社会关系。"① 因此他主张艺术家不能只关心艺术的目的；艺术接受艺术欣赏，也要关心艺术生产的方式和工具。这就从生产工具与生产技术的角度提出了文化生产力内涵中的一些重要因素。在文化生产力中，文化生产所达到的科技的社会化程度是探测其发展程度的重要指数。

三、文学艺术作为当代文化产业的组成部分发展迅猛

一定的精神生产总是在一定的物质生产的背景中生成的，是在一定的社会形态、体制构架下展开的，更是在一定的历史形式中凸显其时代特征的。我们今天研究艺术与经济的关系，是因为他与当下艺术发展现实的密切关联。马克思指出：

> 要研究精神生产和物质生产之间的联系，首先必须把这种物质生产本身不是当作一般范畴来考察，而是从一定的历史的形式来考察。例如，与资本主义生产方式相适应的精神生产就和与中世纪生产方式相适应的精神生产的方式不同。如果物质生产本身不从它的特殊的历史的形式来看，那就不可能理解与它相适应的精神生产的特征以及这两种生产的相互作用。②

无疑，我们对当下中国作为文化产业组成部分的文学艺术的考察，就只能从今天中国的社会形态、体制构架、物质生产水平和相应的"历史的形式"来进行。

---

① [英]伊格尔顿：《马克思主义与文学批评》，文宝译，人民文学出版社1980年版，第67页。
② 《马克思恩格斯全集》第26卷，人民出版社1972年版，第296页。

20 世纪 90 年代社会主义市场经济的提出，开辟了我国当代文化发展的崭新思路，使我国当代文化发展的观念发生了重大变革。长期以来，我国文化发展一直采用计划经济下由国家统一规划统一领导统一步调的"事业型"模式。国家财政统包，人员、资金、物资统分统配，一个"统"字将文化事业包容无遗。社会主义市场经济的大规模历史性变革，社会发展和人民群众对文化生活的日益增长的需求，使文化市场和文化产业的问题极其鲜明地凸现出来。国家由财政拨款的文化投资远远满足不了当代文化高速发展的需要，必须探索新的更适应社会主义市场经济的文化发展模式。在我国过去的经济核算体制中，由于理论认识的不同，只承认物质生产劳动创造价值，而把非物质生产劳动的价值排除在国民经济收入之外。从 20 世纪 80 年代中期开始，我国正式采用与世界多数国家一致的核算方式，即用国民生产总值来核算国家经济发展的程度，按第一产业、第二产业、第三产业来划分各个行业。而文化作为第三产业的一个重要部分，开始了由单一"事业模式"向"产业模式"与"事业模式"并重的重大转变。这是一场意义深远的社会变革。这场变革从根本上改变了传统的文化观念，将文化与现实经济联系在一起，文化大踏步地进入了市场，而经济性质也成了文化产业的基本性质之一。

在这种新的社会形态下，以马克思主义文艺经济思想为指导，建设当代形态的社会主义文艺经济学，就是我们当前的一个迫切任务。从总体上看，社会主义市场经济条件下的文艺经济学应当关注我国正蓬勃兴起的文化市场、文化产业和文化消费，关注文化的投入与产出，即当代文化经济的投资方式和经济效益，关注文化的产业化管理和市场运行机制，关注文化资源的市场配置和政府的宏观调控，关注当代大众的文化需求与大众文化的消费。而要建设和发展有中国特色的马克思主义文艺理论的当代形态，则一不能离开我国当前处在社会主义初级阶段这一基本判断，不能离开社会主义市场经济初步建立这一基本现实；二必须承认我国当前市场经济条件下的文化艺术仍然具有两重性，文化艺术产品既有商品性，又有非商品性；既有价值，又有使用价值；既有精神价值，又有物质价值。应当看到，我国文化市场的建立、发育和文化产业的发生发展，具有历史必然性和现实合理性。

首先，市场经济的发展必然要求相应的文化产业机制和文化发展规模。

改革开放以来，我国经济有了持续高速的发展，取得了举世瞩目的成就，但与之相应的文化的发展则相对滞后。与发达国家甚至众多发展中国家相比，我国文化、科技、教育等方面的投入产出仍有很大差距。这一方面表现为对文化作为产业已成为当代经济的重要支柱之一的地位认识不足，没有从根本上转变办文化唯有"事业型"一种模式的传统思路和管理文化的计划行政机制；另一方面，对文化与经济的长远协调发展认识不足，没有看到当代社会发展中正初露端倪的"文化生态失衡"的潜在危机和文化滞后对今后经济发展的严重制约。因此，当代经济转型的现实把文化转型，把经济与文化的综合平衡、持续高速发展的严峻课题摆在我们面前，现实迫切需要并呼唤新的文化发展的总体战略、管理方式、产业机制和市场运作体系。另外，经济流通的世界化和当代传媒的高度发展，以及全球文化交流的日益频繁，要求我们重新审视西方及世界各国文化发展的历史与现状，学习、沟通、批判与借鉴其市场模式的运作方式，以适应并掌握当代文化的世界性交往的经济（经营）方略，并逐步建立完善的具有中国特色的文化市场与文化产业体制。

第二，随着市场经济的高速发展和人们生活水平的提高，全社会表现出日益高涨的文化需求。这种需求一是规模巨大，数量惊人。如影视制品、音像制品、商业演出、商业性体育竞技观赏，尤其是近年的网络文学的爆炸式增长，都表明我国当代社会对文化产品的需要无论在数量上、强度上和实现方式（规模、途径、媒介）上都达到一个前所未有的程度。二是需求的多层次多方位多类别。我国当代从普通市民到文化精英，从大众娱乐到艺术精品，各种不同层次的文化消费者，表现出对不同档次不同品位不同种类文化产品的强烈需求。这种需求既可能是对武打、言情等通俗文学及通俗音乐的渴求，又可能是对高品位艺术等的鉴赏；既可能是在生理感官上的颐养、休憩与享乐，又可能是心理精神世界的探寻与追索；反映出一个不同等级不同档次的需要序列。多种需求呼唤文化艺术产品的多样性。三是当代社会浪潮式的文化时尚表明了当代文化需求的迅速转换。由于当代传媒的高度发展，人们追求新颖特别是年轻一代（80后、90后）追求刺激追求娱乐的文化心理高度张扬。文化热点频频移动，文化明星迅速代换。社会舞台经常演出"时兴—时髦—时狂"的文化新剧，以满足人们快速变换的强烈心理需求。因此，这种全社会日益高涨的大规模、多层次、快节奏的强势文化需求，单靠原先文化事业的"统管"模式已根本无法满足，它历史地要求与之相应的更强大丰富的文化市场和文化产业的运作模式。

第三，当代市场经济体制与文化发展的现有机制的严重矛盾，造成了当代文化自身生存、发展的重大危机。由于经济体制的变革，我国当代社会中先前由国家财政统包的艺术团体、文化场馆（博物馆、文化馆）、出版发行行业、影视业，都在这一轮规模巨大的文化体制改革中走向市场。当代社会日益增长的文化需求与原有文化单位的萎缩形成了巨大反差，反映了文化体制与文化发展的深刻矛盾。这种现状强烈要求冲破原有的文化管理体制的固有模式，建立与市场经济体制相适应的文化市场与文化产业方式，要求转换文化管理职能与文化经营机制，以新的产业和市场模式积累资金，改善文化自身存在和发展的物质条件，并在同当代科技的密切联系中，开创文化产业高速发展，文化技术迅速更新换代的崭新局面。

当前文化经济改革的现实实践，也要求我们尽快建立文艺经济学。近些年来，我国文化获得了十分迅速的发展。改革开放和市场经济的战略决策大大解放了文化生产力，我国文化市场迅速开拓，文化产业迅速壮大，呈现出充满矛盾又充满生机的新的发展景观。

其一，一大批文化市场从无到有，迅速开拓。近些年来，随着市场经济的发展，我国逐渐形成了一系列与国际接轨的文化市场。音像市场最早脱颖，粗具规模；演出市场（以至商业体育比赛）渐趋成熟，有冷有热；图书市场发展迅速，规模巨大；工艺美术品市场沟通海内外，逐渐健全；而文物市场与艺术品拍卖市场则从无到有，业绩惊人；电影电视市场风起云涌，交易热烈；娱乐、旅游市场遍及全国，迅速壮大；特别是文化广告传播市场，异军突起，势头凶猛。一系列文化市场的建立健全，开拓了文化发展的现实途径，为文化生产力的发展准备了现实条件。

其二，与文化市场的逐步建立相适应，我国一大批文化产业也逐步建立起来。他们打破了改革初期以文补文、以多业助文作为文化"谋生"的权宜之计的思维框架，而开始全方位的文化产业改革。文化产业的经济实体迅速发展起来。其中与文学休戚与共的图书出版业、音像业、影视业以及高档娱乐业等率先走上产业化道路，并正在组建规模更大的文化产业集团。与我国其他产业门类相比，我国文化产业起步晚、起点低，不仅有与其他产业相同的资金筹措、生产经营等方面的困难，还受到原有的"计划"文化观念的影响制约，因而在产业规模、经营水平、运作方式和经济效益上都无法与我国其他产业相媲美，正在积极参与国际文化产业的竞争。

其三，随着文化市场与文化产业的兴起，与之相应的文化机制的变革也在不断发生发展。各业经纪人、制作人、拍卖人、代理人等新的文化经营者和经济流通经营环节逐步产生和建立，多种所有制形式的文化企业逐步发展，多种文化经营的运作方式也开始大胆探索、实验，一批文化艺术的相关企业开始上市经营。可以说，我国文化市场与文化产业的发展困难重重而又生机无限。

但是，当代文化产业与文化市场建设的合理性，并不能掩盖文化市场机制发展中的众多的尖锐矛盾。比如文化产品的商品性与非商品性的矛盾，经济效益与社会效益的矛盾，市场运作方式与精神文明建设的矛盾，市场规律与文化艺术自身规律的矛盾，经济价值与文化价值的矛盾，高雅艺术与通俗艺术之间的矛盾等等。这众多矛盾构成了一个复杂的多重矛盾之网。在众多矛盾中，最根本的矛盾就是当代市场条件下文化发展的产业性与文化性之间的矛盾。

如前所述，我国文化产业的兴起是改革开放的产物，是社会主义市场经济的崭新体制的产物。所谓产业性，当然是指它所具有的经济性质、市场运作方式和产业管理规范等一系列特征。作为产业，文化产业自然要进入市场，在管理体制、经营方式和经济效益上同市场经济接轨。它所面临的文化企业的生产与管理、文化产品的经营与销售、文化市场的开拓与培育、文化经济价值的估算与评定、文化消费的涵养与供给、文化广告的创意与运营，都必须遵循社会主义市场经济的规律。但文化产业毕竟姓"文"，它具有特定的观念性精神性的特质，这就是文化产业的文化性。这种文化性是指文化的意识形态性质，文化艺术作为精神产品的自身发展规律，文化艺术创作与接受的独特方式，实现精神功能的陶冶感染方式等等。作为一种意识形态，它与哲学、历史、伦理、宗教、美学、法律等观念形态的上层建筑有着千丝万缕的联系，并与政治生活密切相关。作为一种精神形态，它肩负着重大的历史使命与历史责任。它必须关注民族文化的健康发展，弘扬时代精神，塑造积极向上的人文品格，构建厚重完善的民族文化心理结构。同时，作为文化，它又必须遵循文化艺术自身的发展规律。

从市场机制来看，文化产业的产业性必然先天地导致文化产品商品特性的凸现，甚至会形成商品性独尊的局面，从而忽略文化产品的精神性特质。同时，文化作为一种产业又必然要求相当程度的规模生产，只有规模生产才有可能产生可观的经济效益。因此它必然依循大工业标准化、模式化的生产方式，追求大批量的投入和产出，这就会导致文化制作中的复制、模仿，出现"赝品"和一次性消费商品，从而忽视文化的艺术本性，削弱文化精品的创造。另外，文化产业的市场特性又与文化艺术所肩负的宏大历史使命和历史责任相矛盾，市场的经济效益原则与构建完善的民族文化心理结构，塑造积极向上、健康乐观的当代人文品格的长远文化战略相冲突。毋庸讳言，我国当代文化产业与文化市场既有它兴起发展的历史必然性与现实合理性，又带有与生俱来的深刻内在矛盾。这是一个历史与现实交给我们的悖论。在悖论中开辟我国文化发展的健康道路，是当代文学艺术家义不容辞的历史责任。

需要着重指出的是，刚刚发表不久的《国家十二五国民经济规划》明确提出文化产业将成为我国未来经济发展的支柱产业：

> 推动文化产业成为国民经济支柱性产业，增强文化产业整体实力和竞争力。实施重大文化产业项目带动战略，加强文化产业基地和区域性特色文化产业群建设。推进文化产业结构调整，大力发展文化创意、影视制作、出版发行、印刷复制、演艺娱乐、数字内容和动漫等重点文化产业，培育骨干企业，扶持中小企业，鼓励文化企业跨地域、跨行业、跨所有制经营和重组，提高文化产业规模化、集约化、专业化水平。推进文化产业转型升级，推进文化科技创新，研发制定文化产业技术标准，提高技术装备水平，改造提升传统产业，培育发展新兴文化产业。

文学艺术作为重点文化产业类别将在我国经济转型和文化产业发展中承担重要的职责。它任重而道远，而文艺经济的研究也将不可避免地任重而道远。

（原载于《文学评论》2011年第6期）

对"现代主义"在中国影响的再思考

盛 宁

重提"现代主义"的话题，或许会让人感到有点疑惑："后现代"都热闹过后歇场了，"现代主义"还有什么可说？也有人或许会担心，因为它曾经是一个十分敏感的意识形态话题，这旧话重提弄不好别又引出什么不必要的论争；还有人甚至会忍不住问道，你是不是要对谁提出批评？好像我有什么发难或翻案的意图。总之，不管是哪种意见，有一点是比较明确的：这是一个时过境迁、早有结论的话题，没有什么必要再做了。

但是，事情似乎并不这么简单。当然，我这里首先必须声明，现在重提这个话题，丝毫没有要发难或翻案之意。我只是觉得，在"现代主义"这个问题上，我们过去争论太多，而研究偏少，结果把一些本不应该是问题的问题搞复杂了，而把一些应该认真研究的问题反倒撂下了。因此，这个看似清楚的问题，实际上并不清楚。而说到"研究"，它首先应该是外国文学、文化、思想史领域中一个学术性的话题。但奇怪的是，在中国一提起"现代主义"和"现代派文学"，远及20世纪二三十年代，近至改革开放以来出现的外国文学研究的高潮，这个问题却一直是社会意识形态领域的一个非常热门，以至于引起很多争议的话题。而尤其令人不解的是，外国文学领域对这一问题研究所取得的认识，不知怎么总是很难进入中国文学、文艺学理论的话语层面。其中的一个很重要的原因，就是参与论争的不少人好像是怀着一种只求结论、不问过程的心态，他们似乎并没有耐心去认真地了解一下这问题的来龙去脉，就急匆匆地投身到论争之中。结果是你来我往、上纲上线，争论的火药味越来越浓。谁都拿"现代主义"说事：一方打着"解放思想"和"反思国是"的旗号，总想借西方"现代主义"之矢，来射中国国情之的；另一方则认为对方是"项庄舞剑，意在沛公"，因此断然宣称，这已"不是一场要不要借鉴现代派艺术之争，而是一场我们的文艺要走什么道路、举什么旗帜之争"。这样争来争去，"现代主义"这个问题本身究竟是怎么回事反被搁置。争论中频频出现的"现代主义"、"现代派文学"等术语，成了任人借题发挥的空头代码；争论各方心目中的"现代主义"，则与西方文学史、文化史上的那个"现代主义"大相径庭，甚至风马牛不相及。现在非常有必要把"现代主义"这个已经被合上的问题匣子重新打开，再做一番新的审视和研究。由于我的目的只是研究问题，所以我如果在行文中涉及过去争论中的人和事时，除非是万不得已，我都将一律隐去被征引者的姓名和引文的出处，以免引起不必要的误会和新的争论。

一

记得在 80 年代的中期，刘再复先生提出所谓的"文学主体论"等一系列新说，在国内文坛引起激烈的争论。其中见到赞同刘论的学者说，"现代西方文艺理论已经由再现论和认识论转向表现论和表情说、欲望说"，并据此引申出人家是如何重视文艺的主体性；而反观我们自己，这位论者认为现行的文艺理论"仍然停留于西方古典文论的传统上，既不符合时代要求，又扔掉了中国文艺理论的传统"①。关于"文学主体论"的争论其实倒并非我的关注，但看到上述这种对国外文论现状的描述，并把"文学主体"的理念与西方现代主义思潮挂钩，总觉得有点以讹传讹，于是便写了《文学本体论与文学批评的方法论——关于西方当代文学批评理论的两点思考》一文，其中第二点就是对"主流更迭说"的质疑，批评那种"把文学批评的发展看作是一种思潮代替另一种思潮的更迭式嬗变"的思维定式。我在文中指出：

> 人文科学的发展与自然科学有一点很大的区别：它不是以一种新的、比较正确的学说去取代一种旧的、被证明是错误的学说，而是一种思想认识的沉淀、深化、不断吸收新的营养、不断扬弃更新的过

① 杨春时：《论文艺的充分主体性和超越性》，《文学评论》1986 年第 4 期。

程；它不是采取一种线性的更迭的形式，而是一种类似发酵式的变化新的批评观念的种子，不是天上掉下来的，它往往早已存在于人类思想沉淀的丰厚的土壤之中。已经灭绝的生物不会重新复活，然而，思想的种子，哪怕被埋没的时间再久，一旦遇到合适的气候和环境，它总能复苏再生，萌芽生长，开花，结果，它的种子又会飘散到别再生根发芽……①

我对"主流更迭"说法的质疑，并不是不承认一个时期有一个时期的主要倾向，而只是想强调，我们所谓的某种批评流派退出了批评论坛的中心，指的是这种批评的理论框架、认识走向、应用范围和局限都已有了比较明确的定论，它的合理的内核已经被现存意识形态所吸收，成为现行的价值观念或新的价值观的借鉴，而绝不是说，这种批评理论和方法已经寿终正寝，被新的批评理论方法淘汰和取代。那位先生的问题似还不仅仅在于用一种非此即彼、二元对立的认识定式来看待西方的现代文学理论现状，而且他所选定的对立面也有点问题。他把对于表现主体的强调看成是从西方现代文论开始，认为我们现行的文艺理论仍然停留在西方古典文论的传统上，这些说法本身就有欠斟酌。了解西方文论传统的人都知道，摹仿说和表现说从来都是西方审美传统的双翼，现在人人都耳熟能详的《镜与灯》，则正是对"再现"（representation）和"表现"（expression）两种表现手法的最形象的比喻。M. H. 艾布拉姆斯的《镜与灯》是对西方浪漫主义文学传统的梳理，而在这部堪称当代西方文论的经典之作中，"再现"作为浪漫主义传统的核心理念，则被一直追溯到公元一世纪初的朗吉努斯（Longinus）。

　　而对"文学主体论"进行严厉批判的另一方，则也犯着同样的错误——他们"有枣没枣打三竿"，也要把这个"文学主体论"记在西方"现代主义"的账上，一会儿认定这种"文学主体论"是"西方现代派的中国杂烩"；一会儿又说它是"立足于西方现代主义某一派别"的立场，对马克思主义反映论和革命现实主义进行批评；还有人则找到了"文学主体论"与什

---

① 盛宁：《本体论与文学批评的方法论——关于西方当代文学批评理论的两点思考》，《外国文学评论》1987 年第 3 期。

么"主体性实践哲学"的联系，而这种"主体性实践哲学"据说又是"受到了卢卡奇的启发"；再有人则用一个"或"字，把这种"主体性实践哲学"又变成了"人类本体论哲学"，并说这种哲学是20世纪80年代开始侵袭我思想界的"新人文主义思潮"的代表，而同属这一思潮的，据说还有"主体论本体论"、"实践一元论本体论"、"新感性本体论"等等变种。这么多的"主义"，居然能够像玩扑克牌的接龙一样，用等号把它们一个个连成一串①。且不说这种更换标签式的批判（"××主义就是十足的○○主义！"）究竟能收到怎样的效果，殊不知，这样的一套称谓在经过反复置换之后，早已和他们最初想打板子的"现代主义"脱了钩。

以"人类本体论哲学"为例，这一理论想来应该与德国哲学家迈克斯·谢勒（Max Scheler，1874—1928）有关，此人从批判康德的形式主义伦理学起家，曾提出过一套以人的目的和意志为基础的伦理学，晚年在《人在宇宙中的地位》（1928）等著作中，又试图建立一种强调生命冲动和精神本质的哲学人类学。不过，《不列颠百科全书》对他的介绍则认为，他提出的"人—上帝—世界是在绝对时间内一种自我生成的宇宙（进化）过程"的论点，有"近似浮夸"之嫌。谢勒为什么会被认为是西方现代派思潮的理论依托？我揣摩是因为我们周围一些现代派的鼓吹者嘴里老是含着"生命冲动"、"生命体验"的话头，使人觉得凡属于现代派的作家，个个都有一种生命崇拜情结，因而一定是受了谢勒的影响。可在我的印象里，西方文学中的"现代主义"似乎与谢勒是不搭界的。但是学术上的事情，你见过的说有，这好说；你没见过的，说没有，那就很容易出错闹笑话。于是我只好把我认为关于西方现代主义思想史方面最权威的著作都找来，美国的R.艾尔曼和C.菲德尔森主编的《现代传统：现代文学的背景》（1965），英国的M.布雷德伯里和J.麦克法兰主编的《现代主义：1890—1930》（1976）。前者将近1000页，搜集了介入西方现代主义运动的所有代表性人物的代表性论著，按九大问题（进一步细分为44个小问题）分类，详细展示了西方所谓的"现代主义"传统如何建构形成；后者也将近700页，是21位专治西方近现代文学史学者所撰写的专论汇编：该书的上编为总论性质，从现代主义的命名、思想

---

① 严实：《关于哲学思想史问题系列讨论会第二次会议纪要》，《文艺报》1991年9月14日。

文化背景、地理分布到进一步细分的各种文学运动——象征主义、颓废派和印象主义；意象主义和漩涡派意大利的未来主义、俄国未来主义、德国表现主义、达达主义和超现实主义等；下编则是从不同文类——诗歌、小说和戏剧对现代主义所做的详论。我的确很想看到谢勒的名字在什么地方出现，那样就可以证明他对于"现代主义"运动还有所贡献的，即使谈不上贡献，至少也可说明他与这一思潮有点相关性吧。然而遗憾的是，谢勒的名字始终没有看到。经过这样一番调查，我这才趋于认为他与"现代主义"真的毫无干系了，但心里仍不免有点担心，生怕因为自己的无知而犯下武断的错误，所以还是期待着未来什么时候能看到"现代主义"与谢勒挂钩的佐证。

走笔至此，或许有人要提出反驳——照这么说难道西方"现代主义"就真的一点也没有介入我国新时期的文化意识形态的论争吗？我当然不是这个意思。实际上，我们都还记得，在 20 世纪 80 年代中期，"朦胧诗"在我们的文坛上大受追捧，而标榜"非理性"、"潜意识"的各种"新潮小说"、"实验小说"，则几乎是铺天盖地，一时间，弗洛伊德无疑成了"作家的作家"，而"非理性"、"潜意识"等则成了衡量一个诗人或作家入时与否的试金石。可以毫不夸张地说，当时的"朦胧诗"和实验小说在图书市场所占的比例，比今天纯文学所占的市场份额要大得多了！而就在这些"实验性"创作活动的背后，毫无疑问都可以看到西方"现代主义"的各种理念、观点、命题以及具体的创作技巧和手法的影子。但即使这样，我们仍必须公允地说，从事这些写作实验的诗人和作家中的大多数，其实都怀有一个真诚的信念，他们相信自己是在用义学创作与世界接轨，在用自己的灵感去点燃那能够融入世界文学星空的美丽焰火，或假手现代派作家和现代派文学，将西方启蒙运动的理念引入中国，使中国尽快地在"现代性"方面实现与世界的接轨与沟通。那么，这当中是否真的有人想利用西方"现代主义"所天然具有的"反传统"、"反道德"、"反理性"的价值取向和审美取向，在我们的意识形态领域中刮起一股所谓的将"现代化"等同于"西方化"的逆风呢？也许有吧，但这怎能怪罪于"现代主义"的思潮或"现代派"的文学呢？其实，意识形态领域中的不同思潮、理论、观点的对立和交锋，在任何社会、任何时候都存在，在这个问题上，争论看似由"现代主义"引起，而实际上即使没有现代主义那也会有别的什么主义冒出，充当那争论的由头。

二

20 世纪 80 年代论争中，还有一个不太正常的现象也应该加以反思。

在如何对待西方"现代主义"和"现代派"文学问题上，其实早在 70 年代末，外国文学研究界就已率先开始了对极"左"思潮的清算。1978 年 11 月 25 日至 12 月 6 日，中国社会科学院外国文学研究所在广州召开全国外国文学研究工作规划会议，参加会议的来自全国各地 70 多个单位的 140 多名代表，都是各研究单位、高等院校、编辑出版部门从事和主管外国文学研究的专业工作者和负责同志，我国外国文学界的许多老前辈和知名人士也出席了这次会议；时任中国社会科学院副院长的周扬、梅益等同志都到会做了重要讲话。在这次会议及随后召开的一系列全国性的外国文学学术研讨会上，西方现代主义和现代派文学不仅是最热门的话题之一，而且，外国文学界已有相当一批学者认为，在这个问题上的突破能对整个外国文学研究领域的思想解放产生重大的影响。外国文学研究的前辈学者杨周翰、王佐良、卞之琳、朱虹、柳鸣九、袁可嘉、李文俊等，对这一问题发表了非常中肯的拨乱反正的意见，深得外国文学学界同人的赞同①。然而，令

---

① 在那次全国外国文学研究工作规划会议上，杨周翰、柳鸣九等四同志作了大会重点发言。杨周翰的发言题目是《如何提高外国文学史编写的质量》，其中多处涉及如何正确评价西方现代主义作家问题；柳鸣九专门就"西方现当代资产阶级文学评价的几个问题"发表意见，其中不仅谈到现代派的几个最重要代表（卡夫卡、萨特、贝克特等）如何"继承了资产阶级民主主义和人道主义的传统，对资本主义现实持批判态度，因此具有一定的进步性"，而且从总体上阐述了正确认识现代派作家"反传统"、"反现实主义"的必要性。他指出，现代派作家在创作上的突破也有其"可取的方面和因素"。他认为，文艺创作方法是发展的，不是一成不变的，因而不能把现实主义创作方法看成是永恒的，唯一的。所以，他指出，我们在对现当代资产阶级文学中的大量糟粕进行批判的同时，也应该肯定其中可取的东西。而在这方面，我们还应该进一步解放思想。这次会议之后，外国文学界许多学者纷纷对"现代主义"和现代派文学发表看法，其中引起重大反响的有：卞之琳发表的《分与合之间：关于西方现代文学和"现代主义"文学》，王佐良发表的《从文学史的角度看西方现代派》和《谈谈西方现代派文学》，朱虹发表的《对西方现当代文学评价问题的几点意见》，袁可嘉发表的《略论西方现代派文学》，李文俊发表的《对评价西方现代文学的几点看法》以及黄嘉德发表的《要正确评价西方现代文学》等，他们都从解放思想实事求是的大前提出发，把对于西方"现代主义"和现代派文学的研究提升到一个新的认识层面。

人不解的是，在当时国内文艺理论界的大论争中，这些真正懂行者的正确意见非但没有得到采纳，而且在后来编撰的总结这一时期学术思潮的史料文献中，有关现代主义问题的种种过时而偏颇的认识仍一成不变地被重复着①。很明显，当时理论界、学术界对"现代主义"不仅有定论，其背后还有另一层未予明说的意思：是一批搞西方文学的好事者把现代主义这股祸水引入了国门，而且在后来的历次论战中，又正是这些人在起着推波助澜、火上浇油的负面作用。

为弄清"现代主义"这套意识形态话语和结论的来龙去脉，这里有必要再做一点历史的回顾，返回到这股"现代主义"之风起于青萍之末时的状况，看看它究竟是如何萌生，如何变成一个引人注目的问题，如何得到命名，又如何形成一股潮流这样一个过程。

不少从事外国文学研究的中国学者，其实早已开始介绍或翻译这些现代派作家或诗人的作品。例如现代派最重要的诗人之一艾略特，他的名字最早在中国的文艺刊物上出现是在1923年8月，但直到1936年12月，他的代表作《荒原》一诗才由赵萝蕤第一次全文翻译，并做了详尽的注解，次年由上海新诗社刊行。现代派另一位代表人物乔伊斯也是在20年代初被茅盾、徐志摩等介绍到中国②。《尤利西斯》中译本的两位译者萧乾和文洁若夫妇，也都是在20世纪三四十年代接触到现代派小说家和诗人的。萧乾在该译本的序言中回忆说，他1939年在英国买到的是奥德塞出版社的两卷本《尤利西斯》（1935年8月版）。1942年，他赴剑桥读研究生，研究的课题就是英国心理小说，尽管他本人对福斯特更有兴趣，但由于他的导师对现代派作家比较偏爱，他不得已而从之，将乔伊斯划入他的阅读重点。萧乾在回忆这一段与现代派文学的最初遭遇时不无感慨地说，在那个"整个世界都卷入战火纷飞的岁月里，我却躲在剑桥王家学院一间14世纪的书房里，研究起乔伊斯的这本意识流小说《尤利西斯》来了"。1944年，联军诺曼底登陆后，读了半本《芬尼根守灵夜》的萧乾在剑桥的象牙塔里终于待不下去，他丢下了

---

① 参见钟优民、夏芒《中国新时期学术思潮》，吉林教育出版社1996年版。
② 参见沈雁冰《英文坛与美文坛》（二），《小说月报》1922年第13卷11号；顾永棣《徐志摩全集·康桥西野暮色》，学林出版社1992年版。

学位和乔伊斯，当了随军记者①。

萧乾先生的这段个人经历或可看作是"现代主义"思潮在当时中国命运的缩影。从30年代被引进的现代主义思潮确实已在萌动，若假以时日，对这一思潮和文学流派的研究本可以很快得到展开的，但就在这个时候，抗日战争爆发了。中国国情的这一不以人的意志为转移的突变，使得五四以后方兴未艾的新文化运动发生了转向。当中华民族到了最危急的时候，文学理所当然要发出最强烈的救亡吼声，中国文坛对于西方文学的引进和借鉴也必然会有方向上的调整。"现代主义"问题顿时变得那么渺小，那么无足轻重，以至将它暂时搁置，那也是可以理解的。然而，当这个话题重新被提起之时，那已是30年之后的60年代。

这时，整个社会制度和社会意识形态语境都发生了天翻地覆的变化。在上层建筑反映社会经济基础这样一个大的认识前提之下，作为西方文学传统最新发展的"现代主义"，理所当然地被视为资本主义没落、腐朽、垂死阶段——帝国主义阶段的文化对应物而受到最严厉的批判。从反右开始到"文革"结束的20多年中，文学批评话语发生严重断裂，完全为政治批判话语所取代；这一时期编撰西方文学史、美学史的通行做法，就是"把历史上进步的作家说得比原来更进步，把一些不那么进步的作家宁可说成反动"②。欧美"现代派"作家当即属于这样一批"不那么进步、但宁可说成反动"的作家。当然，你若不愿违背自己的学术良心，那就采取缄口回避或虚晃一枪的办法，交差塞责。由我国老一辈学者杨周翰先生等在"文革"前编写、"文革"后修订、作为我国高等院校指定教科书的《欧洲文学史》，即采取了后一种办法③。杨先生后来曾多次谈到，新中国成立后我国学术界所出

① 萧乾：《叛逆·开拓·创新——序〈尤利西斯〉》，见［爱尔兰］詹姆斯·乔伊斯《尤利西斯》（上），萧乾等译，译林出版社1994年版，第3—4页。
② 杨周翰：《关于提高外国文学史编写质量的几个问题》，见杨周翰《攻玉集》，北京大学出版社1983年版，第2页。
③ 由杨周翰、吴达元、赵萝蕤主编的《欧洲文学史》（上、下卷）的下限为第二次世界大战结束，然而"现代主义"和现代派文学的代表作家如乔伊斯、伍尔夫、劳伦斯等竟告阙如；第一次世界大战前的英国文学提到了王尔德，仅作为唯美派的代表。而由柳鸣九主编的《法国文学史》，收笔于19世纪末、20世纪初，其中也引人注目地回避了"现代主义"的话题，法国现代派意识流大师普鲁斯特也只字未提。

现的这种种问题，其源头均可追溯到苏联的极"左"思潮的影响。在文学史
编写方面，在对待包括欧美现代派作家在内的西方文学传统的评价方面，从
基本的认识框架，到评价作家、作品的依据，直至具体的批评理念，我们都
是"亦步亦趋"，照搬照抄，即使在 60 年代中苏关系破裂后，这种情况也没
有发生根本的变化。直到 80 年代，由苏联学者阿尼克斯特撰写的一部早已
过时的《英国文学史纲》，一直被我们奉为正统马克思主义文艺史观的代表
作而一再印刷出版。

　　阿尼克斯特的《英国文学史纲》于 1956 年问世，其中译本于 1959 年
出版。苏联科学院高尔基世界文学研究所其实还编撰了一部三卷本《英国文
学史》，阿尼克斯特在《史纲》"前言"中，曾对这套英国文学史作过一点介
绍；我们的人民文学出版社曾组织翻译了这套英国文学史的第三卷，从维多
利亚时代的晚期开始，论述到 1955 年。阿尼克斯特在谈到《史纲》与三卷
本《文学史》的差别时，只说了《史纲》"限于篇幅，不得不对某些描述现
象的篇幅割爱"，言下之意，其基本观点则与《文学史》是一脉相承、不分
轩轾的①。而长期以来，由于我国学者在正式编写的西方文学史中从来没有
对西方现代主义思潮和现代派文学作过自己的评断，于是以阿尼克斯特为代
表的苏联学者的观点便填补了这一话语空缺，成为国内学界在这一问题上
的一个主导性的看法。高尔基世界文学研究所编写的那套《英国文学史》，
1983 年出版中译本时，一次就印刷了 20000 套；阿尼克斯特的《英国文学史
纲》中译本于 1959 年出版时，印了 5000 册，1980 年 5 月再次印刷，印数
也是 20000 册。而值得注意的是，这次印刷是在打倒了"四人帮"、召开了
以"拨乱反正"为主题的全国外国文学研究工作规划会议之后。这一事实充
分说明，尽管当时思想上的拨乱反正已经开始起步，但要真正渗透到主流意
识形态话语的层面，使我们长期以来习以为常的一些定论发生改变，那还需
要经过一段相当长时间的努力。

---

①　但是，由于这部《英国文学史》的篇幅比《史纲》大得多，因而它在对两次大战之间的
　　现代派作家的批判时，由于多少还提供了一些与作品内容有关的材料，所以还不像《史
　　纲》那样毫不吝惜地扣帽子，一点道理也不讲。但这样一来，它误导的影响就更大了。
　　因为在那个时代，它所批判的那些现代派的作品，国内基本上是没有译本的，而看不到
　　作品的中国文学理论界就只好听任它爱怎么说就怎么说了。

由于阿尼克斯特这部《英国文学史纲》在很长一个时期内都一直是高等院校文学专业的主要参考教材，我们不妨以它为例，对其中所涉及"现代主义"思潮和"现代派"作家作品的论述，作一点审视和分析。其实也只要把这些具体的论述摘选出来，读者自然就会明白，我们长期以来一直虔信不疑的那些对西方"现代主义"的判断语究竟是从哪里搬来的了。

《史纲》的第七章和第八章涵盖了 19 世纪后半期和 20 世纪。在第七章的五个小节中，第一节是概述；第二节讨论 19 世纪后半期的现实主义小说，主要评述了乔治·爱略特、梅瑞狄斯、勃特勒和哈代；第三节讨论这一时期的诗歌；第四节专门辟出一节讨论所谓的"新浪漫主义"，其中包括史蒂文生和威廉莫里斯；第五节则选了王尔德一人作为颓废主义的代表。第八章没有具体分节，但有一个长达四页左右的"帝国主义时期的英国"和两页多一点的"文学的一般特征"，作为该章的导读，接下来是对吉卜林、高尔斯华绥、威尔斯、萧伯纳这四位作家的评述，然后，在"现代文学"的小标题下，囊括了包括詹姆斯·乔伊斯、劳伦斯、艾略特、赫胥黎、曼斯菲尔德、福斯特等现代派作家在内的十几位进步的和不进步的、颓废的和批判现实主义的各类作家。所有这些作家的入选应该说没有太大的问题，然而一看对这些作家和诗人的评判，则不对了。翻开第八章的 20 世纪文学导读，入眼第一句就是："英国现代文学是在帝国主义统治的条件下发展起来的。"这一章的前两段不足 300 字，但它把资本主义从 17 世纪开始的对外掠夺到 19 世纪末实现垄断资本的转换，作了一个笼统的概括，然后得出结论说："垄断资本的时代是整个资本主义制度腐朽的时代。它在一切社会和文化生活的领域内带来了反动"①；"吉卜林是英国资产阶级的帝国主义思想体系的最重要的表达者。但是，属于这一派的不仅是那些露骨地表现反动政治观点的作家，同时也有颓废派艺术的代表者，他们老是宣传颓废的人生观，创造了非常悲观的反人民的作品。这种文学通过不同形式来维护垂死的资本主义……"②要知道，这是把握整个英国现代文学的一个总纲。在这样一个大帽子底下，

---

① ［苏联］阿尼克斯特：《英国文学史纲》，戴镏龄等译，人民文学出版社 1980 年版，第527 页。

② ［苏联］阿尼克斯特：《英国文学史纲》，戴镏龄等译，人民文学出版社 1980 年版，第530—531 页。

英国的整个现代文学，就完全成了帝国主义制度的产物，由于帝国主义时代
是一个反动、腐朽、没落的时代，所以，在阿尼克斯特看来，西方现代文学
只需"反动"两个字即可概括。

于是，阿尼克斯特对 1918 年至 1955 年的英国现代文学及其代表作家作
出了这样的描述：

> 在二十世纪，特别是在第二次世界大战以后，英国文学中原有的
> 颓废倾向得到新的刺激而活跃起来。这是帝国主义时代资产阶级文化
> 瓦解的整个局面所促成的。
>
> ……
>
> 二十世纪颓废文学的典型代表是爱尔兰的詹姆斯乔伊斯（James
> Joyce，1882—1941）
>
> ……
>
> 二十世纪资产阶级文化的没落也在劳伦斯（David Herbert
> Lawrence，1885—1930）的创作上打下了烙印。
>
> ……
>
> 当代反动文学的领袖是艾略特（Thomas Stearns Eliot, 1888— ），
> 他原为美国人，于 1927 年加入英国籍。在美国他以颓废的诗歌开始了
> 他的文学活动……
>
> 如果说赫胥黎早期的小说具有一定的现实主义因素，那么，他
> 创作中的颓废倾向从三十年代后半期开始就变本加厉了。……赫胥黎
> 在第二次世界大战期间加入美国籍以后，他的创作的反动倾向更加厉
> 害了……①

很明显，阿尼克斯特对西方文学、特别是对西方现代文学的这些批判语，其
实都是 20 世纪 80 年代之前主流意识形态的批判话语，我们学术刊物上发表
的大凡涉及"现代主义"的论文，其基调几乎都是阿尼克斯特这一套的翻

---

① ［苏联］阿尼克斯特：《英国文学史纲》，戴镏龄等译，人民文学出版社 1980 年版，第
619、621、622、624—625 页。

版。上海辞书出版社于 1979 年出版的《辞海》（修订稿），尽管已经过打倒
"四人帮"之后的"拨乱反正"，但它的"现代主义"词条中仍赫然写着：

> 十九世纪下半叶以后资产阶级文学艺术各种颓废主义、形式主义
> 的流派与倾向（立方主义、未来主义、达达主义、超现实主义、抽象
> 主义等）的总称。其哲学基础是反动的唯我论，其特点是违反传统的
> 现实主义方法标新立异，宣扬革新，但总不免流于破坏文艺固有的形
> 式，否定艺术创作的基本规律。①

而作为"现代主义"一个分支的"表现主义"，其定义为：

> 二十世纪初流行于德国、奥国、北欧和俄国，以绘画、音乐、诗
> 歌、戏剧为主的资产阶级文学艺术流派。该派艺术家对资本主义黑暗
> 现实有盲目的反抗情绪；认为主观是唯一真实，否定现实世界的客观
> 性，标榜艺术的无目的性，强调表现自我感受和主观感情，以过分夸
> 张的形体和色彩满足官能的刺激，是帝国主义时期资产阶级意识形态
> 腐朽没落的反映。②

把《辞海》1979 年修订版的条目释义与阿尼克斯特的评语作一对照，结论
便很清楚了：直到 20 世纪的 80 年代初，我们对西方现代主义的评价基本上
沿袭了苏联的那套政治批判话语，其中贯穿的是宏观和微观两方面的决定
论。所谓"宏观的决定论"，是指在文学与外部社会的关系上，把一个国家、
民族、时代的文学都看成是那个国家或社会的经济基础、生产关系和阶级关
系的反映；它总要把某一个作家或诗人落实到隶属于某一个阶级，继而把他
的作品看成是他所属阶级意识形态的反映；而更为简单化的是，这样的一种
宏观的决定论和反映论同时又被当作是对作品的一个价值评判——只要某个
作家被划入"资产阶级"的范畴，那么他的作品从其内在品质上说就已与我

---

① 《辞海》（修订稿·文学分册），上海辞书出版社 1979 年版，第 25 页。在 1980 年正式出
　版的《辞海》（1979 年版）中，删掉了"其哲学基础是反动的唯物论"一句。
② 《辞海》（修订稿·文学分册），上海辞书出版社 1979 年版，第 25 页。

格格不入，我即使承认它还有某种价值，那也只是从一只烂得差不多的苹果上挖下或许还能吃的一口。而所谓"微观的决定论"，则是指在考察一部具体的作品时，认定"内容决定形式"，而所谓的"内容"，又只是评论者认定的这部作品所告诉我们的关于阶级压迫和社会不平的道理。基于这样的宏观和微观的双重决定论，对一部作品的总体评价，基本上就只能取决于它的"认识价值"和"教育意义"。而对于持这样一种思维定式的人来说，他对文学作品的期待与他对一份社会调查报告、一次社会鼓动讲座的期待其实是一样的。

　　阿尼克斯特对西方现代主义文学就抱有这样的期待。他在认定乔伊斯是"二十世纪颓废文学的典型代表"之后，对乔伊斯的主要作品是这样评价的：关于乔伊斯的早期作品《都柏林人》，阿尼克斯特一笔带过——"乔伊斯是作为一个描写城市底层生活习俗的作家出现的，他的创作方法接近自然主义"。从这句话里，我们除了模模糊糊地知道这部短篇小说集描写了"城市底层生活习俗"以外，一无所得，而所谓"创作方法接近自然主义"一语，在当时的语境中不啻是一个明确的意识形态警告，其隐含的意思就是："着重描写现实生活的非本质的个别现象和琐碎细节，追求事物的外在真实，反对典型化，因而不能反映生活的本质，甚至歪曲生活。"① 关于乔伊斯开始转向现代主义而创作的《青年艺术家的肖像》，阿尼克斯特的评论稍微详细一些，称此书"显示了乔伊斯的新的创作方法。这一方法后来在其他作品里得到了发展"；说主人公有作者本人的影子，他"看见周围的庸人们的毫无意义的生活，心里感到压抑。他过分倔强地把注意力集中在现实的阴暗面上"。接着，阿尼克斯特终于说了"乔伊斯用内心独白的方式表达了主人公的思想和感觉"这样一句准确到位的评语。而在评介《尤利西斯》时，阿尼克斯特敏锐的阶级嗅觉发挥到了极致，他执意突出勃路姆是一个"有产者"，他对书中三个主要人物的定性描述——勃路姆是"厚颜无耻"，莫莉是"耽于肉欲"和"犹豫不决"，而斯蒂文·德达路斯则是"焦急不安的知识分子"，为的是引出"他们……陷于无法解决的矛盾，把力量无目的地、无结果地浪费在混乱生活中"这样一个结论。关于该书的主旨，阿尼克斯特评价说：

---

① 《辞海》（修订稿·文学分册），上海辞书出版社 1979 年版，第 23—24 页。

　　　　乔伊斯断定资产阶级文明已经走到绝境，但同时他却找不到出路。
他对饱食终日，洋洋得意的小市民的全部憎恨表现在勃路姆的形象上。
然而，斯蒂文·德达路斯也决不是作为正面人物出现的，因为他没有
力量与那种使人陷入庸俗泥潭的生活制度作斗争。

关于该小说的创作方法，阿尼克斯特说：

　　　　乔伊斯的创作方法把自然主义原则弄到近乎荒谬的极端程度。小
说中琐屑细碎的描写竟到了破坏生活现象的真实比例的地步。读者很
难捉摸到小说的许多篇幅所讲的到底是指些什么，——乔伊斯就是走进
了这样的详情细节的迷宫。……而事实上，乔伊斯暴露出，资产阶级颓
废的世界观已经不能理解和解释现实了。

　　　　……必须特别指出乔伊斯的极端的自我中心主义，这表现在作
者不仅不关心他所写的是否可以了解，而且故意使叙述复杂化。尽管
《尤利西斯》有些篇幅无情地暴露了资产阶级社会里人们的思想感情，并
且从社会心理学的观点来说，是具有一定的兴趣的，但是整个说来，这
一作品证明了资产阶级思想的瓦解，以及随之而来的艺术形式的腐朽。①

之所以如此详细引征阿尼克斯特的评断，是因为它提供了那个时代的主流意
识形态在对待"现代主义"问题上的一个标准话语版本。即在处理"现代主
义"的思潮、流派、作家和作品的时候，哪些话是必须说的，哪些问题又是
绝对不能碰的，大到批评的基本立场和观点，小到一些具体提法上的把握，
阿尼克斯特都给作了恰到好处的示范。例如，必须要把"现代主义"与资本
主义腐朽没落的帝国主义历史阶段联系起来，必须联系作家的资产阶级立场
和价值取向，如果说这些作家表示出某种不满的情绪，发了一点牢骚，那一
定是对资本主义现状的不满；如果说他表现出某种困惑，那必须说他是在寻
找出路但是又找不到，等等。术语的使用也都有特定的内涵和褒贬等级。譬

---

① 〔苏联〕阿尼克斯特：《英国文学史纲》，戴镏龄等译，人民文学出版社 1980 年版，第
　619—621 页。

如，对一个作家冠以"现实主义"的头衔，那便是对他最高的肯定，"浪漫主义"对资本主义的批判就等而次之，但这里又有"积极"和"消极"之分，一旦定性为"消极浪漫主义"，如果说还有某种可以肯定的价值，那也只能是废物利用而已。"自然主义"，正如上面所说，已是"现实主义"的蜕化，它只关注生活的琐屑细节，完全忽略事物的本质，甚至是对现实的歪曲；再等而下之也许就是"颓废主义"了。当然，这种等级也不是明文规定的，而是人们从阅读经验中获得的。

在英语中，"颓废"（decadence）一词原本仅表示"减退、消退、衰退"（fall away, decline）的意思，如罗马帝国或古罗马文学的最后阶段，其本身基本上不带有褒贬的价值取向，与"堕落"（degeneration）一词的意思不同，后者则是对低下品质和道德的选择。具体到文学艺术方面，"颓废"是19世纪末叶的一股流行思潮，一些人沉湎于一种被渐渐销蚀的美，或对于往昔天真时代、对已然不在的青春韶华的一种追怀和向往。而这种"对已然沉沦没落的情绪的追怀——书写一种'沉沦之美'"，主要是文学范畴内的定义，所以多与唯美主义相吻合，然而被引申到政治、道德的范畴后，则被认为是一种鼓吹反动理念的思潮。在英国，"颓废派"的突出代表就是王尔德，在法国，其代表人物为象征派的艺术家和诗人。但英法两国的颓废派中都有一些人在道德品行上表现得放荡不羁，致使这一词语的含义大大扩展，以至于将"愤世嫉俗"、"风流倜傥"、"玩世不恭"等等都一并包括在内。然而，在阿尼克斯特们的语汇中，"颓废主义"一词不仅完全成了一个贬义的价值判断词，而且还成了资产阶级反动、腐朽、没落情趣的代名词。在对现代主义思潮和现代派作家进行批判的时候，好像一定要在某个地方把"颓废主义"的标签也给他贴上，那么这一批判才算功德圆满。像王尔德这样的颓废派作家，因早有定论，自不待言。而像艾略特这样的现代派诗人，大概因为在《普鲁弗洛克的情歌》中写了普鲁弗洛克的落魄相，于是也必须要把他钉在"颓废"的耻辱柱上，在阿尼克斯特对艾略特的批判中，"颓废文人"的帽子当然也就摘不下来了。对于劳伦斯就更不用说了，此人露骨地描绘人物的性生活，歌颂人的原始本能，迎合具有颓废情绪的知识分子的口味，腐朽没落当是毫无疑问；《史纲》不仅点出其工人家庭出身，以影射他对工人阶级的背叛，而且还将劳伦斯于1923年发表的小说《袋鼠》中所涉及的澳大利亚激进政治派别斗争，阐释为作家本人"表现出法西斯的倾向"。也许只有这样，才符合阿尼克斯特关于颓废派文学"以不同的形式来维护垂死的资本主义"的判断。

三

　　然而，说来也奇怪，曾经如此不可一世的这样一种主流意识形态话语，竟不知什么时候就无声无息地消失了。它消失得那样彻底，以至于今天若再有人把这一套批评话语搬出来，听者反倒要惊诧这世上竟还有过如此是非颠倒的怪论。回顾这段历史，我们或许仍不由自主地会强调这一变化是经过了怎样一种努力才实现的，然而，我倒宁愿相信"时势比人强"。人们常说"真理越辩越明"，可是在大多数情况下，这只不过是现行意识形态的一种自我辩护，辩论充其量只能使辩论双方或多方将各自观点做一番陈述，而认识真正发生改变，更多靠的是辩者自己的悟性。"现代主义"是因为辩论而弄清楚的吗？显然不是。我们所看到的，不过是因为这个外来的理念随着时间的推移而变得不那么可怕了。原先以为它有多大的意识形态颠覆性，后来发现并非如此，现行意识形态完全可以将它包容收编，心里头也就踏实了。邓拓过去有句很有名的话叫"放下即实地！"许多的事情其实都是我们自己跟自己过不去——死死抓住一个什么东西，以为自己悬在半空而不敢放下，其实事情很简单，松手就行——你本来就稳稳当当站在实地上，没有任何危险。

　　就这样，没有任何预告，变化真的就出现了。2002 年 1 月出版的《辞海》中，"现代主义"的释义不仅从过去的 133 字增加到 540 字，更为重要的是一改过去那种意识形态批判的口吻，变成了比较求真务实的客观介绍和评价。释义把这一思潮的"基本倾向"比较准确地界定为："反映现代西方社会中个人与社会、个人与他人、人与自然、个人与自我之间的畸形的异化关系，以及由此产生的精神创伤、变态心理、悲观情绪和虚无意识。"这句话基本上采用了袁可嘉先生在《外国现代派作品选》前言中对现代主义的界定①。

---

① 参见袁可嘉《外国现代派作品选·前言》，上海文艺出版社 1980 年版，第 5 页。

也正是这样一句话，把过去将它视为反映论对立面的定性彻底颠倒了过来。接下来，词条的释义客观地指出了尼采、柏格森、弗洛伊德和荣格等非理性主义哲学思潮对其产生的重大影响，并指出"这些学说的共同点是反对理性的压抑，重视直觉与潜意识活动的作用，要求深入精神意识的奥秘，而不满足于浮面的描述"。"深入精神意识"的层面，"不满足于浮面的描述"，这些都是对现代主义文学艺术的相当正面的肯定。释义还进一步强调，现代派作品对"表现方法（技巧）和表现形式"格外重视，现代派作家所致力发掘的"主要不是客观世界，而是内心世界"，他们"追求梦境和神秘抽象的瞬间世界的描述，技巧上广泛采用暗示、隐喻、象征、联想、意象、通感和思想知觉化的方法，以开掘人物内心奥秘，表现人物意识的流动；布局谋篇往往颠倒转换时空顺序，采用把毫不相干的事件组成齐头并进的多层次的结构方式"。而尤其值得赞许的是，释义还客观地指出了现代主义的承继关系及其自身局限："现代主义以反传统的姿态出现，其实与自然主义、浪漫主义传统存在承传关系。……它具有反映现实的一面，又常常把具体社会问题抽象为普遍永恒的人性问题而得出悲观的结论。"

　　对于从事欧美文学的研究、特别是对近现代欧美文学比较熟悉的人来说，看到这样的关于现代主义的界定和介绍，肯定会觉得文从字顺、理所当然。然而，对于没有这种知识背景的人来说，这一界定和释义似乎纯粹成了一个话语上的改口。譬如，过去说"现代主义"是"资本主义腐朽没落阶段的产物"，是"帝国主义时代反动文化的集中体现"，把它看成与我们所推崇的现实主义文学格格不入的异己和另类，而现在呢，则首先承认它也有反映现实的一个基本面——承认它反映了"现代西方社会中个人与社会、个人与他人、人与自然、个人与自我之间的畸形的异化关系，以及由此产生的精神创伤、变态心理、悲观情绪和虚无意识"；过去把现代派作家对内心世界的刻画和表现都看成是一种颓废、阴暗、消极心理的发泄，现在呢，则认为他们是深入到精神意识领域，旨在发掘内心世界的奥秘，是一种"不满足于浮面的描述"，而他们在创作技巧上采用"暗示、隐喻、象征、联想、意象、通感"等手法，又无疑是对前此传统创作手法的一种丰富。

　　但是，人们不禁会产生一个疑问：这样一个从过去被主流意识形态全盘否定拒斥到现在被主流意识形态接纳包容的转变过程，照理说是一个较长时期的研究和争论的结果——通过大量的研究和探讨，人们才有可能在学理上达成比较一致的认识，才可能最后形成在话语上的改口。而反观我们的这一改口，它发生得似乎太快了，缺乏一个学理上的辨析过程，许多原本不可或缺的东西还没见到，人们就不约而同奔向了下一个课题。十年前，从事英国小说研究的黄梅对这一变化曾这样说：

> 十余年前，"现代主义"一词在好奇的、骚动的中国文化人和青年们那里代表着顶新潮、顶尖端的货色，而如今"后现代主义"之类已经批量问世，就大大地失去了轰动效应。"文化大革命"结束以后，我们的文化引进更新换代之快世界上恐怕也是屈指可数的。仿佛闸门猛然洞开，多年累积的水一齐涌入，从欣喜地迎回十载暌违的西方古典作品，到大张旗鼓地介绍现代派，到快速跟踪最新"主义"和最新发展，我们几乎是在不停嘴地囫囵吞枣。①

这的确就是我们在文学观念化上的实际经历——"不停嘴地囫囵吞枣"。我们基本上没有做多少理论的研究和学理上的考量，就径直把人家的结论端将过来，充当我们认识和评价的依据，而这样一来，实际上又成了一种"话语的平移"。因为从话语的层面看，你好像是与外部世界接轨同步了，然而你的实际认识却是一片接一片的空白，因为你对自己所使用的话语仍旧缺乏知识和学理的支撑。譬如，按现在的说法，尼采、柏格森、弗洛伊德和荣格等非理性主义哲学都对现代主义产生了重大的影响。那么，我们就应该了解这些人的具体哲学影响表现在哪些方面。这就需要我们对他们做进一步的研究，真正得到资料和学理上的论证。否则，把这些人的名字与现代主义联系在一起，岂不与上文谈到的将所谓"人类本体论哲学"和现代主义胡乱联系是一回事！而反过来说，当有人硬把现代主义与"人类本体论哲学"捆绑在一起进行批判的时候，我们之所以不能理直气壮站出来质疑，不也正是因为我们对现代主义的学理沿革缺乏研究和辨析。

---

① 黄梅：《回顾现代英国小说》，见《现代主义浪潮下：英国小说研究 1914—1945》，中国社会科学出版社 1995 年版，第 1 页。

　　看来着实是需要对现代主义重新做一番考量和辨析了。然而，这种考量和辨析却并不完全是从补课意义上说的。由于时间的推移，文学思潮发生了变迁，尤其是后现代主义思潮突如其来的出现，现代主义话语其实又有了一些新的变化。比方说，有些问题当年刚刚被提出时曾引起很大的争议，是因为它表现出明显的离经叛道性、意识形态的颠覆性，可是，随着现代主义逐渐被接受，现代派的许多作品不仅被接受，有些甚至还被供奉为艺术经典，这些争议也就慢慢地平复下来，人们对它们的态度也由激烈的抵制变为可以接受、甚至可以欣赏了。20 世纪 30 年代，卢卡奇对现代主义文艺作过非常激烈而尖锐的批判，西方文论界过去把卢卡奇作为斯大林主义的代表，我们在六七十年代把卢卡奇作为修正主义的代表，对他采取否定的态度，可是，现在东西方的文学理论界似乎都承认了卢卡奇马克思主义文艺理论家的地位，甚至把他对现代主义文学的批评视为重要的一家之言。那么，当年他对现代派所做的评价，今天是否有重新认识的必要呢？

　　再者，现代主义现在被奉为西方文学经典，其理由之一是它对当代资本主义进行了"批判"，然而当年的左翼和马克思主义对现代主义的批判，却强调的是它在道德上的"堕落"，认为它是腐朽没落的资本主义的代表，然而在今天，当道德滑坡问题又重新成为大受关注的社会问题的时候，我们能否或者"以成败论英雄"——因为现代主义成为正宗而一俊遮百丑，阻止对它再进行道德上的分析，甚至认为它在道德上无懈可击；或者，因为世风日下而痛心疾首，于是就简单地再把现代派拖出来鞭尸示众，以期收到警世劝善的效果呢？

　　而更值得注意的是，人们的认识也在不断地发生变化。20 世纪 80 年代末开始出现的一些新认识，其实就已涉及对现代主义的重新估价问题。例如英国的著名文学批评家艾伦·辛菲尔德（Alan Sinfield, 1941—）就详细讨论过英国的"现代主义"无论是作为思想理念还是它的具体的内涵，都和欧美有很大的差异。他认为，20 世纪 50 年代以降，英国的文学批评和理论的研究在利维斯的影响下，实际上已将来自欧洲和美国的有关现代主义的理念和文学影响进行了从里到外的全面清理和改造。利维斯希望文学位于英国文化传统的中心，必须体现其"英国性"（English），必须关注正面的道德价值观，并要相对容易理解，不要过于前卫。为此，作为现代主义最主要代表的《细察》（Scrutiny）学术群体，尽管也推崇艾略特、叶芝、詹姆斯、康拉德、劳伦斯，却并不是对整个欧美现代主义思潮和现代派文学都持欢迎接受的态度。实际上，《细察》就发表过很多反现代主义的文章。而且即使是上述这几位受到推崇的现代派作家，那也只是他们那些在英国被视为有用的因素得到肯定和强调，他们的其他一些特点则被排斥在一边①。特里·伊格尔顿在 1994 年时也指出：现代主义潮流对于英伦三岛的本土文学来说仅仅是擦边而过，并没有形成 20 世纪英国文学的主流。世纪之交英国出现的那一阵现代主义文学的繁荣，基本上仅限于文学移民和流亡作家——从亨利·詹姆斯和约瑟夫·康拉德到 T. S. 艾略特和埃兹拉·庞德。伊格尔顿还指出：艺术上的现实主义传统和哲学上的经验主义传统在英伦本土文化中根深蒂固，英国人在日常的价值观方面则坚定地崇尚常识和良知，这种气候和土壤对于超现实主义诗人布勒东、未来派诗人马雅可夫斯基这样的先锋派显然不太合适，英国比较稳定的政治条件对种种激进的乌托邦倾向也不是一种鼓励。所以，土生土长的英国现代派作家都与大英帝国的这种"小英格兰主义"（Little Englandism）发生龃龉——D. H. 劳伦斯很快找到了机会，离开了英格兰，弗吉尼亚·伍尔夫则一向对现行的体制侧目相视，持冷眼旁观、讽刺揶揄的态度②。

　　然而，伊格尔顿提出的要对现代主义文学重新估价问题，在当时正热火朝天的后现代人文反思的声浪中似乎也没有激起太大的反响。不过，话又得说回来，后现代文学史家毕竟将一个封闭的文学典律打开了，他们把眼光更多地投向了原先的一些被排斥、被压抑的作家和作品。所以当又一个十年过去后，我们看见学界对文学传统和文学潮流的看法真的出现了一些明显的变化。2004 年 9 月，《牛津英国文学史》的第 10 卷《1910—1940：现代运动》出版，该卷主编克里斯·鲍尔迪克（Chris Baldick, 1954– ）显然是吸收了这些年学界的研究成果，他撰写的引言就对现代主义的定位作了重大的改动。过去学界论及"现代主义"思潮，强调的是它与传统的"断裂"，强调

---

① Alan Sinfield, "*The Migrations of Modernism*: *Remaking English Studies in the Cold War*," New Formations, No. 2 Summer 1987, 107-126, pp. 107-108.
② 参见英国《泰晤士报文学增刊》（Times Literary Supplement），1994 年 7 月 15 日。

它的"推陈出新"①，而现在，鲍尔迪克更强调"现代主义"的其来有自，不仅与早先的浪漫主义有关，而且作为一个文学流派，它 19 世纪末的唯美主义思潮更有一种传承的关系；过去论及现代主义，往往将它看成是一个时代的主宰，然而鲍尔迪克现在则指出，真正被划入"现代主义"的诸如乔伊斯、伍尔夫那样的实验小说家，T. S. 艾略特那样的诗人，其实只是一股"代表少数人的潮流"（a minority current），他们的读者"只不过数百人"（a few hundred people），而那时候，H. G. 威尔斯、阿诺德·伯奈特的小说或约翰梅斯菲尔德的诗歌集，其销售量都是数以万计。事情之所以会颠倒，这些少数的实验派作家之所以会被当作主流，那完全是因为庞德、艾略特、伍尔夫等持续不断地发宣言、发文章、进行批评重构的结果。而后来的文学史家、文学批评家又接过他们的衣钵，将所谓"现代主义"的标签再贴回到他们的那些作品上，让人觉得他们之间有着一个共同的革命目的，他们与那些法国的画家、俄国的电影人、舞蹈艺术家、意大利的雕塑家以及奥地利的作曲家都有一脉相承的联系。鲍尔迪克还指出：正是这样一种表述方式，把一些更得到青睐的文学创新者与另一些运用了比较传统一点的语言和传统一点文学形式的作家截然地划分开来。而如果我们暂时撇开这样一种分类，那么就会发现，像多萝西·理查森或 D. H. 劳伦斯这样的"现代主义"的小说家，实际上更接近于像 E. M. 福斯特或 A. 伯奈特这样的传统的小说家，而不像斯特拉文斯基、毕加索或达利这样的现代派艺术家②。

　　由此可见，现代主义的问题不仅是一个值得再思考、再认识的问题，而且这些年来，学界对这个问题的认识也确实发生了变化。对于这个问题作进一步的深入研究，不仅有助于我们对那个时代的文学，对一些具体的作家和文学流派有一个更准确的认识和把握，而且我们还应该看到，也正是在20 世纪之交那个当口，整个西方社会在基本实现了工业化、城市化之后又进入了一个新的历史转型期，各种社会矛盾和冲突在上层建筑意识形态领域

---

① 例如，见 Malcolm Bradbury and James McFarlane，eds. Modernism 1890—1930 Harmondsworth Penguin 1976 该著第一章就是一篇用所谓"文化地震学"的观点看待现代主义的专论，强调"现代主义"与过往文学传统的彻底决裂。

② Chris Baldick, *Introduction in The Oxford English Literary History Volume 10 1910—1940 The Modern Movement Oxford University Press*，2004；外语教学与研究出版社、牛津大学出版社 2007 年版，第 3—4 页。

又在进一步地凸显和深化。现代主义运动中涌现出的那些代表作家，个个都是当时思想界的风云人物。他们当时提出的种种领风气之先的激进观点，以及今天我们又重新对他们作出历史的评价，无疑将构成西方现代思想史研究的一项极其重要的内容。

（原载于《文学评论》2012 年第 1 期）

艺术批评话语与视觉性隐喻

凌晨光

艺术批评话语是艺术话语的重要组成部分，是艺术接受者借助于理论对艺术对象的描述、解释与评价。艺术批评话语一方面反映艺术对象的诸种特点，另一方面又具有自身的特质。它既不能等同于艺术话语本身，又不是侧重于原理表述和术语反思的纯粹理论，它是联结理论与对象的桥梁。与艺术话语的表征性相对应，当代艺术批评话语视觉性表达的总趋势非常明显，而话语之所以能够以视觉性的特征呈现，是与话语隐喻功能的发挥分不开的。

一、艺术批评话语的视觉性主题

艺术，从本义上说是包括文学（语言的艺术）在内的如绘画、雕塑、建筑、音乐、舞蹈等多种艺术门类的总称。但是由于长期以来形成的学术习惯和传统，当文学作为一个与语言符号关系和口头表达关系最为密切的特例而独立单飞以后，艺术的概念越来越趋向于狭义的意涵，从而几乎成了视觉艺术的代名词。尤其在艺术批评领域，由于音乐批评所用术语的专业性以及所关注问题的特殊性影响了音乐批评在艺术批评整体中的说服力和可接受度，加之舞蹈批评在专业范围之外几乎不见踪迹，因此，艺术批评在很多情况下就是视觉艺术批评。这样，对艺术批评话语的探讨就不能回避其视觉主题问题了。

1. 观看与阐释

从视觉艺术到视觉艺术批评，完成了从观看到评说的过渡。就话语层面来说，是完成了从表征到阐释的过渡。视觉艺术话语批评的对象是视觉艺术话语，后者是以图像为手段的表征性话语表达与建构，而对此的批评，则是一种阐释性的话语表达与建构。对于艺术批评话语的问题是，如何用阐释性的文本去处理观看图像的结果。表面上看，这里涉及"说"和"看"两个不同的领域，看的对象是空间性的，看是一种整体接收式的在共时状态下的活动，所谓"一览无余"、"尽收眼底"；而说是一种时间链条上的表述，是在历时状态下进行的前后有序的词语组织。两者之间如何对应呢？

说出的是话，看到的是东西，用法国学者福柯的话说，这里涉及的就是"词"与"物"的关系问题。他借助于西方文化传统中的宗教知识，解释词与物的从相似到分离的关系："在其初始形式中，当上帝本人把语言赋予人类时，语言是物的完全确实和透明的符号，因为语言与物相似。名词置于被指称的物上，恰如力量书写在狮子身上，权势书写在老鹰的眼里，恰如行星的效应刻画在人们的前额上：都是通过相似性形式。这一透明性在《圣经》中挪亚的子孙没有建成的通天塔中被破坏了，以示对人类的惩罚。"[①] 如果我们抛开福柯话中的宗教性内容，至少可以看到一点，即相似性原本是语言存在的初始条件，只是现在的语言已丧失了这种相似性。其实福柯并不为这种相似性的消失而惋惜。他认为，如果语言不再直接与自己所命名之物相似，那么语言并不会因此就脱离了世界：它不再是自然，而成为世界的构型。在与世界的总体关系中，语言发挥着它的象征功能。这就是说，脱离了与物的直接相似性的语言，其实依然与它要表达的对象世界有一种象征和构型的关系。具体到艺术与艺术批评话语关系来说，批评中的阐释仍然可以在象征和构型的层面上表述"看"的结果，只是经过语言机制的内在转换，"看到的"变成了"说出的"。

甚至在观看行为之中，就已经包含了阐释的活动。"观看"不等于单纯的"看"，"观看"涉及对其看到的东西的认知和理解，而"看"只是一种知觉活动。正如英国学者诺曼·布列逊所言："我们要弄清楚的是，绘画激活的再认行为是一种意义的产生，而非意义的知觉行为。观看是一种将绘画物

---

① ［法］福柯：《词与物——人文科学考古学》，莫伟民译，上海三联书店 2001 年版，第 49 页。

质形态转化为意义的行为，而这种转化是持续不断的，没有什么可以使它停止。"① 作为一种意义转化行为，观看是一种阐释活动而不是一种知觉活动。他用一图多义的现象对此加以说明：人们对"鸭兔同形图"和"妻子/岳母图"的解读，用一种方式来看是鸭子，另一种方式看就是兔子；或者一会儿从画上看出一个魅力少妇，一会儿又发现她变成了老年妇人。"关键在于这些图画并没有改变，变的只是我们赋予这些图画的知觉结构；这个结构可能与认知心理学中的神经系统格式塔有关，并依赖于分类和范畴，它们是知觉者作为其文化习惯之普遍经验的一部分带入图画中去的。"② 应该看到，布列逊在此涉及的只是观看画面时的"再认"行为，还不是阐释活动的全部。但正是这种连接了观看与阐释的再认行为，将艺术批评话语的建立带入了起步状态。

　　再认更多关注的是画面的图像形式层面，比如画面因素的结构关系、对比效果等（达·芬奇《最后的晚餐》画中人物之间的分与合、聚与散的关系），还没有进入到画面图像的意蕴内涵层面，比如画面因素的关系和效果所表征的精神性的或心理性的东西（《最后的晚餐》画中耶稣的手势与犹大的身体语言中体现的高贵与卑微，真实与虚伪之间的对立）。然而正是再认这一起步阶段，预示了艺术批评话语演进的方向与目标。

2. 看与被看

　　看是眼睛的动作，是眼睛完成其生理机能的行为。看标志着我们与世界的关联。罗兰·巴特说："科学用三种（结合在一起的）方式来解释目光：以信息论术语（目光在告诉）、以关系术语（目光在交换）、以占有术语（借助于目光，我触及、我达到、我理解、我被理解）；三种功能：光学功能、语言学功能、触觉功能。"③ 巴特总结的目光的三种功能都是由视觉主体指向对象世界的，体现了我对世界的认识、理解和控制。

　　看的行为中，最为主动的、最具控制性的是"凝视"（gaze）。当人们凝视对象时，并不简单地在看，不是眼光有意无意地掠过对象，而是探查和控制对象。凝视的控制意义在很多古老的神话和传说中得到印证："经典的神

---

①　[英] 诺曼·布列逊：《视觉与绘画》，郭杨等译，浙江摄影出版社2004年版，第xxvi页。

②　[英] 诺曼·布列逊：《视觉与绘画》，郭杨等译，浙江摄影出版社2004年版，第33页。

③　[法] 罗兰·巴特：《显义与晦义》，怀宇译，百花文艺出版社2005年版，第323页。

话大多与眼睛的神秘的也常常是致命的力量相连：戈耳戈（Gorgon）的注视据说可以使她们的牺牲品变成石头，她们的首领美杜莎之所以被珀尔修斯杀死，是因为他可以躲过她的目光，并通过倒影看见她的形象。"①古希腊神话里另一个著名的故事则从又一侧面显示了目光的威力：顾影自怜的美少年纳西索斯，看到自己水中的倒影，深陷于对水中形象的爱恋而不能自拔，最终变成了一朵水仙花。这则故事让人们领略视觉魔力的同时，也激起了对这种看与被看的奇怪关系的关注。

由于凝视这种专注的看，具有不可抗拒的控制力，所以被看，就成了一个自感被控制的让人警醒的事情。福柯受到英国哲学家边沁的启发，把现代社会制度比喻为一个全景监狱："现代制度的中心是那种全景监狱的结构：一个理想的监狱（其建筑法则也可以用于学校、医院和兵营的建筑）应是，每个囚犯都处于他／她所无法看见观察者（observer）的持续不断的凝视之中。"②如果说看是一个视觉主体的外向性活动，而且这种活动还具有一定的个体性和私密性的话（比如偷窥），那么，被看则是主体意识到自我被置于他人目光的监控之下。看，如果说还可以算是一个主体的个人性活动的话，被看则是主体受控于他人的社会性活动。看与被看的关系，让视觉从"我在看"的主体活动变成了"别人看到我在看"的主体间的活动。

看与被看的复杂关系，在法国学者梅洛－庞蒂那里得到了深刻的分析："看"是主体通过他身体上的视觉器官向对象物体的投射。"我的"身体是我观看对象的出发点，但作为社会和世界中的一员，"我的"身体又是被看的对象，也就是说我的身体一方面在看，另一方面又总是被看，身体既是视觉的主体又是视觉的客体。这种看与被看的关系是主体自我意识形成和完善的关键。只有看，没有被看，主体就永远不会有"自我"的概念。这很像是人在照镜子时面对的状况：镜子既表明了观看者与被观看者的关联，又表明了观看者与被观看者的距离。在镜子中，"我"完全具有了外在性，"我"变成了自己面对的镜子里的那张面孔。"因此，我的身体可以包含取自另一个人的身体的成分，正如我的物质进入那些成分中一样，人是人的镜子。镜子是

① ［英］卡瓦拉罗：《文化理论关键词》，张卫东等译，江苏人民出版社2006年版，第140页。
② ［英］卡瓦拉罗：《文化理论关键词》，张卫东等译，江苏人民出版社2006年版，第141页。

具有普遍魔法的工具，这种魔法将事物变为景象，将景象变为事物，将我自己变为另一个人，将另一个人变为我自己。"① 如果接着梅洛-庞蒂的思路，我们可以继续说，镜子的这种魔法，把"看"这种主体的内部活动投射为可观察的外部活动，从外部看到自己的同时，我的"看"的内在经验也被投射到镜中在"看"的形象之上。于是，外在形象与内在感受接通了，于是主体间性出现了：我从别人身上看到了自己。

罗兰·巴特用讲故事的形式告诉我们，自我的意识，恰恰是在我注意到被别人关注时，才强烈地显现出来。"在我家所在街道的另一侧，正与我家相对并与我的窗户处在同一个高度的位置上，有一套看上去无人居住的单元房；可是，时不时地，就像阅读有趣的连载侦探小说，甚至是奇幻小说那样，夜间很晚的时候，有人进去，亮起了一盏灯，一只胳膊推开，然后又关上一扇窗子。由于我没有看到任何人，而且我自己也在观看（我在窥视），所以我推论我没有被人注视——于是，我便放下了我房间原先拉起的窗帘。但是，也许是相反的情况：我可能不停地、一个劲儿地被隐匿着的哪个人看着。这个故事要说明的是，你在尽力看的时候，你可能忘记你自己也许正被别人看。或者：在'观看'这个动词中，主动态与被动态的界限是不确定的。"② 其实罗兰·巴特用寓言的方式，不无烦琐地讲出的这个故事，用我国现代诗人卞之琳的诗表达，就优美精练得多："你站在桥上看风景，看风景的人在楼上看你。明月装饰了你的窗子，你装饰了别人的梦。"

二、视觉转译为话语

如前所述，就目前而言，艺术批评话语的描述、解释和评价的主要对象仍是视觉艺术。批评话语建立在符号性的语言表达与建构的基础上，而批评对象则是空间化的共时性的结构，那么艺术批评是如何在语言层面上描述和解释空间对象的，其间视觉性内容如何转化成话语的时间性链条，在此过程中人的感受机制与话语机制之间的联系、协调和转换值得研究。如果将视

---

① [法] 梅洛-庞蒂：《眼与心》，第 129—130 页。转引自艾克、温特斯编《视觉的探讨》，李本正译，江苏美术出版社 2010 年版，第 41 页。
② [法] 罗兰·巴特：《显义与晦义》，怀宇译，百花文艺出版社 2005 年版，第 323 页。

觉艺术文本看成是一种话语形态，也就是说，它是用特殊的方法（空间化的共时结构）对自我和对世界的建构性表达，那么，感受机制与话语表达机制的关系就会在艺术话语和艺术批评话语的两个层面上体现出既相互关联又内涵不同的一致性，即在艺术话语的层面，是一个思想的图像化的问题，在艺术批评话语层面，则是图像的语言化问题。

1. 思想的图像化

思想的图像化指的是这样一种情形：人们有意识地选择了空间化共时结构的文本（也就是图像）去建构性地表达他的感受、情感、思想和认识。以图像作为一种特殊的话语方式，向他人向社会呈现其对自我和对世界诸问题的思考和回答。

思想的图像化是通过隐喻完成的。通常人们只把隐喻当成一种文学性的语言表达方式，但有关隐喻的进一步研究改变了这种看法。"隐喻普遍存在于所有种类的语言中和所有种类的话语中，甚至在最没有可能的情况中，比如科学和专业话语中，也是如此。而且，隐喻不仅仅是话语的表面文体修饰，当我们通过一个特定的隐喻来表示事物时，我们是在以一种特定的方式建构我们的现实。隐喻通过一种普遍的和根本的途径，构建起了我们的思维方式和行为方式，以及我们的知识体系和信仰体系。"[1] 简单说，"隐喻就是借用在语言层面上成形的经验对未成形的经验做系统描述"[2]，隐喻连接了未成形与成形，不确定与确定，为情感提供节奏，给思想提供形象。

隐喻的上述转换能力被很多理论研究者关注，当代美国学者海登·怀特将隐喻的这种转换功能称作是"转义"（tropic）。他介绍说，这个词源自 tropikos，tropos 在古希腊语中的本义是"旋转"，引申义是"途径"或"方式"。"他通过 tropus 进入现代印欧语系。在古典拉丁语中，tropus 的意思是'隐喻'或'修辞格'，在晚期拉丁语中，特别是在被运用于音乐理论中的时候，tropus 的意思是'调子'和'拍子'。"[3] 把连续而无形的音乐之流转

---

① ［英］费尔克拉夫：《话语与社会变迁》，殷晓蓉译，华夏出版社 2004 年版，第 181 页。

② 陈嘉映：《语言哲学》，北京大学出版社 2003 年版，第 378 页。

③ ［美］海登·怀特：《话语的转义》，董立河译，大象出版社、北京出版社 2011 年版，第 2 页。

化为曲调和节拍，用音高和时值的固定结构将音乐"构型"，并反映在视觉意味很强的五线谱中，这个例子恰好说明了隐喻的功能。怀特进一步解释说："如是观之，转义即是一种从有关事物关联方式的一种观念向另一种观念的运动，也是事物之间的一种关联，这种关联使得事物能够用一种语言来加以表达，同时又考虑到用其他方式来表达的可能性。"① 当思想可以通过多种途径向感觉转化，在这些转化方式中具有选择性时，视觉的中心地位就凸显出来了。"古希腊哲学时代以来，视觉在各种感觉中一直享有最高的殊荣，对 theoria 这一最高贵的心灵活动的描述，其所采用的大部分修辞隐喻都来自于视觉领域。……视觉除了为显示智力活动的高层结构提供比拟外，往往被当作各种感知的典范，并因而作为其他种种感觉的论衡标准。"② 对此英国学者诺曼·布列逊简明扼要地说："在主体和世界之间插入的是构成视像（visuality）的全部话语的总和。"③ 这句话中的"视像"一般译为"视觉性"，这是视觉文化理论和艺术批评话语中一个不能绕开的概念，下文中将有专门论述。在此，我们只要把握这句话的基本意思即可，那就是：视觉性的话语承担了隐喻的角色，发挥了隐喻的功能，它保证了主体的思想意识向图像化对象世界的转化。

2. 图像的语言化

图像的语言化是指，把图像看作是一个蕴含着意义的符号系统，一个有着表达和建构目的的话语行为，然后通过符号转换的途径，用语言文字的形式说明、解释图像的内容和意义。

图像是一种符号性的话语行为，观看图像则是一种解读话语的活动。福柯在谈到话语的功能时，曾专门论及语言可以向表象提供符号的问题："在古典时代，认识和讲话在同一个网状结构中交织在一起。在知识和语言的情形中，这是一个向表象提供符号的问题，借助于这些符号，表象就能

---

① [美] 海登·怀特：《话语的转义》，董立河译，大象出版社、北京出版社 2011 年版，第 3 页。

② [斯洛文尼亚] 艾尔雅维茨：《图像时代》，胡菊兰等译，吉林人民出版社 2003 年版，第 20—21 页。

③ [英] 卡瓦拉罗：《文化理论关键词》，张卫东等译，江苏人民出版社 2006 年版，第 142 页。

依据一个必需的和看得见的秩序把自己展现出来。"① 如果说，图像是主体意识、观念、思想、情感的符号化表达，那么语言则是图像的符号化表达。

有西方学者在谈到理解一幅绘画作品阐释者应具备的条件时，总结出三个条件：一是理解二维图像与三维事物之关系的能力。他应该能知道二维图像表征了三维事物，否则就会像传说中的印第安人，第一次看到同伴被白人画家画成侧面像之后的反应，坚称那里只有半个人。二是具有相关的阐释技能，比如对比例、色彩、结构、形状的观察与区别能力。三是具有将一般生活经验和信息引入图像的能力。比如对拉斐尔的《雅典学院》一画的解读，就应有透视学方面的知识和古希腊社会及教育方面知识的支持。② 在运用语言符号对图像的说明和解释方面，还是潘诺夫斯基的方法更加明确和更具操作性。他提出了意义的三个层次，或理解绘画的三种方式。他称这三个层次为前图像志描述、图像志分析和图像学阐释。前图像志描述是理解的最初层次，对象是自然题材，目的是认识到图像中的线条色彩和体积所表征的物体和事件。图像志分析的对象是约定俗成的题材，这些题材组成了图像、故事和寓意的世界，分析者必备的知识是宗教或世俗文献。图像学阐释的对象是艺术作品的内在含义或内容。这个层次上解释者的必备知识是对人类心灵的基本倾向的了解。能够将图像志分析中的故事、概念、主题和象征，与民族、时代、大众的基本原则联系在一起。③

需要说明的是，图像的语言化过程并不是由语言符号将观赏者面前的图像的意义还原到图像作者的意图，也不是对图像作出回复到图像创作时的年代或社会背景的阐释。法国当代学者米切尔·巴克森德尔（Michael Baxandall）在其著作《15 世纪意大利的绘画与经验》一书中，曾谈到意大利文艺复兴时期的画家波提切利的两幅代表作品《春》和《维纳斯的诞生》，他注意到两幅画中的人物，不管是《春》中的美惠三女神还是《维纳斯的诞生》中的维纳斯，都呈现出一种舞蹈性的姿态。他认为，就观赏者来说，理

---

① ［法］福柯：《词与物——人文科学考古学》，莫伟民译，上海三联书店 2001 年版，第118 页。

② 参见 ［英］马尔科姆·巴纳德《理解视觉文化的方法》，常宁生译，商务印书馆 2005 年版，第 64—65 页。

③ 参见 ［美］潘诺夫斯基《图像学研究》导言部分，戚印平、范景中译，上海三联书店 2011 年版。

解这种姿势和跳舞方面的社会知识，是理解和认识这些作品的条件。如果不懂这些，他们对绘画作品的理解和认识就要打折扣。"个体的观念和知识再一次影响着他们对形象的认识和理解。于是，没有这些观念和知识的存在，也就无所谓对这些形象的认识和理解。"① 然而我们要说，不具备 15 世纪的有关宗教、测量、舞蹈姿态等方面的知识，固然不会像具有此等知识的 15 世纪的"喜爱跳舞并常做礼拜的商人"那样去看一幅画，但这一点重要吗？我们为什么一定要用"15 世纪意大利男性中产阶级"的目光去看《春》或《维纳斯的诞生》呢？一幅画对我的意义和价值是因为他在 15 世纪意味着什么，还是现时它对我的吸引力和冲击力所体现出来的呢？如果没有人告诉我 15 世纪的认识如何看这幅画的，我怎么知道我的理解是"不正确"的呢？我知道了这种所谓的不正确之后，会有助于我更好地理解这些画吗？它可能会变得更美、更有感染力吗？

上述问题的提出并不是要求人们对它们立即给出答案，而是让人们注意到，回到作者意图或回到当时情境并不是对图像进行理解和阐释的唯一途径，而且也不是最好的途径。在此，德国解释学哲学家伽达默尔的"视野融合"概念才是解决问题的有效途径。根据伽达默尔的解释，理解并不是要在阐释者头脑中重构和复制往昔的世界或他人的意图，我们不可能将自己重构成或尝试成为 15 世纪的意大利城市居民，以理解当时人的看法。相反，解释者当前的视野与图像或文本提供的历史视野的调和折中或融合，是理解图像乃至一切文本的关键。所以理解并不是从一个当前的单一封闭的视野转动进入到另一个往昔的单一封闭的视野，而是进入一种在人的想象世界中经过努力终于达成的视野的融合。

至此，图像便在当前的语言符号层面上转化为具有当代意义和价值的阐释性话语，艺术批评即建立在此种话语之上。

---

① ［英］马尔科姆·巴纳德：《理解视觉文化的方法》，常宁生译，商务印书馆 2005 年版，第 69—70 页。

三、视觉性与视觉中心主义

视觉在人的诸感觉能力中的突出地位一直以来受到强调，视觉经验也顺理成章地成为整理和理解人的其他经验的标尺，视觉性的话语表述因此而成为标准的表述模式。而当视觉性的重要地位无限放大，以至于遮蔽和忽视了人的其他感觉能力和与之相应的表述逻辑的时候，就会形成视觉中心主义，它对于我们力图全面综合地进行艺术经验的转换和批评话语的表达，是有害无益的。

1. 视觉与视觉性

现代话语理论十分明确地在"视觉"和"视觉性"之间作出了区分。如果说视觉是一种身体行为，是视觉感官的活动，那么，视觉性则是一种社会构成。如前所述，当把图像看作是一个符号，看作是一种话语行为的时候，观看绘画就成为一种解读话语符号的行动，"观看"成为一种将符号与其上下文语境联系起来把握其意义的社会文化行为。

概括一下视觉与视觉性的不同：视觉是一种身体行为，属视觉器官的活动；视觉性则是社会构成，它是社会性的话语表述行为。视觉艺术理论涉及绘画、雕塑、建筑等造型艺术或空间艺术的结构方式和形式特征等，视觉性理论则是"说话的观看者"的理论，这种理论来自符号学，而且视觉性理论可以广泛采用人文学科和社会学科的各自理论资源来支持和印证自己对视觉对象的解说。

视觉性话语是用语言符号的方式把视觉经验转换成对图像的描述和解释文字，以保证主体视觉经验能够向另一个主体进行传达，以达到主体间相互交流相互理解的效果。"我们决不可能直接地体验另一个人的视野，——这一点是肯定的；对别人视野的了解，我们虽然能够获得，但是我们只有通过别人的描述。这种描述证明，别人也看到了我们看到的东西，但是对看到的东西的定义不是来源于视野自身，而是语言，即来源于视域之外，在于描述的符号标记。"① 的确，我们不会进入他人的内心或大脑，不会变成另一个

---

① ［斯洛文尼亚］艾尔雅维茨：《图像时代》，胡菊兰等译，吉林人民出版社 2003 年版，第 57 页。

人，要想交流和理解，只能通过语言。这里面临的是一种转换：视觉经验转换为语言符号。我们通过他人的语言符号的表达来领会他人的视觉经验。这是自我经验与他人经验的融合，是一种"双重经验"或"双重感觉"。

图像学研究是将视觉艺术转换为视觉性话语的最好例证。潘诺夫斯基在《新柏拉图主义运动与米开朗琪罗》一文中，对于文艺复兴巨匠米开朗琪罗的雕塑的解说十分精到。他从雕像的一个外在显著特征开始："他的雕像无不屈从于近似埃及式僵硬的一种体积系统。"在这看似过时和笨拙粗糙的外形之下，却是艺术家充满张力的内心世界的写照。"事实上，由于这种体积系统建立在完全非埃及的活力结构之上，因此创造出了永无休止的内在的张力。"潘诺夫斯基的视觉性阐释策略就是从人们都能看见的对象的外在特征入手，一举进入不能为普通视觉所穿透的对象的内心世界。"米开朗琪罗的雕像构成，均与结构中轴无关，而是与长方石块的表面联系在一起，雕像形态宛若缓缓引来的槽中之水，在石块中显现出来。即使在素描中，他笔下的形象也被赋予斧劈般特征的网状线条，它不会融合于空间，而是被封闭与造型体积的界限之中。所有的能量都在相互刺激，最终在这种内在的冲突中消耗殆尽。所有这些风格原则与技法习惯都不仅具有纯形式上的意义，而且体现了米开朗琪罗人格本质的表征。"在此潘诺夫斯基从描述转为阐释，从感知转为体验，从作品风格转向作者人格，完成了对图像的语言阐释："在米开朗琪罗的人物像中，我们看到的不仅仅是在特殊历史状态下的不安，而且是人类体验本身所经历的痛苦。他们被无情地束缚着，难以摆脱这种既看不见又无法回避的枷锁。"① 视觉性话语将这"既看不见又无法回避的枷锁"用文字呈现在观赏者的面前，保证了接受主体之间对艺术作品的观赏经验的相互交流和相互理解。

值得注意的是，这种视觉性话语并不是建立在知识的简单运用和逻辑的自然推演之上。正如有学者指出的，这种话语解释活动类似于德国社会学家图尔干（Durkheim）所说的"没有理论的纯实践"。"观者的眼光是有触感的；它将图像拉到它自身心照不宣知识的轨道中，将它作为刺激来扮演一

① ［美］潘诺夫斯基：《图像学研究》，戚印平、范景中译，上海三联书店 2011 年版，第 180—181 页。

次解释的角色，这一解释所说的全然是一种即兴的创作，一种局限于瞬间的反应，它不能被事先规划——程式也不可能让人梦想出来。"① 其实潘诺夫斯基自己对这种阐释策略和方法已有命名，那就是"综合直觉"（synthetic intuition）。他认为这个术语指称了一种难以言传的能力，而这种能力并不单单依靠学识，更多的是依靠一种领悟式的体验。他说："图像学解释所要求的不仅仅是熟悉原典记载的特定主题和概念，如果我们想理解艺术家选择和再现母题以及创造和解释图像、故事和寓意所依据的基本原理（这些原理甚至还为形式安排与技术操作提供意义），我们就不能指望找到某篇原典与这些基本原理相吻合，例如《约翰福音》13 章 21 节以下的文字记述与'最后的晚餐'的图像志表现那样丝丝入扣，要把握这些原理，我们还必须拥有医生诊断所具有的心智能力——在我看来，除了'综合直觉'之一令人相当疑惑的词语之外，这一能力难以言传。而这种能力在一个才华横溢的外行身上会比在学识渊博的学者身上可以得到更好的发展。"② 当潘诺夫斯基把图像学研究方法最终归结为"综合直觉"的运用的时候，这种研究已经与艺术创作本身庶几近之。可以说，图像学研究是对艺术创作过程的反向模仿，而以图像学研究为代表的视觉性话语阐释则是沿着艺术创造的运行轨迹，完成了一次回溯性的旅程。

2. 视觉中心主义及其瓦解

艺术批评话语的视觉性表达，源于西方文化传统对视觉的特殊重视。很多学者强调说，在古希腊，视觉不仅仅对于几何学的发展，而且对于理论的发展都具有重要意义。就此而言，西方文明一开始就带上"视觉中心主义"的印记。

"视觉中心主义"是指给予视觉高于其他感觉的特权和仿照视觉经验来确定关于知识和理性的概念倾向。德国后现代哲学家韦尔施（Wolfgang Welsch）总结道："视觉的优先地位最初出现在公元前 5 世纪初叶，进而言之，它主要集中在哲学、科学和艺术领域，故而赫拉克里特宣称，眼睛'较

---

① ［英］诺曼·布列逊：《视觉与绘画》，郭杨等译，浙江摄影出版社 2004 年版，第 166 页。
② ［美］潘诺夫斯基：《图像学研究》，戚印平、范景中译，上海三联书店 2011 年版，第 12 页。

之耳朵是更为精确的见证人'。""到了柏拉图时代，已完全盛行视觉模式。存在的基本决定因素自此被称作'理念'，即是说，它们通过语词变成了视觉的对象。如今人类的最高功绩变成了理论，即对这些理念的观照：人类的道路是从洞穴剪影的黑暗，通过长久的实践，最终达到光明之源的太阳，那纯粹之善的象征。因此，这道路自始至终是视觉主导的。宇宙的真理系通过视觉的语法来追索，而不是通过听觉的结构。视觉至上就这样为可见的将来奠定了基础。"① 在西方观念中，视觉一直被推崇为最高级的感觉，原因是视觉被认为与精神而不是肉体有着更为紧密的联系，视觉具有远离肉体之物质性能力的"超越性"，从而常被理想化。如此一来，视觉性隐喻充斥西方话语，从柏拉图的"洞穴之喻"到达·芬奇的"镜子说"，将视觉称作世界基本真理的知觉，从上帝创造世界自"要有光"开始到启蒙运动将光和可见性的隐喻推向极致，西方文化长期以来沐浴在光的挥洒与眷顾之下。

　　然而，作为一种潜在的文化制衡力量，听觉的地位也在西方传统的文化意识中被不时地提出和受到肯定，从而避免了被视觉完全征服和取代。古希腊时期的毕达哥拉斯，作为专注于天体和谐的理论家，为直到今天人们对听觉文化的诸多辩护提供了证词。而浪漫主义则是对听觉最为关注的文化思潮之一。"浪漫主义与偏爱光和视觉的启蒙运动恰恰相反，它已经转向了黑暗和听觉。对赫尔德来说，听觉高于视觉，对于施莱格尔来说，听觉的意义是'最高尚的意义'。由此而下，听觉甚至可以发展成为哲学活动的某种模式。因此尼采说哲学家追求'让世界所有的音调在他体内鸣响，并将这全部声音用概念外化表现出来'。同样，从施莱尔马赫到伽达默尔的阐释学传统，也倡导'听觉优于视觉'。"② 正是在西方文化传统中同样能梳理出听觉文化的传承脉络，才为20世纪的哲学家对视觉中心主义的怀疑和批判提供了理论根基。

　　视觉中心地位的隐退，并不仅仅是存在于哲学反思层面上的精神现象，19世纪自然科学的发展，也为此提供了物质层面的支持。正如有学者指出的，"由于地质学与生物学的演变和化学与物理过程肉眼无法看见，实践的

① ［德］沃尔夫冈·韦尔施：《重构美学》，陆扬等译，上海译文出版社2002年版，第214页。
② ［德］沃尔夫冈·韦尔施：《重构美学》，陆扬等译，上海译文出版社2002年版，第217页注1。

与视觉的知识便开始失去了其权威性"①。以建筑学领域的理论发展为例,从19世纪40年代起,力学(静力学和动力学)占据了日益重要的地位。"在力的影响下的静止系统与运动系统的理论成为建筑学的新范式。与范式的变化相同时,以经验与视觉观察的旧范式为基础的知识其地位也发生了变化。"②进入20世纪以后,自然科学、社会科学和人文科学研究的对象早已不限于对可感可见之物的范围,爱因斯坦的相对论、海森伯的测不准原理、哥德尔的不完备定理、弗洛伊德的无意识对不可见领域之特性和规律的揭示,进一步推进了视觉中心地位的瓦解。

当人们用批判性的眼光反观视觉中心主义时,注意到它的两大缺陷:一方面是将视觉置于人的其他感觉器官之上,人为地阻断了人的各感觉器官之间的联系;另一方面,就它对视觉的理解来说,也是片面和局限的,它把视觉看作是脱离实体的、理性化的、保持距离的、静止不动的眼睛的功能。

针对这两大缺陷,两种补救性方案得以实施:一是提高听觉的地位以平衡与视觉的关系。当然这并不意味着用听觉代替视觉,用听觉中心取代视觉中心,而是寻求两者的合作与平衡。"高扬听觉并不意味未来人们只消使用耳朵,相反它是指世界在微观物理上早已是由震荡组成,指某种隐藏的声学被刻写进我们的思想和逻辑之中,指我们对他人和世界的行为在总体上更应当专心致志,兼收并蓄。视觉和听觉的纯粹感性意义总是伴随着意味深长的意义。"③其实,仅仅提高听觉的地位还远远不够,因为这样做仍然是在人的诸感官之间进行高低优劣的区分,只是在高级感官层面上加进了听觉而已。人的嗅觉、味觉、触觉仍未得到重视,其意味深长的意义也未得到阐发。在这一点上,中国传统文化中的相关理论和思想正好可以作为参照和补充。如艺术与审美鉴赏中的"滋味说"、"鼻观说"以及"如冷水浇背,陡然一惊"的评价艺术优劣的标准,可以说从被西方文化认为是低等的感官层面上建立和展开艺术话语,提供了有启发意义的新思路、新途径。只有这样,艺术话语才是真正建立在人的全部感受力的基础上,进而完成的对艺术对象的全面

---

① [英]艾克、温特斯编:《视觉的探讨》,李本正译,江苏美术出版社2010年版,第243页。
② [英]艾克、温特斯编:《视觉的探讨》,李本正译,江苏美术出版社2010年版,第244—245页。
③ [德]沃尔夫冈·韦尔施:《重构美学》,陆扬等译,上海译文出版社2002年版,第212页。

描述、阐释和评价。

　　第二种补救方案是，将视觉还给鲜活的身体。这里的意思是说，要保持视觉的敏锐感受力，还主体以运用视觉自由进出于事物之间的灵动性。拿绘画为例，西方传统写实绘画，以焦点透视法为构图原则，力图在二维平面上制造三维幻觉，但这种视觉幻象的制造是以一种机械化的因而是非人化的假定为前提的，那就是把人的眼睛等同于照相机的镜头，只能从一个固定的点上，以单眼的形式观看对象，才能在平面上描绘出一个以眼睛为顶点的锥形视野的三维投影。在这样的图像面前，观者是被圈定的、僵死的。而中国传统绘画，则是以散点透视法为构图原则，中国绘画与西方绘画处理空间的方法全然不同。如果说西方画家是描绘他站在一个固定点上看到的东西，那么中国画家则是利用记忆和想象表现他内心之中感受到的景色，所谓"俯仰自得，游心太玄"，"目既往还，心亦吐纳"，此可视为对中国画家空间处理方法的精彩写照。中国山水画不是简单的对景写生，不是从一个特定的视点来描绘对象，画家经过长期对大自然的丰富感受，打破时间和空间限制，以自己对自然景物的理解和情感体验为线索来组织画面，常假定自己立足于高空，由远及近领略自然美景。这是画家一如上下翻飞的灵鸟，于自由翱翔、俯视仰察中体味山水的韵致，进而用手中笔墨抒写自己的情怀。

　　总之，视觉中心主义的引退，标志着人的全部感受力有望成为艺术欣赏和艺术批评的基础和依据。艺术创作话语和艺术批评话语也会因此而更加丰富、更加完整和更具意味。尽管就目前情况来看，西方文化的视觉中心地位仍然未从根本上被动摇，但随着现代信息技术的发展和人的全部身心能力的综合开发，未来应该是值得期待的。

（原载于《文艺理论研究》2012 年第 2 期）

马克思主义文艺理论研究的边界、问题与方法

——一个基于问题意识的历史反思和创新展望

谭好哲

最近几年，学界在回顾和总结近百年来特别是新中国成立 60 年来进而改革开放 30 年来中国马克思主义文艺理论研究历史进程的同时，也对新世纪马克思主义文艺理论研究的趋向和愿景做了许多的思考和展望，其中不少论者的前瞻性分析具有较强的实践和学理依据，给人以鼓舞和启示。但是，也有一些展望文章，学术站位较低，视野不够阔大，不能给人登高望远、豁然开朗之阅读感受。清代"性灵说"诗歌理论家袁枚曾经说过："学问之道，当识其大者。"① 任何学术研究都有大道理大问题与小道理小问题之分，大道理大问题管小道理小问题，治学者当先思考和解决大道理大问题，大道理大问题想通了，小道理小问题也就容易解决。同样道理，对中国马克思主义文艺理论发展前景的分析和思考也应该先识其大者。那么，什么才是新世纪马克思主义文艺理论研究中的大问题呢？对此，研究者可能见仁见智。然而无论识见如何不同，以下几个问题是必须包含其中的，这就是：一，与马克思主义文艺理论守正创新有关的"理论边界"问题；二，与马克思主义文艺理论中国化有关的"问题意识"或"中国问题"；三，推进思想创新不可或缺的"研究方法"。简言之，理论边界、中国问题、研究方法，是新世纪中国马克思主义文艺理论研究应该加以认真对待的三个重要理论思考维度，也是有志于理论创新的研究者应该具有的三个自觉理论意识。

---

① （清）袁枚：《与托师健冢宰》，《小仓山房尺牍》卷三。

一

　　新世纪中国马克思主义文艺理论研究，首先需要思考的是其理论边界问题。之所以首先提出这一问题，与马克思主义文艺理论的历史开放性或曰未完成性有着直接的关系。

　　马克思主义是发展中的科学，同样马克思主义文艺理论也处于不断生长演进的过程之中，是一个未完成的开放发展着的思想体系。自 20 世纪 80 年代以来，在如何对待马克思主义文艺理论的经典传统与当代发展的关系方面，学界基本上形成了"守正创新"或"继承—发展"的共识性看法，也就是要在守持或继承马克思主义文艺理论经典传统的基础上开展理论创新，在新的历史条件下发展并创造马克思主义文艺理论的当代形态，实现马克思主义文艺理论的中国化。应该说，这样一种认识思路和理论策略，符合学术发展的规律性。但是，在实际的理论发展过程中，这样一种符合规律的理论思路和策略却并没有得到很好的贯彻和实现。原因在于，无论是对于继承还是发展马克思主义文艺理论来说，一旦进入具体理论思考和运作之中，就会有一个问题凸现出来，这就是：究竟什么是马克思主义文艺理论，什么是非马克思主义文艺理论，这个"是"与"非"的界线或曰边界究竟何在？弄清边界，是继承的前提，也是发展的基础。

　　历史地来看，近百年来马克思主义文艺理论在中国的传播与发展大致经历了先后两个时期。从 20 世纪 20 年代到中华人民共和国成立，是马克思主义文艺理论在中国不断传播、不断扩展影响直至占据主流地位并大致形成自己的理论边界的时期；从新中国成立后的 50 年代至今，是马克思主义文艺理论在中国不断巩固和强化主导地位、不断圈定和扩展理论边界的时期。马克思主义文艺理论在中国的传播并形成为主流文论话语，自然有其历史必然与理论成就，但不可否认，在这一过程中也存在一些值得引起反思的历史过失和问题。这里暂且不论前一个历史时期，仅就新中国成立以来的发展情况略作指陈。新中国成立之后，由于处于社会主义与资本主义两大阵营对峙冷战这样一种特殊的国际政治格局和在相对封闭的状态下从事社会主义革命和建设这样一种国内形势之下，政治上一面倒的国策选择，致使马克思主义在政治和思想文化领域取得了绝对化的统治地位，同样，马克思主义文艺理论也成为中国当代文艺理论研究唯一具有合法性的主导性或者说主宰性话语。久而久之，在现代新文艺发生之后包含各种非马克思主义理论和批评在内的多元文论研究结构系统就被单一的马克思主义文艺理论所置换了，复数的现代文艺理论研究变成了单数的马克思主义文艺理论研究。这一特定历史语境下的置换，一方面把文艺理论研究的形态和取向窄化了，窄化为马克思主义文艺理论研究单一或唯一的形态和取向；另一方面，反过来说，马克思主义文艺理论又被无限地泛化了，什么研究都带上了"马克思主义"的帽子。时至今日，不少文艺论著，还习惯性地愿意给自己的研究加一个"马克思主义"的标签。这是一个总的情况。

　　如果再细加区分，20世纪50年代至今马克思主义文艺理论研究的泛化又可以分为两个不同阶段，表现为两种不同情况。从50年代至70年代，是马克思主义文艺理论固化边界的阶段，固化的初衷和目的是确立中国马克思主义文艺理论研究的新范式、新观念、新理想、新标准，并以此指导新中国的文艺实践，应该说相对于此前时期的状况而言，当时也确实在一定程度上形成了新的马克思主义文艺理论范式，即以文艺与生活的关系为基本理论架构的文艺反映论，而且这一新的理论范式在指导当时的文艺创作实践和批评方面也的确发挥过积极的作用，但令人遗憾的是这一时期的边界固化最后的结果却是走向了僵化和教条化。在政治运动接连不断，"封（封建主义）、资（资本主义）、修（修正主义）"统统反掉，一切古代和外来的文化都不敢入研究者法眼的历史语境下，从国家层面大的治国方略和意识形态选择到具体一些的文化运作和文艺理论研究，表面上看起来什么研究都带上了"马克思主义"的帽子，但在这顶大帽子下的思想蕴含和理论内容却是极其狭窄单薄的，所包含着的实际思想内容极其有限，而且那时对马克思主义文艺思想的确认和解释常常是经过了政治斗争需要的过滤，是经过了人为选择的，教条化、片面化屡见不鲜，有时甚至走向极度的扭曲和背离。从学术创新的角度来看那整个30年的马克思主义文艺理论研究，除少数几个理论人物和理论文本之外，在总体上很难给予较高评价。从80年代至今，是马克思主义文艺理论扩展边界的时期，这一时期在改革开放的时代语境之下，马克思主义文艺理论研究展现出了开放性的时代特征，大胆地借鉴、汲取西方现当代非马克思主义文艺理论成果以及中外古代一切优秀的文艺理论遗产，以开放的姿态拓展马克思主义文艺理论的学术境域和话语空间，以应对急剧变化了的文艺发展现实，从而在观念的创新和体系建构方面展现出了新的气象和格局，与此同时也逐渐地改变了马克思主义文艺理论研究以往在人们印象中形成的教条化、极端政治化的僵化生硬形象，逐渐地恢复了生机和活力。然而，毋须讳言的是，这一时期马克思主义文艺理论研究也历史地产生了一种新的倾向，就是真的转向了泛化。在相当多的学者那里，似乎西方现当代文艺理论的各种理论观点，诸如形式主义文论、现象学文论、存在主义文论、解释学文论、结构主义文论以及各种形式的解构主义和后现代主义文论，什么都可以拿来补充马克思主义文艺理论，都可以与马克思主义文艺理论相嫁接。如此一来，文艺理论研究的思维空间、思想格局和学术形象的确是有了新的变化，但究竟什么是马克思主义文艺理论，马克思主义文艺理论与非马克思主义文艺理论的区别何在，却弄得越来越模糊，越来越不清楚了，不少人甚至不屑于思考和谈论这种区分。这种泛化所带来的模糊认知，致使当前的学术界对于究竟哪些人算是马克思主义文艺理论研究者，哪些学术观点算是马克思主义文艺观点，都已经难于达成共识了。这种状况显然是不利于马克思主义文艺理论研究健康发展的。如果连什么是马克思主义文艺理论人们都说不清楚了，那还怎么讲马克思主义文艺理论的继承和创新呢？继承什么？又在什么基础上创新？

　　基于上述历史反思，面向未来的马克思主义文艺理论研究的确有必要重新确立"边界"意识。像任何一种理论系统一样，马克思主义文论研究的地形图或理论边界是由其基本的精神、原则和主要观念以及与这些精神、原则和观念相适应的理论关系、理论命题和概念范畴构筑起来的。所以确立马克思主义文论研究的"边界"意识，首先要强调文论研究必须回到马克思主义文论的基本精神、原则和主要观念上来。就此而言，"边界"意识也就是"主义"意识。美国学者海尔布隆纳在《马克思主义：赞成和反对》一书的导言中曾经针对有的西方学者认为各种各样的马克思主义理论没有一个共同特征的错误观念，强调指出合称之为"马克思主义"的思潮是有一个可以得到"公认的共同点"的，这个共同点来源于一套能规定马克思主义思想的前提，凡是包含有这类前提的分析都可以正当地将其分类为"马克思主义的"分析。具体说，他认为马克思主义的共同特征包含了四个因素：第一是对待认识本身的辩证态度，第二是唯物主义历史观，第三是依据马克思的社会分析而得出的关于资本主义的总看法，第四是以某种形式规定的对社会主义的信奉。海尔布隆纳认为，他从四个因素所总结出的马克思主义的共同特征，为马克思主义研究勾画出了一种能够发挥有益作用的框架结构，"它使我们能够相当准确地把理应称为马克思主义的著作与那些不应称为马克思主义的著作区分开来……此外，这种前提的框架还提供了另一种线索，使我们了解到马克思主义何以能恢复并保持经久不衰的生命力。因为它使我们看出马克思主义能够集人类理智之大成，这就是从一种基本的哲学观出发，继而运用这种观点去解释历史，然后又分析现在，找出现存社会制度中的历史力量，最后则继续按照分析的方针，沿着固定的行动轨迹，在走向未来的方向中臻于完成"①。海尔布隆纳对于"马克思主义"的这样一个分析思路同样也适合于对马克思主义文艺理论的分析。首先，马克思主义文艺理论研究在其精神和原则上也以海尔布隆纳所分析的上述四个因素为基础，同时在体现这一共同特征的基础上，马克思主义文艺理论研究也形成了自己的一些共同性的文艺观念，诸如强调文艺的意识形态性质，重视文艺对社会生活的认识作用，关注文艺在社会革命与人类自由和解放中的启蒙潜能和功能等等。如果一种文艺理论能够在某种程度上体现海尔布隆纳所分析的上述共同特征，并且认同这里所提到的这些主要文论观念，那么它自然就属于马克思主义，而如果一种文艺理论观念与上述特征和观念全然不搭界，甚至反对这些思想原则和观念，那么它就绝对不能称之为马克思主义文艺理论。就拿新时期以来关于文艺与上层建筑、与意识形态关系的争论来说，许多参与争论的学者都是承认文艺的意识形态性质的，只是对文艺与上层建筑的关系、与意识形态的关系存在着不同的理解，比如有人不同意文艺是审美意识形态的看法，甚至不同意文艺是意识形态的表述，而认为文艺是社会意识形式或意识形态的形式，是意识形态与非意识形态的结合体，诸如此类。这种不同的理解以及由此引发的争论是发生在马克思主义文艺理论研究者内部之中的。但若像有

---

① [美] R. L. 海尔布隆纳：《马克思主义：赞成和反对》，易克信、杜章智译，中国社会科学院情报研究所 1982 年版，第 7 页。

的人那样完全否定文艺的意识形态性质，那就很难说它是马克思主义文艺理论了。所以，马克思主义文艺理论是应该有其基本规定性的，这些基本规定性划定了马克思主义与非马克思主义的边界。强调马克思主义文艺理论研究的边界，首先针对的就是把马克思主义文艺理论的边界弄得边际不清、模糊不定的做法。

但是，同时也必须指出，就好像一个人的生活空间或者一个国家的国土疆界会在时间维度中发生变化一样，马克思主义文艺理论的未完成性或历史开放性也决定了马克思主义文艺理论的边界不是凝固僵化、一成不变的，而是随着历史的发展而发展，有其不同的历史内容和创新性质的，像极"左"思潮泛滥时期那样把马克思主义文艺理论固化为几个抽象的教条和教义，基于政治斗争的需要而对其采取一种选择性认知的狭隘心态和做法也是必须摒弃的。从世界范围来看，在马克思主义文艺理论发展的不同时期不同国度，对文艺的基本性质和社会作用，已历史地形成了反映论、意识形态论、生产论、社会批判论、文化政治论等多种学说。比如，国外一本文学理论教科书的著者们就认为从文学与社会的关系上解释文学是马克思主义文学理论的总方针，为此马克思主义文学理论把文学放在社会现实这一较大的框架里思考文学，将经济基础与上层建筑的结构关系作为文学分析的主要模式，重视意识形态这个概念。不过，在这个共同的前提之下马克思主义文学理论又呈现为诸多不同的模式，包括反应模式、生产模式、发生学模式、否定认识模式、语言中心模式等等①。在这个一与多的统一中，马克思主义文学理论既有着与其他非马克思主义文学理论不同的精神和原则，又活跃着拓展原有理论边界的思想冲动和批评实践，从而展现出马克思主义文艺理论与批评的形态多样性与内容丰富性。应该说，中国新时期以来的马克思主义文艺理论研究已经对上述各种理论学说和理论模式做了不同程度上的引进和吸纳，不仅如此，对现代非马克思主义文艺理论的诸多有价值的成分，如文艺创作理论、文本结构理论、艺术接受理论等，也多有借鉴和汲取。这种引进和吸纳、借鉴和汲取，对马克思主义文艺理论的当代发展起到了丰富内容、

---

① 参见［英］安纳·杰弗逊、戴维·罗比《西方现代文学理论概述与比较》第六章，陈昭全等译，湖南文艺出版社1986年版。

拓展内涵、拓展边界、增强活力的重要作用。如学界目前正在进行中的关于马克思主义艺术本体论思想的讨论，论争的双方都是在重新解读历史唯物主义理论基础上提出并论证自己的观点的，同时又都不同程度地批判接受了西方现代哲学和美学的某些理论成分，既是一次马克思主义文艺理论内部的争论，又显示出一定程度的开放性特点，这种争论对推进马克思主义文艺理论的发展是有益的。在新的世纪，如何在坚持马克思主义文艺理论的基本精神和原则的前提下，将守护边界与拓展边界有机地统一起来，在内聚性的守持与开放性的外拓之间建立起一种既守护住"主义"又使"主义"获得新的时代内容的理论创新机制，依然是马克思主义文艺理论研究应该认真对待的一个重大理论与实践问题。

二

新世纪中国马克思主义文艺理论研究应该认真对待的第二个问题，就是要进一步强化学术研究的问题意识。一个时代的思想创新总是基于对时代问题的理论自觉。

当代学术大师陈寅恪先生在《陈垣〈敦煌劫余录〉序》中说："一时代之学术，必有其新材料与新问题。取用此材料，以研求问题，则为此时代学术之新潮流。治学之士，得预于此潮流者，谓之预流。其未得预者，谓之未入流。此古今学术史之通义，非彼闭门造车之徒，所能同喻者也。"① 陈寅恪先生在这里提出了学术发展的一个共同规则，就是开展学术研究，必须敏锐地发现问题，从而产生学术研究的任务和目标，问题是真正科学的理论研究工作的起点，只有凸显问题意识，以问题为中心开展学术研究，才能推进学术的进步。一般来说，学术研究活动，实际上也就是提出问题和解决问题的过程，而各门学术自身的发展，实际上也正是新旧问题交相更替的历史。所以，有没有问题意识，对学术研究来说的确是一个至关重要的问题。就当代马克思主义文艺理论研究的自身状况而言，在 20 世纪 50 年代至 70 年代那相当长的一个时期内，受极左政治干扰和教条主义思想观念的束缚，文艺理

---

① 陈寅恪：《金明馆丛稿二编》，第 266 页。

论研究是相当缺乏问题意识的。那时，人们一方面将马克思主义文艺理论抽象地化约为几个教条性的理论观念和范畴，另一方面又认为由政治权威和主流意识认定的马克思主义文艺理论是放之四海而皆准的真理，只要坚持这些理论观念和范畴就足以应对现实实践的需要了。研究者们没有想到，即使想到了也不敢于发现现实文艺实践过程中产生出的新的历史矛盾和问题，更不敢于去发现和指出马克思主义文艺理论研究自身存在的缺陷和问题。从学术史的角度梳理、回溯那个时期的马克思主义文艺理论研究，除了少数几个马克思主义经典文论家的注释本（包括翻译过来的注释本）和对"两种生产不平衡理论"、现实主义、悲剧等少数几个真正属于马克思主义文论研究的问题并不深入的探讨之外，值得提一提的东西确实不多，可以作为成就和贡献写到马克思主义文艺理论发展史上的就更加少了。新时期之后，到20世纪90年代初期，中国马克思主义文艺理论研究曾经一度进入一个较为繁荣的时期，不仅传统马克思主义文艺理论的诸多理论问题，如现实主义的真实性、典型性与倾向性的关系，悲剧问题，人道主义、异化与人的解放的关系问题，艺术生产与物质生产发展不平衡的理论，《1844年经济学哲学手稿》中的美学思想，文艺与政治的关系，文艺与上层建筑的关系，文艺与意识形态的关系，马克思的艺术生产理论等等，在这一时期都得到了较有深度的研究，而且随着新时期文化和艺术的时代性变革所提出来的一些新的现实实践问题，诸如文艺的社会价值与商品价值的关系，大众艺术与现代媒体和大众文化工业的关系、当代艺术接受与消费文化的关系、全球化与民族文艺的发展等等，也不同程度地进入了马克思主义文艺理论研究的视野。这些理论课题之所以能够进入此一时期的研究视野，并造成马克思主义文艺理论研究的繁荣和新的发展，究其原因还是在于问题意识的觉醒。

　　这里应该指出，强调马克思主义文艺理论研究要树立问题意识，这与学界普遍强调的理论联系实际或现实关怀意识，实质上是一致的。对每一个研究者来说，要进入具体的研究过程之中必须要发现和找到属于自己的问题，从问题入手展开理论之思。但问题又是从哪里来的呢？从根本上说，学术问题虽然出自研究者的头脑，却并不是研究者个人主观意识的外化，而是来自于对现实进程和矛盾的把握，或来自基于现实需求而对理论自身缺陷的反思，也就是说，学术问题的真正根源来自于理论研究所面对的时代境遇。黑格尔在谈到哲学研究与时代的关系时曾经指出："每个人都是他那时代的产儿。哲学也是这样，它是被把握在思想中的它的时代。"① 也正是在这个意义上，马克思才明确地提出："问题就是公开的、无畏的、左右一切个人的时代声音。问题就是时代的口号，是它表现自己精神状态的最实际的呼声。"② 所以，说学术研究要从问题出发，实际上即是强调学术研究要关注现实、关注现实所提出来的时代需求。早在 1941 年，毛泽东就明确指出中国共产党人反对做脱离实际的空头理论家。他说："对于理论脱离实际的人，提议取消他的'理论家'的资格。只有用马克思主义观点来研究实际问题、能解决实际问题的，才算实际的理论家。"③ 文艺理论家，也是需要面向时代，研究实际问题，解决实际问题的。马克思主义经典文论家的许多论著，包括毛泽东的《在延安文艺座谈会上的讲话》，都是理论联系实际的经典文本。就西方马克思主义文论而言，英国伯明翰学派对文化的重新定义和对通俗文化的理论研究，法兰克福学派对资本主义文化和大众文化工业的单向度性的批判，近一些如詹姆逊对后工业社会或晚期资本主义的文化逻辑的分析，伊格尔顿在《文学理论导论》中对政治批评的张扬、在新近出版的《理论之后》中对各种文化理论的批评与对后文化理论时代人类依然所面对的真理、道德、邪恶、死亡、宗教与革命等全球性问题的强调，都是极其富有问题意识和强烈的现实针对性的。应该说，在关注现实、呼应时代需求方面，新时期马克思主义文艺理论研究比此前的 30 年要好得多。但这也只是相对而言，仔细分析起来，这一时期也还是存在许多不足和缺陷。一般来说，学术创新中的问题意识主要体现在两个方面：一是基于对现实实践的应对而产生的挫折感，也就是意识到理论不适应现实的状况而发现、纠正旧有理论的问题，改变和超越旧有理论的观念、方法、面貌和格局；一是面向现实实践本身发展中产生的新情况、新矛盾而发现、归纳和提炼问题，并将对问题的发现提升至理论思维的层面以形成新的理论观点和命题。就这两个方面而言，总体上看新时期文艺理论前一方面做得好一些，后一方面相对就差一些。新时期之初马克思主义文艺理

---

① ［德］黑格尔：《法哲学原理》序言，范扬、张企泰译，商务印书馆 1966 年版，第 12 页。
② 《马克思恩格斯全集》第 40 卷，人民出版社 1982 年版，第 289—290 页。
③ 《毛泽东文集》第 2 卷，人民出版社 1993 年版，第 374 页。

论所研究的理论问题，大多还是来自于经典马克思主义文论，20世纪80年代后期以来又加上了西方马克思主义文论与美学，即使是面对纯属中国现实文艺实践中的问题，研究者往往也总是习惯于从马克思主义已有的理论库藏中寻找现成的理论武器以应对现实和解决问题，而不大善于运用马克思主义的观点和方法通过自己的研究，将相关问题提到理论思维层面上加以思考和分析，以形成自己的理论观点和理论系统。这就造成了一个极为直接的后果，就是中国马克思主义文艺理论研究的原创性成果较少，与此同时就是马克思主义文艺理论的发展在总体态势上落后于文艺现实的发展，对变化中的现实文艺实践的解释和干预还不能适应时代的需求和挑战。比如说，20世纪90年代中国快速融入世界经济一体化的全球化浪潮以来的发展，与新中国成立后一段时期内相对闭关锁国的发展以及80年代改革开放时期的发展，在民族的生存境遇、文化生活、价值信仰以及文学艺术的管理体制、精神追求、审美取向等等方面均发生了十分巨大的变化，但是这些巨大的历史变化在文艺理论研究中并没有很好地得到体现。文艺理论应该如何在理论内容和价值取向上反映这种变化？当代理论家应该以怎样的姿态介入社会历史进程和文化审美实践？就具体问题举例来说，20世纪五六十年代反映社会新生活进程的工农兵题材文学与当下的"底层文学"写作和"打工族文学"书写有着何种不同的历史底蕴和人文情怀？新时期先锋文艺的兴起和娱乐化大潮的涌动与此前现实主义一统天下的文艺格局相较又蕴含着怎样的民族精神裂变和文艺创新契机？诸如此类的问题或是尚未进入许多研究者的视野，或是虽然有了少量的关注但还不能给人以明晰深刻的理论回答和阐释。尽管新时期马克思主义文艺理论研究较之先前取得了很大进步，产生了不少成果，尽管在当下的马克思主义文艺理论中我们可以列举出许许多多的理论观点和命题，可以研究、探讨和实际运用许许多多的观点，但是真正属于中国马克思主义文艺理论研究界所提出和创立的观点又有哪几个？又有多少论著能够称得上是原则性的理论研究成果呢？较起真来回答这个问题，肯定不会让人太满意。即使是在进入新世纪的当下语境中，人们能够直接感受到的理论与批评现状依然是：不仅一般的文艺研究和批评大量地充斥着从西方舶来的思想观点和理论术语，而且马克思主义文艺理论研究和批评中也很少有出自中国自身文化审美实践和社会生存境遇的思想理论创新和概念术语创造，乐于取用他人现成的理论资源而不善于自我创新的旧有缺陷依然普遍存在。

自 20 世纪上半叶，中国革命的政治领袖和马克思主义思想先驱们就提出马克思主义中国化的要求，与此相应，文艺界也很早就提出了马克思主义文艺理论中国化或创建有中国特色马克思主义文艺理论的建设目标。应该说，这个目标至今尚未实现，还是新世纪学人面对的一个历史遗留任务。其实，强调马克思主义文艺理论研究的"中国化"或"中国特色"，就是要求中国的马克思主义文艺理论要从中国的文艺现实出发，应对中国文艺实践所提出的时代要求，在研究具有中国特色理论问题中创建具有中国性的理论体系。如果不能够在提出解决具有中国性的理论问题中开展理论研究，就永远不可能形成具有原创价值的中国特色的理论体系，中国的马克思主义文艺理论研究就只能是一个马克思主义文艺理论在中国的传播问题，而不是中国的马克思主义文艺理论的创造。当今世界已进入全球化的时代，基于资本的全球流通并借助于现代媒介而实现的文化领域的全球化交流与互动，文化和艺术创造领域的世界性与民族性、球域性与本土性的关系以一种不同于既往的新的语境显示于理论研究工作者面前。全球化的语境，一方面将使理论研究不能不面对一些世界性范围内共同性的生存境况和理论研究主题，同时也将使一些更具有民族自身生活经验和生存体验的地方性、本土性文化问题凸现出来，成为理论研究必须直接面对的课题。这种历史语境，一方面使理论研究更加易于确立一种世界性的视野，更易于融入世界范围的交往格局，同时也更需要理论研究者确立一种民族本位意识，研究民族自身的生活经验和生存体验，从中提炼出感同身受、具有民族特性的学术理论问题。不具有世界性视野的理论创造固然难以显示当今全球化的时代特征，而脱离开民族性或中国式问题的理论研究，脱离开对于民族生存境遇和文化实践的切身体验和理性思考，也难以对民族自身的社会实践、文化生活和历史走向产生切实有效的影响和作用。在中国学术界，有些人认为理论研究应该是超国界的，仅仅将眼光聚集于自己民族和国家的问题，理论的概括和提升不会具有普遍性，因而也不能成为具有世界性影响的理论成果。这种认识是存在问题的。恩格斯曾经指出："每一个时代的理论思维，从而我们时代的理论思维，都是一种历史的产物，它在不同的时代具有完全不同的形式，同时具有完全不同的内容。"① 这里所谓"历史的"产物当然也包括处于历史之中并创造历史的民族的生活实践的特殊性，由于各民族处于不同的生存境遇之中，因而尽管有着相同的历史背景，但各民族理论研究所产生出来的问题意识，以及在此基础上理论思维的形式和内容也会是有所不同的。应该说，凡是具有严肃、认真的科学态度和一定的思想启迪价值的理论研究成果都是具有超国界性质的，而理论研究的具体动因和具体内容往往不是超国界的，反而大多是来自其自身民族的现实生存处境。比如说，没有人怀疑詹姆逊、伊格尔顿是当今时代具有全球影响的马克思主义文艺理论家，但他们的理论主要是从他们自身所处的西方文化和文艺语境中生成的，而很少涉及中国和东方各国的现实状况，然而这却并不妨碍他们的理论成果跨国别超国界传播，不妨碍中国的马克思主义文艺理论研究也可以从他们那里获得理论启示和借鉴。不仅是他们，其他西方马克思主义文艺理论流派的代表性作家，甚至就是经典马克思主义文艺理论的代表，又有几个侧重研究过东方各国包括中国的文化和艺术问题呢？但这丝毫不妨碍他们的理论研究的马克思主义性质和形成世界性影响的理论普遍性。所以，中国的马克思主义文艺理论研究，也应该回到自身的现实语境中来，从民族自身的历史创造和历史命运中，从研究主体自身的生存体验和理性思考中感悟出、寻找到属于自己的"中国问题"，没有这样的感悟和寻找，马克思主义文艺理论的中国化或曰有中国特色的马克思主义文艺理论，换言之，中国马克思主义文艺理论研究的原创性、主体性，就永远也建构不起来。

三

　　新世纪中国马克思主义文艺理论研究需要进一步加强的还有学术研究的方法意识。方法是理论创新的手段和动力，是学术真理的理性显示器，没有科学的方法就没有科学的理论，没有研究方法的新探索也就没有思想观念的新收获。

　　自古至今，凡有成就的学者莫不重视方法对于学术研究的重要性。早

---

① 《马克思恩格斯选集》第 4 卷，人民出版社 1995 年版，第 284 页。

在古罗马时期，著名文论《论崇高》的作者就指出，任何一个学科的研究都有两个要求，一是要确定研究对象，二是要寻找和提出有助于掌握该对象的方法。德国古典哲学的集大成者黑格尔也说："当精神一走上思想的道路，不陷入虚浮，而能保持着追求真理的意志和勇气时，它可以立即发现，只有（正确的）方法才能够规范思想，指导思想去把握实质，并保持于实质中。"① 日本当代著名美学家今道友信讲到美学研究时写道："应该怎样研究美学，进行美学思考这个问题，到头来只能直接求诸美学的方法。"从根本的意义上来说，"对方法的热情就是对学问的执着"。为什么这样说呢？这是因为，"所谓方法就是逻辑程序的体系，没有它就不会有对学问的探讨……学者对于自己设立的命题，正因为在逻辑上得到了证明，才主张它是真理。而支持这种论证的整个结构就是方法"②。像其他各家各派的学术研究一样，马克思主义包括马克思主义文艺理论研究历来也十分注重方法问题，或者也可以说具有科学的方法论和自觉的方法意识正是马克思主义文艺理论的强项。马克思恩格斯在哲学上创立了辩证唯物主义和历史唯物主义，不仅为马克思主义的美学、文艺学和其他一切学术研究奠定了科学的世界观与方法论基础，同时也成为马克思主义的美学、文艺学和其他学术研究与非马克思主义的学术研究相互区别的重要标志。前面所引海尔布隆纳关于构成马克思主义共同特征的四个因素的分析中，对待认识本身的辩证态度和唯物历史观位列前两条，正说明世界观和方法论在马克思主义理论中的重要的和基础的地位。反观马克思主义文艺理论和美学的发展历史，在 19 世纪 40 和 50 年代马克思恩格斯对《神圣家族》与"诗歌和散文中的德国社会主义"的批评，就历史悲剧《济金根》分别写给拉萨尔的信，19 世纪 80 年代恩格斯给敏·考茨基、玛·哈克奈斯、保·恩斯特等人的系列文艺书信，20 世纪初列宁论列夫·托尔斯泰的一系列文章和关于无产阶级新文化和新文艺创造的言论，马克思恩格斯的学生和后继者如拉法格、梅林、普列汉诺夫、葛兰西、卢卡奇等在新的历史形势下对现代文艺发展问题的探讨，以及 20 世纪 40 年代初期毛泽东在《新民主主义论》和《在延安文艺座谈会上的讲话》

---

① ［德］黑格尔：《小逻辑》第 2 版，贺麟译，商务印书馆 1980 年版，"序言"第 5 页。
② ［日］今道友信：《美学的方法》，李心峰等译，文化艺术出版社 1990 年版，第 19—20 页。

中对中国新文化和新文艺创造问题的论述，无不深深地刻烙着辩证唯物主义与历史唯物主义的印记，显示着马克思主义文艺理论研究的鲜明方法论特色和巨大理论生成能力。不仅如此，实际上马克思主义文艺理论史上的经典理论家，都是十分注重方法问题的。现代西方马克思主义文艺理论最重要的代表人物之一卢卡奇在《什么是正统马克思主义?》一文中甚至不无偏激地说"马克思主义问题中的正统仅仅是指方法"①，他在1945年所作的《马克思恩格斯美学论文集引言》就是按照历史唯物主义和辩证唯物主义的方法论展开对马克思主义创始人美学思想体系的研讨的，可见在其心目中方法之于学术研究的重要性。

　　然而，马克思主义文艺理论研究在方法论上所具有的理论优势，在新中国成立之后的理论研究中并没有得到很好地保持和发扬。在某种意义上讲，研究方法甚至成为马克思主义文艺理论研究最为薄弱的一环。新中国成立后的很长一段时期内，在文艺理论与批评中，多数情况下是教条式地对待马克思主义经典文论家的思想遗产，习惯于从经典文论家那里引用既有的理论观点作为自己的立论基础和权威证明，而不习惯于从马克思主义的方法论原则出发，基于新的变化了的历史条件探讨新问题，提出新观点，创建新理论。许多的理论研究成果和批评文章不仅不能自觉地贯彻马克思主义的方法论，而且陷入非辩证非历史的形而上学泥淖，以非科学的方法引生出错误的甚至极其荒谬的观点和结论。新时期之后，随着拨乱反正工作的深入开展，马克思主义文艺理论界不仅是在观念上逐渐恢复、澄清了一些被极左文艺思潮搞乱了的理论观点和理论命题，而且也逐渐意识到了科学的研究方法之于学术研究的重要性，由此便有了20世纪80年代中期文艺学、美学研究"方法论"热潮的一度兴起。"方法论"热潮的兴起孕育于对文艺学研究的历史与现状的反思，有其历史的必然性与合理性。这股热潮对于新时期文艺理论的发展总体上具有建设性的正面作用。但若检索一下当时围绕方法问题发表和出版的论著，包括许多美学文艺学方法论的选本，则不难发现，当时人们感兴趣的更多是来自于自然科学领域的新的科学理论和方法，如所谓"老三论"（信息论、系统论、控制论）和"新三论"（耗散结构论、协同论、突变

---

① [匈] 卢卡契：《卢卡契文选》，李鹏程编，人民出版社2008年版，第2页。

论），此外就是西方现代哲学和美学流派与思潮，如现象学、解释学、符号学、原型批评、结构主义、接受美学等等各自的理论与方法，很少有人去认真研究马克思主义文艺理论的方法论问题。在当时的一些人看来，马克思主义文艺理论的观念与体系都是大家耳熟能详的东西，没有什么新鲜感，引不起兴趣；而在另外不少人的心目中，马克思主义文艺理论不注重艺术的自身价值和审美规律，无论在观念上还是方法上都已经过时了，不值得去研究。经历了这样一个具有选择性的"方法论"热潮之后，尽管还有不少人在马克思主义文艺理论研究园地里辛勤地耕耘着，尽管马克思主义文艺理论特有的一些基本的理论问题还不时引起理论争鸣，但理论研究尤其是以"马列文论"为基本称谓的狭义的马克思主义文艺理论研究在中国新时期文论格局中所占有的中心地位的确是越来越不稳固了，而且由于没有在方法论层面上的深入思考和理论创新，在马克思主义文论的基础上形成的特有理论命题与观点也越来越少了。在新时期前期，借助于改革开放的时代氛围和对此前马克思主义文艺理论发展之经验与教训的总结和反思，马克思主义文艺理论研究界总体上还是十分活跃的，比如对文艺与人道主义关系的讨论、对文艺与政治和文艺与上层建筑关系的争鸣，对《1844年经济学哲学手稿》中的美学观点的研究，以及审美反映论、审美意识形态论、艺术生产论等理论观点的产生等等，基本上都是马列文论界在唱主角。但是，从20世纪90年代以来，一方面伴随着中国社会经济、政治与媒体、文化的发展演变，文艺事业在总体上是越来越发展和繁荣了，同时随着社会生活领域价值选择的多元化成为现实，文艺领域在指导思想和审美文化取向上也越来越多样化乃至多元化了；另一方面，马列文论研究的队伍却在不断缩小，马克思主义文艺理论在中国文论总体格局中的影响力日渐减弱。近20年来，面对媒介文化和大众消费主义文化的崛起，日常生活的审美化以及民族文化发展的全球化语境等等现实问题，学界基本上都是借用来自西方现当代包括西方马克思主义的文化与文艺美学理论资源，马克思主义文艺研究几乎没有提出自己叫得响的理论观点和命题。这种状况的发生，与马克思主义方法论的底气不足、研究方法和思想观念上的创新意识不强有着很大的关联。直至今日，尽管我们从许多人的论著之中，从教育部和国家哲学社会科学基金的项目申请书、招标书中通常都能看到"本研究课题是以马克思主义为指导，以辩证唯物主义和历史唯物主义为研究方法论"的说明，其实多数情况不过就是说说而已，立个招牌，当个幌子，真正能够贯彻马克思主义方法论而又具有重大社会影响的文艺理论研究成果还是少见的。

鉴于上述状况，谈到方法问题，必须特别强调一下马克思主义方法论的两大基本原则：其一就是世界观与方法论相统一的原则。辩证唯物主义和历史唯物主义是马克思主义的世界观，也是其方法论。作为方法论，辩证唯物主义要求学术研究要在存在与意识的辩证依存关系之中，在马克思主义所揭示的世界物质统一性的存在图景中，从联系和发展的观点研究对象；而历史唯物主义则要求在社会存在与社会意识、经济基础与上层建筑的社会结构关系中历史地、辩证地分析和研究一切对象。不能把世界观与方法论机械地割裂开来，抽象地谈论方法，为方法而方法，这有可能使方法流入空洞的、形式化的套路和摆设，也就是说，马克思主义文艺理论研究对方法的选择和运用必须与马克思主义的世界观以及马克思主义关于文艺的主导观念有机地统一起来。其二，就是逻辑与历史或者说是研究方法与研究对象相一致的原则。黑格尔在谈到方法问题时指出，方法可以首先表现为仅仅是认识的形式，但是这种认识的形式却不仅仅是由研究者的主观意识抽象规定的东西，在真理性的认识中，"方法就是关于逻辑内容的内在自身运动的形式的意识"[1]。这也就是说，科学的研究方法是与研究对象的内容、与对象存在的规律性的揭示密不可分的。马克思主义创始人在辩证唯物主义哲学的基础之上发挥了黑格尔的这一思想。恩格斯曾经在与黑格尔的言论类似的意思上指出，真正的科学方法是对象的"类似物"。马克思也曾在文章中明确地写道："真理探讨本身应当是合乎真理的，合乎真理的探讨就是扩展了的真理。这种真理的各个分散环节最终都相互结合在一起。难道探讨的方式不应当随着对象改变吗？"[2] 黑格尔和马克思主义创始人这些关于研究方法的言论教导我们，治学的方法应该随着对象的确定而确定，应该从对象出发选择相适应的研究方法。由于人文科学的研究对象是历史的存在，所以马克思主义的研究方法强调历史与逻辑的统一，强调历史从哪里开始，逻辑就从哪里开始，这

---

[1]　[德] 黑格尔：《逻辑学》上卷，杨一之译，商务印书馆 1966 年版，第 36 页。
[2]　《马克思恩格斯全集》第 1 卷，人民出版社 1956 年版，第 8—9 页。

正是从对象作为历史存在的优先性地位出发的。上述两条是马克思主义方法论的基本原则，是一切学术研究都应该遵循的，马克思主义文艺理论研究亦不例外。正如卢卡契所指出的，辩证的马克思主义是正确的方法，只有这种方法才能使马克思主义的学术研究"按其创始人奠定的方向发展、扩大和深化"①。

在遵循上述两大基本原则的同时，马克思主义文艺理论还有一些更加切近文艺特性的研究方法，也应予以发扬光大。这主要有三个具体方法：一是基于历史唯物主义而形成的意识形态分析方法，这一方法要求把属于观念形态的文化和审美现象还原、置放到社会结构的总体图景中，从生产力的发展、生产方式的变革、上层建筑的变动以及与其他社会意识形态的相互联系中，分析其发生、发展的根源，蕴含着的社会内容和具有的社会功能；二是基于辩证唯物主义理论并汲取了各种现代科学（包括自然科学和社会科学）的理论和方法而历史地发展起来的辩证思维方法，这一方法反对对文艺和审美现象做孤立、片面和静止的研究，而主张从普遍联系和运动发展的观点，从整体与个别、普遍与特殊、个性与共性、运动与静止、有限与无限等等的对立统一和辩证关联中分析和揭示对象的存在个性和历史蕴含；三是基于对象感性存在特殊性之艺术的或美学的研究方法。与其他学术领域的研究对象不同，文艺理论研究的是以感性形式并诉诸接受者的感官而存在的对象，这一对象是艺术地或审美地呈现自身并显示其不可替代的存在意义和社会价值的。我们把各种文艺视为符号化的审美形式，把文学称为语言的艺术，视文学和各种艺术为审美的意识形态，这就要求我们不仅要关注不同艺术种类各自的特殊性，而且在研究过程中要探讨不同于其他人类活动形式和意识形态形式的特殊研究方法。马克思主义创始人把"美学和历史观点"的统一作为衡量文艺作品的最高的标准，正说明马克思主义文艺理论历来都是极为重视文艺的审美特性和美学研究方法的。可以说，意识形态分析方法、辩证思维方法以及美学研究方法是马克思主义文艺理论和美学研究的三大方法支柱，这三个具体方法是上述两大方法论原则的具体化，在马克思主义文艺理论与美学以往的研究史上已经结出了许多沉实、芬芳的理论果实。只要我们坚持

---

① ［匈］卢卡契：《卢卡契文选》，李鹏程编，人民出版社 2008 年版，第 2 页。

马克思主义的基本方法论原则，并且坚持马克思主义文艺理论的传统精神，坚持以问题为中心、以解决现实实践问题为宗旨的学术导向，这样一些被历史证明行之有效的科学研究方法，在中国新世纪有民族特色的马克思主义文艺理论研究中一定能够再现思想活力，重铸理论辉煌。①

（原载于《文史哲》2012 年第 5 期）

---

① 本文是在出席一次中国马克思主义文艺理论研究回顾与展望学术研讨会会议的大会发言基础上扩充、整理而成的。本次会议的主要议题之一是"新世纪马克思主义文艺理论研究展望"，据此议题，本文着重论述了新世纪中国马克思主义文艺理论研究应该着力关注的三个重要问题。由于展望未来总是从理想化的角度着眼的，寄托着我们的最大期待，所以论述中为强化自己的关切之处，对以往中国马克思主义文艺理论历史发展中存在的问题与缺陷多有批评性检讨，这并不意味着笔者完全否定以往的发展，完全抹杀以往的研究成绩和成果。事实上，学术界的许多同行包括笔者在内，已经发表了不少反思与回顾中国马克思主义文艺理论发展进程的论著，而且总体上是肯定多于否定的。注明此点，希望不至于造成阅读者对于本文某些批评性反思的误解。

文学艺术与语言符号的区别与联系

陈 炎

德国哲学家恩斯特·卡西尔（Enst Cassirer，1874—1945）认为，人是一种"符号动物"。因为除人之外的其他动物都是靠天生具有的肉体机能与外在世界发生关系的，而人则不仅要依靠天然的肉体机能，更要依靠后天对符号的学习和掌握与外在世界发生关系。这样一来，人便不再生活于一个单纯的物理世界之中，而是生活在一个符号世界之中。人类利用符号来创造文化，人类利用符号来表达情感。人类的符号能力进展多少，单纯的物理世界就退却多少。"因此，我们应当把人定义为符号的动物（animal symbolicum）来取代把人定义为理性的动物。只有这样，我们才能指出人的独特之处，也才能理解对人开放的新路——通向文化之路。"①

卡西尔认为，不仅我们使用的语言是符号，神话、科学、艺术也是符号。他明确指出："艺术可以被定义为一种符号语言"，"美必然地、而且本质上是一种符号"，这类包含着艺术和美的"符号体系"，"在对可见、可触、可听的外观中给予我们以秩序"，"使我们看到的是人的灵魂最深沉和最多样化的运动"。②卡西尔的这一观点获得了美国学者苏珊·朗格的响应和支持，并在美学和艺术理论界产生了重要的影响。然而，卡西尔本人只是文化哲学家而不是语言符号学家，他并没有真正界定过什么是"符号"，也没有令人信服地论证过为什么"艺术可以被定义为一种符号语言"，为什么"美必然地、而且本质上是一种符号"？尽管在《人论》一书中，卡西尔有一节

---

① ［德］恩斯特·卡西尔：《人论》，甘阳译，上海译文出版社 1985 年版，第 34 页。
② ［德］恩斯特·卡西尔：《人论》，甘阳译，上海译文出版社 1985 年版，第 212、175、214、189 页。

专论艺术，但在论及"艺术"与"符号"之间的关系时，却始终没有一种清晰而又明确的表述。卡西尔说："像所有其他的符号形式一样，艺术并不是对一个现成的即予的实在的单纯复写。它是导向对事物和人类生活得出客观见解的途径之一。它不是对实在的摹仿，而是对实在的发现。"① "艺术确实是符号体系，但是艺术的符号体系必须以内在的而不是超验的意义来理解。"②……坦率地讲，这样的"理解"只能使人们更加"费解"。人们不禁要问：卡西尔关于"艺术可以被定义为一种符号语言"的观点究竟是意味着什么？我们能否在符号学的意义上重新理解和阐释卡西尔的这一论断？

如果我们把卡西尔的观点放到符号学的语境中加以检视，就必须重新回答以下三个问题：第一，艺术究竟是不是一种符号？第二，如果是的话，它的特点在哪里？如果不是的话，它又如何传递信息呢？第三，作为一种特殊的艺术形式，文学与符号是一种什么样的关系？

一

在讨论"艺术究竟是不是符号"这一问题之前，我们需要对"符号学"做一个简单的介绍，或者至少要说清楚，我们所说的"符号"是哪种符号学派意义上的概念。

我们知道，"符号学"（Semiology 或 Semiotics）是研究符号种类及其传递信息原理的一门人文学科，它所研究的对象极为广泛，涉及记号、信号、音符、字符、手语、密码、图片等。然而，或许正是由于其涵盖范围过于广泛，它在 20 世纪以前并未被凝练成一个统一的学科。尽管"符号学"作为一门正式的学科出现较晚，但却发展迅速，相继在瑞士、俄国、法国、美国、意大利等国家出现了不同的学派，而这些不同的符号学派对"符号"的理解也不尽相同。

在"符号学"这门学科的创立过程中，瑞士语言学家索绪尔有着开创先河的历史贡献，尽管他还没有着手建立这门学科，但却预示了这门学科

① ［德］恩斯特·卡西尔：《人论》，甘阳译，上海译文出版社 1985 年版，第 182 页。
② ［德］恩斯特·卡西尔：《人论》，甘阳译，上海译文出版社 1985 年版，第 200 页。

的出现："我们可以设想有一门研究社会生活中符号生命的科学；它将构成社会心理学的一部分，因而也是普通心理学的一部分；我们管它叫符号学（sémiologie，来自希腊语 sēmeion'符号'）。它将告诉我们符号是由什么构成的，受什么规律支配。因为这门科学还不存在，我们说不出它将会是什么样子，但是它有存在的权力，它的地位是预先确定了的。语言学不过是这门一般学科的一部分，将来符号学发现的规律也可以应用于语言学，所以后者将属于全部人文事实中一个非常确定的领域。"① 顺便说一句，"符号学"在英语中有两个意义相同的术语：semiology 和 semiotics，它们的区别就在于，前者是由索绪尔创造的，欧洲人出于对他的尊敬，喜欢用这个术语；操英语的人喜欢使用后者，则出于他们对美国符号学家皮尔斯的尊敬。

索绪尔不仅为"符号学"的产生预设了理论的地盘，也不仅预示了符号学与语言学之间的从属关系，更重要的是他首创性地揭示了符号内部"能指"与"所指"之间的联系。法国当代符号学家罗兰·巴特（Roland Barthes）曾经指出："在索绪尔找到能指和所指这两个词之前，符号这一概念一直含混，因为它总是趋于与单一能指相混淆，而这正是索绪尔所极力避免的。经过对词素与义素、形式与理念、形象与概念等词的一番考虑和犹豫之后，索绪尔选定了能指和所指，二者结合便构成了符号。"② 因此，本文将沿用索绪尔的经典概念，从"能指"与"所指"的关系入手来理解"符号"。

按照这种传统的经典定义，符号就是代表某种意义的标识：一方面，它具有能被感知和辨识的客观形式；另一方面，这种形式承载着某种特定的意义。索绪尔在《普通语言学教程》中把语言符号看作是一个概念和一个有声意象（imageacoustigque）的统一体，有声意象又称能指（signifiant），概念又称所指（signifie）。从广义的符号学的角度上看，"能指"是指符号本身诉诸人们感官并能够加以辨别的色彩、形象、声音等表征"形式"，"所指"是指作为符号本身的表征形式所代表的事物、概念、信息等"意义"。例如，在交通规则上，人们把"红灯"规定为"停止"，把"绿灯"规定为"通行"，把"黄灯"规定为"慢行"；与之相应的是，警察在指挥交通时也可以

---

① ［瑞士］索绪尔：《普通语言学教程》，高名凯译，商务印书馆 1980 年版，第 38 页。
② ［法］罗兰·巴尔特：《符号学原理》，李燕译，三联书店 1988 年版，第 133 页。

使用不同的手势或口令作为"能指"来代表"停止"、"通行"和"慢行"的"所指"意义。这样一来，与一般的物象不同，作为符号的物象就如同一枚硬币的两面花纹一样，有了"能指"与"所指"、"标识"与"意义"之间的内在联系。我们可以把这种内在联系看成是一种"深度模式"。

如果以这个最宽泛的定义为标准来衡量，艺术似乎可以被称之为符号。因为从创作的角度上讲，艺术确实是某种意义的载体、精神的外化；从欣赏的角度上讲，艺术确实有可被感知的客观形式。以绘画为例，比如凡·高的《向日葵》，它所给予我们的当然不只是一种"大型菊科草本植物"，也不是色彩和线条本身，而是这种植物和这些色彩和线条背后的"意义"！以音乐为例，比如莫扎特的《小步舞曲》，它所给予我们的当然不只是"D大调、3/4拍、三部曲式"，也不是节奏和旋律本身，而是这种曲式和这些节奏与旋律背后的"意义"！当然了，对于艺术作品背后的意义，不同的学者有不同的理解。有人认为是"经验"，如美国的约翰·杜威；有人认为是"意味"，如英国克来夫·贝尔；有人认为是"情感"，如美国的苏珊·朗格……尽管不同的学者对艺术"形式"背后所隐藏的"意义"有着不同的理解和阐发，但他们都不否认某种意义的存在。这样一来，艺术作品也像符号一样，有了一种"能指"与"所指"、"标识"与"意义"之间的"深度模式"。所以，从表面上看，艺术作品也可以被称之为是一种符号。

但是，在艺术中，"标识"与"意义"之间的关系是怎样建立起来的呢？这种关系是否符合符号的基本特征呢？如果我们这样追问下去，情况就有些复杂了。在索绪尔看来，"能指和所指的联系是任意的"①，是作为社会群体的人们"约定俗成"的。比如说在交通规则上，人们把"红灯"规定为"停"，把"绿灯"规定为"行"，这完全是任意的，没有缘由的。如果我们反过来，把"红灯"规定为"行"，把"绿灯"规定为"停"，也未尝不可。只要大家都按照这种新的"约定"来行车，同样可以保证交通安全。与之不同的是，艺术虽然有色彩、形象、声音等表征形式，即所谓的"标识"或"能指"；虽然也有形式所代表的事物、概念、信息，即所谓的"意义"或"所指"；但是其"标识"和"意义"、"能指"和"所指"之间的关系却不是

---

① [瑞士] 索绪尔：《普通语言学教程》，高名凯译，商务印书馆1980年版，第102页。

"约定俗成的"。凡·高的《向日葵》代表什么意义？没有人事先告诉我们。莫扎特的《小步舞曲》代表什么意义？也没有人事先告诉我们！所以，我们不能按照事先约定的法则去理解作品，而只能在观看和聆听作品的过程中独自去"领悟"其中的意义。更为重要的是，虽然凡·高没有对《向日葵》的意义进行约定，但我们却可以在其朴拙的笔触和炽热的色彩中隐约地感受到一种原始的力量和生命的冲动；这种感受绝不可能等同于欣赏毕加索的《格尔尼卡》！虽然莫扎特没有对《小步舞曲》的意义进行约定，但我们却可以在其欢快的节奏和优雅的旋律中大致体验到一种生活的喜悦和生命的热情；这种体验绝不可能等同于欣赏舒伯特的《小夜曲》！也就是说，在艺术作品中，"标识"和"意义"、"能指"和"所指"之间的关系既不是"约定"的，也不是"任意"的！所以，从严格意义上讲，艺术作品不是符号！需要指出的是，在西语中，索绪尔所使用的"符号"是 sign，他并不赞同像卡西尔那样在"符号"的意义上使用 symbol："曾有人用 symbol 一词来指语言符号，我们不便接受这个词……symbol 的特点是：它不是空洞的，它在能指与所指之间有一种自然联系的根基。"①

那么，艺术作品的"标识"和"意义"、"能指"和"所指"之间的关系为什么不能像符号那样"约定俗成"呢？这里面至少有三重原因：首先，一般符号的"标识"和"能指"都是事先规定好的，譬如我们在考取驾照之前，要专门学习和掌握交通符号的辨析；而每一部艺术作品都是"创作"而来的，不仅创作者没有办法事先与欣赏者进行"约定"，甚至连他本人也无法准确地预知创作的最终结果。其次，一般符号的"标识"和"能指"在规定好了之后便具有相对的稳定性，是人们习以为常、反复使用的，如"红灯"、"绿灯"、"黄灯"之类。全世界的交通警示灯都是一样的，否则便无法"约定"；而每一部艺术作品都必须是独创的、与众不同的，凡·高的《向日葵》不仅不同于高更的《向日葵》，而且他一生所画的十幅《向日葵》也各有不同；莫扎特的《小步舞曲》不仅不同于鲍凯里尼的《小步舞曲》，而且他一生所创作的每一首《小步舞曲》也各不相同。最后，一般符号的"意义"或"所指"都是明确的、可以表述清楚的，如红灯所指的"停"、绿灯

---

① ［瑞士］索绪尔：《普通语言学教程》，高名凯译，商务印书馆 1980 年版，第 103—104 页。

所指的"行"、黄灯所指的"慢行",否则便无法"约定"。而艺术品的"意义"或"所指"却常常是复杂的、含混的、"只可意会、不可言传"的,常常连作者本人都说不清楚,因而又如何"约定"呢? 比如,凡·高能把《向日葵》意义言说清楚吗? 谁又能穷尽舒伯特的《小夜曲》的情感内涵呢? 恰恰相反,越是能够用语言所穷尽的作品越不是好的作品,越是能够被词语解释清楚的艺术越不像真正的艺术!

因为说到底,大千世界是无限丰富和复杂的,我们能感受到的只是其中的一小部分,而能够用语言符号所表述的又只是感受到的一小部分。所谓"茶素不是茶","酒精不是酒"。尽管我们可以从不同种类的茶叶中提炼出共同的茶素,并以此完成对茶叶的普遍认识;但是,我们却不可能用提纯后的茶素来替代具体的花茶、绿茶、红茶、乌龙茶,更不可能从茶素中获得我们对黄山毛峰、西湖龙井、冻顶乌龙的真切体验。尽管我们可以从不同种类的酒中提炼出共同的酒精,并以此完成对酒的抽象理解;但是,我们却不可能用提纯后的酒精来替代具体的白酒、红酒、黄酒、啤酒,更不可能从酒精中获得我们对山西汾酒、贵州茅台、四川五粮液的真切体验。再说得极端一点儿,同是一种西湖龙井,不同地点生长、不同月份采摘的也有差别;同是一种贵州茅台,不同年份酿造、不同时间窖藏的也有差别。虽然我们可以品尝出这种微妙的差别,但却很难用语言加以描述。因此,从认识论的角度上看,由"感性"上升到"理性"、由"形式"上升到"概念"、由"现象"上升到"本质"的过程,既是一种获得的过程,也是一种失去的过程。从这一意义上讲,"感性认识"并不低于"理性认识",也不仅仅是理性认识的初级阶段,而有其独特的价值。开掘这一价值,正是"感性学"或称"美学"(Aesthetica) 的意义所在。

所以,在笔者看来,Aesthetica 作为"美学",并不是要追求什么"感性认识的完善",而是要获得一种"只可意会、不可言传"的情感体验。换言之,如果我们的对象既不可"意会",也不可"言传"的话,我们便无法把握任何信息;如果我们的对象既可"意会",又可"言传"的话,我们便能够将其提升到概念、范畴的高度,在符号系统中加以理解。但是,无论我们的符号系统多么完善,无论我们的语言体系多么丰富,我们总是无法将所有的感觉形式都上升到符号概念和语言逻辑的高度来加以理解。也就是说,我们总会有一些"只可意会、不可言传"的东西需要表达，而这种表达的形式，就是艺术。因此，面对一部成功的艺术作品，我们总有一种说不清、道不尽的情感体验，就像我们品尝一杯美酒、一壶好茶一样。因此，对于一部成功的艺术作品来说，"形象大于思想"是一种普遍的现象。说穿了，所谓"形象大于思想"，就是感性的艺术形式所承载的信息多于理性的逻辑描述，这也就是一部真正的艺术作品无法被归约为符号的真正原因。

抛开对符号的结构分析，即使是在接受效果上，艺术作品的这种非符号特征也表现得十分明显。由于符号系统是"约定俗成"的，因而凡是掌握了这一"约定"的人都能理解符号的意义，否则便不能。这如同人们掌握一门语言一样，中国人之所以懂得汉语，是由于我们在生活和学习中掌握了这种符号体系的特殊"约定"；反之，如果我们不去学习德语，不去掌握德国人在"能指"和"所指"之间的一系列"约定"，我们便永远也无法理解德语。但作为并非符号的艺术作品，其情况却刚好不同：莫扎特是奥地利人，他所说的德语中国人听不懂，但我们完全可以欣赏他那轻松而又欢快的《小步舞曲》；阿炳是中国人，他所说的汉语外国人听不懂，但他那凄楚而又悲凉的《二泉映月》却完全可以引起外国人的情感共鸣。

需要指出的是，我们认为艺术作品不是符号，这只是从本质上说的，而并不否认艺术创作可以利用符号。比如在生活中，人们常把"玫瑰花"作为"爱情"的象征，把"百合花"作为"纯洁"的象征。于是，"玫瑰"与"爱情"之间、"百合"与"纯洁"之间也便具有了"能指"与"所指"的关系，从而作为植物的鲜花，也就具有了符号的意义。因此，画家画一幅《玫瑰花》和画一幅《百合花》，也就可能引起人们不同的联想和感受。当然了，要使这幅《玫瑰花》或《百合花》能够像凡·高的《向日葵》那样成为一幅真正的艺术品，其中所包含的"意义"，一定要超出"爱情"或"纯洁"的符号学概念。说到底，"艺术中的符号"并不等同于"艺术符号"！艺术家在创作中对符号的使用，并不能改变艺术超越符号的美学属性。于是，我们便可以得出与卡西尔完全不同的观点：艺术无法被定义为一种符号语言，美必然地，而且本质上具有超越符号的特征！

二

　　既然艺术作品不是一种"约定俗成"的符号，那么它又如何传递信息呢？换句话说，我们又如何看懂、听懂呢？这是本文要讨论的第二个问题。

　　我们知道，艺术所使用的媒介往往是具体的、生动的，如音乐中的节奏和旋律、绘画中的色彩和线条、舞蹈中的肢体和动作、雕塑中的材料和形状……从符号学的意义上讲，这些节奏和旋律、色彩和线条、肢体和动作、材料和形状还不是严格意义上的"能指"，因为它们自身并不规范，也没有明确的"所指"。然而，这些节奏和旋律、色彩和线条、肢体和动作、材料和形状并不是没有意义的。由于它们与我们的日常生活有着千丝万缕的联系，因而能够引发人们的情感。分析起来，这些现象可能与我们的生理经验有关，比如：一个健康的、洋溢着生命力的形象自然会引发我们正面的情感，一个病态的、苟延残喘的形象自然会引发我们负面的情感；这些现象也可能与我们的生产实践有关，人类在改造自然的生产实践中，培养了自己观察自然、感受世界的能力，从而对色彩、节奏、形状、运动有着极为细致的情感反应；这些现象还可能与我们的社会习俗有关，比如：不同的颜色和形状，不仅有冷暖之分、刚柔之别，而且在不同的社会语境中会引发人们不同的联想……

　　更为重要的是，在艺术欣赏中，这种来自生理经验、生产实践、社会习俗等方面的因素可能会错综复杂地交织在一起，潜移默化地影响着我们。比如，我们欣赏一个古代的瓷瓶，可能会从其造型中联想到古代侍女的溜肩细腰，也可能从其釉面中联想到古代侍女的冰肌玉骨。就像《天工开物·陶埏》中所说的那样："陶成雅器，有素肌玉骨之象焉，掩映几筵，文明可掬。"比如，我们欣赏凡·高的《向日葵》，可能会从其纯黄的底色中联想到盛夏季节那一望无际的原野，可能会从其倔强的笔触中联想到农作物顽强向上的生长状态。比如，我们欣赏莫扎特的《小步舞曲》，可能会从其明亮、欢快而又有些刻板的节奏与旋律中联想到 18 世纪欧洲宫廷的建筑、装饰、礼仪、社交……其实，这些能够被说出来的联想还只是显在的、意识层面的，在真正的艺术欣赏中还有许多潜在的、无意识层面的经验在起作用。

　　正是由于人们与对象世界这种错综复杂、千丝万缕的联系，使得许多对象的形式对于我们来说已不是纯然"客观"的，而是带有一定"情感"的了。正如杜威在《经验与自然》一书中指出的那样，"从经验上讲，事物是痛苦的、悲惨的、美丽的、幽默的、安定的、烦扰的、舒适的、恼人的、贫乏的、粗鲁的、慰藉的、壮丽的、可怕的"①。因此，如果我们把这些节奏和旋律、色彩和线条、肢体和动作、材料和形状也当作"能指"的话，那么它们所暗含的"所指"不是确切的事物或概念，而是复杂而精微的情感。在这里，由于"能指"与"所指"之间的关系不是约定俗成的，而是潜移默化的，因而还不能说是一种严格意义上的符号。正因如此，它们之间的关系常常是多元的、复杂的、似是而非的，而不是清晰的、明确的、溢于言表的。这便是艺术作品"形象大于思想"的原因所在。然而也正因如此，它们之间的关系又常常是超越民族、超越社会的。这也正是中国人能够理解莫扎特那轻松而又欢快的《小步舞曲》、奥地利人能够欣赏阿炳那凄楚而又悲凉的《二泉映月》的原因所在。

　　不仅艺术家使用的媒介不具有符号的特征，而且艺术家的创作方法也不同于符号的运作。在较为复杂的符号体系中，不仅"能指"和"所指"之间的关系有明确的约定，而且不同"能指"之间的运作，也有着某种约定俗成的规则。这种规则旨在揭示符号与符号之间的逻辑关系。以语言为例，每一种语言体系不仅包含"约定俗成"的词汇，而且具有"约定俗成"的语法。语法的意义，在于揭示词与词之间的逻辑关系，从而使符号体系内部的运作成为可能。"'归纳逻辑'的创始人约翰·斯图亚特·穆勒（John Stuart Mill）就明确说过，语法是逻辑最基本的部分，因为它是对思维过程进行分析的起点。"② 有了概念和逻辑，于是就有了思维。正是从这一意义上讲，人们说"语言是思维的外壳"。然而，艺术创作的法则并不是规定好了的，它常常是跳跃的、非逻辑的。艺术家往往利用想象和联想、隐喻和象征等方式将音乐中的节奏和旋律、绘画中的色彩和线条、舞蹈中的肢体和动作、雕塑中的材料和形状组合起来，形成特定的形象和作品，而不是依靠概念、判断、推理的方式。更为重要的是，艺术家所使用的想象和联想、隐喻和象征

---

① ［德］恩斯特·卡西尔：《人论》，甘阳译，上海译文出版社 1985 年版，第 100 页。
② ［德］恩斯特·卡西尔：《人论》，甘阳译，上海译文出版社 1985 年版，第 162 页。

必须具有较高的原创性。人们常说，第一个把女人比作鲜花的是天才，第二个是庸才，第三个是蠢材。因为只有第一个比喻才具有原创性的艺术价值，而重复这个比喻就已经陷入符号的窠臼了。这很容易使我们想起康德的那些名言："天才就是一个主体在自由运用其诸认识能力方面的禀赋的典范性和独创性。"① "为了把美的对象判断为美的对象，要求有鉴赏力，但为了美的艺术本身，即为了产生这样一些对象来，则要求有天才。"② 其实，不仅西人如此，中国古代也不乏这方面的论述。庄子在《外物》篇中曾有过"得鱼而忘荃"、"得意而忘言"的主张，严羽在《沧浪诗话》则把这种"不涉理路，不落言荃"的创作方法形容为"羚羊挂角，无迹可求"。

由于艺术创作既没有固定的语法，也没有缜密的逻辑，因而绝不是严格意义上的符号行为。所以，人们常将艺术活动称为"形象思维"，而与科学活动中的"逻辑思维"相区别。事实上，艺术家对各种材料的运用也确实不需要遵从形式逻辑，而需要遵从情感的逻辑，即在符合情感表达的基础上对材料加以组合、对形象加以塑造。贝聿铭为什么要在卢浮宫前建造一个玻璃金字塔式的入口？乌特松为什么将悉尼歌剧院建造成白帆或贝壳的形状？这一切是很难用逻辑和推理能够说清楚的。或许，正是由于艺术创作活动是超越逻辑推理的，因而艺术家是无法按照某些规则训练而成的；或许，正是由于这种艺术的"语法"不是约定俗成的，因而又可以获得超越民族、超越时代的普遍认同。

三

也许人们会说，上述艺术类型中缺少了一个重要的门类——文学，而文学恰恰是以语言符号为载体的，因而需要特别说明。

不错，包含诗歌、散文、小说在内的文学是以语言符号为载体的，因而它具有更多的符号特征。正因如此，文学比其他任何艺术形式都能够传达更加复杂的思想信息，文学比其他任何艺术形式都能够反映更为丰富的社会

---

① ［德］康德：《判断力批判》，邓晓芒译，人民出版社 2002 年版，第 163 页。
② ［德］康德：《判断力批判》，邓晓芒译，人民出版社 2002 年版，第 155 页。

生活。然而，正是由于文学使用了约定俗成的符号载体，也就使其具有了民族语言的局限。不会德语的人可以听得懂莫扎特的《小步舞曲》，但却看不懂歌德原版的《浮士德》；不会法语的人可以看得懂凡·高的《向日葵》，但却看不懂雨果原版的《悲惨世界》。如果我们要欣赏另外一个民族的文学作品，就不得不首先掌握这个民族的语言符号。从这一意义上讲，文学确实与其他种类的艺术有着非常重要的区别。我们知道，中国古人一向是不把"诗文"当作"艺术"的。直到今天，我们还常常使用"文艺"这个概念，从而把"文学"与"艺术"并列起来。不仅如此，我国在体制上也设立了"作协"和"文联"两个机构。这一切的背后，或许有着符号学的内在根据！然而从另一方面讲，即使是使用"文艺"这个概念，"文学"与"艺术"也总是连在一起的。更何况，西方人常常把文学视为一种"语言的艺术"呢？可见，尽管"文学"与其他"艺术"之间有着重要的差异，但二者之间一定也有着更为重要的联系。这种联系也应该在符号学的意义上加以解释。

毫无疑问，在人类所有符号体系中，语言具有极为重要的地位。语言不仅是"人类最重要的交际工具"，而且是人类"思维的外壳"。在现实生活中，人们用语言来传递信息，人们用语言来思考问题，人们用语言来表达情感。因此，在很大程度上，语言作为一种符号体系的可能性，便决定了人类思维方式、情感方式、信息传达方式的可能性。这很容易使我们联想起海德格尔的那句名言："语言乃是一圣地，也就是说，它是存在的家园。"[1] 在海德格尔看来，语言之所以可以被称之为"存在的家园"，乃是由于它体现了人对周遭世界最初的理解和领悟。"语言，通过对存在物的首次命名，第一次将存在物带入语词并使之显现。唯有这一命名，才指明了存在物源于其存在并达到其存在。这种言说即澄明的投射，在投射中宣告了存在物进入了其敞开状态。"[2] 从这一意义上讲，最初的语言就是诗歌，就是艺术！但是，正像一个成长的人不可能永远依偎在母亲的身边一样，语言在其诞生之后也必然要离开自己所创立的这个"存在的家园"而走向人类社会。当语言成为人类社会的交际工具之后，语言的原初本质便开始受到了扭曲和异化。在日常

---

[1] ［德］海德格尔：《诗歌·语言·思想》，彭富春译，文化艺术出版社1991年版，第132页。
[2] ［德］海德格尔：《诗歌·语言·思想》，彭富春译，文化艺术出版社1991年版，第73页。

语言的运用中，为了使他人能够听懂，语言的"说"就必须遵循公众的规范和逻辑，因而它说出来的已不再是个体对"存在"的独特感悟，而是群体对"存在物"的普遍认识。于是，语言的功能已不复是"思"而变成了"用"，其原有的诗意便大大削弱了。

从人类语言符号的发展趋势来看，日常语言比原初语言精密，专业语言比日常语言精密，数学语言比专业语言更精密，因此几乎所有的理论科学都有着使用数学语言加以表达的趋势。"从单纯理论的观点来看，我们可以同意康德的话，数学是'人类理性的骄傲'。但是对科学理性的这种胜利我们不得不付出极高的代价。科学意味着抽象，而抽象总是使实在变得贫乏。"① 于是，从原初的语言到日常语言、从专业语言到数学语言，人类语言的符号化进程，也正是其诗意减退的过程。于是，为了重建"存在的家园"，诗人必须重新进行一种语言的冒险。"海德格尔看来，诗人的责任就是让存在返回诸具体在者的家园中，把我们推置一陌生的境地，因此而唤醒我们的惊异。为此，他的作品就必须成为存在自身的一种表达。因而，就艺术作品也建立了一个世界同时又是诗意化的形式而言，它必须以一种独一无二的和告诫的方式，使所有的这些因素得到表现。"② 诗使死亡的语言复活，使凝固的概念燃烧，使沉沦的常人苏醒，从而以独特的感受和心智去寻觅存在的意义。

正像语言必须超越一切逻辑规范才能回归于"思"的本质一样，文学也必须超越一切符号模式才能达到其"诗"的境界；正像真理必须在不断地"去弊"中才能够不断地"澄明"一样，作品也只有在不断地创新之中才能够永葆其精神的魅力。所以，在海德格尔看来，与文明社会远离家园的规范语言不同，文学创作必须恢复语言在其本真意义上的"独创性"，即将文学家对存在的独特感受用独特的艺术方式"表达"出来。那么，从文学史的经验来看，文学家是如何实现这一目的的呢？我们知道，真正的文学家首先应该是语言大师，即有着熟悉语言、运用语言的超凡能力。据英国人统计，无论是古代的莎士比亚，还是现代的丘吉尔，他们所使用的词汇量都远远多于当时的普通民众，他们对英语的发展都有着独特的贡献。一方面，文学语言

---

① [德] 恩斯特·卡西尔：《人论》，甘阳译，上海译文出版社1985年版，第183页。
② [美] 鲍桑特：《海德格尔的艺术理论》，见王鲁湘等编《西方学者眼中的西方现代美学》，北京大学出版社1987年版，第8页。

往往比日常语言更丰富、更复杂、更精致，即可以通过形容、比喻、象征、夸张、对偶、排比、拟人、通感等各种复杂的修辞手段对客观世界和主观心理进行更加透彻、更加细腻的描写；另一方面，文学的语言，尤其是诗歌的语言常常采取陌生化的、反常规的、超逻辑的手法而突破日常语言的修辞方式和语法规则，从而形成对传统符号体系的挑战。"这一点，只有当诗人具有把日常语言中的抽象和普遍的名称投入他诗意想象力的坩埚，把它们改铸为一种新的型态时，才是可能的。他由此便能够表现快乐和忧伤、欢愉和痛苦、绝望和极乐所具有的那些精巧微妙之处，而这却是其他所有表现方式所不可企及和难以言说的。"①

譬如，如果用逻辑思维的标准来看，我们很难说清楚"人闲"与"桂花落"之间是一种什么样的关系，难道人不闲桂花就不落了吗？但是，如果用形象思维的标准来说，"人闲桂花落"无疑是一句绝妙的好诗。我们可以想象，人闲方知桂花落，因为整天陷于仕途经济、忙忙碌碌的人们是不可能察觉到桂花飘然而落这一自然界的微妙变化的。我们也可以想象，"人闲"与"桂花落"这两种状态之间有着某种微妙的相似之处，它们两两相对，构成了一种天人合一的美妙意境……然而所有这些解释都只是想象的、未定的、非规范性的。同样的道理，如果用语言逻辑的标准来看，我们也很难说清楚"关关雎鸠，在河之洲"与"窈窕淑女，君子好逑"之间是一种什么样的关系。尽管从汉代以降，便有很多学者对此进行过各种各样的研究，提出过各种各样的解释，但至今也没有获得学术界的普遍认同。因为说到底，这些研究和解释都是以逻辑思维的方式入手的，但艺术创作则是以形象思维的方式进行的。按照康德的认识论原理，只有当两个概念之间的关系可以被纳入12个范畴的时候，它们之间的关系才是可以被认知的。然而在我们看来，当两个对象之间的关系不能被纳入有限的逻辑范畴的时候，它们之间的关系虽然不能被明确地认知，但却同样可以被感受。这种感受的方式便是审美和艺术。因此，就像卡西尔所指出的那样，"任何伟大的诗人都是一伟大的创造者；不仅是他的艺术领域的创造者，而且也是语言领域的创造者。他不仅具有运用

---

① ［德］恩斯特·卡西尔：《符号·神话·文化》，李小兵译，东方出版社1988年版，第109页。

语言的膂力，而且还具有改铸和创新语言的膂力，把语言注入一新的模式。"①
元代文学家马致远曾作过一首《天净沙·秋思》："枯藤、老树、昏鸦，小桥、
流水、人家，古道、西风、瘦马。夕阳西下，断肠人在天涯。"如果我们从逻
辑思维的角度出发，便很难理解这首词的真正含义；只有从形象思维的角度
入手，才能够真正感受到其中所包含的复杂的人生经验和丰富的情感内涵。
在这一点上，就连卡西尔的追随者苏珊·朗格也不得不承认："因为艺术没有
使各种成分组合起来的现成符号或规律，艺术不是一个符号体系。它们永远
是未定的，每一个作品都从头开始一个全新的有表现力的形式。"②

　　因此，尽管我们并不否认文学家所使用的语言是一种符号体系，尽管
我们并不否认文学家借助这种符号体系传达了很多社会信息。但是，文学之
所以能够成为一门艺术，就在于它有着借助语言而超越语言、借助符号而超
越符号的功能。进而言之，超越语言的目的是为了抒发比语言更为精微的情
感，超越符号的目的是为了表达比符号更为复杂的意义！

　　总之，从人类文明的角度来看，无论是音乐中那梦幻般的节奏和旋律、
舞蹈中那超越生活的肢体和动作、绘画中那高度夸张的色彩和线条，还是诗
歌中那陌生化的、反常规的、超逻辑的语言，都旨在使人们从惯常的逻辑思
维和异化了的现实生活中解放出来，以获得一种超越日常生活的情感体验，
以获得一种超越语言描摹的心理慰藉。正像马尔库塞所指出的那样，"在一
个以异化劳动为基础的社会中，人的感性变得愚钝了：人们仅以事物在现存
社会中所给予、造就和使用的形式及功用，去感知事物；并且他们只感知到
由现存社会规定和限定在现存社会内的变化了的可能性。因此，现存社会
就不只是在观念中（即人的意识中）再现出来，还在他们的感觉中再现出
来。"③正是从这一意义上讲，艺术作为"审美"活动，有着更新人们感性经
验和情感世界的特殊意义。

（原载于《文学评论》2012 年第 6 期）

---

① [德] 恩斯特·卡西尔：《符号·神话·文化》，李小兵译，东方出版社 1988 年版，第
107 页。

② [美] 苏珊·朗格：《情感与形式》，刘大基译，中国社会科学出版社 1986 年版，"译者前
言"第 12 页。

③ [美] 马尔库塞：《审美之维》，李小兵译，广西师范大学出版社 2001 年版，第 132 页。

艺术作为话语分析的对象

凌晨光

将艺术视为话语分析的对象，意味着这种分析将艺术理解为艺术主体的表达和建构结果，一种目的性活动的结果。因此，对艺术的话语分析关注的不仅仅是作品的材料、构图、形式特征、手法技巧，而是创作主体如何通过作品的物质形态层面的东西传达和建构他对自我和世界的认识、感受和思想的，这种被表达和建构的内容是在何种途径和何种背景中被理解和接受的。

一、艺术作为话语

话语就是人们在社会互动或文化交际中为达到某个目标而说的话。在话语中，说话者不但表述他对自己、对他人与世界的看法和感受，还通过话语完成了对自己、他人与世界的存在状态和相互关系的确认、评述和思考，建构了与他人与世界的关系。如果我们在此对于"说话"、"话语"、"说话者"等不作单纯语言学意义上的理解，而将目光转向艺术这个对象，会发现，上述对话语的解说可以完全适用于包括诗歌、小说、绘画、音乐、雕塑、建筑等在内的所有艺术作品。艺术活动也是一种表达和建构性活动，艺术也是一种话语。

1. 表达与建构

按照福柯等人的观点，话语不仅能够表达主体对世界的认识和理解，不仅是一种表现世界的主体实践活动，而且能在意义方面说明世界、组成世界、建构世界。如果说一般日常交流中的话语行为通常是一种表达，一种让意义从"不在场"转化为"在场出席"的过程，那么艺术话语的这种转化行为则更具独特性和创造性，它通过话语实践行为创造性地识别和赋予各种微妙纷杂的人类经验以表征和意义，而艺术创造主体则通过艺术话语来建构、描绘和评说他们自己以及他们的世界。

人类文化尤其是西方传统文化中，视觉中心主义长期占据重要位置，它们人为地在人的感觉器官之间设立等级，突出强化视觉的优先地位，结果是在艺术领域中，视觉艺术品成为人们最先想到的对象，一看到艺术二字，人们头脑中大致上都会反映出一幅画或一尊雕塑，对于视觉中心主义的讨论我们留待下文。在此不妨先顺着这种惯性化的认识途径，重点从视觉艺术的角度探讨一下艺术话语的表达与建构问题。

视觉艺术从话语行为的层面上看，其任务首先在于表达。以绘画为例，一位名叫朱利安·贝尔的学者在《什么是绘画》一书中指出，就绘画的本质而言，表达是它"最体面的任务"。那么什么是表达，如何理解绘画中的表达呢？贝尔区分了四种意义上的表达：(1) 某人正在画一张桌子，他正设法"表达"这张桌子的外观；(2) 某人试图用词语向我们描述一张桌子的外观，但听者未必把握这张桌子的样子；(3) 一个人的膝盖撞到桌子时发出痛苦的叫声，他在"表达"词是这张桌子给予他的感觉；(4) 一个人在桌子上刻上字，"表达"自己的意图。这些活动都涉及"表达"，但表达的对象处于不同的层级，它可以是一种特性、一种情感、一种意义和一种自我。但这些表达有一个共同之处，那就是把内在的东西转化成为一种外在的东西，通过文字、表情、动作、言词等把一种感觉，一种观点公之于众。在此我们把握住了表达的核心意义：将精神的不可视状态转化成为可视状态。①

表达就是把不能被看见的东西转化成为可以看到的东西，把个人体验的东西转化成众人共同感觉的东西，把情感世界的东西转化为形象世界的东西。这可以看作是一切艺术话语运作机制的本性。于是毕加索的一幅立体主义绘画，就表达了观看对象的不同视点和不同角度，这些视点和角度在日常

---

① ［英］马尔科姆·巴纳德：《理解视觉文化的方法》，常宁生译，商务印书馆 2005 年版，第 96—97 页。

生活经验领域里本不能同时被看到；康定斯基的一幅抽象派绘画就表达了画家情意的波澜和思想的运动，而情感和思想本身是无形的；一座印度辉煌建筑"泰姬陵"也表达了莫卧尔国王沙贾汉对他的爱妻阿姬曼·芭奴亡灵的幽思，尽管人死不能复生，但建筑却象征了亡灵的转化与升华。

上述从无到有的转化，像极了基督教教义中只肯归于上帝的能力——创造。因此，艺术话语的表达也顺理成章地过渡到了建构。建构的途径同样是思想的外显，情感的抒发，促成一种形象化的转换。这种转换能力有时被视为艺术家的超人技巧。法国自然主义作家龚古尔兄弟曾对他们的同胞、画家弗拉戈纳尔的画作过如下描写："从他的效果可判断他用着一段没有笔杆的粉笔，大部分地方已经磨平，他在大拇指和食指之间，不停地转动粉笔，既冒险，而又刺激，旋转着并扭曲着；他滚动粉笔覆盖在他的树枝上，在画其树叶的 Z 字形时它又剖开粉笔。每一不规则的粉笔笔端，他都留下其未成形，用来为他的画作服务：笔端变钝时，他就画得充分与粗犷；笔端变锐时，他就转到细微处，画那些线条和光。"[1] 在龚古尔兄弟丝丝入扣的笔下，弗拉戈纳尔绘画的过程被生动地还原了。其关键之处在于，画家手指的动作和手中的画笔如何在一瞬间变出了树枝和阳光，画中的形象如何一跃而显现于线条纵横的画面上。

视觉艺术话语的表达与建构功能其实可以看作是包括文学在内的所有艺术话语之功能的形象化展示。文学语言不同于日常语言和科学语言，它是以构造形象表达情感为主的语言。文学话语也是一种形象化地表达和建构的话语，从这个意义上说，将不可见转化为可见的过程，仍然可以用于对文学话语塑造形象的认识上。以鲁迅先生的《阿 Q 正传》为例："阿 Q"这个奇怪的不像中国人的名字，其中"Q"的字形在文本层面上就是小说主人公脑袋后面拖着的小辫子的形象转化，而那条小辫子又是阿 Q 固执愚昧的性格和心理特征的形象化呈现，进一步说，阿 Q 的固执愚昧又是其"精神胜利法"的内心世界的显现，最后，阿 Q 的"精神胜利法"则是国人劣根性的形象化显现。在此我们看到，鲁迅先生的铁笔是如何一层层直刺当时社会

---

[1] 转引自 [英] 诺曼·布列逊《视觉与绘画》，郭杨等译，浙江摄影出版社 2004 年版，第 140—141 页。

的政治文化的深髓之处的暗疮的。这里，我们只是从话语转化的角度对阿 Q 形象进行一个示例性的分析，这一反向的过程正映射出了艺术话语的表达与建构功能。

2. 视觉化

视觉对应于眼睛的感受能力，视觉对象都是可以被眼睛看到的对象。视觉问题与眼睛的"可见性"问题是必然联系着的。当代艺术话语的视觉化倾向因此也就把"可见性"问题推上了理论的前台。美国当代学者尼古拉斯·米尔佐夫指出："新的视觉文化最惊人的特征之一是它越来越趋于把那些本身并非视觉性的东西予以视觉化。"① 在此，可以简单地把这句话转换成对"视觉化"的一个界定：视觉化就是把原本看不到的东西或原本非视觉的东西变成视觉的对象。原本看不到，现在可以看到，这种转变一般可以借助技术手段和能力的提高来完成，比如从显微镜下看到的 DNA 结构，从哈勃望远镜里看到的太空星体的表面；原本非视觉的对象变成视觉的对象，这一转变更多地要借助想象，正如海德格尔所说的"世界图景"的概念，世界图景不是一幅关于世界的图画，而是作为一幅图画而加以理解和把握的世界。后一种转变的原因不在于技术手段和工具的更新，而在于主体感知和想象心理结构的改变。

福柯说："自然史不是别的，只是对可见物的命名。"② 这样一来，自然史就以其简明和朴素而示人，它是由可见物构成的。但值得注意的是，在福柯看来，可见物并不是一成不变地摆在人们面前，可见物之所以"可见"，其实要依赖新的可视性领域的全方位构建。"在任何时候都是可见的、但在人们目光的一种不可克制的分心面前保持默默无语的某物"，之所以终于成为可见物，"实际上，并不是一种古老的心不在焉突然消失了，而是一个新的可视性领域全方位地构建起来了"。③ 可见物并不一定随时都能被看见，

---

① [美] 尼古拉斯·米尔佐夫：《视觉文化导论》，倪伟译，江苏人民出版社 2006 年版，第 5 页。
② [法] 福柯：《词与物——人文科学考古学》，莫伟民译，上海三联书店 2001 年版，第 175 页。
③ [法] 福柯：《词与物——人文科学考古学》，莫伟民译，上海三联书店 2001 年版，第 175 页。

对于涣散分神的目光来说，可见物只能沉默于晦暗之中，正所谓"视而不见"。可见物成为视觉的对象有赖于一种新的可视性领域的构建。

其实我们还可以沿着福柯的思路继续前行，得到下一个结论，那就是，新的可视性领域的构建提供了新的可见对象。这里要表达的意思是，可视对象并不是被动不变地等待着主体视觉的专注目光"照亮"它，随之一展无遗地呈现在光天化日之下，而是根据目光所及的范围、角度，视觉所借助的技术工具以及观看主体的意图愿望，呈现出它的某个或某些侧面，而整体仍然保持神秘状态，从而有待于一种新的观看。打个比方，就像是老式照相机照出的黑白照片，图像从相纸上显影的过程，就是可见物被看见之过程的一种比喻，然而图像呈现出的黑白影调与它所拍摄的实际对象是明显不同的，现实环境中的物体都是被色彩笼罩的，照片上的图像是对实际物体的抽象，即"删去"了它的色彩，只留下了单纯的明暗效果。当然，从照相机记录图像的技术层面说，这可以看作是感光和图像还原技术不成熟的结果，但如果我们把整个黑白摄影的例子看成是一种比喻，那么就可以说，自然对象呈现于主体视觉的方式以主体的可视性领域的构建为前提，而可视性领域自身的结构特性和组织方式则决定了自然对象的呈现方式，在自然对象呈现为视觉对象的过程中，有些因素被忽略和排除了，比如"色彩"，而另一些因素则得到强化，比如"黑白影调"。于是，可见物的呈现结果就变成了由主体构建的可视性领域决定的东西。

以上分析提醒我们，可见物呈现在我们面前的样子并非它的原本如此的样子，而是被我们的视觉结构选择、强化、改造了的结果。因此，对可见物的分析不能只专注它呈现出的相貌，而要探讨它为什么会是这样的。

二、对艺术的话语分析

对艺术的话语分析，就是在把艺术视为话语的前提下，综合运用符号学、阐释学、接受理论等方面的知识对艺术话语文本的意义结构和形成条件进行分析，探讨艺术话语的结构特征与其意义表达方式之间的关系，研究艺术话语的意义表达与社会历史和文化环境的关系，从而回答艺术话语以何种方式发挥其效力的问题。

1. 符号与表征

艺术话语具有符号的特性，但是艺术话语又不同于一般的语言符号。用于语言符号研究的术语能指—所指、内涵—外延等，在艺术话语面前都要作出必要的调整，才能成为艺术话语分析的概念。

艺术话语，尤其是占据当代艺术中心位置的视觉艺术话语以及它的承载形式——图像，是不是一种符号似乎还有待讨论，因为它与一般的语言符号看上去相差甚远，语言具有约定俗成性，它一般不去模仿事物的外表，而图像则建立在与它所描绘对象的相似性的基础上。但是，从本质上讲，图像仍是一种符号。正如有研究者已经指出的："图像是一种伪称不是符号的符号，从而假装成（或者对相信者来说，事实上能取得）天然的直接性和存在性。"① 因为与词语明显的人为性相比，图像看上去是以对象"事实如此"的样子去描绘它的。但上文所举黑白照片的例子已经表明，图像并不是对现实事物的客观真实记录，它与词语一样也是一种经过转换、简化和人为处理的符号，尤其是它也像一般符号一样通过能指—所指的关系和外延—内涵的关系表达着它的意义，而图像的意义并不等于它呈现出的样子，正是这一点，图像和符号被联系在了一起。

当然，毕竟图像与言词之间不能简单画等号，我们对语言符号的理解和分析也很难套用到图像这种视觉话语承载物身上。在此，不妨把图像看成一种特殊的符号，而这种特殊的符号在西方的文化研究者那里有了一个新的名称——"表征"。对这一概念的通常解释是：用形象或语言向他人就这个世界说出某种有意义的话来，也就是要有意义地表述这个世界。比如通过描绘围绕着马匹纷飞的蝴蝶，让人们想到"踏花归来马蹄香"的场景，通过描绘一只食指和中指叉开伸出的手，表示胜利的意思。从以此物代彼物，以眼前事物代替不在场的事物这一点上，图像既具有符号特性，同时又是一种表征，因此，以图像为代表的艺术话语都可视为这种表征的符号。

就视觉艺术话语而言，语言学中能指—所指和内涵—外延等都可用于艺术话语分析。"这些概念可以应用于视觉文化、视觉符号。能指可以被看

---

① ［斯洛文尼亚］艾尔雅维茨：《图像时代》，胡菊兰等译，吉林人民出版社 2003 年版，第26 页。

作为任何已被赋予一种意义的有形自然物，能指也可以被视为是意义的物质形式或物质载体。从这个方面来考虑，能指就是符号的形象，正像我们能够在视觉上感受到它那样：它能够通过姿态、素描、彩绘、摄影、电脑生成等方式表现出来。所指可以被认为是与能指相关联或赋予能指的意义。所指也可以被看作通过看（或听等方式）进入我们大脑的精神概念或思想。"① 可以说，就图像而言，外延是事实性话语，即"那儿有什么"，而内涵则是指意义层面的东西，指的是表现的内容，而对内容的理解与社会认知结构和意识形态有着密切联系。外延和内涵的关系意味着，面对同一个图像，不同的人可能从中看出不同的意义。一个没有基督教文化背景的人看到十字架，就难以把它与基督受难联系到一起。法国学者罗兰·巴特认为图画作为表征性符号，是一种被编码的讯息，这种编码体现在三个层面：第一，图画对场面或对象的描绘，"要求一整套得到调整的位置转移，绘画性复制的天然性是不存在的，而位置转移编码是历史的（尤其是关系到透视法）"②。这就如同中国古代画论中"谢赫六法"里的"传移模写"，指绘画须在一定成规惯例基础上完成，而对成规惯例的了解是把握画作意义的基本条件。第二，图画的操作也就是编码过程体现主体对能指的选择，图画不应去复制所有对象，而是通过有限的复制达到对意义的最大表现。第三，编码过程要求画家具有基础性的文化知识储备，用以在画作的外延与内涵之间建立联系。也就是说，画家要有能力完成图画的外延向内涵的转化。如果说画家创作图画是一种编码过程，那么欣赏图画也就是一个解码过程。解码和编码往往遵循相同的符号逻辑和表征规则，但两者的方向则是相对的。于是观者读解一幅图画的程序，"就是内涵消除外延，消耗或抹去其物质的真实性，同时把一种有益于社会管理的虚构置于恰当的位置，然而这种虚构却被理解成一种无中介的知觉，一种已把历史有效清除了的自然"③。至此我们也许会更加清楚为什么说图像是一种"伪称不是符号的符号"了。它做了符号能做的一切事情，却又以自身的形象性和模仿性而扮演成非符号的样子。而我们对艺术话语的分析

---

① ［英］马尔科姆·巴纳德：《理解视觉文化的方法》，常宁生译，商务印书馆 2005 年版，第 146—147 页。
② ［法］罗兰·巴特：《显义与晦义》，怀宇译，百花文艺出版社 2005 年版，第 32 页。
③ ［英］诺曼·布列逊：《视觉与绘画》，郭杨等译，浙江摄影出版社 2004 年版，第 66 页。

就要像巴特所说的那样，从它的符号性和表征性入手，探寻其表面背后深藏的意义内涵，看它是如何有意彰显或隐藏了哪些特殊的社会生活、文化心理诸方面的内容。

2. 语法与修辞

强调艺术话语的表征性，就是指出被看到的东西可能只是一个处于基础层面的未被看到的意义系统的表面。对艺术话语的分析，应着眼于看到的东西，去寻找未被看到的意义系统。就符号而言，符号的意义不在于它们自身，而在于符号之间的相互差异性，诸符号所在的系统提供和维持了这种差异性。正像在语言环境中符号在系统提供的横组合与纵组合关系中完成了话语陈述和意义表达一样，艺术话语的意义实现，也离不开系统的横组合与纵组合规则所规定的语法与修辞。

语法和修辞是传统语言学理论的两个主要部分。福柯说："首先人们容易看到语言科学在古典时期是怎样被划分的：一方面，是修辞学，论及修辞格和比喻，就是说，论及语言借以在词语符号中被空间化的方式；另一方面，是语法，论及联系与秩序，就是说，论及表象的分析借以一个连续序列而被安排的方式。"福柯的结论是，修辞学限定了表象的空间性，而语法为每一个体话语限定了把这种空间性分配在时间性中的秩序。[①] 话语是对思想的表象，这种表象是在符号链的层面上完成的，也就是说，话语以符号的线性呈现方式表征了思想的整体内容，或者说话语把表象的同时性转化为语言的先后有序性。举个例子。我们可以说"中间是玫瑰花的花芯"，也可以说"花芯在玫瑰花的中间"，这两句话本来是同一个意思，但前一句话中，"花芯"在"花"后面出现，后一句"花芯"在"花"前面出现，而实际上玫瑰花的花芯既不在前面也不在后面，它就在花的中间。

对话语进行语法研究，就是要分析它的结构秩序，即看构成话语的各要素是如何先后有序地排列起来的，比如法国叙事学家托多洛夫对意大利小说家薄伽丘《十日谈》的"叙述语法"的分析，就是典型例子。一百个原本

---

① ［法］福柯：《词与物——人文科学考古学》，莫伟民译，上海三联书店 2001 年版，第112—113 页。

人物各异，情节不同的故事被托多洛夫用一种代数式一样的关系链条简化地概括出来：X 犯了法——Y 应惩罚 X——X 力图逃脱惩罚——往下就出现了分叉的两条线索：一是 Y 犯了同样的错，二是 X 让 Y 相信 X 没有犯错，结果则是殊途同归：Y 没有惩罚 X。于是，通过语法逻辑的分析，《十日谈》里的故事就变成了一系列犯错与惩罚（或逃避惩罚）的故事。

对话语进行修辞分析，就是要分析在一个话语链条中，一个组成要素为什么被选择出来，并组合进了话语整体中。修辞涉及在功能相同的同类事物中作出选择，将其中的某个接入话语链条。就像小女孩为自己的玩偶选裙子，选多长的裙子主要取决于小女孩想把她的玩偶打扮成一个公主还是辣妹。同样在一句简单的话"生活是……"中我们可以选择"一条路"、"一团麻"、"一首歌"、"一个谜"等词语将其补充完整，而选择哪一个，往往取决于说话人对生活的态度和感悟。因此，修辞并不是让话说得漂亮的问题，它本身就参与了表象的完整化和意义的建构，它把复杂深奥的东西变成浅显易懂的东西，当然也可以相反，这里的关键在于，修辞通过一种同位替换，把原本不可能的变成可能，原本不能理解的变得可理解，原本不可见的变成可见的。语法和修辞在当代学者那里，经常是结合在一起的。比如在美国学者保罗·德曼看来，哪里有语言，哪里就有修辞。而且，通常只有联系文本的语法特征来加以评估，修辞所扮演的角色才会凸现出来。有时，句子使用了一种常见的语法结构，但其意义却模糊不清，我们无法确定到底应该按字面意义还是按比喻意义来进行解读。语法规定了什么样的句子是合格的、可以接受的，却无法告诉我们应如何去解释句子，更不要说讲述其准确的意思了。[①]

在艺术话语中，语法与修辞的结合比一般的话语更加紧密，因此理解艺术话语意义的活动也更加复杂和困难。对艺术话语的语法和修辞的分析可以告诉我们艺术话语到底表达和建构了什么，它是如何将这些意思表达和建构出来的。

3. 语境与互文

语境从字面上讲，就是语言环境。一句话的语境就是在它之前和之后

[①]　[英] 卡拉瓦罗：《文化理论关键词》，张卫东等译，江苏人民出版社 2006 年版，第 40 页。

的话所组成的上下文。一句话的意义只有通过语境才能得到确定。"你真行"这句话是赞赏，是感叹，是嘲讽，是指责，只有通过上下文环境，才能得以确认。就艺术话语而言，艺术话语的语境就是指能够保证艺术话语的意义得以准确呈现的社会文化知识背景。对于艺术话语分析者来说，没有对这种语境知识的了解，那么，就艺术话语文本所进行的解读和分析就会随时遇到难以克服的障碍。比如不了解镰刀斧头的意义，就无法准确解读一幅画上的人，为什么要举着带镰刀斧头标志的红旗，昂首挺胸，大步前行。

保证一段艺术话语能够得到准确解读的背景知识，往往是以历史上原已存在的其他话语文本为基础、为参照的。简单说，目前的话语文本的语境就是历史上的其他话语文本。这些不同时期的话语文本形成了一种"互文性"的关系。"克里斯蒂娃在1966年创造了'互文性'这一术语，用它来描述独立文本之间的相互依赖：完全自律、自足的文本是不存在的，事实上，文本总是在吸收和改造其他的文本，它们是其他的叙述和声音所遗留下来的踪迹和回声。在这个意义上，任何文本都可以看作是一张语录的什锦，一片典故的马赛克。如果文本具有互文性，主体（个人的或个体的）对文本的反应就会具有主体间性。那就是说，主体的反应取决于此：在一个群体的准则和习俗中，一个人对世界的解释如何与其他人的解释相互影响，如何相应地得到认可，或者遭到排斥。"① 比如面对一幅北方文艺复兴时期的风俗画《干草车》，可能很多人多少有些茫然，画面中间是一辆硕大的干草车，各色人等不成比例地被缩小。围绕着它，并且你争我夺，混杂在抢掠搏斗的农夫间的甚至还有修女和修道院长。这时如果有人说出一句当时流行的佛兰德人的谚语："世界就是一辆装着干草的四轮马车，从这辆车里每个人获取他们能够得到的。"于是这幅画所表现的众人在利益面前尔虞我诈，争先恐后的场景就不难理解了。当然如果观者有足够的相关历史文化知识，他还可以指出画上的那个携带风笛的年轻人是个同性恋者，因为风笛就是表示他身份的符号，而拥抱在一起的一对男女旁边，出现了一个头顶空瓶的男人，这是一个对婚姻不忠者的标志。② 通过这个例子，我们想说明的是，了解语境和互文

① ［英］卡拉瓦罗：《文化理论关键词》，张卫东等译，江苏人民出版社2006年版，第65页。
② 参见［斯洛文尼亚］艾尔雅维茨《图像时代》，胡菊兰等译，吉林人民出版社2003年版，第258—259页。

性对于解读艺术话语文本是多么至关重要。语境化的效果是，通过这种互文性关系，将画面上初看上去十分费解的内容还原到一个易于理解的语境之中。

语境与互文，就是提醒人们在解读艺术话语文本的时候，不仅仅固守于眼前所见，而应看到此而想到彼，从彼此的关系和对照中寻找话语的深意。比如法国古典主义画家大卫曾经给拿破仑的妹妹画过一幅全身像，画中人衣着简净，优雅地躺靠在雕工精致的卧椅上。如果不了解女主角的发式和衣着都在刻意模仿古希腊女神雕像的样子，那么这幅画的意味就减损不少。同时，这幅画又为一位奥地利现代画家马格里特的一幅作品提供了语境，并与之构成互文关系。在马格里特的画中，场景和家具与大卫的完全一样，尤其是那张卧椅。只是躺在上面的不再是故作端庄的女子，而是变成了一口实木棺材。可以想见，看到这两幅画的人，对它们的解读和体验，与那些只看过其中任何一幅画而不知另一幅之存在的观者相比，会是多么的不同。类似的例子还有法国画家马奈的《奥林匹亚》，将一个当时的巴黎名妓画成文艺复兴大师提香和乔尔乔内笔下的维纳斯的样子，呈现出裸体于众观者面前，其意旨因这种让当时保守的学院派难以接受的方式而愈加给人留下深刻和复杂的印象。这幅画的意义完全超出了对传统的模仿或复制层面，而成为一种具有社会文化心理深意的综合性建构与表达。

（原载于《天津社会科学》2012 年第 6 期）

百年中国现代文论的反思与建构

王一川

如果从梁启超提出"诗界革命"时算起①，中国现代文论已有 110 多年历史了。现在有必要回头来反思：如何从总体上回顾和评价既往中国现代文论史，以及如何认识它的现在并考虑如何把握它的未来。诚然，有关中国现代文论的质疑与批评声音至今仍不绝于耳，特别是当把它同卓然屹立于世界文论之林的中国古代文论相比时，对它的指责乃至不屑就更是见惯不怪了。但是，应当看到，中国现代文论毕竟是在古代中国从未遭遇的极其特殊而又艰难的新形势和新条件下创生和发展的，毕竟作出了自身的艰苦卓绝的努力，并且或多或少取得了一些成绩或推进，特别是留下了一些经验和教训。即便是那些教训，也应当成为当前中国现代文论建设需要汲取的宝贵财富。因此，现在再来简要地回顾既往百余年来中国现代文论历程，尤其是其中在中西文论对话与汇通中开展中国现代文论建设的经验与教训，无疑有助于中国现代文论带着对过去的清醒认识而更加务实地走向未来。②

一、中国现代文论的经验

与那种有关中国现代文论患了"失语症"的断语不同③，中国现代文论

---

① 梁启超：《夏威夷游记》（1899），见梁廷灿编《饮冰室文集点校》，云南教育出版社 2001年版，第 1826 页。

② 本文系在教育部哲学社会科学重大课题攻关项目"西方文论中国化与中国文论建设"（项目批准号 05JZD00028）结项报告之结语部分基础上修改而成。对本文写作有贡献的还有何浩副研究员、胡继华教授和胡疆锋副教授。陈太胜教授和陈雪虎教授也参与讨论和修改。特此说明并向他们致谢。

③ 曹顺庆：《文论失语症与文化病态》，《文艺争鸣》1996 年第 2 期。

是在遭遇前所未有的重大文化断裂时匆忙学步和强行起飞的，并在中西文化及文论的冲突中不懈地探索自己的独特发展道路，其间既留下了自己的牙牙学语印记，也书写了独创的话语断片，更记录下寻找自身独特话语的艰辛历程，从而在其发展进程中留下了一些值得重视的历史经验。对此，可以围绕如下几组关系（远不止此）去概括：中与西、古与今、个与群、上与下、心与物、思与艺、制与学。

首先，在中国与西方的关系上，中国现代文论留下了以中化西这一历史经验。以中化西，不是一味地跟从西方文论范本走，而是以中国文学活动自身的现实需要和发展目标去富于主见地化用西方文论资源。现代中国人要追求自己的现代生活、表达自己的现代体验，就需要在新的历史语境中提出自己的问题意识，表现在文论领域，就是要以现代历史主体的独立自主姿态去吸收和消化西方文论资源。以中化西，首先需要明确我们要什么。毛泽东文艺思想在中国的成功，正集中体现了中国化马克思主义者以中化西的魄力和智慧。回看新时期文论中勃兴的文学审美论，它虽然大量吸收了康德的无功利美学思想，但并没有简单地认同其审美绝对化偏向，而是以注重社会实际关系的中国文论传统去加以化合，满足了新时期面临的拨乱反正、建设社会主义精神文明的时代需要。这些以中化西经验突出地表明，中西文论对话与汇通的关键在于以我为主，在于适合现代中国历史主体的新需要。这就使得"我们是谁"、"我们要什么"成为现代文论建设的一个根本性问题。

其次，正是在我们是谁、我们要什么的问题上，中国现代文论遭遇到古代与现代的关系缠绕。对此，既往中国现代文论提供了以今活古的成功范例。以今活古，就是既非厚今薄古、也非厚古薄今，而是以现代自主的和民族的文论建设为基点，去激活和活用古典文论，由此，中国现代文论将为建构中国文明的现代性新传统而添砖加瓦。传统，不等于静止不动的实体，而是一个不断流动的变化与创造过程。中国现代文论的使命，是在现代中国民族命运这一共同意义上去创造和运用古代文论的各种资源。无论是厚古薄今论者还是厚今薄古论者，之所以在中国现代文论史上都没能留下成功的范例，就是由于都没有将古代中国与现代中国看作是同一个生死不离的共同体。林纾及学衡派的某些复古思想，对中国现代文论而言，留下的是类似图书馆或资料室的意义。而王国维的"境界"说、宗白华的"艺术意境"说、沈从文等的"兴味"说等，之所以能成为值得借鉴的现代文论建设范例，恰是由于它们更加敏锐和准确地捕捉到了现代中国人彷徨无依的心灵及其审美拯救需要。它们的范本虽然都采自古代，但更代表和满足了现代中国人的内在需要。

再次，同样是在我们是谁这个问题上，个人与群体的关系成为中国现代文论的一个重要问题。我们首先是个体还是首先归属或附属于集体或群体，这不仅在五四时期文论中发生过激烈论争，而且直到新时期文论也没有得到真正解决。周氏兄弟文论思想之间正是在此问题上显出了差异，创造社与文学研究会在此也大异其趣。当然，还曾出现过个群关系极度紧张乃至个性被扼杀的时候，例如"文革"时期文论完全陷入"文艺黑线专政论"等政治斗争漩涡中。不过，中国现代文论确实曾有过个群相融的成功经验。个群相融，就是既不是一味地崇尚个人主义，也不是全盘地非个人化，而是把个人或个性诉求同群体或民族的整体需求紧紧相连，达成个体与群体、个人与整体的相互融合。五四新文化运动中的文学革命运动及其理论建树（胡适、陈独秀、鲁迅等）的成功，正体现了文论家的个性诉求与中华民族在民族危亡关头的群体需求的相互融合。

还有就是，在我们要什么的问题上，现代中国的一个基本着眼点在于对民众的关注，具体表现为同时需要上层文学和下层文学，并达成上下通贯、雅俗共赏。这种眼光向下、上下通贯的文学及文论取向，构成中国现代文论区别于中国古代文论的一个根本特征和重要经验。这主要出现在两个时期：一是五四新文化运动时期，既有上层为主的文学革命论者（胡适、陈独秀、鲁迅等）在吸纳和改造下层白话文并使之成为现代文学主流方面的成功，又有同样来自上层（顾颉刚、钟敬文等）但渗透到下层的民间歌谣活动的成果；二是20世纪40年代延安等地，应社会变革需要及毛泽东《讲话》感召而出现的知识分子与工农结合的解放区文艺活动，及相应的文论与美学建树（赵树理、李季、贺敬之、周扬、周立波、何其芳、王朝闻等）。而到20世纪90年代至今的新时期文论时，上层文学与下层文学之间再次出现隔阂，并引发近几年文化研究与文学研究的论争。上与下或雅与俗的交流和碰撞，极大地改变了中国文论的知识型构架，出现了中国古代文论所没有的新面貌，从一个侧面强化了现代中国人不同于古代中国人的内心世界和情感维度。这已经成为中国现代文论的一个重要传统。

在物质与精神的关系上，中国现代文论取得了物先于心的宝贵经验。物先于心，是说在承认物质先于精神或物质决定精神的前提下，承认现实的社会物质生活是文学过程的源泉和基础。这一点是中国化马克思主义文论对中国现代文论的一条突出的和基本的贡献。这意味着中国现代文论形成了一种主导性思想传统：文艺发展必须立足于并服务于特定的社会现实。这样，无论是过于注重内心的"新感觉"理论，还是过度政治化和僵化的"文革"时期文论，任何唯心论或脱离中国具体国情的文艺思想，都不可能在现代中国茁壮生长。相反，鲁迅为代表的现实主义文论及中国化马克思主义文论，正是由于深深地扎根于中国现实沃土，才能在中国现代文论发展史上展现出强大的生命力。这使得中国现代文论显示出中国古代文论难以比拟的植根大地的朴实之风，也让西方文论中"新批评"之类孤绝傲世之花无缘在东方结出同样丰硕的果实。

与物质与精神的关系相应，在思想与艺术（或思与艺）或内容与形式的关系上，中国现代文论建立了思艺共生并侧重思想内容的审美经验，这具体表现为对思想内容重于艺术形式的自觉追求和维护。这跟中国近现代历史际遇直接相关。过于讲究形式，容易导致忘却现实苦难和抵抗之责。在民族危亡时刻，文论首先需要考虑的是如何团结人们共赴国难，而不是流连于个人的浅吟低唱。文学研究会、左翼文论、解放区文艺大众化实践以及新中国成立后中国化马克思主义文论之所以能被普遍认可，恰恰是因为它们在注重形式感的同时更加关注民风民俗、社会秩序、道德伦理、政治革命、民族解放等思想内容的创造。它们虽然在艺术上有时显得粗粝，但更加具有现实生活的鲜活质感和生命热度，更加符合现代中国文学的眼光向下、心系民生疾苦的主流价值需求。

最后，中国现代文论的可持续发展很大程度上取决于特定社会知识制度与特定学术发展的协调关系。就此而言，中国现代文论取得的一条经验是：内在知识制度与外在知识制度之间保持适度张力，才能最大限度地促进学术发展。真正有效的文学制度（建制）应是近乎无形的制度，可以保障文学的自由及其合法性。晚清以来，内在知识制度的逐步确立保证了学者自治和学术自由的实现，由此积极推动了文学研究的成熟、现代文论学科的建立及发展；而外在知识制度则借助于国家、执政党的力量，通过学科制度的合法化途径，包括通过设置课程、鼓励出版、立项资助等学术机制，巩固了本来只属于知识共同体内部的制度，减少了文学知识传承的无效劳动，赋予文学知识以合法性。如果这种内在知识制度和外在知识制度之间保持合适的张力，和谐相处，就能为文学理论提供生成空间和生产场所，发挥激励结构的功能，保障和促进文论研究的稳定增长。

以上只是有关中国现代文论历史经验的极简明的概括，其涉及的方面自然远不止此。但仅仅是从上述方面看，中国现代文论就已经取得了与"失语症"论者的否定性估价绝然相反的丰富成绩，足以引起人们的高度重视。这表明，只要冷静地返回中国现代文论的历史现场去寻觅，就完全可能取得应有的收获。

二、中国现代文论的教训

与中国现代文论取得的历史经验相比，它所留下的历史教训可能更加引人注目，从而值得重点关注。下面围绕严重影响其顺利发展的几个较为显明的思维定势或思想症结来加以讨论。

首先要提及的就是偏向思维定势。中国现代文论常常遭遇非此即彼、非西即中、非今即古、非个即群、非上即下、非物即心、非思即艺、以制抑学等极端化思维偏向，相互平衡或协调的思维格局远远少于偏激的思维格局。从五四时期的周作人、学衡派到创造社，到新中国成立后社会主义现实主义观念及"文革"时期文论，再到新时期文学主体论及文化研究热等，或多或少都存在着某种偏向思维，如西化、复古、排外、封闭等偏激思潮，这些对现代文论的健康发展产生了不利的影响。

再有就是思先于定势。中国现代文论源自清末民初启蒙思潮的"借思想文化以解决问题"的渴望①，有时过分相信思想或精神层面的力量而遗忘现实的社会存在层面的力量。这一点在五四新文化运动时期、20 世纪

---

① 参见林毓生《中国意识的危机》，穆善培译，贵州人民出版社 1986 年版；《中国传统的创造性转化》，三联书店 1988 年版。

三四十年代多元文论范式共生时期及 80 年代"美学热"期间，都有着一定程度的表现。超凡脱俗的审美精神如果不牢牢地扎根在现实土壤中，势必陷于缥缈微茫的绝境。

还有过度挪用定势。作为语言艺术的文学，虽然有时可以被挪用去充当社会变革的工具，但过度的挪用，例如试图让文学创作直接配合社会革命与建设进程等，必然会导致它成为马克思所批评的那种"时代精神的单纯的传声筒"。这一点在 20 世纪 50 年代至 70 年代末的国家文艺管理过程中不时地出现，其深刻教训和惨重代价不能遗忘。文学具有相对独立性的特征必须得到尊重，否则，付出的代价比忽略文学还要巨大。

闭关排外定势也不能忽略。同样是在 20 世纪 50 年代到 70 年代期间，中国现代文论只被允许模仿苏联文论模式，完全关闭了向世界上其他文论如西方文论学习的窗口。这几乎导致新时期中国人在再次打开眼界时完全丧失自信，并在此后很长时间里心态失衡。现代中国的世界性环境、内部社会变化及文学变革，都不允许中国文论闭门造车。在相互学习和比较中，创造更好更高的文明，这是现代中国应有的胸襟和气魄。

最后是以制抑学定势。在知识制度建立过程中，外在知识制度只应是内在知识制度的结构化和正规化导向，而不能脱离或压制内在知识制度的自主生长要求。如果外在知识制度过分干预或压制内在知识制度的作用，就会以制度去抑制或代替学术本身的常态发展，从而对学术研究造成严重损害，导致学术危机乃至社会危机的爆发。以"文革"时期文论为例，当那时的知识制度中的外在制度严重压抑乃至取消内在制度的自主角色，甚至出现特殊权力集团如"四人帮"完全凌驾于文论学术共同体及其学术自主性之上时，知识制度就丧失掉制衡与更新的活力，不合理地阻碍了文论领域的学术自律，从而对文论发展起到了遏制乃至扼杀的作用。这样的教训十分惨痛。

三、中国现代文论的当前问题

要看到，进入 21 世纪的中国现代文论，不仅是携带着上述历史经验和教训来的，而且更要面临新形势下文学与文论变革的新挑战。总起来看，中国现代文论建设在当前面临以下几方面的突出问题。

第一，以中化西的经验没有得到足够重视和消化。盲目模仿西方文论范本而忽视中国文论传统的偏向，不仅在整个新时期 30 年里没有得到根本扭转，而且在今天仍在持续。虽然许多学者致力于中国现代文论建设并取得可喜的成绩，但无论是 20 世纪 80 年代中期"方法论"热，还是 90 年代初以来后现代主义思潮的流行，抑或 21 世纪初"文化研究"的引进，都在不同程度地染上"食洋不化"症候。不加区分地用西方文论思路和方法硬套中国文学和文化现象，这种做法根本上缺乏对现代中国基本特征的认识，会严重影响中国现代文论建设脚步。

第二，复古偏向仍然有其萌生的土壤。中国现代文论诚然可以求助于古代文论遗产，但却不能因此而偏激地主张彻底回到古代文论。古代中国与现代中国之间存在联系，但更存在差异。无论是有关中国现代文论患"失语症"的责难还是全盘抛弃中国古代文论的主张，都有失偏颇，没有看到现代中国的特定历史任务和现实成果。我们不可能走复古之路，不只是因为古代中国文论有种种缺陷，而且是因为现代中国面临与古代中国迥然不同的新的内外局势和任务。文论的复古之声往往把对文论现状的不满统统归因于以往政策的失败，却没有看到，不少新问题恰是由于文论的成就而带来的新前景。对于这些新问题和新前景，复古论不仅不能解决问题，而且反而导致问题的混淆或遮蔽。

第三，群体对个体的必要规范受到抑制。如果说新中国成立以来头 30 年文论更注重个体对群体关系的归属感，并由于过于强调群体感而有时难免导致个体活力的丧失；那么，新时期 30 年文论则从 20 世纪 80 年代强调个体自由、主体意识，发展到今天的状况，已经常常变得过于排斥群体对个体的必要的规范了。尤其是引入批判宏大叙事的后现代主义及后结构主义以来，中国现代文论已很难再次找到能够凝聚人心的共通的理论话语了，这已直接影响到现代中国作为共同体的合法性，也必将进而影响到中国现代文论的建设之途。

第四，上层文学及文化传统被轻视。对个群关系的不妥当处理，会投射到上层文学与下层文学的关系问题。中国现代文论史不缺乏对下层文学的关注，这正是现代中国的一大优良传统。但是，目前文论界却存在以下层文学及文化之名抑制和贬低上层优良文学与文化传统的偏向。这尤其表现在当前"文化研究"对文学研究的挑战之中。宗白华的"艺术意境"论追求等上层文化诉求似乎被遗忘了，而大众文化、通俗文化、网络文学等受到非同一般的高度关注。它们并非没有价值，但因此而淡忘或鄙弃上层文学传统，那不仅仅是某一部分人的损失，而更是现代中国的整体价值系统的损失，是整个现代中国文明心灵空间的萎缩和沦陷。

第五，对物质与精神关系的处理出现僵化苗头。强调物质现实、抑制精神空谈，是五四以来中国现代文论的一条基本经验。它帮助中国现代文论成功地克服唯心论及唯意志论的偏颇，尤其是在新时期文论的拨乱反正过程中获得了较大成功。但这一经验毕竟有着特定的历史针对性和有效性。在现代中国的文明建设还需要更为开阔的精神空间和局面时，特别是在当前物质文明建设已经具备一定基础、需要更加生动活泼或悠扬高远的文艺来开辟或拓展精神境界时，过分执持于现实物质需要层面，势必缺乏昂扬开朗和独立自主的精神气度了。确实，当前文论中存在过于关注实用层面的倾向，"文化研究"盲目扩张，有可能阻止面向更为高远舒缓的心灵空间拓展。这与文论中过分强调下层意识、抛弃上层文学及高雅文化传统的僵化思路有直接关系。

第六，过度推重艺术形式而弱化思想内容。虽然为了消除"文革"的巨大阴影和实现个体精神启蒙，文论界不无道理地一面消解与宏大叙事紧密相连的思想内容制约艺术形式的旧套路、一面醉心于新的特异形式的创造和接受，但如果单纯为了形式美感而过分淡化思想内容，势必损害艺术的整体价值。当前文论往往在大力突出艺术形式的同时遗忘掉"现代中国"的精神指向和丰富内涵。最突出的体现，就是过于注重对对象的形式分析而淡化其性质及价值分析。这也与当前中国文论界在引入西方当代文论时，缺乏对其进行基于中国历史主体立场的中国化考辨及辩证清理有关。

第七，外在知识制度有可能不是促进而是限制了文论的发展。当前的外在知识制度在学科建设、学术评估、专业技术岗位聘任、学术期刊等级划分和立项资助等方面有很多作为，但这些是否都有利于文论研究以及学术本身的发展，还是一个需要认真分析和反思的复杂问题。近年来，一些论者和社会公众就如何避免学术内耗、惩治学术腐败、抑制学术泡沫及减少学术急功近利偏颇等问题，发出了种种质疑、批评和改进的呼声，这些都是及时的和有益的警醒。

四、中国现代文论的未来思虑

对中国现代文论未来的忧虑和构想，既非凭空虚构的玄谈，也非全然与现实妥协的实用诉求。对中国现代文论的未来愿景展开建构，如同登临高山绝顶，由此回望与前瞻，才能同时对中国现代文论的既往足迹和未来指向作出相对清晰的判断和构想。下面不妨以建构现代中国文明为思考的中心，就中国现代文论的未来建设谈几点初步意见及建议。

第一，坚持以中化西的思想路线。以建设现代中国文明的目标和需要为主体，既敢于大胆地和有分析地吸收有益于我的西方文论资源，也敢于大胆地摒弃那些不利于我的西方文论资源。在这方面，毛泽东的文艺思想表现出过人胆识，获得宝贵经验。即便是对于马克思主义文论经典，毛泽东也敢于将之中国化，不僵化，不教条，随物赋形地灵活运用于中国文论实践。显然，只有这样明确自身作为"现代中国"的历史主体，明确自身的历史责任，才能不盲信权威，不盲从时势，也才能自尊自重地屹立于世界文论之林。当前对于西方流行文论，需要同时深入分析西方社会的问题意识和理清中国社会的当务之急，只有这样，才能分清是非、分辨良莠，明确哪些东西对西方是良药、是美食而对中国却是毒药、是秕谷。西方后现代主义及后结构主义理论中有关秩序解构思想的强调，虽在一定程度上有利于认识个体的独立，但如果不加分析地运用于中国社会分析，就可能会不适当地加重道德涣散、伦理冷漠的社会局面。以中化西，是对中国文论现代性的一次再度定性。这意味着中国现代文论既要全力顺应当今全球化新趋势，又要奋力显示中国文化自身的独特品格，也就是以全球化语境中现代中国的自体建构为基点，更加积极地融汇与化合西方文化、文论的影响，力求在全球化的世界上确立中国现代文论的独特个性。

第二，弘扬以今活古的思想原则。有鉴于现代中国的特征虽然受到西方影响，但更主要的还是铭刻着来自古代中国的深刻印记并受到其思想的牢固牵制，因此，我们既不能无视中国古代文论的丰富的理论资源，又不能完全照搬它，而只能以现代中国的新需要去重新激活它们，从而遵循以今活古的法则。毕竟，现代中国要建设的是古代中国所不可能有的新格局。以今活古，意味着只有首先明确现代中国文明的目标和设计，才能在中国现代文论建设中确立自己对于古代资源的具体需要以及具体方法和做法。宗白华等现代学者的文论思想堪称以今活古的典范。我们需要悉心洞察现代中国人在新的历史时期的心灵动向和情感需求，为其不断开辟出新的精神空间。

第三，灵活处理个群关系。从中国现代文论在个群关系上的变动历史看，我们在处理个人与群体关系时必须灵活、灵活再灵活，这关系到将来的文论是死水一潭还是生机盎然。我们需要警惕一放就散、一收就死的尴尬局面再度出现。一方面不能无限度地释放个体，导致混乱和一盘散沙，那将是中国现代文论不负责任的表现；另一方面也不能过度放纵行政的严密管制乃至全盘监控，那将导致文论枯萎、个性单调。如何焕发出个体参与公共事务的热情，激励人们关注社会正义，是中国文论建设的一项长远任务。

第四，加强以雅导俗。要激励普通读者，就需要了解他们的文学趣味，关注他们的爱恨悲欢。但这并不等于说只能迎合公众的通俗或庸俗趣味。如果中国现代文论单纯为了迎合公众而决然抛弃上层文学的高尚性，那将使整个现代中国文明陷入无药可救的困境。一个平庸的社会怎么可能吸引人们全身心地热爱和投入呢？所以，在上层文学与下层文学关系的处理上，中国现代文论应当在提高自身高雅趣味的同时，积极参与、引导并逐渐影响和改变大众的喜恶。这就要求中国现代文论不能抛弃高雅文学的研究，而是必须加强研究如何将大众性情引向高尚品格。这不可能是一个一劳永逸的工作，而是一门处理情境迥异、变化繁复的文论奇观的艺术。这本身也会焕发中国现代文论的活力和动感。

第五，既重物质现实而又趣味高远。正由于要灵活处理个群关系和大众情趣，中国现代文论还应注意，不能在物质与精神关系上僵化和教条，特别是不能只注重现实需求而不注重精神引导，那样会导致文论界陷入只关注日常审美及大众文化的琐细格局，而忽略精神审美及高雅文化。注重物质现实，并不意味着将目光低伏，而是要注重每一历史时刻情境的变化。在唯心主义和唯意志论大行其道，置人们的日常欢乐需求于不顾时，中国现代文论需要以人性论警告文坛，关注百姓的生活疾苦；在大众文化被市场化和商品化控制的历史时期，中国现代文论则必须坚守高雅品位，呼唤和引领人们奋身向前。后者正是中国现代文论建设要格外关注的。

第六，形式配合思想。在思想内容与艺术形式的关系上，从五四到新时期，中国现代文论发展过程中一直不缺乏注重形式感乃至标举形式第一的理论思想，它们曾在中国现代文论史上有过一定的作用，但毕竟在百年文论史中无法升入主流。跟注重物质现实相似，中国现代文论主流历来注重思想内容远甚于语言形式，认为沉溺于形式的文论思想会导致个体从群体中孤立和分离出去。偏重形式的静穆优雅的艺术，对背负现代中国历史重担的主体来说，却仿佛成为一种不能承受之轻。为形式而形式，并非没有价值；在某些特殊历史时期，甚至是最有效的解毒剂。但如果将之作为中国现代文论的长远主导，则会有损于现代中国文明建设。所以，艺术形式并非不重要，但在中国现代文论中，却需要作为最重要的次要因素与作为主导因素的思想内容相匹配，共同完成现代中国的塑造和书写使命。

第七，知识制度保障学术健康发展。现代知识制度特别是外在知识制度的建立应当为学术自律、学术发展服务，而不是相反。应该努力在维护制度权威与坚持学术自由之间保持一种"必要的张力"，以便尽可能维护和完善内在知识制度，促进学术健康发展，真正让知识制度成为学术的保障而不是限制。

结　语

回望历史，立足当下，展望未来，我们已同时看到中国现代文论的成果、不足和希望。中国现代文论的成就尚不敢说巨大，但它的气象格局和胸襟抱负却是雄阔的。历史中的成就需要牢记，因为我们体内奔腾的血脉来自那里，那是无数前辈为现代中国宏大景象书写的伏笔，即便在黑夜里也会把我们激励；同时，历史中的教训更需铭记，但那不是为了束缚我们的心灵，而是为了在当今全球多元文化时代迈向更加坚韧不拔的个体思想解放与民族精神自由。每个历史挫折都会使我们自觉身负更多的责任和驰骋更高远的想象：不断努力地创造属于中国现代文论独有风景和品格的新天地。

（原载于《文艺理论研究》2013 年第 1 期）

从南北风气异同论刘勰"正纬"说

李 飞

刘勰专列《正纬》一篇于"文之枢纽",对于《正纬》篇的枢纽意义,学界是有争论的。研究者多认为在"文之枢纽"中《正纬》篇相对不那么重要,主要是刘勰激于当时纬书流行而采取的针砭时俗的否定性主张,① 正纬的主要目的是保证"文之枢纽"前三篇《原道》、《征圣》、《宗经》所建立的道、圣、经三位一体的经典传统的纯洁性,② 它的思想意义要高于文学意义。③ 但亦有学者认为刘勰对于纬书的思想内容并非全然否定,刘勰在构建其理论体系时,吸纳了大量的纬学资源,④ 刘勰列《正纬》于"文之枢纽",主要是看重纬书在文学方面的意义,思想意义反在其次。⑤ 无论是持刘勰否定纬书说还是持肯定说,研究者均看到了当时纬书流行的事实,但却对这一现象作出了完全相反的解释;这主要是由于研究者没有具体分析

① 如黄侃:"刘氏生于齐世,其时纬学尤未衰,故不可无以正得失。"见黄侃《文心雕龙札记》,中华书局 2006 年版,第 24 页。刘永济以为此篇"针砭时俗","于义属负。"见刘永济《文心雕龙校释》,中华书局 2007 年版,第 11 页。

② 刘永济将这一点说得最为明白:"正纬者,恐其诬圣而乱经也,诬圣,则圣有不可徵,乱经,而经有不可宗,二者足以伤道,故必明正其真伪,即所以翼圣而尊经也。"见刘永济《文心雕龙校释》,中华书局 2007 年版,第 11 页。

③ 参见滕福海《〈文心雕龙·正纬〉思想意义管窥》,《杭州大学学报》1986 年第 3 期。

④ 这方面论证最成体系、最有影响的是邓国光《〈文心雕龙〉假纬立义初探》,见《文心雕龙研究》第三辑,北京大学出版社 1998 年版,第 67—83 页。邓先生认为,"刘勰融摄流行于当时的纬学概念,构筑文论的殿堂,完成了一套'体大思精'的文论体系,前无古人,后者难继"。

⑤ 王礼卿认为《正纬》篇的枢纽意义有二,一者踵纬于经,以完学术之统绪;二者词人可酌纬以助文,"二义中侧重次义,以本书主于论文也"。见王礼卿《文心雕龙通解》,(台)黎明文化事业股份有限公司 1986 年版,第 53 页。这实可代表不少学者的共同意见。

当时纬书流行的场域与功能，笼统地讲六朝纬书流行，并不能准确揭示刘勰正纬的思想背景。本文试图以南北朝风气的异同作为切入视角，彰显出南朝纬学的特点，并在此基础上分析《正纬》篇的写作意图与枢纽意义。

一

　　一般而言，纬书大致有两种存在形态，一是作为帝王受命之符应而存在于现实政治领域，二是作为与经学相配的"内学"①存在于经学诠释领域。②在现实政治领域，南北同一风气，纬书都非常流行，这与当时的政治形势有关。南北朝政权更迭频繁，思变者往往造作图谶以为舆论，这是其时纬书流行的政治背景，也是这一时期开始禁绝纬书的原因。就南朝言，《隋书·经籍志》载："至宋大明中，始禁图谶，梁天监已后，又重其制。"梁武帝取得政权，本藉纬书之力，③而甫即位即禁绝纬书，可见纬书乃国之利器，不可以示人；流行与禁绝背后的共同逻辑，是纬书作为帝王受命的符应可影响于现实政治。在这点上，南北没有什么不同。

　　南北朝纬学的最大分别，在于南朝主流风气认为纬书不当应用于经学诠释领域，北朝则反是。唐长孺指出："杂以谶纬占候，实为北方经学的一个特点。"④所谓特点，是与南朝相较而言。唐先生引《魏书·儒林传》载天平四年（537年）李业兴使梁事，最可见当时南北经学之别，因与后文讨论相关，录之如下：

---

① 《后汉书·方术传上》李贤注："内学谓图谶之书也。"《资治通鉴》卷五十二胡三省注："东都诸儒以七纬为内学，六经为外学。"
② 后世有学者主张谶、纬有别，大致上认为存在于实际政治领域的称之为谶，与经学诠释相关者谓之为纬。有学者从这一角度来分析《正纬》篇，但首先这种说法并非公论，再者这种说法所起甚晚，大致起自明人，刘勰虽然也承认纬书存在着这两种不同的形态，但并没有用谶、纬这两种名称加以区别，在刘勰那里，纬、图箓、谶等所指皆是一物，而可统名之为"纬"，故亦以《正纬》名篇。本文亦不加区分，统称为"纬书"、"纬学"。
③ 如《梁书·武帝纪》载禅让时，"太史令蒋道秀陈天文符谶六十四条"；《沈约传》载沈约谓高祖云："谶云：'行中水，作天子'。"
④ 唐长孺：《魏晋南北朝隋唐史三论》，中华书局2011年版，第218页。

（李）业兴曰："我昨见明堂四柱方屋，都无五九之室，当是裴頠所制。明堂上圆下方，裴唯除室耳。今此上不圆何也？"（朱）异曰："圆方之说，经典无文，何怪于方？"业兴曰："圆方之言，出处甚明，卿自不见。见卿录梁主《孝经义》亦云上圆下方，卿言岂非自相矛盾。"异曰："若然，圆方竟出何经？"业兴曰："出《孝经援神契》。"异曰："纬候之书，何用信也。"业兴曰："卿若不信，灵威仰、叶光纪之类经典亦无出者，卿复信不？"异不答。

如果没有经典作为依据（"经典无文"），那么亦无取于纬书（"纬候之书，何用信也"），这是南朝经学的一般风气，这一风气甚至直接影响到了纬书在现实政治领域内的应用。《梁书·许懋传》载天监初梁武帝欲行封禅，许懋上书云："臣案舜幸岱宗，是为巡狩，而郑引《孝经钩命决》云'封于泰山，考绩柴燎，禅乎梁甫，刻石纪号'。此纬书之曲说，非正经之通义也。""夫封禅者，不出正经，惟《左传》说'禹会诸侯于涂山，执玉帛者万国'，亦不谓为封禅。郑玄有参、柴之风，不能推寻正经，专信纬候之书，斯为谬矣。"许懋反对封禅的学理依据，即是封禅"不出正经"，为"纬书之曲说，非正经之通义"，而最终"高祖嘉纳之"。于此可见不以纬书解经，于南朝经学实为主流。

南朝主流不以纬书说经，北朝反是，深层次的原因在于汉代经学传统更多地保存在北方经学之中，[①] 以纬书说经正是汉代经学的一大特点，[②] 而南朝经学更多受到魏晋玄学的影响，玄学与纬学具有天然的相反性，故北朝学

[①] 刘师培谓："北方经术乃守东汉经师之家法者"，"南方经术乃沿魏晋经师之新义者也"。刘师培：《南北学派不同论·南北经学不同论》，见《刘师培史学论著选集》，上海古籍出版社 2006 年版，第 180 页。

[②] 有学者将是否以纬书解经看作今古文之别，进而讨论刘勰的经学路向，不确。总的来看，今文学家与纬书的关系更近一些，但东汉古文学家习纬者亦不少见，故蒙文通谓："信秘纬者今文家有之，古文家亦有之，辟秘纬古文家有之，今文家亦有之，非独一家之过也。"见蒙文通《经学抉原》，上海世纪出版集团 2006 年版，第 82 页。周予同亦谓："汉代五经家，不仅今文经学家同纬书有密切的关系，就是古文经学家及混淆今古文者，其对于纬书，也每有相当的信仰。"见周予同《周予同经学史论著选集》，上海人民出版社 1996 年版，第 56 页。蒙、周二说较为持平，以纬书说经更多的是有汉一代风尚，不能完全归结于今古文之别。

者多不近玄学。① 一言以蔽之，南人重玄而轻纬，北人重纬而轻玄，此南北纬学一大分野。

但需要注意的是，不以纬书说经虽是南朝经学主流，但与此同时南朝也存在少数以纬解经者，此点同样需要加以讨论，以期更完整地呈现南朝纬学的全貌，说明刘勰在纬书问题上的倾向性。

唐长孺认为，东晋南朝内部渡江侨旧与江南土著在学风上有所区别，表现在前者承续魏晋新学，玄礼双修，后者则直接汉代经学传统，其传授渊源长期保存在家门中。② 唐先生的这个论断可从纬学的角度加以说明。东晋南朝以纬书说经者甚少，统计如下表：

时代	姓名	籍贯	以纬书解经情况
东晋	杜夷	庐江灊	《晋书·儒林传·杜夷传》："世以儒学称。""博览经籍百家之书，算历图纬靡不毕究。"
	虞喜	会稽余姚	《晋书·儒林传·虞喜传》："喜专心经传，兼览纬书。"
宋	周续之	雁门广武	《宋书·隐逸传·周续之传》："通《五经》并《纬》、《候》，名冠同门，号曰'颜子'。"
齐	王俭	琅琊临沂	王俭作《七志》，《隋书·经籍志·总序》言"其五曰《阴阳志》，纪阴阳图纬。"
	顾欢	吴郡盐官	《南齐书·隐逸传·顾欢传》："好黄、老，通解阴阳书。"案，《魏书·燕凤传》称凤"明习阴阳纬书"，前引《隋志总序》、《周书·儒林传·沈重传》亦有"阴阳图纬"之语，阴阳纬书连用，可见阴阳与纬书关系之密切，下陶弘景亦然。二人均有多种解经著作，认为二人解经受到纬书影响，或不是过度的推论
梁	阮孝绪	陈留尉氏	《南史·隐逸传·阮孝绪传》："年十三，遍通《五经》。……武帝禁畜纬书，孝绪兼有其书。"
	陶弘景	丹阳秣陵	《梁书·处士传·陶弘景传》："尤明阴阳五行，风角星算。"

---

① 前引李业兴自称"素不玄学"，即是一例。皮锡瑞云："若唐人谓南人约简得其英华，不过名言霏屑，骋挥麈之清谈"，"北人俗尚朴纯，未染清言之风、浮华之习，故能专宗郑、服，不为伪孔、王、杜所惑"。与北人相比，南人援玄入经是一大特点，皮氏说得很清楚。见皮锡瑞《经学历史》，中华书局 2004 年版，第 123、127 页。

② 唐长孺：《读〈抱朴子〉推论南北学风的异同》，见《魏晋南北朝史论丛》，河北教育出版社 2000 年版，第 357—367 页。

续表

时代	姓名	籍贯	以纬书解经情况
	崔灵恩	清河东武	崔灵恩解经好用纬书。① 先在北仕为太常博士，天监十三年（514年）归梁
	皇 侃	吴郡	《梁书·儒林传·皇侃传》："师事贺玚，精力专门，尽通其业，尤明《三礼》、《孝经》、《论语》。"本传不载其习于纬书。然毛奇龄谓："（《孝经》）盖旧本章上并无章名，惟《孝经援神契》自天子至庶人五章上加以天子庶人之名。而余俱无有。皇侃注《孝经》即此五名加于章首。"② 正以纬书说经
	沈 重	吴兴武康	《周书·儒林传·沈重传》："重学业该博，为当世儒宗，至于阴阳图纬，道经释典，靡不毕综。"案，沈重梁亡入北，其纬学成于南朝还是得自北朝，需加以辨明。考本传载其开皇三年（583年）卒，入北朝在保定（561—565）末，则其时年已60余，经学路向应早已确定，是其纬学当非得于北朝，故此处仍列入南人
陈	顾 越	吴郡盐官	《南史·儒林传·顾越传》："家传儒学，并专门教授。……至于微言玄旨，《九章》七曜，音律图纬，咸尽其精微。"

以上统计南朝以纬书解经者 11 人。其中崔灵恩属北人入南，其以纬书解经更多的是反映了北朝经学特色；余下 10 人中，周续之、王俭、阮孝绪 3 人属侨姓，余 7 人皆属吴姓。汉代以纬书说经的传统，更多地保存在江南吴姓而非侨姓家门中，其言信而有征。

还须注意的是，即使是以纬解经的吴姓学者，也没有恪守汉代经学传统，而是不同程度地受到了玄学的影响。如杜夷，《诸子》篇论及其《幽求》，范注引黄以周《儆季杂箸·子叙·幽求子叙》曰："杜氏家学皆宗儒，至夷一变而入道。其言曰：'道以无为为家，清静虚寂，宏广多包，圣人所宅。'此其宗恉也。"③《晋书》本传载杜夷曾"寓居汝颍之间，十载足不出"，《幽求》论道，或受以洛阳为中心的魏晋新学的影响。又如顾欢"好黄、老"，沈重"道经释典，靡不毕综"，顾越"微言玄旨"，"尽其精微"。

---

① 参见焦桂美《南北朝经学史》，上海古籍出版社 2009 年版，第 262—263 页。

② 《孝经问》，《皇清经解续编》本。

③ 范文澜：《文心雕龙注》，人民文学出版社 1958 年版，第 325 页。

最明显的是皇侃,他虽有以纬解经的做法,但他的《论语义疏》作为"南朝经疏之仅存于今者","多以老、庄之旨,发为骈俪之文,与汉人说经相去悬绝",① 是一部"充分玄学化的经注"。② 可见吴姓学者对汉代经学传统虽有继承,但大势所趋,对以侨人为代表的玄礼双修的主流风气仍不得不主动加以学习和靠拢。

总之,自觉不将纬书运用于经学诠释领域,是南朝主流风气,是南朝纬学与北朝的最大分别,同时也反映了南朝内部渡江侨旧之于江南吴姓的不同立场。

但前引李业兴的反驳与朱异的反应亦颇值得玩味。朱异认为纬书之书不足信,李业兴驳曰:"卿若不信,灵威仰、叶光纪之类经典亦无出者,卿复信不?"异不答。按,灵威仰、叶光纪等五帝本为纬书通说,李业兴在讨论明堂制度时提及五帝,或与梁以五帝为明堂祭祀对象有关。③ 于明堂既不信纬书圆方之说,又何以用纬书五帝之号?李业兴以是相讥,而朱异亦无以答。于此可以见出纬书的某些成说流行已久,说者甚已忘却其来自纬书,④ 故即使是反对以纬书说经者,对某些成说亦无可奈何。这其中的关键人物是郑玄。自郑玄混同今古文,经学小一统,学者宗之。郑玄好以纬书解经,前引《梁书·许懋传》载许懋反对纬书,而直指郑玄"有参、柴之风"。《魏书·刁冲传》称刁冲"学通诸经,偏修郑说,阴阳、图纬、算数、天文、风气之书莫不关综"。以"偏修郑说"与关综阴阳、图纬等相关联,可见时人风气。南北经学风气虽有不同,但"《礼》则同遵于郑氏"⑤,则郑学不能尽废,纬学亦不能尽废。故南朝经学主流风气虽力图将纬书与经学剥离开来,客观上却未能完全做到;这可以看作是对南朝不以纬书说经主流风气的一个补充说明。

---

① 皮锡瑞:《经学历史》,第 123 页。
② 唐长孺:《魏晋南北朝隋唐史三论》,第 206 页。
③ 参见《隋书·礼仪志一》。
④ 崔述谓:"先儒相传之说,往往有出于纬书者。盖汉自成哀以后,纬学方盛,说经之儒多采之以注经,其后相沿不复考其所本,而但以为先儒之说,如是遂靡然而从之。…大抵汉儒之说本于《七纬》者不下三之一。"见崔述《崔东壁遗书》,上海古籍出版社 1988 年版,第 5 页。
⑤ 《隋书·儒林传序》。

二

通过以上讨论，可以见到，同北朝相比，南朝纬学的主流风气是认为
纬书只当存在于现实政治领域，而不当存在于经学诠释领域，这种风气主要
体现在渡江侨姓身上，南方吴姓亦受其影响。在此基础上，可以讨论刘勰正
纬之说。

刘勰是相信有真纬存在的。《正纬》篇云："夫神道阐幽，天命微显，马
龙出而大《易》兴，神龟见而《洪范》耀，故《系辞》称'河出图，洛出
书，圣人则之'，斯之谓也。但世复文隐，好生矫托①，真虽存矣，伪亦凭
焉。"又云："原夫图箓之见，乃昊天休命，事以瑞圣，义非配经。"可见刘
勰相信的真纬，如河图、洛书，其本质是"神道"、"天命"、"昊天休命"的
昭显，其社会功能是"事以瑞圣"，虽然"世复文隐，好生矫托"，并非所
有"事以瑞圣"的纬都是真的，但"配经"显然并非纬书的正当功能。这是
刘勰对纬书的根本看法。斯波六郎谓："'正纬'云者，意为对纬书的正确
认识，亦即对纬书的错误评价的纠正。"②所见极是。刘勰对于纬书真伪的判
断，主要不是着眼于其内容，而是对其性质、社会功能的认识。下面将首先
讨论"事以瑞圣"、"义非配经"两个概念的实际所指，然后讨论这两个概念
与南朝风气之关联。

先来看"事以瑞圣"。首先需注意的是，这里的"圣"，不同于《文心》
他篇、如《征圣》篇的"圣"。李曰刚已指出《征圣》篇的"圣"主要指孔
子，③甚是。在孔子之前，"岁历绵暧，条流纷糅"，经典的面目并不明朗，
"自夫子删述，而大宝启④耀。"（《宗经》）启者始也，意谓自孔子删述之后，

① "托"原作"诞"，依桥川时雄说据唐写本改。本文所引《文心》原文，用王利器《文心
雕龙校证》本，上海古籍出版社1980年版，有改动处皆加以注明。詹锳：《文心雕龙义
证》，上海古籍出版社1989年版，第99页。

② ［日］斯波六郎：《文心雕龙札记》，见王元化编选《日本研究〈文心雕龙〉论文集》，齐
鲁书社1983年版，第91页。

③ 李曰刚：《文心雕龙斠诠》，（台北）"国立编译馆中华丛书编审委员会"1982年版，第45页。

④ "启"原作"咸"，依杨明照说据唐写本改。杨明照：《增订文心雕龙校注》，中华书局
2000年版，第31页。

六经才可得而称为经典，尤可见出刘勰所宗的经学传统是与孔子直接同一的。纬书所瑞之圣则不然，是指应天受命之圣王，但并不限于、甚至不包括"素王"孔子。刘勰最为相信河图、洛书，称"荣河温洛，是孕图纬。神宝藏用，理隐文贵"。《隋书·经籍志》云："龟龙衔负，出于河、洛，以纪易代之征。"河图、洛书是作为圣王禅代的瑞应而出现的。据徐兴无统计，纬书中受河图、洛书者有伏羲、黄帝、仓颉、尧、舜、禹、皋陶、汤、文王、武王、周公、成王、秦始皇、汉高祖，构成一个完整的序列，其中并不包括孔子，孔子只是作为河图、洛书的阐释者面目出现。①沈约《宋书》首作《符瑞志》，汉以前的名单略同于纬书，而去掉了仓颉、皋陶、秦始皇三人，显然是因为仓颉、皋陶有德无位，始皇有位无德，唯有德位兼备，乃称圣王，乃得膺受符命，这是时人的一般看法。②刘勰也持此种看法，所以在"图箓之见，乃昊天休命，事以瑞圣，义非配经"之后，紧接以"故河不出图，夫子有叹，如或可造，无劳喟然。昔康王河图，陈于东序，故知前世符命，历代宝传，仲尼所撰，序录而已"，明孔子并不曾受河图、洛书，只是其阐释者而已。所以"事以瑞圣"的"圣"，主要并不是指孔子，而是指得到图箓、承天受命的圣王。《文心》列《封禅》一篇，曹学佺谓："封禅，纬之流也。"③曹氏正是在"事以瑞圣"这个意义上将"封禅"定义为"纬之流"，而刘勰称"玉牒金镂，专在帝皇"，明所瑞之圣只在帝皇。所以"事以瑞圣"，就是主张纬书正当的存在形态是帝王受命之符应，这与南朝纬学在政治领域的流行是一致的。

再来看"义非配经"。刘勰称"酌④经验纬，其伪有四"，从四个方面论证纬书"义非配经"，这也是刘勰"正纬"最重要的主体内容。这四个方面，有的是得自于前贤，有的是刘勰本人的见解，以下分别加以讨论，顺序上略

---

① 徐兴无：《纬书文献与汉代文化构建》，中华书局 2003 年版，第 268—270 页。刘勰信从张衡的说法，认为纬书"伪起哀平"，故又云"世历二汉，朱紫腾沸"。哀平以前的纬书，刘勰应是信以为真的，所以这份名单，他应该是大体接受的。
② 最迟在汉代，皇帝已经圣人化了。参萧璠《皇帝的圣人化及其意义试论》，(台)"中央研究院"史语所集刊》，第六十二本第一分，1993 年。有德者有天下毕竟只是战国以来士阶层的一种理想，有天下者于是必有德却成为历史事实。
③ 黄霖：《文心雕龙汇评》，上海古籍出版社 2005 年版，第 76 页。
④ "酌"原作"按"，据唐写本改。说见后。

有调整。

"有命自天，乃称符谶，而八十一篇皆托于孔子，则是尧造绿图，昌制丹书，其伪三矣。"这是从纬书的性质、作者角度论证"义非配经"。纬书的性质，已决定了它只能拿来"瑞圣"，不能用以"配经"，二者乃是一事之两面。叶长青指出，刘勰一言"神道阐幽，天命微显"，二言"有命自天，乃称符谶"，三言"原夫图箓之见，乃昊天休命"，都是要说明纬书"非人力所能致之旨"；[1]换句话说，刘勰不是在分辨纬书的作者是谁，而是在说明纬书本无作者。在这个意义上，纬书与其说是人文，不如说是天文。[2]《原道》篇："龙图献体，龟书呈貌。天文斯观，民胥以效。"明白地说明了河图洛书的天文性质，既是天文，自无作者。故《原道》篇又云："若乃《河图》孕乎八卦，《洛书》韫乎九畴，玉版金镂之实，丹文绿牒之华，谁其尸之？亦神理而已。"强调纬书无作者，目的是反驳汉儒纬书"八十一篇皆托于孔子"的成说，而汉儒一定要将纬书的作者归于孔子，因为只有这样，才能保证纬学取得与经学相配的"内学"地位的合法性。郑玄云："孔子虽有圣德，不敢显然改先王之法，以教授于世。若其所欲改，其阴书于纬，藏之以传后王。"[3]可以代表汉儒的一般看法。刘勰强调纬书是"昊天休命"，本无作者，就从根本上隔断了孔子与纬书作者的关联，从而将纬书剥离于经学，因为如前所说，刘勰所宗的经学传统与孔子是直接同一的。故刘勰一则曰"八十一篇皆托于孔子，则是尧造绿图，昌制丹书"[4]，再则曰"河不出图，夫子有叹，如或可造，无劳喟然"，三则曰

① 叶长青：《文心雕龙杂记》，福州职业中学印刷工场 1933 年版，第 11—12 页。
② 《原道》篇"观天文以极变"，王叔岷："天文，兼指日月星辰及河图洛书而言。"所见甚是。王叔岷：《文心雕龙缀补》，见《慕庐论学集》（二），中华书局 2007 年版，第 316 页。
③ 《礼记·王制》正义引郑玄《释废疾》。
④ 这一句的理解有歧义，而关键在于"造"、"制"二字。符谶既是有命自天，则自不可"造"、不可"制"，如果说孔子制八十一篇，那么等于说尧时绿图、文王时丹书这种符命也都是自己所造，这显然是荒谬的。学者或翻译为"八十一篇均假托孔子所作，则所谓唐尧创造绿图，周文王制作丹书，宁非矛盾？"（见李曰刚《斠诠》，第 133 页）这就误会了刘勰的意思，刘勰这里讨论的不是绿图丹书的作者归属，而是强调绿图丹书本无作者。相比而言，王运熙、周锋译为："天命降自上天，才可称为符谶，可是八十一篇纬书都托名于孔子，这就好比说唐尧造了绿图，姬昌制作丹书一样荒谬。"（见王运熙、周锋《文心雕龙译注》，上海古籍出版社 1998 年版，第 27 页）就更切合于刘勰的原意。

"昔康王河图，陈于东序，故知前世符命，历代宝传，仲尼所撰，序录而已"①。反复说明孔子不可能造作纬书，最多不过记录其事而已。纬书既非孔子所作，自与经书异质，这是从纬书的性质、作者角度论证纬书"义非配经"。

"商周以前，图箓频见，春秋之末，群经方备，先纬后经，体乖织综，其伪四矣。"表面上看，这似乎是从创制时间角度来论证"义非配经"，如刘永济所说"先后不当"，②实际上则是从正名意义上将纬剥离于经。先纬后经为体乖，则先经后纬，体方为不乖，如是，则真纬必产生于春秋之后。然如前所说，刘勰承认的真纬，如河图、洛书，其年代远在春秋之前，二者岂非矛盾？于是有学者批评道："先于经者不可信，该否定正是他深信的符谶；后于经者想为可信，作者抨击的却又是这类书册。以子之矛，攻子之盾，彦和何以自圆呢？"③这不是刘勰的矛盾，而正是其精彩的地方。认为"先纬后经"为"体乖织综"，逻辑前提是承认经书与纬书如同经线、纬线一样存在着天然的联系，④但刘勰所揭示的"商周以前，图箓频见，春秋之末，群经方备"的事实，却表明这一逻辑前提并不成立，经书、纬书空有经纬之名，却无经纬之实。叶长青云："谓之'图箓'则可，谓之'纬'则不可，必也正名乎！此命篇之意也。"⑤也是看到了纬书与经书名实不能相符的情状。刘勰此条，是从正名角度，打破言纬必称经的思维定势，从而将纬书与经书剥离开来。

以上论证纬书"义非配经"的两个方面，严格说来，前人均已涉及。刘勰引四贤证己说，四贤所论，也都是从这两个方面着眼。"尹敏戏其浮

---

① "仲尼所撰"的"撰"，并不是指创造、制作，而是编述、纂集之义。《文选》曹丕《与吴质书》："撰其（指徐、陈、应、刘诸子）遗文，都为一集。"李善注："定也。"刘勰此处亦同，故接云"序录而已"，序录只是记录的意思。[日]斯波六郎："'序录'非云《经典释文》之序录，大概是指记述符命或图箓意义的记载。"《札记》，第104页。全句意谓："孔子所序《尚书·顾命》之文，亦只序录其事而已。"（见王礼卿《通解》，第57页）言孔子无制作纬书之事。

② 刘永济：《文心雕龙校释》，中华书局2007年版，第9页。

③ 张灯：《文心雕龙辨疑》，贵州人民出版社1995年版，第36页。

④ 《说文》糸部："经，织从丝也"，（"从丝"二字从段注补）"纬，织横丝也。"见段玉裁《说文解字注》，上海古籍出版社1988年版，第644页。

⑤ 叶长青：《文心雕龙杂记》，福州职业中学印刷工场1933年版，第12页。

假"①，"荀悦明其诡托"②，主要是从作者角度论证纬书"义非配经"。桓谭云：
"谶出《河图》《洛书》，但有兆朕，而不可知；后人妄复加增依托，称是孔
丘，误之甚也。"③可说是启发了刘勰溯及纬书性质以论证纬书不可能为圣人
所作的思路。"桓谭疾其虚伪"④，"张衡发其僻谬"⑤，主要是从具体内容方面
证明纬书与经书不合。刘勰并没有太多关注纬书的具体内容与经书的相悖，
而是采取了更具魏晋名学、玄学特色的循名课实的方法，从根本上取消了纬
书得与经书相配的理论依据，则纬书具体内容与经书不合，已不待言。这两
点，刘勰得自于前人，并加以发展。

"纬之成经，其犹织综，丝麻不杂，布帛乃成。今经正纬奇，倍摘千
里，其伪一矣。经显，圣训也；纬隐，神教也。圣训宜广，神教宜约，而今
纬多于经，神理更繁，其伪二矣。"这两点可说是刘勰的独到之见，发前人
所未发。表面上看，第二点似乎看重的是经书（圣训）、纬书（神教）性质
的区分，但实际上刘勰论证纬书之伪的根据在于"纬多于经，神理更繁"的
现实不合于纬书"神教宜约"的文体风格。刘勰并不是在一般意义上反对
"繁"，他所宗之经也有像"《邠诗》联章以积句，《儒行》缛说以繁辞"这样
"博文以该情"的作品，但"繁略殊形，隐显异术"的关键在于"抑引随时，
变通适会"（《征圣》），纬书"神教"的性质决定其风格必然"宜约"，但
"纬候稠叠"、"《钩》、《谶》葳蕤"的情状显然恰恰相反。所以第二点同第一
点"经正纬奇，倍摘千里"一样，都是从文体风格上论证纬书之伪。严格从
学理来讲，刘勰的这两个论证并不及第三、第四论证有力，但却表现了刘勰

① "浮假"原作"深瑕"，依杨明照说据唐写本改。杨明照：《校注》，第47页。[日]斯波
六郎："'浮假'者，无根据之意也。"《札记》，第107页。《后汉书·儒林传》载尹敏云：
"谶书非圣人所作"，即是"浮假"。
② "托"原作"诞"，依杨明照说据唐写本改。杨明照：《增订文心雕龙校注》，中华书局
2000年版，第47页。荀悦《申鉴·俗嫌》篇论"八十一首，非仲尼之作"，即是"明其
诡托"。
③ 桓谭撰、朱谦之：《新辑本桓谭〈新论〉》，中华书局2009年版，第18页。
④ 《后汉书·桓谭传》载桓谭"极言谶之非经"。"非经"所以"虚伪"。
⑤ [日]斯波六郎："'僻谬'，意为不合于经典之伪语。张衡在《上顺帝请禁绝图谶书》中，
从《春秋谶》、《诗谶》、《春秋元命苞》等书中列举具例，以指摘其不合经典，相互矛盾
之处。"[日]斯波六郎：《文心雕龙札记》，见王元化编选《日本研究〈文心雕龙〉论文
集》，齐鲁书社1983年版，第107页。

作为文学批评家的本色，也暗示了刘勰写作《正纬》的直接动因。关于这一点，我们放到后面去谈。

综上，刘勰从性质、作者、名实、风格等诸方面论证纬书"义非配经"，《正纬》后又称"前代配经"，明己不以纬书配经。做一点稍显过度的推论，从"前代配经"即可以推知刘勰当时的主流风气也是不以纬配经。所谓"前代"，当是指以纬学为内学的东汉而言，刘勰主张纬书"义非配经"，"无益经典"，就是反对汉代以纬书解经的做法，故云："沛献集纬以通经，曹褒选谶以定礼，乖道谬典，亦已甚矣。"刘勰的这一观点，颇为后世学者揄扬。纪昀评《正纬》篇主旨："此（引按——指正纬）在后世为不足辩论之事，而在当日则为特识。康成千古通儒，尚不免以纬注经，无论文士也。"① 但如前所论，不以纬书说经，乃是南朝以侨人为代表的主流风气，刘勰的论证虽较前人更为精密，但根本立场上并无不同，这一主张在当日与其说是特识，不如说是刘勰基于其侨人身份对于南朝主流风气的认同。"事以瑞圣，义非配经"，即是主张纬书只当作为圣王受命的符应存在于现实政治领域，而不当作为"内学"存在于经学诠释领域，这一主张与南朝主流风气是一致的，与刘勰本人的侨人身份也是相合的。

三

以上结合南朝风气分析了刘勰对纬书的基本看法，下面将讨论刘勰的这些看法与文学批评的关联，以及刘勰列《正纬》篇于文之枢纽的意图与意义。

刘勰认为纬书的正当功能是"事以瑞圣"，然而"瑞圣"之纬与文学批评实无甚关系。有学者认为刘勰的意图在于"复原'瑞圣之纬'，圣人用心更可大明，心仪孔子而假纬立义，实现立言以承接人文化成的人生期盼"②。这种看法显然是将"事以瑞圣"的"圣"坐实为孔子，然而如前所论，纬书所瑞之圣，主要是政治上应天受命之圣王，其中孔子并不占重要地位，如此则其立论失根据矣。所以刘勰虽然肯定纬书"事以瑞圣"，但这一功能却与

① 黄霖：《文心雕龙汇评》，上海古籍出版社2005年版，第21页。
② 邓国光：《〈文心雕龙〉文理研究——以孔子、屈原为枢纽轴心的要义》，上海古籍出版社2012年版，第200页。

文学批评无关。

再来看"义非配经"。刘勰论文主于宗经，认为纬书"义非配经"，"无益经典"，理论上讲，已是从根本上否定了纬书作为建设其理论体系的思想资源的可能性。这样，刘勰主张纬书可以瑞圣，但瑞圣无关于论文；配经可以论文，但刘勰又否认纬书可以配经。则纬书之于刘勰，竟似全无用处。

然则如此就需要回答两个问题，第一，刘勰既然认为纬书"义非配经"，"无益经典"，为何又承认其"有助文章"？第二，刘勰为什么要写作《正纬》篇并列之于"文之枢纽"？是基于其"无益经典"的否定，还是"有助文章"的肯定？

先来看第一个问题。牟世金指出："六朝文人不仅在各种各样的作品中广泛而大量的使用谶纬，甚至不少作者在诗文中往往是信手拈来，运用自如。""谶纬的'有助文章'，早已成为六朝文学的事实了，刘勰不能不承认这种事实，并正视这种事实，所谓'后来辞人，采摭英华'，正是对这种事实的说明。"① 牟先生举了大量六朝文学的实例，结论是可以成立的。刘勰认为谶纬"有助文章"，与其说是一种主张，不如说是对一种既成事实的承认。而这种承认，我们将看到，目的在于限制。

这同时也部分地回答了第二个问题，既然纬书在当时文坛甚为流行，那么刘勰自然有必要在《文心》里对于这一现象作出回应；但这并不足以解释刘勰何以列之于文之枢纽。《正纬》篇末云："前代配经，故详论焉。"这是刘勰对写作《正纬》篇动机的自述。可见刘勰作《正纬》篇并列之于"文之枢纽"，着眼点主要仍是在辨正经书与纬书的关系上。如前所论，辨明了纬书"事以瑞圣"，也就间接地证明了其"义非配经"，二者乃一事之两面。"事以瑞圣"是宾，"义非配经"才是主，《正纬》篇的枢纽意义，就在于辨明纬书"义非配经"。但这一否定并不如学者所言仅仅是思想意义上的，更是文学意义上的。要确实地理解这一点，须从"文之枢纽"的整体构成与内在逻辑出发。

借由"道沿圣以垂文，圣因文而明道"（《原道》），"论文必征于圣，窥圣必宗于经"（《征圣》），刘勰在"文之枢纽"的前三篇中重建了一个道、

---

① 牟世金：《文心雕龙研究》，人民文学出版社 1995 年版，第 193—194 页。

圣、经三位一体的文学秩序。值得注意的是这一秩序并不是对于儒家，尤其是两汉儒家的简单复归，而是充分汲取了魏晋以来文学自觉的成果而建立起的文学本位的秩序，无论是《征圣》篇"志足而言文，情信而辞巧"这一金科玉牒，还是《宗经》篇所提出的宗经六义，显然并非真实的历史存在，而是在魏晋以来文学自觉成为时代潮流的新形势下、站在文学自身立场对儒家经典所做的全新诠释，注入更多的是六朝的新鲜血液。

通过对六经的重新诠释重建了一个以道、圣、经三位一体面目出现的新的文学秩序，这是刘勰迥出流俗的最大特识。但这一秩序既然是以对六经的诠释为中心，那么在当时就不能回避经书与纬书的关系问题。"前代配经"，自汉代以来的传统力量不是那么容易消弭的，南朝主流风气虽与前代不同，自觉不以纬解经，但如前所述，由于当时郑玄的地位，并未能完全清除纬书的影响。刘勰既然以儒家经典作为重建文学秩序的思想资源，则势须对纬书与经书的关系作一清理。

在这一问题的处理上，刘勰秉于其侨人立场，遵循了南朝经学的主流风气，力辩纬书"义非配经"。如前所论，刘勰虽然继承了前贤的角度和观点并有所深化，但更重要的是增加了文学本位的视角以辨别纬书之伪。经书、纬书文学风格的差别，可说是刘勰正纬的直接动因。"经正纬奇"，纬书的风格与经书截然相反，更接近于刘勰批评的"辞人爱奇，言贵浮诡，饰羽尚画，文绣鞶帨"（《序志》）的不良文风。与其说刘勰正纬是为了保持经学传统的思想上的纯洁性，不如说是为了保持他所重建的文学意义上的经学传统的纯洁性。所以刘勰"酌经验纬，其伪有四"，方法上有思想的，有文学的，但其动机和目的，却始终是文学的。

综上，《正纬》篇的枢纽意义就在于，通过思想上和文学上的双重否定，刘勰证明了纬书"义非配经"，否认了孔子作为纬书作者的可能性，将纬书与经书剥离开来，从而保证了"文之枢纽"前三篇所建立起来的以"宗经"为中心的文学意义上的经典传统的纯洁性。《正纬》篇的确是"于义属负"，①但这"义非配经"之"义"的否定，不仅是思想的，更加是文学的。

再回到第一个问题上来。基于当时的客观情势，刘勰承认纬书"有助

---

① 刘永济：《文心雕龙校释》，中华书局 2007 年版，第 11 页。

当代文艺理论问题

文章"，但既然刘勰在思想和文学两个方面都否认了纬书与经书的关联，那么他就不可能在比较大的限度内肯定纬书对文学的有益作用，这种肯定更不足以成为刘勰列《正纬》篇于"文之枢纽"的主要理由。《正纬》篇的主体内容，都是在辨明纬书"义非配经"，而只是在末段论及纬书"有助文章"，实际上是限定了纬书"有助文章"的地盘，只在于"羲农轩皞之源，山渎锺律之要，白鱼赤乌之符，黄银紫玉之瑞"这样一些"事丰奇伟，辞富膏腴"的事类和辞采，而对于理论——"义"这个层次上的贡献则付阙如。黄侃曰："图谶之学，在汉则用以趋时，而在六朝则资以考古。"① 这个论断不合于北朝，却大致合于南朝主流风气；趋时、考古之别，便在于前者是有思想性的，后者则仅仅是知识性的；前者有构建理论的能力，后者则无。观学者所举六朝纬学影响文学诸例，可知当时文士学习纬书，主要出自隶事炫博的风气。刘勰从事类、辞采两个方面来肯定纬书"有助文章"，是从六朝文学的创作实际出发，但显然仅凭这两个方面的肯定，并不足以列《正纬》篇于"文之枢纽"。衡以《宗经》篇所举"宗经"六义，"事丰奇伟，辞富膏腴"并未增添任何新的东西；如果说"事丰奇伟，辞富膏腴"隐隐逗出了纬书整体"奇"的风格，但刘勰正式、系统地讨论奇、正关系，完成"文之枢纽"的建构，要到《辩骚》篇才得以实现。② 肯定纬书"有助文章"，是对纬书影响文学的现实的承认，同时也是要将纬书对文学的影响限定在事类与辞采这些并非刘勰论文根本宗旨的内容上。③ 肯定，是为了限制；从正面建设的角度来讲，《正纬》篇并不足以构成"文之枢纽"的一个环节。

　　有学者以《序志》篇"酌乎纬"之语与《正纬》之名目对举，论证刘勰列《正纬》篇于"文之枢纽"，并不乏纬书"有助文章"的考虑。王运熙

---

① 黄侃：《文心雕龙札记》，中华书局 2006 年版，第 24 页。
② 李飞：《由六朝任诞风气释"雅颂之博徒"——兼论〈文心雕龙·辨骚〉篇的枢纽意义》，《中国文化研究》2013 年夏之卷。
③ 这一点也同样体现在《文心》本身的写作上。《文心》本文虽然也有一些纬书的痕迹，但基本上都是作为事类、辞藻的武库使用，而极少义理方面的引述。学者从《文心》觅得的所谓纬学观念，首先是由于纬书内容极为驳杂，"九流百家之说，交互错出，靡不综揽"（徐兴无：《纬书文献与汉代文化构建》，第 1 页），难免有错认颜标之弊；其次如前面所指出的，某些纬书成说流行已久，刘勰也不免受其影响；但积极的主张与消极的顺应，毕竟还是应分开来加以讨论。

云："刘勰对纬书采取了一分为二的态度。对于纬书相传出自孔子之手、内容上解释经书辅经而行，他是怀疑和否定的；对于纬书可以作为文章题材辞语的材料，他又是肯定的。本篇题名《正纬》，强调正其纰缪，是从否定方面说的；《序志》篇说'酌乎纬'，强调酌其英华，是从肯定方面说的。正和酌合起来，构成了他对纬书的整个态度。"① 王先生的这一看法当然是很全面的，但刘勰对于纬书肯定和否定的方面与程度似乎仍值得进一步辨析。前已指出，刘勰对于纬书，的确是有肯定有否定，但并不是简单的否定其思想内容，他的否定，同时也包括文体风格，而且思想上的否定归根结底是为了否定其文学价值服务的；他肯定纬书"有助文章"，只限在事类、辞采这些质料方面，否定是主，肯定是次，否定是积极的主张，肯定是消极的接受现实。《序志》篇所谓"酌乎纬"，是申明刘勰对纬书的整体态度，其意义恐怕不是仅仅酌取纬书可以作为文章题材辞语的材料，而应包括肯定与否定两个方面。"酌"本身即意味着斟酌损益，有取更有舍弃。通行本"按经验纬，其伪有四"，唐写本"按"作"酌"。斯波六郎云："'酌'者，引经据典斟酌之意也，更好地表达了以经为本体的观点。"② 斯波说是，《奏启》篇："酌古御今"，《夸饰》篇："酌《诗》《书》之旷旨，翦扬马之甚泰"，与此同例。欲"酌乎纬"，所依据的标准即是"经"，"酌乎纬"，即是"酌经验纬"，不仅包括论证纬书"有助文章"，更包括论证其"无益经典"。《正纬》篇的写作初衷和目的都是文学指向的，但这种指向并不是通过论证纬书"有助文章"，而是通过判定纬书"无益经典"来实现的。在以宗经为立场的刘勰那里，"无益经典"也就意味着从根本上"无益文章"，"有助文章"只能是枝节性的。《序志》篇"酌乎纬"之语，并不足以证明刘勰依据纬书"有助文章"而列《正纬》于"文之枢纽"。至于后来学者从现代的文学观念出发讨论纬书与文学之关系，如"纬与文学的关系，即是神话与文学的关系"等看法，③ 虽是卓见，但只与纬书有关，而与刘勰"正纬"的本意无关了。

（原发表于《北京大学学报》2014 年第 1 期）

---

① 王运熙：《〈文心雕龙〉的〈正纬〉与〈辨骚〉》，《复旦学报》1985 年第 2 期。

② ［日］斯波六郎：《文心雕龙札记》，见王元化编选《日本研究〈文心雕龙〉论文集》，齐鲁书社 1983 年版，第 97 页。

③ 徐复观：《中国文学精神》，上海世纪出版集团 2006 年版，第 246 页。

艺术本质的动态分析

陈 炎

"艺术"，似乎是一个人人都心里明白，而人人又说不清楚的概念。说人人都心里明白，是因为我们每个人都与艺术有着或多或少的联系：或从事艺术的创作，或参与艺术的传播，或进行艺术的欣赏；说人人又说不清楚，是因为我们很难用一种标准的语言为"艺术"定性：对它进行现象的描述，对它进行概念的梳理，对它进行逻辑的把握。

不仅常人难以对"艺术"这一概念进行理论的把握，就连学者也很难对"艺术"这一概念进行逻辑的分析。古往今来，尽管有许许多多的美学工作者曾试图对"艺术"进行一种一劳永逸的界定，但结果却很难获得学界的认同。甚至有人怀疑：在五花八门的艺术门类和艺术作品之中，是否真的存在一种共同的"本质"？于是，"'艺术是什么?'这一艺术定义问题本身作为一个传统的形而上学的命题，与'美'的定义等问题一道，在西方现当代美学尤其是英美分析哲学美学中成为一个主要的问题，并且已被认为是一个没有实体的自我循环的假命题而多被诟病。此前从狄尔泰已经开始对艺术的本体问题不做追寻，他的探讨退出了本体论问题而讨论艺术的意义。他认为艺术在上下文中才有意义；艺术在特定的历史中才有意义；艺术在人们的兴趣中才有意义，因此不存在没有前提的艺术。……因此，美国美学家莫里斯·韦兹和肯尼克，都根本否定给艺术下定义的做法，宣称艺术是不可定义的。所以在这些理论来看，艺术什么也不是，什么都不是的就是艺术。"①

笔者认为，艺术的本质之所以难以求得，只缘于我们常常以静态的观

---

① 屈文凤：《解析艺术的本质》，《理论界》2008 年第 10 期。

点来看待这一问题，而没有把艺术的本质看成是一种不断生成的历史过程。事实上，概念是死的，艺术是活的。于是，"存在先于本质"这一命题不仅适用于对人的理解，而且适用于对艺术的分析。——人们不是先有了艺术的概念，才去根据这一概念去从事艺术活动，而是在具体的艺术活动中不断建构着艺术的本质。因此，我们与其像分析哲学那样，从静态的概念入手去界定什么是艺术；不如从历史的过程出发，对艺术的本质进行一种动态的分析。

如果我们从艺术史的角度出发，便不难发现：所谓艺术，就是人们在生活经验的基础上，凭借丰富的想象力，利用物质媒介或观念符号所创造的、能够诉诸欣赏者感觉器官并引发情感体验的人工制品。上述概念至少包含以下五层含义：第一，从现象来说，艺术是一种"人工制品"。第二，从目的来说，艺术旨在引发人们的"情感体验"。第三，从创作来说，艺术需要凭借人们的"想象能力"。第四，从媒介来说，艺术需要利用"物质材料或观念符号"而诉诸人们的"感觉器官"。第五，从源泉来说，艺术来自"生活经验"。下面让我们逐层分析。

一

在西班牙北部的坎塔布连山区人们所发现的"阿尔塔米拉洞穴壁画"一向被认为是人类最早的艺术现象。据考证，这些洞穴中所保存的野牛、野马、野羊、野牛、野鹿等形象是旧石器时代的先民们留下的。然而在一万多年前，人们在洞穴的石壁上绘制那些形象生动、色彩艳丽的动物形象并非是为了单纯的"审美"，而可能有着渴望狩猎成功的巫术动机。因为在那些奔跑跳跃的牡鹿和垂死挣扎的野牛身上，大都留有被长矛刺中的痕迹。英国人类学家弗雷泽在《金枝》一书中曾经指出，人类对自然界的理解和掌握大致经历了巫术、宗教、科学三个阶段。所谓"巫术"，是人们凭借自己的想象力以一种并非科学的方法来征服自然的行为。借用这种理论来分析"阿尔塔米拉洞穴壁画"，我们可以设想：那些以狩猎为生的旧石器时代的先民们，十分渴望通过绘画的形式来掌控那些形影无踪的野兽，他们在岩洞的石壁上绘画各种动物的形象，并在它们的身上刻下长矛的痕迹，其目的是为了获得狩猎的成功。或许在次日的狩猎中他们确实获得了成功，他们便相信自己的绘画具有某种神奇的魅力。所以，他们便在这个神奇的洞穴中反复进行着这种神奇的努力，于是便留下了这些神奇的作品。尽管这些神奇的作品并不是为了单纯的欣赏，而是有着强烈的功利目的，但是先民们在从事这类实践的过程中，却同样怀抱着强烈的生活热望和情感寄托，并渐渐掌握了构造形象的技巧。

当然了，这种以巫术的手段来控制自然的行为是不可能屡试不爽的。开始的时候，人们可能将失败的原因归结为绘画的位置和形象不够理想，于是便在那些曾经"灵验"过的石壁上反复绘画并尽力提高自己的绘画技巧，从而留下了这样的痕迹。但是，久而久之，先民们终于发现，自己在石壁上的绘画与在山林中的狩猎之间并没有任何实质性的因果联系，于是他们便放弃了这种"艺术努力"，而转向另外一种"艺术实践"。

按照弗雷泽的观点，当先民们发现巫术失灵之后，便对自己的能力产生了怀疑，转而无助地将希望寄托在一种超人的神灵之上，"巫术"便历史性地让位于"宗教"了。所谓"宗教"，是将人类的希望寄托在某种超人的神祇之上，认为可以通过祈祷、献祭等方式而获得神灵的佑助。于是，在这种宗教热情的趋遣之下，另外一些"艺术品"便出现了。今天我们在博物馆中所看到的古代艺术品，至少可以上溯到古希腊的雕塑，如米罗的维纳斯。这尊创作于公元前2世纪末的古希腊雕像被誉为"黄金时期的缩影"。雕像虽然失去了双臂，但沉静的表情里有一种坦荡而自尊的神态，从头、肩、腰、腿到足的曲线变化是那样的自然、优美，使人体以无比圣洁的姿态展现在人们眼前，因而被认为是女性美的原型、古代艺术的典范。然而我们不要忘记，古罗马所谓的维纳斯相当于古希腊的阿芙罗狄忒，是一位女神的名字。古代人之所以为其塑像，也不是为了单纯的审美，而有着宗教的祈祷意义。正像旧石器时代的先民们在那些野兽的绘画中寄托了狩猎的喜悦和希望一样，古希腊的先民们也在这座女神的塑像中寄托了爱情的渴望与理想。

当然了，正像野兽不能通过巫术而猎取一样，爱情也不能通过祈祷而获得。当巫术和宗教统统失灵之后，人们需要借助科学来实现自己的理想。所谓"科学"，是通过物质的力量按照客观规律来认识和改造自然和社会，以实现主观目的的努力。于是，在许多博物馆里，我们不仅可以看到古人用来朝拜的神像，而且可以看到古人用于汲水的陶罐。我们知道，古希腊哲学家柏拉图在《对话录》中曾将"美的陶罐"与"美的女人"、"美的马"、"美的竖琴"相提并论，而当代美国文学批评家克林斯·布鲁克斯在《精致的瓮》一书中，则用陶罐的造型与光晕比喻诗歌的美。尽管在历史上，陶罐的最初制作并不是用来欣赏的，但是作为汲水的用具，由于它寄托了人们改造客观自然的热望和建立美好生活的憧憬，从而可供欣赏。其实不仅是陶罐，"对于我们的祖父母而言，一所'房子'，一口'井'，一座熟悉的塔，甚至他们自己的衣服和斗篷，都还具有无穷的意味，无限的亲密——几乎每一件东西都是他们在其中发现人性并注入人性的容器。"① 唯其如此，这些"作品"才可能引发我们复杂而丰富的情感体验。

　　总之，从现象上看，无论是阿尔塔米拉洞穴中的壁画还是摆在卢浮宫中的维纳斯塑像，甚至是博物馆展柜中的陶罐，都可以被当作艺术品来加以欣赏。而且从效果上看，它们也确实能够引发人们的美感享受，即获得一种令人回味的情感。但是，从创造目的来看，由于这些"作品"并不是为了"欣赏"而创作的，因而并不是一种纯粹的艺术品。

二

　　在古代，纯粹为了"欣赏"而"创作"的东西并不多：神话与宗教信仰密不可分，史诗有着记录史实的目的，喜剧由收获季节祭祀酒神的狂欢游行演变而来，悲剧则起源于祈祷亡灵的仪式……在这种情况下，古代的西方人并没有严格意义上的"艺术"概念。在西文中，"Art 这个字原来的普遍意涵是意指各种不同的技能（skill）"②，它既可以用来形容人们建造房屋的能力、裁剪服装的水平，也可以指称人们捕鱼捉蟹的技巧、治病救人的医术。中世纪的"七艺"，泛指文法、逻辑、修辞、算术、几何、音乐和天文学。"自从十七世纪末，art 专门意指之前不被认为是艺术领域的绘画、素描、雕刻与雕塑的用法越来越常见，但一直到十九世纪，这种用法才被确立，且一

---

① ［美］阿尔伯特·霍夫斯达特：《诗歌·语言·思想》英文版，第 113 页。
② ［英］雷蒙·威廉士：《关键词》，刘建基译，（台）巨流图书公司 2003 年版，第 14 页。

直持续到今。"①

与西方的情况大致相同，中国早期社会也没有专门用于欣赏的艺术活动，青铜器的铸造与祭祀活动密不可分，韵文的撰写同时也是应用文体，就连看似纯粹的诗、乐、舞也只是行为规范、典章制度的一部分……所以，先秦时代的"六艺"泛指礼、乐、射、御、书、数等六种技艺。一直到了魏晋时代，随着"诗言志"的传统让位于"诗缘情"的功能，于是才有了鲁迅先生所说的"文学的自觉"乃至艺术的自觉时代。

在文学艺术尚未"自觉"的时代里，人们没有将工艺制造与艺术创造加以区分，没有将物质产品与精神产品加以区分，也没有将一个产品的使用价值和欣赏价值加以区分。但在客观上，他们在改造客观世界、实现主观目的的活动中，也创造了一些价值不菲的艺术珍品。其中的有些作品就像我们前面所提到的维纳斯雕像一样，其原有的使用价值渐渐被人们所淡忘，其艺术的情感价值反而越来越变得突出。然而无论如何，在艺术尚未"自觉"的时代里，人们绝大多数的创作实践都要受到实用目的的左右和现实条件的限制，因而其艺术想象力的解放程度和情感表现力的复杂程度都是会受到一定的制约。只有到了艺术"自觉"之后，纯粹的艺术创作才真正摆脱了实用目的和现实条件的制约，从而展开想象的翅膀，在情感的世界里自由地翱翔。

历史唯物主义告诉我们，人类的精神需求是建立在物质需求基础之上的。在早期社会里，人类首先要满足的是自己的物质需求，因而生产资料和生活资料的创造和使用便成为其主要的生活内容。只有当人们满足了衣、食、住、行这些基本的生活需求之后，才会将更多的精力投入到精神产品的创造和享受中来。于是，纯粹的艺术创作也就应运而生了。与一般的生活实践不同，艺术实践没有直接的功利目的，而是在想象力的驱动下，使人们获得一种情感的体验、精神的满足。在艺术这个虚拟的世界里，人们可以忘掉具体的实用目的，人们可以超越物质条件的限制，人们可以观赏到生活中并不存在的物象，人们可以聆听到现实中并不存在的音响，人们可以体验到自己无法亲身经历的生活，人们可以实现生活中根本无法实现的梦想……

---

① ［英］雷蒙·威廉士：《关键词》，刘建基译，（台）巨流图书公司 2003 年版，第 14 页。

人的生命是有限的，其生活内容和情感体验更为有限。对于一个普通的常人来说，我们既无法体验王子的快乐，也无从感受囚徒的艰辛；我们既不能改变自己的种族、性别，也很难改变自己的地域和生活环境；我们既不可能生活在古代社会里，也不可能生活在未来世界中。"一个人在现实生活中假如必须经历所有那些我们在观看索福克勒斯或莎士比亚的悲剧时所体验到的情感，那么，他不仅会被这些情感的力量压得透不过气来，而且会被这些力量粉碎和消灭。然而在艺术中我们就不会面临这样的危险。我们在艺术中感受的东西即是那种没有物质性内涵的完满的情感生活。我们已从肩上卸下了激情的重负；剩下来的只是我们的激情在摆脱了它们的重力、压强、引力后，那种微微颤动的内在情感。"① 艺术中的情感体验与生活中的情感体验并没有什么本质的不同，但由于前者是在虚拟的世界中所获得的，因而可以更加自由、更加复杂、更加多样。总之，艺术可以使我们超越已有的生活条件，超越有限的时间空间，去获得更加丰富、更加多彩的情感体验。

自从独立的艺术观念形成以后，也就是人类进入艺术自觉的时代之后，这种自由、复杂、多样的情感世界，便异常迅猛地扩充着艺术的领地：从古代的壮美和优美，加入现代的滑稽和崇高，再加入后现代的荒诞和丑陋……此时的人类，就像一个吃饱了大鱼大肉的食客一样，开始尝试着酸、甜、苦、辣、咸等各种滋味，甚至偶尔也要弄一块臭豆腐，尝一尝榴莲果……如此说来，获得只可意会、不可言传的情感，感受只能身体、不能力行的人生，便成为艺术之所以为艺术的关键所在。

因此，在人类文明的谱系中，如果说体育是对人类体力极限的挑战，科学是对人类智力极限的挑战，那么艺术则是对人类情感能力极限的挑战。小而言之，这种挑战能够使人们的生活变得丰富多彩；大而言之，这种挑战可以使我们的人生获得某种终极关怀。当然了，所有这一切，都要靠人类一种特殊的能力——想象。

---

① ［德］恩斯特·卡西尔：《符号·神话·文化》，李小兵译，东方出版社1988年版，第111页。

三

就像艺术欣赏中的情感与现实生活中的情感没有什么本质的不同一样，艺术创作中的想象与现实生活中的想象也没有什么本质上的不同。但是，这种基于现实而又超越现实的精神活动非常重要，如果没有想象能力，人类不可能创造出一把自然界本不存在的石斧；如果没有想象能力，人类也不可能创造出一只自然界本不存在的陶罐。从这一意义上讲，想象能力是人类这一物种的基本属性。反过来说，如果没有想象能力，也就不可能有人类的物质文明！

但是，在人类物质文明的创造中，人们的想象力会受到功利目的和实践手段的双重限制，因而是不可能得到充分的伸展和自由的发挥，这也正是纯粹的艺术实践得以存在的重要理由。"Art 现在普遍与 creative（具创造力的）和 imaginative（具想象力的）有关，这确实可以追溯到十八世纪末与十九世纪初。"① 事实上，只有在艺术自觉的时代里，人类的想象力才可能在纯粹的艺术实践中得到无拘无束的发挥、天马行空的伸展。

就艺术自身的目的而言，想象力的发挥并不是要创造任何现实的物质产品，只是为了使人获得多样而复杂的情感体验；就人类的自我发展而言，人们从事艺术欣赏和创造的过程，也正是锻炼和提高着自身想象能力的过程。就像儿童的游戏是为了成年后的生产和生活做准备一样，艺术中毫无功利目的欣赏也正在为现实中的功利实践做准备。或者反过来说，就像先有嫦娥奔月的神话后有阿波罗飞船一样，艺术中的想象总是走在生活的前面。从这一意义上讲，艺术不仅是生活的总结，而且是生活的先导。

具体说来，从事艺术活动有助于人类完形能力的提高，有助于人类联想能力的培养，有助于人类变形能力的拓展。② 而所有这一切，都将有助于人类文明的创造。正像爱因斯坦所说过的那样："想象力比知识更重要，因为知识是有限的，而想象力概括世界上的一切，推动着进步，并且是知识进

---

① ［英］雷蒙·威廉士：《关键词》，刘建基译，（台）巨流图书公司 2003 年版，第 15 页。
② 参见陈炎《论审美教育对人类想象能力的开发》，《广西民族大学学报》2013 年第 2 期。

化的源泉。"① 也像雨果所认为的那样："想象就是深度。没有一种精神机能比想象更能自我深化，更能深入对象，这是伟大的潜水者。科学到了最后阶段，便遇上了想象。"②

四

艺术家的想象是天马行空、无拘无束的，但要将这些想象的成果呈现出来，却又需要一定的媒介。媒介在整个艺术实践活动系统中起着至关重要的作用，它是沟通艺术家与欣赏者的纽带和桥梁。没有媒介，再好的想象也只能停留在创意阶段，无法传达给欣赏者。而媒介与创意的结合，不仅需要想象和情感，而且需要技巧和经验。从理论上讲，任何能够诉诸人的感官并能引发情感的物质材料都可以成为艺术媒介。从实践上讲，那些最容易诉诸我们的感官、最容易引起人们情感变化的材料，也就最容易成为艺术媒介。如雕塑以石头、木材或金属为媒介，在三维空间中创造出立体的形象；绘画以画布或纸张为媒介，在二维平面上描绘出动人的图案；音乐以音响为媒介，在时间中传达不同的旋律；舞蹈以人体为媒介，在时空中展现出美妙的动作；文学以语言为媒介，以实现描写生活、表情达意的效果……

艺术形象的复杂性既取决于想象内容的丰富性，又取决于媒介选择的多样性，而每种媒介都有其独特的优点与缺点：石头、木头和金属可以塑造立体的形象，但却很难表现复杂的题材；画布和纸张可以描绘色彩缤纷的图画，但却只能在平面上呈现；音响可以构造出复杂的旋律，但却拙于物象的描绘；身体可以组成流动的物象，但却受制于人体机能的限制；语言有着极为丰富的表现能力，但却无法将象形直接呈现出来……由于使用不同的媒介所创作的艺术作品的存在形式不同，因而我们可以把艺术作品大致分为空间艺术、时间艺术、语言艺术、综合艺术。

所谓空间艺术，是指在空间中呈现出来的诉诸人们视觉器官并进而引发人们情感体验的艺术形式，因而也被称之为视觉艺术，如绘画、雕塑、建

---

① 爱因斯坦：《论科学》，见《爱因斯坦文集》第一卷，商务印书馆 1979 年版，第 284 页。
② [英] 莎士比亚：《莎士比亚评论汇编》，杨周翰选编，中国社会科学出版社 1979 年版，第 411 页。

筑等。绘画是一种在二维的平面上以手工方式临摹客观对象、表达主观情感的艺术形式，又因具体媒介的不同而细分为油画、版画、水粉画、水墨画等，其题材可分为人物、静物、山水、花鸟等。作为一种古老的空间艺术，绘画的长于客观再现而短于主观表现，有着逐渐接近于客观物象的发展趋势。但进入20世纪以后，随着摄影技术的出现和发展，绘画的再现能力受到很大的挑战，因而有着离开物象模拟而转向主观表现的发展取向，即通过夸张、变形等手法来表达艺术家的态度和情感。与绘画相同，雕塑也是捕捉客观物象的瞬间，并将其凝固下来成为艺术形式。所不同的是，绘画只能在二维平面上加以描绘，而雕塑则可以在三维空间中加以呈现。与绘画相比，雕塑更加立体，更加直观，但也更难以再现多样的生活场景和复杂的社会内容。所以，古代雕塑多以人体为对象，往往具有纪念意义；现代雕塑多为抽象的造型，往往具有象征意义。与雕塑相同，建筑也是一种在三维空间中构造起来的立体艺术，只是这种艺术的主旨不是摹拟客观的物象，而是为人类提供某种居住的空间，并在空间的营造中表达艺术家主观的情感。广义上来讲，园林也是建筑的一部分。

著名小提琴家谢林有言："建筑是凝固的音乐。"德国音乐家普德曼又说："音乐是流动的建筑。"这两句常被引用的名言充分说明了空间艺术与时间艺术的异同。所谓时间艺术，是指在时间中呈现出来的诉诸人们听觉器官并进而引发人们情感体验的艺术形式，因而也被称之为听觉艺术，主要指音乐。我们知道，物体规则震动发出的声音称为音响，由有组织的音响来表达人们思想感情、反映现实生活的艺术就是音乐。与建筑相似，音乐也不以再现客观物象为己任，而是以其特有的节奏和旋律表达主观的情感，长于表现而短于再现。与建筑不同，音乐作品不在空间中呈现，而在时间中流淌；不是诉诸人的视觉，而是诉诸人的听觉。具体说来，音乐又分器乐和声乐两大类。器乐以乐器为物质基础，借助乐器的性能特征，结合演奏技巧的应用，表现一定的情感与意境；声乐则借助人的歌喉，结合发音技巧的运用，表现一定的情感和意境。在所有的艺术类型中，音乐尤其是器乐是最为抽象的艺术；而声乐艺术由于常常使用语言，所以又与语言艺术相接近。

如果说空间艺术诉诸人的视觉，时间艺术诉诸人的听觉，语言艺术则诉诸人的观念。从某种意义上讲，语言是思维的外壳，是人们进行范畴运用、观念推演的有效工具。然而语言的作用却又不限于逻辑思维，它还可以诉诸想象来进行艺术活动。所谓语言艺术，是指在运用语言符号所创作出来的诉诸人们想象能力并进而引发人们情感体验的艺术形式，如诗歌、散文、小说等。与空间艺术和时间艺术不同，语言艺术所创造的形象不是直接的，而是间接的，是读者通过想象而还原出来的。然而，语言艺术的这一弱点同时也是其优点，它可以不受时间和空间的限制而更加自由。借助人类最重要的交际工具，语言艺术可以揭示隐秘的心理活动，可以描述复杂的生活过程，因而可以更加具体、更加多样。

所谓综合艺术，是指在综合了不同的艺术媒介，在空间和时间中同时呈现出来的、诉诸人们视听器官并进而引发人们情感体验的艺术形式，如舞蹈、戏剧、电影等。舞蹈是一种人体动作的艺术，它综合了空间的造型艺术和时间的音乐艺术，仿佛是一种流动的雕塑。舞蹈按照音乐的节奏和旋律组织和安排人体动作，以摹仿现实生活、表达主观情感。当舞蹈的动作安排有了故事情节、形成戏剧冲突之后，它便成为戏剧艺术的一种特殊形式：舞剧。戏剧是以舞蹈、音乐、语言等形式反映社会生活、表达主观情感的艺术形式。当舞台上的表演不以跳舞为主，而以歌唱为主的时候，它便成为戏剧艺术的第二种特殊形式：歌剧。当舞台上的表演不以跳舞、唱歌为主，而以会话为主的时候，它便成为戏剧艺术的第三种特殊形式：话剧。无论是舞剧、歌剧还是话剧，戏剧艺术为了吸引观众、产生效果，一般都需要形成必要的故事情节和矛盾冲突。而依照这些矛盾冲突的社会性质及其解决方式，戏剧又可以分为悲剧、喜剧和正剧。作为一种综合艺术，舞剧虽然兼具了音乐、舞蹈、文学等不同艺术的表现形式，但却受到舞台时空的限制。而随着现代科技手段的介入，以画面和声音为媒介，在运动着的时间和空间里创造银幕形象，反映社会生活、表达主观情感的电影艺术便应运而生了。

作为现代科技手段和传统艺术形式相结合的产物，电影几乎综合了前此以往所有艺术种类的元素和技巧，同时诉诸人的视听器官，给人以丰富的情感体验。与舞台形象不同，银幕上的世界是一个特殊的时空复合体。这一复合体是由画面与画面、画面与音响、音响与音响之间的关系组成的，而组合这种关系技巧和手段，被称为电影中的"蒙太奇"。"蒙太奇"是法语 montage 的译音，原是法语建筑学上的一个术语，意为构成和装配。后被借用过来，用来指称电影制作中的剪辑和组合，直至完成电影的创作。简要地说，蒙太奇就是将一部影片的内容进行分别拍摄和录制，然后再根据影片所要表达的内容和观众的心理活动，按照原定的构思将画面与画面、画面与音响、音响与音响组接起来，直至完成一部影片的创作。由于有了蒙太奇的叙事技巧，电影便可以将银幕上的物理时空与观众的心理时空对接起来，创造出一种生动、直观、复杂、细腻的"生活幻觉"。作为一种综合性很强的新型艺术，自从1895年法国艺术家卢米埃尔兄弟首次播放《火车进站》、《水浇园丁》等短片以来，电影在短短一百多年的时间里有了长足的发展和进步，几乎成为人类最重要的艺术形式。随着电视机和互联网等科技产品的出现，电影的播放和传播形式也在发生着变化，这些变化不仅改变着人们艺术欣赏的习惯，而且改变着人们日常生活的方式。

以上我们分析的绘画、雕塑、建筑、音乐、舞蹈、文学、戏剧、电影，是迄今为止人类最常见的艺术种类，亦被称之为"八大艺术"。其实细分起来，人类的艺术形式远不止这些。比如，木偶是一种艺术，杂技是一种艺术，魔术是一种艺术，书法也是一种艺术，等等。说到底，凡是凭借丰富的想象力，利用物质媒介或观念符号所创造的，能够诉诸欣赏者感觉器官并引发情感体验的人工制品，都可被称之为艺术。

五

艺术源于生活，而又高于生活，这句家喻户晓的名言，说出了艺术与生活之间的辩证关系。从"广义的艺术"到"狭义的艺术"的发展过程来看，艺术的原初形态本来就和人们的日常生活有着千丝万缕的联系。从阿尔塔米拉洞穴中的壁画，到毕加索笔下的野牛；从米罗的维纳斯，到罗丹的思想者……古人留下的艺术品自然离不开巫术、宗教等生活内容，就是现代的所谓纯艺术作品里，我们仍然可以随处看到生活的影子。

生活是孕育思想果实的大树，多彩的人生阅历、丰富的生活体验显然有助于艺术家的创作。日本诗人松尾芭蕉长年徒步游历名山大川，于是才有了《奥之细道》的名片佳作。俄国作家果戈理熟悉农奴制的俄国社会，所以才可能在普希金故事的启发下写成了长篇小说《死魂灵》。英国作家托尔金在研究盎格鲁—萨克森语的过程中广泛接触到英国以及北欧各地神话和民间传说，从而完成了魔幻史诗般的作品《指环王系列》……这些绝非只是他们的神来之笔，而是灵感的火花点燃了他们头脑中贮存的生活经验，并以此进行创造想象的结果。类似的例证，在中国古代也广泛存在，南朝画家宗炳一生遍访名山大川，"凡所游履，皆图之于室，谓之抚琴动操，欲令众山皆响"①。清代的画家石涛也曾主张"搜尽奇峰打草稿"，通过游历山川而使胸中自有丘壑。有了出塞慰问、访察军情的经历，才使得王维写出了"大漠孤烟直，长河落日圆"的壮丽诗句。如果没有得罪权贵、贬谪江州的经历，白居易也就不可能写下"同是天涯沦落人，相逢何必曾相识"的《琵琶行》。北宋画家范宽生活在北方，长年累月漫步于终南山、太华山一带，被西北关中一带的雄山壮景深深震撼，由此才能创造出雄奇险峻、气势磅礴的《溪山行旅图》；而南宋画家米芾、米友仁父子生活在烟雨空蒙的江南，他们长年观察、体验，创造出"烟云变灭，林泉幽壑，生意无穷"的"米点山水"……所有这一切无不说明，生活是艺术的唯一源泉。

首先，艺术中的情感与生活中的情感没有什么本质的不同，只不过更集中、更曲折、更复杂，更细腻罢了。正因如此，没有情感经历的人，是创作不出好的艺术作品的。所谓"少年不识愁滋味，爱上层楼，爱上层楼，为赋新词强说愁"，讲的就是这个道理。没有生活阅历的人，也不可能真正体会艺术作品的奥秘。所谓"满纸荒唐语，一把辛酸泪。都云作者痴，谁解其中味？"讲的就是这个道理。因此，要创作出好的艺术品，都必须深入生活、体验生活；要提高对艺术作品的鉴赏能力，也必须观察生活、理解生活。

其次，艺术中的想象与生活中的想象也没有什么本质的不同，只不过更自由、更大胆、更夸张、更奇特罢了。正因如此，见多识广的人，才能够创作出好的作品。所以古人才主张"读万卷书，行万里路"。任何奇妙的想象，都是以生活经验为前提的。所以古人才强调"登山则情满于山，观海则意溢于海"②。没有游历过名山大川的人，是不可能写出"飞流直下三千尺，疑是银河落九天"这样的诗句的；没有经历过国破家亡的人，是不可能写出

———————

① 《南史·宗炳传》。
② 《文心雕龙·神思》。

"感时花溅泪，恨别鸟惊心"这样诗句的。说到底，想象的背后有情感，情感的背后有经验。

最后，艺术媒介与人们的生产、生活方式也有着千丝万缕的联系。舞蹈所凭借的身体、声乐所凭借的歌喉都有赖于我们的生理条件，文学所凭借的语言是人类最重要的交际工具，这一切都和我们的日常生活密切相关；绘画、雕塑、建筑所用的工具和材料，乐器的发明与创造，都与科技的进步紧密相关；作为综合艺术的舞蹈、戏剧、电影，则更是利用各种各样的科技手段来创造一种"生活的幻象"！

艺术不仅"源于生活"，而且"高于生活"。作为一种想象的产物，艺术是生活中原本没有的东西。这种东西虽然在一定程度上是生活的反映或再现，却不是生活的记录和照搬。也许，最初的歌唱来源于劳动的呐喊，但花腔女高音毕竟不同于艄公的号子。也许，最初的舞蹈来源于对动物的模仿，但杨丽萍的舞姿毕竟不同于孔雀的开屏……如果生活中有什么样的物象，艺术就原封不动地还原什么样的物象，艺术也便失去了其独特的价值和意义。作为一种审美的对象，艺术不以解决实际问题为己任，而只是诉诸人们的感官并进而获得一种情感体验。这种情感体验是现实生活中所难以获得的，因而可以激发人们去创造更加丰富、更加绚丽、更加美好的生活。从这一意义上讲，艺术不是跟在生活后面的追随者，而是走在生活前面的引导者。

（原载于《文艺理论研究》2013 年第 3 期）

马克思主义问题性与文艺理论创新

谭好哲

一、"马克思主义问题性"的提出背景与内涵

理论作为人类把握现实的精神对应物，在很大程度上说就是要提出问题和解决问题。问题构成理论内容的基本骨架，而问题切入现实的深度则构成理论研究和创新的思想深度和价值意义的大小。所以，任何理论研究和创新，都不可缺少问题意识。然而，从自我反思的角度来看，中国当代的理论研究，包括马克思主义文艺理论研究在内，却比较普遍地欠缺问题意识，致使理论创新能力不强，学术影响力度较小，这一点，似已成为学界共识。为此，近些年来学界业已发表不少文章，呼吁增强问题意识，并就如何增强提出一些主张和见解。这是问题意识觉醒的一个可喜表现。不过，通观这方面的一些文章，会发现泛泛之论较多，而且许多论者面对问题的理论立场以及提出问题、解决问题的理论方法并不明确，明显地缺乏一种"马克思主义"的主体自觉。为此，必须明确指出，对马克思主义文艺理论研究而言，仅仅停留在一般性的呼吁和谈论增强问题意识是远远不够的，还应再进一步，深入到"马克思主义问题性"与文艺理论研究的关系上来，在"马克思主义问题性"的寻找、研讨与确立、坚守中切实有效地推进马克思主义文艺理论研究的学术发展和思想创新。

就大的格局而言，20 世纪 50 年代初期至今，中国当代文艺理论研究与马克思主义的关系，经历了两个不同的历史阶段，呈现为多种不同的关系状态。自 50 年代初期到新时期启动前的二三十年间，由于政治一体化的特殊历史现实，当时在思想文化领域是马克思主义一统天下，文艺理论研究也不

例外，只是由于历史条件的局限，那时的所谓马克思主义文艺理论研究不见得都是真正贯彻和坚持马克思主义的。新时期以来，由于国际国内历史条件的变化，思想文化领域里的多样化和多元化趋向不断加剧，以马克思主义一种面目而存在的文艺理论研究已成历史。这里，不必过多政治的考量，仅仅从学术研究的角度来看，当下的文艺理论研究与马克思主义之间已逐渐形成了三种不同的理论面相：其一，有的学者对马克思主义不仅不感兴趣，而且从思想上予以排斥，因而其文艺理论研究根本上与马克思主义毫无关联，有的甚至是相互抵牾，这是不能回避的一种客观事实；其二，有的学者只是把马克思主义作为多元思想文化中的一元加以看待，在文艺理论研究中实用主义地随意拼合各种思想文化资源，因而其理论研究中的学术立场和主导精神不明确，"主义"模糊、泛化，树不起理论旗帜，这是另一种情况；其三，许多学者还是认同马克思主义的，并真诚地努力于马克思主义文艺理论研究，以图在新的历史条件下推进其创新与发展。基于思想自由的学术原则，这里不拟对前两种理论加以评说，只想与第三类学者一同来思考一下究竟什么样的研究才算是"马克思主义"的，如何才能推进马克思主义文艺理论的创新和发展，而这方面的思考就与"马克思主义问题性"紧密相关。

　　"马克思主义问题性"的提法来自于当代美国新马克思主义文化和文艺理论家詹姆逊。在谈到"后结构主义"时，詹姆逊说道："它是一个历史概念，而作为一个历史概念，它又是从马克思主义的问题性中生发出来的。"[1]在论及德里达等法国学者为何要介入马克思主义的主题时，他又指出个中的原因是在法国知识界非马克思主义化之后，"大理论家更为明确地意识到他们自己的工作是如何建立在马克思主义问题性（再强调一次：不是马克思主义本身）之上的"[2]。那么，什么是"马克思主义问题性"呢？詹姆逊也有他的解释："我说的不是马克思主义本身，而是马克思主义所致力探讨和解决的问题。"[3]所谓"马克思主义问题性"不是指马克思主义本身，即不是说马

---

[1]　［美］詹姆逊、张旭东：《马克思主义与理论的历史性》，见［美］詹姆逊著、张旭东编《晚期资本主义的文化逻辑》，陈清侨等译，三联书店1997年版，第2页。

[2]　［美］詹姆逊、张旭东：《马克思主义与理论的历史性》，见［美］詹姆逊著、张旭东编《晚期资本主义的文化逻辑》，陈清侨等译，三联书店1997年版，第3页。

[3]　［美］詹姆逊、张旭东：《马克思主义与理论的历史性》，见［美］詹姆逊著、张旭东编《晚期资本主义的文化逻辑》，陈清侨等译，三联书店1997年版，第2页。

克思主义本身有什么问题，不是要对马克思主义自身发展中的理论过失和问题进行反思，尽管这种反思也是马克思主义的发展所必需的。而马克思主义所致力探讨和解决的问题，詹姆逊明确说指的是基础和上层建筑的问题，意识形态的本质问题，表象的问题，等等。简要言之，詹姆逊所谓"马克思主义问题性"就是基于"马克思主义"而对现实文化和文艺问题的理论应对和聚焦，这一提法所强调的重点在于对文化和文艺问题理论言说的马克思主义性质。比如就语言问题来说，从结构主义理论和方法出发所提出的是语言是否人类意识活动的最终决定因素之类问题，从精神分析理论和方法出发所提出的是语言是否无意识的表征问题，而从马克思主义理论和方法出发所探讨的则是语言在社会文化生活中的作用和位置的问题。语言在社会文化生活中的作用和位置的问题之所以属于马克思主义的问题，在于这样的提问方式归属于或者说源出于上述基础与上层建筑的关系之类马克思主义理论框架，其马克思主义性质是学界公认的。

应该说，詹姆逊对"马克思主义问题性"的强调特别是他在理论研究中对"马克思主义问题性"的坚守，值得中国马克思主义文艺理论研究界反省和深思。反观中国当下的文艺理论研究，还有多少人在基础和上层建筑以及意识形态的本质之类问题上费心思呢？如果我们不能够或者干脆就没有"致力探讨和解决"马克思主义的基本理论问题，又何谈马克思主义文艺理论的创新和发展呢？由此不妨直白一点说，不是一般的问题意识的缺失，主要是"马克思主义问题性"的缺失才是中国当代马克思主义文艺理论研究缺乏创新并由之引生创新焦虑症的一个重要原因所在，因而也正是需要引起我们特别关注和思考的一个重大理论问题。

二、方法论与"问题性"的解释维度

那么，在具体的文艺理论研究中，问题性何以发生？马克思主义文艺理论凭借什么来建构自己的问题性呢？这首先涉及马克思主义文艺理论研究的方法论问题。

通常，当我们判定一种理论属于何种"主义"也就是"主义"性质或"主义"属性时，主要指的是这种理论所显露出来的立场、观点和方法。立场即认识和处理问题时所处的地位和所抱的态度，它是由理论研究者的观点以及所运用的方法决定的，具有什么样的观点和方法就会有什么样的立场。这样说来，理论的"主义"性质主要取决于观点和方法。就马克思主义而言，观点与方法、世界观与方法论是有机统一的，历史唯物主义和辩证唯物主义既是世界观也是方法论，这是大家熟知的。但是，世界观是对宇宙自然、人类社会和人类思维各个领域种种现象和规律的认识和看法，而方法论涉及的则是人类借由形成这些认识和看法的具体思维路径、手段和方法，观点和形成观点的方法之间就此而言又是有一定区别的，二者的统一性不是无区别的混一。就观点与方法的相对区别来看，中国当代以往的马克思主义文艺理论研究显然更多也更习惯于用观点的选择来显示立场，而较少且不善于由方法的运用显示立场。在一个半多世纪的发展历程中，马克思主义已经在经济学、哲学、美学、文艺学诸多方面产生了一些已成经典的理论观点和论断，作为马克思主义的后来人，继承这些观点和论断并将之运用于文艺研究和文艺批评之中理所应当，无可厚非。一般来说，这种做法的确可以比较明显地反映文艺研究者的学术立场，不少情况下其学术效应也是正面的。但是，应该看到，在以往的理论发展过程中，这种通常的做法也显示出诸多消极和负面的影响。由于不是根据现实发展来创造理论，而只是为了说明和评判现实去运用理论，久而久之，便造成经典理论和经典运用者两方面的问题。在经典方面，原有的理论原地踏步、依然如故，没有发展、没有增值；在研究者方面，其头脑长期充当留声机、传声筒的作用，因而只会传经、注经，理论创新的能力大大弱化，等而下之者，也就剩下翻着经典书本鹦鹉学舌，或是用现实景观图解经典的本事了。进而言之，马克思主义的许多经典理论和论断都是基于特定社会历史条件而生发出来的，有其一定时空范围内的适用域限，而我们的研究者却常常是把它们作为神圣不可更易、放之四海而皆准的东西，机械地、教条主义地对待和取用之，不管自身的现实境况究竟如何，结果只能是无的放矢，甚至胡乱评判，不仅没有解决现实的问题，而且糟蹋、毁坏了经典的名声。

如果说以往在用观点的选择表达立场方面存在不少问题的话，那么在用科学的方法形成观点以表达立场方面就更成问题了。方法是理论创新的手段和动力，是学术真理的理性显示器，没有科学的方法就没有科学的理论，没有研究方法的新探索也就没有思想观念的新收获，研究者也就无从向现实表达立场。或许正是在这个意义上，现代西方最重要的马克思主义思想家和文艺理论家之一卢卡奇才在《什么是正统马克思主义?》一文中不无偏激地说"马克思主义问题中的正统仅仅是指方法"，而且只有正确的方法才能使马克思主义的学术研究"按其创始人奠定的方向发展、扩大和深化"①。从以往的历史来看，注重方法问题，具有科学的方法论和自觉的方法意识正是马克思主义文艺理论的强项，那些已经成为经典的论著和思想，比如马克思恩格斯关于19世纪现实主义创作的有关论述和思想，列宁对于列夫·托尔斯泰的研究，毛泽东《在延安文艺座谈会上的讲话》等等，无不深深地刻烙着辩证唯物主义与历史唯物主义的印记，显示着鲜明的马克思主义方法论特色和巨大理论生成能力。而西方马克思主义中本雅明关于现代传媒技术与艺术发展关系的研究，詹姆逊关于后现代主义文化与后工业社会关系的研究，马克思主义方法论的底色也清晰可辨。然而，比较来看，我们自己当代的理论研究，真正由马克思主义方法来彰显"主义"和立场的成果却并不多见，乏善可陈。更有甚者，有些研究者甚至将马克思主义的理论和方法作为陈旧过时的东西弃之如敝屣，争先恐后地竞相追逐来自当代西方的各种以"新"和"后"命名的时髦理论和方法，朝秦暮楚地追来逐去，最终却将马克思主义科学方法的传家宝丢失了，致使种种理论创新的宣言和构想成为空论。

　　这里，我们强调方法论，强调方法的重要性，还不仅是因为离开方法就形不成观点，不仅是因为以往在由方法创新理论方面存在缺陷，还在于理论的社会功能的实现、理论的"主义"性质和色彩的彰显与方法紧密相关。理论的价值首先在于发现、说明和解释现实，可以称之为认识功能或解释功能，理论如何认识或解释现实，与其方法论的选择和具体方法的运用有关。可以说，现实的面貌是由理论呈现出来的，而理论的面貌是由方法塑造出来的，也可以说，有什么样的理论就有什么样的现实观，而有什么样的方法就会形成什么样的理论，你不可能用精神分析的方法、结构主义的方法形成马克思主义的理论观点。尽管精神分析的方法、结构主义的方法等等可以补充或者说包容于马克思主义的方法之内，却并不是、更不能替代马克思主义研

①　[匈] 卢卡奇：《卢卡奇文选》，李鹏程编，人民出版社2008年版，第2页。

究方法。正如詹姆逊所指出的那样，文化文本是社会的象征行为，会以辩证的方式把文本叙事与历史语境统一起来。因此，坚持马克思主义的方法论，"最终这会导向基础和上层建筑的关系，也就是说如何把文化、意识同语境或形势联系起来"①。詹姆逊甚至认为以"生产方式"为阐释基础的马克思主义阐释模式比之当今时代其他各种阐释模式都更具语义的优先权，是"最终和不可超越的语义地平线——即社会地平线"②。可见，马克思主义是有其方法论规定的。詹姆逊之所以能够成为当代西方新马克思主义文化和文艺理论家的主要代表，他所呈现的后现代社会与后现代主义文化的理论景观之所以能够迥异于其他后现代理论言说，毫无疑问是得自于他对"马克思主义问题性"的坚守，得益于其基于历史唯物主义理论的辩证阐释方法。他的理论成就从一个侧面提示我们，方法论与"问题性"的解释维度密不可分，不可不察，不可忽视。

三、历史性与"问题性"的时代维度

理论研究的问题性虽然出自研究者的头脑，却并不是研究者个人主观意识的外化，从根本上讲是由历史发展的客观进程所决定、由研究者对现实进程和矛盾的把握而生成。黑格尔在谈到哲学创造时曾经指出："每个人都是他那时代的产儿。哲学也是这样，它是被把握在思想中的它的时代。"③马克思也曾明确地提出："问题就是公开的、无畏的、左右一切个人的时代声音。问题就是时代的口号，是它表现自己精神状态的最实际的呼声。"④可见，理论的具体内容及其问题性有其生成基点和动力源泉，这就是历史，也就是理论不能逾越的时代生活。"马克思主义问题性"的建构不能缺少了时代的维度。

面向时代，研究实际问题，解决实际问题，是古今一切优秀的文艺理

① ［美］詹姆逊、张旭东：《马克思主义与理论的历史性》，见［美］詹姆逊著、张旭东编《晚期资本主义的文化逻辑》，陈清侨等译，三联书店1997年版，第11页。
② ［美］詹姆逊：《马克思主义与历史主义》，见詹姆逊《晚期资本主义的文化逻辑》，陈清侨译，三联书店1997年版，第147页。
③ ［德］黑格尔：《法哲学原理》序言，范扬、张企泰译，商务印书馆1966年版，第12页。
④ 《马克思恩格斯全集》第40卷，人民出版社1982年版，第289—290页。

论共同具有的品格，马克思主义文艺理论和美学更是如此。马克思主义经典
文论家的许多论著和理论思想，都是基于时代境况和文艺发展实际所提出来
的，比如马克思关于资本主义同艺术和诗歌相敌对的论断，恩格斯关于"现
实主义的最伟大胜利之一"即优秀的现实主义创作能够违反作家自己的阶级
同情和政治偏见的见解，列宁关于了解和改造旧文化是建设无产阶级新文化
的必要前提的思想，毛泽东关于延安文艺实践中普及与提高关系的论述，都
是如此。这些思想论断不是从马克思主义基本思想中直接抽象出来的理论教
条，而是有着丰富的时代生活内涵和明确的现实问题指向。就西方马克思主
义文论而言，英国伯明翰学派对文化的重新定义和对通俗文化的理论研究，
法兰克福学派对资本主义文化和大众文化工业的单向度性的批判，伊格尔顿
在《文学理论导论》中对政治批评的张扬以及在新近出版的《后现代主义的
幻想》和《理论之后》中对各种文化理论的批评与对后文化理论时代人类依
然要面对的真理、道德、邪恶、死亡、宗教与革命等全球性问题的强调，都
是极其富有问题意识和强烈的现实针对性的。詹姆逊在谈到他自己的理论研
究时也说过："贯穿我著作的框架来自我们所处的时代本身。其马克思主义
的成分来自这个历史阶段的根本的经济动态。"① 学习经典马克思主义文艺理
论，拜读一些西方马克思主义理论家的代表性论著，一个突出的体会就是，
从他们的理论文字中能够深切地感受到时代脉搏的跳动，倾听到时代精神的
呼声，这正是他们的理论能够具有经典性的一个根本原因所在。反观我们自
己的许多理论研究，却往往不能让人得到这种感受，原因即在于我们的许多
所谓理论研究往往不是生发于对时代的感应，从观点到方法都是从他人那里
拿来的，是从书本上读来的，正所谓"纸上得来终觉浅"。岂止是一个浅字，
关键是这样的理论与时代无涉，对现实无解释效力，更无指导价值，其学术
影响力和生命力也就可想而知了。

　　认真思考和分析当代文艺所处的具体历史语境及其时代特征，由现实
的历史语境和独特的时代特征中提炼出自己的理论问题，并借此对当代文艺
实践作出马克思主义的阐释和评判，是当代马克思主义文艺理论研究应该担

---

① ［美］詹姆逊、张旭东：《马克思主义与理论的历史性》，见［美］詹姆逊著、张旭东编
　《晚期资本主义的文化逻辑》，陈清侨等译，三联书店 1997 年版，第 18 页。

承、无所逃避的一项时代任务。当今时代，正处于一个由资本的全球扩张而演化成的球域化发展时期。球域化包含着全球化和本土化两股相反相成的发展趋势，因而当代人类的生存和生活也存在着两个向量，一个是全球化、世界性的向量，一个是本土化、民族性的向量。当代文艺理论家应该从这两个向量思考文艺的当代性问题。就前一个向量来说，当代的文艺活动在现象形态上表现出与此前各个时代大为不同的种种新的文化景观，如文艺的商品经济属性的崛起，新媒体艺术的快速发展，文艺的跨文化交流的世界性潮流等等。这些新的时代性文艺景观背后潜隐着种种规约性的社会机制和因素，其中最为重要的有三个方面，这就是以现代生产方式为基础的市场经济，以现代电子与信息技术为支撑的现代传媒，以世界经济一体化为主导的全球化浪潮。因此，经济或直接点说就是资本与文艺的关系、传媒与文艺的关系、全球化与文艺的关系等等，自然应该成为马克思主义文艺理论关注的重点，包括在"马克思主义问题性"之内。不过，对当今时代的文艺理论研究来说，不仅应该通观和思考这样一些全球性、共通性的问题，还要体验和思考那些属于本土性、特殊性的问题。诚如詹姆逊所指出的，尽管当今不同的思想社区和团体面对着一些共同的处境，之间的交流也越来越多，但理论来自特定的处境，"知识分子是附着于自己的民族情境的"①。就中国当下的具体历史语境而言，在现代化的追求中文化传统与现代性艺术发展的关系就成为一个问题，文艺创造与民族文化身份认同的关系也是一个大问题，同时作为一个发展中国家，文学艺术如何反映和介入诸如由发展而导致的生态问题、社会公正问题、信仰危机问题、道德失范问题等等，也都是分量颇重的时代性理论问题和主题。

或许，在某些持纯审美论立场的文艺理论研究者眼里，上述这些问题不是纯粹的文艺理论问题。但就马克思主义文艺理论研究来说，一个文艺理论家，不仅应有对于文艺实际的高度关注，还要具有对生活世界的现实关怀，不仅要有对文艺审美的雅好和研究，还要具有当代生存的体验和思考，正像马克思主义文艺批评所要求的那样，应该是"美学观点和历史观点"即

---

① ［美］詹姆逊、张旭东：《马克思主义与理论的历史性》，见［美］詹姆逊著、张旭东编《晚期资本主义的文化逻辑》，陈清侨等译，三联书店 1997 年版，第 24 页。

审美意识和历史意识兼具。纯审美论不符合马克思主义的精神。只有将艺术问题置放于历史或者时代的地平线上加以考量，以文艺问题的理论之思介入现实、切入问题，大力增强问题性的时代内涵，才是马克思主义文艺理论的固有特色，才能在新的历史语境之下丰富和拓展马克思主义文艺理论的历史内容。

四、理想性与"问题性"的价值维度

　　理论的功能不仅在于认识和解释现实，还在于规范、评判和引领现实。马克思主义从来就不仅仅是一种解释世界的理论，也是一种关于人类解放的理论，有其关于人类自身和社会发展的理想。作为马克思主义思想体系的一个有机组成部分，马克思主义文艺理论也有自己的审美理想，它不是脱离开现实的人和人的现实的历史条件抽象地谈论艺术的自率性和审美自由，而是以艺术理想、人的理想、社会理想三者的有机统一为基本内容，将艺术审美理想的实现置于人的自由和解放与社会的进步和革命的基础之上[①]。由此，马克思主义文艺理论便内在地具有了对于艺术现象以及经由艺术研究而对于人生和社会现象的价值评判功能，而"马克思主义问题性"的追寻、研讨和论说也不能无视这一不可或缺的价值维度。

　　将理想性置于问题性的价值维度之中有其历史本体论的基础。因为历史不仅存在于已流逝的过去和行进中的当代，还包括渴望中将要到来的未来，理想从来都是与未来相关的。理想的存在，为人类的生存规划和社会发展确立了目标，同时也为历史与人生的现实评判设置了标准和尺度。反过来说，历史发展的合理性与否，历史发展中的问题之所以在理论上显示为问题，也正是因为存在着一个理想的参照和审视维度。以空想社会主义作为自己思想来源之一的马克思主义从来就是一种富有理想的思想和信念体系，马克思主义文艺理论历来也都散发着明亮的理想之光。马克思主义创始人不仅曾经热切地期待能够从19世纪的革命中涌现出一个新的但丁，以宣告无产

① 参见狄其骢、谭好哲《艺术哲学的革命——论马克思恩格斯艺术哲学的体系特征和审美理想》，《文学评论》1991年第3期；谭好哲《后经典时期马克思主义文艺美学的形态与主题》，《山东大学学报》(哲学社会科学版) 2011年第6期。

阶级新纪元的诞生，而且从来都是将作家的文艺创作是否能够创造出代表时代进步的新的人物、揭示出新的历史趋向作为其文艺批评的一个重要尺度。在中国马克思主义文艺理论发展中，关于革命现实主义与革命浪漫主义相结合即俗称"两结合"创作方法的提出，其基本用意也在于从理论上解决理想与文艺创作的关系问题。然而，由于以往极左政治思潮的长期泛滥，再加上改革开放以来金钱至上的拜物教观念盛行一时，广大民众信仰体系中长期以来培育起来的理想主义情愫日渐削弱以至消殆，当代文艺创作中理想的光亮也日渐暗淡了，大量的文艺作品沉迷于生活的琐细、腻歪和困顿以及人性的卑微、阴暗和暴戾，不能让人从中感受到生命的诗意和生存的希望。不仅如此，如果有谁在文艺创作和理论研究中谈论理想，还常常会被冠以虚假、伪浪漫、伪崇高等等的恶评，而马克思主义文艺理论界也往往不能理直气壮地言说理想之于文艺创作的应有价值，并积极地介入当代文艺批评，这种状况与马克思主义文艺理论的已有传统是不相符合的，也是亟待改进的。

在中国当代文艺理论界，许多人受西方马克思主义中法兰克福学派理论家的影响，喜欢谈论理论的批判性，甚至是将批判视为马克思主义理论的唯一功能。应该说，作为新型无产阶级的革命理论，对当代资本主义的批判确实构成马克思主义的一个基本任务和理论特色。然而马克思主义不是为批判而批判，而是为了一个更加美好的社会的到来而批判，这种社会批判的动力不仅由于资本主义的现实状态，也源于人类自由和解放的社会理想，其对资本的罪恶、资本主义的矛盾和危机的揭示、辨认和评判是以人性和社会发展的最高理想为尺度的。因此，只抓住马克思主义批判性的一面，而看不到甚至扔掉了其理想性的一面，是偏颇的。致使是法兰克福学派的理论家也不都是只讲批判，不讲理想，该学派的社会批判理论被归结为"审美乌托邦"，正表明他们是有其理想的。马尔库塞就曾明确地说过："一切真正的文学都有双重的使命。一方面，它是对现存社会的批判；另一方面（这与第一方面内在地联系在一起），它又是对解放的期望。"[①]他甚至将艺术中现实批判与解放期望的有机结合提升至美的辩证法的高度，说"美学结构起源于美的规

---

① ［英］布莱恩·麦基：《思想家——当代哲学的创造者们》，周穗明等译，三联书店1987年版，第73页。

律，而肯定与否定的、安慰与忧伤的辩证法就是美的辩证法"①。基于这种辩证法，马尔库塞明确地指出"纯否定会是抽象的，是'坏的'乌托邦"②。在当代，以对资本主义及其文化逻辑分析见长的詹姆逊在谈到他自己的理论选择时也明确地说道："但在我，资本主义以及不同于资本主义的选择的可能性一直是迫在眉睫的问题。"③ 这是因为，"在目前环境下，人类生活业已被急剧地压缩为理性化、技术和市场这类事物，因而重新伸张改变这个世界的乌托邦要求就变得越发刻不容缓了。"④ 可见，将理想性置于"问题性"之中，并不是要排斥批判性，马克思主义理论的批判性与理想性都有其客观的历史需求，符合历史理性的要求。

　　基于上述分析，在当代马克思主义文艺理论研究中，我们不仅需要以科学的方法论为指导，用科学的方法认识现实，解释和阐发那些真正富有时代内涵的理论性问题，也不仅仅需要用批判的态度审视这些问题，还要努力把理想融入"问题性"的发现和建构之中。当然，这样要求，绝不是要简单地让人们在文艺创作和理论研究与批评中申论空洞的人生自由信条和政治性的社会解放宣言，而是要求把理想作为具体的艺术理念，在文艺创作中融入艺术形象的鲜活创造，在文艺理论研究与批评中转化为"问题性"的内容构成和艺术审美的价值规范与标准。只有善于以富有人性和自由的理想烛照现实，从"问题性"的寻求和建构中发现历史的未来之光，以理想点燃文艺的精神之火，文艺才能成为引领时代与民族精神前行的火炬，文艺理论研究才能对现实的文艺实践活动有所作为有所指导，从而具有现实的生命活力。恩格斯曾经在其写给拉法格的信中夸赞在巴尔扎克"富有诗意的裁判"中有了不起的"革命辩证法"⑤，其实真正优秀的文艺理论也应该是能够用作诗意裁

---

① ［美］赫·马尔库塞：《美学方面》，见绿原译编《现代美学析疑》，文化艺术出版社1987年版，第40页。

② ［美］赫·马尔库塞：《美学方面》，见绿原译编《现代美学析疑》，文化艺术出版社1987年版，第46页。

③ ［美］詹姆逊、张旭东：《马克思主义与理论的历史性》，见［美］詹姆逊著、张旭东编《晚期资本主义的文化逻辑》，陈清侨等译，三联书店1997年版，第23页。

④ ［美］詹姆逊、张旭东：《马克思主义与理论的历史性》，见［美］詹姆逊著、张旭东编《晚期资本主义的文化逻辑》，陈清侨等译，三联书店1997年版，第34—35页。

⑤ 《马克思恩格斯论文学与艺术》（二），陆梅林辑注，人民文学出版社1983年版，第130页。

判的革命辩证法或者说是具有诗意的辩证法，理想的存在是其具有诗意、可以据以进行诗意裁判的保证。就此而言，能否将理想性深深地镌入"问题性"的理论发现和建构之中，也是衡量当代中国马克思主义文艺理论是否能够保有诗意辩证法的一个重要方面。

（原载于《文学评论》2013 年第 5 期）

流行文艺与主流价值观关系初议

蒋述卓

随着中国工业化、市场化、城市化进程的快速发展，也随着媒介科技化的高速发展，中国的文艺生产与消费也步入了"高铁时代"。文艺领域中雅与俗的界限愈来愈模糊，"它不仅是中国当代文化的独特现象"，而且是"全球化语境下一种具有普遍性的文化景观"。① 雅与俗的相通与融合也呈不可逆之势，并逐渐为消费者接受，成为"文化大餐"中的"美味佳肴"。最典型的例子莫过于 2012 年中央电视台制作的春节联欢晚会了。在这次晚会上，中国著名歌手宋祖英与国外大牌歌手席琳·迪翁搭档用流行手法演绎了中国经典民歌《茉莉花》，郎朗与侯宏澜联袂演出了钢琴与芭蕾合作的艺术品《指尖与足尖》，等等。中国社会自从进入 21 世纪以来，流行文艺承接 20 世纪 90 年代以来的发展脉络，正呈泛漫之势，并逐渐填充着大众文化消费与文化想象的空间，它们看起来好像是在主流文化的边缘上跌跌撞撞，实际上却在与主流文艺和主流价值观的摩擦与互动中不断扩大着自己的地盘。这背后究竟有什么文化原因？对流行文艺的价值观到底怎么评价？流行文艺与主流价值观真的存在巨大鸿沟吗？本文就试图对流行文艺与主流价值观的关系做初步的探讨。

---

① 朱立元：《雅俗界限趋于模糊——90 年代全球化语境中的中国审美文化之审视》，《常德师范学院学报》2000 年第 6 期。其实，雅俗界限差别不那么明显的观点很早就见于西方的大众文化理论当中，如约翰·斯道雷的《文化理论与通俗文化导论》、多米尼克·斯特里纳蒂的《通俗文化理论导论》、阿兰·斯威的《大众文化的神话》等。

一

我这里用流行文艺而未用常见的大众文化一词，是想将文章的讨论面缩小一下。流行文艺实际上是大众文化的一部分，用它可以将如花园广场、购物中心、游乐场等大众文化现象排除在外，而只讨论以文学艺术面貌出现的文化现象，如青春文学（韩寒、郭敬明、张悦然、落落的文学）、网络文学中的流行创作样式（如悬疑小说、穿越小说、耽美文学等）、流行歌曲、流行电影和电视作品（如《失恋33天》、《步步惊心》类）、电视娱乐节目（如《星光大道》、《中国好声音》类）、时尚杂志（如《瑞丽》）等。如果要给流行文艺下一个定义，我以为可这样去界定：流行文艺是大众文化的一部分，专指受大众普遍喜欢和热烈追随并具有广泛影响能流行起来的一种文艺样式和文艺现象。流行文艺的特性表现为大众性、商业性、娱乐性、时尚性以及高技术性，其中娱乐性是核心，制造"粉丝"是其商业模式，追求商业效应是其目标之一且居于优先地位，充分利用高科技如互联网、以声光电技术为主的大众传媒以及信息通讯技术等是其成功运作的重要手段。

流行文艺的存在已不可回避，而且它还无孔不入，无处不在，它极大地影响着人们的日常生活，影响着人们的生活方式、思维方式和价值观念。在文艺愈来愈被人们当作消费品与娱乐品的时代，流行文艺所提供的文本却让人们感觉到逐渐变得眼盲与脑残，并心甘情愿地接受其在生活与行为方式上的指导。但同时它也给大众带来愉快与意义。流行文艺的制作更多地是由文化工业过程来决定，也更多地根据消费者的反馈去调整。流行文艺所创造出来的文艺新内容、新样式以及冒出来的新词汇与新观念引起了热烈的争议，对其中包含的价值观也存在着反差很大的评价，有的甚至是陷于冰火两重天的境地。

究竟如何看待流行文艺中的价值观？它与主流价值观存在多大的差距呢？

二

这里涉及到底什么是主流价值观的问题了。有的人认为在我国现在是价值观混乱，根本不存在什么主流价值观；有的人则认为当前的主流文化已经是大众文化了，主流价值观就是大众文化所表现出来的价值观，等等。但我认为，从当前中国的文化现实所表现出来的状况看，主流价值观还是国家所提倡的价值观，它是有强烈的意识形态性的，是一种具有价值导向的文化理念，它体现的还是国家与民族的意志，如党的十八大报告中所倡导的社会主义核心价值观就是主流价值观的集中体现。简言之，社会主义核心价值观从三个层面上体现为二十四个字，即倡导富强、民主、文明、和谐（国家层面），自由、平等、公正、法制（制度层面），爱国、敬业、诚信、友善（公民层面）。① 应该说，这种主流价值观的导向是符合人民大众的价值追求和内心愿望的。这些价值观并不是悬在空中的口号，而在于大众个体的积极实践，以求得国家意志与大众意愿的统一。

从当前社会文化发展的状况看，大众文化包括流行文艺与政府倡导的社会主义核心价值观还存在一定的差距，有时甚至会出现背离的个别现象，但我们并不能由此而以偏概全，抹杀大众文化在积极践行社会主义核心价值观即主流价值观方面所做的努力，大众文化所体现出来的价值观追求与主流价值观并没有存在天然的鸿沟，相反，大众文化包括流行文艺在发展实践中还为主流价值观提供了积极的因素，并作为创新的内容逐步被主流价值观所接纳。流行文艺能为大众所喜欢与追随，总有它的理由，它们至少在以下几个方面作出了积极的努力，并为主流价值观提供了积极因素，还与主流价值观产生了互动的影响。

第一，坚持个体精神与感性领悟的表达方式。

回顾 20 世纪八九十年代的文学发展历程，有着青春冲动的青年文学都是具有个性反叛精神的，如刘索拉的《你别无选择》、徐星的《无主题变

① 见胡锦涛《坚定不移沿着中国特色社会主义道路前进，为全面建成小康社会而奋斗——在中国共产党第十八次全国代表大会上的报告》，人民出版社 2012 年版，第 29 页。

奏》、崔健的《一无所有》、余华的《十八岁出远门》等，这种追求个体精神张扬的文学传统到了21世纪的青春文学中依然存在，而且走得更远。韩寒的出道，其实也是由纯文学杂志《萌芽》这一青年文学的摇篮培养出来的。但后来他与郭敬明、张悦然等的迅速崛起，却脱离了正统文学期刊的羁绊，踏上了商业性很强的流行文艺之路。但正是这些青春文学（或称80后作家现象），强烈地表达出了校园青年在成长中的个性精神：孤独、忧伤、骚动以及对传统教育体制的反叛。他们对成长过程的反思并非没有价值，而是真实地反映出了这一代青年人对社会传统教育体制的反思、对新的人际关系的评价以及对自我价值如何实现的思考。也正因为如此，电视剧《还珠格格》中的小燕子形象才那么为他们所喜爱，这不唯别的，就是小燕子那种具有叛逆、敢说敢爱敢恨的个性精神感染了他们。80后青年不像五六十年代的中年人那样有浓厚的怀旧情绪，而是在青春反思中不断前行。当然，我们也要看到，20世纪90年代是整个社会怀旧思潮盛行的年代，陈小奇、李海鹰等的歌曲《涛声依旧》、《弯弯的月亮》、"老照片"系列图书的出版等浸透着怀旧的情绪，透露出新旧转型过程中淡淡的忧伤，那种时代的忧伤情绪也未必不对80后文学青年产生某种影响。我们虽然很难将中国的青春文学与美国赛林格的《麦田里的守望者》以及杰克·凯鲁亚克的《在路上》去相互比照，但我们也注意到80后的前辈们如崔健、北岛、王朔、马原、余华等，分明都受到过赛林格与凯鲁亚克的影响。① 这些文学界前辈的作品也未必不对80后文学青年产生影响。有文化学者兼批评家指出："在80后作品中，我们会发现一种青春自由的过度发挥，就是过分注重人物的率性而为，而缺少了反思与批判，甚至没有价值判断。"② 这种批评当然是道出了他们的缺陷并且是一剑封喉的。但仔细想一下，想指望80后的作者有多深刻的理性思考，有过重的反思与批判，这很难符合他们的身份。他们只凭自己的感觉行事，只凭自己的感悟去写作，他们多多少少有一种"我拿青春赌明天"的勇敢，有一种"何不潇洒走一回"的轻松与豪爽。这与他们的父叔辈们经常是

---

① 张闳：《"我就要走在老路上"——〈在路上〉的中国漫游记》，见朱大可等编《21世纪中国文化地图》（2007年卷），商务印书馆2008年版，第116—120页。

② 陶东风：《青春文学、玄幻文学与盗墓文学——"80后写作"举要》，《中国政法大学学报》2008年第4期。

思虑过多、犹豫行事是大不相同的。当 50 年代出生的人还在考虑要不要出远门时，他们已经唱着"快乐老家"，背着行囊，骑着或开着车"自由飞翔"了。"活出敢性"① 不仅仅是韩寒一个人的价值追求，也成为 80 后一代青年的共同心声。

其实，青春文学也是有价值判断的，他们既有忧伤，也有温情，既有彷徨，也有励志，他们的爱情观总体上看还是健康的。他们当中既有卫慧与春树，也有落落与周云蓬，《杜拉拉升职记》中有压抑也有进取，《失恋三十三天》则真实地记录了他们如何从困惑与困境中走出而获得心的自由和新的爱情的心路历程。谁能说周云蓬的《中国孩子》里的价值观不是以人为本的先行吟唱呢？他们中的很多人都是在唱着《阳光总在风雨后》② 等励志歌曲扬起青春的激情踏上创业与打拼之路的。

当青春文学独树一帜可以单飞之时，他们也没有忘记与主流价值观相切近。郭敬明主编《最小说》杂志，其宗旨就是这样去表达的："以青春小说为主，资讯娱乐以及年轻人心中的流行指标为辅，为青少年提供一个真正能展示年轻才华的原创文学平台，杂志将更注重对于年轻人才的多方位开发，年轻资源的累积和培养，展现真正是有中国文化精神的新青春文学，以积极、健康、时尚的青春文学品质奉献读者！"③ 尽管他们的宣言与他们的实践还存在一定的差距，但这种积极向上的可激发青年人进取的精神导向与主流价值观所提倡的精神指向是一致的。

第二，寻求与主流文艺相接近的主题与内容，在与主旋律若即若离、若隐若现的表达中透露出对主流价值观以及传统文化的拥抱与热爱。

从 2003 年明月在网络上"用讲故事的方式说历史"发表他的《明朝那些事儿》开始，网络文学开始了以"草根"身份说史、说古典、说文化的新潮。紧随着的，则是网络文学的奇幻／玄幻小说以及"穿越小说"的出现，言情、悬疑、盗墓等文学现象也蜂拥而出，其有影响力的作品如《鬼吹灯》、

---

① "活出敢性"是韩寒在一则广告中的用语，但"敢性"一词在韩寒《我所理解的生活》，浙江文艺出版社 2012 年版中屡次提及。

② 歌曲《阳光总在风雨后》中有歌词"谁愿意躲在避风的港口，宁有波涛汹涌的自由"，其间充满青春的勇敢与激情。与此类励志歌曲类似的还有《从头再来》、《飞得更高》等。

③ 见郭敬明主编《最小说》"杂志动态"，《新浪读书》网站：http://booksina.com.cn。

《盗墓笔记》、《藏地密码》、《步步惊心》、《梦回大清》等等风靡网络并走红于出版界，并且一直影响到21世纪头十年的影视剧的改编与播出。在这些"梦回"或"清穿"的文艺生产中，传统显然表现出它的强大优势。或许这些作者在回避现实，但借传统而言说现实并透露出他们对治国理政的理想，多多少少也表达了他们对历史与现实的反思。他们无力去改变现实，于是寄托于历史而发泄他们的郁闷；他们无途径去出谋参政，于是就借拥抱传统而表达他们对"重塑人生"、"改变命运"以及"再造中国"的遐想。那些"重生"招牌的小说如《重生于康熙末年》、《重生之贼行天下》、《重生之大涅槃》等等都表达出来一种面向中国、面向世界的宏大叙事。

　　这种对传统的热爱之风，的确又不是凭空而起的，其实在电影界早已为之，而且从大牌导演刮起，最早是由李安的《卧虎藏龙》获得奥斯卡奖为发端，引发出国内导演的武侠热、历史热、传统热，如《神话》、《英雄》、《无极》、《刺秦》、《赤壁》、《画壁》、《画皮》、《关云长》等，继之而来的则是荧屏上的清宫戏泛滥，以至于造成"四爷太忙"的混乱。到最后，传统只变成了一个幌子，只是编剧与导演在那自说自话而已。但是，我们也必须看到，拥抱传统总比一味地摒弃传统要好，传统借流行之路传播于大众之中，助长了大众对传统包括国学的热爱与追随，又有什么错呢？他们与主流价值观提倡的弘扬民族文化的精神指向也是一致的。

　　再放大一点看，其实拥抱主流价值观以及传统文化最成功的是流行歌曲，它们借言说文化之名成功地将热爱中华文化、热爱祖国等主流价值观所提倡的东西毫无缝隙地对接并融合到了一起。从最早张明敏演唱《我的中国心》开始，这种对重大主题的拥抱就一直未断过。《中华民谣》、《大中国》、《我的名字叫中国》、《红旗飘飘》、《好大一棵树》、《亚洲雄风》以及2012年春晚上的流行歌曲《中国范儿》与《中国美》等，此类型主题的歌曲一出再出，而且还可以流传开去。其实这些演唱重大主题的流行歌曲早已被归为主旋律一类。流行与主流原来也是可以通约的。而在香港与台湾，则又有林夕、方文山与周杰伦的联手合作，刮起了"古典风"、"民族风"，打造了如《东风破》、《发如雪》、《青花瓷》等具有古典意象的歌曲作品，满足了大众对精致、华美、和谐的审美期待。内地的跟风则以推出了"凤凰传奇"和李玉刚的《新贵妃醉酒》达到最高标志，从而改变了人们对流行歌曲的印象。可以这么说，流行歌曲是所有文艺样式中最为主流文艺所宠爱的，是最能与主流价值观不谋而合并能承担起构建主流价值观重任的一种文艺样式。它能堂而皇之地登上中央电视台这主流媒体的舞台尽情挥洒它的才华，并能为上上下下所接受，可谓风光无限。当然，流行歌曲中也有与主流价值观相悖却又能在暗地里行走而不被人发现的，它们宣扬的价值观显然是有违现有道德观的，如《香水有毒》、《广岛之恋》等，不过因为它形态小，唱者也不一定深究，也就被轻轻放过了。流行歌曲的"大"功自然将其"小"过掩盖掉了。

第三，在思想禁区的边缘试探并作微小的突破，给读者带来新观念和新生活方式的冲击。

20 世纪 90 年代后期，日本的耽美文化流入中国。互联网兴起之后，耽美小说不断涌现，并逐渐形成了耽美圈。与这有关的电影《霸王别姬》、《断背山》也逐渐为社会大众所接受。于是，耽美由日本的"唯美"、"浪漫"之义逐渐演化为中国的独特含义，即被引申为同性之间不涉及繁殖的恋爱感情，"耽美同人"的概念也便流行开去。耽美文学的出现，开始是在思想禁忌的边缘上试探，但慢慢地发展则有了新的价值表达，即超越性别限制，超越生物的冲动，而旨在追求真情真爱。同时，它在一定程度上也提升了女性对自身身份的认同，在争取两性平等上有了新的价值评判。耽美作家吴迪曾自述过她的写作史，其中的创作心理与价值诉求也是很值得重视的。①

如今，在消费主义盛行与奢靡之风泛滥之际，网络上又流行开来一种"小清新"的流行文艺作品，虽说它们带有浓烈的小资味道，与主流价值观并不十分切合，但其清新的格调也给文坛带来另一种独特的风景，同时也是对过度消费主义的反叛。

从流行歌曲对爱情的表达与诉求看，其细微的变化也透露出来价值观的悄然变迁。20 世纪 80 年代，流行歌曲对爱情的诉求还是总要与社会、与祖国联系在一起的，如《血染的风采》、《十五的月亮》、《月亮走我也走》等，其情感诉求的背后还隐含着一个"大我"。但在进入 90 年代之后，情歌则渐

---

① 吴迪：《一入耽美深似海——我的个人"耽美·同人"史》，广东省作家协会、广东网络文学院（筹）编《网络文学评论》第一辑，花城出版社 2011 年版。

渐缩小到个人的范围，甚至表现为一种私密的语言，有的时候还表现出一种对游离于婚姻之外的第三种感情的容忍（如《心雨》一类）。有的又表现出对恋人分手或无法结合之后的大度（比如《分手后还是朋友》、《只要你过得比我好》）。还有的则是表现为在失恋之后的自我疗伤、自我坚强（如《再回首》、《梦一场》以及《好久不见》等），难怪很多青年人还将此类情歌当作失恋后的精神慰藉，它们的确能起到抚平心灵创伤、帮助失恋者走出心理困境的作用。在这些情感的表达中多多少少体现出了一种新的价值选择：宽容、理性地对待爱情和对恋人的尊重，以及无论分分合合一切从对方着想的情感付出。爱情至上，恋人至上，这在一定程度上也提升了社会文明的程度。流行歌曲虽然是一点一点地在某些思想禁区内有所突破，但累积起来却成为推动社会文明向前发展的动力。自然，情歌中也有不健康的杂音与噪音，但与健康情绪的情歌比较起来，它们所占的比例还是很小的。

第四，叙事表达姿态上的平民化与艺术形式上的创新。它们与主流文艺形成了鲜明反差，推动了主流文艺放下身价并重视起叙事表达与形式创新的问题。

流行文艺最大的优势在于它的平民姿态，用通俗的话说就是非常接"地气"，它用老百姓的眼光去观察日常生活，用日常生活的语言去表达它的叙事，也用与老百姓一样平视的眼光去看事情，故能得到大众的喜爱。比如电视剧《蜗居》、《媳妇的美好时代》等等。再回顾一下，当年电视剧《还珠格格》热播的时候，也不过是将皇宫生活平民化，将皇帝凡人化而得到老百姓的热捧而已。我们经常会批评流行歌曲的口水化、直白化、浅薄化，但恰恰是流行歌曲的这一特点，让它插上了翅膀迅速地飞入大街小巷。在一定角度上说，流行文艺很有点"三贴近"（贴近生活，贴近实际，贴近群众）的味道。

至于艺术形式的创新，无疑又是流行文艺的另一大优势。穿越，看起来好像是这几年的创新，但细究起来，它不过是唐代传奇小说传统的继承与变异而已，如《南柯太守传》中的一枕黄粱故事就是典型的穿越。而且这种形式也不仅仅是中国人在玩，外国人玩得更多，电影《午夜巴黎》不是穿越得更离奇也更出彩吗？当然，在网络文学中大家都来玩穿越，于是就形成了一阵风，因为穿越更容易让作者表达他们的内心期待。艺术形式上的松绑与创新让网络写手平添了更加丰富更加自由的艺术想象。如网络小说《盗墓笔记》、《鬼吹灯》等，说奇谈怪，悬念丛生，再加之在创作时就与读者产生互动，在艺术的形式表达上很能满足读者的阅读期待。为了迎合视觉文化时代读者的需要，现在的流行小说又采用文艺加动漫的方式出版，以新颖新奇而又饶有趣味的艺术形式吸引眼球，争取读者。

三

毋容置疑，流行文艺也存在着诸多缺陷与弊端，比如低俗、粗糙、芜杂、思想性不纯正、艺术性不强等等，但是，因为它们的流行性，在社会上形成了强大的影响，一时间人们倒弄不清到底它们是主流还是主流文艺是主流了。因此，如何促使主流文艺乃至主流价值观与流行文艺形成良性的互动关系，则是我们应着重去加以研究的了。

首先，主流文艺应给自己松绑，放下身段，努力去贴近大众的实际生活，接好"地气"。

主流文艺是以国家体制为主导、以舆论作引导的文艺，要给自己松绑，就是不要老带着体制和面具跳舞，要将主流价值观化为具体的、形象的、活生生的平民意识和平民生活形态。主流价值观包括主流文艺不能"生活在别处"，而应该回归平民大众的生活之中，否则再好再正确的舆论引导也会被神化并被束之高阁。我们现在的主流文艺似乎有一种通病，一接触到重大题材就概念先行，或主题先行，喜欢用一些大而空的语言去言说，给人留下的印象并不深刻，也不易让人记住。有时候，高雅的艺术降低身段，放平心态和姿态，反而更能为大众喜欢，而贯串其中的主流价值观也就自然地走进大众的生活当中。比如2013年3月底在中国美术馆举行的许鸿飞雕塑展就解构了过去视雕塑艺术为高雅艺术的理念，建立起了一种新的平民化的雕塑语言。许鸿飞通过诙谐、幽默的"肥女"雕塑，表达出来一种乡村与都市生活的日常叙事方式，洋溢着一种对幸福生活的享受，对劳动、健康、生命高度关注与热爱的温暖情怀。这种"接地气"的雕塑深受大众的喜爱，谁又能说从它们当中不会体会到主流价值观的引导呢?

其次，主流文艺要具备与流行文艺共生共荣的观念，除主动拥抱流行文艺之外，还要向流行文艺学习重视市场营销的经验，在争取更广泛的读者／观众方面迈出更大的步伐。从历史的经验上看，高雅文化要赢得大众，也必须得到市场的认可，市场认同会使高雅文化走得更远。如世界顶级男高音卢西安诺·帕瓦罗蒂录制了普契尼歌剧中的《今夜无人入睡》这首歌，在1990年，他花了不少力气才使它成了英国流行音乐排行榜的首位。1991年他又在伦敦海德公园举行免费音乐会，参加人数达10万人以上。他之所以深受大众的欢迎，与他主动拥抱市场、拥抱大众相关，而他在商业上的成功并没有使他的演唱掉了价。① 在中国，主流文艺也发生了很大的变化，中国作家协会开始吸纳流行文艺作家包括网络作家入会，"五个一工程"评奖也将图书出版的印数、戏剧演出的场次、电影放映的观众数制定为评奖准入的门槛，电影《建国大业》、《建党大业》也开始走明星路线等等。如果从提升文化软实力、实现文化走出去的战略方面去考虑，流行文艺更易在外国人中产生沟通的效果，其次才会是民间艺术和高雅艺术，最后才是体现本国各阶层共有的主导价值观的主流艺术。② 主流文艺如何吸收流行文艺在形式上创新、在市场中行走、在读者／观众中互动的经验，形成自己更有特色更有吸引力的艺术趣味，将会更有助于国家文化软实力的提升。我们也不妨学学韩国的经验，将电视剧作为国家工程的运作模式，将主流文化变成流行文化和时代的风尚，既能宣扬主流价值观又能赢得大众的喜爱和可观的经济效益，还可以走出国门，影响世界。

在流行文艺方面，也要充分意识到，如今的大众已不再是法兰克福学派所说的被动的受众，而是有着抵抗性与挑战性的大众。文艺产品的丰富性就像一个大超市，大众有了更多的挑选自由。如果流行文艺只停留在玩技巧、重技术层面而不去强化思想深度和提升审美趣味的话，大众将会自动抵抗它的产品。在网络互动时代，大众评论的口水也会将艺术的次品淹死。当代的大众对文化含量高、创作精美的产品的需求在不断增加。其实这种现象在国外的后工业社会时期也早就存在过。正如德国的一位文化学者指出过的："当代消费文化正在从大众消费向充满审美和文化意义要求的消费过渡。

① 参见［英］约翰·斯道雷《文化理论与通俗文化导论》（第二版），杨竹山等译，南京大学出版社2001年版，第9页。
② 参见王一川《艺术的隐性权利维度》，《创作与评论》2013年第2期下半月刊。

文化观念在商品的价值评估中起着日益重要的作用。"① 消费需求结构的改变要求流行文艺作出相应的调整，从通俗靠近高雅，从高雅吸取养分，并最终实现俗与雅的合流，将会成为流行文艺的可取之路。从当前的状况看，非主流的流行文艺在逐渐形成潮流，并都在争取主流的认可，而主流文艺也在向它招手（我不用"招安"一词，因为那显得有"庙堂"与"江湖"之分），并力求二者形成合流。摇滚歌手汪峰的创作与演唱之路就明显表现出这种合流的趋势。有人批评汪峰失去了摇滚精神，其实这是拿一个既定的摇滚概念在套用，而没有看到摇滚同样免不了要走流行文艺所必经的道路：流行至上，思想伴随。汪峰对主流价值观的拥抱更能体现出一种雅俗合流的趋势。从价值引导上说，主流价值观要发挥提供道德框架的作用，而流行文艺又可在价值新标准的建立方面提供某种新的因素，并照样承担起伦理教育和增加国家软实力的责任，二者的互动与互补是可以做得到的。

综而观之，流行的东西未必都是好的，但流行的中间必定有好的。主流文艺是大河，流动是缓慢的；非主流的流行文艺是小溪，快而急，充满活力，它汇入到主流之中则可推动主流的发展。流行文艺与主流价值观并不存在着不可跨越的鸿沟。

丹尼尔·贝尔在《资本主义的文化矛盾》一书中申诉自己的文化批判立场时说过他是一位文化保守主义者，而我在作上面的阐述时为流行文艺辩解过多，但我并非文化上的激进主义者或新潮的鼓吹者，相反，我希望是主流文艺与流行文艺二者的合流，是一种文化折中主义。其实，这些观点早在我前几年的文章《消费时代文学的意义》② 中已有萌芽。在自然科学领域做科学研究，经常会有"试错"的尝试，并能得到人们的宽容。如果我们在文化研究方面，也能持宽容的态度，允许一部分人也尝试一下"试错"的味道，或许更能激发人们探求真理的热情。就请大家将此文当作"试错"的探究去读吧。

（原载于《文学评论》2013 年第 6 期）

---

① ［德］彼得·科斯洛夫斯基：《后现代文化：技术发展的社会后果》，毛怡红译，中央编译出版社 1999 年版，第 110 页。
② 蒋述卓：《消费时代文学的意义》，《文学评论》2005 年第 6 期。

索绪尔话语理论诠解

屠友祥

"话语"（discours）这一概念，索绪尔曾在《普通语言学教程》里提及。讲到德语词 Rede 的含义，道："Rede 大致相当于'言语'（parole），但要加上'谈话'（discours）的特殊意义。"① "在与法语不同的语言里，我们发现不了什么词语能够恰好覆盖法语词语所蕴含者。（譬如德语 Sprache 兼有 langue'整体语言'和 langage'群体语言'的观念。Rede：parole'个体语言'、'言说'和 discours'话语'）Rede 或多或少与 parole 相应，但也具有 discours 的专门意义。"② "我们听觉印象的整个精神现象的特征，有一个直接面对的时机，就是研究自身的内心语言。在这种内心语言里，不动嘴唇，我们就能够发出并倾听内心的话语、诗篇。如此，物质的部分以听觉印象的形式居于主体之内。"③ 讲到横组合关系和纵聚合关系，道："一方面，在话语中，各个词，由于它们是连接在一起的，彼此结成了以语言的线条特性为基础的关系，排除了同时发出两个要素的可能性。这些要素一个挨着一个排列在言语的链条上面。……另一方面，在话语之外，各个有某种共同点的词会在人们的记忆里联合起来，构成具有各种关系的集合。"④ "音位这个术语含有声音动作的观念，只适用于口说的词，适用于内部形象在话语中的实现。"⑤

"所有语音或语法（类比）的变化都专门在话语中发生。主体任何时候

---

① ［瑞士］索绪尔：《普通语言学教程》，高名凯译，商务印书馆 1980 年版，第 36 页。

② ［瑞士］索绪尔：《普通语言学教程》，高名凯译，商务印书馆 1980 年版，第 80 页。

③ ［瑞士］索绪尔：《索绪尔第三次普通语言学教程》，屠友祥译，上海人民出版社 2007 年版，第 85 页。

④ ［瑞士］索绪尔：《普通语言学教程》，高名凯译，商务印书馆 1980 年版，第 170—171 页。

⑤ ［瑞士］索绪尔：《普通语言学教程》，高名凯译，商务印书馆 1980 年版，第 101 页。

都不温习其抽象的整体语言的精神库藏，从容地创造新形式（譬如沉着地〔索绪尔手稿此处破碎〕），打算'投放'在下次的话语中。一切创新都出自即兴之作，人们开始如此言说了，就进入言者和听者的内在库藏，因此，创新都产生于谈说的语言。"① 变化和创新在谈说当中产生，并不预先设计好，而是即兴而为。这种即兴而为得到集体的认可，就成为抽象的整体语言的组成部分。索绪尔在此使用的话语（discours），与个体语言、言说（parole）是同义语。他在《普通语言学教程》谈到静态语言学和演化语言学，就如此说："一切变化都是在言语中萌芽的。任何变化，在普遍使用之前，无不由若干个人最先发出。……这个形式一再重复，为社会所接受，就变成了语言的事实。"② "任何东西不经过在言语中试验是不会进入语言的，一切演化的现象都可以在个人的范围内找到它们的根子。"③

个体言说（la parole）与言谈、讲话（le discours）基本上是同义语，这在索绪尔第一次讲授普通语言学课程的时候就是如此。"凡因言谈（le discours）之需并经特定的运作而说话者：这是个体语言（la parole）。"④ "新产生的一切若是在言谈（le discours）之际被创造出来，这同时意味着正是在群体语言的社会方面，那一切发生了。"⑤

可见在索绪尔那里话语概念与言说、个体语言有重合之处，也有歧出之处。一般说来，在横组合关系中呈现的话语单位群集就是言说链，或者说是语言功能的即时展现，而不是潜存于记忆中的联想或库藏。这就是说，言说（parole）与言说诸单位的连接（discours）这两方面的含义才能覆盖德语词 Rede 的意义。话语是可见可感的，是言说的实现，它呈现为线性特征。话语的特性就是在横组合关系中呈现的，它是线性的渐次展开或连接，与联想、记忆的库藏的同时并现是不一样的。即使是内心的话语，也是在心中依

① F. de Saussure, *Écrits de linguistique générale*, texte établi et édité par Simon Bouquet et Rudolf Engler, Paris：Éditions Gallimard, 2002, p.95.

② ［瑞士］索绪尔：《普通语言学教程》，高名凯译，商务印书馆1980年版，第141页。

③ ［瑞士］索绪尔：《普通语言学教程》，高名凯译，商务印书馆1980年版，第237页。

④ ［瑞士］索绪尔：《索绪尔第一次普通语言学教程选刊》，屠友祥译，《中国政法大学学报》2012年第2期，第90页。

⑤ ［瑞士］索绪尔：《索绪尔第一次普通语言学教程选刊》，屠友祥译，《中国政法大学学报》2012年第2期，第90页。

次连接而成的，与联想关系的瞬间完成不同。

一、话语的本质是连接

日内瓦大学图书馆所藏编号为 3961 的法文手稿，主要讲吠陀梵文的韵律，在末尾另有单独一张手稿对"话语"问题作出了最为直接而集中的论述。Jean Starobinski 在《字下之字》作了引录①，但文字的识读和校理上不够精确。René Amacker 重新作了校读整理，发表在《索绪尔研究集刊》1990年第 43 期上。我们根据这一整理文本，将其翻译并诠释如下：

> 只是为了话语，才创造抽象的整体语言，然而是什么将话语和抽象的整体语言区分开来呢，或者说是何者在特定的时刻（环节）允许人们断言抽象的整体语言像话语一样起作用呢？
>
> 许多概念以抽象的整体语言的样貌呈现（也就是说，披上了语言学形式的外表），诸如牛肉、湖、天空、红、悲伤、五、劈开、看见之类。在什么时刻，经由何种运作，彼此之间的何类交互作用，何等条件，这些概念方形成为话语呢？
>
> 这些词语的序列引发的概念（意义）无论怎样丰裕，从来都只是一个人通过将它念出来，告诉另一个人，意欲向他传递某种特定的含义。我们使用抽象的整体语言内已经配置好现成可用的词语，希望意指某个特定的事物，这点我们需要表明吗？这与明晓话语是什么，为同样的问题，乍视之下，答案是简明的：话语不管以初步的样态，还是用我们不了解的方式，它都在于确断被赋予语言学形式的两个概念之间的某种关联（连接），而抽象的整体语言事先只获取孤立的概念，这类概念尚未获得思想意义，它们之间确立了种种关联（连接），方具备思想意义。②

---

① Jean Starobinski, *Les mots sous les mots*: *Les anagrammes de Ferdinand de Saussure*, Paris: Éditions Gallimard, 1971, p.14.

② René Amacker, éd., "Note de F. de Saussure concernant le 'discours'", *Cahiers Ferdinand de Saussure*, n°43, 1990, p.94.

　　"只是为了话语，才创造抽象的整体语言，然而是什么将话语和抽象的整体语言区分开来呢，或者说是何者在特定的时刻（环节）允许人们断言抽象的整体语言像话语一样起作用呢？"这说明抽象的整体语言是为话语而存在的，潜存于全体人类大脑中的抽象的整体语言是在每个个体的言说中现实化、具体化的，话语是起作用的抽象的整体语言，抽象的整体语言是潜隐的话语。话语呈现为序列，各个概念和要素相互连接，抽象的整体语言则是孤立的概念。将话语和抽象的整体语言区分开来的，就是究竟是连接（关联）还是孤立。如果孤立的抽象的整体语言能够连接起来，那么，抽象的整体语言就能够像话语一样起作用，也就是说，抽象的整体语言这时候成了话语。

　　"许多概念以抽象的整体语言的样貌呈现（也就是说，披上了语言学形式的外表），诸如牛肉、湖、天空、红、悲伤、五、劈开、看见之类。在什么时刻，经由何种运作，彼此之间的何类交互作用，何等条件，这些概念方形成为话语呢？"这里隐含着具有语言学形式的概念经由时间性和程序性，从而成为话语。

　　"这些词语的序列引发的概念（意义）无论怎样丰裕，从来都只是一个人通过将它念出来，告诉另一个人，意欲向他传递某种特定的含义。我们使用抽象的整体语言内已经配置好现成可用的词语，希望意指某个特定的事物，这点我们需要表明吗？这与明晓话语是什么，为同样的问题，乍视之下，答案是简明的：话语不管以初步的样态，还是用我们不了解的方式，它都在于确断被赋予语言学形式的两个概念之间的某种关联（连接），而抽象的整体语言事先只获取孤立的概念，这类概念尚未获得思想意义，它们之间确立了种种关联（连接），方具备思想意义。"词语的序列将孤立的概念连接起来，产生思想意义，也就是说，程序性生产意义。而意义是在主体和主体之间传递而实现的，也就是说，主体间关系实现意义。意义取决于主体间的意向性，无需用概念表明或固着于特定的对象。话语是不固定的，唯一应固定的一点，就是连接。主体使用具有语言学形式现成可用的词语或概念，可作无限多样的连接，这种不固着不定型的连接能否成立，只取决于主体间的意向关系，不取决于外在的意指对象。同样，也正因为话语据以确立的连接形态是不固定的，为诗学理论的展开奠立了先天的有效性。索绪尔在这里特别强调了"念出来"，对言说的当下性的关注，也是基于主体间意向关系充分有效性的考虑。直接面对面的言说，使得意义可以不断地发出、接收和修正。

二、话语、词和句子

索绪尔 1897 年左右将其对语言符号理论的思索片断记录下来，统称其为《杂记》（*Notes Item*）。这部重要的手稿涉及诸多话语理论问题，涉及话语、词和句子的关系。

> $^{3323.1}$ 杂记。确定词的各个要素，就需要分析，然而词本身却不是句子分析的结果。这是因为句子只存在于言说（个体语言，la parole）之中，存在于谈说的语言（la langue discursive）之中，而词是个活生生的单位，存在于心智（精神）的库藏中，不在一切话语（discours）的范围之内。①

这里，索绪尔是将话语与言说、谈说的语言等同看待的，也就是说，话语处于连贯有致的线性秩序之中，展现的正是话语的连接特征。如果说话语居于横向组合关系，各个单位的呈现在时间上是有先后的，那么，词处在纵向聚合关系和联想关系，索绪尔说是存在于"心智（精神）的库藏"，这在时间上具有同时性。他说"词是个活生生的单位"，就指它与其他与之形态或意义上相关（相似或相对）的词处在聚合性、同时性的联想关系中，这是层出不穷的，活生生的。他在 1907 年第一次讲授普通语言学课程的时候，就谈到过这个问题，不过，他在那里也是把词的各个要素和单位纳入谈说的秩序内，也就是分析的秩序内。他说："一方面，有个谈说的顺序（ordre discursif），它在句子或词（signi-fer）的每个单位都是无法回避的顺序，尔后另外有个直观的顺序（ordre intuitif），它是那些（像 signifer, fero 之类的）结合（联想）的顺序，这结合不是处在线性的系统，而是心智瞬间就能一览

---

① F. de Saussure, *Écrits de linguistique générale*, texte établi et édité par Simon Bouquet et Rudolf Engler, Paris：Éditions Gallimard, 2002, p.117.

无余的。"① 我们从索绪尔这些论说可以看出话语的线性分析与连接的特性。

3323.2 杂记。上述说法并不意味着词的各个要素本身从未作为心智（精神）单位存在，而只是指词无论如何都是不经分析而呈现。②

词是心智单位，索绪尔指的是其不经分析的瞬间的同时性。词的要素倘若具有不经分析的同时性，则也是心智单位。

3323.3 杂记。记忆实际上只能提供数目极其有限的现成句子。以很少的关系（termes）就可能组合无限数目的句子，无论如何不会呈现其他的情形了。与之相反，记忆能够提供数以千计现成的词。如此，词的原初存在样式就不是作为句子中的一个要素，而是可以将其看作在句子之前就已存在了，也就是说，它独立于句子。至于词的要素相对于词的单位来说，就不是这样的情形了。另外，即使是在话语中，我们很多场合说一个词，而不是一句句子（其中包含全部呼格句）。③

词虽不在话语的范围内，却是话语的常见呈现样式，因为它潜藏于记忆里。真正呈现在记忆里的，是词，不是句子。句子是有限的，词是无限的。很少的关系之所以能够组合出无限的句子，就在于潜存于记忆中的词是无限的缘故。如此，词是因，句子是果。照理因与果是相互依存的，但句子不是词的实现或完成，词也不是句子的构成成分。词独立于句子，这种独立性凸显了词的心智特性和未加分析性。但词的要素不独立于词的单位，或者说词的要素不独立于词，因为词作为心智单位具有完整性，可以独立于句子，词的要素是分析的结果，不具有完整性，不能独立于词。句子在话语的范围内，而话语却呈现为词，这表明话语一方面具有分析性、连接性，一方

① [瑞士] 索绪尔：《索绪尔第一次普通语言学教程选刊》，屠友祥译，《中国政法大学学报》2012 年第 2 期。
② F. de Saussure, *Écrits de linguistique générale*, texte établi et édité par Simon Bouquet et Rudolf Engler, Paris：Éditions Gallimard, 2002, p.117.
③ F. de Saussure, *Écrits de linguistique générale*, texte établi et édité par Simon Bouquet et Rudolf Engler, Paris：Éditions Gallimard, 2002, p.117.

面又具有未加分析性、个体独立的完整性。词独立于话语，在某种程度上句子和词两者又会聚于话语之中。

> ³³²³·⁴ 杂记。我们可能在学会词之前已经学会了句子，这一"教育"事实并不具有真正的重要性。这等于确认所有抽象的整体语言最初都是通过话语进入我们的心智，这点我们已经说过，而且这是必然的。但是一个词的声音也以这样的方式进入我们的心智，同样成为了完全独立于话语的印象，同样，我们的心智始终从话语引出所必须者，以便只保留词。一旦运作完成，固定词的方式就不重要了，只要我们确认这单位的确占据了支配地位。①

抽象的整体语言居于我们的心智之中，倘若我们在掌握词之前就掌握了句子，那么，这意味着抽象的整体语言进入我们的心智，或者说从我们的心智呈现抽象的整体语言，都通过了我们已经掌握的句子，也可以说，都通过了句子的展现地——话语。词的声音也通过话语进入我们的心智，成为听觉印象，而它又与话语不相关联，具有独立性，我们的心智也通过话语抽取出确定词的必不可少的手段。如此，未经分析而呈现的词经由句子或话语确立了自身作为单位的真正重要性。

总的说来，固定词的方式是有限的，而词是无限的。固守于固定词的有限方式，就损害了词原本具有的无限性。我们要通过有限的方式掌握无限的词，同时又要使词复归于它原本具有的无限性。两者相互依傍，从而互相实现对方。一方面，词经由句子或话语得到了确定；另一方面，话语以及句子也因为词而实现了它原本不具有的无限性。那么，话语诗学理论为什么具有无限性，或者说话语的连接为什么具有无限性、开放性，就是因为词这个活生生的单位、这个心智单位的介入。

---

① F. de Saussure, *Écrits de linguistique générale*, texte établi et édité par Simon Bouquet et Rudolf Engler, Paris: Éditions Gallimard, 2002, p.118.

三、话语与线性次序

话语是活生生的语言世界，句子是其中确定的单位。我们从共时态角度观察语言，实际上就是从言说者的语言意识视角探究语言。存在于言说者语言意识和感觉印象中的，是共时之物。索绪尔的共时态包括横组合理论和联想理论，后者是记忆或联想的内在库藏，各个成分是同时存在的，前者即是话语或言说链，各个成分是前后相继地线性呈现，并不同时存在。句段和词族双方是相互形成的，话语链（句段）展开的时候，同时也是从联想和记忆的库藏（词族）中进行择取的时候，这构成了共时态的语言整体和系统。

> 诸因素鱼贯而连，形成一个词，这是一个真理。在语言学中，不因为显而易见而视作毫无兴味，恰恰相反，视做对词的所有有效省思的主要原则予以预先关注，这是明智的。(Saussure ms. fr. 3963)[①]
>
> 我们可用 ta+te（页边注："抽象和具体"）说明、呈现 TAE 吗？亦即，不再是将读者引向处于连续性中的并置关系，而是引向一条超越时间的听觉印象的途径，超越这些因素在时间中所具有的次序。倘若我以 TA-Te 或 TA-E 说明、呈现 TAE，就可看到超越了线性次序。但如果我将之说明为 ta+te 在时间之外被合并，说明为两种同时存在的颜色的交融，就不是超越了线性次序。(Saussure ms. fr. 3963)[②]

索绪尔的话语观念，是与句段、横组合段和句子的论述关联在一起的，是语言符号第二原理"能指的线性特征"的具体显现。我们的听觉印象只能感知到能指的线性特征，它是在时间上前后相继出现的，无法同时呈现。这与我们的语言意识密不可分。语言意识感知的就是语言诸要素的顺序，这一

---

① Jean Starobinski, *Les mots sous les mots：Les anagrammes de Ferdinand de Saussure*, Paris：Éditions Gallimard, 1971, p.47.

② Jean Starobinski, *Les mots sous les mots：Les anagrammes de Ferdinand de Saussure*, Paris：Éditions Gallimard, 1971, p.47.

顺序构成句法，是关系的体现。关系的顺序有赖于单位，同时单位也强化了顺序，它们都与语言意识及其运用息息相关。1907 年，索绪尔第一次讲授普通语言学课程，就说："整体语言经合适的趋同辨出了寓于 signifer 中的单位，它下次面对新的构成形式，就不会说 fer-signum。实际上，除了单位之外的其他事物从趋同产生出来：就是诸要素的顺序、连贯、系列。词中下位单位的这一顺序问题确确实实与句子里词的位置有关：这就是句法，甚至涉及词尾时也是如此；这是另一种句法，但仍然是句法。一切句法都起始于这般基本的原则，竟仿佛无足轻重，不值一提：这是整体语言的线性特征，也就是说，整体语言的两个音素不可能同时发音（呈现）。这就是在每种形式里有一个前和一个后的原因。这一原则由事物性质本身引发出来。"① 语言符号的线性特征呈现的组合性和连接性，也就是话语的功能和特性。话语的连续性、话语链是语言构成机制的一个重要方面。

四、话语与线性次序的划分

语言单位是我们大脑抽象的结果。这些单位相互对立、彼此运作，构成一个系统，以此形成抽象的整体语言。索绪尔道："我们进行了抽象，我们将某物视作单位，此物不是直接呈现，它已经是心智运作的结果。"② 这实际上意味着区分语言单位不是纯粹的声音与声音、意义与意义的区分，而已经是声音和意义的结合体与声音和意义的结合体的区分。也就是说，我们面对的永远是符号学现实，永远是声音（符号，能指）和意义的结合体。索绪尔道："符号和意义是对心智的同一理解方式的两种形态，鉴于没有符号的话，意义就不存在，那么，意义仅仅是与符号相反的表达而已，就好比我们倘若不将一张纸的反面和正面一起裁开来，就没法裁开一张纸，符号和意义就是一起裁开的一张纸的两面。""符号学现实任何时候都不能由（质料部分和心理部分）构成。……你想从事符号学研究，你不仅将被迫（考虑示指及

---

① ［瑞士］索绪尔：《索绪尔第一次普通语言学教程选刊》，屠友祥译，《中国政法大学学报》2012 年第 2 期。

② F. de Saussure, *Deuxieme Cours de linguistique générale d'après les cahiers d'Albert Riedlinger et Charles Patois*, texte établi par Eisuke Komatsu, Oxford：Pergamon, 1997, p.19.

其表现），而且得通过（有差异的形式和有差异的意义之间关系的）联结，确立你的最基本的（不可再行切分的）单位。"① 如此，单位的确立，完全是凭借有差异的形式和有差异的意义之间关系的结合体才得以实现，也就是说，凭借心智运作而实现。这是语言机制的纵向聚合的一面，心智的、联想的一面。另一面就是横向组合、连接的一面，这是话语的连续性问题。索绪尔道："倘若我取另一个基石：话语的连续性，那么，我会把词当作形成话语链中的一个部分，而不是当作形成话语意义整体中的一个部分（这实际上是看待词的两种方式）。"② 不过，话语链和话语意义整体在单位的确定问题上还是不可分割，语言构成机制的横向轴和纵向轴事实上无法离析。我们在话语链中确定单位，最终还是要将语音与意义、与心智结合起来才能实现。

　　一切科学都有明确、清晰的具体研究对象或单位，只有语言科学没有现成的、已完成的对象或单位，这是索绪尔感到的语言研究面对的特点③。我们到底凭借什么把握语言，依靠什么确定语言单位？词是不是语言确切而有效的单位？我们通过心智的运作确定单位，单位的完整体处于心智之中，因而索绪尔说单位缘于"无形性"，并且具有"无形性"，"构成整体语言单位的，就像形成一切价值的，是无形性。它不是发音材料、声音物质……这种价值是无形之物；同样，必须把词看作无形的单位。"④ 同时，也正是由于心智运作的缘故，导致无形性。"抽象的整体语言的这种特性的结果，就是符号的物质方面为无形的方面，其本身是无形的。这是使抽象的整体语言难以发现单位的原因之一。"⑤

　　使无形的单位得以确定界限的，是对立或区别性特征。对立或区别性

① 屠友祥：《索绪尔手稿初检》（附录：索绪尔手稿选编及中译文），上海人民出版社 2011 年版，第 345 页。

② F. de Saussure, *Écrits de linguistique générale*, texte établi et édité par Simon Bouquet et Rudolf Engler, Paris：Éditions Gallimard, 2002, p.19.

③ F. de Saussure, *Deuxieme Cours de linguistique générale d'après les cahiers d'Albert Riedlinger et Charles Patois*, texte établi par Eisuke Komatsu, Oxford：Pergamon, 1997, p.119.

④ F. de Saussure, *Écrits de linguistique générale*, texte établi et édité par Simon Bouquet et Rudolf Engler, Paris：Éditions Gallimard, 2002, p.287.

⑤ F. de Saussure, *Écrits de linguistique générale*, texte établi et édité par Simon Bouquet et Rudolf Engler, Paris：Éditions Gallimard, 2002, p.21.

特征是不固定的，使得单位也是不固定的，或者说是不预先确定的。如此，我们拥有的是抽象的单位，而不是具体的单位。索绪尔注意到最具体而明显的单位是词，"但语言学中词是什么呢？……为了表明词的确是个具体的单位，我们也可在连贯有序的话语中选取词。倘若我们听人们说某种外语，就无法在词与词之间作出切割；单位因而就不是语音方面如此如此呈现之物。"①"语言的物质方面是无形的。"② 那么，究竟如何确定单位呢？就此，索绪尔提出了一个关键概念："含有思维意味的声音"（le son pensé），或"具有声音的思维"（la pensée-son），或"具有思维的声音"（le son-pensée）："单位的这种确定方式是强迫的，面对思想，语言特有的角色不是表达思维的声音媒介（语音手段，语音能力），而是创造使概念和声音达成契约的居间介质，这种契约导致单位的确立。思维由此就只得变得明确起来，因为它只得分解、擘划成各个单位。这不是思维凭借声音从而具体化（声音是有实效的现象），而是含有思维意味的声音已隐含（导致）了划分这一事实，划分形成语言学的各个最基本的单位。"③ 这里，声音已含有了思维意味，表示着概念和声音已相互蕴含，这是形成单位的前提，或者说这已经隐含了单位这一结果。这时候，语言这一使概念和声音达成契约的居间介质已经拥有了价值，也就是说，最终导致单位的，或最终使无形的单位呈现为有形的单位的，是思维以及思维和声音的一体性。单位的确立过程，是赋予意义的过程。

那么，如何做到声音和概念的相互蕴含，这牵涉到同一性的问题。索绪尔道："思想本质上是浑沌的，它不得不变得明确起来，因为它被析分了，被语言分割成各个单位。""语言的功效就是迫使思想得到析分。""语言的效

---

① F. de Saussure, *Deuxieme Cours de linguistique générale d'après les cahiers d'Albert Riedlinger et Charles Patois*, texte établi par Eisuke Komatsu, Oxford：Pergamon, 1997, p.120.

② F. de Saussure, *Deuxieme Cours de linguistique générale d'après les cahiers d'Albert Riedlinger et Charles Patois*, texte établi par Eisuke Komatsu, Oxford：Pergamon, 1997, p.121.

③ F. de Saussure, *Deuxieme Cours de linguistique générale d'après les cahiers d'Albert Riedlinger et Charles Patois*, texte établi par Eisuke Komatsu, Oxford：Pergamon, 1997, p.121.

用，就是分割成单位。"① 这里，我们看到语言不是使思想和声音像精神和物质那样截然不同的两项那样结合起来，索绪尔说"这里既没有思想的物质化，也没有声音的精神化"②。也就是说，不是使一方为主影响另一方，而是使两者平等地相互作用，达到相互蕴含、相互代表、形成契约的地步，也就是思想和声音像一张纸的正反面相互不可分离的地步，这时候此思想—声音与彼思想—声音就区分开来，各自形成单位。我们看到，各个单位本身是因由区分而形成，单位内部的思想—声音则凭借这种区分而得以化合，或者说凭借单位使得思想—声音的化合得到强化。思想—声音两种要素的一体性最初是凭借区分或界限而来的，那么，这种一体性是形式的一体性，而不是实质（实体）的一体性。正因为是形式的一体性，所以思想—声音的化合是任意的，倘若是实质的一体性，那就不是任意的了，而是必然的了。

同一性问题跟单位问题是相互交织的。我们从索绪尔举的街道的例子中可以看到这一点。③ 一条街道拆毁重造，之所以还是同一条街道，是因为它是与其他街道相对而存在的，正是这种关系，决定了这条街道就是原来那条。关系造就同一性，同时也确定了单位。

而区别单位，就意味着区别话语的组成部分。我们曾指出最终确定单位的是思维或者说赋予意义的行为，索绪尔也意识到用以确定单位的是意义。他说："倘若我们说到有意义的单位，那么，单位的概念在某种程度上或许就更加清晰了。但是必须坚持用单位这个术语：不然的话，就会招致错误的观念，以为存在作为单位的词，而意义附着在这些词上面。恰恰相反，是意义确定了思维中词的界限。"④ 也就是说，是意义确定了单位。

如此，问题的关键乃为如何才是有意义的？这牵涉到言说者的语言感的问题。言说者"所感知到的，在某种程度上就是有意义的（单位）。对单位界限的划定表现了什么是有意义的，正是意义创造了单位，单位在意义存

---

①　F. de Saussure, *Cours de linguistique générale*, t.1, édition critique par Rudolf Engler, Wiesbaden：Otto Harrassowitz, 1967, p.253.

②　[瑞士] 索绪尔：《普通语言学教程》，高名凯译，商务印书馆 1980 年版，第 158 页。

③　F. de Saussure, *Deuxieme Cours de linguistique générale d'après les cahiers d'Albert Riedlinger et Charles Patois*, texte établi par Eisuke Komatsu, Oxford：Pergamon, 1997, p.22.

④　F. de Saussure, *Deuxieme Cours de linguistique générale d'après les cahiers d'Albert Riedlinger et Charles Patois*, texte établi par Eisuke Komatsu, Oxford：Pergamon, 1997, p.24.

在之前并不存在：单位并不是为了接纳意义而存在。"① 这里，索绪尔表达得很明确，就是言说者凭借关系或区别性特征确定意义，进而凭借意义确定单位，单位并不是预先固定地存在着的，这为话语诗学理论提供了无限扩展的空间。

（原载于《文学评论》2014 年第 4 期）

---

① F. de Saussure, *Deuxieme Cours de linguistique générale d'après les cahiers d'Albert Riedlinger et Charles Patois*, texte établi par Eisuke Komatsu, Oxford：Pergamon, 1997, p.24.

叙事辅助和语言游戏：歌谣在
民间故事中的两种功能^①

曹成竹

中国歌谣特别是汉民族歌谣较少有叙事类作品，但这并不妨碍歌谣在叙事文学中承担着相应的功能。因为歌谣所代表的"风"一直被认为是百姓心声的真实表露，所以它们在历史文本中始终占有一席之地。《国语》、《史记》中便能看到歌谣的存在，或表达民生疾苦，或讽刺统治权贵，或映谶王朝更迭。明清以来的小说同样经常引用歌谣，作为刻画人物和突出主题的辅助手段。然而在中国古典文学传统中，歌谣始终是处于文学秩序底层的小道末流，其在叙事作品中的地位与其他嵌入的诗文词相比，更是一种点缀和陪衬，因此始终未能引起人们的重视。

20 世纪以来在中国现代文学史上出现了一个十分有趣的现象，即歌谣开始为作家们所偏爱，沈从文、鲁迅、周作人、台静农、汪曾祺、端木蕻良等人的作品中都不乏歌谣。这一新文学现象在 40 年代的解放区文学以及新中国成立后的 17 年文学乃至当代文学中同样突出。可以肯定的一点是，歌谣在 20 世纪以来的中国文学发展中成为一股新兴的推动力，它不仅启发了诗人从民间资源中寻求灵感的新诗改革，还在叙事类文学作品中承担着十分重要的审美、文化和政治功能。这一现象已经引起学界的重视和思考，人们或以单个作家作品中的歌谣情结为个案，或从现当代文学发展的整体上展开分析研究。其中比较有代表性的是罗宗宇的《论中国现当代小说中歌谣

---

① 国家社科基金青年项目"20 世纪早期中国歌谣运动的美学反思"（12CZW016）的阶段性成果。

现象的叙事类型和成因》①一文，作者例举了沈从文、汪曾祺、周立波、柳青、曲波、路遥、张贤亮、张承志、余华、张炜等作家作品中包含歌谣的例子，把这些歌谣分为直接引用、完整引用和间接引用等类型，并把这一现象归结为中国古代文学叙事艺术传统的继承、五四以来现当代作家歌谣意识的增强、歌谣自身的多重价值等原因，在文献梳理和理论阐释方面十分具有启发性。

然而，当我们思考歌谣在中国古典文学以及现当代文学中的"显现"所蕴含的意义及功能的时候，却也留下了理论的空场。歌谣作为一种流传于"小传统"社会的文艺形态，总是因某些固有特质（如情感的真实自然、思想的大胆解放、语言的浅白质朴、代表地域民族的文化身份等）而被文化精英群体所利用，在代表着"大传统"的主导文学中发挥作用。而歌谣在其原生态的语境下，在底层民间社会的文学文本中又是如何存在的呢？这一问题很少有人思考。我们习惯把歌谣和民间传说故事作为两种截然不同的口传文学类型，对于它们的研究也是彼此区隔的。实际上，较之精英文学对于歌谣的垂青而言，民间文学对于歌谣的态度更像是一种"还原"，前者代表着特定文学权力秩序下把歌谣作为他者的一种想象性建构，而后者则以现实性为原则，更加贴近歌谣在民间社会的本来面貌。因此，考察歌谣在民间故事中的存在是必要的，它不仅为我们研究歌谣在不同文学层级中的存在方式提供了补充和参照，还能帮助我们发掘民间叙事文本与歌谣的融合所蕴含的文学技巧，并从文化功能的角度呈现出歌谣的某些独特品质。

一、故事中的歌谣：作为叙事的辅助

意大利作家卡尔维诺有着对民间故事的偏爱，他指出这并不是因为自己"忠于某个民族的传统"，而是因为民间故事经常很好地表现出了小说的技巧。在他看来民间故事的一个突出优点，便在于每一个要素都在情节中发挥了必要的作用，从而能以最简洁有效的叙述来引人入胜，完成故事。② 的

---

① 罗宗宇：《论中国现当代小说中歌谣现象的叙事类型和成因》，《社会科学辑刊》2012 年第6 期。

② 卡尔维诺关于民间故事的简洁风格的论述，参见 ［意］卡尔维诺《新千年文学备忘录》，

确，简洁明了是民间故事叙事风格的一个主要特征，在民间故事中我们见不到小说常有的长篇议论、细致繁缛的景物描写、人物的复杂情感和内心活动等，这既是民间故事作者和听众的文化水平所致，也是故事满足口传性的必然要求。这种简洁代表着一种可贵的文学经验：保持故事节奏的必要性。而歌谣作为对语言的一种特殊化加工，旨在增加感觉的长度和强度，起到类似于"陌生化"的效果。如《礼记·乐记》所言："歌之为言也，长言之也。说之故言之，言之不足故长言之，长言之不足故嗟叹之，嗟叹之不足，故不知手之舞之足之蹈之也。"歌谣的"长言"效果与民间故事的简洁要求显然是矛盾的，它不仅可能冲淡故事节奏的紧凑性，还可能造成叙事和抒情的杂糅或重心偏移。或许正是在此意义上，民间故事中含有歌谣的情况并不十分常见。

　　但另一方面，当歌谣的作用不仅仅在于"咏言以抒情"，而是也能够发挥某些叙事功能时，它在民间故事中便有了存在的可能。进一步说，只有当歌谣作为叙事的辅助性因素所发挥的作用，大于它可能带来的延缓故事节奏的风险时，歌谣在民间故事中的存在才具有更加充分的理由。因此，我们的研究也应将重点放在歌谣的抒情作用之外，考察其为叙事作品服务的功能性存在。对民间故事中的歌谣稍作梳理便可以发现，这些歌谣的主要作用并不在于其本职功能——长言以抒情，而正是在于对叙事的必要辅助。

　　歌谣对叙事的辅助首先体现在突出人物的主要特征以及推进情节的发展。例如在刘三妹的故事中，一位饱学之士载了满满一船书去找刘三妹斗歌，却被讥讽道：

> 江边洗衣刘三妹，
> 你有山歌唱得来。
> 山歌只有心中想，
> 哪有船装水载来？[1]

黄灿然译，译林出版社 2009 年版，第 37—39 页。

[1]　王礼锡：《记江西山歌与倒青山风俗》，《文学周报》第 306 期。

　　这首歌谣的主要作用不是抒情，而是对于刘三妹的形象塑造，即对她机智和善歌这两个最突出特点的强化。换言之，它使人物更加鲜明地典型化了。正因为如此，这段歌谣还经过改编出现在了后来的经典电影《刘三姐》中。再比如格萨尔王故事中的这首歌谣：

> 你若不认识我，
> 雄狮格萨尔大王就是我。
> 今日来此试刀锋，
> 把你砍成九十九截才快乐。①

　　这是格萨尔王唱给一条作恶多端的妖魔巨蟒的歌，其作用与前首歌谣相似，也是为突出主人公的形象特质（英勇）。不同在于刘三妹的歌谣有着比较明显的形式化特征，本身便像当地的民间歌谣，而这首格萨尔王的歌谣则更加随意和口语化，或许是讲故事人随意创造出来的，其辅助叙事的作用也就更加明显。除了有助于刻画人物之外，故事中的歌谣还是情节推进的必要手段。例如在"白登巴色汝"的故事中，白登巴色汝的母亲被魔鬼抓去，于是他踏上了寻母之途。后来他得知母亲已死，血肉已烂，但骨头还没散，于是唱道："我母亲身上的血迹已经干了，我母亲身上的肉已经垮了，但是，我母亲身上的骨架还没有散……"② 这首歌招来了母亲的魂魄，并最终令母亲死而复生。这里的歌谣看似是对前面所述内容的一种重复，但却绝不是简单多余的重复，而是类似于一种招魂的魔法，既暗示了巫与歌的仪式性关联，又作为主人公的神奇能力推动了故事情节的发展。
　　歌谣在民间故事中的另一个显著作用便是作为对英雄或神祇的集体性纪念，在叙事中充当过去与现在、幻想（传说）与现实之间的中介，把叙事嵌入"文化"之中。例如在"四姑娘山"的传说中，四姑娘是山神的四个女儿，她们的父亲在与另一位山神麦尔都的争斗中战死，她们不愿做麦尔都的妻妾，逃走时被冻死在山里。后来她们的坟堆化作了四座山峰，并经常显灵

---

① 《中国民间故事集成》全国编辑委员会编：《格萨尔王斗巨蟒》，《中国民间故事集成·甘肃卷》。
② 《中国民间故事集成》全国编辑委员会编：《中国民间故事集成·四川卷》（下册）。

保佑当地居民幸福平安。人民为了感谢四姑娘，每年的正月初三都要穿上节日盛装朝拜四姑娘山，前六天请喇嘛、和尚诵经，第七天则是集体"跳锅庄"，还须唱：

> 善良仁慈的四姑娘，
>
> 赐给我们幸福、欢畅，
>
> 使这里风调雨顺，
>
> 为我们免去百病消除灾荒。①

这里歌谣的作用绝不仅仅是表达人民的祈福愿望，它还凭借同地方性习俗的联系，成了沟通过去与现在、故事与现实的中介。它不仅是对故事的纪念和确证，还是人们回到过去的一种仪式化手段，从文化生活的角度对叙事进行了包容，从而令故事更加真实可信，令传说更加圆满动人。

此外，故事中的歌谣有时也用来解释一种声音的由来，作为叙事之"结果"，对于故事起到召唤的作用。例如在"姐妹鸟"的传说中，由于妹妹无法忍受后母的虐待，跳楼自尽后化身为一只小鸟。姐姐见小鸟要飞走，于是唱道："妹妹，妹妹呀，你回来吧，你一人飞去多孤单呀！"小鸟唱道："吱吱，咪咪齐了（姐姐，妹妹去了），我再也不想回来了，就是孤单也比受苦好。"小鸟在姐姐身边徘徊几圈，终于飞走了。后来山里就有了"姐妹鸟"，它飞过时常会叫着"吱吱，咪咪齐了"。②鸟叫声本是无意义的，但通过谐音和衍生性文本的补充，把它变为一首有意义的歌谣，便产生了对于故事的需要。在这里的歌谣更像是一种文本的"召唤性结构"，它虽然作为叙事之结果出现在结尾，但却是整个故事的起源之根。类似这样以声音的来源为核心的民间故事并不少见，再如把杜鹃鸟的叫声解释为"哥哥我苦"，并发展出一个后母欲施毒计害死自己继子，却因为继子的善良反而误害自己亲生儿子的故事。③对于此类故事，我们习惯于按照普罗普、列维—斯特劳斯或格雷马斯所提供的分析方法，从功能或结构方面找寻其规律（如美丑、善恶的

---

① 《中国民间故事集成·四川卷》（下册），第977页。

② 参见《中国民间故事集成·四川卷》（下册），第980页。

③ 参见《中国民间故事集成·江苏卷》。

对立，死亡和物化的解决等），却容易忽视其由来是人与动物自然界之间以"声音—歌谣"为中介的交流和转化。这里的歌谣实际上为我们提供了一条更加完整的线索，即"自然—声音—意义—歌谣—结构性想象—故事"的民间叙事文学衍生逻辑。

以上我们梳理了民间故事中歌谣的几种辅助叙事功能，有突出人物特质、推进情节发展、作为文化中介、促进故事生成等。总体上来说，民间故事中的歌谣作为叙事的辅助，突出地体现为一种功能性的存在，它可能真实地流传于民间生活中（如刘三妹的歌谣、四姑娘山的歌谣），也可能是由于讲故事人的需要或喜好，而被有意编造出来的（如格萨尔王的歌谣、姐妹鸟的歌谣）。可以肯定的是，它们绝不仅仅是对故事文本的美化和点缀，也不是着重凸显自身的独立性存在，而是令故事更加完善的必要元素。虽然文人作品中的歌谣也同样能够起到帮助叙事的作用（如《水浒传》中阮小七的歌谣），但相比之下精英文学在"讲故事"之外还有建构作品文化和审美意蕴的诉求，而这种"慢下来"的节奏才为歌谣提供了更大的施展空间。请看《边城》的这段描写：

> 无人过渡时，（翠翠）等着祖父祖父又不来，便尽只反复温习这些女孩子的神气。且轻轻地无所谓地唱着：
> 白鸡关出老虎咬人，不咬别人，团总的小姐派第一。……大姐戴副金簪子，二姐戴副银钏子，只有我三妹没得什么戴，耳朵上长年戴条豆芽菜。
> ……过渡人走了，翠翠就在船上又轻轻地哼着巫师十二月里为人还愿迎神的歌玩——
> 你大仙，你大神，睁眼看看我们这里人！
> 他们既诚实，又年轻，又身无疾病。
> 他们大人会唱歌，会做事，会睡觉；
> 他们孩子能长大，能耐饥，能耐冷；
> 他们牯牛肯耕田，山羊肯生仔，鸡鸭肯孵卵；
> 他们女人会养儿子，会唱歌，会找她心中欢喜的情人！

你大神，你大仙，排架前来站两边。

关夫子身跨赤兔马，尉迟恭手拿大铁鞭！

你大仙，你大神，云端下降慢慢行！

福禄绵绵是神恩，和风和雨神好心，好酒好饭当前阵，肥猪肥羊火上烹！

……

慢慢吃，慢慢喝，月白风清好过河。

醉时携手同归去，我当为你再唱歌！

那首歌声音既极柔和，快乐中又微带忧郁。唱完了这歌，翠翠觉得心上有一丝儿凄凉。

在这段文字中，歌谣作为一个反复出现的审美意象似乎具有独立的生命力，湘西世界的纯美质朴和神秘野性都蕴含其中。显然与精英文学中的歌谣相比，民间故事中的歌谣更具有实效性，以辅助叙事为原则，并不太注重歌谣自身的审美价值和文化身份意蕴。我们甚至可以认为，对于民间故事的"故事性"不能起到关键作用的歌谣已经被过滤掉了，因此凡是能够看到的歌谣大都是经得起分析检验的。这既是口传文学无意识选择和有意识加工相交织的自然过程，又暗含着叙事文本与抒情歌谣相结合的民间修辞技巧和文化法则。

二、以歌谣为核心的故事：作为"语言游戏"

我们考察了民间故事中含有歌谣的几种情况，它们实际上仍可以归为一个大类，即歌谣作为叙事的辅助。那么歌谣在民间故事中是否只能扮演辅助性的角色呢？答案是否定的。歌谣作为一种口头抒情文艺形式，在民间世界有其自主性地位，这种自主性甚至衍生出了一种特殊的故事类型，即以歌谣为核心的故事。在《歌谣》周刊第五十四号（1925 年 5 月 11 日版）刊载了广西民俗学者刘策奇[①]的一篇文章，提到了三首"故事中的歌谣"，现转

---

① 刘策奇，广西象县（今象州县）人，壮族，象县最早的共产党员和青年运动、农民运动的先导者。1923 年至 1925 年间在象县县立第一小学当教员，积极从事民俗学的研究工作，搜集整理了大量的民间歌谣。1927 年在国民党白色恐怖中被捕并遭到杀害。

述如下：

故事一：

一个很苦毒的家婆（刘策奇注：我县媳妇称夫之母曰家婆），娶了一个极懒惰的媳妇。媳妇贪睡，家婆则要她早起。有一日天方发白，鸟儿刚刚开始叫的时候，她的家婆就在隔壁房间唤她媳妇起身，而这时媳妇睡得正酣甜，欲起不能但又不敢不起，于是一边起床一边愤愤地唱道：

瞌睡虫，瞌睡虫，瞌睡来了不洗容；

保佑爹娘早早死，一觉睡到日头红。

她家婆恰好在隔壁房间听到，于是问道：大婶！你说什么？

她急忙改口说道：没有，我念佛；我说……保佑爹娘千百岁，待得儿孙满堂红。

故事二：

一个儒生娶妻未满月就上京去赶考，后来得了功名，做了官一直到十多年后才回家。他回到本乡时，恐怕妻子不贞，于是借宿在外，假扮成一个乞丐回家探视。果然不出所料，当他到门外时，自己妻子正与情人在里面畅饮，并拿瓢来盛酒，篾片穿鱼鳃给情人吃。儒生于是回去换了华服大马而归，但却只睡在前堂，不进妻子的房间。

妻子见他数日不入室内，觉得很奇怪，然而又不便询问，于是便在房中唱道：

灯盏灯台，灯花夜夜开；老爷回正久，不见进房来。

她丈夫在外面闻而答道：

灯盏灯台，灯花夜夜开；瓢来装酒，篾片穿鱼鳃。

妻子闻听此歌知道春光泄露，于是羞愧自缢而死。

故事三：

一个家婆训她的媳妇唱道：

早起三朝当一工，懒人睡到日头红；莫谓他家爱起早，免得年下落雪风。

　　媳妇唱答道：

　　早起三朝当一工，墙根壁下有蜈蚣；若被蜈蚣咬一口，一朝误坏九朝工。

　　很显然，这三个故事中歌谣的存在状况迥异于前文提到的民间故事中嵌入的歌谣。与辅助性功能不同，它们本身便是故事的核心和焦点，没有了它们并不是令故事减色，而是根本无法构成故事。我们可以把这类故事称为"以歌谣为核心的故事"，类似的故事还有江苏地区的张良歌谣传说①。相传汉时张良最会编唱调笑讥讽的歌谣，他离开故乡十多年，回家时在田里看见一个少女，就唱道：

　　啥人家田，啥人家花？啥人家大姑娘在那里耘棉花？
　　可有那家的姑娘同我张良睡一夜，冬穿绫罗夏穿纱。

　　少女唱答道：

　　张家里个田，张家里个花。张家里个大姑娘那个耘棉花。
　　我娘同你张良睡一世，不曾见什么冬穿绫罗夏穿纱！

　　张良听闻此歌，知道自己调笑的正是自家女儿，十分羞愧，从此后不再唱歌。这类以歌谣为核心的故事并不常见，但却十分具有典型性，它们所呈现的歌谣的独特作用值得我们深入探究。以刘策奇提供的"故事一"为例，故事以婆媳对立为结构，以婆婆要求媳妇早起干活和媳妇贪睡为冲突场景，从中我们看到的不仅仅是婆媳的矛盾，还有两种价值观念的对抗：一种是儒家精神在日常生活世界的体现，即对于伦理秩序的恪守和勤劳吃苦的行为规约，一种是以快乐为原则的感性经验逻辑。显然婆婆所代表的价值观念

————————
① 参见沈安贫《一般关于歌谣的传说》，《歌谣》周刊第六十五号，笔者根据现代汉语习惯将歌谣原文略作修改。张良唱歌的故事还可参见魏建功《"耘青草"歌谣的传说》，《歌谣》周刊第六十六号。

是主导性的和正确合理的，媳妇也自知应该遵从。但她却通过歌谣表达了不满："瞌睡虫，瞌睡虫，瞌睡来了不洗容"，形象生动地说明了媳妇的困倦；"保佑爹娘早早死，一觉睡到日头红"，媳妇的咒骂并不显得恶毒，而更像是一种发泄和自我安慰。她的歌声被婆婆听到后又连忙改口，令人忍俊不禁。"故事三"和张良的歌谣传说也有着类似的对立结构和价值冲突，其中歌谣的喜剧性也十分明显。"故事二"中的"瓢来装酒，篾片穿鱼鳃"用歌谣的"转喻"隐晦而巧妙地表达了丈夫对于妻子不贞行为的谴责，也使原本十分严重的夫妻矛盾和道德冲突呈现出嘲讽和诙谐的喜剧效果。

　　显而易见，歌谣在这类故事中的一个突出作用便是通过语言的自我凸显来促人发笑。我们可以按照巴赫金关于民间诙谐文化的理论去理解这类以歌谣为核心的故事。巴赫金认为民间诙谐文化有三种基本形式，即各类仪式——演出形式（包括各种狂欢节类型的节庆活动，各类诙谐的广场表演等）、各类诙谐的语言作品（包括戏仿体作品）、各种形式和体裁的不拘形迹的广场语言（骂人话、指天诅咒、发誓、民间的贬褒诗等）。这三类诙谐文化通过取消等级、颠倒秩序和戏仿嘲弄，营造出"狂欢式的笑"的文化氛围。这种笑是全民的、包罗万象的（整个世界都可以从笑的角度来理解），更是双重性的："它既是欢乐的、兴奋的，同时也是讥笑的、冷嘲热讽的，它既否定又肯定，既埋葬又再生。"① 通过以上例子可以看出，以歌谣为核心的故事是一种典型的民间诙谐文化。故事的叙述提供了一种修辞意义上的文本语境，如"苦毒的家婆"与"懒惰的媳妇"以及一般意义上的文化语境，如中国传统社会的婆媳、夫妻、男女关系。而歌谣带来的笑声实际上营造了一种狂欢的氛围，是冲突的和解还是秩序的颠覆我们无从得知，唯一能够肯定的是两种价值的对立和等级高下开始变得模糊，单一的道德判断在歌谣的笑声之中被悬置起来。歌谣通过对抗和解构故事文本提供的一般语境，实现了意义的生发或转折，使故事超越文本语境而进入文化语境，在更高的层面构建出民间社会特有的语言智慧和文化逻辑。

　　可以看到，以歌谣为核心的故事虽然在情节上比较简单，但歌谣却承

---

① ［苏］巴赫金：《巴赫金全集》第六卷，李兆林、夏忠宪等译，河北教育出版社1998年版，第14页。

担着更加重要的作用。在此类故事中，歌谣不再是一种相对简单的功能性存在，而是一种形式化的存在，是通过对语言的自我凸显而达到解构、狂欢和表达民间智慧的"艺术—文化"媒介。我们或许应该把歌谣的这种特殊存在方式看作一种"语言游戏"：按照维特根斯坦的理论，在"语言游戏"中，"语言的述说乃是一种活动，或是一种生活形式的一个部分"①。也就是说，使具体语言获得完整意义的并不是具体的事物或物体组成的概念世界，而是该语言得以产生的活动、背景和环境。在此意义上，维特根斯坦认为理解一种语言就是理解一种文化。显然这类民间故事便是以歌谣为核心的"语言游戏"，它的魅力不是停留在歌谣自身，而是体现在其复杂和深刻的外指性。它不仅通过嘲讽和戏仿构建了一种话语的游戏氛围，更重要的是，它是歌谣所植根的民间文化生活的一个缩影，民间文化本身的某些固有特质，如嘲笑的、身体的、与主导文化相对抗的等等，使这类歌谣以极为特殊的形式和角度嵌入了故事文本中，或者说正是这些闪烁着民间文化法则的歌谣，作为核心衍生出了相应的故事文本。可以说在以歌谣为核心的故事中，歌谣并不像正统意义上的艺术，也不像被单独演唱的歌谣，而是处在艺术与生活、精英与大众、主导文化与底层文化的交界线上，因此它们正是被赋予了语言游戏形式的民间生活本身，是一种文化的生命力以及不同文化之间张力的凝结场。

三、结　语

经过初步探讨可以发现，歌谣在民间故事中有着两种比较突出的功能，一种是作为叙事的必要辅助，一种是作为纯粹的语言游戏。前者以故事为核心，歌谣所起到的作用是修辞意义上的，是使得民间故事更加精彩和引人入胜的必要手段；后者以歌谣本身为核心，歌谣所起到的作用是文化意义上的，营构出民间文化特有的诙谐和狂欢化语境。虽然一般的民间故事也能够达到类似的效果，但以歌谣为核心的故事无疑更集中、更凝练，而且与一般的民间笑话和喜剧相比，它更能够突出语言形式本身的游戏性，提示我们作

---

① ［英］维特根斯坦：《哲学研究》，李步楼译，商务印书馆 2000 年版，第 17 页。

为民间智慧和生活方式的"笑"与语言的密切关系。对于此问题的研究可以给我们以下两方面的启示：

第一，对于民间文学内部而言，歌谣这样一种以抒情为长的文体，实际上有效地参与了民间文学叙事和文化建构，其丰富的包孕性值得我们深入发掘。对于中国文学整体而言，歌谣在不同层级中的存在有差异也有共性。因此当我们关注精英文学中的歌谣元素和狂欢化语言时，应注意从民间文本的融合中探寻经验和根源。

第二，歌谣具有跨文体和跨文化的特质，对于它的孤立和静态研究是不够的。我们不能满足于考察其形式特征、修辞技巧或地域、民族差异，还应该把研究视野拓展到歌谣在不同文本（如民间故事、现当代经典文学、影视作品）和不同语境（如单独、对歌、日常、集体性仪式、节日庆典、表演展示）中的具体存在。歌谣本身并不只是停留在纸上的干瘪记录，或是流转于歌者口中的渺渺之音，而更是一种活态的文化因子，以多样的方式演绎着自身的书写和繁衍。

（原载于《民族艺术》2014 年第 4 期）

再论艺术的超符号功能

陈 炎

　　笔者于 2012 年第 6 期的《文学评论》上发表的《文学艺术与语言符号的区别与联系》一文，以索绪尔的符号学理论为基础，提出了不同于卡西尔将文学艺术等同于符号的观点："根据索绪尔的观点，包括语言在内的符号系统是由可供辨识的'能指'和具有意义的'所指'组成的。而'能指'和'所指'之间的关系又是任意的，是作为特定社会群体的人们'约定俗成'的。按照这一标准，艺术作品虽然具有可供辨识的形式特征，而且这些形式也要承载一定的意义，但其'形式'和'意义'之间的关系却不是任意的，也不是'约定俗成'的。正是由于艺术作品并非严格意义上的符号，所以在欣赏中往往会产生解释不清的意义纠纷，与此同时又可能获得超越民族的情感共鸣。作为一种特殊的艺术门类，文学恰恰是以语言符号为载体的，文学的这一符号特征使之比其他艺术门类有着更多的传达社会信息的可能性，与此同时也限定了其跨越民族语言而进行传播和欣赏的可能性。更为重要的是，文学之所以能够成为艺术的一个门类，是由于其具有借助语言而超越语言、借助符号而超越符号的特殊意义。"

　　由于此文使"一个似乎自明的命题，遭到了质疑或颠覆"，因而引起了学术界的关注和争鸣，唐小林教授在 2014 年第 1 期的《南京社会科学》上发表了《文学艺术当然是符号：再论索绪尔的局限——兼与陈炎先生商榷》，对拙作提出了学理性的质疑："是否只有非理据性（即约定性），才是判断符号的标准？文学是否超越了语言符号就不是符号？然后在此基础上讨论：索绪尔语言符号学在处理文学艺术问题上的局限。"正像唐先生对拙作的褒奖一样，这篇诘难性的论文也是一篇严肃的"讲事实，摆道理"的文章，使我受益匪浅、获益良多。这样良好的学风正是国内学术界所需要的，而随着争鸣的继续，我们也将对这一重要的学术问题产生更加深入的理解。

显然，拙作与唐文的区别，主要是理论基础的不同。因为人们使用不同的符号学理论，必然会导致对"符号"概念的不同理解；而对"符号"概念的不同理解，又必然会影响人们对文学艺术是不是符号这一命题的不同看法。因此，拙作曾开宗明义地指出："在讨论'艺术究竟是不是符号？'这一问题之前，我们需要对'符号学'做一个简单的介绍，或者至少要说清楚，我们所说的'符号'是哪种符号学派意义上的概念。""'符号学'在英语中有两个意义相同的术语：semiology 和 semiotics，它们的区别就在于，前者是由索绪尔创造的，欧洲人出于对他的尊敬，喜欢用这个术语；操英语的人喜欢使用后者，则出于他们对美国符号学家皮尔斯的尊敬。""法国当代符号学家罗兰·巴特（Roland Barthes）曾经指出：'在索绪尔找到能指和所指这两个词之前，符号这一概念一直含混，因为它总是趋于与单一能指相混淆，而这正是索绪尔所极力避免的。经过对词素与义素、形式与理念、形象与概念等词的一番考虑和犹豫之后，索绪尔选定了能指和所指，二者结合便构成了符号。'因此，本文将沿用索绪尔的经典概念，从'能指'与'所指'的关系入手来理解'符号'。"显然，这种开宗明义的解释，就是为了避免不必要的误解和纷争。

关于这一点，唐先生是十分清楚的。作为一个对符号学颇有研究的学者，他深知皮尔斯的"符号"要比索绪尔的"符号"宽泛得多：索绪尔的"符号"主要是指以语言为主体的"规约符号"，皮尔斯的"符号"则包含了"相似符号"、"指示符号"和"规约符号"三种。这种差别的要义在于，"索绪尔的符号观是建立在'非理据性'基础上的，而皮尔斯的符号观却奠基于'理据性'"。也就是说，在索绪尔看来，"能指"与"所指"之间关系是参与约定俗成的群体"任意"建立起来的。也只有经过"约定"后的意义关系，才是真正意义上的"符号"。而在皮尔斯看来，"再现体"与"对象"之间的关系未必是"任意"的，它们之间的意义联系也并非都需要"约定"才可能建立起来。显然，我是在前一种意义上得出"艺术作品并非严格意义上的符号"这一结论的；而唐先生则是在后一种意义上得出"文学艺术当然是符号"这一结论的。我们两人的前提不同，结论自然不同，并没有什么可以争论的。关于这一点，唐先生是十分清楚："文学艺术不是符号，我们不能同意。但陈炎先生通篇所要证明的，文学艺术不是'非理据'符号，我们却完全赞同。"既然完全赞同，为什么还要"商榷"呢？让我们重温一下唐文的标题：《文学艺术当然是符号：再论索绪尔的局限——兼与陈炎先生商榷》。显然，唐先生的真正用意，是要指出索绪尔的符号学理论用于解释文学艺术问题的局限性，而由于拙作恰恰运用了索绪尔的符号学理论来解释文学艺术问题，所以才一并商榷之。也就是说，唐文并不否认拙作论证方式的逻辑严谨性，而只是质疑何以拙作不使用皮尔斯的符号学理论而使用索绪尔的。

现在，让我们回到索绪尔和皮尔斯的分歧上来。从表面上看，二者的符号学理论有着"广""狭"之别：索绪尔的"符号"是狭义的，以语言为主；皮尔斯的"符号"是广义的，它不仅包括语言，还包括一些指示性、象征性的图案。从实质上看，二者的符号学理论有着"约定"和"非约定"之别：索绪尔的"符号"是约定俗成的，因而是包含确切含义的；皮尔斯的"符号"未必需要约定，但仍然可以包含确切含义。从前一种意义上看，皮尔斯的符号学理论更宽泛，似乎更容易包容和解释文学艺术现象，因而被唐先生所推崇；从后一种意义上，皮尔斯的符号学理论却容易混淆"符号"与"艺术"的本质区别，因而未被笔者所采纳。

让我们从唐文中提到的一个具体的例子说起：如果我们在厕所门上看到一个烟斗的图形，就知道应该是男厕所；如果我们在厕所门上看到一个高跟鞋的图形，就知道应该是女厕所。在这里，"烟斗"的图形作为"能指"与"男厕所"作为"所指"之间的关系并不是"任意"的，因而也没有必要事先"约定"；"高跟鞋"的图形作为"能指"与"女厕所"作为"所指"之间的关系也不是"任意"的，因而也没有必要事先"约定"。换言之，这种"能指"与"所指"之间的关系不是被"约定"的，而是被人们"猜到"的，人们猜测的"理据"就是二者之间的"相似性"和"联系性"。据此，唐文似乎既推翻了索绪尔关于"能指"与"所指"之间的"任意"关系，也推翻了索绪尔关于"能指"与"所指"之间的"约定"关系，并进而指出：由于艺术作品说包含的"意义"内容也不是"任意"的，而有其"理据性"，因而其无须事先"约定"也可以加以表达，从而成为"符号"。所有这些，正是唐先生之所以摒弃索绪尔而推崇皮尔斯的原因。然而，如果我们站在索绪尔的立场上却可以得出不尽相同的结论。

首先，人们可以在男厕所门上画上烟斗的图形，也可以画上礼帽的图案；人们可以在女厕所门上画上高跟鞋的图形，也可以画上裙子的图案。这正如人们可以用汉语中的"男厕"指称前者、用"女厕"指称后者，也可以用英语的。

首先，即这种未经"约定"的"图像"并非严格意义上的"符号"。如若不信，则不妨将"烟斗"的图形贴车门上试试，将"高跟鞋"的图形画在柜台上试试，那时候，人们恐怕就不会得出"男厕所"和"女厕所"的结论，而可能会得出"车里可以抽烟"，"这里只卖女鞋"之类的结论了。因此，尽管从功能上讲，厕所门上的"烟斗"和"高跟鞋"在特定的环境中也能起到符号的作用；尽管从表面上看，厕所门上的"烟斗"和"高跟鞋"与图案化的交通符号也有许多类似的特征。但是，请允许我再重复一遍：这种未经"约定"的"图像"并非严格意义上的"符号"！正因如此，我们在考取驾照之前，必须认真学习并掌握各种交通符号的确切含义，而不能像上厕所一样。总之，从索绪尔的符号学理论来看，"能指"与"所指"之间的关系，确实不是被"猜到"的，而是被"约定"的。

其次，那么，唐先生也许会追问：厕所门上的"烟斗"和"高跟鞋"是不是艺术品呢？也不是！我们知道，将一种生活用品作为艺术题材是完全合理的，这很容易使我们联想起马格里特笔下的那只烟斗和凡·高笔下那双农鞋。然而，厕所门上的"烟斗"和"高跟鞋"却不同，我们知道，《图像的背叛——这不是烟斗》是比利时画家马格里特最著名的系列画中的一幅，他画了只烟斗，然后却庄重地写在画布上，告诉大家："这不是一只烟斗。"

或许从发生学的意义上讲，包括象形文字在内的最初的语言符号与对象之间确实存在着某种"相似性"和"联系性"（就像唐文所提到的"形象"、"指事"、"会意"、"形声"等造字原理一样），但只有当这种"相似性"和"联系性"背后的所指"意义"被"约定"之后，它才能成为真正意义上的"符号"，否则只是可被猜想的"图画"。正是在这一意义上，作为图画的"艺术"与作为文字的"符号"有着重要的区别。也正是在这一意义上，笔者选择了索绪尔而放弃了皮尔斯。

从表面上看，"能指"与"所指"之间的关系被"约定"与否只是一个程序问题。而在实际上，只有被纳入理性网络并具有确切概念的东西才可以被"约定"。而这正是艺术作品与符号相区别的关键点！

需要指出的是，在西语中，索绪尔所使用的"符号"是 sign，他并不赞同像卡西尔那样在"符号"的意义上使用 symbol："曾有人用 symbol 一词来指语言符号，我们不便接受这个词……symbol 的特点是：它不是空洞的，它在能指与所指之间有一种自然联系的根基。"① 与之不同的是，皮尔斯虽然主张在"符号"的意义上使用 symbol，但他和索绪尔一样，也认为符号"标识"所承载的"意义"是人们规约的、任意的，因而有悖于卡西尔所说的艺术。

因此，从认识论的角度上看，由"感性"上升到"理性"、由"形式"上升到"概念"、由"现象"上升到"本质"的过程，既是一种获得的过程，也是一种失去的过程。从这一意义上讲，"感性认识"并不低于"理性认识"，也不仅仅是理性认识的初级阶段，而有其独特的价值。开掘这一价值，正是"感性学"或称"美学"（Aesthetica）的意义所在。

所以，在笔者看来，Aesthetica 作为"美学"，并不是要追求什么"感性认识的完善"，而是要获得一种"只可意会、不可言传"的情感体验。换言之，如果我们的对象既不可"意会"也不可"言传"的话，我们便无法把握任何信息；如果我们的对象既可"意会"又可"言传"的话，我们便能够将其提升到概念、范畴的高度，在符号系统中加以理解。但是，无论我们的符号系统多么完善，无论我们的语言体系多么丰富，我们总是无法将所有的感觉形式都上升到符号概念和语言逻辑的高度来加以理解。也就是说，我们总会有一些"只可意会、不可言传"的东西需要表达，而这种表达的形式，就是艺术。因此，面对一部成功的艺术作品，我们总有一种说不清、道不尽的情感体验，就像我们品尝一杯美酒、一壶好茶一样。因此，对于一部成功的艺术作品来说，"形象大于思想"是一种普遍的现象。说穿了，所谓"形象大于思想"，就是感性的艺术形式所承载的信息多于理性的逻辑描述，这也就是一部真正的艺术作品无法被归约为符号的真正原因。

抛开对符号的结构分析，即使是在接受效果上，艺术作品的这种非符

---

① ［瑞士］索绪尔：《普通语言学教程》，高名凯译，商务印书馆 1980 年版，第 103—104 页。

号特征也表现得十分明显。由于符号系统是"约定俗成"的，因而凡是掌握了这一"约定"的人都能理解符号的意义，否则便不能。这如同人们掌握一门语言一样，中国人之所以懂得汉语，是由于我们在生活和学习中掌握了这种符号体系的特殊"约定"；反之，如果我们不去学习德语，不去掌握德国人在"能指"和"所指"之间的一系列"约定"，我们便永远也无法理解德语。但作为并非符号的艺术作品，其情况却刚好不同：莫扎特是奥地利人，他所说的德语中国人听不懂，但我们完全可以欣赏他那轻松而又欢快的《小步舞曲》；阿炳是中国人，他所说的汉语外国人听不懂，但他那凄楚而又悲凉的《二泉映月》却完全可以引起外国人的情感共鸣。

需要指出的是，我们认为艺术作品不是符号，这只是从本质上说的，而并不否认艺术创作可以利用符号。比如在生活中，人们常把"玫瑰花"作为"爱情"的象征，把"百合花"作为"纯洁"的象征。于是，"玫瑰"与"爱情"之间、"百合"与"纯洁"之间也便具有了"能指"与"所指"的关系。从而作为植物的鲜花，也就具有了符号的意义。因此，画家画一幅《玫瑰花》和画一幅《百合花》，也就可能引起人们不同的联想和感受。当然了，要使这幅《玫瑰花》或《百合花》能够像凡·高的《向日葵》那样成为一幅真正的艺术品，其中所包含的"意义"，一定要超出"爱情"或"纯洁"的符号学概念。说到底，"艺术中的符号"并不等同于"艺术符号"！艺术家在创作中对符号的使用，并不能改变艺术超越符号的美学属性。于是，我们便可以得出与卡西尔完全不同的观点：艺术无法被定义为一种符号语言，美必然地，而且本质上具有超越符号的特征！

二

既然艺术作品不是一种"约定俗成"的符号，那么它又如何传递信息呢？换句话说，我们又如何看懂、听懂呢？这是本文要讨论的第二个问题。

我们知道，艺术所使用的媒介往往是具体的、生动的，如音乐中的节奏和旋律、绘画中的色彩和线条、舞蹈中的肢体和动作、雕塑中的材料和形状……从符号学的意义上讲，这些节奏和旋律、色彩和线条、肢体和动作、材料和形状还不是严格意义上的"能指"，因为它们自身并不规范，也没有

明确的"所指"。然而，这些节奏和旋律、色彩和线条、肢体和动作、材料
和形状并不是没有意义的。由于它们与我们的日常生活有着千丝万缕的联
系，因而能够引发人们的情感。分析起来，这些现象可能与我们的生理经
验有关，比如：一个健康的、洋溢着生命力的形象自然会引发我们正面的情
感，一个病态的、苟延残喘的形象自然会引发我们负面的情感；这些现象也
可能与我们的生产实践有关，人类在改造自然的生产实践中，培养了自己观
察自然、感受世界的能力，从而对色彩、节奏、形状、运动有着极为细致的
情感反应；这些现象还可能与我们的社会习俗有关，比如：不同的颜色和形
状，不仅有冷暖之分、刚柔之别，而且在不同的社会语境中会引发人们不同
的联想……

　　更为重要的是，在艺术欣赏中，这种来自生理经验、生产实践、社会
习俗等方面的因素可能会错综复杂地交织在一起，潜移默化地影响着我们。
比如，我们欣赏一个古代的瓷瓶，可能会从其造型中联想到古代侍女的溜肩
细腰，也可能从其釉面中联想到古代侍女的冰肌玉骨。就像《天工开物·陶
埏》中所说的那样："陶成雅器，有素肌玉骨之象焉，掩映几筵，文明可
掬。"比如，我们欣赏凡·高的《向日葵》，可能会从其纯黄的底色中联想
到盛夏季节那一望无际的原野，可能会从其倔强的笔触中联想到农作物顽
强向上的生长状态。比如，我们欣赏莫扎特的《小步舞曲》，可能会从其明
亮、欢快而又有些刻板的节奏与旋律中联想到 18 世纪欧洲宫廷的建筑、装
饰、礼仪、社交……其实，这些能够被说出来的联想还只是显在的、意识层
面的，在真正的艺术欣赏中还有许多潜在的、无意识层面的经验在起作用。

　　正是由于人们与对象世界这种错综复杂、千丝万缕的联系，使得许多
对象的形式对于我们来说已不是纯然"客观"的，而是带有一定"情感"的
了。正如杜威在《经验与自然》一书中指出的那样，"从经验上讲，事物是
痛苦的、悲惨的、美丽的、幽默的、安定的、烦扰的、舒适的、恼人的、贫
乏的、粗鲁的、慰藉的、壮丽的、可怕的"[①]。因此，如果我们把这些节奏和
旋律、色彩和线条、肢体和动作、材料和形状也当作"能指"的话，那么它
们所暗含的"所指"不是确切的事物或概念，而是复杂而精微的情感。在这

---

① [德] 恩斯特·卡西尔：《人论》，甘阳译，上海译文出版社 1985 年版，第 100 页。

里，由于"能指"与"所指"之间的关系不是约定俗成的，而是潜移默化的，因而还不能说是一种严格意义上的符号。正因如此，它们之间的关系常常是多元的、复杂的、似是而非的，而不是清晰的、明确的、溢于言表的。这便是艺术作品"形象大于思想"的原因所在。然而也正因如此，它们之间的关系又常常是超越民族、超越社会的。这也正是中国人能够理解莫扎特那轻松而又欢快的《小步舞曲》、奥地利人能够欣赏阿炳那凄楚而又悲凉的《二泉映月》的原因所在。

不仅艺术家使用的媒介不具有符号的特征，而且艺术家的创作方法也不同于符号的运作。在较为复杂的符号体系中，不仅"能指"和"所指"之间的关系有明确的约定，而且不同"能指"之间的运作，也有着某种约定俗成的规则。这种规则旨在揭示符号与符号之间的逻辑关系。以语言为例，每一种语言体系不仅包含"约定俗成"的词汇，而且具有"约定俗成"的语法。语法的意义，在于揭示词与词之间的逻辑关系，从而使符号体系内部的运作成为可能。"'归纳逻辑'的创始人约翰·斯图亚特·穆勒（John Stuart Mill）就明确说过，语法是逻辑最基本的部分，因为它是对思维过程进行分析的起点。"[①] 有了概念和逻辑，于是就有了思维。正是从这一意义上讲，人们说"语言是思维的外壳"。然而，艺术创作的法则并不是规定好了的，它常常是跳跃的、非逻辑的。艺术家往往利用想象和联想、隐喻和象征等方式将音乐中的节奏和旋律、绘画中的色彩和线条、舞蹈中的肢体和动作、雕塑中的材料和形状组合起来，形成特定的形象和作品，而不是依靠概念、判断、推理的方式。更为重要的是，艺术家所使用的想象和联想、隐喻和象征必须具有较高的原创性。人们常说，第一个把女人比作鲜花的是天才，第二个是庸才，第三个是蠢材。因为只有第一个比喻才具有原创性的艺术价值，而重复这个比喻就已经陷入符号的窠臼了。这很容易使我们想起康德的那些名言："天才就是一个主体在自由运用其诸认识能力方面的禀赋的典范性和独创性。"[②] "为了把美的对象判断为美的对象，要求有鉴赏力，但为了美的艺术本身，即为了产生这样一些对象来，则要求有天才。"[③] 其实，不仅西人

---

① ［德］恩斯特·卡西尔：《人论》，甘阳译，上海译文出版社1985年版，第162页。
② ［德］康德：《判断力批判》，邓晓芒译，人民出版社2002年版，第163页。
③ ［德］康德：《判断力批判》，邓晓芒译，人民出版社2002年版，第155页。

如此，中国古代也不乏这方面的论述，庄子在《外物》篇中曾有过"得鱼而忘荃""得意而忘言"的主张，严羽在《沧浪诗话》则把这种"不涉理路，不落言荃"的创作方法形容为"羚羊挂角，无迹可求"。

由于艺术创作既没有固定的语法，也没有缜密的逻辑，因而绝不是严格意义上的符号行为。所以，人们常将艺术活动称为"形象思维"，而与科学活动中的"逻辑思维"相区别。事实上，艺术家对各种材料的运用也确实不需要遵从形式逻辑，而需要遵从情感的逻辑，即在符合情感表达的基础上对材料加以组合，对形象加以塑造。贝聿铭为什么要在卢浮宫前建造一个玻璃金字塔式的入口？乌特松为什么将悉尼歌剧院建造成白帆或贝壳的形状？这一切是很难用逻辑和推理能够说清楚的。或许，正是由于艺术创作活动是超越逻辑推理的，因而艺术家是无法按照某些规则训练而成的；或许，正是由于这种艺术的"语法"不是约定俗成的，因而又可以获得超越民族、超越时代的普遍认同。

三

也许人们会说，上述艺术类型中缺少了一个重要的门类——文学，而文学恰恰是以语言符号为载体的，因而需要特别说明。

不错，包含诗歌、散文、小说在内的文学是以语言符号为载体的，因而它具有更多的符号特征。正因如此，文学比其他任何艺术形式都能够传达更加复杂的思想信息，文学比其他任何艺术形式都能够反映更为丰富的社会生活。然而，正是由于文学使用了约定俗成的符号载体，也就使其具有了民族语言的局限。不会德语的人可以听得懂莫扎特的《小步舞曲》，但却看不懂哥德原版的《浮士德》；不会法语的人可以看得懂凡·高的《向日葵》，但却看不懂雨果原版的《悲惨世界》。如果我们要欣赏另外一个民族的文学作品，就不得不首先掌握这个民族的语言符号。从这一意义上讲，文学确实与其他种类的艺术有着非常重要的区别。我们知道，中国古人一向是不把"诗文"当作"艺术"的。直到今天，我们还常常使用"文艺"这个概念，从而把"文学"与"艺术"并列起来。不仅如此，我国在体制上也设立了"作协"和"文联"两个机构。这一切的背后，或许有着符号学的内在根据！然而从另一方面讲，即使是使用"文艺"这个概念，"文学"与"艺术"也总是连在一起的。更何况，西方人常常把文学视为一种"语言的艺术"呢？可见，尽管"文学"与其他"艺术"之间有着重要的差异，但二者之间一定也有着更为重要的联系。这种联系也应该在符号学的意义上加以解释。

毫无疑问，在人类所有符号体系中，语言具有极为重要的地位。语言不仅是"人类最重要的交际工具"，而且是人类"思维的外壳"。在现实生活中，人们用语言来传递信息，人们用语言来思考问题，人们用语言来表达情感。因此，在很大程度上，语言作为一种符号体系的可能性，便决定了人类思维方式、情感方式、信息传达方式的可能性。这很容易使我们联想起海德格尔的那句名言："语言乃是一圣地，也就是说，它是存在的家园。"① 在海德格尔看来，语言之所以可以被称之为"存在的家园"，乃是由于它体现了人对周遭世界最初的理解和领悟。"语言，通过对存在物的首次命名，第一次将存在物带入语词并使之显现。唯有这一命名，才指明了存在物源于其存在并达到其存在。这种言说即澄明的投射，在投射中宣告了存在物进入了其敞开状态。"② 从这一意义上讲，最初的语言就是诗歌，就是艺术！但是，正像一个成长的人不可能永远依偎在母亲的身边一样，语言在其诞生之后也必然要离开自己所创立的这个"存在的家园"而走向人类社会。当语言成为人类社会的交际工具之后，语言的原初本质便开始受到了扭曲和异化。在日常语言的运用中，为了使他人能够听懂，语言的"说"就必须遵循公众的规范和逻辑，因而它说出来的已不再是个体对"存在"的独特感悟，而是群体对"存在物"的普遍认识。于是，语言的功能已不复是"思"而变成了"用"，其原有的诗意便大大削弱了。

从人类语言符号的发展趋势来看，日常语言比原初语言精密，专业语言比日常语言精密，数学语言比专业语言更精密，因此几乎所有的理论科学都有着使用数学语言加以表达的趋势。"从单纯理论的观点来看，我们可以同意康德的话，数学是'人类理性的骄傲'。但是对科学理性的这种胜利我们不得不付出极高的代价。科学意味着抽象，而抽象总是使实在变得贫

① [德] 海德格尔：《诗歌·语言·思想》，彭富春译，文化艺术出版社1991年版，第132页。
② [德] 海德格尔：《诗歌·语言·思想》，彭富春译，文化艺术出版社1991年版，第73页。

乏。"① 于是，从原初的语言到日常语言、从专业语言到数学语言，人类语言的符号化进程，也正是其诗意减退的过程。于是，为了重建"存在的家园"，诗人必须重新进行一种语言的冒险。"海德格尔看来，诗人的责任就是让存在返回诸具体在者的家园中，把我们推置一陌生的境地，因此而唤醒我们的惊异。为此，他的作品就必须成为存在自身的一种表达。因而，就艺术作品也建立了一个世界同时又是诗意化的形式而言，它必须以一种独一无二的和告诫的方式，使所有的这些因素得到表现。"② 诗使死亡的语言复活，使凝固的概念燃烧，使沉沦的常人苏醒，从而以独特的感受和心智去寻觅存在的意义。

　　正像语言必须超越一切逻辑规范才能回归于"思"的本质一样，文学也必须超越一切符号模式才能达到其"诗"的境界；正像真理必须在不断地"去弊"中才能够不断地"澄明"一样，作品也只有在不断地创新之中才能够永葆其精神的魅力。所以，在海德格尔看来，与文明社会远离家园的规范语言不同，文学创作必须恢复语言在其本真意义上的"独创性"，即将文学家对存在的独特感受用独特的艺术方式"表达"出来。那么，从文学史的经验来看，文学家是如何实现这一目的的呢？我们知道，真正的文学家首先应该是语言大师，即有着熟悉语言、运用语言的超凡能力。据英国人统计，无论是古代的莎士比亚，还是现代的丘吉尔，他们所使用的词汇量都远远多于当时的普通民众，他们对英语的发展都有着独特的贡献。一方面，文学语言往往比日常语言更丰富、更复杂、更精致，即可以通过形容、比喻、象征、夸张、对偶、排比、拟人、通感等各种复杂的修辞手段对客观世界和主观心理进行更加透彻、更加细腻的描写；另一方面，文学的语言尤其是诗歌的语言常常采取陌生化的、反常规的、超逻辑的手法而突破日常语言的修辞方式和语法规则，从而形成对传统符号体系的挑战。"这一点，只有当诗人具有把日常语言中的抽象和普遍的名称投入他诗意想象力的坩埚，把它们改铸为一种新的型态时，才是可能的。他由此便能够表现快乐和忧伤、欢愉和痛苦、绝望和极乐所具有的那些精巧微妙之处，而这却是其他所有表现方式所

① [德] 恩斯特·卡西尔：《人论》，甘阳译，上海译文出版社 1985 年版，第 183 页。
② [美] 鲍桑特：《海德格尔的艺术理论》，见王鲁湘等编《西方学者眼中的西方现代美学》，北京大学出版社 1987 年版，第 8 页。

不可企及和难以言说的。"①

譬如，如果用逻辑思维的标准来看，我们很难说清楚"人闲"与"桂花落"之间是一种什么样的关系，难道人不闲桂花就不落了吗？但是，如果用形象思维的标准来说，"人闲桂花落"无疑是一句绝妙的好诗。我们可以想象，人闲方知桂花落，因为整天陷于仕途经济、忙忙碌碌的人们是不可能察觉到桂花飘然而落这一自然界的微妙变化的。我们也可以想象，"人闲"与"桂花落"这两种状态之间有着某种微妙的相似之处，它们两两相对，构成了一种天人合一的美妙意境……然而所有这些解释都只是想象的、未定的、非规范性的。同样的道理，如果用语言逻辑的标准来看，我们也很难说清楚"关关雎鸠，在河之洲"与"窈窕淑女，君子好逑"之间是一种什么样的关系？尽管从汉代以降，便有很多学者对此进行过各种各样的研究，提出过各种各样的解释，但至今也没有获得学术界的普遍认同。因为说到底，这些研究和解释都是以逻辑思维的方式入手的，但艺术创作则是以形象思维的方式进行的。按照康德的认识论原理，只有当两个概念之间的关系可以被纳入 12 个范畴的时候，它们之间的关系才是可以被认知的。然而在我们看来，当两个对象之间的关系不能被纳入有限的逻辑范畴的时候，它们之间的关系虽然不能被明确地认知，但却同样可以被感受。这种感受的方式便是审美和艺术。因此，就像卡西尔所指出的那样，"任何伟大的诗人都是一伟大的创造者；不仅是他的艺术领域的创造者，而且也是语言领域的创造者。他不仅具有运用语言的膂力，而且还具有改铸和创新语言的膂力，把语言注入一新的模式"②。元代文学家马致远曾作过一首《天净沙·秋思》："枯藤、老树、昏鸦，小桥、流水、人家，古道、西风、瘦马。夕阳西下，断肠人在天涯。"如果我们从逻辑思维的角度出发，便很难理解这首词的真正含义；只有从形象思维的角度入手，才能够真正感受到其中所包含的复杂的人生经验和丰富的情感内涵。在这一点上，就连卡西尔的追随者苏珊·朗格也不得不承认："因为艺术没有使各种成分组合起来的现成符号或规律，艺术不是一

---

① ［德］恩斯特·卡西尔：《符号·神话·文化》，李小兵译，东方出版社 1988 年版，第 109 页。
② ［德］恩斯特·卡西尔：《符号·神话·文化》，李小兵译，东方出版社 1988 年版，第 107 页。

个符号体系。它们永远是未定的，每一个作品都从头开始一个全新的有表现力的形式。"①

因此，尽管我们并不否认文学家所使用的语言是一种符号体系，尽管我们并不否认文学家借助这种符号体系传达了很多社会信息。但是，文学之所以能够成为一门艺术，就在于它有着借助语言而超越语言、借助符号而超越符号的功能。进而言之，超越语言的目的是为了抒发比语言更为精微的情感，超越符号的目的是为了表达比符号更为复杂的意义！

总之，从人类文明的角度来看，无论是音乐中那梦幻般的节奏和旋律、舞蹈中那超越生活的肢体和动作、绘画中那高度夸张的色彩和线条，还是诗歌中那陌生化的、反常规的、超逻辑的语言，都旨在使人们从惯常的逻辑思维和异化了的现实生活中解放出来，以获得一种超越日常生活的情感体验，以获得一种超越语言描摹的心理慰藉。正像马尔库塞所指出的那样，"在一个以异化劳动为基础的社会中，人的感性变得愚钝了：人们仅以事物在现存社会中所给予、造就和使用的形式及功用，去感知事物；并且他们只感知到由现存社会规定和限定在现存社会内的变化了的可能性。因此，现存社会就不只是在观念中（即人的意识中）再现出来，还在他们的感觉中再现出来"②。正是从这一意义上讲，艺术作为"审美"活动，有着更新人们感性经验和情感世界的特殊意义。

（原载于《南京社会科学》2014 年第 5 期）

---

① ［美］苏珊·朗格：《情感与形式》，刘大基译，中国社会科学出版社 1986 年版，"译者前言"第 12 页。

② ［美］马尔库塞：《审美之维》，李小兵译，广西师范大学出版社 2001 年版，第 132 页。

马克思主义对形式主义的吸收和借鉴

——弗雷德里克·詹姆逊文学批评的理论、方法与实践

杨建刚

弗雷德里克·詹姆逊对中国文论和美学影响巨大，自 1985 年的北大演讲以来，我国文学理论和美学研究等领域的诸多问题都与他密切相关。2012年 12 月詹姆逊再次来到中国，在北大做了《奇异性美学：晚期资本主义的文化逻辑》的演讲，使中国的詹姆逊热再次达到高潮。30 年来，中国学界对詹姆逊的追踪式研究已经取得了丰富的成果，对他的新著《辩证法之价》（*Valences of the Dialectic*，2009）和《重读〈资本论〉第一卷》（*Representing Capital: A Commentary on Volume One*，2011）的研究也已经展开，并有成果陆续发表。但是本文所关注的并不是他的最新著述，而是研究他的文学批评的理论、方法与实践，因为文学研究是他的学术起点，为他以后的学术研究奠定了坚实的基础，其方法一直贯穿于他的学术研究的始终。更重要的是，他的文学理论和批评方法极具特色，对我国当前的文学理论和批评具有重要的启示意义，而中国学界对此却并没有给予足够的重视。

海登·怀特认为詹姆逊"不仅仅是一个对立的，而且是一个真正辩证的批评家。他严肃地接受其他批评家的理论，而且不只是那些基本上与自己具有共同马克思主义观点的人。相反，他对那些非马克思主义或反马克思主义的批评家的著作特别感兴趣。因为他知道，衡量一种理论，依据的不是其推翻对立思想的能力，而是其吸纳最强劲的批评者中有根据的和富有洞见的思想的能力。"①

---

① [美] 海登·怀特：《形式的内容：叙事话语与历史再现》，董立河译，北京出版社 2005 年版，第 196 页。

肖恩·霍默（Sean Homer）也认为詹姆逊的贡献就在于他"反思了马克思主义文化政治学的可能性，以及与非马克思主义理论进行同情的对话的必要性"①。他把这些异质的理论流派和思潮都吸纳进来，并用马克思主义加以融汇与综合。在所有的理论来源中，最重要的是形式主义（包括俄国形式主义、布拉格学派、法国结构主义和后结构主义）。詹姆逊以马克思主义为基点，吸收和借鉴形式主义，尤其是结构主义，从而使他的马克思主义表现出明显的结构主义特征，也使他成为马克思主义与形式主义对话史上继巴赫金之后最为重要的理论家。在借鉴和吸收形式主义的基础上对二者进行辩证综合是他的方法论基础，对他的文学批评的理论建构与批评实践都产生了深远的影响。

一、"辩证思维"与"元评论"

从理论渊源的角度来看，对詹姆逊思想的形成影响最大的就是以法兰克福学派为代表的德国理论和以萨特、结构主义和后结构主义等为代表的法国理论。詹姆逊从中学时代就精通德语和法语，而后来在德国的留学生涯为其接受德国和法国的理论思潮奠定了基础。人们通常认为这两种思潮就像俄国形式主义与苏联马克思主义之间那样是对立的，但是詹姆逊则认为以结构主义和后结构主义为代表的法国理论本身就是马克思主义的问题性中的一部分，它们的形成本身就与马克思主义不无关系。②更准确地说，如果没有马克思主义者提出的问题，就不可能有结构主义者的答案。甚至马克思本人就是一个形式主义者，他所做的就是对资本主义进行结构主义分析。③事实也正是如此。尽管索绪尔对马克思似乎并无深入了解，俄国形式主义者也只是把马克思主义作为论战的对象，但是法国结构主义者却不仅不能忽视马克思

---

① Sean Homer, *Fredric Jameson: Marxism, Hermeneutics, Postmodernism*. Cambridge: Polity Press, 1998, p.5.
② [美]詹明信：《晚期资本主义的文化逻辑》，张旭东编，陈清侨等译，三联书店 1997 年版，第 5 页。
③ 杨建刚、王弦：《马克思主义与形式——弗雷德里克·杰姆逊教授访谈录》，《文艺理论研究》2012 年第 2 期。

主义，而且本身就"大大得益于马克思主义"①。因此，当后来很多结构主义者对马克思主义避之而唯恐不及的时候，后结构主义大师德里达却出版了他的《马克思的幽灵》，以此来表达他对马克思主义的肯定和怀恋。因此，和巴赫金一样，詹姆逊认为，马克思主义要取得发展，就再也不能将结构主义"拒之门外"，而是"应该把当代语言学的这项新发现结合到我们的哲学体系中去"。正因为如此，詹姆逊同时展开了对马克思主义和形式主义的研究工作，并先后出版了研究著作《马克思主义与形式》和《语言的牢笼》，试图通过"钻进去对结构主义进行深入透彻的研究，以便从另一头钻出来的时候，得出一种全然不同的、在理论上更加令人满意的哲学观点"②。

　　虽然詹姆逊明白"在不同的立场之间对话实在是一件很复杂的事情"③，但是他也深刻地意识到，"方法论问题之间的张力与冲突总会打开通向更大的哲学问题的大门"④。因此，在马克思主义与结构主义之间对话就不再只是出于学术兴趣，而且成为他有意识的学术选择与探索。詹姆逊坚定地站在马克思主义的立场之上，用马克思主义尤其是黑格尔式的马克思主义的眼光，来审视俄国形式主义和法国结构主义，把其纳入马克思主义的理论框架，并以"符码转换"（transcoding）的方式将其转化为马克思主义的理论和方法的一部分，以此来丰富、完善和发展马克思主义。可以说，是萨特向詹姆逊打开了马克思主义的大门，法兰克福学派理论家使他真正成为一个黑格尔式的马克思主义者，而法国结构主义则使他的马克思主义具有了浓重的结构主义色彩。正是在这个意义上，道格拉斯·凯尔纳（Douglas Kellner）称詹姆逊的理论是"对黑格尔式的马克思主义和新的法国理论的独一无二的综合"⑤。

　　詹姆逊认为其他的批评方法大都是封闭的体系，而以辩证法为理论基

---

① Fredric Jameson, *The Prison-House of Language*, Princeton：Princeton University Press, 1972, p.102.

② Fredric Jameson, *The Prison-House of Language*, Princeton：Princeton University Press, 1972, p.vii.

③ [美] 詹明信：《晚期资本主义的文化逻辑》，张旭东编，陈清侨等译，三联书店1997年版，第5页。

④ [美] 詹明信：《晚期资本主义的文化逻辑》，张旭东编，陈清侨等译，三联书店1997年版，第11页。

⑤ Douglas Kellner (ed.), *Postmodernism*, *Jameson*, *Critique*, Washington, DC：Maisonneuve Press, 1989, p.12.

础的马克思主义则是多元开放的，具有极强的包容性。"如果说马克思主义是一种与众不同、得天独厚的思维模式，原因不过在此，而非因为你自己一口咬定发现了真理。马克思主义的'特权'就在于它总是介入并斡旋于不同的理论符码之间，其深入全面，远非这些符码本身所能及。"① 所有的理论都是阐释，而在这些阐释模式中，"马克思主义阐释学比今天其他理论阐释模式更具有语义的优先权。"② 作为一种"无法超越的地平线"，马克思主义"容纳这些显然敌对或互不兼容的批评操作，在自身内部为它们规定了部分令人可信的区域合法性，因此既消解它们同时又保存它们。"③ 相对于马克思主义的"基础／上层建筑"的阐释模式，所有的其他理论阐释模式，比如结构主义的"语言交流"、弗洛伊德主义的"欲望"或"利比多"，荣格或神话批评的"集体无意识"，各种伦理学或心理学的"人文主义"等等，都不具有绝对的优越性。而马克思主义却可以把所有这些理论都纳入其中，为我所用，使其成为马克思主义批评的理论资源。詹姆逊所做的就是要建立这样一种囊括其他多种理论的马克思主义阐释学。

詹姆逊把这种思维模式称为"辩证思维"（dialectical thinking）或"思维的二次方"。综合詹姆逊关于辩证思维的多处论述，可以得出在辩证思维指导下文学批评的三个主要研究对象，即对研究对象的研究、对研究者立场的思考和对研究过程中的方法、概念和范畴的反思。其特点在于：一是"强调环境本身的逻辑，而不是强调个体意识的逻辑"，即把研究对象放入具体的历史语境中来加以研究，或者说将研究对象"历史化"；二是"寻求不断地颠覆形形色色的业已在位的历史叙事，不断地将它们非神秘化，包括马克思主义历史叙事本身"；三是"坚持以矛盾的方法看问题"。④ 建立在辩证思

---

① ［美］詹明信：《晚期资本主义的文化逻辑》，张旭东编，陈清侨等译，三联书店1997年版，第22页。

② ［美］詹明信：《晚期资本主义的文化逻辑》，张旭东编，陈清侨等译，三联书店1997年版，第146—147页。

③ Fredric Jameson, *The Political Unconscious*, Ithaca, New York：Cornell University Press, 1981, p.10. 又参见［美］詹明信《晚期资本主义的文化逻辑》，张旭东编，陈清侨等译，三联书店1997年版，第148页。

④ ［美］詹明信：《晚期资本主义的文化逻辑》，张旭东编，陈清侨等译，三联书店1997年版，第35—36页。张旭东把此访谈作为詹姆逊的《晚期资本主义的文化逻辑》的汉译本"代序言"。

维基础之上的批评方法就是"辩证批评"或"元评论"(metacommentary)。①
这种评论是一种"评论的评论",它带给我们的不只是"批判的武器",同
时也是"武器的批判",马克思主义正是这样一种"元评论"。因此,在这
个意义上,并非只有信仰共产主义才可以成为马克思主义者,"许多事实
上在做元评论工作的人没有意识到他们干的正是马克思主义"②。这样,"元
评论"就成为马克思主义所特有的一种方法论,也成为马克思主义批评的
标志。

在此基础上,詹姆逊提出了他那句振聋发聩的口号——"永远历史化"
(Always historicize)！这已经不只是一个口号,而且变成了一种方法论。任
何批评都不可忽视历史的存在,都应该把研究对象纳入历史的语境之中,从
历史的角度来加以审视,历史也就成为詹姆逊自始至终的研究视点。可以
说,"从六十年代末期到现在,詹姆逊一直把文本的历史维度和历史的阅读
置于特权地位,他把自己的批判实践带入了历史的屠宰房,也将批判话语从
学术的象牙塔和语言的牢笼中移开,使其经历了学术领域里的荣衰和变动,
而'历史'这一术语正是这一过程的标记。"③ 他正是以这种历史化的视角来
审视俄国形式主义和法国结构主义的。索绪尔语言学以及以此为基础的俄国
形式主义和法国结构主义的致命缺陷就在于抛弃了历史,从而将自身囚禁于
自己建立的"语言的牢笼"之中。因此,要超越形式主义就必须为其增加一
种历史的维度,并把它与社会和意识形态联系起来。詹姆逊认为,只有"通
过揭示先在符码和先在模式的存在,通过重新强调分析者本人的地位,把文
本和分析方法一起让历史来检验……只有这样,或以相类似的东西为代价,
共时分析和历史意识、结构和自我意识、语言和历史这些孪生的、显然无法

---

① ［美］凯尔纳 (Douglas Kellner) 认为《元评论》(*Metacommentary*)(1971) 一文不但
是从《马克思主义与形式》向《语言的牢笼》的过渡,而且也是通过保卫批判的解释学
来反对当时甚为流行的桑塔格 (Susan Sontag) 的"反对阐释"(anti-interpretation)。凯
尔纳认为完全可以用"元评论"来概括詹姆逊的文学理论和批评实践的特点。(Douglas
Kellner (ed.), *Postmodernism*, *Jameson*, *Critique*, Washington, DC: Maisonneuve Press,
1989, p.11.)

② ［美］詹明信:《晚期资本主义的文化逻辑》,张旭东编,陈清侨等译,三联书店1997年
版,第20页。

③ Douglas Kellner (ed.), *Postmodernism*, *Jameson*, *Critique*, Washington, DC:
Maisonneuve Press, 1989, p.5.

比较的要求才能得到调和。"① 也只有这样，结构主义才能打破这个"语言的牢笼"，把文学和语言向历史开放，回归文学和语言的意义层面和意识形态功能。但他并没有抛弃结构主义的合理内核，而是在拒绝了结构主义的非历史化倾向的同时，极力肯定了索绪尔、格雷马斯和其他结构主义者的科学的中立立场和批评方法。② 他把这些理论和方法通过"符码转换"的方式转变成马克思主义的一部分，并应用于马克思主义的文本阐释学之中。

克罗齐认为"一切历史都是当代史"，任何历史研究的最终指向都是当下政治，关注历史只是关注政治的一种表征。正如詹姆逊所言："一切事物都是社会的和历史的，事实上，一切事物'说到底'都是政治的。"③ 罗兰·巴特为了批判萨特的介入文学，把文本作为一种能指的游戏，并认为对文本的阅读所获得的是类似于性欲满足的身体快感和愉悦，这种"文本的愉悦"与政治毫无关系。但是詹姆逊则认为这种愉悦和快感本身与政治根本就无法分离，甚至干脆把那篇评述萨特与巴特之间论争的文章直接定名为《快感：一个政治问题》。④ 他的《政治无意识》的主旨就是要"论证对文学文本进行政治阐释的优越性"，并把政治视角"作为一切阅读和一切阐释的绝对视域"。⑤ 可以看出，在詹姆逊的马克思主义批评理论中，政治和历史是紧密相连，互为表里的。只有具有政治指向的历史研究才是有价值的，同时也

① Fredric Jameson, *The Prison-House of Language*, Princeton：Princeton University Press, 1972, p.216. 在一年前出版的《马克思主义与形式》中詹姆逊已经明确提出了类似的表述，这为《语言的牢笼》奠定了基本主题。他认为辩证思维的基本运动就是要"调和内部的与外部的、内在的与外在的、现存的与历史的，以便使我们能够在单一的确定形式或历史时刻中进行探索，同时在对它作出判断的过程中置身其外，超越形式主义和对文学的社会学的或历史的运用之间的那种无效的和静止的对立，而我们却往往被要求在这种对立之间作出选择"。(Fredric Jameson, *Marxism and Form*, Princeton, New Jersey：Princeton University Press, 1971, pp.330-1.)

② Philip Goldstein, *The Politics of Literary Theory：An Introduction to Marxist Criticism*, Gainesville, FL：The Florida State University Press, 1990, p.151.

③ Fredric Jameson, *The Political Unconscious*, Ithaca, New York：Cornell University Press, 1981, p.20.

④ Fredric Jameson, "Pleasure：A Political Issue", *The Ideologies of Theory：Essays 1971—1986* (vol.2：The Syntax of History), Minneapolis：University of Minnesota Press, 1988, p.61.

⑤ Fredric Jameson, *The Political Unconscious*, Ithaca, New York：Cornell University Press, 1981, p.17.

只有依据历史的政治批评才是深刻的。

但是文学的本质是审美的，审美则是形式的。文学艺术的政治（在文学中表现为意识形态）和历史内涵都蕴含于艺术形式之中，并通过审美形式的中介得以存在和呈现。因此，在西方马克思主义的文学批评中，政治（意识形态）、历史和形式是三位一体的。不同于苏联庸俗马克思主义对艺术形式的排斥，詹姆逊认为，科学的马克思主义文学批评必须把形式作为最重要的研究对象，"批评家需要像关注文学内容一样关注文学形式。因为形式不只是艺术作品的'装饰'，而且体现着强大的意识形态信息"①。艺术形式与意识形态的内在关联使批评家需要首先把形式作为研究对象，更重要的是作为探索意识形态内容的先在条件。但这并不意味着批评家只需停留在形式层面，形式研究的最终指向还是政治。正如其所言，"我历来主张从政治、社会和历史的角度阅读艺术作品，但我决不认为这是着手点。相反，人们应从审美开始，关注纯粹美学的、形式的问题，然后在这些分析的终点与政治相遇。……我更愿意穿越种种形式的、美学的问题而最后达致某种政治的判断。"②尽管马克思主义文学批评要求"永远历史化"，认为政治才是其"绝对视域"，但是和形式主义一样，认为文学艺术的首要研究对象还是形式。不同只是在于形式主义仅仅停留在形式层面，不敢向意义、政治和意识形态层面迈进一步，而马克思主义则把后者作为其形式研究的最终指向。詹姆逊认为这种"把社会历史领域同审美—意识形态领域熔于一炉应该是更令人兴趣盎然的事情"。他之所以对卢卡奇情有独钟，原因就在于卢卡奇"从形式入手探讨内容"的方法是文学研究的"理想的途径"。③

由此可见，以辩证思维为指导，把马克思主义和形式主义结合起来进行综合创新是詹姆逊的文学批评的基本方法论。正因为对形式主义理论的吸收和借鉴以及对艺术形式的普遍关注，詹姆逊形成了自己独特的批评方法，也为他赢得了空前的声誉。2008 年，挪威路德维希·霍尔堡纪念基金会将

---

① Adam Roberts, *Fredric Jameson*, London and New York: Routledge, 2000, p.4.

② ［美］詹明信：《晚期资本主义的文化逻辑》，张旭东编，陈清侨等译，三联书店 1997 年版，第 7 页。

③ ［美］詹明信：《晚期资本主义的文化逻辑》，张旭东编，陈清侨等译，三联书店 1997 年版，第 13 页。

被誉为人文社会科学领域内的"诺贝尔奖"的霍尔堡国际纪念奖授予詹姆逊，认为他创造的"社会形式诗学""对理解社会形成和文化形式之间的关系作出了突出的贡献"。①詹姆逊自己也用"马克思主义与形式"或"历史"与"形式"来概括自己一生的学术研究。②詹姆逊坦言，作为一个马克思主义者，他之所以对形式问题如此感兴趣，原因在于"传统的马克思主义文学批评大都致力于内容和意识形态分析，总是关注内容因素，即作品的思想是什么？反映了什么样的意识形态？等等。很少有人研究叙事的特点、作品所采用的叙述方式以及意识形态得以呈现的形式"③。因此，马克思主义文学批评要取得新的进展，就应该将"形式的意义"或"形式的意识形态"作为突破口。

二、形式的意识形态

詹姆逊发现，"在近来的文学批评中，关于'形式的意识形态'的观点，即作品的形式而非内容有可能表达一定的意识形态倾向的观点，已经被人们普遍接受"④。伊格尔顿把马克思主义文学理论和批评划分为四种模式，即人类学的、政治的、意识形态的和经济的模式，在这四大模式中最具特色的当属意识形态批评模式，因为这种模式不是对文学作品的意识形态内容进行简单分析，而是把"形式的意识形态"作为研究对象。这种模式之所以能够获得马克思主义批评家们的普遍接受，原因在于它解决了文学理论研究中长期以来崇尚形式与崇尚内容两种观念之间难以调和的矛盾。正如伊格尔顿所言："如果马克思主义批评的第三次浪潮最好称为意识形态批评，那是因为它的理论着力点是探索什么可以称为形式的意识形态，这样既避开了关于文学作品的单纯形式主义，又避开了庸俗社会学。"⑤可以说，"形式的意识形

①　王逢振：《詹姆逊荣获霍尔堡大奖》，《外国文学》2008年第6期。

②　何卫华、朱国华：《图绘世界：弗雷德里克·詹姆逊教授访谈录》，《文艺理论研究》2009年第6期。

③　杨建刚、王弦：《马克思主义与形式——弗雷德里克·杰姆逊教授访谈录》，《文艺理论研究》2012年第2期。

④　Fredric Jameson, *The Modernist Papers*, London：Verso, 2007, p.114.

⑤　Terry Eagleton and Drew Milne (ed.), *Marxist Literary Theory：A Reader*, Oxford UK & USA：Blackwell Publishers Ltd, 1996, p.11.

态"概念的提出，或者把形式的意识形态作为马克思主义文学批评的主要对象，是西方马克思主义批评家对马克思主义与形式主义长期以来持续不断的论争的回应，也是在他们之间进行对话的结果，而这一批评范式的真正成熟完全得益于詹姆逊的批评实践。

马尔赫恩认为"形式与内容的关系"问题是马克思主义的当代发展中遇到的两大难题之一，另一个难题是"文本及其外部领域的关系"问题。① 不只是形式主义者对形式问题情有独钟，事实上，西方马克思主义者也一直非常重视形式问题。卢卡奇认为："艺术中意识形态的真正承担者是作品的形式，而不是可以抽象出来的内容。"② 阿多诺也认为，在艺术中，"形式是理解社会内容的钥匙"③。马尔库塞同样关注形式问题，认为"一件艺术作品的真诚或真实与否，并不取决于它的内容（即是否'正确地'表现了社会环境），也不取决于它的纯粹形式，而是取决于它业已成为形式的内容"④。因此，在法兰克福学派理论家那里，本来由内容所承载的艺术的意识形态和社会批判性在这里自然而然地转移到了审美形式上。

詹姆逊在对形式主义理论进行充分吸收的基础上将西方马克思主义的形式理论推向深入。如其所言："整个这一'形式—内容'的问题既不是纯粹局部的、美学的问题，也不是局部的、技巧的哲学问题，而是在各种当代语境中不断反复出现的问题。……内容和形式的问题大大超越了它们纯粹的美学指涉，从长远看，会不断涉及社会的各个角落。"⑤ 因此，解决形式与内容之间长期以来悬而未决的问题就成为建立科学的马克思主义文学批评的关键所在，而整个形式主义和西方马克思主义对黑格尔的形式与内容的二元对立关系的反思为詹姆逊重新思考这一问题奠定了基础。詹姆逊认为一切事物都处于二元对立的矛盾之中，我们对世界和事物的解释也是借助于二元对立。比如马克思主义的基础与上层建筑、主体与客体，结构主义的能指与

---

① ［英］弗朗西斯·马尔赫恩：《当代马克思主义文学批评》，刘象愚等译，北京大学出版社2002年版，第21页。

② ［英］特里·伊格尔顿：《马克思主义与文学批评》，文宝译，人民文学出版社1980年版，第28页。

③ ［德］阿多诺：《美学理论》，王柯平译，四川人民出版社1998年版，第394页。

④ ［德］马尔库塞：《审美之维》，李小兵译，广西师范大学出版社2001年版，第196页。

⑤ Fredric Jameson, *The Modernist Papers*, London：Verso，2007, pp.xvii-xix.

所指等等。"要摆脱二元对立并不是要消除它们，而是常常意味着使它们增多。"① 在文学研究中，最重要的二元对立就是形式与内容。"内容是形式的前提条件，形式也是内容的前提条件。要克服形式与内容的对立（即使它富有成效），必须使它复杂化，而不是消除其中的一个方面。"② 在他对形式与内容的二元对立进行复杂化而建立形式的意识形态批评模式的过程中，语言学家路易斯·叶尔姆斯列夫（Louis Hjelmslev）为其提供了重要的方法论启示。

　　根据叶尔姆斯列夫的看法，一种形式可以拥有自己的内容，这种内容区别于事件、人物和场景等内容，在一个特定作者修改形式以再现一种现实的过程中，事件、人物等内容可能充满形式。③ 也就是说，在一部文学或艺术作品中，形式中有内容，内容中有形式，事实上我们很难说清楚什么是形式，什么是内容。我们不能简单地说体裁、文体、句法、修辞是形式，而人物、故事、情节就是内容。可以说，在现代主义作品中，形式就是内容；反过来说也成立，现代主义作品的内容就是形式本身。在形式与内容的二元对立中片面强调任何一方而忽视另一方都会导致一种歪曲。形式与内容是互为条件的。因此，解决形式与内容的二元对立的唯一办法不是仅仅抓住一方而抛弃另一方，而是将这种对立进一步复杂化，并且分析二者之间的交叉和互渗关系。在叶尔姆斯列夫的两组二元对立，即表达/内容和形式/材料的分析模式的启发下，詹姆逊提出了自己的形式与内容的关系模式。他将形式与内容的二元对立复杂化为四项对立，即内容的形式、内容的内容、形式的形式、形式的内容。④

　　这四种组合已经穷尽了形式与内容之间可能构成的所有情况。詹姆逊认为，"从实践角度来看，其中的每一个组合或观点都反映了一种文学批评类型，它们各自在具有自己的有效性的同时也具有自己的内在局限性；从某些外在边界的角度来看，在从描述向处方（prescription）的滑动中，每一种

① Fredric Jameson, *The Modernist Papers*, London：Verso, 2007, p.xiii.

② Fredric Jameson, *The Modernist Papers*, London：Verso, 2007, p.xiii.

③ ［美］海登·怀特：《形式的内容：叙事话语与历史再现》，董立河译，北京出版社 2005 年版，第 207 页。

④ Fredric Jameson, *The Modernist Papers*, London：Verso, 2007, p.xiv.

组合都将为作家设置一个用以遵循的特殊的美学和程序"①。内容的内容指的是一种尚不具有实际的文学形式的社会和历史现实，或者说内容还处于无法表达和尚未定型的阶段。内容的形式是作家用以将这种无形的、原生态的现实，也包括抽象的观念表达出来的具体的文学语言和艺术形式。比如狄更斯以小说形式反映贵族阶级的生活。即使没有小说，这种生活也存在，但是它却只能是无形式的，而小说则使这种内容的内容具备了审美的形式，从而转化为艺术对象。一旦作家赋予了无形式的内容以形式，那么这种内容的形式就已经包含了我们可以称之为意识形态的任何东西。寓言就是对内容的形式的最集中体现。而形式的形式则是那种纯粹的无内容的纯形式，是康德所说的作为纯粹美的形式。詹姆逊认为，对内容的内容和形式的形式的过分强调代表了文学批评活动中的两种极端倾向。可以说，将文学艺术与社会现实和经济基础简单等同的庸俗马克思主义和简单的实证主义属于前者，而纯粹的为艺术而艺术的形式主义则是后者的代表。绝对地指向内容会走向自然主义，而绝对的形式主义则使艺术成为唯心主义和虚无缥缈的东西。那么，要超越这两种极端化倾向，就必须走向第四种情况，即关注形式的内容。现代主义表面上强调的是艺术形式的变革，但是它那变异的艺术形式下面隐藏的则是社会批判的意识形态内容。詹姆逊之所以对现代主义艺术情有独钟，其根本原因即在于此。他对现代艺术形式分析的最终目的就是要揭示出这种形式中的内容。詹姆逊把第四项，即形式的内容（形式的意识形态）作为文学艺术批评中形式与内容的二元对立的最佳解决方案。在具体的文学批评中，形式主要体现为叙事性文本，而内容就是意识形态。这样，形式的内容或形式的意识形态就转变为文本的意识形态。马歇雷和伊格尔顿的艺术生产理论讨论的就是意识形态如何进入文本，进而转变成文本深层的政治无意识的。形式的意识形态极其隐蔽，这就需要批评家对文本进行深度剖析，从而将这种意识形态或政治无意识挖掘出来，这也正是詹姆逊建立马克思主义文本阐

---

① Fredric Jameson, *The Modernist Papers*, London: Verso, 2007, p.xiv. 詹姆逊认为，形式与内容的二元对立构成的这四种可能组合各自代表了一种文学批评类型。他对这四重组合的分析是以从内容的内容、内容的形式、形式的形式到形式的内容的顺序进行的。他仅仅对前三种情况做了简要的分析和描述，而把第四种作为克服形式与内容的二元对立所出现的极端化倾向和一系列问题的解决方案。因此他说他的分析是一种由描述向处方的滑动。

释学的目的所在。

三、马克思主义的文本阐释学

詹姆逊认为，马克思主义作为一种元评论，它的阐释学和诸如伦理的、心理分析的、神话批评的、符号学的、结构的和神学的等等阐释方法都有所不同。马克思主义是一种多元开放的理论体系，它可以容纳当今知识市场上所有的理论方法，并将其转化为马克思主义的知识资源。正是这种开放性使马克思主义的阐释学成为"包含了明显敌对或不可通约的批判操作的所有批评都'无法超越的视域'"[1]。詹姆逊的"视域"（horizon）概念明显来自于伽达默尔的解释学，它对各种理论方法的综合吸收、融汇转化也正是伽达默尔所说的"视域融合"（fusion of horizons）。但是他并不关注现代解释学所注重的那些问题，比如海德格尔的前理解（pre-understanding）或先在结构（fore-structure）、伽达默尔的偏见（prejudice）和赫施（Hirsch）的假设（hypothesis）等等。詹姆逊的马克思主义阐释学所关注的是艺术形式中的历史和意识形态内容，即"形式的内容"或"形式的意识形态"。

如前所述，马克思主义的文本阐释学就是要将文本"永远历史化"。这包括相反相成的两个方面。一方面是要把形式或文本历史化，即把特定文本放入历史语境中来加以理解。在历史的长河中，任何解释都是相对的，都会带上特定时代的意识形态"偏见"，都体现着特定阐释者的"前理解"。但是如果就特定的历史语境而言，这种阐释则是"绝对有效的"。詹姆逊认为伽达默尔的阐释的历史相对主义和赫施的阐释的绝对有效性的对立忽视了特定历史条件下的意识形态限制，如果加入马克思主义的"绝对的历史主义"这一视域的话，这种对立就可以迎刃而解。[2] 另一方面则是历史的形式化或文本化。不同于马歇雷和伊格尔顿对文本概念的抽象化理解，詹姆逊极为关注叙事作品，他所说的文本就是叙事，而文本化就是叙事化。正如内容的内容

[1]　Fredric Jameson, *The Political Unconscious*, Ithaca, New York: Cornell University Press, 1981, p.10.

[2]　Fredric Jameson, *The Political Unconscious*, Ithaca, New York: Cornell University Press, 1981, p.75.

不能成为艺术一样，历史本身在文本中也只能成为一种阿尔都塞所说的"缺场的原因"。因此，历史要成为艺术对象就必须将其加以文本化，把历史纳入文本和叙事之中，这样历史才能转化为审美对象，我们所能看到的也只是文本化或叙事化了的历史，因此新历史主义把历史本身看作一种叙事也不无道理。

但是不同于叙事学所说的讲故事意义上的叙事，詹姆逊把这种叙事作为一种"社会象征行为"，一种潜藏着丰富的历史、政治和意识形态的象征性内涵的"寓言"。文本的审美化效果则使这种内涵处于一种无法察觉的状态，即文本中的"政治无意识"。用他的话说就是，"一切文学，不管多么虚弱，都必定渗透着我们称之为一种政治无意识的东西，一切文学都可以解作对群体命运的象征性沉思"①。比如，詹姆逊认为"现代主义自身就是资本主义，尤其是资本主义中的日常生活的异化现实的一种意识形态的表现。……然而，现代主义同时又可以看作是对物化给它带来的一切的乌托邦补偿"②。康拉德的现代主义作品就是高度物化和异化的资本主义现实政治的象征，其中每一个叙事文本都是一种意识形态象征行为，而每一个人物的故事都具有明显的象征意义。在康拉德的《吉姆爷》中，"斯坦的故事就是资本主义扩张的英雄时代正在逝去的故事"③。通过吉姆的故事，"康拉德假装讲述个人如何与自身勇气和恐惧斗争的故事，但他非常清楚真正的问题并不在这里，而在于吉姆不得不树立的社会样板，以及吉姆在意识形态神话中发现萨特式的自由而产生的非道德化效果，也正是这些意识形态神话使统治阶级发挥作用并断言它的统一性与合法性的"④。由此可见，叙事作为一种社会象征行为，其文本深层刻写着时代的意识形态。没有意识形态内涵的文本是根本不存在的，问题仅仅在于这种意识形态的性质和强度不同而已。但是由于文本

---

① Fredric Jameson, *The Political Unconscious*, Ithaca, New York：Cornell University Press, 1981, p.70.

② Fredric Jameson, *The Political Unconscious*, Ithaca, New York：Cornell University Press, 1981, p.236.

③ Fredric Jameson, *The Political Unconscious*, Ithaca, New York：Cornell University Press, 1981, p.237.

④ Fredric Jameson, *The Political Unconscious*, Ithaca, New York：Cornell University Press, 1981, p.264.

的意识形态不同于作家的意识形态，它可以独立存在，因此文本的叙事过程中所潜藏的这种意识形态甚至连作家本人也没有意识到。这也就有了作家背弃自己的阶级立场、作品超出作家预期效果的情况。

正是因为历史和意识形态是通过叙事的编码方式体现出来的，叙事过程中不可避免地带有丰富的意识形态内涵，并且文本的表层语言和结构与深层意蕴之间存在巨大差异，所以对叙事文本进行阐释就是极有必要的。可以说叙事和阐释是一对孪生姐妹，有叙事就必须有阐释。只有通过文本和叙事，历史才能够接近我们；同时，也只有通过阐释，我们才能真正理解和把握这种历史和意识形态。因此，"马克思主义的任务不是拒绝阐释，而是在历史的否定和压抑中解救阐释"[1]。这种阐释不是简单地弄清楚"它的意思是什么"，而是通过"主符码"或"主叙事"对复杂现实的不可避免的重写。可见，詹姆逊的这种阐释和形式主义者的"内在阐释"是不同的。在 60 年代之前美国学术界居主导地位的阐释模式是新批评，而詹姆逊所提出的阐释模式则完全不同。有人把二者做了一个比较，认为"新批评的巨大成功就是将美国大学中对文学的'政治的'解释锁闭起来，这种成功直接来源于他们所宣称的内在阐释。新批评的基本观点是，只有当所有外在于文本的信仰或教义都被悬置起来，文学作品的阅读唯独能够运用他们自己的标准和价值的时候，文学理解才成为可能。如果对这种内在解释看得过于重要的话，要发现形式主义者在哪里错了就是非常困难的。马克思主义和其他'政治的'文学批评方法认为新批评是错误的，因为它提供的是一种逃避主义的形式，用詹姆逊的话说就是，它否定和压抑了历史。"[2] 在詹姆逊看来，新批评等形式主义者试图摆脱政治和伦理的"内在的超越阐释"是不可能的，马克思主义阐释学的主符码是意识形态，准确地说是"形式的意识形态"。

"形式的意识形态"批评要求像形式主义者那样关注艺术形式，但是它"绝不是从社会和历史问题向更狭隘的形式问题的退却"，而是通过对艺术文本的审美形式的分析来揭示其中所蕴含的历史、社会和意识形态内涵。可以

---

[1]　William C. Dowling, *Jameson, Althusser, Marx: An Introduction to The Political Unconscious*, Ithaca & New York: Cornell University Press, 1984, pp.99-100.

[2]　William C. Dowling, *Jameson, Althusser, Marx: An Introduction to The Political Unconscious*, Ithaca & New York: Cornell University Press, 1984, p.104.

说，"詹姆逊对形式的强调已经成为他将以前明显非政治的东西予以政治化的主要工具"①。因此，在具体的阐释模式的建构中詹姆逊对形式主义，尤其是结构主义的阐释方法进行了批判性的吸收和借鉴。

通过对弗莱等人的批评理论的吸收和借鉴，詹姆逊提出了自己的"三个同心圆"阐释模式，并将其作为发掘文本深层政治无意识的有效方法。这个问题笔者已经有过分析，故在此不予赘述。②除此之外，他还将结构主义叙事学和符号学方法，尤其是格雷马斯的"符号矩阵"运用于对文本深层的政治无意识的发现和挖掘之中。詹姆逊虽然也意识到格雷马斯的符号矩阵"能否无限丰富地运用于文学与叙述性结构的分析也还是一个问题"③，但是这种方法为我们的文化分析提供了"整个意义产生的可能性"，可以为马克思主义文学批评"提供一条进入文本的路径"。比如，格雷马斯用符号矩阵将列维—斯特劳斯的人类学研究中所关注的两性关系进行分析，建立了"两性关系的社会模型"、"两性关系的经济模型"、"个体价值模型"，并由此构建起了一个人类的"性关系体系"。④詹姆逊认为如果我们把某一社会的婚姻规则作为起点，"这个语义四边形就能让我们得出这个社会常规的和可能发生的两性关系的全部内容"⑤。因此，正如把符号学方法作为"分析意识形态封闭的特殊工具"一样，詹姆逊把格雷马斯的符号矩阵也作为"一种探讨意识形态的方法"，并从中发现了"政治无意识"的运作方式。

如果说格雷马斯主要用这个符号矩阵来探究文学叙事中的深层结构模式，那么詹姆逊运用这一模式所发现的是这种深层结构模式中所包蕴的文化和意识形态内涵。比如，詹姆逊用这种方法对《聊斋志异》中的《鸲鹆》进行分析，剖析了人、非人、反人和非反人这四项对立所生成的金钱影响下的

---

① Caren Irr and Ian Buchanan (ed.), *On Jameson: From Postmodernism to Globalization*, Albany: State University of New York, 2006, p.5.

② 杨建刚：《文本与意识形态——马克思主义与形式主义对话中的一个关键问题》，《文艺研究》2010年第1期。

③ [美] 詹明信：《晚期资本主义的文化逻辑》，张旭东编，陈清侨等译，三联书店1997年版，第332页。

④ [法] A.J.格雷马斯：《论意义——符号学论文集》（上册），吴泓缈译，百花文艺出版社2004年版，第147—154页。

⑤ [美] 詹姆逊：《批评理论和叙事阐释》（《詹姆逊文集》第2卷），王逢振编译，中国人民大学出版社2004年版，第286页。

权力和友谊的逻辑关系。在詹姆逊看来，《鸲鹆》不再只是一个用于娱乐的故事，而是关于文明进程的，"探讨的是究竟怎样才是文明化的人"，"探讨'人'怎样可以变得'人道'，'人'又怎样成为'反人'，以及'非人'又怎样可以具有人性，等等。"在对《画马》的结构分析中，詹姆逊从中看到的也不只是故事是如何展开的，而是"一种新的再生产关系"，是对货币社会中的一个核心问题，即"货币怎样才能增长"或"货币再生产"进行艺术思考。康拉德的《吉姆爷》体现的是行动和价值的对立，"《吉姆爷》中的矩形是 19 世纪维多利亚时代的意识形态，是对资本主义社会的分析诊断"①。由此可见，通过对格雷马斯符号矩阵的运用，詹姆逊已经把文学故事变成了一种意识形态"寓言"。

除了对文学作品的分析之外，詹姆逊还把这一方阵运用到了对包括马克思·韦伯社会学理论、拉康的精神分析、乌托邦问题以及后现代主义建筑等文化问题的分析和阐释中去。格雷马斯的符号矩阵在詹姆逊这里已经具有了更广泛的用途和更深刻的文化价值，已经不仅仅是一种用于文化分析的特殊工具，而且成为社会文化存在的一种基本的方式。格雷马斯的符号学分析中运用了大量类似于数学公式的图式，因此有人称符号学为人文社会科学里的数学，具有明显的科学主义倾向。格雷马斯主要运用这个符号矩阵对叙事性作品的叙事结构进行语义分析，进而试图揭示故事背后的文化原型和深层结构。詹姆逊对格雷马斯符号矩阵加以运用并推进一步，用其挖掘文学作品叙事结构背后隐藏的意识形态或政治无意识，体现出较强的人文主义色彩。无论格雷马斯的符号矩阵理论正确与否，詹姆逊将它作为一种意义生产机制来使用的做法却是新颖的，而且对于说明叙事如何发生作用以加强或消解在不同发展时期社会结构的"意识形态"具有启发意义。

结　语

从以上分析中我们可以明显地看出，形式主义尤其是结构主义的方法

---

① ［美］杰姆逊：《后现代主义与文化理论》，唐小兵译，北京大学出版社 2005 年版，第 110—140 页。

已经渗透到了詹姆逊文学批评的理论建构和批评实践的方方面面。如果说结构主义也是一种阐释学的话，那么詹姆逊已经把它完全纳入了自己的马克思主义的阐释框架之中，从而极大地丰富和发展了马克思主义。站在马克思主义的立场上吸收和借鉴形式主义，进而对二者的方法和理念进行辩证综合，也成为詹姆逊文学批评和学术研究的方法论基础。伊格尔顿的新著《怎样读诗》（*How to Read a Poem*，2007）和《怎样读文学》（*How to Read Literature*，2013）延续了詹姆逊的批评方法，在借鉴形式主义批评方法对文学文本进行细读的基础上，进行了"形式的意识形态"的批评实践。尽管詹姆逊在马克思主义与形式主义之间的对话也存在诸多问题，对二者的辩证综合也不尽完美，但是这种在不同理论之间进行综合创新的方法却是非常有效的，对我国的文学理论尤其是马克思主义文学理论的发展具有重要的启示意义。

目前，我国马克思主义文学理论和批评的影响力之所以不断缩小，其中的一个重要原因就在于它对艺术形式的忽视使其对文学艺术缺乏真正的解释力。摆脱过去的宏大叙事，从粗线条的社会历史批评向文本自身的形式结构和审美价值回归，或者说把文学艺术的形式问题作为社会历史批评的起点和重要方面，应该成为中国马克思主义文学批评走出当前的低谷状态的重要途径。"马克思主义者到底该怎样读文学？"这也应该成为中国的马克思主义文学理论研究者认真思考和亟待解决的理论问题。

（原载于《文艺理论研究》2015 年第 1 期）

叙事的寓言性与汉语文学叙事的语义生成

张红军

　　学界大多认为，中国后来以小说为代表的叙事文学有三大源头，一是从上古流传下来的神话传说，一是以《春秋》、《左传》、《史记》为代表的历史著作，一是以《庄子》、《孟子》、《韩非子》为代表的诸子散文。这种说法自有其一定的道理。但是，就三个源头的实际影响力而言，则存在着很大的差异。

　　具体地讲，在汉语叙事文学发展过程中，先秦流传下来的神话传说所发生的影响，其程度很可能要远远小于先秦历史著作与诸子散文。

　　将中国与西方的情况加以比较我们就会发现，尽管中国也有自己的神话传说，但其文本形态与西方差异十分明显。从文体的角度看，中国远古神话远没有西方发达与成熟。杨义先生曾说："二希为代表的西方神话是故事性的，英雄（或神人）传奇性的；而中国神话则是片段的，非故事性和多义性的。"① 之所以中国远古神话给人一种"片段的，非故事性和多义性"的感觉，一方面因为它们往往突出的是作为名词而存在的神或英雄自身，而对神人事迹的叙述则往往十分简单、粗略，细节性的东西极少；另一方面，即便是十分粗略的事迹叙述，也往往很难找到一个从头至尾的完整故事。

　　到了西汉，才开始出现比较完整的记录神话故事的文字，但一方面它们仍然多附着在其他文本中，只是其他文本的一个片断，是议论说理过程中的一个例证；另一方面，其故事情节仍然十分简略。比如，"后羿射日"、"女娲补天"两个故事在《淮南子》一书中出现时，虽然已经比较完整，但都不

---

① 杨义：《中国叙事学》，人民出版社1997年版，第9页。

上百字。即使我们把这些片断看成独立的叙事文本，无论是从文学技术层面而言，还是从其在整个文化体系中的重要性而言，相较于历史文本与诸子文本，也都是不可同日而语的。神话传说对后世叙事文学的影响，恐怕主要是启发了人们的想象力，提供了叙事的素材，其文体学上的意义十分有限。

真正具有文体意义的叙事文学源头，是历史著作中的叙事以及诸子散文中为说理而进行的叙事。它们在启发后世文人的想象力、提供创作的素材之外，还对后世叙事文学的叙事技术、叙事风格以至于叙事伦理，产生了巨大的影响。就文本意义的生成方面而言，这种影响主要表现在后世的汉语叙事文学对历史叙事中那种看起来不动声色，却将自己的立场、态度巧妙地植入叙事过程，在对叙事的操控中隐晦地表达作者褒贬态度的"春秋笔法"的继承，以及对诸子散文以"事"为"象"，赋予所叙述的故事以深刻的寓意、严肃的教化内容的"寓言性叙事"传统的继承。

关于历史著作中的"春秋笔法"对后世叙事文学的影响，学者们多有论述，本文拟就诸子散文开启的寓言性叙事传统对汉语文本语义生成的影响这一问题进行探讨。

一、寓言性叙事

先秦诸子散文发展到庄、孟时期，已经开始有了质的提高。在此之前，《道德经》五千言，完全由语录片断构成，每一节都很简要，字数不多，常常三言两语，只讲看法、观点，极少论证。《论语》由于是孔子的门生编写，因此在记录孔子的话语时，往往会介绍会话的情境，有时候还会有人物对话，但仍然极少用解释性的文字将观点展开。而到了战国时期，以《庄子》、《孟子》、《韩非子》为代表的诸子著作中的许多文章，已经把重点放在了围绕自己的观点进行推理、说服、辩难的环节。更为独特的是，这些诸子散文在进行推理、说服、辩难时，多数时候并非只是抽象地议论，而是一方面使用大量生动形象的比喻，另一方面引用一些历史故事或民间传说，对读者或者是文章中设定的某个听众进行暗示、启发、诱导。《庄子》一书甚至常常虚构人物、编造情节，像写小说一样创造一些子虚乌有、离奇古怪的故事，进行说理。因此，叙事性片断在战国时期的诸子散文中，往往占据了很大的篇幅，在有些章节里，甚至成为文章的主体。许多深刻的哲理，富有价值的观点，通过一个个精彩的故事，以寓言的方式，被十分形象地传达出来。

相对于历史叙事，诸子散文中所讲述的一个个故事，实际上是以"事象"的方式存在的，能否领会这些"事象"背后的寓意，是能否理解这些文本的关键所在。这种形态的叙事，可以称为"寓言性叙事"。

《庄子》一书，现存33章，7万多字，有些篇目，如《齐物论》等，单篇就超过3000字。相比于惜墨如金的五千言《道德经》而言，的确可以称为鸿篇巨制。而实际上，就给人留下强烈印象的格言、箴言而论，《庄子》的8万字甚至不及《道德经》的五千言。《庄子》一书留在人们记忆里的，除它传达的那些睿智的人生哲理外，还有一个个颇具个性的人物形象——隐士许由、楚狂接舆、踌躇满志的庖丁、具有哲学家气质的石匠、与《论语》中的表现大相径庭的孔子及其一班弟子、自作聪明的惠施，同时还包括那些肢体残缺、相貌丑陋、衣衫褴褛，连名字都没有的小人物；这些人物之所以让人印象深刻，是因为他们与一些或可笑，或荒诞，或神奇，或玄奥的故事相关：五十步笑百步、朝三暮四、君子远庖厨、鲁侯养鸟、庖丁解牛、佝偻者承蜩……《庄子》一书的行文策略，是选取大量的譬喻，用许多生动的故事，反复地启发读者去领悟作者要传达的深奥的哲理。

《孟子》一书，虽在虚构故事、进行大胆想象方面不及《庄子》，但在用生动的故事讲道理，进行启发、诱导、说服方面，却在《庄子》之上。庄子本人一生只做过漆园吏这样的小官，他本人对官场充满厌恶与恐惧，愤世嫉俗，追求一种远离功名与礼教，放浪形骸的生活。孟子则有强烈的入世情怀，不但强调自己人格的修养，而且坚持要用自己的"仁学"去影响世道人心，影响现实政治，在礼崩乐坏的战国时代，重建儒家的道德理想与社会秩序。《孟子》一书，有相当多的篇幅涉及孟子与当权者之间的交往与对话。面对许多大权在握，骄横跋扈，在骨子里只相信权术、武力，却又希望得到一个"仁义"美名的王侯卿相，孟子在游说他们的时候，需要用十分高明的修辞技巧，才能够一方面让他们良心发现，有所悔悟，另一方面又不至于过分伤害他们的尊严，以招致杀身之祸。而孟子运用最为熟练的修辞技巧，就是从日常生活中的小事说起，广设譬喻，假定各种各样的情景，一步一步诱导，使对方不由自主地进入自己的思路，认同自己的立场与观点。

因此，中国战国时期汉语叙事水平的提高，不仅表现在历史著作中，而且表现在诸子散文中。而诸子散文中的叙事与历史叙事最大的区别在于，其中的许多叙事是与议论、说理相结合的，它们直接服务于观点的表达，具有强烈的寓言性。这种以所叙之事为一种意象，追求"事象"背后的譬喻性、象征性意义，以生动的叙事将话语接受者带入到某种假定的情境，使对方在潜移默化中接受叙事者立场与观点的叙事传统，对后来的汉语叙事文学，特别是小说发生了很大的影响。

二、家族相似

先秦诸子散文中许多本来是为说理服务的叙事片断如果独立出来，就成了一个个生动的寓言故事。从文体发展的角度看，这些寓言故事与作为中国后世叙事文学主体的小说，有着直接的血缘关系。

在汉语语境中，寓言作为一个明确的概念，首先由庄子提出来。《庄子》中有"寓言十九，藉外论之。亲父不为其子媒。亲父誉之，不若非其父者也；非吾之罪也，人之罪也"[1] 的说法。一般认为，庄子所说的"藉外论之"的"寓言"具有动词性，指一种修辞行为，其主旨是强调在试图说服对方接受自己的观点与立场时，不是采用直接说理的方式，而是用一些故事作类比，以曲折的方式进行启发、诱导，使对方在不知不觉中对自己的观点与立场加以认同。而对庄子而言，之所以采取这种曲折隐晦的方式，一方面是由于"藉外论之"的语言策略更容易在说者与听者之间建立起一种信任关系；另一方面，也因为庄子所说的许多道理是难以言传的，需要以一些具体的故事作为"事象"，象征性地加以传达。

如果说在《庄子》、《孟子》等书中，类似"五十步笑百步"、"朝三暮四"、"庖丁解牛"、"揠苗助长"、"月攘一鸡"这样一些具有寓言色彩的故事，还只是文章中用以说理的一些论据，并不构成独立的文体的话，那么到了《韩非子》一书中，当《储说》和《说林》将"郑人买履"、"滥竽充数"、"自相矛盾"、"讳疾忌医"等后人十分熟悉的寓言故事作为资料一个个辑录起来

---

① （清）郭庆藩：《庄子·杂篇·寓言》，《庄子集释》，中华书局1961年版，第947页。

的时候，即使按照近代以来受西方影响建构起来的"寓言"这一文体的诸种标准看，说这时候汉语的"寓言"文体已经形成，也并不过分。这些独立的寓言故事，实际上就是后世汉语小说的雏形。

有学者断言："古所谓'小说'的特点有三：一，主要出于流俗故事；二，以譬喻取义；三，用于游说。因此'小说'与'寓言'实乃二而一的概念，可以说先秦汉代所谓'小说'实际就是今之寓言。"①

如果说汉代以前人们所说的"小说"与"寓言"名异而实同，不同的名称只是强调了同一种文体的不同方面的话，那么后世那些与之有着血缘关系的文本，如《世说新语》、《搜神记》以及大量明清的笔记小说，在继承"小说"这一名称的"稗官野史，街谈巷议"基因的同时，也继承了"寓言"这一名称所包含的"藉外论之"，譬喻取义的基因。它们的目的，不仅仅要向人们讲述一个生动有趣的故事，而且在讲述故事的同时，也总是在试图通过具体的故事，启发人们领会某些抽象的人生哲理、道德观念或者是宗教信条。

总之，对中国古代的小说家而言，叙事本身并不构成全部的目的，甚至不是主要的目的。通过讲故事以传达故事背后的"寓意"，才是叙事的真正目的所在。因此，中国古代的小说文本普遍地具有"藉外论之"、譬喻取义的寓言性修辞指向。而"小说"这种充满世俗化色彩与娱乐性的文体，之所以在中国古代文学的整体格局中还能够占有一席之地，就因为它声称自己一方面具有"历史"的功能，可以"补正史之阙"；另一方面具有寓言的功能，故事背后包含着哲理与教化，可以启发人心，引导风俗。

三、宏观修辞

同样作为修辞策略，相比较而言，包含在《春秋》、《左传》等历史著作中的"春秋笔法"，主要通过具体历史材料的取舍处理，具体语词、句法的选择运用等叙事细节，制造文本的"微言大义"，属于"微观修辞"；而寓言叙事则着眼于事件自身的离奇性与文本结构的营造，以譬喻或象征的方式传

---

① 过常宝：《先秦寓言源流及其修辞功能》，《中国文学研究》2007 年第 3 期。

达故事背后的寓意，属于"宏观修辞"。

著名的史学家左丘明、司马迁、杜预、刘知几等人都认为，由孔子编写的《春秋》一书中，蕴含着许多富有启发性的处理历史材料与遣词造句的方法，最终在审美上达到了"文约事丰"的效果，在社会功能方面达到了"惩恶劝善"的目的。后人将《春秋》里蕴含的叙事手法称为"春秋笔法"。从杜预所总结的"春秋五例"看，所谓"春秋笔法"大致涉及如下一些具体的方法：

（1）对人物称谓的选择性使用，如《春秋》成公十四年书叔孙侨如前往齐国迎亲之事，初用加上氏族姓氏的"叔孙侨如"称之，表示是奉君命而为；后用不加姓氏的"侨如"称之，是表示对所迎娶的夫人的尊重。

（2）对有些句式的选择性使用，如《春秋》僖公十九年，书"梁亡"而不是"秦灭梁"，表示梁君众叛亲离，自取灭亡。

（3）对有些同义词或近义词的选择性使用，如《春秋》宣公七年，书"公会齐侯伐莱"，在公与齐侯间用"会"字而不用"及"字，表明出师是事先没有商议不得已的行为，因为"凡师出，与谋约及，不与谋曰会"。

（4）利用一些具有明确价值判断的词语进行叙事，如杜预所讲的《春秋》之例，齐豹忿卫侯之兄而杀之，《春秋》昭公二十年以"盗"称齐豹，直言"盗杀卫侯之兄絷"。

（5）对有些史实加以回避。杜预说《春秋》叙事有"诸所讳避"的现象，指的即是对有些史实故意避而不谈。如《春秋》僖公十六年、十七年有鲁僖公于淮会盟诸侯，次年灭项国，自九月而归的记载，但对僖公因灭项国而被齐桓公扣留，原为齐女的僖公夫人声姜为救僖公而与齐桓公相会于卞城的事，《春秋》却略去不录。对此，《左传》进行了补充，并认为这是作为鲁国人的孔子"为尊者讳"的缘故。

（6）对一些看似不起眼的细节进行强调。如《春秋》庄公二十三年记"秋，丹桓公楹"，即用朱漆漆桓公宫内的柱子。之所以特别强调这一细节，是因为用红色漆柱子是一种非礼的行为。①

而当先秦诸子以故事进行说理时，故事情节本身意义衍生的潜力以及

---

① （西晋）杜预：《春秋左氏传序》，见《十三经》，上海书店1997年版，第933—934页。

故事所在的具体语境是决定是否能产生所需要的寓意的决定性因素，叙事过程中具体语词、句式的选择、细节的处理不是作者叙事的着力点，也不是读者为领悟文本的意旨所需要关注的重点。同一个寓言故事，在不同的作者那里，或者同一作者的不同文本中出现时，文本细节可以有很大的差异，但并不影响意义的传达。如果所传达的意义存在差异，那是由其所在的语境决定的。

比如，著名的"朝三暮四"这个故事，同见于《庄子》与《列子》。《列子》一书叙述较详，不仅包括了事情的前因后果，而且还有一些生动的细节：

> 宋有狙公者，爱狙，养之成群，能解狙之意；狙亦得公之心。损其家口，充狙之欲。俄而匮焉，将限其食，恐众狙之不训于己也。先诳之曰："与若芧，朝三而暮四，足乎？"众狙皆起怒。俄而曰："与若芧，朝四而暮三，足乎？"众狙皆伏而喜。①

而《庄子》却对故事叙述得十分简单，只有一个大概的情节，仅用了26个字：

> 狙公赋芧，曰："朝三而暮四。"众狙皆怒。曰："然则朝四而暮三。"众狙皆悦。②

在《庄子》一书中，它的寓意是圣人不辨是非，才能化解矛盾，优游自得地生活。而《列子》一书则用以比喻圣人高超的统御之术。这种区别与两书对故事的不同叙述没有直接关系，而是只能从作者的行文风格与思维习惯去理解。在《庄子》一书中，决定故事寓意的，是这个故事前后庄子"可乎可，不可乎不可。道行之而成，物谓之而然"，"劳神明为一而不知其同也，谓之朝三"，"圣人和之以是非而休乎天钧，是之谓两行"③等议论；在

---

① 杨伯峻：《〈列子〉校释》，中华书局2010年版，第76页。
② 《庄子·内篇·齐物论》，见（清）郭庆藩《庄子集释》，中华书局1961年版，第70页。
③ 《庄子·内篇·齐物论》，见（清）郭庆藩《庄子集释》，中华书局1961年版，第70页。

《列子》一书中其意义的指向，则来自于"圣人以智笼群愚，亦犹狙公之以智笼众狙也。名实不亏，使其喜怒哉"① 这样的总结。

四、"故事 + 议论"的影响

诸子散文中"故事 + 议论"的模式，在《韩非子》以辑录寓言故事为职能的《储说》、《说林》中仍然得以保存。后世学者认为，《韩非子》的《储说》与《说林》两篇之所以辑录许多故事，主要是把这些故事作为写文章或者口头游说时可以利用的材料。所以它不仅把大量历史传说和民间故事按意义进行了分类，而且还对故事可能具有的"意义"进行了说明。如《韩非子·说林上》有"卫人嫁子"一则寓言，是这样讲的：

> 卫人嫁其子而教之曰："必私积聚。为人妇而出，常也；其成居，幸也。"其子因私积聚，其姑以为多私而出之。其子所以反者，倍其所以嫁。其父不自罪于教子非也，而自知其益富，今人臣之处官者，皆是类也。②

这种"故事 + 议论"的模式，深刻地影响到后来汉语叙事文学的文本结构。

打开冯梦龙的《三言》，或者凌蒙初的《二拍》，所讲的故事虽然千奇百怪，囊括世态万象的林林总总，但有一个基本的叙事模式却始终保存着，那就是每篇小说在故事正式开讲前，总要有一首甚至多首"入话"诗词作引导，结尾部分也要有一首总结性的诗词作为收束。这些首尾呼应的诗词，大多数承担着"点题"的任务，其主要功能便是为整个故事总结出一个有意义的"主旨"。这个主旨可以是对"因果报应"的强调，对侠义精神、江湖义气的赞颂，对人性弱点的批判与嘲讽，对世风日下、社会不公的谴责，或者是对人生无常、富贵似过眼烟云的感叹。其思想有些与佛教教义有关，有

---

① 杨伯峻：《〈列子〉校释》，中华书局 2010 年版，第 76 页。

② （战国）韩非：《韩非子·说林上》，辽宁教育出版社 1997 年版，第 66 页。

些是传统儒家价值观的内容，有些则纯粹是民间智慧与民间立场的体现，五花八门，来源十分庞杂，甚至前后矛盾，但却是白话小说文体结构的一个不可缺失的有机组成部分。它们头尾呼应，把夹在中间的叙事变成了显示某种意义的"事象"。正是因为有了这些诗词的总结，讲述充满世俗色彩与民间趣味的故事的行为，便被提升为与正统的诗文写作一样严肃而高尚的教化活动。

话本小说这种强调故事寓言性的文本结构，在后来的长篇章回小说中也可以隐约地发现。与话本小说的入话环节相似，汉语的长篇章回小说在开始的时候，总是会采用各种方式去设置一个游离于主体叙事之外的开头，这个开头叙述的故事、表达的观点或创造的氛围，具有统辖全书的作用。后来的整个故事无论怎样开展，各种现实的场景无论怎样具体生动，人物命运无论怎样起伏变化，从这样一个在开头就设定的观照角度看过去，所有的一切似乎都变成了演绎某种历史理性或者宿命结论的不太真实的幻象。《三国演义》所叙述的那段使许多英雄人物投入其中，征战杀伐，试图把握其走向，并由此而建功立业的历史过程，实际上早在开头的"合久必分，分久必合"的总结中决定了大致的走向，而小说开头那首《临江仙》，更是用"是非成败转头空"，"古今多少事，都付笑谈中"等警句，消解了下面所叙述的一个个英雄人物的野心、壮举、伟业。《水浒传》则用一个凌驾于全书故事之上的"楔子"，叙述了"洪太尉误走妖魔"这一情节，百二十回本的结尾，又用"天罡尽已归天界，地煞还应入地中。千古为神皆庙食，万年青史播英雄"四句诗，对楔子中的情节加以呼应，使得小说主体叙事中所涉及的那些梁山好汉的命运，笼罩上一层颇为神秘而宿命的色彩。全书对一个个英雄好汉传奇经历及轰轰烈烈的梁山起义过程的叙述，被放在由楔子与结尾的诗词组成的封闭空间中，便具有了一种形而上的哲学意味。

而在《三国演义》这部小说中，叙事者"拥刘反曹"的立场，则主要是通过一些细节体现出来的。比如，刘备本是一个民间的小人物，但却被《三国演义》安排第一个出场，而曹操的出场则晚于刘备。小说前两回，基本上都是围绕刘备展开叙事的，对刘备的第一次出场更是做了重度渲染。相比较而言，曹操在前三回都被提到，但却都是一笔带过。直到第四回，才有关于曹操的大段叙事，而就在第四回末，安排的却是曹操因猜忌误杀吕伯奢家小，并在已经知道误杀的情况下再杀吕伯奢本人，并说出"宁教我负天下人，休教天下人负我"的狠话。小说在叙述曹操残忍地杀人时，表面上使用的是客观叙述的语气，只是通过同伴陈宫之口，说了一句"知而故杀，大不义也！"安排这个故事，贬曹的目的十分明确，效果也十分明显。

《三国演义》一书还有一个细节处理，也很有意思：在第三人称叙述语言中，除回目名称外，小说都是直呼曹操其名，只有在以直接引语的方式引述人物对话时，才出现"孟德"的称呼。而对刘备，小说的第三人称叙述则几乎都称呼为"刘玄德"或"玄德"。这种向读者提示意义的方法，是典型的"春秋笔法"，它与寓言叙事着眼于整体结构的示义方法有着十分明显的区别。

五、语义生成

实际上，通过征引相关的言论或者是故事以增加自己语言的说服力这种"藉外论之"、"譬喻取义"的修辞策略，并不始于庄子的时代。不过，在战国以前，作为"藉外论之"、"譬喻取义"材料的言论或者故事，主要出自严肃的经史著作。而到了庄子时代及以后诸子的散文中，则大量选用出自民间的异闻传说。按照汉代班固的说法："小说家者流，盖出于稗官。街谈巷语，道听途说者之所造也。"① 从这个意义上讲，把诸子中的那些寓言故事视为"小说"，是有道理的。而这些"小说"作为出自民间的"街谈巷语"，之所以能够广为流传，与其故事涉及的人物、事件、情节等超越日常生活本身的庸常状态甚至是超越常识、违反生活逻辑、荒诞离奇有关。

而一个事情如果太像"故事"，当有人去讲述它时，就很容易让人联想讲述它是"别有用心"。所以，一个寓言性叙事，其所叙故事的意义生成能力，往往与它作为一个故事的"传奇"色彩有关。

对后世的读者而言，《韩非子》一书专事搜罗异闻，纂辑成篇的《储说》、《说林》两部分内容，与子书的文体差异实在太过明显，倒是与《搜神记》、《世说新语》、《太平广记》乃至以后的《阅微草堂笔记》、《聊斋志异》

---

① 《汉书》，中华书局1997年版，第1745页。

之间，有太多"家族相似"的特征。因此，把它称作最早的笔记小说，并不过分。一方面，当人们面对《储说》、《说林》中的一个个带有寓言性的故事时，很难只专注于作者赋予它的说教性过强的"寓意"，而不把它当成有趣的故事阅读；另一方面，当人们面对《搜神记》、《世说新语》乃至以后的《阅微草堂笔记》、《聊斋志异》等"文人笔记小说"时，即使作者不去对一个个故事的寓意进行说明，读者也很难仅仅把它当成离奇的故事来读，而不去思考作者隐藏在这些离奇故事背后的"言外之意"。纪昀的弟子盛时彦在为他的《阅微草堂笔记》作序时，就称这部书虽然"俶诡奇谲，无所不载，洸洋恣肆，无所不言"，但却"大旨要归于醇正，欲使人知所劝惩"。①

　　与文人笔记小说多搜罗狐鬼神仙故事或者是有关名人的奇闻轶事比较起来，宋明以降大量产生的话本小说，其题材往往是日常化的，角色多是一些民间的世俗人物，事件发生的场所也多为家庭、市井、坊间。但是，凌蒙初仍然以自己作品中的故事为"传奇"，话本小说中的情节也的确是遵循"无巧不成书"的原则进行结构的，这使它与生活本身仍然有不小的距离，从而具有了寓言叙事的潜能。

　　由于作者水平参差不齐，读者以普通市民为主，因此话本小说作者所总结的故事的寓意，常常会显得有些生硬，落入俗套，甚至成为陈词滥调。但是，当读者自觉地把文本中的故事当成一个具有寓言性的叙事去接受时，其思考与领悟，常常超越文本中的总结性文字提示的方向与所能达到的深度，文本的意义因此由封闭走向开放。比如，《卖油郎独占花魁》是冯梦龙《醒世恒言》中一个十分著名的故事。对于这个故事，从题目到话本前后的诗词，作者都是在"卖油郎"的身份、意料之外的桃花运、男人的风流韵事等意义节点上作文章。如果这个故事的"寓意"如此俗套，它不可能从话本小说众多狎妓题材的作品中脱颖而出，受到历代读者的普遍喜爱。这个故事蕴含的"追求真正爱情"、"尊重女性人格"的精神，可能是后世读者被这个故事所感动的重要原因。寓言式叙事这一结构形式本身，已经为受众越过对具体故事情节的关注以及作者对文本的解释，自己去寻找叙事背后的意义打

---

① （清）盛时彦：《阅微草堂笔记·序》，见（清）纪昀编《阅微草堂笔记》，岳麓书社1993年版，第1页。

开了十分方便的大门。

长篇小说中，《水浒传》、《三国演义》这些虚构与历史相结合，现实主义色彩十分浓厚的章回小说，其寓言式的结构安排带给文本的意义生成空间，实际上也受到一定的限制。而对于一些情节离奇、虚构性强、具有强烈象征意味的作品，如《西游记》、《红楼梦》等等，汉语小说的寓言叙事传统便有了更适宜的发挥空间。《红楼梦》之所以具有强烈的寓言性，成为一本解释不尽的书，不仅与整体结构设计上的寓言式安排有关，也与这部小说"满纸荒唐言"，故事基本上出于虚构有关。虚构而非写实的特征，使许多读者相信小说中的每一个看起来生动真实的故事，都是一个庞大的寓言叙事的组成部分。因此，对《红楼梦》解读的过程，就成了永远没有终结，同时又充满趣味的过程。当后来的"索引派"或者是"考据派"，试图把书中的每一个人物、每一个故事情节都"坐实"时，实际上是阻断了这部作品意义衍生的路径，作为小说的《红楼梦》也就因此死亡了。作为20世纪初期"红学"研究中"考据派"的代表人物，俞平伯先生后来反思自己的研究思路时多次指出，《红楼梦》研究，首先必须把它当成一部虚构的小说，不然就会钻牛角尖，把研究者自己给弄糊涂。

红学研究中的"索引派"也好，"考据派"也好，其实都是按照读史的方式去解读《红楼梦》这部小说的。前者寻找的是"春秋笔法"背后的"微言大义"，后者则试图借小说还原真实的历史细节。而此路之不通，恰恰证明了汉语叙事文学在"历史"叙事的征实精神与"春秋笔法"的"微言大义"之外，还有另外一些意义生成的方式，这些意义生成方式许多是"寓言性叙事"这一传统赋予它的。

（原载于《广东社会科学》2015 年第 4 期）

关于中国古代文论现代转换的再思考

朱立元

一、旧话重提：中国古代文论现代转换

一般认为，"中国古代文论现代转换"这一命题，最早是在 1996 年 10 月西安召开的"中国古代文论现代转换全国学术研讨会"上提出的。其实，从目前掌握的材料看，它应该是由钱中文首先提出的。1992 年，在开封举行的"中外文艺理论研讨会"上，他说："如何在不同理论形态中，分离出那些表现了文学创作普遍规律的理论观念，使之与当代文学理论接轨，融入当代文论，成为它的组成部分，这是一个极有意义的工作。"[①]

20 多年来，我国文艺理论界的讨论重点和关注热点几经转移，但中国古代文论现代转换的命题仍是一个受到学者关注的话题。这至少说明三点：一是这个话题在当代中国语境中并没有过时，仍然是当代中国文论研究绕不开的话题之一，仍有持续的现实意义；二是这个话题背后所意指的问题尚未得到根本解决，所提出的任务更是远未完成；三是对这个话题的讨论虽然比较深入，但人们似乎觉得意犹未尽，还有进一步言说的空间。据此，我认为有必要旧话重提。

以时代发展的视野来看，更重要的是，自改革开放迄今，我国社会主义市场经济已发展到一个新阶段。在目前经济全球化迅猛推进，社会文化整体加快现代转型的大背景下，在信息化、网络化和多媒体时代人们的生存、生活方式发生巨变的情况下，强调传承和弘扬中华优秀传统文化，接续民族

---

① 钱中文：《会当凌绝顶——回眸二十世纪文学理论》，《文学评论》1996 年第 1 期。

文化传统的精神命脉，就显得比过去更为重要和紧迫了；而且，我国传统文化、特别是古代文化（包括古代文论）有着辉煌灿烂的历史，当代中国文论或者文艺学的创新与建构，必须接续古代文论传统的精神血脉，继承和发展其中仍有生命力和普遍意义的优秀成分，以建设具有时代精神和现代意识，对新时代中外文学新现象、新现实具有强大阐释力的中国当代新文论。可事实上，当代中国文论存在过于跟随西方文论而脱离中国古代文论传统的状况，因而，中国古代文论现代转换的问题就仍会成为我们当前继续探讨的重要课题。

　　自这个命题提出后，虽然有少数学者持全盘否定的激进态度，但大多数学者还是认同这个命题的，并从各个方面和层次进行了广泛、深入的阐述和发挥。他们认识到，中国古代文论的传统是极其深厚、广博和丰富多彩的，但它毕竟是过去时代的产物。其中的许多概念术语、逻辑范畴、思维方式、话语系统、价值取向、审美趣味、艺术尺度等，不能直接、简单套用到当代文论的话语系统上，不能直接应用于当代文论的理论建构。① 所以，我们必须与时俱进，在继承和运用中扬弃，才能使中国古代文论传统中仍有生命力的优秀内容在当代文论建设中焕发新的活力。这个与时俱进的路径应该就是"中国古代文论的现代转换"。

二、现代与古代两个文论传统及其现实意义

　　谈到承续传统，人们往往只想到 19 世纪以前的古代文化、文论旧传统，而忽视了这一个多世纪以来不断生成、事实上已经成为我们新鲜血液和营养的现当代文化、文论新传统。从上古到晚清，中国古代文化（包括文论）历经数千年的变革、起伏、动荡、筛选、积淀和演进，趋于成熟，但是作为文化传统的一个大的发展阶段，其生命力也在走向衰竭。当然，所谓"衰竭"并不是说古代传统真的已经死亡，已成为木乃伊式的古董了，而是说，其中一部分不合时代发展的旧质已被现当代新传统所扬弃，一部分则以隐性渗透的方式潜移默化注入新传统的构建过程中，继续发挥着某些潜在的功能。同

---

① 　熊元义：《当代文论建设与文艺批评发展》，《文艺报》2014 年 8 月 1 日。

时，古代传统的衰竭本身也标志着一个现当代新传统的开启。自晚清、民初起，我国现当代文论始终处于剧烈变化和动态生成的状态，经过内外诸因素的交织作用和不断变革、创新，已逐步形成一个不同于古代文论传统的、具有新"质"的传统。

现当代文论传统的新质，集中体现于中国特色的现代性的逐步形成。这里，现代性不仅仅是一个相对于古代而言的时间概念，更是一个逐步向现代社会全方位转型的社会学概念。它与自晚清、民初开始的社会性质大变化，与社会经济、政治特别是文化生活的现代化进程、现代科学革命密切相关。在文学、文论和美学上，这种现代性又突出体现在如下两个方面。

一是文艺和审美"自律"的现代观念的形成和发展。在西方，18 世纪启蒙运动和新古典主义兴起之后，自主自律的艺术作为一种现代现象迅速出现，并逐渐上升到主流地位。在自律观念的引领下，西方文艺和美学逐步摆脱长期以来的工具性和实用功利性，并在理论上获得自觉的肯定和强有力的辩护，唯美主义、象征主义、表现主义以及形形色色的形式主义文论和美学思潮，都是这种现代自律观念的理论表现。无独有偶，在中国 20 世纪初，这种自律观念也开始出现。总之，从梁启超、王国维开始，经五四至今，中国文论的两条基本思路一直在或隐或显、时起时伏地交锋、交织、冲突和互渗，从而构建整个现当代文论传统的基本矛盾和走向：一个新工具论，一个自律论；一个以政治现代性的强化为目标，一个以审美现代性的追求为指归。就学术性质而论，这两种文论思想之争已经超越古代文论的古典性思想范畴，具有中国特色的现代性内涵。

二是现代文论的发展。它是一个不断超越直观，逐步走向科学的过程。这里的"科学"不是专指那种精确、量化的自然科学，而包括下列一些特质：现代的学科分类、学科构成的体制、机制，严密的抽象思维、理性思辨的方式，归纳与演绎、分析与综合相结合的研究方法，等等。中国古代文论缺乏这些内容，而偏重于直觉、顿悟和对感性体验的描述，这是学界比较一致的看法。但现当代文论在这方面已有极大的改变，在学科划分、思维方式、研究方法、逻辑推演、范畴系统、体系构架、话语表述等各个方面都逐渐摆脱、超越了古代文论的感性直观性，因而，其现代性和上述意义上的科学性则越来越强。

　　五四前后，中国学界积极引进"西学"，以建立科学化的现代学科分类体系。如果将此努力放在 20 世纪人类知识和思维方式发生巨变的历史背景下考察，那么，从前学科到建立科学形态的变革这一历史使命已经完成。就构成文学理论研究对象的"文学"一词而言，其现代意义的生成及其作为一门独立学科的诞生，乃是清末民初我国现代大学教育体制和学科分类体制在国内外多重因素综合作用下共同建构的产物。① 作为一门独立的学科，文学理论的产生略晚于文学学科，前者是在文学的现代意义及其学科存在被学界普遍接受之后，学者们出于对各种文学批评、文学和文学史研究的综合思考、理论提升和建立独立学科的需要而创建的。一旦文学理论这个名称被学界接受，它又反过来被用于概括从古至今所有被当作文学批评的资源和材料。例如，古代一切形式的"诗文评"（包括明清的小说、戏曲评点等）都被"文学批评"术语所概括。

　　中国古代文论是作为一门现代学科而生成的。一方面，它反映了 20 世纪初我国学术文化、知识谱系、学科分类走向现代的整体转换，是与人类知识和思维方式的演进过程一致的，是符合人类思维发展的普遍规律和一般趋势的。另一方面，它也充分展示出中国古代文论经历从古典直观形态走向现代科学形态的现代转型过程。这使文学的理论研究特别是古代的"诗文评"，从以零散的感性经验描述和印象式的点评为主，上升为理性的思维、范畴的设置、理论的概括、逻辑的演绎和体系的综合，从直观、感悟的方法上升为分析与综合相结合的辩证方法。因此，它提高了文学研究的综合性、抽象度和概括力，从而首次获得了独立学科的形态和地位。中国古代文论传统就是以被现代性重新整理和塑造这一特殊方式，进入现代文论的新传统的。

　　由此可见，今、古（或新、旧）两个文论传统，都是我们当下需要面对的。当然，在两个传统的深层还存在着一定的继承关系。在现代新传统中，还是有许多古代思想在破旧立新的改革浪潮中被保存下来，而且这些思想远比人们所知道的要多得多。例如，现代文论新传统中始终占主流地位的"文学为政治服务"的观念，就是古代文论中儒家"文以载道"思想在新历史条件下的保存、延伸和发展。同理，不占主流的审美自律观念与受道

---

① 参见朱立元、栗永清《试论现代"文学学科"之生成》，《文学评论》2008 年第 5 期。

家、佛学思想影响的诸多古代文论，存在或隐或显的内在联系。正因此，古代、现代两个传统之间不只有断裂，还有延续和承继；不只有根本上的异质变动，还有局部的同质保存。在根基上，它仍处于中华民族同一文化传统的延伸、发展、深化的过程中，并没有完全脱离自己的古代传统。正如鲁迅所说，新文学和旧文学中间难有截然的分界。① 这里的文学应该包括文论。

同时面对这两个既有承续、又有断裂的传统，该怎么办？我以为，由于直接面对的是与我们没有时空距离的现当代文化、文论传统，只要认真总结经验、吸取教训、与时俱进，此一传统接续还是比较容易的。而与古代文化、文论传统的接续则相当麻烦，因为它不但在时间上与我们有一个世纪的距离，而且由于上述重大断裂造成的生存方式、生活方式（包括精神文化活动方式）的巨变，特别是全球化带来的经济社会生活的新转型，古代传统与当下现实之间出现了严重的脱节。这种脱节从社会生活方面来说表现为，19世纪以前的古代社会生活（包括文化生活）事实上主要存在于少数专业学者的研究视域内，而与广大民众的现实生活关系不大。而古代文论传统与当下文化、学术研究之间的脱节则更为明显：第一，以前学科形态存在的古代诗文评，与以现代学科形态生成和存在的文学理论（文论）在存在形态上有着质的区别；第二，二者之间更深的鸿沟，还在于文论赖以言说和表达的话语方式发生了大的断裂，古代诗文评以文言文（古汉语）为载体和存在方式，而在清末民初白话文（现代汉语）逐步取代文言文，成为大多数文类、文体（包括各人文社会科学和文论的学科文体）进行书面表达和言说的主要方式。古今文论所依存的这种话语方式的突变，由于国外（主要是西方）文艺理论的大量译介和输入而变得格外明显。不但译介外国文论多用白话文，而且梳理、阐释、概括、研究古代诗文评，也越来越多或部分使用白话文。这样，作为古代文论主体的诗文评，就与现当代文论在话语和言说方式上形成隔阂。鲁迅说过："中国虽然有文字，现在却已经和大家不相干，用的是难懂的古文，讲的是陈旧的古意思，所有的声音，都是过去的，都就是只等于零的。所以，大家不能互相了解，正像一大盘散沙。"② 鲁迅的时代尚且如

---

① 《鲁迅全集》第 5 卷，人民文学出版社 2005 年版，第 366 页。
② 《鲁迅全集》第 4 卷，人民文学出版社 2005 年版，第 12 页。

此，当今多数国人对以文言文言说的古代文论，更是存在着很大的阅读障碍。所以，相比之下，接续古代文论传统难度更大，而且人们的紧迫感也不强。然而，在古代文论中确实有无数精华和珍宝，许多方面在今天仍然有强烈的现实意义和普遍价值，需要进一步开启和发掘。因此，我们应该在立足现当代文化、文论新传统的基础上，排除各种障碍，更自觉地关注古代文论的研究，下更大功夫，用现代意识去审视古代文论传统；更主动地整理、发现、选择、阐释、激活和吸纳其中仍有生命力、契合当代精神价值的优秀成分。对古代文论进行创造性的现代转换，使之成为当代中国文学理论建构中的有机组成部分，这也是重提"古代文论现代转换"命题的现实意义所在。

三、关于中国古代文论现代转换的几点补充意见

关于中国古代文论现代转换，这些年来，学界已从各个角度和层面发表了许多宝贵而中肯的意见，这里我不再赘述，只想就其中尚未充分展开之处做几点补充。

首先，关于现代转换之"现代"含义的理解，还有一个借鉴西方（包括苏俄）文论，建构现代文论这一极为重要的方面。其实，这种现代转换是从 20 世纪初伴随整个现当代文论传统的生成和发展过程而开始的。而且，这个过程与借鉴西方文论密不可分，时间上也几乎是同步进行的。但需要强调的是，借鉴西方文论来研究古代文论，乃是中国学者的主动追求和积极选择，这与当时的时代潮流相关，并非某些学者的个人行为。这种现代转换的性质，既是学习、借鉴西方文论，又是与之对话、博弈、冲突或互释互动的交流活动，而决不能笼统地用"西化"概括之。毋宁说，这种转换乃是一个"化西"①的过程。这种主动"学西"继而"化西"的现代转换，在 20 世纪前半叶取得了一系列重要成果，使中西文论得到了不同程度的融合。

比如，郭绍虞、罗根泽等在创立中国文学批评史即中国古代文论史时，

---

① "化西"的提法不知是谁首创，笔者是从宋剑华的文章中看到的，深为赞同。（参见宋剑华宋《"西化"与"化西"：对新文学现代性的重新思考》，《中国社会科学报》2014 年 10 月 17 日）

就直接借鉴了西方文论。郭绍虞吸纳了西方进化论思想和现代审美自律观念，严格区分"杂文学"和"纯文学"，用纯文学观念来耙梳、归纳和评判大量零散的诗文评材料。在《中国文学批评史》中论及批评史分期问题时，他也借用进化论作为批评史书写的脉络。罗根泽虽然更重视对中国古代文论的真相和原貌的还原与揭示，但他也自觉地借用西方的"文学批评"（Literary Criticism）概念来命名中国古代文论的"诗文评"。朱自清在评论《中国文学批评史》时说："'文学批评'一语不用说是舶来的。现学术界的趋势，往往以西方观念为范围去选择中国的问题；姑无论将来是好是坏，这已经是不可避免的事实。"① 他也坦率承认，自己的诗歌分析批评就直接受到英国文学批评家瑞恰兹（I. A. Richards）的影响和启发。

又如朱光潜的《诗论》，也是自觉地多方借鉴了西方文论与美学，以中国古典诗歌为主要研究对象，建构起第一部系统的中国诗学理论著作。他所借鉴的主要有叔本华与尼采的"意志论"、克罗齐的"直觉说"、里普斯的"移情说"。虽然以西释中仍然是"学西"的初级阶段，但由于他能融通中西，巧妙地将这些西方理论与中国古典诗歌的创作、欣赏实践结合起来，所以能够创造性地提出"意象与情趣的契合"构成"诗的境界"的新诗论。② 关于中西学术之间的互动、互促，王国维有过精彩之论："余谓中西二学，盛则俱盛，衰则俱衰，风气既开，互相推助。且居今日之世，讲今日之学，未有西学不兴，而中学能兴者；亦未有中学不兴，而西学能兴者。"③ 这大概也同样适用于中西文论之间的互动、互促吧。

其次，关于当前这种现代转换应该如何继续进行的讨论，众说纷纭，其中有不少宝贵、精彩的意见和建议，有一些还具有可操作性。笔者只拟就几个存在争议或尚未充分展开的话题谈一点看法。

第一，讨论者普遍认为，中国古代文论现代转换的主要目的是要实现"古为今用"，但对如何"用"则有不同的理解。有人认为，对古代文论的整

---

① 《朱自清古典文学论文集》下册，上海古籍出版社 1981 年版，第 541 页。
② 朱光潜引用克罗齐《美学纲要》中的一句话："艺术把一种情趣寄托在一个意象里，情趣离意象或是意象离情趣都不能独立。"之后提出了上述理论，可见他受到克罗齐的直接影响。（参见《朱光潜全集》第 3 卷，安徽教育出版社 1987 年版，第 54 页）
③ 姚淦铭、王燕编：《王国维文集》第 4 卷，中国文史出版社 1997 年版，第 367 页。

理、阐释是"用"的前提，真正的"用"是用古代文论中有用的东西来构建当代文艺学，① 这实际上将古代文论的整理、阐释排除在现代转换之外。也有学者认为，研究古代文论的目的或"用"应该是多元的，它既有助于建立当代具有中国特色的文论，也可以把重点放在古代文论本身的基础研究上，所谓"不用之用"。② 实际上，这是把对古代文论的各种研究看作不同层次的现代转换。我认为，前一种意见是对现代转换的狭义理解，即直接为构建当代有中国特色的文艺学服务；后一种是广义理解，即认为运用现代观念以整理和重新阐释古代文论的做法也是现代转换的重要内容和组成部分。我同意后一种意见，这种基础性工作本身也是对古代文论的原始形态作现代性的梳理和阐释、发挥，即通过注入系统、理性的逻辑因子以改变其零散、感悟的状态，从而使其获得某种现代性的理论品格。实际上，这种对古代文论进行现代阐释的做法，已成为新时期以来古代文论现代转换的主流或主要方式。拿被称为近二三十年古代文论研究集大成的"四大文论史"③ 来说，它们就是从史料的钩沉、思想脉络的把握、范畴系统的凝练、理论框架的建构等各方面，以现代眼光对古代文论进行了富有创造性的阐释，完全可以称得上是现代转换的典范。

第二，以动态演进的生成论视角对古代文论极为丰富、驳杂的范畴、概念的潜在体系要素加以发掘、梳理，将其理论化、层次化、体系化，这应当是现代转换的题中应有之义。不过，在讨论中也存在不同意见：有的学者从时过境迁的角度切入，认为古代文论的"术语和范畴适于说明古代文学的特点"，"语境的丧失使得古文论无法用以评说今日之文学"，"相当一部分的范畴，代表着一种特定的美学要求，是文学发展到一定阶段的产物，并不具备普遍的意义"，因此，"范畴能否转换是非常困难的"。④ 但是，也有学者认为："把古代的范畴原意阐释清楚，就算是一种转换了，因为这种阐释就是

① 蔡钟翔：《古代文论与当代文艺学建设》，《文学评论》1997 年第 5 期。
② 罗宗强、卢盛江：《四十年来古代文学理论研究的反思》，《文学遗产》1989 年第 4 期。
③ 王运熙等：《中国文学批评通史》（七卷本），上海古籍出版社 2011 年版；罗宗强：《中国文学思想通史》（八卷本），中华书局 1996 年版；蔡钟翔：《中国文学理论史》（五卷本），中国人民大学出版社 2009 年版。张少康等：《中国文学理论批评发展史》（两卷本），北京大学出版社 1995 年版。
④ 罗宗强：《古文论研究杂识》，《文艺研究》1999 年第 3 期。

现代的阐释。"① 我同意后一种意见。的确，古代文论总范畴体系之下各个方面与层次的范畴都有其产生、演变的历史语境，对其进行简单改造、转换，然后直接套用到当代文艺学理论上，可能导致牵强附会甚至走进死胡同的结果，这绝不是真正的现代转换。对于古代文论的范畴体系，我们要用现代观念与方法进行细致整理、悉心体会、融会贯通，在中西比较与对照中加以重新阐释，将其内在的"潜在体系"各要素分门别类、全方位动态地展现和揭示出来，这样的现代阐释才是货真价实的现代转换。近年来，我们在这方面有丰硕的研究成果。例如，汪涌豪的《中国文学批评范畴十五讲》被罗宗强看作现代"话语转换"的实绩之一，该著将范畴研究展开和细化了，除了对范畴的性质与特点、内在联系、显性与隐性等诸问题的研究之外，还将研究落实到"涩"、"老与嫩"、"闲"、"躁"、"淡"、"风骨"等概念的精微解读上。在对范畴作不同层面的解读和分级的同时，还探索不同层级范畴之间的关系，不同元范畴之间的联结，从而呈现出我国古文论内在的发展理路。②

　　第三，还有一部分学者则志在长远。对于古代文论中仍有生命力、普遍价值的内容，及其对当代思想文化有精神引领作用与现实启示性的东西，学者或从总体或从局部（如某些总结性范畴、某种具有清晰历史脉络的批评理论和传统等）进行了细心的发掘，并对它们进行现代阐释和现代转换，将其激活，使其与当代文艺学勾连和对接起来，参与或融入当代文艺学的理论创新和建构中，在这方面也有不俗的成绩，比如童庆炳等人著的《现代学术视野中的中华古代文论》、《中国古代文论的现代意义》堪称范例。他们站在时代的高度，将古代文论与西方现代心理学、美学结合起来，进行互相比照阐释，深入分析：用"一个情感的快适度的命题"阐释孔子的"乐而不淫，哀而不伤"；用"情感的一度转换"阐释《文心雕龙》的"蓄愤"和"郁陶"；将庄周梦蝶的"物化"与西方的"移情论"进行互释；对孟子的"以意逆志"和"知人论世"作出"消除距离"、"视界融合"的现代阐释学新解，进而提出"接受美学思想的幼芽产生于中国"的新观点。如此等等的看法，

① 转引自张少康的会议发言，参见屈雅君《变则通通则久——"中国古代文论的现代转换"研讨会综述》，《文学评论》1997 年第 1 期。
② 参见汪涌豪《中国文学批评范畴十五讲》，华东师范大学出版社 2010 年版，罗宗强"序"，第 2 页。

非常精彩，又自然贴切，令人信服。童庆炳等人多年来一直坚持继承传统与借鉴西方相结合，在古代文论的研究方法上做了卓有成效的探索，初步形成"中国文化诗学"的阐释理念和研究方法。此外，值得一提的还有顾祖钊等的专著《中西文艺理论融合的尝试》。该书通过耙梳古代文论中气、韵、神三个基础性、本体性的范畴，进而拓展到"气韵生动"这一核心命题，并比照苏珊·朗格的生命美学给命题以新的现代阐释。他又借鉴英加登的文本四层次说，尝试建构起一个由言、象、意三个层面叠合的、开放的文学文本构成论体系，这些都为当代文艺学创新建构提供了有益的启示。

以上所论，并不能涵盖古代文论现代转换问题的所有重要方面，所举例子更是挂一漏万。但有一点可以肯定，对于古代文论要不要进行现代转换，能不能实现现代转换的问题，不再是一个需要争论的纯粹理论问题，因为我国广大文艺理论工作者已经在扎实有序地进行着这个现代转换的巨大工程，并取得了可喜的成绩。最后，我想引鲁迅所赞许过的一种具有普遍意义的学术研究气度和路径来结束本文："纵观古今，横览欧亚，撷华夏之古言，取英美之新说，探其本源，明其族类，解纷挈领，粲然可观。"①

（原载于《中国社会科学》2015 年第 4 期）

---

① 《鲁迅全集》第 8 卷，人民文学出版社 2005 年版，第 370 页。

从当下实践出发建立文学研究的中国话语

高建平

一、当前对待西方文论的两种态度

随着中国的经济发展、国力增强，中国话语建设逐渐成为一个学界关注的焦点。建立大国的学术，要有大的气象，要在世界上发出自己的声音，当然，学术话语的建构要用学术的方式，按照学术的发展规律来进行，要面对其独特的问题。建设中国文学研究的话语，首先碰到的问题就是如何对待西方文论。

在西方思想的引介过程中，我国学术界出现了一些错误的倾向，形成了一些不正确的态度或者路径。

一种路径是走全盘西化的路，而且致力于不断西化，以期跟上西方发展的步伐。外国文学理论当然是要研究的，大国学术的一个重要指标就是要求学科门类齐全，所以，我们需要有西方文论历史上从柏拉图到罗兰·巴特的所有著名人物、学派的专门研究。这些研究不能只局限于中国对西方思想的接受情况，不能只当作一种地方适用性研究或作为普及性知识介绍，我们要在研究中提出自己的独到见解。一位美国学者可以跻身于当代康德研究的最高学者之列，而且一点也不逊色于德国人；一位法国学者在编辑蒙田研究论文集的时候，能收入一篇日本学者关于蒙田的新发现或新阐释的论文，这些都是学术研究达到高水平的范例。如果一个欧洲人对孔孟老庄的研究超出普及性的知识介绍，达到让中国人读来也有启发的水平，对中国的相关学术研究也能起到丰富、促进和推动的作用，那肯定是高水平的，甚至可以作为一种衡量研究水平高低的标志。

　　我们还可以用"可译性"作为衡量尺度。一位西方汉学家的研究成果，如果不只是向西方人介绍中国的相关情况，而是值得译成中文，并且在用中文发表后，中国学术界也对它称赞或受到它的启发，那就说明它是一本好著作。例如，高本汉（Bernhard Karlgren）关于中国音韵学的研究（*Etudes sur la phonologie chinoise*），赵元任等人就觉得好，译成了中文，① 中国的汉语学界读后觉得有启发，于是高本汉被中国人奉为大师。同样，如果一位中国学者研究西学的成果值得译成对象国的语言文字，例如中国人写的有关黑格尔的研究论文值得译成德文或编入德国人编的黑格尔研究论文集，中国人的雨果研究成果值得译成法文或选入法国人编的雨果研究论文集，并且能得到普遍的重视，那当然很好，可以说达到了高水平。

　　对于这种西方理论研究的种种努力，我们绝不应该否定。除此之外，我们还要肯定另外一些学者的努力，即向中国学界介绍外国理论的工作。他们做文化使者，在不同的文化间架起了沟通的桥梁。法国喜欢给传播法兰西文化的杰出人士授骑士勋章或者称号，"骑士"向我呈现的意象是，骑着大白马或者枣红马给我们送来优秀的文化产品。目前许多翻译作品质量不高，而且还有对原著的误读。如果有高质量的、及时的翻译，有精准的原著介绍，并且能结合中国的例子来做深入浅出的以至华美精妙的说明，那么，这样的翻译对于发展中国学术也都有着极重要的意义。这种工作与前一种相比，在学术层次上可能差一个等级，但它也是很有价值的。

　　我们在检省和反思对西方文学理论的态度中出现的偏误时，不应该把上述两种情况都反掉。文学理论的研究是一个整体，不同学者的不同研究之间构成了分工，而一个分工明晰的研究体系是学术研究健康的表现。但是，我们不能不说，我们目前的研究在倾向性上出现了一些偏误，这些偏误的根源在于我们对待西方文论的态度。

　　在这些偏误中，有一种是以引进代替研究。有人认为理论是无国界的，西方的理论比中国的先进，因此可以直接运用到中国，要像引进先进的科学技术一样引进西方的文学理论。但是，文学理论的引进与科学技术的引进差别太大，不同的语言、不同的民族传统和文学文化传统，关注和考虑的问题

① ［瑞典］高本汉：《中国音韵学研究》，赵元任等译，商务印书馆1994年版。

不同，审美趣味也有差异。有些人总是不断地追逐并向国人展示最新的文学
理论，多方打听，是否又有了更新的文学理论流派。他们宣称，当西方是现
代时，我们是前现代；当西方是后现代时，我们是现代；当下，我们刚刚进
入到后现代，西方已经是后后现代了。于是，他们呼吁跨越式发展，跑步跟
上后后现代。于是，这些学者穿上了追新的"红舞鞋"，像安徒生笔下跳舞
的小女孩一样，永不止息地跳下去。

　　另外一种路径，是对外来文论持全盘拒绝的态度。持这种态度的学者
认为，中国本来就有文论理论，而且很丰富、很精彩，西方文论的引进会占
据话语主导权，使中国文论被矮小化、苍白化，从而造成失语。

　　问题在于，一些学者将中国文论与西方文论对立起来，认为要么用西
方文论，要么用中国文论。持这种全盘否定西方文论观点的人甚至认为，一
部现代中国文学理论的历史，就是贩卖、推销西方文论，压制中国文论的历
史。这里其实存在一个概念的偷换，即把中国文论等同于中国古代文论，或
者错误地认为，在中国存在着一种古今一脉相承的文论体系，要从这种文论
出发，建设当代中国的文论体系。当然，中国古代文论也是需要研究的。①
如果说前一种文论态度是穿上了红舞鞋的话，那么这种文论态度就是套上裹
脚布，是一种新的"小脚女人"思想。

　　以上两种不同的路径或者态度，形成两种截然不同的立场：一是穿红舞
鞋，二是套裹脚布。其实，它们都有一个共同的特点：使文论孤立化，搞纯
理论。文学理论首先应该是关于文学的理论，要建立在文学实践的基础之
上；离开了文学实践，理论就成了无源之水、无本之木。然而，这一常识却
常常被人们忽视。从事文学理论的人不读作品，不关心现实，而作家、批评
家不读理论，"不学术"甚至反学术。两种人相互批评，前者说后者"不学
术"，后者说前者不接地气。

---

① 对于古代文论的研究至少可以有这样三种：第一，进行专门的版本校对、考证，以至于编
辑、汇校、汇释，形成各种大部头、多卷本的文论著作；第二，联系同时代的文学、历
史、政治和社会情况及相关的文献，对古代文论文本进行阐释；第三，运用现代美学、文
论以及其他理论知识，对古代文论文本的意义进行发掘和发挥。

二、文学理论与文学实践的关系

　　文学理论必须是关于文学的理论，但现在文学理论变得好像与文学无关了。在文学理论界有一种口号，呼吁建立没有文学的文学理论。在重视文本细读的"新批评"之后，将"文学理论"转化为"文本理论"，又将"文本"泛化为一切由语言和文字构成的文本，这早已经成为事实。喊出这样口号的人是想在文学理论界进行一些经营，从文学理论跳跃到文化研究，再进而对社会、历史、政治甚至生态、性别、各种亚文化现象，城市、乡村与市郊以及生活的各个方面发言。对于他们来说文学理论仅仅是出发点，他们要从这里出发，建构成一个无所不包、无所不能的；进行社会批评的平台、出发处和隐蔽所。这种现象造成的结果是，文学研究者几乎无所不谈，但就是不谈论文学，或者很少谈论文学。他们是以学术的面貌出现，做着消解学术的工作。

　　当然，这种种倾向不能取代我们对文学理论学科性质的严肃思考。文学理论必然也必须是关于文学的理论。这里所谓的关于文学，不仅是指文学文本，而且包括围绕着文学文本的各种与人类生活相关的活动。文学研究要从文学活动出发，首先是指这样的意思：文学研究要以基于文学文本的经验为中心。文学文本要活在人的经验之中，通过阅读，文字符号鲜活起来，形成形象和意义。文学理论的研究者同样也必须是阅读者，他们的理论要受到阅读经验的检验，在经验的基础上修正和发展。

　　文学理论要考虑创作的情况。过去有以作家为中心的文学研究，这种研究至今还盛行。例如，研究作家的生平和创作道路，作家所生活的时代及对其影响，作家的政治立场和世界观，等等。文学研究的社会学派还提出一些有价值的观点：不要一般性地从时代和社会来看作家作品，而要从考察作家具体的交游和生活圈及其获得物质生活资料的方式等角度来研究作品。这当然是必要的，因为，对大时代的空洞描述无助于对作家作品的研究，反而会分散注意力。对一位作家成长起作用的，是其家庭、具体生活环境、方式和状态，而不是一些研究者所乐于空洞谈论的时代大背景。更重要的是，要联系作品来研究作家，以作品为中心考察作家在作品中的反映，而不是离开作家来研究纯粹的文本。

　　文学理论还应该是批评的理论。理论研究要把批评现象放进去。批评家要努力扮演读者代言人的角色，而理论家则检测这种代言人是否合格，并为他们提供理论的支撑。

　　根据以上的描述，我们可画出一个如下的三角形图式：

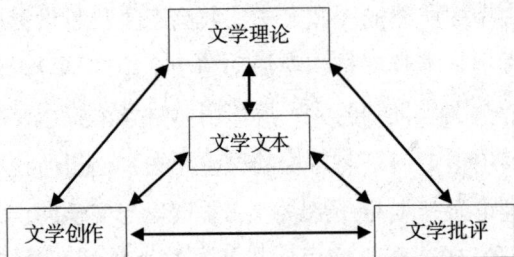

```
                文学理论
               ↗   ↕   ↖
          ↗    文学文本    ↖
        ↗    ↗        ↖    ↖
   文学创作  ←――――――――→  文学批评
```

这个图式与艾布拉姆斯在《镜与灯》中提供的图式在外表上有相似之处。艾布拉姆斯的图式如下：

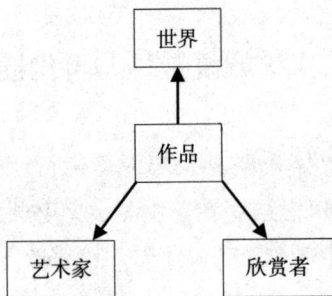

```
        世界
         ↑
        作品
       ↙    ↘
   艺术家    欣赏者
```

可见，艾布拉姆斯列出的是"作品"、"世界"、"艺术家"与"欣赏者"四个要素，还有从前者到后三者的单向关系。① 这里所画的图式，排除了"世界"这个一般性的因素，而以文学文本为中心，并且强调这种关系的双向性。

　　围绕着文学文本，以经验为媒介，形成了三种人的活动，即理论家、作家和批评家。作家创作文本，但他的创作又总是受一种互文状态的影响，通过文本表达意义，又感受着文本本身对意义生成的推动和文本经验本身所提供的快感。批评家通过生产批评性文字，把自己对文本的经验表述出来，

---

① 对原图中元素加了边框。参见［美］艾布拉姆斯《镜与灯：浪漫主义文论及批评传统》，郦稚牛等译，北京大学出版社 1989 年，第 6 页。

同时也以影响文本的生产和文本的接受为目的。理论家以对文本的经验，对批评家文字的接受以及与作家的交往或对他们的理解，来形成自己的书写。我们对文学理论的思考，必须放在这个大模式之中，才能得到一个全面而公允的定位。

我们习惯于以文学理论为一方，以文学实践为另一方来理解文学。如果这种理解不放在前面所述的图式之中，就会产生种种误读。文学理论不是处于文学活动之外，它本身就是文学活动的一个组成部分。那些想借助文学理论的平台从事社会文化批判的人，属于另一种学术追求。他们是在做他们想要做的事情，其价值如何，与这里的讨论无关；这里所说的是，不能用这种研究取代文学理论研究本身。当然，文学理论与文学创作和批评，又有不同之处。理论的研究者，需要接通一些其他的学科，可以借鉴哲学、历史、心理学、人类学、社会学等各方面的知识，完成理论的建构；但是，他们研究的中心却仍然是文学。

三、文论的复数性与可沟通性

在建构中国文论话语体系时，我想应该坚持一个原则，那就是"复数性"。文学理论的复数性归根结底在于文学的复数性，而文学的复数性根源于文学的这个特点：一个国家、民族和语言的文学，实际上处于一种有机生长的状态（每一种文学都有着自身的历史，而这个历史是由这种有机生长的状态决定的）。这种有机生长包括如下几个方面：（一）文学自身的传承关系。后人总是在读前人的书，因此前人的文学作品对后人来说，构成了一个既定的现实，他们是要面对这既定现实，学习、仿效，继而超越，使自己的作品也进入文学史。（二）文学生活在文化之中，后人与前人共同阅读文学外的书籍，其中包括历史和哲学，这些书籍本身也有着传承关系，于是，这一大传统本身也保证着文学的传承。（三）文学史总是指用某种语言写作的文学的历史，文学作为语言的艺术，依赖于语言的存在，也随着语言的发展而发展。语言是文学的家园，这一家园随着历史的变迁而变化，但这种变化总是有着自身的规律。（四）文学归根结底是人的生活的一部分，一个族群的生活本身，有其延续性，这也保证了文学史本身的延续性。这四个方面，是文学生长的有机性保证，也是文学史合法性的根据。

在比较文学界流行着一个概念：世界文学。它已成为旗帜，被很多人用来作为文学上世界一体化的口号。据查，这个词语主要是在歌德与爱克曼的谈话录中和马克思、恩格斯的《共产党宣言》中较早出现的。歌德认为，随着现代社会的来临，远方的文学也能成为我们的欣赏对象。他并没有由此而提出全世界文学的一体化，而是说要环视四周，扩大文学欣赏范围，"我们不应该认为中国人或塞尔维亚人、卡尔德隆或尼伯龙根就可以作为模范。如果需要模范，我们就要经常回到古希腊人那里去找。他们的作品所描绘的总是美好的人。对其他一切文学我们都应只用历史眼光去看。碰到好的作品，只要它还有可取之处，就把它吸收过来"①。歌德的这种以古希腊人为模范，"环顾四周"的观点，表明了一种审美趣味的层次观。在马克思、恩格斯的《共产党宣言》中，世界文学的来临是资本主义在世界上胜利的一部分，"资产阶级，由于开拓了世界市场，使一切国家的生产和消费都成为世界性的了。……物质的生产是如此，精神的生产也是如此。各民族的精神产品成了公共的财产。民族的片面性和局限性日益成为不可能，于是由许多种民族的和地方的文学形成了一种世界的文学"②。马克思、恩格斯意识到，由于"世界市场"而造成"世界的文学"的出现是不可避免的。

根据歌德和马克思、恩格斯的这个意思，我们可以相应地提出"复数的世界文学"概念，即我们可以有不同的"世界文学"。歌德以古希腊为"模范"，在自身的文学传统中养成，但眼光不限于这个传统，往外看，看到一个比自身更广大的世界，由此形成世界各国的文学都能为我所欣赏的意识。与此相同，世界其他民族和国家的人们，也可以自身的文学，以印度的两大史诗，以《一千零一夜》和《古兰经》，以《诗经》、《楚辞》和唐诗宋词为典范，在这些古老文化所形成的文学趣味萌芽的基础上，吸收各种文学营养，或是健康或是曲折地走着自己的成长之路。③ 文学理论是在文学的基础上生长出来的。如果说文学本身是复数的，"世界文学"的概念也是复数的，那么，我们有更进一步的理由强调文学理论的复数性。不同民

① 《歌德谈话录》，爱克曼辑录，朱光潜译，人民文学出版社 1978 年版，第 111—112 页。
② 《马克思恩格斯选集》第 1 卷，人民出版社 2012 年版，第 404 页。
③ 高建平：《论文学艺术评价的文化性与国际性》，《文学评论》2002 年第 2 期。

族或国家相互之间的合作形成一种国际主义，不同文化相互之间形成一种"文化间性"或"相互文化性"（inter-culturality）。文学也是这样，它要"国际的"，而不是霸权主导下"世界的"、"全球的"那种样式。我们要各民族文学之间相互平等地交流、补充与丰富，而不是在资本主义主导下的世界一体化。

当文学理论成为一种对文学的思考之时，一国之文学，由于它本身的独特性，会促成一国之文学理论。这不是说，一定会产生一种公认的文学理论体系，大家都共同接受，形成默契。这种现象也有过，但不是源于学界的自发，而是源于强力推广。但是，在一国之内，至少可以形成一种共同体，使用共同的语言，在共同的语境之中，研究者有一种理论上的对话关系，有一种理论共同体意识。

当文学理论成为一种文学主张的申述时，会形成进一步的复数性。文学要有个人的独创的空间，如果它纯粹是个人文学主张，那就只是私人话语，不具备可交流性。然而，在文学发展过程中，会在文学主张的交流中形成一些理论的流派，通过文学群体、杂志或者其他一些组合方式，将一些文学主张集合起来，表达出来，并固定下来。复数性成为文学理论的常态，相互之间形成一种张力关系，相互争鸣，相互促进，共同推动文学的繁荣发展。

这就是说，当文学理论成为一种对文学本质的普遍概括时，它具有普遍的诉求，但民族性本身所依附的民族语言载体，既会给它带来优势，也会给它带来局限性。一种文学理论不可能放之四海而皆准，也不能只局限于一个国家、民族和语言。不同的理论要对话，在对话中丰富和成长。文学理论具有复数性，这种复数性在诸种层次上体现出来，不同文化圈、国家和民族，不同的语言，不同的人群和作家群，都不断地生成各种文学理论。这是问题的一面，另一面则是复数不能意味着相互排除、相互封闭。文化间要相互沟通，文学间要相互沟通，文学理论间也要相互沟通。这种相互沟通，能促进共同的发展。没有一种共同的文学理论，但有着文学理论的共同的发展。对此，康德有一个漂亮的比喻："犹如森林里的树木，正是由于每一株都力求攫取别的树木的空气和阳光，于是就迫使得彼此双方都要超越对方去寻求，并获得美丽挺直的姿态那样；反之，那些在自由的状态之中彼此隔离而任意在滋蔓着自己枝叶的树木，便会生长得残缺、佝偻而又弯曲。"① 不同理论之间的良性竞争，会改进并成就彼此。

四、中国文论建设中的体与用

如上所说，文学理论与文学文本，文学创作和文学批评之间有着密切的互动关系，而这个互动离不开当下的现实和文学实践，因而具有当代性和实践性。围绕着文学理论的建构，我们可以考察它的两个轴：一个是纵向的，一个是横向的。

所谓纵向轴是指文学理论与同时代的文学创作和批评实践的关系。作家、批评家和理论家可以是在同一时代生活的不同的人。他们有着各自的活动范围、社交群体、社团组织，以至于各自不同的机构设置、社会评价方式、价值实现的标准。这些不同的人在各自领域里活动，互相不引以为同行，并通过所设定的体制，各自实现自我保护。但是，他们仍在相互交集，以各种方式相互影响。

而横向轴是指文学理论家阅读其他人、其他国家、其他时代的文学理论作品以及阅读其他学科的作品。一位从事理论研究的人，要从其他理论研究者那里学习方法和语言词汇，也从其他学科的研究成果中获得启发。恩格斯曾说："每一个时代的哲学作为分工的一个特定的领域，都具有由它的先驱传给它而它便由此出发的特定的思想材料作为前提。"② 理论研究者要以一些思想资料为前提，并通过实践来修正和发展它们。同样，文学理论也有着一个理论上的源流问题。文学理论的研究，需要介绍各种有益的思想资料，也需要进行某种整合。对各种源头的思想的介绍很重要。知识需要搬运，使它们跨越语言、空间和时间的障碍，在我们面前得到呈现。这包括进行版本校对，以出版精校、精注的版本；翻译和译释，以产生名译、名作；还有书写介绍性和整理性研究，编纂汇注、汇释类著作，等等。还有一些研究者致力于对思想的来源进行发生学研究，考察它们是如何形成的，又是如何传播

---

① 　[德] 康德：《历史理性批判文集》，何兆武译，商务印书馆 1997 年版，第 9 页。
② 　《马克思恩格斯选集》第 4 卷，人民出版社 2012 年版，第 612 页。

和发展的；也有一些研究者进行理论的拼合，将一些不同来源的思想拼合成一个新的整体，使其具有一个对读者来说更为方便的呈现，或者形成一个对学生和课堂教学更为方便的教材。

文学理论的研究需要做的，首先还是立"体"，要经得住"体用之辨"。体用之辨曾经是一个大问题，不仅限于文学。在近代西方思潮进入中国之时，曾有"中体西用"之说，即"中学为体、西学为用"，以中国传统学问尤其是儒家思想为主体，在此基础上采纳西学中的一些器物之学，以补实用。但后来，中国学术基本上是采取了"西体中用"的路径，即以西方来的学问为主体，使之中国化，用于中国。从20世纪早期对西方各种思想引进，到20世纪80年代以后在新启蒙的旗帜下所出现的外来思想的种种引入，以至当下对西方最新思想的努力跟进现象，都是所谓广义"西体中用"的种种表现。"西体中用"的背后，是基于一种既以普遍主义为主体，又对各地方实际有所适应的思路。理论是普遍适用的，是放之四海而皆准的，但在具体使用时又要有适应性研究，在使用的方式、时机和力度上有所把握，否则就会出现理论脱离实际的问题。例如，在马克思主义成为中国主导思想的历史进程中屡次出现的教条主义和本本主义。这些极端观点，也都是没有区分前面所说的纵向与横向之别所致。当代社会生活的各个方面向理论研究者提出了要求，归根结底，理论是在生活中生长起来的。理论要解决生活中提出的问题，只有这样的理论，才是活的、有根的理论。有人说，理论可以只是心灵的安慰。其实，心灵的安慰也是一种社会生活的需要，当然，如果只是安慰，这种理论用处不大，不值得鼓励。有人说，理论也可以只是智力的游戏，例如康德。我认为，只有读不懂康德的人，才发明出智力游戏论。如果真有理论是智力游戏，那么，我宁愿去下棋，也不读这样的理论。理论要解决问题，问题与理论之间，是一种纵向的关系，这像树要有根一样，问题是根，理论是树；理论从问题生长起来。

古代与外国的思想都不能成为体，它们都只是一些理论建构资料的前提。资料是现成的，放在研究者面前的东西。这些理论与当下的理论建构之间的关系，是横向的，是在建构中随时需要"拿来"的，是理论建构的空气和营养。研究者不能缺乏资料，古代与外国的思想作为资料，是必要的。然而，我们并不是资料员，而是研究者。我们还是要从根出发，多方吸收，发展出适应时代和生活需要的自己的理论。

理论的研究要解决现实生活中的问题，文论的研究要解决当下文学中的问题。这包括对文学作品的解读和批评。我们在前面曾列举了一个三角关系，说明了理论研究与文学作品、作家和批评家之间的关系。这是文学理论之"体"。文论的研究要有利于当代文学的健康与繁荣，有利于全民文学素质的提高。所有的为学术而学术的研究，都只是在建造象牙塔，是对现实生活的躲避。

只有确立了这个立场，即立了"体"，"用"才有所依附。在此基础上，我们可以从古代和西方取各种思想资料作为前提，从而回到一个"古为今用，洋为中用"的立场。古和洋都是"用"，只有当代的中国才是"体"。这种观点看似简单，而且已经成老生常谈，但是，其中有深刻的道理，有巨大的解读的空间。

结　语

最后，让我们回到这样的话题上来：怎样建立文学研究的中国话语？通过以上分析，我们可以看到，当前存在着两个错误倾向：一个是唯洋是举，认为西方话语就是世界话语，我们只有尽快地学习，学会世界话语，才能避免失语，跟上时代；这种"学语"的结果导致理论上的"红舞鞋"现象，不停地跳下去，到死为止。另一个是回到古代，认为中国话语就是古代中国人的话语，是西方话语的引入使得中国话语矮小化、苍白化，使我们进而失语的，因此要清洗掉西方影响；这种理论上的故步自封使自己残废、畸形，导致理论上的"裹脚布"现象。

世界话语不能直接引入而成为中国话语。文学研究要选择性地引入西方话语，选择的标准是当代中国的文学实践。实际上，并不存在一个统一的世界话语，也不存在一个单数的西方话语。各个国家、民族和文化，都有依托于自身语言的自己的文论话语，存在的只是不同话语间的对话。对话不是相同，相同就不需要对话，也不再是对话，而是自言自语了。不同国家、民族和文化间需要对话，就证明它们之间尽管不同，却可沟通。当然，中国话语也不是一种与世界绝缘的独特话语。不能为中国而中国，以它的中国性证明它的正确性。传统中国的东西，可能是好的，也可能是坏的。它的正确性应该建立在它对当代文学实践有效性的基础上，而不是它对民族主义话语的迎合上。

中国文论话语的建设，要在当代实践的基础上，广泛吸收人类文明的一切优秀成果。这种建设工作，任重而道远，但千里之行，始于足下，我们要从现在做起。

（原载于《中国社会科学》2015 年第 4 期）

编 后 记

山东大学文艺美学中心成立于 2001 年，至今已经 15 年了。15 年来，在教育部、山东大学和学界同人的大力支持和本中心全体成员的共同努力下，本中心在学术研究和人才培养方面均取得了一定的成绩，在国内外扩展了自己的学术影响。为总结和呈现以往所取得的成绩，特编辑此系列文集，作为《文艺美学研究丛书》第二辑予以出版。

此系列文集中所选文章包含了本中心全体成员、中心的基地重大项目承担者、中心学术委员会成员以及中心所培养的博士生和博士后的代表性成果。由于文集容量有限，对于项目承担者和学术委员会成员原则上每人收录 1 篇，而对博士和博士后的文章，则只择优收录了部分人员在读或在站期间以中心为第一署名单位所发表的成果。

文艺美学是由中国学者命名和发展起来的一门文艺研究学科，自文艺美学研究中心成立之日起，我们就把该学科的发展壮大作为中心成员的自觉使命。经过多年发展，本中心形成了文艺美学、生态美学、审美教育和审美文化等相对稳定而又具有较大影响的研究方向。因此，本文集即按照这几个方向编排各分册的内容，希冀以此展现出中心学术研究的基本概貌。

山东大学文艺美学研究中心在以往的发展中得到了社会各界尤其是学界的呵护与关爱。借此机会，对长期以来支持我们学科建设和学术发展的各位学界同人尤其是本中心学术委员会和专家委员会的各届成员，以及本中心重大项目承担者表示由衷的感谢！也向给予我们以极大信任和支持、为我们的学术成果得以问世付出心血的报刊与出版社编辑们敬达谢忱！

谭好哲

2016 年 4 月 20 日